Ivy Andrews
A single night

Ivy Andrews

A Single NIGHT

ROMAN

L.O.V.E. Band 1

blanvalet

MIX
Papier aus verantwortungsvollen Quellen
FSC® C014496

Verlagsgruppe Random House FSC® N001967

1. Auflage
Deutsche Erstveröffentlichung 2020 by Blanvalet
in der Verlagsgruppe Random House GmbH,
Neumarkter Str. 28, 81673 München

Dieses Werk wurde vermittelt durch die Literarische Agentur Michael Gaeb
Redaktion: Ivana Marinović
Umschlaggestaltung: © Sandra Taufer, München
Umschlagmotiv: Sandra Taufer unter Verwendung
von Motiven von © Shutterstock.com (Alona Siniehina, HS_PHOTOGRAPHY)
DN · Herstellung: sam
Satz: Uhl + Massopust, Aalen
Druck und Bindung: GGP Media GmbH, Pößneck
Printed in Germany
ISBN 978-3-7341-0855-6

www.blanvalet.de

Meinem Opa, Erwin Heublein.
29.06.1935 – 13.06.2019

Und wenn du lange in einen Abgrund blickst,
blickt der Abgrund auch in dich hinein.

Friedrich Nietzsche

TEIL 1

1

Libby

»Dieser Jasper Chase ist ein wirklich heißer Bengel«, murmelt eine Frau hinter mir. »Ich will ein Baby von diesem Kerl. Wobei, was rede ich? Ich nehme gleich ein Dutzend.«

»Darf ich dich daran erinnern, meine Liebe, dass deine Eierstöcke bereits vor einem Vierteljahrhundert den Dienst quittiert haben?«, fragt eine nasale Stimme.

Schockiert presse ich meine Lippen aufeinander. Wie unhöflich!

»Hugh!«, rügt ihn seine Begleiterin auch prompt empört.

»Ach bitte, Sylvia, wir wissen beide, dass der Knabe dein Enkelsohn sein könnte.«

»Und wenn schon!«, faucht die Dame.

Klammheimlich riskiere ich einen Blick über die Schulter, um mir ein Bild zu verschaffen. Sylvias knallrote, aufgespritzte Lippen bieten einen derart prominenten Anblick, dass es mir schwerfällt, den Rest von ihr wahrzunehmen. Blondierte, stark toupierte Haare, die Figur einer Zwölfjährigen – was nicht meinen Neid weckt, sondern den Impuls, sie füttern zu wollen.

»Abgesehen davon, für einen wie ihn würden meine welken Eierstöcke ihren Dienst auch wieder aufnehmen«, sagt sie. »Und wer könnte mir in diesem Kleid widerstehen?«

Ich verkneife mir gerade noch so ein ungläubiges Blinzeln. Die Frage müsste eher lauten: Wer schafft es nicht, ihr in diesem Kleid zu widerstehen? Sie trägt nämlich eine Art hautfarbenen Latex-Ganzkörperschlauch, der mit jeder Menge Strasssteinen verziert ist.

»Das ist natürlich auch wieder wahr, meine Liebe«, flötet Hugh. Er selbst ist ein kleiner, hagerer Mann, der aussieht, als hätte er sein halbes Leben auf der Sonnenbank verbracht. Der Matrosenlook, bestehend aus weißer Schlaghose, einem marineblauen Ringelhemd und der dazu passenden Mütze, ist eindeutig eine Hommage an Jean Paul Gaultier.

Als Hugh in meine Richtung blickt, drehe ich mich rasch wieder um und krame geschäftig in meiner Handtasche. Keinesfalls will ich den Eindruck erwecken, ich würde lauschen.

Allerdings kann ich auch unmöglich weghören, als Hugh sagt: »Und was Jasper Chase angeht, hast du ebenfalls recht, meine Teure. Der Kleine ist ein wahr gewordener feuchter Traum. Ich glaube, ich möchte auch ein Baby von ihm.«

»Und weißt du, was das Beste ist? Er ist Brite«, wispert Sylvia verzückt. »Erinnerst du dich daran, was man über Briten sagt?«

Ich nicht, aber ich glaube, ich will es auch gar nicht wissen, denn so wie Hugh lacht – sehr laut und sehr schrill –, ist es etwas wirklich Schmutziges. Allein dieses Geräusch treibt mir die Röte ins Gesicht, und mir drängt sich die Frage auf, was die hier in New York wohl ins Trinkwasser mischen. Das kann unmöglich gesund sein.

Leider fehlt von dem Typen, wegen dem die beiden exzentrischen Paradiesvögel hinter mir so aus dem Häuschen sind, jede Spur. Unruhig starre ich auf das Display meines Handys. Noch fünf Minuten. Ich atme tief durch und versuche, mich zu entspannen. Das hier sollte eine tolle, einmalige Erfahrung werden, stattdessen habe ich ständig das Gefühl, zur falschen Zeit am falschen Ort zu sein. Die Verleihung des *Junior Fashiondesigner of the Year Awards* wollte ich mir unter keinen Umständen entgehen lassen, doch nun hat sich durch die Verzögerungen bei der vorangegangenen Show der gesamte Zeitplan verschoben.

Melde mich etwas später, tippe ich in den Chat und hoffe, dass das okay ist. Ist es natürlich nicht.

Was ist los? Ist alles in Ordnung?

Nur mühsam gelingt es mir, den genervten Seufzer, der sich aus meiner Kehle bahnen will, zu unterdrücken. **Ja, Mom, es geht mir gut. Ich kann bloß von hier aus nicht telefonieren.**

Wo steckst du denn?

Vermutlich stellt sie sich gerade vor, wie ich völlig betrunken auf einer After-Show-Party abhänge.

Auf einer Preisverleihung, tippe ich.

Und wie ist es?

Ich warte drauf, dass es losgeht. Hinter mir sitzt eine Frau, die einen billigen Abklatsch von dem Kleid trägt, das Beyoncé auf der Met Gala 2016 anhatte.

Welches war das?

Typisch Mom, denke ich, denn das Kleid war vorletztes Jahr schließlich in aller Munde. Es wurde sogar in den Abendnachrichten gezeigt, und ich habe ihr bestimmt zwei Wochen davon vorgeschwärmt. Ich suche es schnell raus und schicke ihr den Link. **»Manus x Machina: Fashion in an Age of Technology« war das Thema, erinnerst du dich nicht an meinen Blogbeitrag? Dieses Latexkleid?**

Meine Mutter ist nicht wirklich modebegeistert, doch da sie eine Fashionista als Tochter hat, ist ihr durchaus bewusst, dass der erste Montag im Mai, der Tag der Met Gala, mein persönlicher Super Bowl ist. Mein großer Traum ist es, irgendwann selbst dort eingeladen zu werden. Das wäre so toll, aber bis dahin ist es noch ein weiter Weg. Vorerst bin ich hier. In New York. Zur Fashion Week.

Plötzlich erklingt um mich herum frenetischer Applaus. Eilig stecke ich das Handy weg, schaue auf, und da steht er …

Wow, ist alles, was ich in diesem Moment denken kann. Nun weiß ich, was die schrille Dame hinter mir gemeint hat: Jasper Chase sieht wirklich gut aus. Heiß, wenn ich ehrlich bin. Dieses Wort beschreibt auch, was sein Anblick mit mir anstellt. Die Raumtemperatur scheint sich von jetzt auf gleich um zehn Grad zu erhöhen. Ich verbiete mir den Impuls, wie eine Ertrinkende nach Luft zu schnappen. Stattdessen zwinge ich mich, tief durchzuatmen.

Himmel, ist der Typ hot! Echt zum Verlieben!

Klar, weil gutes Aussehen ja auch alles ist, was zählt, ätzt das sarkastische Stimmchen in mir. *Okay*, hole ich mich auf den Boden der Tatsachen zurück, *rein optisch ist er ein Traum.*

»Dieser Astralleib!«, wispert Sylvia hinter mir. »Zum Niederknien.«

Hugh gibt erneut ein leises, dreckiges Lachen von sich, und ich presse beschämt meine Lippen zusammen, als mir klar wird, dass das vermutlich wortwörtlich zu verstehen ist. Dabei sieht Jasper Chase einfach nur anbetungswürdig aus.

Ich finde alles an ihm anziehend – vor allem die Dinge, die nicht perfekt sind. Sein Haarschnitt beispielsweise, falls man es überhaupt so nennen kann, denn entweder lässt er sein honigblondes Haar gerade wachsen, oder er war schon lange nicht mehr beim Friseur. Doch ich mag, wie verwegen und wild er dadurch wirkt. Das Gleiche gilt für den Dreitagebart, der sein kantiges Gesicht ziert. Himmel, er ist wirklich verboten hübsch. Und groß! Ich mag große Typen. Mit seinen breiten Schultern, die in dem maßgeschneiderten Anzug hervorragend zur Geltung kommen, sieht Jasper Chase wie ein Sportler aus.

Als der Moderator das Wort ergreift, reiße ich mich widerwillig vom Anblick des süßen Briten los. Mich auf die Rede zu konzentrieren, ist nicht so einfach, denn immer wieder huschen meine Augen zu dem hübschen Jungdesigner, der nicht viel älter sein dürfte als ich.

»Meine Damen und Herren, ich bitte Sie, die Verzögerung zu entschuldigen. Ich werde versuchen, etwas Zeit wettzumachen, und denke, das ist in Ihrem Sinne. Daher spare ich mir ein langatmiges Vorgeplänkel, doch so viel sei verraten: Wir haben heute bei der Verleihung dieses Awards eine Premiere. Zum ersten Mal zeichnen wir nämlich ein Design-Duo aus. Der Preis geht in diesem Jahr an Jasper Chase und Ian Corbin. Beide studierten sie – wie sollte es auch anders sein – am berühmten Central Saint Martins College in London und haben die Juroren mit ihren unkonventionellen Entwürfen beeindruckt. *Money Matters* lautet der Name ihrer Abschlusskollektion, die an Kühnheit und Kompromisslosigkeit kaum zu überbieten ist. Ich habe die Freude, Ihnen zumindest *einen* der beiden Rebellen der britischen Modeszene präsentieren zu dürfen. Leider konnte Ian Corbin aus gesundheitlichen Gründen unserer Einladung nicht folgen, doch immerhin ist Jasper Chase hier, um die Ehrung entgegenzunehmen. Ich bitte um Applaus!«

Während es Beifall hagelt, reicht der Moderator das Mikrofon an den jungen Designer weiter. Dieser wartet geduldig, bis die Zuschauer sich etwas beruhigt haben.

»Danke«, beginnt er mit einer rauen Stimme, die mir durch und durch geht. Kein Mensch auf der Welt sollte so verführerisch klingen dürfen. Dummerweise belässt er es nicht bei dem einzelnen Wort. Während seiner Rede kommt sein schicker britischer Akzent voll durch, was mir den Rest gibt. Zwar kann ich mich Sylvia und Hughs Babywunsch nicht anschließen, denn für Kinder bin ich definitiv noch zu jung, doch mit jedem Wort verfalle ich Jaspers geballtem Charme etwas mehr.

Meine beste Freundin Eden würde vermutlich behaupten, dass es daran liegt, dass er wirklich scharf ist und ich eine achtzehnjährige Jungfrau bin. Ein untragbarer Zustand, wie sie findet. Es ist ja nicht so, als hätte ich nicht versucht, diesen zu beheben. Es hat bloß nicht geklappt. An das superpeinliche Erlebnis mit meinem Exfreund Christian mag ich definitiv nicht denken, weshalb ich mich rasch wieder auf Jasper Chase konzentriere. Etwas, was mir nicht sonderlich schwerfällt, denn meiner Meinung nach ist er jeden Funken Aufmerksamkeit wert.

»Ian bedauert, dass er heute Abend nicht hier sein kann. Allerdings bedauert er es vermutlich nicht halb so sehr, wie ich es tue. Die Wahrheit ist nämlich die: Ian hat diesen Preis so viel mehr verdient als ich. Ohne ihn würde ich heute nicht hier stehen. Ja, ohne Ian hätte ich vermutlich nicht einmal meinen Bachelor of the Arts in Modedesign gemacht. Er ist nicht nur mein bester und ältester Freund, sondern der Mensch, durch den ich meine Liebe zur Mode entdeckt habe. Als Kinder lungerten wir nämlich ständig in dem kleinen Stoffladen seiner Mutter Edith herum. Dort saßen wir dann auch das erste Mal an einer Nähmaschine. Ich erinnere mich noch genau daran, wie es sich anfühlte, als ich das Pedal bediente und die Maschine surrend zum Leben erwachte.«

Jaspers entrückter Blick verrät, dass er gerade in diesen Kindheitserinnerungen schwelgt. An seiner Stimme, die nun bewegt und beinahe zärtlich klingt, hört man überdeutlich, wie viel ihm diese Stunden dort bedeutet haben müssen. Er fährt sich mit der Rechten durch die Haare, ein verlegenes Grinsen umspielt seine Mundwinkel, als er mit seiner Ansprache fortfährt.

»Ian war von jeder meiner Ideen begeistert – nun ja, zumindest von den halbwegs brauchbaren. Er hat mir immer den Rücken gestärkt, hat immer an mich geglaubt. Ich muss gestehen, dass es sich schrecklich falsch anfühlt, hier zu stehen, alleine und ohne ihn, denn alles, was wir erreicht haben, haben wir zusammen erreicht. Daher danke ich nicht nur der Jury für ihre Entscheidung, sondern vor allem danke ich Ian, dass er uns überhaupt an diesen Punkt gebracht hat. Ian, Bro, dieser Preis ist für dich.«

Musik setzt ein, Applaus brandet erneut auf, und der Moderator kündigt die Kollektion der beiden Gewinner an.

Bereits nachdem das zweite Model an mir vorbeigeschritten ist, komme ich zu dem Schluss, dass Jasper Chase von allem etwas zu viel hat: zu viel Sex-Appeal, zu viel Charme und eindeutig zu viel Talent. Nie hätte ich gedacht, dass man zu viel Talent haben könnte, doch bei ihm – und augenscheinlich auch bei seinem Freund Ian – ist es so. Ich kann nicht glauben, dass die beiden gerade erst ihren Bachelor-Abschluss gemacht haben. Sie können nicht älter als einundzwanzig, zweiundzwanzig sein. Kein Wunder, dass die komplette Modebranche ihretwegen kopfsteht.

Ob das echte Scheine sind?, frage ich mich unwillkürlich, als ein Abendkleid, gefertigt aus unzähligen kunstvoll gefalteten Ein-Dollar-Noten, an mir vorbeischwebt. Der weit ausgestellte Rock raschelt bei jedem Schritt, während sich die Korsage wie eine zweite Haut an den Oberkörper des Models schmiegt. Erst bei näherem Hinsehen erkenne ich, dass die

Scheine am Saum des Rocks rötlich verfärbt sind. Geld, an dem Blut klebt. Und doch sieht man hier Haute Couture vom Feinsten. Den großen Modehäusern würdig, wäre da nicht dieser allgegenwärtige provozierende, trotzige Unterton, der verrät, dass die beiden Jungdesigner ihren Ruf als Rebellen der britischen Modeszene zu Recht haben. Die Entwürfe sind klassisch, ohne wirklich klassisch zu sein. Mit Liebe zum Detail ist es dem Duo gelungen, sie zu entstauben und ihnen ihren eigenen unverkennbaren Stempel aufzudrücken. Entsprechend fällt auch der Applaus des Publikums aus. Die Menge tobt, doch noch bevor der Beifall verklungen ist, stehle ich mich unauffällig davon, um den alle drei Stunden fälligen Kontrollanruf zu tätigen.

Ich schlüpfe auf die Terrasse hinaus. Eiseskälte empfängt mich. Eilig wähle ich Moms Nummer, während ich hineinspähe und einen weiteren Blick auf Jasper Chase, den Star des Abends, werfe. *Wenn Ruhm so aussieht, dann will ich ihn nicht haben*, denke ich, als ich ihn verstohlen beobachte. Er posiert zusammen mit dem Model, das das Dollarnoten-Kleid trägt, für die Kameras. Zwei Dutzend Fotografen, Journalisten und Influencer buhlen um seine Aufmerksamkeit. Bedrängen ihn und das Model. Seine Haltung wirkt angespannt, und ich frage mich, ob das breite Grinsen echt oder ob ihm der Trubel in Wirklichkeit zuwider ist.

»Na endlich, Libby, ich habe mir schon solche Sorgen gemacht«, dringt Moms Stimme aus dem Telefon zu mir.

Das ist ja mal ganz was Neues, denke ich sarkastisch.

Ich reiße den Blick von Jasper los. Für das inquisitorische Verhör meiner Mutter brauche ich volle Konzentration, und Jasper ist die pure Ablenkung, denn die Szene, die ich beobachtet habe, verursacht ein regelrechtes Gedankengewitter. Beispielsweise frage ich mich, ob das Model seine Freundin ist. Nicht, dass irgendetwas darauf hindeuten würde, aber irgendwie gefällt mir die Vorstellung nicht – wohingegen Jasper Chase mir unglaublich gut gefällt …

»Libby, ist wirklich alles in Ordnung?«, fordert die durchdringende Stimme meiner Mutter meine Aufmerksamkeit ein.

Die aufrichtige Antwort wäre wohl ein klares Nein inklusive Ausrufezeichen dahinter, denn allem Anschein nach ist definitiv etwas im New Yorker Trinkwasser, das die Hormone dazu bringt, völlig durchzudrehen.

»Schatz?«

Reiß dich zusammen, ermahne ich mich. *Was ist bloß los mit dir?*

»Libby, nun sag doch endlich was«, fleht die drängende Stimme meiner Mutter.

»Bitte entschuldige, Mom, die Verbindung war gerade ganz schlecht«, behaupte ich hastig und gehe zu der steinernen Brüstung, um in den Park hinauszublicken, der das altehrwürdige Gebäude umgibt.

»Wo steckst du denn bloß?«

Dieses Mal gelingt es mir nicht, den genervten Seufzer, der mir bereits seit Beginn unseres Telefonats entweichen will, zu unterdrücken. »Mom, ich habe dir doch gesagt, dass ich auf dieser Preisverleihung bin. Abgesehen davon bin ich lediglich zehn Minuten zu spät dran. Mach bitte kein Drama draus.«

»Zwölf«, korrigiert sie mich, und am liebsten würde ich in diesem Moment auflegen, doch wir haben einen Deal. Ich darf die Fashion Week nur besuchen, wenn ich mich alle drei Stunden melde und spätestens um 23 Uhr im Hotel bin – allein, versteht sich.

»Ich bin kein Kind mehr«, begehre ich auf.

»Doch, Libby, du bist *mein* Kind.«

Als könnte ich das je vergessen. Sie erinnert mich ständig daran. Ich bin so froh, wenn ich im Sommer endlich aufs College gehe und nicht mehr zu Hause wohnen muss. *Ob ich dann auch eine dreistündige Meldepflicht habe?*, fragt die Zynikerin in mir.

»Du könntest mir etwas vertrauen«, murre ich, denn bis auf den einen erfolglosen Versuch, meine Jungfräulichkeit zu verlieren, halte ich mich an ihre Regeln – egal wie bescheuert sie sind. Okay, einmal habe ich mich von Eden dazu überreden lassen, an einer Zigarette zu ziehen, und auf einer Party meiner Eltern habe ich mir mit sechzehn ein Glas Champagner stibitzt, doch eigentlich bin ich wirklich brav. *Und langweilig*, hallt Edens Stimme in meinem Kopf wider. Weiß der Himmel, warum sie meine beste Freundin ist – vermutlich, weil beste Freunde sich die Wahrheit sagen müssen, auch wenn sie unbequem ist und schmerzt.

»Oh, Liebling, ich vertraue dir doch, aber New York ist …« *Der Vorhof zur Hölle* – zumindest tut meine Mutter so. »… wirklich eine gefährliche Stadt, und du bist …« *Bloß ein Mädchen aus Tennessee, ja ja.* »… noch so jung …« *Und naiv.* »… hilfsbereit und nett. Nicht auszudenken, was dir alles passieren könnte.«

Beispielsweise könnte ich zur Abwechslung mal Spaß haben, denke ich frustriert und streiche mir eine Haarsträhne aus der Stirn.

Das Stimmengewirr von drinnen wird lauter, als die Terrassentür geöffnet wird und jemand hinaustritt. Ich drehe mich um. Jasper Chase. Der hat mir gerade noch gefehlt. Wie peinlich, dass ausgerechnet er hier auftauchen muss, während ich mit meiner Mutter telefoniere.

»Ja, Mann, alles cool«, sagt er so laut, dass meine Mutter umgehend fragt: »Wer ist das?« Sie klingt alarmiert.

»Bloß ein anderer Gast. Ich bin nicht die Einzige, die zum Telefonieren rausgehen musste. Da drin ist es einfach zu laut.«

»Bist du auf einer Party?«

»Nein, ich sagte doch, dass ich auf einer Preisverleihung bin.«

»Und wer hat den Preis bekommen?«, erkundigt sie sich, und ich frage mich, ob sie parallel per Google überprüft, ob meine Angaben stimmen.

»Jasper Chase«, sage ich leise. Nicht leise genug, wie ich mit Entsetzen feststelle, als Jasper sich zu mir umdreht und mich fragend anschaut. Ich werfe ihm einen entschuldigenden Blick zu und sage die nächsten Worte so laut, dass er sie ebenfalls hören kann. »Er hat eben den Award zum Nachwuchsdesigner des Jahres bekommen.«

»Hat er Talent?«

»Nur so ein Mädchen«, sagt Jasper. »Nein, Ian, sie ist keins meiner Groupies. Sie telefoniert auch bloß.« Nun ist er es, der mich um Entschuldigung heischend ansieht. »Red keinen Schwachsinn, Mann, sag mir lieber, was bei den Untersuchungen rausgekommen ist.«

In stillschweigender Übereinkunft entfernen wir uns voneinander, bis wir am jeweils anderen Ende der Terrasse stehen.

»Groupie?«, fragt meine Mutter schrill. »Habe ich da gerade Groupie gehört? Wieso hält dieser Mann dich für ein Groupie?«

Weil er so eine Art Rockstar ist, denke ich schnippisch. Mom erspart mir die Suche nach einer brauchbaren Antwort, indem sie mich erst gar nicht zu Wort kommen lässt.

»Ich will, dass du dich von diesem Kerl fernhältst, Libby, haben wir uns verstanden?«

»Ja, Mom«, erwidere ich resigniert, denn mit ihr zu diskutieren hat keinen Sinn. »Ich muss jetzt Schluss machen. Mein Taxi kommt gleich. Ich will noch auf die Aurelio-Modenschau.«

»Okay, Schatz, und pass auf dich auf, ja?«

»Natürlich.« Scheinbar gelingt es mir nicht, meine Frustration zu verbergen.

»Ich will einfach nicht, dass dir etwas passiert, Libby. Ich habe dich bloß lieb. Das weißt du doch, oder?«

Natürlich weiß ich das. Wenn ich mir einer Sache absolut sicher bin, dann ihrer Liebe.

Seufzend erwidere ich: »Ich liebe dich auch, Mom.«

Und obwohl es stimmt, erfasst mich eine beinahe grenzenlose Erleichterung, nachdem ich das Handy wieder in meiner Handtasche verstaut habe. Sofort komme ich mir deswegen schäbig vor. Mom kann schließlich nichts dafür, dass sie mir zurzeit gewaltig auf die Nerven geht. Sie war nie anders. Etwas, das auf mich nicht zutrifft. Noch vor drei Jahren war ich überzeugt, dass ich die beste Mutter auf der ganzen Welt habe. Sie tut wirklich alles für mich. Früher habe ich das geliebt, doch heute nimmt mir ihre Fürsorge die Luft zum Atmen.

»Fuck, Ian, nein, ich beruhige mich nicht!«, reißt Jaspers Stimme mich aus meinen Gedanken. Ich sehe zu ihm. Er hat sich aus seiner Ecke rausbewegt und tigert auf der Terrasse auf und ab. »Du sagst mir jetzt sofort, was Sache ist.«

Ich kann nicht hören, was Ian erwidert, doch Jaspers drängendes »Ich will aber nicht morgen darüber reden. Ich will es jetzt wissen, Ian. Was haben die Ärzte herausgefunden?«, spricht eine deutliche Sprache. »Sag es mir einfach«, fleht er, und mein Herz schnürt sich vor Mitgefühl zusammen.

Unvermittelt sieht er auf, blickt zu mir. »Ja, sie ist noch

da.« Seine Stirn wirft Falten. »Nein, Mann, das mache ich nicht. Ich kann doch nicht zu einem wildfremden Mädchen gehen und …« Ein genervtes Stöhnen und dann: »Okay, fein.« Sein Blick fixiert mich. »Hey, du, kannst du mal herkommen?«

»Ich?«, frage ich überrascht.

»Siehst du hier sonst noch irgendwen?«, blafft Jasper mich gereizt an. Sein Kumpel muss irgendetwas sagen, denn er rollt im nächsten Moment mit den Augen. »Sorry, ich …« Er hält mir sein Handy hin.

Unsicher, was er von mir erwartet, zögere ich.

»Nimm es«, fordert er mich auf.

»Oh … okay.« Ich greife danach und stutze kurz. Das Smartphone ist bestimmt schon drei oder vier Generationen alt. Irgendwie hätte ich bei einem Typen wie ihm, einem, der einen Maßanzug trägt und diese unglaublichen Erfolge verbucht, nicht so ein schrottiges Ding erwartet.

»Hallo?«, frage ich, nachdem ich es ans Ohr gehoben habe.

»Hi, ich bin Ian.«

»Ja, ich weiß.«

»Sehr schön. Und du? Wie heißt du?«

»Ich … bin Libby«, entgegne ich zögerlich.

»Nett, dich kennenzulernen, Libby.«

Ein Hoch auf britische Manieren. »Ja, freut mich auch sehr.«

»Ehrlich gesagt, lassen die Umstände etwas zu wünschen übrig, denn obwohl wir uns noch nicht lange kennen, muss ich dich um einen riesigen Gefallen bitten.«

»Was ist jetzt? Kriege ich mein Handy auch irgendwann wieder?«

Ich werfe Jasper einen finsteren Blick zu. Von Ians gutem Benehmen könnte er sich eine Scheibe abschneiden.

»Ignorier Jasper einfach und entschuldige sein flegelhaftes Benehmen. Er ist … Nun ja, du hast ihn ja bereits kennengelernt.«

»Eigentlich nicht wirklich, aber …«

»Ein gewaltiger Fehler. Das solltest du dringend nachholen. Denn normalerweise ist Jasper ziemlich cool und an guten Tagen sogar beinahe witzig.«

Ich lache über seinen Kommentar.

»Ian, Mann, komm schon, lass den Scheiß. Du kannst die Kleine auch später noch mit deinem Charme bezirzen«, mault Jasper.

»Er ist bloß neidisch, weil ich der Hübsche von uns beiden bin und er nie die Frauen abkriegt, die er will.«

Kopfschüttelnd lache ich in mich hinein.

»Du denkst sicher, dass das bei seinem unmöglichen Verhalten kein Wunder ist, aber ich schwöre, er ist nicht immer so drauf wie im Moment. Die Sache ist bloß die, dass ich kurz vor dem Abflug wieder so schlimme Bauchschmerzen hatte und ins Krankenhaus musste. Jazz macht sich also lediglich Sorgen und mutiert deshalb zu dem Stinkstiefel, der er gerade ist.«

Etwas in Ians Tonfall verrät mir, dass Jasper allen Grund hat, sich Gedanken um seinen Freund zu machen. »Und wie geht es dir jetzt?«, erkundige ich mich.

»Keine Schmerzen im Moment, was an den coolen Drogen liegt, die sie einem hier geben – intravenös und, jetzt kommt es, *gratis*! Kannst du dir das vorstellen? Das Zeug ist echt verdammt gut.«

Er klingt auch so, als ginge es ihm nicht allzu schlecht.

»Tut mir leid, dass ich bei unserem Kennenlernen high bin. Ich denke, dass wir das besser nicht unseren Enkelkindern erzählen sollten, oder?«

Ich grinse, was Jasper dazu veranlasst zu sagen: »Er soll endlich mit dem Süßholzraspeln aufhören und zum Punkt kommen.«

»Ach ja, da war doch was«, brummt Ian verdrießlich. »Also, heute bekam ich die Ergebnisse der Biopsie. Die Ärzte haben herausgefunden, dass ich ein Non-Hodgkin-Lymphom habe. Das ist eine Art von Lymphdrüsenkrebs.« Ich öffne den Mund und will ihm sagen, dass es mir leidtut, doch da schiebt Ian rasch hinterher: »Sag jetzt bitte nichts, Libby. Ich werde Jazz gleich alles erklären, aber ich möchte nicht, dass er danach alleine ist und sich die Augen aus dem Kopf heult. Er kann echt ein ziemliches Weichei sein, weißt du? Er ist dieser typische Harte-Schale-weicher-Kern-Typ. Und an dieser Stelle kommen wir zu dem Grund, weshalb ich dich bereits die ganze Zeit belästige. Ich weiß, ich habe kein Recht, dich um Hilfe zu bitten, denn du kennst mich nicht und du schuldest mir rein gar nichts, aber würdest du bitte dableiben und dich um Jazz kümmern?«

Ich will, dass du dich von diesem Kerl fernhältst, hallt die Stimme meiner Mutter in meinem Kopf wider. Den Bruchteil einer Sekunde lang zögere ich, dann schüttle ich ihre mahnenden Worte ab und entgegne: »Natürlich mache ich das, Ian.«

Ich höre, wie er erleichtert ausatmet. »Tausend Dank. Du hast was gut bei mir.«

»Schon okay.«

»Gibst du das Handy jetzt bitte Jazz?«

»Mache ich.«

Ich atme tief durch und halte Jasper dann sein Telefon hin. Zögerlich greift er danach. Er hebt es ans Ohr und entfernt sich ein Stück von mir. Ich lasse ihn nicht aus den Augen, als er wieder damit beginnt, unruhig auf und ab zu gehen.

»Das kann nicht sein«, höre ich ihn nach einem Moment sagen. Er sieht zu mir, und der Ausdruck in seinen Augen bricht mir das Herz. Ich folge ihm, als er auf eine Sitzecke zusteuert und sich in einen der extrabreiten Loungesessel fallen lässt. Er wirkt kraftlos und um Jahrzehnte gealtert.

Als er den Kopf in seine linke Hand stützt und zu weinen beginnt, setze ich mich neben ihn und streichle über seinen Rücken. Jasper und Ian tun mir unglaublich leid. Dieser Abend sollte für beide unvergesslich sein, im positiven Sinne. Stattdessen wird ihr Erfolg angesichts der persönlichen Tragödie komplett bedeutungslos.

»Ich heule nicht rum, Mann«, begehrt Jasper unvermittelt auf. Ein heiseres Lachen folgt nicht minder plötzlich, bevor er ein »Du bist so ein dummer Wichser« von sich gibt. Was auch immer Ian sagt, bringt Jasper erneut zum Lachen – allerdings stoppt das seine Tränen nicht.

Ich krame ein Päckchen Taschentücher aus meiner Handtasche hervor und reiche ihm eins.

Seine Lippen formen ein lautloses »Danke«, als er es entgegennimmt.

»Vergiss es! Das werden wir nicht auf deinen Grabstein schreiben, denn du stirbst nicht, okay?« Es folgt ein unterdrücktes Schluchzen. »Weil ich es sage. Tu einfach ein Mal das, was ich sage, du Blödmann.«

Eine längere Pause folgt. Ich betrachte Jasper von der Seite. Er hält sich unglaublich gut.

»Mir ist klar, dass das nicht so einfach ist, aber du hast gesagt, die Prognose sei gut. Du schaffst das. Du musst das schaffen.« Jasper seufzt. Er schaut zu mir und sagt dann: »Ja, sie ist noch da.« Ein freudloses Schnauben. »Ja, ist sie. Warum fragst du?«

Er verdreht erneut die Augen, während ich meine verenge

und ihn durchdringend anschaue. Mir gefällt es gar nicht, dass die beiden über mich sprechen.

»Du bist so ein Idiot. Das werde ich nicht tun. Du bist doch total high«, wirft er Ian vor. »Was geben sie dir denn? … Heftig! Kein Wunder, dass du glaubst, du wärst witzig.« Er lacht und sagt dann: »Nein, bist du nicht. Blödsinn! Libby behauptet gar nichts anderes. Das wüsste ich. Nein, sie wollte vermutlich bloß nett sein.« Er zwinkert mir zu, was mir ein schwaches Lächeln entlockt.

»Ich stehe total auf Ians Humor«, widerspreche ich ihm.

»Mann, Kumpel, was hast du mit dem Mädchen gemacht? Sie ist völlig verrückt nach dir.«

Pause. Ich wünschte, ich könnte hören, was Ian sagt.

»So ein Schwachsinn! Du bist nicht der Hübschere von uns beiden.«

»Doch, natürlich ist er das«, werfe ich ein.

»Woher willst du das wissen? Du kennst ihn doch gar nicht«, brummt Jasper in meine Richtung. »Echt, das hier ist die reinste Verschwörung. Was hat er dir versprochen, damit du dich auf seine Seite schlägst? Entwirft er ein Kleid für dich? Ich mache dir ein viel schöneres, ach was, ich entwerfe gleich eine komplette Kollektion für dich.«

Lachend sage ich: »Du bist so ein Spinner.«

»Libby, du checkst echt gar nichts. Ian ist der Spinner. Ich bin der Hübsche und der Witzige.«

»Was auch immer du sagst«, meine ich, und scheinbar stimmt Ian mir zu, denn Jasper schneidet eine Grimasse und schüttelt dabei den Kopf.

»Ihr habt euch gegen mich verbündet!«, schmollt er.

Es folgt ein langes Schweigen – zumindest auf dieser Seite des Telefons. So wie ich Ian kennengelernt habe, ist dieser munter am Plappern.

Irgendwann fragt Jasper: »Bist du müde?« Er gibt ein Brummen von sich – keine Ahnung, ob es Zustimmung oder das Gegenteil bedeutet. »Dann ruh dich jetzt aus … Nein, mach dir keine Sorgen. Mir geht es gut.«

Er lacht erneut. Ich bewundere Ian, der trotz der schlimmen Diagnose alles versucht, um Jasper aufzumuntern, und noch mehr dafür, dass es ihm sogar zu gelingen scheint.

»Was? Libby? Nein, auf die ist absolut kein Verlass. Die steht komplett in deiner Ecke, Bro. Bei Gelegenheit musst du mir mal erklären, wie du es schaffst, ein Mädchen über den verdammten Atlantik hinweg um den Finger zu wickeln.«

Ich strecke Jasper die Zunge raus.

»Nett? Du? Seit wann? … Du bist so ein Schwätzer. Okay, lass uns Schluss machen, schlaf dich aus.« Jasper senkt die Lider. »Mach dir keine Sorgen. Alles ist gut. Ich komme klar … Mmh. Ja, sag ich ihr. Schlaf gut.«

Er legt auf und bleibt mit geschlossenen Augen sitzen. Es dauert eine ganze Weile, bis ich realisiere, dass er stumm weint. Ich rücke näher an ihn heran.

»Es tut mir so leid.«

»Ich kann das alles einfach nicht glauben«, wispert er mit brüchiger Stimme.

»Verständlich.«

»Ich muss nach Hause.«

Er wischt sich die Tränen von den Wangen, tippt auf seinem Handy herum und versucht, einen Flug zu finden. Dass er völlig neben sich steht, zeigt seine Fahrigkeit. Ständig verklickt er sich, vergisst, wichtige Eingaben zu machen, und flucht unentwegt vor sich hin.

»Soll ich das vielleicht übernehmen?«

Er nickt, reicht mir sein Smartphone. Während ich nach dem nächstmöglichen Flug zurück nach London suche, sagt

Jasper: »Ich soll mich noch einmal bei dir bedanken. Das war Ian sehr wichtig, und ich …«

»Hier, schau mal. Der hier?«

Er sieht mir über die Schulter und nickt. Sein Atem streift meine Wange, und mein dummer, verräterischer Körper erschaudert.

»Ist dir kalt?«

»Na ja, warm ist es nicht gerade, aber …«

Er zieht sein Jackett aus und legt es mir über die Schultern. Himmel, riecht das gut! Sein Duft, herb und männlich, haftet dem Stoff an, der mich schützend und wärmend umgibt.

Jetzt bin ich es, die Schwierigkeiten hat, sich zu konzentrieren, was reichlich albern ist. Reine Selbstdisziplin befähigt mich dazu, seinen Vor- und Nachnamen einzutippen. Jasper steht kurz auf, zückt sein Portemonnaie und holt seinen Ausweis und eine Kreditkarte hervor. Zögerlich reicht er mir beides. Seine Finger zittern.

»Danke, dass du das hier alles machst.«

»Ist schon okay.«

»Tu das nicht ab, Libby. Das ist nicht selbstverständlich.«

Ich schaue vom Display auf. »Für mich schon. So, der Flug wäre gebucht. Morgen Nachmittag bist du wieder zu Hause.«

»Gut«, nuschelt er und nimmt sein Handy entgegen. »Wir sollten reingehen«, sagt er nach einer Weile, bleibt jedoch sitzen. Es vergehen ein paar Minuten, bevor er wieder zu sprechen beginnt. »Ich habe mir das alles anders vorgestellt«, gesteht er schließlich. »Dieser ganze New-York-Trip sollte für Ian und mich eine große Sache sein. Nicht nur wegen des Awards, sondern auch, weil keiner von uns jemals in dieser Stadt war. Und nun? Wer weiß, ob Ian jemals die Gelegenheit dazu haben wird. Was, wenn er stirbt?«

Er sieht mich verzweifelt an, und ich wünschte, ich könnte

ihm versichern, dass das nicht passieren wird. Ich wünschte, ich könnte irgendetwas sagen, damit es ihm besser geht und er sich nicht so elend fühlt. Dann fällt mir ein, was Ian über ihn behauptet hat.

»Ian hatte also recht!«, seufze ich theatralisch. »Du bist wirklich dieser Harte-Schale-weicher-Kern-Typ. Wie unsexy!«

Jasper lacht überrascht auf. »Das hat er behauptet? Harte Schale, weicher Kern?«

Ich nicke und schenke Jasper ein Lächeln.

»Er ist so ein Idiot«, befindet er kopfschüttelnd.

Einen Moment lang schweigen wir erneut.

»Ich habe solche Angst um ihn«, gesteht Jasper in die Stille hinein.

Ich lege meine Hand auf seine und drücke sie. Ich will mir gar nicht vorstellen, wie er sich gerade fühlt. Nicht auszudenken, wenn nicht Ian, sondern Eden betroffen wäre. Ich glaube, ich würde durchdrehen.

»Ich sollte jetzt wohl wirklich besser gehen und packen. Danke noch mal.«

»Keine Ursache«, erwidere ich.

»Kommst du mit rein?«

»Ja, ich wollte ohnehin auch aufbrechen.«

Wir erheben uns zeitgleich, gehen hinein. Stickige, warme Luft schlägt uns entgegen. Kaum sind wir drin, werden wir von der Flutwelle aus Gesprächsfetzen, Gelächter und Musik verschluckt. Himmel, was für ein Lärm und was für ein Gedränge! Wir sind noch keine drei Meter weit gekommen, da falle ich bereits zurück. Denn während Jasper sich ohne Rücksicht auf Verluste durch die Menge schiebt, ist es mir nicht möglich, mit ihm Schritt zu halten. Leute bewegen sich auf ihn zu, ziehen sich jedoch aufgrund seiner entschlossenen Ausstrahlung eilig wieder zurück. Dumm nur, dass sie sich in ihrem Bemühen, ihm aus dem Weg zu gehen, in meinen stellen.

Ich glaube schon, dass ich ihn zwischen all den Menschen verloren habe, als ich doch noch zu ihm aufschließe. Hugh und Sylvia haben sich wie die Geier auf ihn gestürzt und quasseln hemmungslos auf ihn ein. Empathie ist wohl nicht ihre große Stärke.

»Das klingt wahnsinnig interessant«, sagt Jasper und setzt gerade zu einem »aber« an, als Hugh ihn unterbricht und ihm von Sylvias Unternehmen vorschwärmt.

Unsicher, ob ich das Gespräch, bei dem es eindeutig um etwas Geschäftliches geht, unterbrechen soll, geselle ich mich einfach zu Jasper.

Nach zwei Minuten wird mir klar, dass Jasper nur zu höflich ist, um etwas zu sagen – vielleicht steht er aber auch nach Ians Geständnis immer noch unter Schock. So oder so, ich sehe mich gezwungen, ihn zu retten.

»Liberty Stevenson«, springe ich für ihn in die Bresche. »Ich bin die persönliche Assistentin von Mr. Chase. Geben Sie mir doch bitte Ihre Karte. Wir melden uns dann bei Ihnen. Mr. Chase hat gleich noch einen bedeutenden Interviewtermin, weshalb wir uns etwas ranhalten müssen.« Ich werfe ihm einen strengen Blick zu. Zum Glück spielt er mit. Alles andere wäre für mich auch ganz schön peinlich geworden.

»Sie haben gehört, was meine PA gesagt hat. Es tut mir wahnsinnig leid, aber es war ausgesprochen nett, Sie kennenzulernen.«

Hugh überreicht mir eine Visitenkarte, die ich sorgfältig in meiner Handtasche verstaue, bevor ich Jasper folge.

»Ich brauche keinen Babysitter«, knurrt er übellaunig, nachdem wir im Foyer angekommen sind. Er händigt seine Garderobenmarke aus.

Ich tue es ihm gleich. »Dein Tag verlief anders als erwartet, aber …«, beginne ich, komme jedoch nicht dazu, den Satz zu beenden.

»Das«, faucht er, »ist die Untertreibung des Jahrtausends.«

»Okay, dein Tag verlief beschissen, aber es heißt: ›Vielen lieben Dank, Libby, dass du mich vor der alten Vettel gerettet hast.‹ Und nicht: ›Ich brauche keinen Babysitter!‹«

Er sieht mich trotzig an. Aus seinem Mund kommt keine Entschuldigung, sondern lediglich die Worte: »Mein Jackett, bitte!«

Ich ziehe es aus, gebe es ihm und beobachte, wie er hineinschlüpft, während ich selbst meinen Mantel anziehe, den der Garderobier mir reicht.

Kaum dass wir gemeinsam die Veranstaltung verlassen haben und die Einfahrt zur Straße entlanglaufen, ruft Jasper sich ein Taxi. Da das keine dumme Idee ist, folge ich seinem Beispiel.

Kurz darauf stehen wir am Bordstein und warten. Weil Jaspers Handy nach unserem Streit offenbar viel interessanter ist als ich, werfe ich einen Blick durch die schmiedeeisernen Streben des Haupttores zurück zu dem eindrucksvollen Haus im Tudorstil. Dass Jasper mich ignoriert, macht mir etwas zu schaffen, aber das würde ich niemals zugeben. Stattdessen schieße ich mit meinem Handy ein Foto von dem Gebäude. Mein Dad, er ist Architekt, wird sich sicherlich freuen. Er hat ein Faible für Häuser wie dieses.

Der eisige New Yorker Wind lässt mich frösteln, und ich schiebe die Hände zusammen mit dem Smartphone eilig in die Manteltaschen. Im Moment ist es hier einfach nur brutal kalt und richtig ungemütlich. Was alle an dieser Stadt finden, kann ich absolut nicht nachvollziehen.

Ja, weil du ein Landei bist, hallt Edens Stimme durch meinen Kopf. Das hat sie mir am Tag meiner Ankunft hier gesagt, als ich mich darüber beschwerte, dass alles so laut und hektisch ist.

Vielleicht muss ich mich auch bloß daran gewöhnen. Das sollte ich in der Tat lieber rasch tun, denn schließlich habe ich vor, mich hier für ein Studium zu bewerben. Die Parsons School of Design ist meine erste Wahl und quasi die amerikanische Topadresse in Sachen Mode. Ganz ähnlich wie das Central Saint Martins in London, wo Ian und Jasper studiert haben. Ob er wohl vorhat, seinen Master zu machen? Und Ian? Was waren seine Zukunftspläne, bevor er die Diagnose bekam? Als hätte er mitbekommen, dass ich an ihn denke, gesellt Jasper sich zu mir. Ich bemerke ihn erst, als er neben mir steht und sich räuspert.

»Danke, dass du mich eben vor dieser getunten Schreckschraube gerettet hast. Irgendwie war ich in dem Moment etwas mit der Situation überfordert«, gesteht er.

Sein reuiger Blick bringt meine frostige Stimmung zum Schmelzen. »Schwamm drüber.«

»Nein, ernsthaft, es war scheiße von mir, so zu reagieren. Ich hätte dich nicht anblaffen dürfen, aber ich war plötzlich so wütend.« Er wirkt überrascht von seinen eigenen Gefühlen.

»Angst und Wut liegen dicht beieinander«, meine ich schulterzuckend.

»Ja«, murmelt er betreten.

»Und dass du gerade Angst hast, ist ganz normal. Du fühlst dich bestimmt ziemlich machtlos und … Na ja, ich glaube, das würde mich auch wütend machen.«

»Es ist so ungerecht!«, stößt er verzweifelt hervor, woraufhin ich nicke.

»Es tut mir leid, Jasper.«

»Nenn mich Jazz, okay?« Er wechselt das Thema, indem er am Aufschlag meines Revers zupft und fragt: »Ist der von Origami Oaring?«

»Von wem sonst?«

»Bist du ein Fan?«

»Wie könnte man kein Fan von ihm sein?« Von all meinen Alta-Moda-Stücken ist es mein liebstes, denn es ist ein Geschenk des Designers selbst als Dankeschön für einen – seiner Meinung nach – besonders gelungenen Blogbeitrag über seinen unverkennbaren Stil.

»Reiche Eltern oder reicher Lover?«

»Weder noch«, entgegne ich, lasse ihn jedoch im Unklaren darüber, wie ich in den Besitz dieses kostbaren Kleidungsstücks gelangt bin.

»Kleptomanin«, scherzt er prompt.

Hat er gedacht, er könne mich damit kränken oder provozieren, ist er auf dem Holzweg. So leicht bringt mich nichts aus der Ruhe. »Ertappt«, sage ich daher leichthin und frage dann: »Willst du gucken?«

»Unbedingt!«

Ich löse den langen Bindegürtel, öffne den wattierten Mantel trotz der Kälte und gewähre ihm einen Blick hinter die Kulissen. Seine Finger machen sich am weißen gesteppten Innenfutter zu schaffen. Er untersucht das gute Stück, verharrt an genau den richtigen Stellen. Origami Oaring ist eben ein Meister seines Fachs. Ich verstehe Jaspers unverhohlene Faszination.

»Da kommt dein Taxi«, unterbreche ich sein Treiben.

Seufzend schaut er auf, und dann tut er etwas, das mich überrascht. Er tritt dichter an mich heran, schließt den Mantel für mich und bindet sogar den Gürtel. Mit kundigen Händen streicht er das Revers glatt und zupft dann noch einmal an einer der Falten, damit diese perfekt sitzt. Sein forsches, doch zugleich professionelles Herangehen, das für ihn als Designer normal sein muss, jagt mir einen neuerlichen Schauer über den Rücken. Himmel, dieser Typ hat es echt in sich!

Unsere Blicke kreuzen sich.

»Ladies first«, meint er galant und nickt in Richtung Taxi.

Allem Anschein nach erinnert Jasper sich wieder an seine guten Manieren, denn gentlemanlike geleitet er mich zu dem Yellow Cab und öffnet sogar die Tür.

Schlagartig wird mir bewusst, dass dies das Ende unserer Begegnung ist, und etwas in mir sträubt sich. Ich will das Taxi nicht besteigen, will mich nicht von ihm trennen. *Sei nicht dumm, Libby*, ermahne ich mich. *Das ist absolut unangemessen!* Einen Moment lang weiß ich nicht, ob die Stimme in meinem Kopf mir oder meiner Mutter gehört. Statt dieser Frage auf den Grund zu gehen, schiebe ich mich an Jasper vorbei und mache Anstalten einzusteigen.

Seine Finger, die meine Armbeuge umfassen, halten mich zurück. »Hey, warte noch mal, Libby. Du warst heute wirklich großartig.«

Ich schüttle den Kopf, senke ihn, doch Jasper schiebt seine Hand unter mein Kinn. Er lässt mir keine andere Wahl, als aufzusehen und ihn direkt anzublicken. Goldene Sprenkel tanzen in seinen tiefgrünen Augen. Sie wirken beinahe überirdisch. Ich drohe, mich in ihnen zu verlieren, und frage mich verzweifelt, warum nichts an Jasper Chase gewöhnlich sein kann.

»Ganz im Ernst: Du warst meine Rettung.«

Er steht so dicht vor mir, dass ich das Gefühl habe, in seinem männlich-herben Duft zu ertrinken. Sein Geruch umspinnt meine Sinne, zersetzt meinen gesunden Menschenverstand. Der Drang, ihn zu küssen, wird überwältigend.

»Hör zu, Libby, was hältst du davon, wenn wir noch irgendwo was essen gehen? Ich lade dich ein. Als Dankeschön, weil du so nett warst, und als Entschuldigung, weil ich es nicht war.«

Das klingt verdammt verlockend. Meine Mutter würde durchdrehen – was ein Grund mehr ist, auf Jaspers Angebot einzugehen. Etwas wehmütig denke ich für einen Augenblick an die Aurelio-Show und an meinen Platz in der ersten Reihe. Doch wer braucht schon Aurelio, wenn er Jasper Chase haben kann?

»Gib's zu, du kannst einfach nicht genug von meinem Mantel bekommen.«

»Das auch«, meint er schief grinsend. »Rutsch rein!«

Ich folge seinem Befehl.

»Wohin soll es gehen?«, erkundigt sich der Taxifahrer.

»Ist das Restaurant in deinem Hotel gut?«, will Jasper von mir wissen.

Ich zucke mit den Schultern. »Ich war dort noch nicht essen, aber da mein Hotel gut ist, wird es das Restaurant vermutlich auch sein.«

»Egal, es kann nur besser sein als das in meinem.«

»So schlimm?«

Er nickt und entgegnet ernsthaft: »Da schimpft alle Welt immer über das englische Essen und dann … Nun ja, wo müssen wir hin?«

Ich wende mich an den Fahrer. »Wir müssen zum The New Yorker«, lasse ich ihn wissen, lehne mich zurück und versuche, mich zu entspannen. Meine Bemühungen werden jedoch durch Jaspers unmittelbare Nähe erschwert. Da er so groß ist, nimmt er viel Raum ein. Sein Knie berührt meines. Ich äuge zu ihm. Er unterhält sich mit dem Taxifahrer, dessen rasanter Fahrstil ebenfalls nicht dazu beiträgt, dass die Anspannung nachlässt. Als der Wagen abrupt links abbiegt, stoße ich unsanft gegen Jasper. Ein erschrockener Laut kommt mir über die Lippen, und ich stütze mich haltsuchend an seinem Oberschenkel ab, woraufhin er den Fahrer bittet, etwas langsamer zu machen. Der kommt seiner Bitte zu meiner Überraschung auch prompt nach und entschuldigt sich sogar.

Ich rücke etwas von Jasper ab und atme einmal tief durch, was mich zumindest etwas beruhigt. Dafür sorgt Jaspers aufmunterndes Lächeln erneut für Aufruhr. Aufmerksam, beinahe schon prüfend mustert er mich. Ob er mir ansehen kann, wie nervös mich seine Gegenwart mit jeder Meile, die sich das Taxi durch die Nacht schlängelt, macht? Unwillkürlich frage ich mich, was er erwartet, und erinnere mich an Edens Worte, als ich damals vor sechs Monaten mit ihr über meinen Exfreund Christian und unsere Pläne in Bezug auf unser erstes Mal sprach: *Ist es nicht egal, was er erwartet? Was erwartest du?*

Gute Frage. Ich habe keine Ahnung. Ich weiß bloß, dass Jazz mich unglaublich nervös macht.

»Nobel«, murmelt Jasper, als das Taxi vor dem Hotel parkt, »geht die Welt zugrunde.«

Er bezahlt den Fahrer, steigt aus und öffnet mir die Tür. Ich ergreife seine Hand, und einen Moment später stehen wir beide vorm Eingang.

»Was erwartest du? Das hier ist Midtown Manhattan. Das Empire State Building befindet sich bloß ein Stück die Straße runter.« Ich deute in die Richtung. Sein Blick folgt meinem ausgestreckten Arm.

»Dann ist auch die Parsons nicht allzu weit weg, oder?«

»Du verschätzt dich da ziemlich. Das ist schon noch ein ganz schönes Stück.«

»Ich bin das erste Mal in New York«, erinnert er mich und sieht sich aufmerksam um. »Wollen wir da essen gehen?«

Er zeigt auf das Schild eines Steakhouses. *Butcher & Banker – Steakhouse + Cocktail Vault* steht dort.

»Klar, warum nicht? Allerdings ist es ziemlich angesagt, habe ich gehört. Keine Ahnung, ob wir so spontan noch einen Tisch bekommen.«

»Lass es uns einfach probieren.«

Wie sich herausstellt, haben wir Glück, und wenig später sitzen wir – unglaublich, aber wahr – in einem echten ehemaligen Tresorraum inklusive gewaltiger Tresorraumtür und zahlreicher Bankschließfächer.

»Beeindruckend«, meint Jasper. Er ist redlich um Small Talk bemüht, allerdings findet er in mir keine gute Gesprächspartnerin. Zu groß ist die Aufregung!

Ich wünschte, ich wüsste, was das wird. Was mache ich hier bloß?

Erschrocken zucke ich zusammen, als Jasper über den Tisch hinweg nach meiner Hand greift. »Hey, alles okay?«

Ich erschauere unter der Berührung. Er zieht seine Hand zurück.

»Ist dir noch immer kalt? Magst du etwas Warmes trinken?«

»Etwas Warmes trinken?«, echoe ich irritiert.

»Ja, beispielsweise einen Earl Grey oder so?«

Ich runzle die Stirn. »Das ist so ein Tee, oder?«

»*So ein Tee?* Das ist der Tee schlechthin, Libby.« Er schlägt in einer theatralischen Geste die Hände über dem Kopf zusammen. »Ihr Amerikaner macht mich manchmal echt fertig. Du würdest doch auch niemals behaupten, dass Origami *so ein Designer* ist, oder?«

Vehement schüttle ich den Kopf. Als der Kellner kommt, bestellt Jasper ernsthaft einen Tee.

»Oh nein, das ist wirklich nicht nötig. Ich bin nicht so der Teefan.«

»Der ist auch nicht für dich, sondern für mich. Irgendwer hätte mich vorwarnen können, dass es hier so kalt ist.«

»Es ist Februar in New York, was hast du erwartet?«

»Etwas geschmeidigere Temperaturen? Aber vermutlich bin ich einfach vom Golfstrom verwöhnt.«

»Vermutlich.«

»Gibst du immer so einsilbige Antworten?«

»Nein.«

»Das war überzeugend«, scherzt er und zwinkert mir zu. »Weißt du schon, was du essen wirst?«

Meine Antwort besteht aus einem Kopfschütteln. Vermutlich wüsste ich, was ich bestellen will, wenn es mir gelingen würde, mich mal drei Sekunden zu konzentrieren. Reiß dich zusammen, ermahne ich mich und stecke meine Nase in die Speisekarte, nur um im nächsten Augenblick bereits wieder über deren Rand in Jaspers Richtung zu spähen. Ich kann mich einfach nicht an ihm sattsehen. Er hat so schöne Augen und dann erst seine feingeschwungenen Lippen. Himmel, ich kann nicht aufhören, daran zu denken, wie sie sich wohl auf meinen anfühlen würden.

»Und?«, fragt er, als er peinlicherweise bemerkt, dass ich ihn beobachte. Mist!

»Pasta! Ich nehme einfach Pasta«, stoße ich hervor und bemerke, wie meine Wangen zu glühen beginnen.

»Pasta? Meinst du die Shrimp Scampi mit Spaghetti?«

»Ja, genau die meine ich«, behaupte ich, nachdem ich sehe, dass es kein anderes Nudelgericht auf der Karte gibt.

Hastig klappe ich sie zu und lege sie auf Jaspers. Der Kellner eilt herbei, und wir geben unsere Bestellung auf. Während wir aufs Essen warten, versucht Jazz noch einmal, ein

Gespräch in Gang zu bringen, doch ich bin nach wie vor viel zu nervös und gehemmt. Die Aufregung lässt sich nicht ablegen. Sie sitzt so hauteng wie Sylvias Latexkleid und raubt mir schier den Atem.

»Du machst es mir nicht einfach, Libby«, meint Jasper schließlich. Er klingt ein wenig vorwurfsvoll.

Eden würde jetzt sagen, dass wir Frauen nicht auf der Welt sind, um es Männern einfach zu machen, doch Eden ist anders als ich.

»Bitte entschuldige, das war nicht meine Absicht«, lasse ich ihn wissen und lächle ihn zaghaft an.

»Bist du nervös?«

»Was? Nein!«, verwehre ich mich. Seine direkte Frage wirft mich noch mehr aus der Bahn. Auf keinen Fall möchte ich, dass er weiß, was für eine Wirkung er auf mich hat und dass ich seit einer geschlagenen halben Stunde darüber nachdenke, wie es wohl wäre, ihn zu küssen. Allein bei der Vorstellung pocht mein Herz schneller, und meine Hände werden zittrig.

»Also ich bin aufgeregt«, gesteht Jasper mir.

Überrascht suche ich seinen Blick.

»Ich habe keine Ahnung, was mich in London erwartet. Wenn ich daran denke, was in den nächsten Wochen und Monaten auf uns zukommen wird…« Er verstummt. Hilflosigkeit und Verzweiflung paaren sich in seinen Augen.

Oh, denke ich betreten. Doch was habe ich erwartet? Dass ich ihn nervös mache? Wohl kaum. Habe ich nicht eben noch selbst zu meiner Mutter gesagt, dass Jasper eine Art Rockstar ist? Die Frauen liegen ihm zu Füßen. Ian hat zwar behauptet, dass Jasper nie die bekommen würde, die er will, aber das kann unmöglich stimmen.

»Lass uns ein Spiel spielen«, höre ich mich sagen.

Jasper sieht mich überrascht an, und ich kann es ihm nicht verdenken. Mein kühner Vorstoß sieht mir so gar nicht ähnlich, aber ich will auch nicht, dass er sich in seinen Sorgen verliert. Ian hat mich gebeten, mich um Jazz zu kümmern, und das werde ich tun. Neulich wurde ich von einer anderen Fashionbloggerin interviewt, es waren jede Menge witzige Fragen.

»Das Spiel heißt ›Dies oder Das‹. Kaffee oder Tee?«

»Ist abhängig von den Umständen.«

»Dies oder das!«, ermahne ich ihn streng.

Er gibt ein mürrisches Geräusch von sich. »Tee.«

»Sicher?«

»Nein!«

Ich zucke mit den Schultern. »Tja, Pech! Du bist dran.«

»Filme oder Bücher?«

»Bücher!«

»Du hast nicht mal gezögert!«, wirft er mir vor.

»Ich weiß eben, was ich will!«

»Bücher sind zugegeben eine gute Wahl.«

»Echt? Du liest?« Es gelingt mir nicht, mein maßloses Erstaunen zu verbergen. Einer wie er, der liest doch nicht.

»Ja, ich kann lesen«, meint er und zwinkert mir zu. »Und zu deiner Info, ich lese sogar sehr gerne.«

»Dein Lieblingsbuch?«

»Das ist keine Dies-oder-Das-Frage!«

»Und das ist keine Antwort auf meine Frage!«

Zähneknirschend murmelt er: »*Harry Potter.* Immer noch.«

»Welches davon?«

»Wie, welches davon? Alle! Das ist ein Gesamtkunstwerk!«

Er klingt so empört und energisch, dass ich mir ein Lachen nicht verkneifen kann.

»Okay, aber für all deine Zwischenfragen darf ich jetzt

noch mal.« Ehe ich etwas erwidern kann, fragt er: »Baden oder Duschen?«

»Baden! Ich bin eine absolute Badenixe.«

»Gut zu wissen. Okay, dann bist du dran«, erinnert er mich.

»Geld oder Ruhm?«

»Ruhm! Frühaufsteher oder Nachteule?«

»Nachteule. Warum Ruhm?« Er zuckt mit den Schultern, doch so leicht lasse ich ihn nicht davonkommen. »Verrat es mir.« Er schmunzelt über meine Forderung. »Bitttttteeee!«, flehe ich und schenke ihm meinen herzerweichendsten Kleinmädchenblick.

»Vielleicht als Ersatz für Liebe.«

Seine Ehrlichkeit zu verdauen, kostet mich einen Augenblick. »War das eine Frage oder eine Feststellung?«

»Da denke ich noch mal drüber nach, okay?«

»Von mir aus. Raucher oder Nichtraucher?«

»Nichtraucher. War ich aber nicht immer, also eigentlich endlich wieder Nichtraucher. Yeah!«

»Gratuliere!«

»War ein ziemlicher Kampf«, gesteht er und fährt sich mit der Rechten durch seine verwuschelten Haare.

Unser Essen kommt, woraufhin wir unser kleines Spiel unterbrechen, um uns die köstlichen Gerichte schmecken zu lassen. Ich bereue meine versehentliche Pastabestellung kein bisschen, und Jasper genießt sein zartes Steak ganz offensichtlich auch. Ich muss mir Mühe geben, ihm beim Kauen nicht ständig auf seine verführerischen Lippen zu schauen. Kaum wurden die Teller jedoch abgeräumt, fragt Jasper: »Umarmungen oder Küsse?«

Er erwischt mich eiskalt. »Was?«, platze ich wenig eloquent hervor, denke jedoch: Beides. Beides und noch mehr.

»Dies oder das«, hilft er mir auf die Sprünge.

»Oh ja, klar. Weißt du was, ich gehe mal zur Toilette und denke dabei darüber nach, denn das ist eine echt schwere Entscheidung.«

Mayday, texte ich Eden von der stillen Örtlichkeit aus.

Ihre Antwort kommt prompt: **Was ist los, Süße? Wieder diese Ashley-Bitch?**

Um Himmels willen! Das Miststück hätte mir gerade noch gefehlt. Bis vor zwei Tagen kannte ich sie noch nicht persönlich, und ehrlich gesagt, hätte ich verdammt gut auf ein Zusammentreffen verzichten können. Ashley, Marcia und ich wurden für unsere Fashionblogs ausgezeichnet, und der Aufenthalt in diesem Hotel ist Teil unseres Preises. Marcia ist supernett, doch Ashley hat sich als fiese Hardcore-Zicke entpuppt. Ich mache drei Kreuze, dass es mir nach unserer ersten Begegnung gelungen ist, diesem missgünstigen Biest aus dem Weg zu gehen.

Nein, zum Glück nicht! Mein Problem, wenn man es denn so nennen will, ist ein anderes: Jasper Chase

Wer ist das? Muss man den kennen?

Google ihn!!!

Es dauert einen Moment, dann folgen drei Smileys mit Sternchen in den Augen und ein: **Scheiße, ist der Typ heiß!**

Exakt das dachte ich auch, als ich ihn zum ersten Mal gesehen habe. Ja, er ist megahot. Ich glaube, er ist der schönste Kerl, dem ich je begegnet bin, und da ist diese krasse Spannung zwischen uns. Himmel, ich weiß auch nicht!

Spannung?

Ja, keine Ahnung, wie ich es sonst nennen soll.

Ihr seid scharf aufeinander?

Ich plustere die Wangen auf und lasse die Luft entweichen. Das ist wieder mal typisch Eden. Sie kommt immer sofort zum Punkt. Bevor ich einen ellenlangen Monolog tippe, rufe ich sie kurz entschlossen an.

»Keine Ahnung. Vielleicht. Auf jeden Fall kann ich mich überhaupt nicht entspannen, weil ich mich die ganze Zeit frage, worauf das hinausläuft, und Panik habe. Es ist auch alles total kompliziert, denn sein bester Freund hat ihm gerade mitgeteilt, dass er Krebs hat, und Jasper nimmt morgen früh den ersten Flug zurück nach London. Aber ich kann nicht aufhören, daran zu denken, wie es wohl wäre, ihn zu küssen.«

»Du willst ihn küssen? Dann mach das doch!«

»Was, wenn er mich nicht küssen will?«

»Hallo, nach heute Abend siehst du ihn nie wieder.«

»Ja, ich weiß, das ist ja das Schlimme.«

»Blödsinn, Libby, das ist das Allerbeste! Deshalb kannst du machen, was du willst. Küss ihn, und wenn er deinen Kuss nicht erwidert: So what?«

Ich atme tief durch. Vielleicht hat sie recht. Aber trotzdem. »Und wenn er eine Freundin hat? Wie furchtbar wäre das, wenn ich hier mit ihm rummache, und in London …«

»Ich finde ja, dass das nicht dein Problem ist.«

Dass Eden die Sache so sieht, war klar, aber auch in diesem Punkt unterscheiden wir uns grundlegend. Ich will einfach nicht für das Leid eines anderen verantwortlich sein … selbst wenn es bloß Liebeskummer ist.

»Okay, also laut seinem Facebook-Profil ist dein Jasper Chase Single. Eurem amourösen Intermezzo steht also nichts mehr im Weg.«

»Aber es ist so unangemessen, wegen Ian und …«

»Was glaubst du, wie der Typ sich gerade fühlt? Meinst du nicht, dass ein paar heiße Küsse genau das Richtige wären, um ihn aufzumuntern? Über den ganzen Scheiß nachdenken kann er noch während des Rückflugs.« Als ich schweige, weil ich versuche, ihrer Argumentation zu folgen, fügt sie hinzu: »Genau genommen tust du dem Mann einen Gefallen, wenn du ihn ein wenig ablenkst, weißt du?«

»Und was, wenn es nicht bei einem Kuss bleibt?«, frage ich ängstlich und hoffnungsvoll zugleich.

»Du hast doch bestimmt noch das Kondom, das ich dir gegeben habe. Andernfalls kannst du auch den Zimmerservice darum bitten.«

Bei dem Gedanken daran reiße ich entsetzt die Augen auf. Nie im Leben! Geht es noch peinlicher? Zum Glück bliebe mir etwas Derartiges aber erspart, sollte es so weit kommen, denn tatsächlich trage ich das Kondom – dank Edens schlechtem Einfluss – immer mit mir rum.

»Aber was, wenn es wieder so schrecklich wehtut und …«

»Beruhige dich, Libby. Sex ist eine tolle Sache. Glaub mir. Und wenn man es richtig macht, dann tut es nicht weh. Christian ist bloß ein Idiot, der nicht weiß, was er zu tun hat. Der würde doch den Eingang zum Paradies nicht mal finden, wenn es dafür ein Navi gäbe. Also vergiss dieses blöde Erlebnis mit diesem unfähigen Stümper, denn das ist nicht exemplarisch.«

Sie hat leicht reden. Sie war ja nicht dabei und hat keine Ahnung, *wie* grässlich es war. »Ich habe Angst, dass es wieder so krampfig und peinlich wird. Ich möchte mich vor Jasper nicht blamieren.«

»Das kann ich verstehen. Hör zu, wenn du wie in Schockstarre auf dem Rücken liegst und die ganze Zeit damit rechnest, dass es wehtut, dann wird es das vermutlich auch. Aber so muss es doch nicht laufen. Du hast das selbst in der Hand. Mach es für dich zu einem schönen und erfüllenden Erlebnis, indem du schaust, was du brauchst.«

Ich denke über ihre Worte nach. Mir ist klar, dass sie mit dem, was sie sagt, recht hat, aber so einfach ist das nun mal nicht.

»Ich kann dich denken hören, Libby«, sagt Eden vorwurfsvoll. »Was soll denn im schlimmsten Fall passieren?«

»Es könnte ein totales Desaster werden!«

»Küss diesen heißen Kerl doch einfach und schau, was passiert. Ganz ohne Druck. Aber jetzt lass ihn nicht so lange warten, sonst denkt er noch, du bist durchs Klofenster abgehauen.«

»Das wird er nicht denken. Wir sitzen in einem unterirdischen Tresorraum!«

»In einem unterirdischen Tresorraum? Ein Escape Room?«

»Nein, ein ziemlich abgefahrenes Restaurant direkt neben meinem Hotel.«

»Wie praktisch«, meint Eden lachend. »Seine Idee oder deine?«

Ich muss einen Moment darüber nachdenken, dann sage ich: »Seine. Warum?«

»Oh, an deiner Stelle würde ich mir keine Sorgen machen, dass er deinen Kuss nicht erwidert, und nun entspann dich und genieß den Abend.«

Als ich zurück an unseren Tisch komme, empfängt Jasper mich mit einem erfreuten Lächeln.

»Hey, da bist du ja. Ich war schon kurz davor, einen Suchtrupp loszuschicken.«

»Hast du gedacht, ich hätte mich klammheimlich davongestohlen?«

»Der Gedanke kam mir, und ehrlich, das hätte mir das Herz gebrochen.«

Ich presse meine Lippen aufeinander, um das breite Grinsen, zu dem sie sich unbedingt verziehen wollen, zu unterdrücken, und nehme Jasper gegenüber Platz.

»Solange wir keinen Nachtisch hatten, werde ich ganz sicher nicht abhauen«, lasse ich ihn augenzwinkernd wissen.

2

Jasper

Nachtisch? Meint sie damit etwa …? Ich sehe sie durchdringend an. Nein, bestimmt nicht. Libby ist – anders als Ian anfangs befürchtet hat – nun einmal kein Groupie. Dabei hätte ich gar nichts dagegen, wenn sie auf Sex mit mir aus wäre. Das wäre nämlich genau das, was ich bräuchte, um ein wenig runterzukommen und abzuschalten. Die Sache mit Ian macht mich fertig. Hastig schiebe ich den Gedanken an ihn von mir und nehme stattdessen einen tiefen Schluck aus meinem Glas. Der Rotwein ist lecker. Etwas, das man den Franzosen lassen muss: Von Mode und der Weinherstellung haben sie wirklich Ahnung. Da die Sorge um Ian mich nicht loslassen will, sondern überhandzunehmen droht, trinke ich einen zweiten Schluck. Hier im Restaurant das Heulen anzufangen, kommt nicht infrage.

Schlimm genug, dass ich den Großteil der Zeit, in der wir vorhin aufs Taxi gewartet haben, damit verbracht habe, nachzusehen, was genau Ian hat. Irgendwo habe ich etwas von »guten Heilungschancen« gelesen, allerdings beruhigt mich das nur bedingt, denn es ist damit schließlich nicht gesagt, dass Ian definitiv wieder gesund wird. Falls er stirbt, dann … Fuck, ich kann mir ein Leben ohne ihn nicht vorstellen. Er ist bloß drei Wochen jünger als ich, und wir sind von klein auf die besten Freunde. Ian ist der Bruder, den ich nie hatte. Wir haben alles gemeinsam gemacht. Nicht, dass man in dem kleinen Nest, aus dem wir stammen, wirklich viel hätte machen können. Die dummen Ideen sind uns trotzdem nie ausgegangen.

Ich denke an unseren mitternächtlichen Ausflug zum St Michael's Mount. Dieser Trip hätte uns unter Umständen das Leben kosten können … allerdings waren wir damals viel zu betrunken, um uns der Gefahr, in die wir uns gebracht hatten, bewusst zu sein. Heute kann ich über unsere Idee, der Gezeiteninsel bei einsetzender Flut und noch dazu in einer stürmischen Winternacht einen Besuch abzustatten, bloß noch den Kopf schütteln. Doch das war bei Weitem nicht das einzige Mal, dass wir grenzenlos leichtsinnig waren. Ich erinnere mich an unsere waghalsigen Skatestunts, die nicht selten in der Notaufnahme endeten. Und nun ist Ians Leben wieder in Gefahr, und zwar nicht wegen einer unserer dämlichen Entscheidungen, sondern wegen einer beschissenen genetischen Anomalie. Ein Fehler in der hauseigenen Matrix. Ich könnte kotzen!

Die Angst überwältigt mich. Sie raubt mir den Atem, und in diesem Moment habe ich ihr nichts entgegenzusetzen, denn sie fegt jeden rationalen Gedanken beiseite. Ich scheitere bei dem Versuch, die Panik, zu der sich die Sorge mit rasender Geschwindigkeit gesteigert hat, zu unterdrücken.

»Übrigens …«, dringt Libbys Stimme wie durch dicken Nebel zu mir, »… habe ich gar nicht gesagt, dass ich mich davonstehlen werde. Sondern lediglich, dass ich es auf gar keinen Fall vor dem Nachtisch machen würde.«

»Was?«, platzt es verwirrt aus mir heraus.

Und dann liegt plötzlich Libbys Hand erneut auf meiner. Ihre Finger fühlen sich warm an. Tröstlich. »Jasper?«, sagt sie, als ich meine Hand unter ihrer drehe, sodass sich Handfläche an Handfläche schmiegt.

Mein Blick sucht ihren – noch immer fühle ich mich leicht desorientiert. Der mitfühlende Ausdruck in ihren Augen löst ein sonderbares Gefühl in mir aus. Ihre Finger, die mit meinen spielen, fungieren als Anker. Sie verhindern, dass ich abdrifte und an einer felsigen Untiefe zerschelle. Ein verlegenes Lachen entfährt Libby, als ich meine andere Hand auf ihre lege und ihre Finger umfange. Mit einem Mal bin ich zurück im Hier und Jetzt. Ich nehme alles überdeutlich wahr. Den Saxophonisten, der eine großartige Version von *Summertime* spielt, Libbys Duft, den des fantastischen Essens, ihre Lippen, die feucht glänzen, und das Lächeln, zu dem sie sich verziehen.

»Ja?«

»Ich sagte, dass ich gar nicht vorhatte zu verschwinden – weder vor noch nach dem Nachtisch.«

»Das ist gut.«

»Findest du?« Sie klingt zweifelnd.

»Ja, das finde ich in der Tat. Magst du denn Nachtisch haben?«

»Unbedingt, aber was ich noch dringender brauche, ist ein Iced White Chocolate Mocha. Ein Starbucks ist hier direkt um die Ecke.«

»Was auch immer du willst«, meine ich, winke den Kellner herbei und zahle.

Keine zehn Minuten später sitzen wir bei Starbucks und warten auf unsere Bestellung.

»Du schuldest mir noch eine Antwort auf meine Frage.«

»Deine Frage?«

»Küsse oder Umarmungen?«

»Ach, die! Küsse!«, sagt Libby und leckt sich über ihre vollen Lippen.

Verdammt, ich würde sie wirklich gerne küssen. »Sicher?«

Libby legt den Kopf schief, sieht aus, als würde sie nachdenken. »Definitiv, also natürlich nur, wenn ich mich entscheiden muss.« Sie seufzt leise.

Der Laut, der an mein Ohr dringt, ist so lustvoll, dass mein Schwanz zuckt.

»Umarmungen sind schließlich auch nicht schlecht«, schiebt sie hinterher.

»Na, sieh mal einer an«, ertönt plötzlich eine höhnische weibliche Stimme hinter mir. »Wenn das nicht die kleine Libby Stevenson ist. Hast also doch keine Karte für die Aurelio-Modenschau bekommen? Hätte mir ja denken können, dass du das bloß erfunden hast, um dich wichtigzumachen.«

Libbys Augen weiten sich überrascht – oder vielleicht trifft entsetzt es besser –, doch sie fängt sich schnell, und als sie spricht, ist ihr davon nichts anzumerken. »Es geht dich zwar nichts an, Ashley, aber ja, ich hatte eine Karte für die Aurelio-Show.« Sie öffnet ihre Handtasche und legt einen Umschlag auf den Tisch.

Ashley tritt an mir vorbei, um danach zu greifen. Sie ist mit ihren dunklen Locken und der olivfarbenen Haut das komplette Gegenteil von Libby. Ich beobachte, wie ihr Mund einen verkniffenen Zug annimmt, als sie begreift, dass Libby nicht gelogen hat. Ich hingegen komme mir plötzlich ziemlich beschissen vor. Libby hatte Pläne für heute Abend. Sie hätte auf die Aurelio-Modenschau gehen können. Für diese Karte würden sich andere Leute prostituieren, doch Libby schmeißt alles hin, damit ich nicht alleine bin und bei dem Gedanken an Ians Krebserkrankung durchdrehe. Meine Dankbarkeit ist in diesem Moment grenzenlos.

»Und was machst du dann hier?«, will Ashley-Ätzkuh wissen.

»Sie hat meine Einladung zum Essen angenommen«, schalte ich mich ein.

Ihr Blick huscht zu mir, und mit einem Mal verändert sich ihre komplette Haltung. Es ist, als hätte man einen Schalter umgelegt.

»Jasper Chase«, haucht sie. Sie streckt mir ihre Hand hin. »Wie schön, Sie kennenzulernen. Ich gratuliere Ihnen zu Ihrem Preis. Ihre Kollektion ist umwerfend. Ich bin ein großer Fan.« Als ich keine Anstalten mache, ihre Hand zu ergreifen, verblasst ihr aufgesetztes Lächeln etwas. »Kein Wunder, dass Libby Aurelio hat sausen lassen. Ich würde auch viel lieber Zeit mit Ihnen verbringen, als mir seine verstaubten Entwürfe anzuschauen.«

Verstaubte Entwürfe, dass ich nicht lache! Aurelio ist ein verdammter Gott, und wenn ich groß bin, will ich so werden wie er. Als ich Aurelio das bei unserer ersten Begegnung sagte, lachte er, klopfte mir auf die Schulter und meinte: »Ich habe nichts dagegen, wenn du das Ufer wechselst, Kleiner.« Woran er erkannt hat, dass ich straight bin, hat er mir nie verraten. Dafür hat er mir einen Haufen guter Tipps gegeben. Dieser Mann ist eins meiner großen Vorbilder, doch das werde ich Ashley mit Sicherheit nicht verraten, denn das geht sie gar nichts an. Stattdessen sage ich: »Tja, nur habe ich daran absolut keinen Bedarf, da ich meine Zeit mit Libby verbringe.«

Ich deute auf meine Begleiterin und zwinkere ihr zu. Sie errötet auf bezaubernde Weise und senkt den Blick. Ich würde darauf wetten, dass ihre Finger gerade dabei sind, die Serviette, die auf ihrem Schoß liegt, zu erwürgen. Schon im Taxi habe ich beobachtet, wie ihre Hände unablässig miteinander rangen. Dabei gibt es keinen Grund, in meiner Gegenwart nervös zu sein. Natürlich kann ich hin und wieder ein echter Arsch sein, wie Ian mir gerne sagt, doch Libby ist ziemlich gut darin, Grenzen zu setzen. Vielleicht lag es aber auch nur an unserem Taxifahrer. Der Kerl ist gefahren wie eine gesengte Sau.

»Ach«, säuselt Ashley schließlich, »mir reicht ein winziges Selfie mit Ihnen, dann können Sie wieder Zeit mit Libby und ihren kleinen Träumen verbringen, wenn Sie das für nötig halten.«

»Bedaure, aber die Selfie-Posen sind mir für heute ausgegangen.«

»Jasper! Libby!«, ertönt es von der Bar her.

Perfektes Timing!

»Wenn Sie uns nun entschuldigen würden, wir würden jetzt gerne in Ruhe unseren Kaffee trinken und unseren Kuchen essen.«

Ashleys giftiger Blick streift mich, doch ihre Wut über meine rüde Abfuhr trifft Libby. »Kuchen? Das würde ich mir an deiner Stelle zweimal überlegen. Die Schlankste bist du ja ohnehin nicht.«

»Dir auch noch einen schönen Abend, Ashley«, sagt Libby, ohne mit der Wimper zu zucken.

»Du kannst mich mal, du Möchtegerngroupie.« Theatralisch wirbelt sie herum und eilt mit klackernden Absätzen davon.

Erst als das Biest Leine gezogen ist, atmet meine Begleiterin hörbar auf.

»Du hast seltsame Freunde.« Mein dummer Spruch wird mit einem amüsierten Lachen quittiert.

»Tja, ich kann eben nicht wählerisch sein. Sie ist meine einzige Freundin. In Wahrheit sind wir *so*.« Mit überkreuztem Zeige- und Mittelfinger zeigt sie mir an, dass sie ganz dicke miteinander sind.

»Ich hole unsere Bestellung, und dann verrätst du mir, was du diesem Miststück angetan hast, dass sie dich so hasst. Ich meine, ›Möchtegerngroupie‹ ist schon echt hart.« Als Libby heftig errötet, füge ich rasch hinzu: »Nur um das klarzustellen, ich halte dich nicht dafür, also weder für ›Möchtegern‹ noch für die Vollprofiversion.« Ich verkneife es mir, ein »leider« hinzuzufügen, denn ein wenig mehr Groupieallüren wären nicht das Schlechteste – zumindest ist mein Schwanz dieser Meinung. Bevor der das Steuer übernehmen und mich in eine weitere schmutzige Libby-Fantasie stürzen kann, rufe ich mich zur Ordnung – zumal es mich wirklich interessiert, was Libby verbrochen hat, um Ashleys unverhohlene Abneigung zu verdienen.

Als ich mit dem Tablett und unserem »Nachtisch« wiederkomme, macht Libby allerdings noch immer keine Anstalten, mir zu erklären, was zwischen ihr und dieser Ashley los ist.

»Wirklich, ich brenne darauf zu erfahren, warum diese dumme Nuss ihr Gift versprüht hat«, versichere ich ihr. Jeder andere wäre auf meine Ermutigung eingestiegen und hätte es genossen, eine Geschichte an den Mann bringen zu können, nicht so Libby. »Hast du etwa ihren Lieblingslippenstift benutzt?«

Libbys Gesicht verzieht sich zu einer Grimasse. »Bäh, du bist ja widerlich! Allein bei dem Gedanken bekomme ich Herpes.«

Allem Anschein nach zeigen Ashleys Gemeinheiten Wirkung, denn Libby betrachtet den vor ihr stehenden Karottenkuchen kritisch. Man muss kein Genie sein, um zu wissen, dass sie gerade an Ashleys fiese Worte denkt. Dabei ist es wirklich nicht so, als hätte Libby ein Gewichtsproblem. Sie hat eine normale Figur, was in meiner Branche zwar gleichbedeutend mit »zu dick« ist, doch diesen Bullshit sollte man nicht als Maßstab nehmen. Ich mag ihre weiblichen Kurven. Diese Sanduhrform fand ich schon immer viel anziehender als die typische Topmodelfigur. Libbys Brüste, sie dürfte 80 C haben, sind ein ziemlicher Hingucker und werden durch den enganliegenden schwarzen Rollkragenpulli so sehr betont, dass ich meinen Blick kaum abwenden kann. Was fast verwerflich ist, denn sie hat ein bildhübsches Gesicht. Mit der blonden Löwenmähne, den vollen Lippen und der Stupsnase erinnert sie an eine junge Brigitte Bardot.

»Wenn du ihn nicht isst, esse ich ihn«, sage ich, statt eine Debatte loszutreten, und greife unverfroren nach ihrem Teller. Klar könnte ich Libby sagen, dass niemand Size Zero haben muss, doch was bringt das? Sie ist jung und hadert wie die meisten in unserem Alter mit sich, ihrem Aussehen und ihrem Können.

Allerdings überrascht mich Libby an diesem Abend einmal mehr, denn kaum habe ich Hand an den Teller gelegt, haut sie mir doch tatsächlich auf die Finger. Ein perplexes Lachen entfährt mir, und am liebsten würde ich sie für diese Aktion küssen.

»Das könnte dir so passen!«

»Ja, und zwar nicht nur, weil das verdammt lecker aussieht, sondern weil du gesagt hast, dass du dich erst nach dem Nachtisch davonstehlen wirst.« Mit ihr zu flirten, ist so leicht, und allein, weil ihre Wangen bei jedem noch so kleinen Kompliment in Flammen stehen, kann ich es nicht lassen.

Libby nimmt einen Schluck von ihrem sonderbaren Kaffee und gibt erneut einen sinnlichen Laut von sich. Sie bringt mich echt um!

»Und wenn ich gar nicht vorhabe, mich davonzustehlen?«

»Dann würde ich das sehr begrüßen.«

»Sicher?«

»So viel Unsicherheit in einer so tollen Frau«, brumme ich, denn das ist wieder einmal typisch. Ashley-Ätzkuh hat dieses Problem ganz offensichtlich nicht. Verkehrte Welt!

»Du kennst mich viel zu wenig, um das wirklich beurteilen zu können«, behauptet Libby.

Meinem abfälligen Schnauben lasse ich ein empörtes »Also bitte!« folgen. Libby öffnet den Mund, um etwas einzuwenden, doch da ich recht habe, lasse ich sie erst gar nicht zu Wort kommen. »Du hattest eine Einladung zur Aurelio-Modenschau und bist nicht hingegangen, weil du mich in meinem Elend nicht alleine lassen wolltest. Beweisführung abgeschlossen, denn das sagt mir alles, was ich über dich wissen muss.«

»Ach ja?«

»Ja!« Da ich unsere Zeit nicht mit einer überflüssigen Diskussion wie dieser verschwenden will, frage ich: »Magst du noch etwas haben? Mehr Kaffee?«

Sie schüttelt den Kopf.

»Wir können auch noch einen Drink an der Hotelbar nehmen«, beginne ich, dann fällt mir wieder ein, dass wir in Amerika sind und die hier, was den Konsum von Alkohol betrifft, wahnsinnig seltsam sind. »Du bist noch keine einundzwanzig, oder?« Das dürfte erklären, weshalb ich beim Essen gezwungen war, die Flasche Rotwein, die ich bestellt hatte, alleine niederzuringen.

»Nein, bin ich nicht. Doch selbst wenn, glaube ich – ohne dir zu nahe treten zu wollen –, dass du für heute genug hattest.«

Das glaube ich auch, dennoch wurmt es mich, dass sie meint, den Babysitter für mich spielen zu müssen. »Aber volljährig bist du schon, oder?«, wechsle ich das Thema.

»Ich bin vor knapp drei Wochen achtzehn geworden und

somit zumindest in diesem Bundesstaat volljährig, aber das ist in Amerika nicht einheitlich geregelt. Da ich noch die Highschool besuche, bin ich es beispielsweise in Tennessee nicht.«

Mir entfährt ein ungläubiges Lachen. »Das ist doch bescheuert.«

»Da widerspreche ich dir nicht.«

»Und du kommst woher?«

»Dreimal darfst du raten, und die ersten beiden Male zählen nicht.«

»Tennessee?«

»Yep! Aus Nashville, um genau zu sein. Geburtsort der Zuckerwatte – meine geheime Leidenschaft übrigens – und Zentrum der Countrymusic. Bevor du fragst: Das ist keine meiner geheimen Leidenschaften. Außerdem besitzt die Stadt einen maßstabsgetreuen Nachbau des Parthenons. Mein Vater ist Architekt, und der Tempel ist sein Lieblingsort. Und du?«

»Ich stamme aus Mousehole.«

»Mousehole?«, fragt sie ungläubig.

»Ja, so heißt der Ort, und er ist winzig.«

»Du machst Witze!«

»Niemals. Google es!«

Libby schaut mich skeptisch an, zückt dann jedoch ihr Handy und googelt es wirklich. Ich für meinen Teil nutze die Zeit, um mehr über sie zu erfahren. Libby Stevenson. Zu finden ist sie auf Instagram. *Libby's Little Dreams* heißt ihr Account, und sie ist – wie sollte es auch anders sein – Modebloggerin. Ich scrolle mich durch die Bilder. Eines zeigt eine freudestrahlende Libby, die eine Portion Zuckerwatte in die Höhe reckt. Im Hintergrund ist die Freiheitsstatue zu sehen, die auf die gleiche Weise ihre Fackel hält. Das Bild bringt mich zum Schmunzeln. Es hat bereits etliche Likes, was kein Wunder ist, denn Libbys Account folgen rund eine Million

Menschen – und, nach einem winzigen Klick, gehöre ich auch dazu. Prompt werden mir weitere Seiten angezeigt, unter anderem die von Ashley-Ätzkuh. Obwohl ich finde, dass das ein guter Name für ihren Account wäre, heißt dieser ganz einfallslos: *Ashley's World of Fashion*.

»Diese Sache, die da zwischen dir und dieser Ashley läuft, ist also so ein Fashionblogger-Konkurrenz-Ding, ja?«, erkundige ich mich beiläufig.

Sie schaut von ihrem Handy auf. Unglaube spiegelt sich in ihrem Gesicht. »Sag mal, Jasper Chase aus Mousehole, stalkst du mich etwa?« Sie schafft es, aufrichtig entrüstet zu klingen – wäre da nicht ihr amüsiertes Lächeln, ich würde es glatt glauben.

»Stalking ist so ein schlimmes Wort, und euch Influencern geht doch bei jedem neuen Follower einer ab.«

»Letzteres wäre zu beweisen, und was den Rest anbelangt: Wie würdest du es denn bezeichnen, was du da gerade tust?«

»Ich ziehe Erkundigungen ein. Du bist schließlich eine Wildfremde.«

»Ach, ich dachte, du weißt bereits alles über mich, was du wissen musst.«

»Touché!«, räume ich anerkennend ein. »Wir sollten gleich noch ein Selfie machen, um deine Freundin Ashley ein wenig zu ärgern.«

Libby lacht. »Ich will sie gar nicht ärgern.«

»Du bist zu gut für diese Welt«, befinde ich.

»Ja, eine Heilige«, scherzt sie und zwinkert mir belustigt zu. Doch irgendetwas an der Art, wie sie es sagt, lässt mich aufhorchen. Es ist mir jedoch unmöglich, den Finger draufzulegen, was mich irritiert.

Da es mich reizt herauszufinden, wie Libby tickt, frage ich: »Hast du nicht das Bedürfnis, ihr eins reinzuwürgen? Ich meine, sie war so gemein zu dir, hat dir fast deinen Lieblingskuchen verdorben. Müsstest du nicht nach Rache dürsten?«

Libby zieht ihre Nase kraus. »Na toll, nun ist mein Ruf als Heilige gleich dahin«, murrt sie. »Okay, ich verrate dir ein Geheimnis, aber du darfst es niemandem weitersagen.«

»Ich schwöre feierlich, dass dein kleines Geheimnis bei mir sicher ist.«

»Also, es ist so, dass ich ihr ganz bewusst keine Aufmerksamkeit schenke, da ich überzeugt davon bin, dass sie das am allermeisten ärgert.«

»Ja, die Frau hat ein echtes Egoproblem«, gebe ich ihr recht.

»Nun ja, wenn sie erst ihre eigene Modelinie an den Start gebracht hat, wirst du vielleicht öfter das Vergnügen haben, ihr zu begegnen.«

»Würg!«

Eine wie die hat der Branche gerade noch gefehlt. Blöd nur, dass solche Biester immer besonders weit kommen. Vermutlich, weil sie nicht nur ihre Ellbogen einsetzen, sondern auch, weil sie bereit sind, zur Not jemandem hinterrücks eine Stoffschere in den Rücken zu rammen. Ich werfe einen Blick in ihren Account, und bei dem, was ich sehe, bin ich versucht, mein Würg auf ein Doppel-Würg upzugraden. Hat diese Ätzkuh ernsthaft Aurelios Entwürfe verstaubt genannt? Vielleicht sollte sie sich mal anschauen, was sie selbst für einen Mist verzapft. Rüschen? Ist das ihr Ernst?

»Talentfrei«, befinde ich und füge seufzend hinzu: »Dass jeder zweite Fashionblogger dem Irrglauben aufsitzt, in ihm würde ein großer Designer schlummern. Furchtbar!« Genervt stecke ich das Handy weg. »Und? Wie findest du Mousehole?«

Libby grinst. Augenscheinlich hat sie gar keine Schwierigkeiten, meinen Gedankensprüngen zu folgen. Ian treiben diese in schöner Regelmäßigkeit in den Wahnsinn, doch ich kann nicht anders: Mein Hirn funktioniert so. Meine Gedanken sind eben noch bei einer Sache und im nächsten Moment ganz woanders.

»Du hast recht. Es ist winzig!«

»Aber unglaublich malerisch.«

»Das habe ich nicht bezweifelt. Du magst es sehr, oder?«

»Inzwischen wieder, ja.« Ich kann mir ein Lächeln nicht verkneifen, denn meine Beziehung zu dem kleinen Fischerdorf, aus dem ich stamme, ist nun einmal sehr ambivalent. »Als Kind habe ich es geliebt«, verrate ich Libby. »Als Teenager fand ich es stinklangweilig und habe es gehasst. Mir ist schlicht und ergreifend die Decke auf den Kopf gefallen, aber inzwischen komme ich gerne zurück und weiß die Ruhe zu schätzen. Es klingt wie ein Klischee, wenn ich sage, dass die Uhren dort anders ticken, doch so ist es. Und ich vermisse das permanente Kreischen der Möwen und das Rauschen der Brandung. Diese Geräusche, die sind so viel besser als der Londoner Großstadtlärm.«

Libby all diese intimen Details zu verraten, macht mir nicht das Geringste aus. Normalerweise spreche ich nicht über Mousehole und wie viel es mir bedeutet, denn die Leute, von denen ich umgeben bin, interessiert es nicht. Und wenn doch, können sie nicht nachvollziehen, was an diesem kleinen Dorf so reizvoll sein soll. Libby hingegen beweist mir mit ihrer nächsten Frage prompt, dass sie anders ist als die Leute, die ich aus London kenne.

»Mal angenommen, ich besuche Mousehole… Was muss ich mir unbedingt anschauen?«

Ich neige den Kopf und denke einen Augenblick nach. »Dir würden die vielen kleinen Galerien gefallen und all die Lädchen. Und vielleicht schaust du bei Edith vorbei und grüßt sie lieb von mir.«

»Dort wäre ich ohnehin vorbeigegangen«, behauptet Libby.

»Ach ja?«

»Klar! Ich hätte mir die Nähmaschine zeigen lassen, mit der du deine ersten Kreationen genäht hast. Nur um sie zu berühren.« Sie zwinkert mir zu.

»Und jetzt im Ernst?«

»Stoffläden sind eine weitere meiner geheimen Leidenschaften«, gesteht sie mir seufzend.

»Dann bist du bei Edith richtig. Der Laden ist nicht sonderlich groß, aber unglaublich gut sortiert, und Ians Mutter ist verrückt nach Knöpfen. Sie hat da wirklich ausgefallene Sachen.«

»Klingt, als hättest du selbst auch einen Knopf-Fetisch.«

»Nein, aber das Gesamtbild muss stimmen. Jedes Detail muss wohlüberlegt sein. Ein einziger Knopf kann einen kompletten Look verändern.«

Libby lacht. Ihre Augen blitzen vergnügt.

»Was lachst du?«

»Es macht einfach Spaß, dir zuzuhören, wenn du über Dinge sprichst, die dir etwas bedeuten.«

»So?«

»Ja, du klingst dann wie mein Vater.« Ich öffne den Mund, will sagen, dass das nicht gerade nach einem Kompliment klingt, doch Libby kommt mir zuvor: »Bevor du etwas sagst: Zufällig liebe ich meinen Vater sehr, also keine Panik! Und ich finde es schön, wenn man mit einer solchen Leidenschaft bei der Sache ist.«

»Anders hätten Ian und ich das auch kaum durchgehalten«, murmle ich. »Manchmal kommt mir das, was wir tun, wie der nackte Wahnsinn vor. Unser Umzug damals nach London beispielsweise war der reinste Irrsinn. Und das Studium an so einem renommierten College hat uns vor eine schier unüberwindbare finanzielle Herausforderung gestellt. Es gab Zeiten, da haben wir uns wochenlang nur von Tütensuppen ernährt, weil wir unser gesamtes Geld für Stoffe ausgegeben haben.«

»Ist diese Geldknappheit der Grund für eure *Money-Matters*-Kollektion? Und war da wirklich Blut am Saum des Geldschein-Kleides, oder habe ich mir das eingebildet?«

Ein zufriedenes Gefühl breitet sich in mir aus. »Du hast es bemerkt!«

»Natürlich habe ich es bemerkt. Also war es Blut! Aber wieso klebt es an den Scheinen?«

»Ich will uns den schönen Abend nicht verderben, aber im Prinzip ist die Idee dahinter, dass wir als Designer schmutziges Geld verdienen.«

»Wegen der Produktionsbedingungen in Entwicklungsländern?«

Ich nicke. »Richtig! Aber es geht uns nicht bloß um Zwangsarbeit in Ausbeuterbetrieben, sondern auch um die Verwendung von hochgiftigen Chemikalien bei der Baumwollernte.« Da ich die Stimmung nicht killen will, wechsle ich das Thema. »Wollen wir gehen?«

Sie nickt zustimmend, auch wenn ich meine, so etwas wie Bedauern in ihrem Gesicht zu sehen.

Als wir hinaus auf die Straße treten, frage ich: »Und? Bist du bereit?«

»Bereit?«, quiekt sie erschrocken.

»Ja. Es ist *selfie time*, Babe. Geben wir deiner Freundin Ashley einen Grund, eifersüchtig zu sein.«

»Jasper, das ist wirklich nicht nötig.«

Der Einwand prallt an meinem Aktionismus ab. »Hör zu, Libby, ich habe verstanden, was du gesagt hast. Du willst ihr keine Beachtung schenken, und das ist okay…« Wir betreten die Lobby ihres Hotels. Wow!

»Du musst das nicht für mich tun«, sagt Libby, während ich mich in der großen Empfangshalle umsehe. Das The New Yorker ist im Art-déco-Stil gehalten. Allein das Muster des edlen Marmorbodens ist ein Kunstwerk, allerdings ist nichts in diesem Raum so hübsch wie Libby.

»Ach«, meine ich lachend, »darum geht es also. Nun gut, dann ...« Ich greife nach ihrer Hand und sinke vor ihr auf ein Knie.

Unzählige Augenpaare richten sich mit einem Mal auf uns. Libby schlägt sich fassungslos beide Hände vors Gesicht. Ihre Wangen glühen regelrecht. Verständlich. Das hier ist auch echt peinlich. Wäre es mir vermutlich ebenfalls, aber nach dem vielen Wein bin ich, was diesen Punkt anbelangt, nicht mehr so empfindlich.

Als Libby zwischen ihren Fingern hindurchspäht, sage ich: »Libby Stevenson, würdest du mir die Ehre erweisen, mit mir zusammen ein Selfie für *meinen* Instagram-Account zu machen?«

»Steh auf, du Irrer! Die Leute gucken schon ganz komisch«, flüstert sie.

»Und wenn schon. Ich habe Zeit, und ich stehe nur auf, wenn du ...«

»Ja, ja, schon gut, du durchgeknallter Spinner! Ich mach es!«, schnaubt sie zähneknirschend.

Was stimmt mit ihr nicht? Das ist das erste Mal, dass ich jemanden dazu nötigen muss, ein Selfie mit mir zu machen – noch dazu einen Influencer. Da ist doch einer publicitygeiler als der andere. Mit einer Sache hat Libby jedoch wirklich recht: Die Leute gucken in der Tat sonderbar.

»Sie hat ›Ja!‹ gesagt«, verkünde ich daher breit grinsend und ernte einen mörderischen Blick seitens meiner Begleiterin.

Ihre Miene verfinstert sich noch mehr, als Applaus aufbrandet. Schwankend komme ich auf die Beine. Vielleicht hatte ich doch etwas zu viel Wein. Libby greift nach meiner Hand und schleift mich hinter sich her. Das zackige Klackern ihrer Absätze erfüllt die Lobby, als sie über den Marmorboden eilt – vor der allgemeinen Aufmerksamkeit flüchtet, wäre vermutlich zutreffender.

»Du bist doch echt verrückt!«

»Was? Warum? Was habe ich getan?«, stelle ich mich dumm und bleibe stehen.

Da Libby meine Hand fest umschlossen hält, legt sie einen abrupten Stopp hin. Sie dreht sich zu mir, lässt meine Hand los. Wie schade! Ich halte ihre Hand ausgesprochen gerne oder lasse meine von ihr halten. In Libbys Augen jedoch sehe ich, dass sie mit ihrer Geduld mit mir am Ende ist.

»Was du getan hast? Die denken jetzt, du willst mich heiraten«, ereifert sie sich. Ihre Hände hat sie in einer verzweifelten Geste erhoben. Sie wirkt fassungslos.

Ich trete an sie heran, presse meine Handflächen gegen ihre. Für Außenstehende müssen wir ein sonderbares Bild abgeben, doch genau darum geht es bei dem, was ich Libby zu sagen habe.

»Und wenn schon?«, beginne ich. »Es sollte dir egal sein, was andere Leute über dich denken, Libby. Denn weißt du was? Das kannst du nicht beeinflussen. Kennst du diesen Spruch: Jeder Mensch hat drei Leben? Ein privates, ein öffentliches und eines, das sich andere Menschen für ihn ausdenken.« Sie schüttelt den Kopf. »Aus Erfahrung kann ich dir sagen, dass es genau so ist. Die Leute sehen, was sie sehen wollen. Vergiss sie! Sie und ihre Meinung sind irrelevant. Träum groß! Träum groß und schmutzig, Libby! Und lebe diese Träume!«

»Psssst! Nicht so laut!«, rügt Libby mich, denn womöglich habe ich etwas laut gesprochen, was einen Typen dazu veranlasst hat, sich zu uns umzudrehen.

»Fuck! Hast du mir denn gar nicht zugehört? Es ist egal, wenn der Kerl da drüben herglotzt.« Ich wende mich dem Gaffer zu. »Ja, genau! Dich meine ich. Was guckst du so?«

Libby zupft an meinem Ärmel. »Du bringst mich in Verlegenheit, Jasper!«, erklärt sie eindringlich. »Und du bist betrunken!«

»Ich bin Brite.«

»Ja, einer, der zu viel getrunken hat.«

»Das ist ein völlig normaler Zustand für uns!«, verkünde ich mit einer ausladenden Armbewegung, die mich selbst zum Wanken bringt.

Libby greift rasch nach meinem Ellbogen und stützt mich. Ihr Blick ist vorwurfsvoll, als sie sagt: »Man sollte seine Grenzen kennen.«

»Das ist nicht das Problem.«

»Ach nein?«

»Es liegt nur daran, dass wir aufgestanden sind.«

»Mag sein, aber hättest du weniger getrunken, dann könntest du noch stehen.«

»Ich kann stehen!«, widerspreche ich. So viel war es schließlich auch wieder nicht. Ich bin bloß etwas wacklig auf den Beinen. Das ist alles. »Und mir Vorwürfe machen, wo doch alles deine Schuld ist, ist einfach nur gemein.«

»Meine Schuld?«, echot sie.

»Ich konnte die Flasche Wein doch nicht halb voll zurückgehen lassen.«

Sie verdreht die Augen. »Ich glaube, ich bringe dich jetzt besser zum Taxi.«

»Hey, du hast mir ein Selfie versprochen!«

»Du meinst, du wolltest mich zu einem Selfie nötigen«, stellt sie die Dinge richtig.

»Details! Musst du eigentlich immer das letzte Wort haben?«

»Nur wenn ich recht habe.« Sie atmet gedehnt aus. »Okay, fein, dann machen wir eben ein Selfie. Und wo?«

Ich blicke mich suchend um und entdecke eine Sitzecke, die aus barocken Sesseln und einer Chaiselongue besteht. Das Licht sieht zumindest von hier gut aus. »Dort?«, frage ich mit einem Fingerzeig.

»Klar. Bringen wir es hinter uns.«

Libby folgt mir – mit gesenktem Kopf, wie ich feststelle, als ich mich nach ihr umschaue. Mittlerweile ist meiner wieder klarer. So heftig mich der Alkoholeinschuss dank der frischen Nachtluft auch getroffen hat, so rasch schwindet das berauschte Gefühl wieder. Wie ich Libby schon sagte: Wir Briten sind eben trinkfest, und wenn man aus Mousehole kommt, dann … nun ja, das war quasi wie ein Boot-Camp. Zwischen all den hartgesottenen Fischern lernten Ian und ich das Fluchen und Saufen, bevor wir die ersten Haare am Sack hatten.

»Dein Erfolg ist dir wohl zu Kopf gestiegen«, necke ich sie. »So behandelt man doch keine treuen Follower.«

»Treu? Du folgst mir seit knapp drei Sekunden.«

»Mag sein«, räume ich in meiner unendlichen Großzügigkeit ein, »aber ich bin ein echter Fan.«

»Du bist kein Fan«, behauptet sie, aber was diesen Punkt betrifft, irrt sie sich. Ich finde sie ziemlich toll. Sie ist süß und witzig. Hilfsbereit und, nicht zu vergessen, attraktiv. Sie haut mich echt um.

Seufzend sagt Libby: »Du willst mir bloß einen Gefallen tun, weil du meinst, du würdest mir etwas schulden, aber das tust du nicht, Jasper.«

»Jazz«, korrigiere ich sie. »Und was den Rest anbelangt: Du hast echt keine Ahnung! Kein Piratenschatz der Welt würde ausreichen, um meine Schuld aufzuwiegen.«

»Ich habe das nicht getan, weil du Jasper Chase bist, sondern weil Ian mich gebeten hat, dir zur Seite zu stehen. Ich will nicht als Nutznießerin aus dieser Situation herausgehen. Das käme mir einfach falsch vor.«

»Du hast auf die Aurelio-Show verzichtet«, erinnere ich sie.

»Das habe ich gerne getan.«

Ich glaube es ihr, aber das ändert nichts daran, dass ich dieses Foto wirklich möchte. Ich möchte es nicht bloß, weil ich ihr etwas Gutes tun will, sondern auch, weil ich eine Erinnerung an sie haben mag. Sie kann sagen, was sie will – dass sie hier und jetzt bei mir ist, ist nicht selbstverständlich. Sie ist ein besonderer Mensch, einer, den ich nicht vergessen möchte.

Daher sage ich bestimmt: »Setz dich!«

Sie folgt meiner Aufforderung und nimmt auf der Kante der Chaiselongue Platz. Ich umrunde das Möbelstück und setze mich hinter sie. Der erste Blick auf das Display meines Handys verrät mir, dass der Abstand zwischen uns zu groß ist, denn Libby sitzt extrem weit vorne.

»Rutsch ein wenig nach hinten.«

Sie tut es, doch für das gemeinsame Foto müssen wir deutlich näher zusammensitzen, weshalb ich einen Arm um ihre Mitte schlinge und sie enger an mich ziehe. Hörbar schnappt Libby nach Luft. Sie schaut unsicher über die Schulter zu mir. Ihr Rippenbogen hebt sich im schnellen Rhythmus ihres turbulenten Atems unter meiner Hand. Ich frage mich, weshalb sie mit einem Mal wieder so nervös ist. In dem Bemühen, sie zu beruhigen, streichle ich mit dem Daumen über ihre Seite.

»Entspann dich!«, raune ich ihr zu.

»Sag mir nicht immer, was ich zu tun und zu lassen habe.«

Sie klingt in dem Moment so giftig, dass ich sofort zurückrudere. »Entschuldige. Ich wollte dich nicht in Verlegenheit bringen.«

»Hast du nicht!« Die Antwort kam viel zu hastig.

»Dann ist ja gut«, meine ich und zwinkere ihr zu.

Ich hebe das Handy und richte es auf uns. Über das Display beobachte ich ihr Mienenspiel. Sehe, wie aus Libby, der Privatperson, ein anderer Mensch wird. Libby, die Fashionbloggerin, lächelt glückselig, während ich ein Bild um das andere schieße.

»Das reicht jetzt!«

»Das entscheide ich«, meine ich und strecke ihr die Zunge raus. Sie tut es mir gleich, und ich drücke erneut auf den Auslöser. Zeitgleich lachen wir los, weshalb ich gleich noch ein Foto knipse. Ich wende mich von ihr ab, sehe mir die Fotos an und entscheide mich spontan für das erste, denn da wirkt Libbys Lächeln frisch und entspannt. Den Rest – bis auf die letzten beiden, die so wunderbar echt sind – lösche ich. In Windeseile verfasse ich einen Post und stelle ihn online – selbstverständlich nicht, ohne Libby zu taggen und zu erwähnen, dass sie mich an diesem Abend gerettet hat.

Ihr Handy piept. Sie holt es aus ihrer Tasche und liest, was ich geschrieben habe. »Das ist doch Unsinn! Ich habe dich nicht gerettet«, sagt sie nach einem Blick auf meinen Text.

»Oh doch«, widerspreche ich. »Das hast du. Ich weiß ehrlich gesagt nicht, was ich sonst gemacht hätte. Vermutlich hätte ich mich total betrunken.« *Und irgendeine Frau an irgendeiner Bar aufgerissen, um nicht allein zu sein*, füge ich in Gedanken hinzu.

»Du *bist* total betrunken!«

»Ich bin schon fast wieder nüchtern«, flunkere ich lachend. Von nüchtern bin ich nämlich noch Lichtjahre entfernt. Stattdessen habe ich den besten Zustand erlangt, den man mithilfe von Alkohol erreichen kann: Ich bin berauscht und sorglos. Ians Erkrankung ist in weite Ferne gerückt. Natürlich ist mir bewusst, dass sich an der Situation nichts geändert hat, doch gerade, hier und jetzt, hat sie an Präsenz verloren. Der Wein und Libbys Art machen es mir einfach, das alles zu verdrängen – zumindest für den Augenblick.

»Klar!«, meint sie in diesem Moment augenrollend. »Stocknüchtern wäre genau die Beschreibung, die mir als Erstes einfallen würde.«

»Nun, ich glaube, wenn ich dich beschreiben sollte, würde ich zuerst deinen beißenden Spott erwähnen müssen. Willst du das?«

»Da du mich in deinem Post bezaubernd genannt hast, muss ich mir deshalb wohl keine Sorgen machen.« Sie zwinkert mir keck zu.

Ich runzle die Stirn. »Habe ich das?«, frage ich betont unschuldig.

»Das hast du in der Tat!«, erwidert sie, ohne auf ihr Handy zu schauen.

Ich kann nicht anders, als sie weiter aufzuziehen: »Wow, oh Mann! Ich muss echt ziemlich betrunken sein, wie komme ich bloß dazu, so etwas zu schreiben?«

»Vielleicht, weil ich es bin«, sagt sie mit einem frechen Grinsen.

Und dann, aus heiterem Himmel, beugt sie sich zu mir und küsst mich. Vorsichtig berühren ihre Lippen meine. Es kommt mir vor, als hätte sie Angst, ich könnte sie zurückweisen. Eine absurde Vorstellung, denn der Kuss – so behutsam und unschuldig er auch sein mag – entzündet in mir den Wunsch nach mehr. Bis ihr Mund meinen fand, war mir gar nicht bewusst, wie sehr ich mich nach diesem Kuss gesehnt habe. Wie sehr ich ihn in meinem tiefsten Inneren wollte.

Doch nun gibt es kein Halten mehr. Ich greife nach Libby, ziehe sie enger an mich. Ihre Rechte schiebt sich in meine Haare. Ich stöhne ungehemmt, als ihre Fingernägel über meine Kopfhaut kratzen. Meine Zunge tunkt in ihren Mund, leckt über ihre. Libby schmeckt paradiesisch süß. Ich verliere mich im Sog des Augenblicks, koste den Moment in vollen Zügen aus, auch wenn alles in mir nach mehr schreit – das hier reicht mir nicht.

Libby scheint ebenso zu empfinden, denn sie löst sich von mir und sagt: »Wir sollten nach oben gehen.« Die Worte verlassen ihren Mund keuchend. Sie atmet schwer, und ihre Augen sind so glasig, als hätte sie den Wein getrunken.

Da der forsche Vorschlag nicht recht zu ihr passen will, liegt mir ein »Bist du sicher?« auf der Zunge. Aus Angst, sie könnte es sich wirklich anders überlegen, schlucke ich meine Frage allerdings runter. Ich brauche sie so sehr. Sie ist es, die verhindert, dass ich mich in dunklen Zukunftsfantasien verliere. Meine Ängste kratzen unentwegt am Rand meines Bewusstseins. Sie sind gewaltig und grauenerregend. Sie rauben mir den Atem und den Verstand, nur Libbys Anwesenheit hält sie in Schach.

Und weil ich nicht wirklich eine Wahl habe, weil ich in dieser Nacht unmöglich allein sein kann, aber auch bei keiner anderen sein will, sage ich bestimmt: »Ja, wir sollten unbedingt gehen!«

Ich kann es nicht erwarten, mit ihr allein zu sein und mehr von ihr zu bekommen. Libby greift nach meiner Hand, und gemeinsam hasten wir in Richtung der Aufzüge. Es dauert eine gefühlte Ewigkeit, bis ein Fahrstuhl kommt. Wir werfen uns verstohlene Blicke zu, als ein älteres Ehepaar sich zu uns gesellt. Ob wir das Gleiche denken? Ob sie die beiden auch zum Teufel wünscht, um nur zu zweit in der Fahrstuhlkabine zu sein? Meine Finger bei mir zu behalten, erfordert all meine Willenskraft. Jede Faser meines Körpers schreit danach, Libby erneut zu küssen. Ich möchte meine Hände über ihren Körper gleiten lassen, möchte ihn erkunden, ihn erobern.

Das Ehepaar steigt vor uns aus, und kaum haben sich die Türen hinter den beiden mit einem vernehmlichen *Ping* geschlossen, dränge ich Libby gegen die Wand und küsse sie. Sie stöhnt lustvoll auf, als ich an ihrer Unterlippe nage. Ihre Hände krallen sich in das Revers meines Mantels, während unsere Zungen miteinander spielen.

Viel, viel zu schnell sind wir im zweiunddreißigsten Stock angekommen und müssen uns voneinander lösen. Ein beinahe schmerzhaftes Gefühl der Leere ergreift von mir Besitz, als sie vor mir in den Flur hinaustritt. Ich folge ihr, lege ihr den Arm um die Schultern und ziehe sie an meine Seite. Libby äugt zu mir hoch und lächelt mich an. Verlangen spiegelt sich in ihren Augen. Sie sind so tiefblau wie das Meer vor der kornischen Küste an einem schönen Sommertag. Der Wein verleitet meinen vernebelten Geist zu der Frage, ob man in ihnen wohl auch ertrinken kann. Unsinn, widerspricht ein Teil von mir belustigt, doch ein anderer mahnt mich zur Vorsicht: Libby könnte mir ernsthaft gefährlich werden.

Wie recht dieser Teil hat, zeigt sich, kaum dass wir das Zimmer betreten haben. Ihre Finger machen sich bereits an meinem Hemd zu schaffen, bevor die Tür ins Schloss gefallen ist. Ich fasse in ihre blonde Mähne, suche mit meinem Mund den ihren und komme zu dem Schluss, dass Libby zu küssen einfach das Größte ist.

Sie streift mir den Mantel und das Hemd von den Schultern. Beides fällt achtlos zu Boden. Meine Haut prickelt unter ihren Fingerkuppen, als ihre Hände über meine Brust wandern. Sie erkunden meine Tattoos, zeichnen die Outlines nach. Ich hätte nicht gedacht, dass sie der Typ Frau ist, der darauf steht … ihrem stummen Staunen nach zu urteilen geht es ihr ebenso.

»Wow, sind die schön«, wispert sie beinahe ehrfürchtig. Ihre offensichtliche Bewunderung geht mir stärker unter die Haut, als die Tinte es jemals vermocht hätte. »Hast du die selbst gezeichnet?«, will sie wissen, womit sie eine Frage stellt, die mir noch keine Frau zuvor gestellt hat. Viele fanden sie gut oder sexy, aber keine hat sich wirklich für sie interessiert. Ihr Blick wandert meinen linken Arm hinab, auf dem mein Leben in Cornwall abgebildet ist: verwinkelte Gassen, Fischerboote, ein Wal und eine Seeschlange, geheimnisvoll leuchtend, fliegende Möwen, zwei Jungen mit Skateboards unterm Arm, der St Michael's Mount mit seinem Schloss bei Nacht und dazwischen immer wieder das Meer.

»Ja.«

Libby fragt nicht, welches ich am liebsten mag. Das hingegen wollten bereits etliche Frauen wissen. Es ist eine Frage, die ich nicht beantworten kann, denn ich liebe sie alle. Jedes Einzelne. Wäre das nicht so, würde ich sie nicht auf meinem Körper tragen.

»Hast du auf dem Rücken auch noch welche?«

»Nein. Mir fehlt bisher die zündende Idee.«

Ihre Finger streifen das gebrochene Herz auf meiner Brust, verharren da, trauen sich nicht, das Porträt der Frau dort zu berühren.

»Der erste Liebeskummer?«, fragt Libby, während ich den Gürtel ihres Mantels öffne.

»Wenn man es so nennen will«, murmle ich und hoffe, dass ich nicht so bewegt klinge, wie ich mich gerade fühle. Ich glaube, diese Wunde, auf die Libby gerade treffsicher ihren

Finger gelegt hat, wird nie völlig verheilen. Ein Räuspern ist notwendig, um meine Stimme wiederzufinden. »Meine Mutter. Sie …« Ich bin versucht, Libby die ganze beschissene Geschichte zu erzählen, doch dafür ist mir unsere Zeit zu wertvoll, also sage ich lediglich: »Lass uns nicht drüber reden, okay?«

»Okay.«

Ich helfe ihr aus dem Designermantel und hänge ihn an die Garderobe. Libby lässt mich keine Sekunde aus den Augen. Verlangend wandert ihr Blick über meinen Körper. Gedankenverloren betrachtet sie meinen rechten Arm. Mein Leben in London spiegelt sich auf dem Full Sleeve wider: rote Doppeldeckerbusse, gesichtslose Passanten mit schwarzen Regenschirmen, Schneiderschere, Skizzen, Stifte, Garn, eine Nähmaschine, Ian, der alles zusammenhält … Für ihn war es einfacher, in London Fuß zu fassen. Mir macht die Umstellung heute noch zu schaffen. Die Hektik saugt mich aus. Doch noch schlimmer sind all die Menschen. Ian hingegen liebt alles an der Stadt, aber er war schon immer der gesellige Typ von uns beiden.

»Ist er das? Ist das Ian?«, fragt Libby und betrachtet sein Porträt eingehend.

Dass er einen Platz auf meiner Haut gefunden hat, muss ihr merkwürdig vorkommen. »Er ist wie ein Bruder für mich«, erkläre ich – allerdings ohne all den Konkurrenzkampf, den es unter Geschwistern normalerweise gibt. Ich weiß, dass es wie eine Rechtfertigung klingt, aber er ist nun einmal mit Abstand der wichtigste Mensch in meinem Leben.

»Er ist wirklich der Hübsche von euch beiden«, behauptet Libby.

Mir entfährt ein entrüstetes Schnauben. Unglaublich, dass sie das gerade gesagt hat, während ich halb nackt vor ihr stehe. Einen Moment lang hat sie mich so aus dem Konzept gebracht, dass ich nicht weiß, wie ich reagieren soll. Als sie allerdings schallend zu lachen beginnt, schnappe ich sie und hebe sie hoch. Der elegante petrolfarbene Rock in A-Linie mit den Kellerfalten raschelt, während ich sie zum Bett trage. Ich lasse mich zusammen mit ihr drauffallen. Ihr entfährt ein überraschter Laut, als wir in die gestärkten Laken plumpsen. Ich hasse die Bettwäsche in Hotelzimmern. Hasse, dass sie nicht riecht wie zu Hause und sich so unnatürlich anfühlt – nicht weich und fließend, sondern steif und kratzig. Ian zieht mich deshalb immer auf. Bei dem Gedanken an ihn entfährt mir ein wehmütiger Seufzer, der sich jedoch in ein Stöhnen verwandelt, als Libby meinen Hals küsst. Sie erstickt die aufkeimende Sorge um Ian im Keim, und mit einem Mal ist mir auch der Geruch der Wäsche egal, denn der von Libby steigt mir in die Nase. Sie riecht wie ein englischer Frühling. Flieder wird mir nach einem weiteren Atemzug klar. Ihr Duft vernebelt mir die Sinne, doch was mich wirklich um den Verstand bringt, sind ihre gespreizten Finger, die über meinen Körper wandern, als würde er ihr gehören – und zumindest für heute Nacht ist das auch so.

Wir haben bloß die wenigen Stunden bis zu meinem Abflug. Wobei das nicht ganz richtig ist, ich muss schließlich noch in mein Hotel, muss mein Zeug zusammenpacken und auschecken, muss an den Flughafen, muss …

»Bleib bei mir«, murmelt Libby an meinem Mund, als all das, was vor mir liegt, mich zu erdrücken droht. Dass sie meine gedankliche Abwesenheit wahrnimmt, tut mir leid. Jeder Mann, der eine Frau wie sie in den Armen halten kann, sollte sich glücklich schätzen. »Nur für den Moment. Mehr haben wir doch nicht«, fügt sie hinzu, bevor ich die Gelegenheit habe, mich zu entschuldigen.

Ihre Worte berühren mich, denn ich weiß, dass sie recht hat. Das, was wir haben, ist schon fast vorbei. Der Countdown läuft. Morgen um diese Zeit bin ich zurück in London, dann trennt uns ein ganzer Ozean, und irgendwann wird diese Nacht nichts weiter als eine blasse Erinnerung sein.

»Und mehr als diesen Moment, Jasper, verlange ich auch nicht. Lass uns diesen Augenblick einfach auskosten.«

Da ihre Küsse die magische Kraft besitzen, die sirrenden Gedanken in meinem Kopf zum Verstummen zu bringen, senke ich meine Lippen auf ihre. Ihr Mund öffnet sich, ohne dass ich um Einlass bitten muss, und ihre Zunge begrüßt die meine leidenschaftlich. Das süße Vergessen beraubt die Zeit ihrer Macht, und so habe ich keine Ahnung, ob eine Viertelstunde, eine halbe oder eine ganze vergangen ist, als plötzlich ein penetranter Klingelton in mein Bewusstsein sickert.

»Mist! Verdammt!«, flucht Libby, schubst mich regelrecht von sich und eilt zu ihrer Handtasche, die irgendwo im Eingangsbereich am Boden liegt.

Verdutzt blinzelnd beobachte ich, wie sie panisch darin herumwühlt, sie schließlich auskippt und mit einem atemlosen »Hallo!« den Anruf annimmt. Sie wendet sich mir zu, legt den Zeigefinger auf die Lippen und sieht mich flehend an. Ich schlucke hart gegen das ätzende Gefühl in meinem Inneren an. Eine drängende Frage martert mein hormongeflutetes Hirn: Wer ist am anderen Ende der Leitung? Ihr Freund? Fuck, das wäre so was von beschissen.

Erleichtert atme ich aus, als Libby sagt: »Sorry, Mom, ich war schon eingeschlafen.« Sie beißt sich auf die Unterlippe, rollt mit den Augen. »Weil ich müde war. Ich war auch gar nicht bei Aurelio, da ich plötzlich so starke Kopfschmerzen bekommen habe«, lügt sie. »Welcher Post? … Auf Instagram? Nein, den habe ich nicht gesehen. Was hat er geschrieben?«

Sie nähert sich dem Bett, und kaum ist sie in Reichweite, nutze ich die Gelegenheit, ihre schlanken, langen Beine zu liebkosen.

»Bezaubernd? Hat er das wirklich geschrieben?«

Ich beiße mir auf die Unterlippe, um ein Lachen zu unterdrücken.

»Jasper Chase?«, fragt Libby ungläubig.

Sie ist eine beeindruckende Schauspielerin.

»Nein, Mom, ich habe keine Ahnung, warum er das schreibt.«

»Gerettet ist … nun ja, er hat in dem Post definitiv übertrieben, Mom. Ich habe ihm bloß meine Powerbank zur Verfügung gestellt.« Sie wackelt mit den Augenbrauen, bevor sie sie überrascht aufreißt: »Hast du ihn etwa gegoogelt?«

Unsere Blicke verhaken sich ineinander. *Wie ätzend, oder?*, fragt sie mich wortlos. *Und ob!*, erwidere ich ebenso stumm und verdrehe die Augen. Sie fährt mit ihren Fingern durch mein Haar, versucht, Ordnung reinzubringen – vergebens.

»Was heißt denn hier ›natürlich‹? … Klar ist mir bewusst, was für eine Art Mann er ist.« Sie könnte mich zumindest entschuldigend ansehen, als sie hinterherschiebt: »Ja, einer für eine Nacht. Ich weiß!«

Ein Seufzen entfährt ihr, während sie sich aus dem Rock schält. Darunter trägt Libby eine enganliegende schwarze Spitzenpantie, in der ihr Hintern zum Anbeißen aussieht, wie ich feststelle, als sie zu einem der Sessel hinübergeht und ihren Rock über die Lehne hängt.

»Ich bin aber nicht wie diese Frauen«, widerspricht sie ihrer Mutter, die langsam anfängt, nicht nur Libby, sondern auch mir auf die Nerven zu gehen. Was weiß sie denn schon von mir? Und was zur Hölle denkt sie von Libby? Ja, wir sind in ihrem Hotelzimmer gelandet, doch das macht aus Libby noch lange kein Fangirl. Ihr Interesse an mir ist aufrichtig. Ich glaube ihr, dass es für sie keine Rolle spielt, wer ich bin. Wir sind hier, weil Libby es möchte, und dass sie es möchte, hängt nicht von meinem Erfolg ab.

Ich stehe auf, folge ihr zum Fenster und schließe sie von hinten in die Arme. Einen Moment lang genieße ich den Ausblick aus dem Wolkenkratzerhotel auf all die glitzernden Fassaden, dann fasse ich Libby an der Hand und dirigiere sie zurück zum Bett.

Ich bedeute ihr stumm, sich zu setzen. Argwöhnisch mustert sie mich, während ich mich vor sie knie. Ihre Augen weiten sich erschrocken, als ihr klar wird, was ich tun werde. Ich senke meine Lippen auf ihr Knie. Liebkose es, lasse meinen Mund ihren Schenkel hinaufwandern. Was ich vorhabe, tue ich normalerweise nicht – zumindest nicht außerhalb einer festen Beziehung, und meine letzte ist ewig her. Ich tue es nicht, weil ich es nicht mag – im Gegenteil, ich finde es toll –, aber eben nicht mit irgendwelchen Frauen, die für jeden die Beine breitmachen. Wer weiß, was die so mitbringen. Und obwohl man es niemandem ansehen kann, ob er gesund ist oder krank, und ich nichts über Libbys Vorgeschichte weiß, will ich sie mit dem Mund verwöhnen und bin bereit, das Risiko einzugehen. Ich muss wissen, wie sie schmeckt, und kann es kaum erwarten, von ihr zu kosten.

Libby versucht, ihre Schenkel zusammenzupressen. Ich schaue zu ihr auf, werfe ihr einen mahnenden Blick zu. Auf keinen Fall wird sie mich um dieses Vergnügen bringen. Sie schluckt heftig – ein Laut, der ihre Mutter zu der Frage veranlasst, ob alles in Ordnung sei. Zumindest reime ich mir das aus Libbys Antwort zusammen.

»Ja, ja, Mom, hör zu, ich weiß gar nicht, warum wir über

Jasper Chase sprechen. Immerhin werde ich ihn nach heute Abend nie wiedersehen.«

Verdammt schade, aber umso wichtiger, dass wir die Zeit nutzen. Ich kann mich unmöglich länger damit zufriedengeben, ihre Schenkel zu liebkosen. Ich ziehe mich etwas zurück, bedeute ihr, sich zu erheben. Sie schüttelt den Kopf. Mein Blick bohrt sich in ihren. Schließlich gehe ich als Gewinner aus unserem Blickduell hervor. Sie gibt nach und steht seufzend auf. Während ich sie von ihrem Höschen befreie, erklärt sie ihrer Mutter, dass sie nun wirklich Schluss machen müsse, weil die Kopfschmerzen ein unerträgliches Ausmaß angenommen hätten.

Die Verabschiedung zieht sich in die Länge. Libbys Mom scheint eine harte Nuss zu sein. Ich beschließe, dass ich Libby lange genug geschont habe, und nähere mich vorsichtig ihrer Mitte. Libby zieht scharf die Luft ein und muss sich gleich im Anschluss dafür rechtfertigen.

»Natürlich bin ich allein – bis auf die dicke, fette Spinne, die ich eben entdeckt habe. Mom, die ist so groß, die braucht eine eigene Postleitzahl. Dieses Untier hat die Größe eines Welpen. … Na gut, womöglich übertreibe ich ein wenig, aber nicht viel.«

Ich schwelge in ihrem Duft. Libbys Pussy riecht nach Lust und Verlangen. Ein Hauch von Flieder ist auch hier vorhanden. Vermutlich benutzt sie ein Duschgel, das so riecht. Doch ihren würzigen Eigengeruch kann es glücklicherweise nicht übertünchen. Fuck, sie riecht schon jetzt so sehr nach Sex, dass ich ganz hart werde.

»Was mache ich denn jetzt, Mom? Meinst du, ich kann an der Rezeption anrufen, damit sie dieses Viech wegmachen? Ich werde die ganze Nacht kein Auge zutun, wenn das Monster hier hockt und nur darauf wartet …«

Der Satz geht in einem Wimmern unter, als meine Zungenspitze über ihre Mitte leckt.

»Sie … sie hat sich bewegt!«

Libby weicht ein Stück zurück. Ich packe ihren Hintern, verhindere, dass sie entkommt. Haltsuchend schiebt sie ihre freie Hand in meine Haare. Meine Zunge kreist um den Knotenpunkt ihrer Lust – nicht gerade subtil, doch meine Geduld mit ihr ist am Ende. Sie verschwendet schließlich unsere spärliche gemeinsame Zeit.

»Mom, ich muss jetzt wirklich, wirklich Schluss machen«, japst sie. »Dieses Ding ist unfassbar gruselig, und es starrt mich aus allen acht Augen an.«

Ich beschließe, ihr Geplapper zu ignorieren, und konzentriere mich darauf, sie zu verwöhnen.

»Es ist so gierig. Ich … ähhh … ich meine, es schaut mich gierig an.«

Gierig? Sie glaubt, dass ich gierig bin? Meine Zunge gleitet ihre Labien entlang, kostet von ihrer Nässe.

»Ja, ich hab dich auch lieb, und jemanden vom Hotel zu rufen, ist sicherlich die beste Idee. Danke dir.«

Sie muss aufgelegt haben, denn das Nächste, was ich höre, ist: »Oh. Mein. Gott! Das hast du nicht wirklich getan. Du … Oh, du bist so irre! Wie … Oh, oh, Jazz! Oh …«

Ich kann mir ein Schmunzeln nicht verkneifen. Dabei habe ich noch nicht mal angefangen. »Setz dich!«

»Das ist alles? Keine Entschuldigung, kein …«

»Jetzt!«

»Du könntest wenigstens so tun, als ob …« Sie blickt von oben auf mich herab.

»Soll ich aufhören?« Obwohl ich weiß, dass das das Letzte ist, was sie will, überrascht mich die Heftigkeit ihrer Reaktion.

»Was?«, entfährt es ihr entsetzt. »Nein! Das habe ich ja auch nie gesagt, Jasper. Es ist bloß …«

»Ja?«

»Ach, nichts. Irgendwie ist das gerade auch nicht so wichtig.«

»Das glaube ich auch«, stimme ich ihr zu und unterdrücke ein Glucksen. »Und nun setz dich, damit ich weitermachen kann.« Einen Moment lang genieße ich den Anblick, der sich mir bietet, als sie auf der Bettkante Platz nimmt und ich ihre Knie auseinanderschiebe.

»Wolltest du nicht weitermachen?«, erkundigt sich Libby und rutscht ungeduldig hin und her.

»Gib mir einen Moment. Ich kümmere mich gleich um deine Pussy.«

»Hey, die ist schüchtern, also hör bitte auf, sie so ungeniert anzugaffen.«

»Ich gaffe sie nicht an, ich überlege mir eine Strategie.«

»Jasper!«, jammert Libby, und weil ich ein guter Mensch bin, habe ich Erbarmen mit ihr. Die nächsten Minuten lecke ich sie zum Orgasmus. Abgesehen davon, dass sie einfach großartig schmeckt, ist es das pure Vergnügen zu beobachten, wie sie auf meine Liebkosungen reagiert. Im Prinzip habe ich noch gar nicht wirklich angefangen, da kommt sie bereits lautstark an meinen Lippen. Ich bin mir sicher, dass auch die Leute im Nachbarzimmer nun meinen Namen kennen und wissen, dass man mit mir viel Spaß haben kann.

Während Libby mit halb geschlossenen Augen auf dem Bett liegt und versucht, zu Atem zu kommen, ziehe ich mich aus. Libby beobachtet jede meiner Bewegungen, ihr Blick wandert zu meinem Ständer. Mein Schwanz kann es nicht erwarten, endlich bis zum Anschlag in ihr zu stecken. Ich hole das Kondom, das ich für den Fall der Fälle immer dabeihabe, aus meiner Manteltasche und streife es über.

»Man könnte meinen, du hast das geplant.«

»Wenn ich Pläne mache, dann sieht das anders aus, aber eins habe ich zum Glück zur Sicherheit immer dabei«, erwidere ich und lege mich zu ihr ins Bett. »Zieh den Pullover aus!«

Sie richtet sich auf, und ich gehe ihr zur Hand, entledige sie auch ihres BHs und endlich, endlich, endlich liegen wir nackt beisammen.

Libby fröstelt, und wir schlüpfen unter die Decke.

»Weißt du, was am besten wärmt?«

»Nein, aber ich nehme an, du wirst es mir gleich verraten.«

Das habe ich in der Tat vor. »Haut auf Haut.«

Lachend dreht sie sich auf den Rücken. Ich folge ihr, rutsche zwischen ihre gespreizten Beine, die mich willkommen heißen, und als ich in sie gleite, japst Libby unter mir nach Luft.

»Alles okay?«

»Mehr als okay«, murmelt sie, fasst in mein Haar und dirigiert meinen Kopf zu sich herunter.

Ich küsse sie, während ich in sie stoße und ihre Hände unablässig über meinen Körper gleiten. Ihre Berührungen fühlen sich fantastisch an. Mir entfährt ein Keuchen, als sie meinen Hintern packt, mich tiefer in sich zieht. Sie gibt dabei all diese entzückenden Laute von sich, die von meinem Mund geschluckt werden. Doch ihr Stöhnen, Keuchen und Seufzen macht mich nicht satt. Es facht bloß meinen Hunger an. Als Libby ihre Beine um meine Hüfte schlingt, sie über meinem Hintern kreuzt und dabei ihr Becken kippt, komme ich so unvermittelt und heftig, dass sie nicht mithalten kann.

Mist!

Die drei Stöße, die noch folgen, bevor ich das Kondom entsorgen muss, reichen leider ebenfalls nicht, um sie zum Höhepunkt zu bringen.

»Beim nächsten Mal halte ich länger durch«, verspreche ich ihr. Erst da fällt mir ein, dass es ohne Gummi kein nächstes Mal geben wird. Der Gedanke schmeckt, trotz Libbys Süße auf meiner Zunge, unendlich bitter.

Ich verschwinde kurz im Bad, und als ich zurückkomme, liegt Libby nicht im Bett, sondern durchwühlt den noch immer am Boden liegenden Inhalt ihrer Handtasche. Ich knie mich neben sie und sammle ebenfalls ein paar der Dinge ein, die sie da drin aufbewahrt: ein Päckchen Taschentücher, Haargummis, eine Dose mit Pfefferminzbonbons, ein Parfümflakon von Yves Rocher, Lippenbalsam, eine kleine Wasserflasche, Socken … Was zur Hölle schleppen Frauen alles so mit sich herum? Und wie verdammt noch mal passt dieser ganze Kram in die lederne Bucketbag?

»Irgendwo muss es doch sein«, murmelt Libby.

»Was suchst du denn?«, frage ich und greife nach einem dicken, schwarzen Notizbuch.

Libby reißt es mir beinahe panisch aus der Hand, was meine Neugier weckt.

»Was ist das denn? Dein Äquivalent zu dem kleinen schwarzen Buch, in dem man normalerweise seine Eroberungen festhält?«

»Witzig!« Sie beißt sich auf die Unterlippe, seufzt und sagt dann: »Weißt du noch, als du über Ashley gesagt hast, dass jeder zweite Fashionblogger glaubt, in ihm würde ein großer Designer schlummern?« Sie wirkt verlegen. »Tja, also ich gehöre dazu. Das hier ist mein Skizzenbuch. Ich habe vor, mich in Kürze an der Parsons zu bewerben. Noch arbeite ich an meinem Portfolio, und ich habe keine Ahnung, ob sie mich überhaupt nehmen werden, aber ich zeichne in jeder freien Minute und …«

»Soll ich es mir mal anschauen?«, unterbreche ich ihren Redefluss.

Lächelnd schüttelt sie den Kopf und steckt es in ihre Handtasche. »Das ist lieb, aber …«

»Es interessiert mich wirklich, Libby«, beteuere ich, denn allem Anschein nach habe ich sie mit meiner blöden Bemerkung unabsichtlich verletzt. Dabei habe ich gar nichts gegen Menschen, die echtes Interesse an Mode haben und bereit sind, das Handwerk drum herum zu lernen. Mich nerven bloß die Fashionblogger, die sich für ach so wichtig halten, eigene Kollektionen herausbringen, aber keinen Plan haben von dem, was sie tun. Die sprießen wie Pilze aus dem Boden und gehen mir mit ihrem Unvermögen einfach gewaltig auf den Zeiger.

»Das mag ja sein, aber ehrlich gesagt, möchte ich die wenige Zeit, die wir haben, gerne anders nutzen. Dummerweise finde ich das Kondom nicht. Wo habe ich es bloß hingetan?«

Erleichterung und Vorfreude packen mich, ringen kurz miteinander und brechen sich Bahn, indem ich mich zu Libby beuge und sie küsse. Als ich vorhin geschrieben habe, dass sie bezaubernd sei, hatte ich keine Ahnung, wie unfassbar bezaubernd sie wirklich ist. Hätte ich bis zu diesem Moment Zweifel gehabt, ob sie nicht doch bloß ein Groupie ist, so hätten sie sich eben komplett verflüchtigt. Nichts, was Libby an diesem Abend getan hat, war für sie und ihren Blog von Vorteil. Es ist eindeutig, dass sie mit mir zusammen sein will und es ihr egal ist, ob sie beruflich von meiner Person profitieren könnte. Was dieses Wissen mit mir macht, lässt sich nicht in Worte fassen. Ich verfalle ihrem ehrlichen Charakter. Ich meine, fuck, alle Influencer behaupten, sie seien authentisch, aber Libby ist es wirklich. Sie hat sich um mich gekümmert, um mir zu helfen – ohne Hintergedanken. Libby erwartet keine Gegenleistung, und das, obwohl ich eindeutig Zugang zu Dingen habe, die sie will. Ich könnte nützlich für sie sein, doch darum geht es ihr nicht. Sie will keinen Vorteil aus unserer Begegnung ziehen, und allein deshalb kann ich nicht aufhören, sie zu küssen.

Schließlich ist sie es, die sich atemlos von mir löst.

»Kosmetiktäschchen!«

Während ich versuche zu verstehen, was sie meint, schnappt sie sich einen Beutel, öffnet ihn, schüttet den Inhalt ebenfalls auf den Boden und greift nach einem goldfarbenen quadratischen Briefchen. Triumphierend hält sie es in die Höhe.

»Dann ist der Rest des Abends ja gerettet«, necke ich angesichts ihrer Begeisterung.

Sie lässt sich nicht aufziehen, sondern erwidert lässig: »Na ja, zur Not hätten wir auch welche beim Zimmerservice ordern können.«

Daran hätte ich auch denken können. Und dann denke ich eine ganze Weile gar nichts, denn unvergessliche Stunden folgen.

Als ich mich schließlich im Morgengrauen aus Libbys Hotelzimmer schleiche und sie schlafend zurücklasse, verfluche ich einen Moment lang mein Leben. Diese eine Nacht war nicht genug. Klar, die Leute sagen immer, man soll aufhören, wenn es am schönsten ist, doch das ist Bullshit. Warum sollte man es dann enden lassen, und woher soll man wissen, dass das wirklich der schönste Zeitpunkt war? Vielleicht folgt noch etwas viel, viel Besseres.

Allerdings ist mir auch schmerzlich bewusst, dass auf mich nichts Besseres wartet. Mein bester Freund hat Krebs. Keine

Ahnung, was in den nächsten Wochen und Monaten alles auf uns zukommt. Diese werden, da brauche ich mir nichts vorzumachen, nicht einfach. Ian wird auf meine Hilfe und Unterstützung angewiesen sein. Abgesehen davon will ich meinen Master machen. Kollektionen sind teuer, die Miete in London auch. Und von den Gebühren fürs Central Saint Martins will ich erst gar nicht anfangen. Jedes verdammte Pfund haben wir in unsere Bachelor-Kollektion gesteckt – nun ja, immerhin hat es sich ausgezahlt. Wir haben den Award gewonnen, und das Preisgeld dürfte uns über die nächsten zwei, drei Monate bringen. Für regelmäßige Flüge nach Amerika reicht es jedoch nicht.

Ich presse meine Kiefer aufeinander, während der Fahrstuhl in die Tiefe gleitet und ich zu dem Schluss komme, dass es keine Chance für Libby und mich gibt. Sie lebt in den Staaten, ich in London … Ich könnte ihr in der momentanen Situation niemals gerecht werden.

Als ich die Lobby durchquere und auf die Straße hinaustrete, lasse ich Libby schweren Herzens zurück. Ich ärgere mich über das miese Timing, das uns jeder noch so winzigen Chance, die es für uns gegeben hätte, beraubt hat.

Tage später ärgere ich mich nur noch über mich, weil ich nicht begreifen kann, dass es hoffnungslos ist. Libby spukt unentwegt in meinem Kopf herum und lässt mich nicht mehr los. Ich frage mich, wie es ihr geht. Ihr Instagram-Account liegt brach, und mehr als einmal bin ich versucht, mich bei ihr zu melden, doch das würde alles bloß schlimmer machen. Also lasse ich es und konzentriere mich stattdessen auf all das Chaos, das der Gewinn des Awards und Ians Krankheit mit sich gebracht haben. Ich stürze mich Hals über Kopf in die Arbeit, in dem Bemühen, Libby aus meinen Gedanken zu vertreiben.

Dann meldet sie sich auf Insta mit einer Sprachnachricht bei mir, die mich beinahe zerreißt.

Es ist mutig, dass sie den Schritt gewagt hat. Ich bewundere sie dafür und wünschte gleichzeitig, sie hätte es nicht getan, denn sie bringt mich mit ihrem Vorstoß in eine furchtbare Lage.

»Hi, Jasper, ich wollte nur mal hören, wie es euch geht und wie der Stand der Dinge ist. Was sagen die Ärzte? Und wie kommst du mit allem klar? Ich würde mich freuen, wenn du dich meldest. Liebe Grüße, Libby.«

Ich höre die Nachricht so oft, bis ich sie auswendig kenne, doch bei ihr melden – um ihre Stimme erneut zu hören – kann ich mich nicht.

Mir ist klar, dass ich sie damit verletze. Sicherlich wird sie mich inzwischen verachten, mich vielleicht sogar hassen, doch ich weiß, dass ich uns vor der unausweichlichen Katastrophe rette.

Wir würden es miteinander versuchen, weil wir es beide wollen – doch es kann nicht gutgehen. Wir würden scheitern. Nach den letzten Wochen, die einfach nur die reinste Qual waren, bin ich mir absolut sicher, dass es keine Chance für uns gibt. Die Chemo ist ein Höllentrip. Ians Elend mit anzusehen, zu sehen, wie er leidet, macht mich kaputt. Ich muss für ihn da sein, muss für ihn stark sein. Ich darf mich nicht verzetteln. Obwohl ich all das weiß, ist die Sehnsucht nach Libby beinahe übermächtig.

Ich versuche, einen Tag nach dem anderen herumzubekommen, versuche, nicht an die Zukunft zu denken, versuche, positiv zu bleiben. Es ist so hart, und dennoch schaffen wir es. Die Wochen und Monate vergehen. Ian übersteht die Chemotherapie, er übersteht die Bestrahlung. Er findet zurück in den Alltag. Ich versuche, es ihm gleichzutun, und nach und nach verblassen die Erinnerungen an den Abend – bis auf die Erinnerung an Libby, die so bezaubernd war, dass ich sie nie gänzlich vergessen werde.

TEIL 2

3

Libby

Eineinhalb Jahre später

Ich klopfe noch einmal. Dieses Mal lauter. Das Dröhnen der Schläge konkurriert mit dem Prasseln des Regens. Noch immer rührt sich im Inneren des Hauses nichts. Tausend Gedanken schießen mir durch den Kopf. Ich frage mich, ob ich auf einen Schwindler hereingefallen bin, und wenn ja, was ich dann machen soll. Gestrandet in einem fremden Land, ohne Wohnung. Mitten in der Nacht. Die Vorstellung allein sorgt dafür, dass sich ein dicker Kloß in meinem Hals bildet.

Bevor die Verzweiflung überhandnehmen kann, erinnere ich mich daran, dass ein Anruf genügen würde, um dem Spuk ein Ende zu bereiten. Mom steht sicherlich schon in den Startlöchern, um mir zu Hilfe zu eilen. Allerdings wird sie mich niemals ernst nehmen, wenn ich sie bei jeder Kleinigkeit kontaktiere. Bevor ich also die Kavallerie informiere, versuche ich lieber noch einmal selbst, meinen Vermieter zu erreichen. Vorhin, als ich am Bahnhof gewartet habe, ging er nicht dran. Eine halbe Stunde habe ich mir die Beine in den Bauch gestanden und dann beschlossen, das kurze Stück zu meiner neuen Bleibe zu Fuß zu gehen.

Eine Viertelstunde, hat das Handy behauptet und mir den

Weg gewiesen – ja, vielleicht wenn man Gepardengene hat oder nicht gerade seinen halben Hausrat mit sich schleppen muss. Schließlich kann niemand erwarten, dass ich mein Auslandssemester in England mit leichtem Gepäck antrete. Unglücklicherweise begann es zu regnen, kaum dass ich mich auf den Weg gemacht hatte. Zuerst war es bloß ein feiner Sommerregen, doch leider blieb es nicht dabei, und nun stehe ich – bis auf die Unterhose durchnässt – vor verschlossener Tür und versuche, mich in mein Smartphone einzuloggen. Dummerweise funktioniert die Sache mit der Touch-ID nur begrenzt gut, wenn man feuchte Hände hat. Ich dränge mich dichter gegen die Haustür, denn das mickrige Vordach bietet kaum Schutz vor dem Unwetter. Aus den Untiefen meiner Handtasche krame ich eine Packung Taschentücher hervor, trockne notdürftig Hände und Display, um einen weiteren Zugangsversuch zu starten. Endlich gelingt es mir, und ich drücke die Wahlwiederholung. Es klingelt zweimal, dann meldet sich eine männliche Stimme mit einem unfreundlichen »Ja?« – ganz so, als ob ich stören würde.

»Mr. Gibson?«, frage ich, verunsichert von seinem ruppigen Bellen.

»Ja!«

»Hier spricht Libby. Ich bin jetzt da.«

»Libby?« Er stellt die Frage, als hätte er noch nie von mir gehört. Das darf doch alles nicht wahr sein!

»Ja, Liberty Stevenson aus Nashville. Sie erinnern sich?«, blaffe nun ich, denn aufgrund meines durchnässten Zustands und der Blasen an meinen brennenden Füßen vergesse ich für einen Moment meine guten Umgangsformen. Sofort werde ich von schlechtem Gewissen heimgesucht, weil ich gegen Moms In-einer-Welt-in-der-du-alles-sein-kannst-sei-nett-Regel verstoßen habe. »Die Austauschstudentin«, schiebe ich daher gemäßigter hinterher. »Ich stehe vor dem Haus.«

»Warum klopfst du nicht?«

Ach, auf die Idee wäre ich von allein nie gekommen, denke ich sarkastisch, sage jedoch: »Das habe ich bereits. Mehrfach. Niemand öffnet.«

»Ist Val nicht da?«, fragt er verwundert.

»Wer ist Val?«

»Sie ist…« Er bricht ab, stößt ein frustriertes Schnauben aus und knurrt dann: »Gib mir fünf Minuten.«

Ehe ich etwas erwidern kann, hat er aufgelegt. Was für ein unmöglicher Kerl! Wundern sollte mich dieses unterirdische Benehmen nicht. Dass die Briten gute Manieren haben, ist schließlich – ich weiß es aus eigener Erfahrung – bloß ein Gerücht. Allerdings wäre es gemein, alle Briten mit Jasper in einen Topf zu werfen.

Mein Herz verkrampft sich schmerzhaft, als ich an ihn denke. Beinahe so, als würde mein Verstand sich vor dem Gefühl der Enttäuschung schützen wollen, stürzen die schönen Erinnerungen auf mich ein. Seine Küsse, seine Berührungen, er über mir… Mein Unterleib zieht sich trotz der widrigen Umstände voller Verlangen zusammen. Kein Mann nach ihm war in der Lage dazu, eine solche Lust in mir zu entfachen – nun gut, besonders vielen habe ich seit damals auch nicht die Gelegenheit dazu gegeben. Aber die wenigen Male erwiesen sich als ernüchternd. Es war nie wie mit Jasper – nicht einmal ansatzweise. Was in gewisser Weise auch gut ist, denn wer hoch fliegt, der kann auch tief fallen. Und gefallen bin ich.

Sich in einen Mann zu verlieben, nur weil man einmal mit ihm geschlafen hat, ist dumm… Das zumindest sagt Eden, und ich gebe ihr insofern recht, als dass der daraus resultierende Liebeskummer furchtbar ist – selbst heute, so viele Monate später, noch.

Wir wussten beide, dass wir nur diese eine Nacht haben, also war es vermutlich wirklich blöd, mehr zu erwarten. Zumal der lächerliche Zettel, der am Morgen danach klischeehaft auf dem Nachttisch lag, alles sagte. Er strafte die Verbundenheit, die ich in den Stunden zuvor empfunden hatte, Lügen und hätte mich eigentlich desillusionieren müssen.

Vielen Dank für alles. Jazz

Vier Worte, mehr nicht. Sie schmecken bitter. Damals. Jetzt. Und ich fürchte, für alle Zeit. An jenem Morgen nach meinem ersten Mal raubte die erdrückende Endgültigkeit mir den Atem und trieb mir die Tränen in die Augen.

»Was hast du erwartet?«, fragte Eden mich, als ich – drei Tage nach unserer verhängnisvollen Begegnung – wieder zu Hause war. »Dass er dich heiratet?«

Nein, das natürlich nicht, aber ich hatte gedacht, dass da etwas zwischen uns war. Etwas, das mehr als ein abgeschmacktes War-schön-mit-dir-und-Tschüss verdiente, doch offensichtlich hatte nur ich so empfunden.

Nach drei Wochen hielt ich es nicht mehr aus und beging eine entsetzliche Dummheit. Ich schickte Jasper eine Sprachnachricht auf seinem Instagram-Account. Etwas, das ich bis heute zutiefst bereue. Es folgte daraufhin die schlimmstmögliche Reaktion. Keine.

Obwohl ich ihm in den Stunden der Not beigestanden hatte, für ihn da gewesen war, mich um ihn gekümmert hatte, obwohl wir uns so nah gewesen waren, hielt er es nicht für nötig, sich zu melden. Manchmal frage ich mich, ob er die Nachricht überhaupt bekommen hat.

Eden meinte, dass er sie natürlich erhalten habe, aber einfach kein Interesse daran hätte, mich zu kontaktieren. »Bist du bescheuert, Libby?«, fragte sie mich, als ich ihr von der Sprachnachricht erzählte. »Was bist du? Ein kleines Hündchen? Rennst ihm wild kläffend hinterher und bumst sein Bein, sobald er zum Stehen kommt. Ehrlich, das ist peinlich!«

Und ja, es *ist* peinlich. Ich schäme mich dafür, dass ich damals so wenig Stolz und Selbstwertgefühl besaß. Wie eine liebeskranke Stalkerin verbrachte ich Stunden damit, seinen Account zu checken. Ich wollte wissen, wie es ihm – und auch Ian – ging. Allem Anschein nach hat Ian in den folgenden Monaten den Krebs besiegt, was mich erleichtert aufatmen ließ. Ich freute mich für sie beide, als sie die Gründung ihres eigenen Modelabels – On Fleek, heißt es – bekanntgaben und ihre erste Kollektion einschlug wie eine Bombe. Und auch als ihre Firma von Aurelio übernommen wurde und ihnen danach alle Türen in der Branche offenstanden.

Die Bilder von Jasper und diversen Frauen, die seinen Weg kreuzten und Arm in Arm mit ihm für Fotos posierten, konnte ich auf Dauer jedoch unmöglich ertragen. Bei jeder fragte ich mich, ob er mit ihr auch geschlafen hatte. Ich kam mir vor, als wäre ich für ihn bloß eine weitere Kerbe im Bettpfosten gewesen. Eine Vorstellung, die bei mir ein ätzendes Gefühl auslöste. Also bekam ich – aus reinem Selbstschutz – meine Psycho-Ex-Lover-Tendenzen irgendwann in den Griff und blockte sowohl ihn als auch sein Label auf Instagram. Mein letzter Jasper-Chase-Rückfall liegt Monate zurück. Ich will mich einfach nicht länger an irgendwelche naiven Kleinmädchenfantasien klammern und auf ein Happy End hoffen.

Die Aus-den-Augen-aus-dem-Sinn-Methode funktioniert allerdings offensichtlich kein Stück. Ich bin genervt davon, dass meine Gedanken und mein Herz sich noch immer bei jeder Kleinigkeit an Jasper Chase aufhängen. Warum ist es mir unmöglich, ihn zu vergessen? Mir kommt es vor, als würden die Erinnerungen an ihn und unsere gemeinsame Nacht beständig auf eine Gelegenheit warten, sich in den Vordergrund zu drängen. Sie erinnern mich an streberhafte Einserschüler, deren Hände sofort in die Höhe schnellen, kaum dass sich ihnen die Gelegenheit bietet.

Entschlossen schiebe ich meinen sehnsüchtigen Gedanken einen Riegel vor und warte auf den Vermieter. Ich möchte darauf wetten, dass dieser Mr. Gibson ein hässlicher, mürrischer, alter Mann ist, den ich gerade aus dem Pub geklingelt habe. Ich schlinge meine Arme um mich, gebe mir Halt. Nicht nur der Kälte wegen, die inzwischen ein Teil von mir geworden zu sein scheint, sondern auch, weil sich der erste Anflug von Heimweh einschleicht.

Es ist gut, dass du hier bist, versichere ich mir selbst nachdrücklich. Das erste Jahr an der Parsons war der reinste Albtraum. Nicht wegen der Schule, sondern wegen New York und weil ich einfach keinen Anschluss fand. Obwohl wir alle die gleichen Interessen, Leidenschaften und Träume hatten, war es mir unmöglich, echte Freundschaften aufzubauen. Vor allem auch, weil alle besser waren als ich und ich mich extrem anstrengen musste, um auch nur halbwegs mithalten zu können. Ich wünschte, der Fokus im ersten Studienjahr wäre auf Mode beschränkt gewesen. Leider lag der Schwerpunkt jedoch auf interdisziplinärem Arbeiten. Mir ist schon klar, dass das fächerübergreifende Arbeiten unseren Horizont erweitern, dass es uns als Inspirationsquelle dienen und unsere Kreativität ankurbeln sollte – ich habe in der Einführungsveranstaltung schließlich aufgepasst –, aber das ändert nichts daran, dass diese Aufgaben stellenweise einfach ätzend waren. Mein Horrorprojekt war die Konstruktion eines Stuhls. Ich habe bei solchen Sachen zwei linke Hände, und dass ich keine von beiden bei der Stuhlherstellung verloren habe, war pures Glück. Bei der Erinnerung an die ganze Plackerei schüttelt es mich heute noch. Allerdings hätte ich dieses Monstrum, das nun auf der Terrasse meiner Eltern steht, in diesem Augenblick gerne hier. In Ermangelung einer anderen Sitzgelegenheit ziehe ich meinen Trolley näher heran und hocke mich auf ihn drauf.

Ich wünschte, die Warterei auf Mr. Gibson würde ebenso rasch vorübergehen wie das erste, erschöpfende Jahr an der Parsons. Mehr als einmal stand ich kurz davor, einfach alles hinzuschmeißen und das Studium abzubrechen. Ohne den Vortrag, den Alicia King, eine megaerfolgreiche britische Modedesignerin und Dozentin am Central Saint Martins, an unserer Hochschule, hielt, hätte ich es vielleicht sogar getan – wer weiß? Zumindest war ich an dem Tag, als sie da war, maßlos frustriert und wirklich kurz davor, meine Koffer zu packen und nach Hause zu fahren. Professor Tysons Kritik an dem gottverdammten Stuhl hatte mich am Boden zerstört, und ich wollte mich bloß noch in meinem Bett verkriechen. Den festen Vorsatz, die letzte Stunde zu schwänzen und stattdessen meine Wunden zu lecken, hatte ich bereits gefasst, als meine Mitbewohnerin Lynn verkündete, dass ich unmöglich mit ins Studentenwohnheim kommen könne, da sie und ihr Freund Pläne hätten.

Also landete ich doch in Alicias Kings Gastvorlesung. Zu Beginn verfluchte ich Lynn und ihre Libido, doch schnell zogen mich Alicias Worte in ihren Bann. *Live a Big Life* lautete das Thema ihres Vortrags. Es ging im Groben darum, wie man in der Welt der Kreativen überlebt. Wie man all die Kritik, all die Rückschläge erträgt, ohne seine Träume aufzugeben. Aber auch um Mut und Visionen. Davon, dass man nicht darauf hören darf, wenn Leute einem sagen, dass das, was man will, unmöglich ist.

Und mit jedem Wort, das sie sagte, wurde mir bewusst, dass sie recht hatte. Man muss für seine Träume kämpfen! Ja, es würde immer Phasen geben, in denen die Zweifel überwögen und man kurz davor wäre, alles hinzuschmeißen. Es nicht zu tun, egal wie schwierig die Situation auch sein mochte, darin bestand die Kunst – nicht nur im Beruf, sondern im Leben.

In der Fragerunde im Anschluss berichtete Alicia davon, dass sie im kommenden Jahr eine Gastprofessur an einem kleinen College in Großbritannien übernehmen würde. Als sie sagte, dass sie nach Plymouth ginge, kam mir das wie ein Wink des Schicksals vor – warum nicht die Parsons hinter mir lassen, an der ich doch nur unglücklich war, und mich ganz neuen Perspektiven öffnen. Meinen Vater brauchte ich nicht lange von meiner Planänderung zu überzeugen. Er fand die Idee, dass ich, als Nachfahrin der Pilgerväter, der ersten englischen Siedler in Amerika, für ein Jahr in Plymouth studiere, großartig.

Und nun? Nun stehe ich mir hier mitten in der Nacht die Beine in den Bauch und bereue diese Entscheidung bereits hinreichend. Doch was hat Alicia gesagt? Man soll sich nicht von kleinen Rückschlägen entmutigen lassen, und wenn ich nicht erfriere, steht mir sicherlich ein tolles und unglaublich lehrreiches Semester bevor.

In meiner Not schlüpfe ich aus meinen geliebten, völlig durchweichten Dolce & Gabbana-Ballerinas und reibe meine nackten Füße aneinander. Beim Anblick der offenen Stellen an meinen Fersen verziehe ich das Gesicht. Ich nehme an, das wird noch schrecklich wehtun, im Moment spüre ich allerdings nichts. Vermutlich, weil ich bereits unter ersten Erfrierungserscheinungen leide. Abgesehen davon, hat es meine armen Schuhe noch viel schlimmer getroffen als meine Füße. Ob sie überhaupt noch zu retten sind?

Während ich warte, brüte ich über der Inschrift für meinen Grabstein – der Kältetod erscheint mir, aufgrund der Lahmarschigkeit meines Vermieters, unausweichlich.

Libby Stevenson, 19 Jahre, dem klischeehaften britischen Wetter nicht gewachsen.

Öde, doch vermutlich kommt mein kreatives Loch daher, dass meine Gehirnzellen inzwischen ebenfalls durch den Frost geschädigt wurden.

Ah, jetzt hab ich es! *Libby Stevenson, 19 Jahre, dem britischen »Hochsommer« zum Opfer gefallen.* Das klingt doch gut. Es ist wirklich kaum zu glauben, dass wir September haben.

Das Quietschen des windschiefen Gartentörchens reißt mich aus meinen wenig bemerkenswerten Gedanken. Die Erlösung kommt in Form eines großen, sportlichen Kerls daher.

Ich erhebe mich, bevor er mich erreichen kann, und frage: »Mr. Gibson?« Möglicherweise klinge ich etwas überrascht, denn er ist viel jünger, als ich gedacht habe. Ende zwanzig, maximal Mitte dreißig.

Im spärlichen Licht der Außenbeleuchtung nehme ich ihn in Augenschein. Er trägt verwaschene Jeans und ein Band-T-Shirt unter einer schwarzen Lederjacke. Offensichtlich ist er ein Fan der Sex Pistols. Sein lässiger, beinahe schon nachlässiger Look, der durch ausgetretene Chucks, einen Dreitagebart und verstrubbeltes hellbraunes Haar abgerundet wird, gefällt mir. Seine Manieren lassen allerdings nach wie vor zu wünschen übrig.

»Wow, dich hat es ja echt übel erwischt«, bemerkt er ungnädig.

Allerdings ist er auch kein Brite, wie ich feststelle. Warum ist mir sein Ostküstenakzent zuvor entgangen? *Vielleicht, weil er ausschließlich einsilbige, harsche Antworten gegeben hat,* erinnert mich der unversöhnliche Teil in mir.

»Ja, hat es. Schön, dass Sie auch endlich da sind.«

»Hör mal, ich…«, beginnt er, doch mir ist nicht nach Small Talk.

Ich will bloß rein, und das sage ich ihm auch.

»Klar können wir uns drin weiterunterhalten«, meint er, schiebt sich an mir vorbei und schließt auf. »Val hätte hier sein sollen«, nuschelt er. Selbst seine Aussprache unterstreicht seine unbefangene Haltung. »Sie stammt aus Deutschland und wohnt ebenfalls hier.«

Wie um es mir zu beweisen, ruft er ihren Namen. Einmal und dann, weil sie ihn und sein ohrenbetäubendes Geblöke ja unmöglich gehört haben kann, noch einmal. »Ich schaue kurz nach, wo sie steckt.«

Verdattert, weil er mich einfach stehen lässt, starre ich ihm nach, während er die Treppe, immer zwei Stufen auf einmal nehmend, hinaufläuft. Sie ächzen und stöhnen unter seinem Gewicht. Das Klagen der alten Dielen klingt so erbärmlich, dass ich mir nicht sicher bin, ob sie nicht jeden Moment unter Mr. Gibson nachgeben.

Ich schaue mich in dem schmalen Flur um. Es ist ein altes Haus, wirkt jedoch nicht ungemütlich. Von oben höre ich ein Klopfen, dann noch einmal den Namen meiner Mitbewohnerin und schließlich einen unterdrückten Fluch.

»Stimmt etwas nicht?«, rufe ich, erhalte jedoch keine Antwort. Ich überlege, dem Vermieter nachzugehen. Nicht, dass meiner Mitbewohnerin etwas zugestoßen ist. Doch ehe ich zu einer Entscheidung gelangt bin, kommt Mr. Gibson wieder ins Erdgeschoss zurück. Seine Miene ist aschfahl.

»Sie ist weg«, stößt er hervor, während er auf seinem Handy herumtippt. »Ihr ganzes Zeug, alles ist verschwunden.« Er entfernt sich von mir, geht den Flur entlang ins Innere des Hauses. »Geh ran!«, höre ich ihn beschwörend sagen.

Es klingelt.

Mr. Gibson sieht zu mir. Ich sehe zu ihm, und synchron bewegen wir uns in Richtung des Geräuschs. Er öffnet eine Tür zu seiner Rechten. Ich höre ihn ausatmen. Es klingt erleichtert, so als wäre eine tonnenschwere Last von ihm abgefallen.

Ich spähe an ihm vorbei. In dem Zimmer herrscht ein heilloses Chaos. Es sieht aus, als wäre jemand gerade erst dort eingezogen und hätte noch nicht alles ausgeräumt.

»Sie ist nicht da, aber zumindest ihr Zeug ist noch hier«, fasst er das Offensichtliche zusammen. Er atmet einmal tief durch und wendet sich an mich: »Okay, Libby, scheint, als hätte Val sich, nachdem ich ausgezogen bin, mein altes Zimmer unter den Nagel gerissen, was wohl bedeutet, dass du oben die freie Zimmerwahl hast. Wer zuerst kommt, mahlt zuerst. Die anderen beiden Bewohnerinnen sind noch nicht da, die reisen erst kurz vor Semesterbeginn an. Du hast also Glück!«

Er stapft an mir vorbei Richtung Treppe, schnappt sich meinen Koffer und die Tasche und trägt beides nach oben. Ich folge ihm. Oben angekommen, inspiziere ich kurz alle Räume und nehme den größten in Besitz.

»Die Tür ist kaputt.« Ich deute auf den Kleiderschrank, dessen Tür schief in den Angeln hängt.

Mein Vermieter ignoriert meine Schadensmeldung eiskalt und fragt stattdessen: »Ist sonst alles zu deiner Zufriedenheit?«

Ich nicke knapp.

»Gut. Das Bad ist dort drüben.«

Ich werfe einen Blick hinein. Es ist erstaunlich groß und zu meiner Überraschung sehr sauber.

»Wenn du häufiger als einmal pro Woche badest, muss ich die Miete anheben.«

»Ich darf nur einmal pro Woche baden?«, hake ich irritiert nach. Einmal die Woche? Wäre ich bloß zu Hause geblieben! Ich bin mir nicht mal sicher, ob ich mit einmal am Tag zurechtkäme. Was das anbelangt, bin ich wirklich extrem. Seufzend füge ich mich in mein Schicksal und versuche, mir einzureden, dass es möglicherweise ganz gut ist, wenn ich endlich lerne, meine Badeexzesse unter Kontrolle zu bekommen.

»Wie gesagt, andernfalls wird eine Mieterhöhung fällig, und das will doch keiner, oder? Hier musst du den Schalter umlegen, sonst kannst du den Boiler nicht benutzen«, instruiert er mich, bevor er sich abwendet und die Treppe hinuntertrabt. »Ach, und spiel nicht am Thermostat herum!« Er deutet auf eine kleine Schalttafel an der Wand neben der Eingangstür.

»Aber es ist kalt«, sage ich und schiele sehnsüchtig in Richtung des Reglers.

Auch diese Klage übergeht mein Landsmann unbeeindruckt. Vielleicht ist er schwerhörig. Seufzend folge ich ihm den schmalen Flur entlang.

»Hier haben wir das Wohnzimmer«, sagt er und deutet nach links. »Und geradeaus befindet sich die Küche. Komm mit, du musst noch den Mietvertrag unterzeichnen.«

Im Vorbeigehen pflückt er einen weißen Umschlag von der schmalen Kommode, macht in der Küche Licht und nimmt an dem Holztisch vor dem Fenster Platz. Der kleine Raum mit den schwarz-weißen Fliesen hat seine besten Zeiten bereits seit einigen Jahrzehnten hinter sich.

»Ist das ein Gasherd?«, erkundige ich mich unsicher. Auch das noch!

Seufzend erhebt Mr. Gibson sich wieder. Ihm ist deutlich anzusehen, wie genervt er von mir ist. Hundertachtzig Pfund kostet die Unterkunft pro Woche. Ich finde, dafür könnte er ruhig etwas netter sein.

»Es ist ganz einfach«, behauptet er und zeigt mir, wie der Herd funktioniert. Zum Glück zündet dieses Modell automatisch. Mein Albtraum wäre, mit einem Feuerzeug hantieren zu müssen und eine Gasexplosion auszulösen. »Und aus geht er…« Er hebt eine Augenbraue, sieht mir tief in die Augen und dreht dann den Schalter entgegen des Uhrzeigersinns. Die Flamme erlischt mit einem Klicken. »… so.«

»Okay, das bekomme ich hin.«

»Sicher?«, hakt er nach – zu seiner Verteidigung sei gesagt, dass ich möglicherweise etwas zweifelnd klang.

Nickend schaue ich mich um und entdecke eine Tür, die nach draußen führt. Ich trete näher und spähe durch die Scheibe. »Oh, es gibt einen Hinterhof«, freue ich mich.

»Da kann man bei gutem Wetter die Wäsche aufhängen«, meint er und setzt sich wieder an den Tisch.

Oder ich nehme einfach den Trockner. Wäsche aufhängen? Wir sind doch nicht im Mittelalter.

»An deinem Schlüsselbund befindet sich außer dem Haustürschlüssel auch einer für die Hintertür und das Tor.« Mr. Gibson nickt in Richtung Ausgang. »Die Mülltonnen stehen in der Gasse hinter dem Haus. Der Entsorgungsplan hängt hier. Gibt es noch Fragen?«

»Können Sie mir vielleicht noch die Spülmaschine, die Waschmaschine und den Trockner erklären?«

Er sieht mich an, als wäre ich auf den Kopf gefallen.

»So eine habe ich noch nie gesehen«, verteidige ich mich und deute auf die Waschmaschine.

»Okay, fangen wir einfach an: Es gibt keine Geschirrspülmaschine und keinen Trockner.«

»Es gibt keine Geschirrspülmaschine?«

Er schüttelt den Kopf. »Nein! Bei der Wasch…«

»Und keinen Trockner?«

Erneutes Kopfschütteln.

»Aber wo trockne ich dann meine Sachen …?«

Mr. Gibson deutet stumm auf die Tür zum Hinterhof. Mein säuerlicher Gesichtsausdruck spricht allem Anschein nach Bände, denn Mr. Gibson sagt: »Ein Stück weiter die Hauptstraße hoch gibt es einen Waschsalon. Val kann dir sicher zeigen, wo der ist.«

»Einen Waschsalon?«, echoe ich fassungslos.

»Muss ich dir erklären, was das ist, Southern Belle, oder …?«

»Ich weiß durchaus, was das ist. Ich …« *war nur noch nie in einem*, denke ich, lasse meinen Satz jedoch besser unbeendet, denn mein Vermieter sieht ohnehin schon sehr belustigt aus.

»Wollen wir uns setzen, und du liest dir den Vertrag durch? Es ist das gleiche Exemplar, das ich dir per Mail geschickt habe.«

Ich lasse mich auf einer der beiden Sitzbänke nieder und nehme den Vertrag in Augenschein. Sicher ist sicher, und Kontrolle ist besser.

»Dieser Punkt hier …«, beginne ich zögerlich, als ich an den Paragraphen gelange, der mir bereits die ganze Zeit über Bauchschmerzen bereitet, doch der Vermieter lässt mich nicht zu Wort kommen.

»Ist nicht verhandelbar. Wenn du das Semester abbrichst, weil du Heimweh hast oder dich nach deinem Freund sehnst, zahlst du dennoch bis zum Semesterende die Miete weiter.«

»Ich … ich habe keinen Freund.«

»Mir ist das völlig egal«, brummt er lakonisch. »Aber ich will nicht auf den Kosten sitzen bleiben, und das werde ich auch nicht, weil es diese Klausel im Vertrag gibt.«

Er reicht mir einen Stift. Zähneknirschend greife ich danach und unterschreibe den Mietvertrag sowie meine Kopie, während ich mich über den Vermieter ärgere. Er könnte ruhig etwas höflicher sein. Ist das wirklich zu viel verlangt?

»Wunderbar«, meint er und erhebt sich. »Es hat mich gefreut, mit dir Geschäfte zu machen.«

»Was ist mit der Schranktür? Reparieren Sie die noch?«

»Ich komme die Tage mal rum.«

Klar, denke ich sarkastisch, denn ganz eindeutig interessiert ihn nicht die Bohne, was ich sage.

Mr. Gibson erhebt sich und bedeutet mir mit einer Geste, ihm in den Flur zu folgen. »Hier sind die Schlüssel.« Er deutet auf ein Schlüsselbrettchen im Vintagelook, das neben der Haustür hängt. Bis auf die Kommode ist es das einzige Dekoelement. An den hohen weißen Wänden gibt es keine Bilder, und auch andere Wohnaccessoires sucht man vergebens. *Less is more*, das alte Designer-Motto, zieht hier nicht. Der Flur wirkt dadurch einfach bloß kahl. *Immerhin ist das Haus sauber*, spreche ich mir Mut zu.

Ich will nach einem der Schlüsselsets greifen, doch Mr. Gibson kommt mir zuvor. »Das hier ist nicht deiner, oder beginnt dein Vorname mit E?« Erst jetzt fällt mir die kleine Holzscheibe auf, auf die mit dickem schwarzem Stift ein »E« geschrieben wurde. Er händigt mir den Schlüssel aus, dessen Anhänger mit einem »L« verziert ist. »Verlier den nicht.«

»Werde ich nicht!«, versichere ich ihm. Fünfhundert Pfund will dieser Wucherer nämlich im Verlustfall haben. Unfassbar.

»Wenn du keine Fragen mehr hast, dann würde ich jetzt verschwinden, damit du dich frischmachen und von der Reise erholen kannst.«

Er sagt das, als würde er mir damit einen Gefallen tun wollen, dabei ist offensichtlich, dass er bloß rasch weg möchte.

Diese ganze Hausführung hat er schließlich in Windeseile durchgezogen. Ich kam mir vor wie beim Speed Dating.

»Nein, keine Fragen mehr.«

Mr. Gibson hat bereits die Hand auf dem Türknauf, als draußen die Außenbeleuchtung anspringt und sich ein Schatten über Mr. Gibsons Gesicht legt. Ein unterdrückter Fluch und ein Klimpern kündigen den Besucher an. Bevor dieser die Tür aufschließen kann, öffnet der Vermieter sie.

»Wo warst du?«, begrüßt er den Neuankömmling. Er klingt ebenso unfreundlich wie vorhin am Telefon. Mr. Gibson ist ein echter Sonnenschein, zumal er der jungen Frau keine Möglichkeit gibt zu antworten, sondern stattdessen fragt: »Und wer zum Teufel ist das?«

Erst in dem Moment fällt mir auf, dass die Frau mit den kupferfarbenen Locken in Begleitung ist. Neben ihr steht ein hochgewachsener Typ mit dunklem Haar. Beide sind offensichtlich ebenfalls Opfer des Unwetters geworden, denn sie sind pitschnass.

»Das ist Nick.« Sie schiebt sich an Mr. Gibson vorbei, tritt ein und wendet sich an mich. »Hi, du musst Libby sein. Ich bin Valerie.« Sie streckt mir die Hand hin, und ich ergreife sie. »Tut mir schrecklich leid, dass ich erst jetzt hier bin. Ich hatte eine Reifenpanne und hing auf Rame fest.« Erklärend fügt sie angesichts meines verständnislosen Blicks hinzu: »Das ist eine Halbinsel westlich von hier. Ohne Nick wäre ich noch immer nicht zurück. Er hat mich gerettet.«

»Danke für deine Hilfe«, brummt Mr. Gibson in Richtung von Nick. Ich hätte nicht gedacht, dass dieser Mann noch frostiger klingen könnte. »Wie du siehst, haben wir nun alles im Griff.«

Nick versteht den Wink mit dem Zaunpfahl und tritt den geordneten Rückzug an. Schade, er sah süß aus – Val und er gäben mit Sicherheit ein hübsches Paar ab. Anscheinend sieht sie das genauso, denn sie sagt: »Tausend Dank noch mal, und bitte entschuldige die Umstände.«

»Oh, du hast mir keine Umstände bereitet. Ich wohne ja bloß ein paar Straßen weiter. Abgesehen davon, war es mir ein Vergnügen. Wann hat man sonst schon mal Gelegenheit, den Retter zu spielen.« Er zwinkert ihr zu. »So, ich fahre dann mal heim.«

»Hast du am Dienstag schon was vor?«, hält sie ihn zurück. »Ich würde mich gerne für deine Hilfe revanchieren und dich zum Essen einladen.«

Nick schaut unsicher zu unserem Vermieter, der aussieht, als würde er gleich explodieren. Tapfer, angesichts des bedrohlichen Lauts, der aus Mr. Gibsons Kehle dringt, erwidert er: »Sehr gerne.«

War das gerade ein Knurren? Zumindest klang der missbilligende Laut beinahe so.

»Um acht, hier?«, fragt Val unbeeindruckt von Mr. Gibsons Alphamännchengehabe.

»Acht passt hervorragend. Ich freue mich.« Nicks breites Grinsen lässt keinen Zweifel an der Aufrichtigkeit seiner Worte.

»Super. Ich freue mich auch.«

Val schließt die Tür, und kaum ist sie ins Schloss gefallen, prasselt ein Schauer an Vorwürfen auf sie nieder.

»Wie kommst du dazu, zu einem wildfremden Typ ins Auto zu steigen? Hast du eine Ahnung, was alles hätte passieren können?«

Val verdreht die Augen.

»Du hättest anrufen können!«

»Ich hatte mein Handy hier vergessen, Parker! Und jetzt reg dich ab, es ist ja nichts geschehen. Hast du Libby schon das Haus gezeigt?«

»Im Prinzip schon. Sie ist in dein altes Zimmer eingezogen.«

»Cool, das ist ein schönes Zimmer.« Sie lächelt mich an.

»Und warum bist du dann umgezogen?«, will Mr. Gibson wissen.

»Was wird das? Ein inquisitorisches Verhör? Mir war danach, und abgesehen davon hat das Zimmer unten ein eigenes Bad.«

»Und oben ist die Tür vom Kleiderschrank kaputt«, werfe ich ein.

Val errötet. »Ja, das, also …«, stammelt sie, doch der Vermieter unterbricht sie.

»Ich schaue am Dienstagabend vorbei und repariere sie.« Bevor ich dazu komme, ihm zu sagen, ob mir das passt oder nicht, schiebt er ein »So, ich muss jetzt los« hinterher und ist im nächsten Moment auch schon verschwunden. Krachend fällt die Tür ins Schloss. Das Haus erbebt unter dem gewaltigen *Rums.*

Val starrt einen Moment lang wütend die Haustür an, und ich bekomme eine Ahnung davon, was mit der Kleiderschranktür passiert sein könnte.

»Mistkerl!«, murrt sie, atmet einmal durch und dreht sich zu mir. »Du solltest ein Bad nehmen, nicht dass du dich erkältest.«

»Willst du nicht zuerst?«, frage ich höflicherweise, denn sie ist ebenfalls komplett durchnässt.

Sie schüttelt den Kopf. »Ich hüpfe in meinem Badezimmer bloß kurz unter die Dusche. Das reicht! Was hältst du davon, wenn ich uns was koche? Du hast doch Hunger, oder? Ich für meinen Teil bin dem Hungertod nahe.«

»Ich auch«, gestehe ich, denn ich habe seit Stunden nichts gegessen.

Als ich fünfundvierzig Minuten später in die Küche komme, duftet es himmlisch.

»Perfektes Timing«, meint Val grinsend. »Ich hoffe, du magst Lasagne.« Ehe ich etwas in der Art »Wer keine Lasagne mag, mag auch keine Hundewelpen« erwidern kann, plappert Valerie bereits weiter: »Weil ich dich nicht stören wollte, aber nicht wusste, ob du nicht Vegetarierin bist, habe ich die fleischlose Variante gekocht.«

Es klingt beinahe entschuldigend. Kurz bin ich versucht zu scherzen, dass ich Veganerin bin, doch um ihr meinen kruden Humor zuzumuten, kennen wir uns nicht gut genug, und so sage ich: »Keine Vegetarierin, aber fleischlos ist völlig in Ordnung. Tausend Dank.«

Wir setzen uns.

»Es riecht schon mal toll.«

Und es schmeckt noch besser. Während des Essens erfahre ich, dass Val aus der Nähe von Frankfurt kommt und Fotografie studiert.

»Und du? Was studierst du?«, will sie wissen.

»Modedesign.«

»Verrückt! Ich will später Modefotografin werden. Warum bist du schon so früh da?«

»Nach meinem ersten Jahr an der Parsons – das ist eine …«

»Oh, ich weiß, was die Parsons ist. Da hast du studiert? Echt verrückt! Da würde ich auch gerne hingehen, aber die ist so teuer.« Erklärend fügt sie hinzu: »Bei uns in Deutschland ist das Studium kostenlos – außer natürlich du studierst an einer Privatschule. Die Parsons kostet wie viel? Sechzigtausend Dollar im Jahr? Das könnte sich meine Mutter niemals leisten.«

Ich weiß nicht, was ich erwidern soll.

Val erwartet augenscheinlich auch keine Antwort, denn sie

zuckt mit den Schultern und sagt: »Na ja, zumindest langt es für das College hier. Ich wollte unbedingt zumindest ein Jahr ins Ausland zum Studieren gehen, das ist so wichtig für … Aber ich habe dich unterbrochen. Entschuldige bitte.«

»Nicht schlimm.«

»Also, warum bist du jetzt schon da?«, fragt Val und sieht mich abwartend aus grünen Augen an.

»Wegen meiner Mom. Hätte ich es auch nur einen Tag länger mit ihr aushalten müssen, wäre ich wahnsinnig geworden.«

Noch immer behandelt sie mich wie ein Kind, und New York hat es nicht besser gemacht. Meine Abwesenheit hat lediglich dazu geführt, dass ich ihre gesamte angestaute Zuneigung abbekam, als ich die Semesterferien über wieder zu Hause war.

»Und du? Warum bist du schon hier?«, erkundige ich mich bei Val, denn an Mom, die zu Hause bestimmt gerade Trübsal bläst, will ich nicht denken. Anders als mein Vater, ist sie wenig begeistert von meinem Auslandssemester.

»Lange Geschichte, aber die Kurzfassung ist, dass ich plötzlich ohne Wohnung dastand und einfach Parker angerufen habe, ob es möglich ist, schon früher anzureisen.«

»Und wie lange bist du schon da?«

»Seit Anfang August. Es war herrlich.«

»Das ganze Haus für sich zu haben, muss cool gewesen sein. In New York habe ich in einem Wohnheim gelebt. Das war krass. Sechs Mädchen auf engstem Raum, und ich habe mir ein Zimmer mit einer Mitbewohnerin teilen müssen.«

»Na ja, dann hast du zumindest schon WG-Erfahrung.«

»Du nicht?«

Valerie schüttelt so heftig den Kopf, dass sich eine Strähne ihrer Haare aus dem Messy Bun löst, zu dem sie ihre rote

Lockenmähne gezähmt hat. »Also, wenn man mal davon absieht, dass ich den letzten Monat mit Parker zusammengewohnt habe. Ich hatte das Haus nämlich nicht für mich allein.«

»Du hast ihm mit deinem Umzug übrigens einen ordentlichen Schreck eingejagt. Er ist ziemlich blass um die Nase geworden, als er dein geräumtes Zimmer gesehen hat.«

»Er wird darüber hinwegkommen«, meint sie achselzuckend.

»War es anstrengend mit ihm? Er ist ja ein ziemlicher Griesgram.«

Val räuspert sich. »Er ist nicht immer so. Ich nehme an, ich habe durch meine Abwesenheit seine Abendpläne durcheinandergebracht. Apropos Pläne: Was hast du in den kommenden Wochen, bis das Semester beginnt, vor?« Val sieht mich erwartungsvoll an.

»Puh, keine Ahnung.« Mir liegt auf der Zunge zu sagen, dass ich mich nicht wirklich informiert habe, aber dann ist es mir unangenehm. Es ist ja schon ein wenig verrückt, dass ich bloß wegen Alicia King hier bin. Wenn sie beschlossen hätte, an einer Uni in Sibirien zu unterrichten, würde ich nun dort sitzen. Ganz gleich, was die Gegend zu bieten hat. »Ich habe mich für einen Onlinezeichenkurs angemeldet, aber sonst habe ich keine Pläne. Hast du einen Tipp?«

»Einen? Tausende!«, entgegnet sie strahlend. Ihre Sommersprossen tanzen, als sie in mein Lachen einfällt, und ich erinnere mich unwillkürlich an einen Spruch, den ich neulich gehört habe. »Ein Mädchen ohne Sommersprossen ist wie ein Himmel ohne Sterne.«

Und dann schwärmt Val mir die nächste halbe Stunde vom Dartmoor, der nahegelegenen kornischen Küste und den dazugehörigen wundervollen Stränden vor.

Erst als mir vor Müdigkeit fast die Augen zufallen, unterbricht sie sich. »Du musst ja völlig k.o. sein. Sorry, dass ich dich so zugetextet habe.«

Als ich Anstalten mache, ihr beim Kücheaufräumen zu helfen, winkt sie ab. »Beim nächsten Mal. Sieh es als dein Willkommensgeschenk.«

Mein »Danke« wird von einem gigantischen Gähnen unterbrochen. Ich schaffe es nicht einmal rechtzeitig, die Hand zu heben, um sie vor den Mund zu halten. Peinlich! Val lacht amüsiert auf.

»Du bist definitiv bettreif!«, befindet sie. »Schlaf gut und träum was Schönes, denn du weißt doch: Was man in der ersten Nacht in einem neuen Bett träumt, wird wahr.«

»Na dann«, meine ich belustigt. »Dir auch eine gute Nacht.«

Ich verlasse die Küche, steige die knarzenden Stufen hinauf und gehe ins Bad.

Kurz darauf liege ich im Bett und starre die Decke an. Das Licht der Straßenlaterne vor dem Haus erhellt den Raum. Schatten tanzen an der Wand, denn der eisige Wind beschränkt sich nicht darauf zu heulen, sondern rüttelt den Baum auf dem Bürgersteig ordentlich durch.

Was man in der ersten Nacht in einem neuen Bett träumt, wird wahr, hallen Vals Worte in meinem Kopf nach. Vermutlich finde ich in dieser Nacht vor Aufregung gar keinen Schlaf, doch sollte ich schlafen, werde ich ohnehin von Jasper träumen – das tue ich immer, oder zumindest sind das die einzigen Träume, die es wert sind, dass ich sie in Erinnerung behalte.

»Und? Hast du dich schon eingelebt, mein Hase?«

Angesichts des verhassten Koseworts verziehe ich das Gesicht. Einen Widerspruch einzulegen ist zwecklos, denn Dad hat mir bestimmt erklärt, dass ich immer sein kleiner Hase bleiben werde. Des Weiteren verzichte ich darauf zu jammern.

Dad ist ein Macher, und er hasst wehleidiges Mimimi. Also schlucke ich die ehrliche Antwort hinunter und entgegne: »Ja, doch, so weit schon.«

Was eine Lüge ist. Ich stehe definitiv unter einem ausgewachsenen Kulturschock. Die vergangenen Tage habe ich versucht, mich an meine neue Heimat zu gewöhnen. Ich habe mir das College von außen angeschaut, war shoppen – falls man den absolut lebensnotwendigen Kauf einer weiteren Bettdecke und einer Wärmflasche so nennen will – und habe mich im Internet über die Stadt und die Region informiert. Bei dem miesen Wetter möchte man nämlich keinen Fuß vor die Tür setzen. Val sieht das anders. Sie meint, dass es kein schlechtes Wetter, sondern bloß unpassende Kleidung gibt. Heute ist sie in aller Frühe ins Dartmoor gefahren, trotz Regen, weil sie anscheinend die Erfahrung gemacht hat, dass es im Landesinneren wettertechnisch ganz anders aussehen kann.

Immerhin bin ich so mit dem Zeichenkurs gut vorangekommen. Ich finde, dass ich im Lauf der vergangenen Monate echte Fortschritte gemacht habe. Mir reicht es eben nicht, nur Modeskizzen zu fertigen, sondern ich möchte wirklich gut zeichnen können.

»Zeig mal dein Zimmer«, fordert Dad mich auf.

»Es ist nichts Besonderes«, warne ich ihn vor.

»Eine Auslucht!«, ruft er begeistert aus, als ich mein Handy einmal drehe und ihm den kompletten Raum zeige.

»Ein *was*?«

»Ein Standerker. Sehr schön! Dann hast du ja viel Licht!«

»Ja, auch nachts. Vor dem Fenster …«

»Das ist nicht nur ein Fenster!« Dad klingt entrüstet. Ähnlich wie Mom damals, als er ihre Lieblingssendung *Grey's Anatomy* plump als melodramatische Ärzteserie bezeichnete.

»Entschuldige! Vor dem *Standerker*« – so heißt die halbrunde Fensterfront in Architektensprache ja augenscheinlich – »steht eine Straßenlaterne. Daran muss ich mich erst noch gewöhnen.«

»Warst du denn schon bei den Mayflower Steps?«, wechselt er das Thema.

Dass ich diesen historischen Ort besuche, ist meinem Dad extrem wichtig. Schließlich stammt seine Familie – er wird nicht müde, diesen Umstand zu betonen – von den Pilgervätern ab. Dad ist auf seine Wurzeln sehr stolz, etwas, das ich seiner Meinung nach auch sein sollte.

»Das habe ich für morgen früh geplant«, flunkere ich – denn bei dem Wetter, das für die kommenden Tage angekündigt ist, werde ich keinen Fuß vor die Tür setzen.

»Super! Schick mir Fotos.«

Nur mit aller Mühe gelingt es mir, ein Ächzen zu unterdrücken. Nun muss ich wohl gehen – ob ich will oder nicht.

Es ist zehn Uhr, als ich am Sutton Harbour aus dem Bus steige. Im Internet habe ich gelesen, dass dieser Stadtteil, man nennt ihn Barbican, von den Luftangriffen während des zweiten Weltkrieges weitestgehend verschont blieb, was die vielen alten Gebäude erklärt, die das Hafenbecken säumen.

In dem Bemühen, mich zurechtzufinden, schaue ich mich um. Zum Glück habe ich mir alles vorher über Google Maps angesehen und entdecke das National Marine Aquarium. Es liegt auf der anderen Seite des Hafenbeckens, dient mir jedoch als Orientierungspunkt. Nun weiß ich, dass die Mayflower Steps ganz in meiner Nähe sein müssen. Ich laufe Richtung Hafen, wende mich nach rechts und entdecke den Ort, den ich bisher bloß von Fotos kenne.

Auf den ersten Blick wirkt es wenig beeindruckend. *Mayflower 1620* steht auf einer in den Boden eingelassenen Platte.

Fast vierhundert Jahre sind vergangen, seitdem die Pilgerväter von hier aus in die Neue Welt aufbrachen. Schon krass, wenn man sich das mal genau überlegt.

Irgendwie traue ich mich nicht, auf die Platte zu treten, und gehe – einen kleinen Schlenker machend – um sie herum auf das steinerne, von Säulen flankierte Tor zu. Dieses bildet lediglich den Durchgang, um auf einen kleinen Aussichtsbalkon über dem Wasser zu gelangen. Eisiger Wind nimmt mich in Empfang, peitscht mir ins Gesicht. Zumindest blitzt die Sonne durch die graue Wolkendecke, was in mir die Hoffnung weckt, dass es in England nicht ausschließlich regnet. Val hat zwar ausgiebig von den letzten drei Wochen geschwärmt – kaum Regen, dafür ganz viel Sonne –, doch die vergangenen Tage machten den Eindruck, als sei das Schönwetterkontingent bereits aufgebraucht.

Ein Geräusch über mir erregt meine Aufmerksamkeit. Ich drehe mich um, lege den Kopf in den Nacken und erblicke zwei Flaggen, denen der Wind ebenso zusetzt wie mir. Zu meiner Linken befindet sich der Union Jack, zu meiner Rechten das Sternenbanner und darunter ich: die Amerikanerin mit den englischen Wurzeln, die nun wieder hier ist. Auf einmal fühle ich mich gar nicht mehr so fremd, sondern fast dazugehörig.

Ich trete an das Geländer, blicke ins Hafenbecken und die Stufen hinunter, die ins Wasser führen. Es ist so dunkelblau, dass es beinahe schon schwarz wirkt. Etwas Düsteres und Bedrohliches geht von ihm aus, und das, obwohl bloß kleine Wellen gegen die unscheinbaren bräunlichen Stufen und die Hafenmauer schwappen.

Ich verlasse den Balkon, wende mich nach links und betrete die eigentlichen Mayflower Steps. Hier zu stehen, ist noch mal etwas ganz anderes, als sie einfach bloß von oben anzuschauen. Wie in Trance steige ich langsam Stufe um Stufe hinab. Gegen Ende sind sie nass und glitschig, weshalb ich zum Handlauf greife, der an der Hafenmauer befestigt ist. Anhand der Verfärbung des Mauerwerks lässt sich erahnen, wie hoch das Wasser bei Flut steigt. Jetzt im Moment, bei Ebbe, kann ich den sandigen Grund sehen. Auf der letzten Stufe hocke ich mich hin und lasse meine rechte Hand ins Wasser gleiten, ehe ich mit ihr den porösen Stein berühre.

Unvorstellbar, dass dieser Kai seit mehr als vierhundert Jahren den Gezeiten trotzt und ich auf den Stufen stehe, auf denen bereits meine Vorfahren standen. Es ist ein überwältigendes Gefühl. Ich hätte nicht gedacht, dass dieser Ort eine solche Wirkung auf mich haben könnte. Zumal ich nicht das geringste Interesse daran hatte, ihn aufzusuchen. Ich bin nur wegen Dad hergekommen, und doch habe ich hier so viel gefunden.

Vielleicht ist Plymouth gar nicht so übel, denke ich, als ich die Stufen wieder hinaufsteige und, nachdem ich wie versprochen ein paar Fotos für Dad geschossen habe, über das Kopfsteinpflaster in Richtung Zentrum gehe. Wollsocken und eine Schlafmaske stehen auf meiner heutigen Shoppingliste, denn trotz Wärmflasche und zweiter Bettdecke friere ich nach wie vor in dem alten Haus. Außerdem werde ich mir noch eine Fleecedecke anschaffen, denn die Heizung wird wohl erst Anfang November angestellt. Bevor ich zu meinem Einkaufsbummel aufbreche, brauche ich allerdings dringend einen Kaffee.

Ein hübsches kleines Café auf der anderen Straßenseite erregt meine Aufmerksamkeit. Ich schaue nach links, laufe los, und dann passiert alles ganz schnell …

Jemand packt mich, reißt mich zurück und verhindert, dass das Auto, das von rechts kommt, mich erfasst. Mein erschrockener Schrei hängt noch in der Luft, als mein Retter, der mich noch immer an seinen Körper gedrückt festhält, knurrt: »Schon mal was von Linksverkehr gehört?«

Diese Stimme.

Ich brauche ihn nicht zu sehen, um zu wissen, dass er hinter mir steht. Seine Stimme würde ich unter Millionen wiedererkennen. Mein Körper schreit nach seinem, und das, obwohl ich seine Brust hart in meinem Rücken spüre.

Mit aufeinandergepressten Lippen drehe ich mich langsam zu Jasper Chase herum. Ich versuche, mich für unser Wiedersehen zu wappnen. Mein Herz schlägt mir bis zum Hals, und dann stockt es, während ich ungläubig blinzle. »Jazz?«, frage ich, denn auf den ersten Blick hat der Hipster, der mir gegenübersteht, rein gar nichts mit Jasper gemein.

Sein Haar ist schwarz, genauso wie sein Bart. Eine verspiegelte Sonnenbrille verhindert den Blick in seine Augen. Ich suche Jasper und kann ihn nicht finden. Der Typ ist bloß irgendein Typ. Enttäuschung wallt in mir auf. Sie ist so gnadenlos, dass ich nach Luft schnappen muss. Ich starre ihn an, unfähig, auch nur ein weiteres Wort zu sagen. Schließlich gewinnen meine guten Manieren die Oberhand, doch da ist er bereits dabei, sich abzuwenden und zu gehen.

»Danke!«, presse ich mit bebender Stimme hervor.

Er hebt die Hand, winkt ab und geht davon, während ich wie betäubt zurückbleibe und nicht verstehe, wie ich mich so habe täuschen können. Ich war mir sicher, dass er es ist. So verdammt … Ich blicke meinem Retter, der sich immer weiter von mir entfernt, hinterher, und dann sehe ich sie …

Während ich vor Kälte schlottere, hält er es wie die meisten Engländer: Über dem dünnen T-Shirt trägt er bloß ein schwarzes Hemd mit aufgerollten Ärmeln, die seine Full Sleeves offenbaren. Nie könnte ich diese Tattoos vergessen. Nie könnte ich *ihn* vergessen. Doch scheinbar ist es genau das, was er getan hat, und die Wucht dieser Erkenntnis zieht mir den Boden unter den Füßen weg.

Energisch schlucke ich gegen meine Tränen an, doch sie zurückzudrängen will mir nicht gelingen. Vielleicht liegt es auch nicht an der Enttäuschung, sondern bloß an dem Schock, fast überfahren worden zu sein. Wer weiß? Zum Glück setzt der vermaledeite Regen wieder ein. Er vermischt sich mit meinen Tränen, spült sie weg, und alles, was bleibt, ist das grässliche Gefühl, nur eine unbedeutende Fußnote in Jasper Chase' Leben gewesen zu sein, die nicht einmal eine Erinnerung wert ist.

4

Jasper

»Hey, alles klar, Mann?«, fragt Ian, als ich mit hängenden Schultern ins Atelier über unserer Wohnung schlurfe.

Wie betäubt trete ich an die große Fensterfront und blicke auf das Hafenbecken hinunter, wo unzählige Boote an den Stegen vertäut sind. Das stürmische Wetter der vergangenen zwei Wochen hat selbst die erfahrensten Segler dazu gezwungen, ihre Boote im sicheren Hafen zu lassen. Auch jetzt peitscht der Wind vereinzelte Regentropfen gegen die Fenster, die sich bis hinauf unter den Giebel der Maisonette erstrecken.

Meine Augen suchen nach Libby. Um besser sehen zu können, nehme ich die Sonnenbrille ab. Etwas, das meinem Kater gar nicht bekommt. Stöhnend blinzle ich gegen die grelle Atelierbeleuchtung an.

»Was hast du?« Ians besorgte Stimme dringt an mein Ohr. »Hat sich die Kleine, mit der du gestern Nacht nach Hause gegangen bist, als Kerl entpuppt? Oder bist du auf irgendeinem Trip? Du weißt doch, Finger weg von Drogen!« Seine Hand legt sich auf meine Schulter, reißt mich aus meiner Schockstarre.

Über die Schulter schaue ich zu ihm. »Ich … ich habe Libby gesehen.«

»Hey, du hast bloß gedacht, du hättest sie gesehen, aber …«

»Nein, Ian, dieses Mal war sie es wirklich.«

»Ohne Scheiß?«

Ich nicke und richte meinen Blick wieder auf den Hafen unter uns.

Ian stellt sich neben mich. »Und? Was hast du zu ihr gesagt?«

Ich schüttle, noch immer fassungslos über unsere Begegnung, den Kopf. »Sie … also, ich … Es war so …« Ich erzähle ihm von dem Beinaheunfall und davon, dass ich sie davor bewahrt habe, vor das Auto zu laufen. »Ich habe sie von hinten umklammert, habe gesagt, dass sie auf den Linksverkehr achten soll, und noch bevor sie sich umgedreht hat, wusste sie, wer ich bin. Sie hat meinen Namen gesagt, und ich schwöre dir, als ich ihre Stimme gehört habe, da ist etwas in mir schier ausgeflippt vor Freude. Ich war völlig elektrisiert, und dann hat sie mich gesehen und …« Ich schlucke beklommen, als ich mich an den Ausdruck der Enttäuschung in ihren königsblauen Augen erinnere. Da war so viel Schmerz …

»Und? Was dann?«, hakt Ian neugierig nach.

»Dann bin ich gegangen.«

»*Was?* Sorry, spul noch mal zurück. Wieso bist du gegangen? Ich check das nicht! Ich meine, seit Monaten sprichst du quasi von nichts anderem mehr als von deiner *Lady Liberty*, und jetzt, wo du die Chance hast, alles geradezubiegen, da …«

»Du hast nicht gesehen, wie sie mich angeschaut hat«, begehre ich auf. Wut auf mich, aber auch auf Ian und sein Unverständnis ringen mit meiner Frustration um die Oberhand. Ein anderes Gefühl – eine tiefe Traurigkeit – gewinnt überraschend den Wettstreit. »Sie war so verdammt enttäuscht, und ich … also, ich verstehe das«, schiebe ich tonlos hinterher.

Ian schnaubt freudlos: »Ja, das verstehe ich auch! Du siehst aus wie ein Zuhälter mit der Scheißbrille …« Er schnippt gegen das Corpus Delicti, das ich in den Halsausschnitt meines T-Shirts gesteckt habe. »… und riechst wie eine Mischung aus Puff, Aschenbecher und Brauerei«, fährt er schonungslos fort.

»Sosehr ich deine Direktheit normalerweise zu schätzen weiß, Ian, so bin ich heute echt nicht in der Stimmung dafür. Das mit Libby ist …« Die aufwallende Verzweiflung raubt mir die Worte. Fuck, sie war da. Sie war wirklich da, und ich Idiot habe sie einfach gehen lassen. Die Erkenntnis trifft mich mit brachialer Wucht und zwingt mich, mich haltsuchend am Fensterbrett abzustützen.

»Das macht dich echt fertig, oder?«

Ich nicke. Zu mehr bin ich nicht imstande.

»Hey, Jazz!«

Resigniert wende ich mich vom Fenster ab, sehe Ian an. Seine Hände schließen sich um meine Oberarme. Sein Blick bohrt sich in meinen.

»Vielleicht tröstet es dich, dass du selbst völlig verkatert zum Helden mutiert bist. Krasse Reflexe, Mann!«

Sein Lob macht es nicht besser. Alles in mir fühlt sich wund und roh an. In diesem Augenblick geht es mir richtig dreckig.

»Guck nicht so! Es ist echt besser, dass du einfach weggegangen bist. Ich meine, denk doch einfach mal daran, wie diese Beziehungsscheiße bei dir immer ausgeht. Der ganze Mist endet früher oder später mit einem großen Knall, jeder Menge Vorwürfe und Tränen und damit, dass du dir die Kante gibst und tage- oder wochenlang Trübsal bläst. Von daher lass dir gesagt sein, du hast genau das Richtige getan, okay?«

»So fühlt es sich aber nicht an«, gestehe ich ihm.

»Jazz, die Kleine war sicherlich nur zum Urlaubmachen

hier und ist doch mit einem Bein bereits wieder im Flieger in die Staaten. Wie sollte das mit euch denn funktionieren, mmh? Was du getan hast, war nur vernünftig.«

Vielleicht hat Ian recht, doch so kommt es mir nicht vor. Ich fühle mich nicht vernünftig. Im Gegenteil, was ich getan habe, erscheint mir einfach nur idiotisch, und ich bereue es total.

»Du hast euch beiden eine Menge Schmerz erspart.«

Habe ich das? Und warum tut es dann so verdammt weh?

»Wie du dich verhalten hast, war gut. Ich bin echt stolz auf dich. Wir wissen schließlich beide, wie impulsiv und inkonsequent du sein kannst und wie gerne du dich in irgendwelche aussichtslosen Sachen verrennst.«

Ich presse die Kiefer aufeinander. Mir ist durchaus klar, was er meint. Aber das mit Libby war anders. Es war, trotz dieser einzigen Nacht, die wir hatten, mehr.

»Ja, ja, ich weiß, was du jetzt wieder sagen wirst. Dass es mit ihr anders war, dass sie was Besonderes ist… Komm schon, wie oft haben wir das bereits durch? Erst mit June, dann mit dieser…« Er schnippt auffordernd mit den Fingern. »Wie hieß deine Miss Robinson doch gleich?«

Bei der Erinnerung an Debra entfährt mir ein beschämter Seufzer. »Ey, ich war da gerade mal siebzehn! Willst du mir das ewig unter die Nase reiben?«

»Das habe ich in der Tat vor, mein Freund. Ich meine, die hätte deine Mutter sein können, aber vermutlich ging es ja genau darum.«

Ich zeige ihm den Finger.

»Was denn? Ist doch wahr. Zum Glück ist nun Alicia deine Ersatzmami, und du musst keine älteren Frauen mehr bumsen.«

»Fick dich«, knurre ich gereizt.

»Komm schon, Jazz, du weißt, dass ich die Wahrheit sage.

Was deine Mutter angeht, hast du echt einen Schaden davongetragen.«

»Können wir bitte das Thema wechseln?«, frage ich mühsam beherrscht. »Das alles hat nämlich gar nichts mit Libby zu tun.«

»Und ob es das hat! Du bist total komplexbeladen, weil deine Mutter dich verlassen hat.«

Mich verlassen, wie das klingt… Verdammt, wenn es doch bloß so gewesen wäre.

»Deine Unsicherheiten, Jazz, haben bisher jede deiner Beziehungen torpediert.«

»Was bist du? Mein verschissener Psychiater?«

»Nein, aber dein bester Freund, und ich sehe, was ich sehe.«

Ich raufe mir mit beiden Händen die Haare, will nicht hören, was Ian sagt. Ich weiß, dass er recht hat… irgendwie zumindest. Doch es ist bei Weitem nicht so einfach, wie er es darstellt.

»Warum sollte es mit Libby klappen, wenn es bisher nie geklappt hat?«

Weil sie die Richtige ist, denke ich, sage es jedoch nicht, weil ich weiß, dass Ian das nicht so stehen lassen würde. Er würde es anzweifeln, würde mir sagen, dass ich mich bloß in etwas reinsteigere, doch er hat sie nicht kennengelernt. Er begreift nicht, dass diese Stunden, die wir in ihrem Hotelzimmer verbracht haben, das Paradies auf Erden waren, und er würde nicht verstehen, dass ich mich noch nie in meinem Leben in der Gegenwart eines anderen Menschen so wohlgefühlt habe wie mit Libby.

»Du hast recht«, lenke ich ein, weil eine Diskussion nichts bringt. Es wäre bloß Zeit- und Energieverschwendung, und wir haben weder das eine noch das andere – schließlich stecken wir im Endspurt für die neue Kollektion.

»Wunderbar! Dann verstehen wir uns ja! Jetzt geh duschen! Du stinkst nach Flittchen. Und dann lass uns endlich arbeiten.«

Ich bin schon auf dem Weg die Treppe runter in unsere Wohnung, als er mir hinterherruft: »Ach, bevor du gleich ausflippst. Ich habe mir deine Copics geliehen.«

»Fuck, Ian, du weißt, wie sehr ich es hasse, wenn du meine Stifte benutzt!«

»Sei ein wenig nachsichtig, Mann, ich habe doch nur einen Kleinen. Deiner ist viel größer und …«

Unvermittelt breche ich in schallendes Gelächter aus. »Stimmt, Bro, meiner ist echt viel, viel größer!«, gluckse ich.

»Haha, Jazz, so witzig!« Seine Stimme ist Ironie pur, doch seine Mundwinkel zucken. »Du Affenarsch weißt genau, dass ich deinen Koffer und nicht deinen dämlichen Schwanz meine.«

»Weiß ich das?«, frage ich gespielt unschuldig. »Alles, was ich gehört habe, ist, dass ich den Größeren von uns beiden habe, und was die Copics angeht: Beiß endlich in den sauren Apfel und kauf dir ein vernünftiges Set. Du kannst nicht immer meine benutzen.«

Entschlossen trete ich an den Wandkalender in unserem Atelier und streiche den 06.09.2019 durch. Drei Tage sind seit meinem Wiedersehen mit Libby vergangen. Drei Tage, in denen mit mir kaum etwas anzufangen war. Beschissenes Timing, denn bis zur Londoner Fashion Week ist es noch genau eine Woche. Nun beginnt die heiße Phase, nun gibt es kein Zurück mehr.

Einen Moment lang genieße ich die Ruhe, bevor das Chaos wieder ausbricht. Je näher eine Deadline rückt, umso größer wird der Druck. Weder Ian noch ich können sonderlich gut damit umgehen. Während er zum Despoten mutiert und die Näherinnen wegen jedem noch so kleinen Patzer zusammenstaucht, ziehe ich mich in mich selbst zurück und versuche, alles um mich herum auszublenden.

Manchmal denke ich, dass wir angesichts der großen Erwartungen nur scheitern können. Wenn es nur um Aurelio ginge, wäre es mir egal, doch ich hasse es, wenn die ganze Welt über mich und meine Arbeit urteilt. Die meisten Menschen verstehen nicht einmal im Ansatz, was in mir vorgeht, da sie glauben, Mode müsse schön sein. Sie denken, ihr einziger Zweck wäre es, dem Auge des Betrachters zu schmeicheln.

Doch Tatsache ist: Mode muss schmerzhaft sein. Sie muss anecken und wehtun. Ein Stein im Schuh. Unbequem. Unschön. Was gefällt, findet keine Beachtung, bleibt nicht im Gedächtnis und hat somit nicht die Macht, dauerhafte Veränderungen zu bewirken. Doch genau das ist meine Vision. Schon immer wollte ich Mode machen, die anprangert, die schockiert und die zum Umdenken anregt. Denn wie jede Kunst – und Mode ist nun mal die höchste Form von angewandter Kunst – ist sie dazu in der Lage, die Sicht auf die Welt zu verändern.

Seufzend wende ich mich unserer Kollektion zu. Der Großteil steht. Wir liegen gut in der Zeit. Eigentlich gäbe es keinen Grund zur Sorge, und doch kann ich sie nicht abschütteln. Seit gestern Abend nagt das Gefühl an mir, dass irgendwas nicht stimmt.

In der kommenden Stunde, in der ich jedes Stück noch einmal gründlich begutachte, geht die Sonne auf, und auch ich sehe inzwischen klarer.

Meiner Meinung nach gibt es zwei wesentliche Probleme: Ians Entwürfe sehen aus wie aus einem Guss. Gepaart mit meinen, ähnelt das Gesamtbild jedoch einem einzigen Flickenteppich. Früher waren wir eine Einheit, aber heute…

»Hey, du bist ja schon wach«, ertönt Ians vertraute Stimme hinter mir.

»Konnte nicht schlafen«, nuschle ich.

»Geht mir auch so, aber du weißt ja, was man sagt. Der frühe Vogel fängt den Wurm.« Er grinst breit und fragt dann: »Was machst du?«

Auf in den Kampf! Ich straffe die Schultern und weiß genau, dass die nächsten Stunden kein Zuckerschlecken werden. »Uns fehlt ein verbindendes Element!«, komme ich ohne Umschweife zum Punkt. »Man sieht, welche Entwürfe von dir und welche von mir sind. Was aber auch daran liegt, dass unsere Botschaft nicht klar definiert ist und wir…«

»Jazz«, unterbricht er mich. »Aurelio hat das, was steht, bereits abgesegnet, und solange er zufrieden ist, ist doch alles gut.«

Pah! Aurelio habe ich inzwischen so was von gefressen. Der Typ kann mich mal. Zu blöd nur, dass er unser Investor ist und uns daher in der Hand hat.

Nachdem unsere erste On-Fleek-Kollektion durch die Decke ging, waren wir schlicht und ergreifend nicht dazu in der Lage, das Volumen allein zu stemmen. Volle Auftragsbücher, aber nicht genug Kapital, um die Kollektion produzieren zu lassen. Weil uns nichts anderes übrig blieb, begaben wir uns auf die Suche nach Investoren. Leute zu finden, die bereit waren, in uns und unsere Vision zu investieren, war nicht das Problem. Die Bedingungen waren es. Sie wollten Anteile am Unternehmen. Aurelio hingegen wollte lediglich sieben Jahre Exklusivität.

Im Nachhinein klingt es zu gut, um wahr zu sein – und das ist es auch. Die Arbeit mit ihm ist ätzend. Er ist ein gönnerhaftes, überhebliches Arschloch. Ich hasse, dass er mir das Gefühl gibt, ich hätte keine Ahnung von dem, was ich da tue. Natürlich hat er mehr Erfahrung, und ja, er ist irre gut, aber das bin ich auch. Nur eben anders. Während seine Entwürfe zu Ausrufen des Verzückens führen, besitzen meine Kollektionen unterschwellig eine schockierende Komponente. Auch wenn mich alle Welt mit ihm vergleicht: Ich bin kein McQueen, der das Publikum verstört und traumatisiert zurücklässt.

Und mit Aurelio im Nacken bin ich gar nichts mehr. Ich fühle mich unfrei wie nie zuvor in meinem Leben. Dinge werden von mir erwartet, und ich habe zu liefern – egal, ob ich dahinterstehe oder nicht. Aurelio, dieser Kontrollfreak, mischt sich in alles ein. Er ist noch schlimmer als Ian. Bei unserem letzten Meeting hat er sogar in meiner Entwurfsskizze rumgeschmiert. Das ist ein absolutes No-Go! Und dann musste ich mich auch noch blöd dafür anmachen lassen, als ich ihm sagte, dass er den Scheiß lassen soll. »Zickig«, hat er mich genannt, dabei will ich ihn mal sehen, wenn sich ihm gegenüber jemand derart respektlos verhalten würde. Dämlicher Penner! Unvorstellbar, dass ich ihn mal aufrichtig bewundert habe, und auch, dass Ian komplett in Aurelios Ecke steht.

Für ihn ist Aurelio nach wie vor der große Held, der uns in den Stunden dunkelster Not zu Hilfe geeilt ist. Doch Aurelio Minnelli ist kein Ritter auf einem weißen Pferd. Er macht den ganzen Scheiß nicht aus reiner Nächstenliebe, sondern weil er neben seiner Couture-Marke Aurelio eine jüngere Linie etablieren wollte. Wir kamen ihm mit On Fleek und unserem Hilfeschrei bloß gelegen.

»Siehst du das denn nicht?«, sage ich und deute auf die Ständer mit der Kollektion. »Uns fehlt der rote Faden.«

Ian schnauft genervt. »Da fehlt gar nichts. Es ist großartig!«

»Mittelmäßig! Es ist im besten Fall mittelmäßig!«, widerspreche ich ihm, trete an die Kleiderständer heran und hole fünf Teile heraus.

Ich hänge sie an einen der leeren Ständer, jedoch so, dass sie zu ihm zeigen, dann gehe ich zu ihm zurück.

»Mal im Ernst, Ian. Findest du das harmonisch?«

»Kannst du nicht einmal einfach nur zufrieden sein? Ich meine, ich liebe dich. Ich liebe dich wirklich, aber du und deine ständige Unzufriedenheit kotzen mich an. Aurelio ist begeistert! Was willst du denn mehr?«

In einer hilflosen Geste breite ich beide Arme aus. »Keine Ahnung, aber vielleicht, dass mir das, was wir machen, auch gefällt? Ich meine, wenn das da…« Ich deute auf die verschiedenen Kleidungsstücke, die ich Ian zur Anschauung hingehängt habe. »…die Frühjahrs- und Sommermode fürs nächste Jahr ist, dann…« Demonstrativ stecke ich mir den Finger in den Hals und gebe ein würgendes Geräusch von mir.

»Okay, du findest es zum Kotzen, aber wo genau liegt dein verdammtes Problem? Du selbst warst doch ganz begeistert von diesem Mineral-Art-Look und den Trendfarben«, erinnert er mich.

»Ja«, gebe ich ihm recht, »das war ich, aber jetzt bin ich es eben nicht mehr. Jetzt erscheint mir alles belanglos und nichtssagend. Völlig uninspiriert.«

Ian schnauft einmal tief durch. »Ich gehe mir dann mal einen Kaffee machen. Ich hoffe, du kriegst dich wieder ein, ehe die Näherinnen da sind.«

Er wendet sich ab. Diskussion beendet. Ich schaue ihm nach, wie er die Treppe hinunter Richtung Wohnräume trabt, und widerstehe der Versuchung, ihm den Mittelfinger zu zeigen. Stattdessen verfluche ich ihn und Aurelio gedanklich. Ian macht es vielleicht Spaß, Aurelios Schoßhündchen zu sein, doch ich weigere mich schlicht und ergreifend, Männchen zu machen, wenn Aurelio es verlangt.

Mit Grauen erinnere ich mich an unsere letzte Kollektion, bei der wir überall unseren On-Fleek-Schriftzug draufgeklatscht haben, weil so eine plakative Platzierung gerade angesagt war.

Noch heute klingen mir Aurelios Worte in den Ohren. »Die Leute wollen ein Label tragen, und sie wollen, dass man sieht, was sie anhaben. Mode ist ein Statement!«

»Und die Message ist: Hey, ich bin On Fleek, oder was?«, fragte ich damals und fand das Ganze hochgradig albern. Wir waren doch kein elitärer Club, dessen Abzeichen man mit stolzgeschwellter Brust vor sich hertragen kann.

Beim nächsten Treffen trug ich dann aus lauter Protest einen Off-White-Hoodie, eine Supreme-Cap, eine Sonnenbrille von Oakley und Jeans von Vetements mit deren Logo über meinem Schritt. Tasche und Turnschuhe waren auch gebrandet. Auf einer Stadionbande hätte man kaum mehr Werbung unterbringen können. Aurelio sah aus, als würde er jeden Augenblick über den Tisch springen, um mich eigenhändig zu erwürgen. Und Ian redete – weil ich ihn angeblich vor Aurelio blamiert hätte – danach zwei Tage lang nicht mit mir. Mensch, was war das erholsam! Ach, die guten alten Zeiten.

Ich warte, bis ich höre, wie Ian unten an der Kaffeemaschine hantiert, ehe ich die fünf Kleidungsstücke fotografiere und an Alicia schicke.

Große Krise! Bist du wach?, tippe ich und drücke erneut auf Senden.

Mir ist klar, dass ich gegen meine Geheimhaltungsvereinbarung verstoße, doch Alicia ist nun einmal so viel mehr als bloß meine Mentorin. Sie ist eine echte Freundin und der

Mensch, der mich noch am ehesten versteht – denn wirklich verstehen tut mich niemand. Ian meint, das liege daran, dass ich mich die meiste Zeit über nicht einmal selbst verstehen würde, und vielleicht hat er in diesem Punkt sogar ausnahmsweise recht.

Ich werfe einen letzten grimmigen Blick in Richtung der Kollektion und folge Ian dann nach unten. Statt zu ihm in die Küche zu gehen, gehe ich allerdings in mein Zimmer und schnappe mir meine Joggingklamotten.

»Gehst du laufen?«, fragt Ian, als ich in meinem Trainingsoutfit in den Flur trete.

»Nee, ich habe bloß die Kontrolle über mein Leben verloren«, erwidere ich Karl Lagerfeld zitierend und zupfe demonstrativ an meiner Jogginghose.

Ian rollt mit den Augen. »So witzig, Jazz. Bleib nicht so lange weg. Wir haben noch viel zu tun.«

»Ja, Mom!«, entgegne ich, wohl wissend, dass allein sein Geglucke dazu führt, dass ich mindestens eine halbe Stunde dranhängen werde. Wenn ich es mir recht überlege, war ich schon lange nicht mehr auf dem Mount Batten. Fünfzehn Kilometer. Eineinhalb Stunden ohne Ian. Klingt herrlich.

So befriedigend das Laufen für mich auch ist, dass man vor seinen Problemen nicht davonrennen kann, wird mir klar, als ich auf dem Wellenbrecher stehe und zur Stadt zurückblicke.

»Rock & Roll Queen« von The Subways dröhnt aus meinen AirPods, und unweigerlich muss ich an Libby denken. Mit einem entschiedenen Nein würge ich die Erinnerung an unser Wiedersehen ab. Ich kann nicht an sie denken, denn das macht mich noch fertiger, als ich es ohnehin schon bin. Seit New York ist mein Leben so verdammt kompliziert und verdreht geworden, und mir ist klar, dass allein ich die Schuld daran trage.

Niemals hätte ich mich von Ian breitschlagen lassen dürfen, On Fleek zu gründen. Nun stecken wir in dieser unglückseligen Partnerschaft fest. Wir leben seinen Traum vom eigenen Modelabel auf Kosten meiner Wünsche und Bedürfnisse. Doch ich konnte nicht Nein sagen, weil Ian fast gestorben wäre. Also gründete ich, nachdem der Krebs besiegt war, eine Firma mit ihm, die ich nie haben wollte … Okay, seien wir ehrlich, vielleicht nicht *nie*, aber bestimmt nicht binnen der nächsten acht Jahre. Ich wollte meinen Master draufsetzen, wollte danach weiß der Teufel was machen … Praktika, mein Ding, einfach mehr lernen, mehr experimentieren, mehr herausfinden, wer ich bin und was ich will, doch das ist nun nicht mehr möglich.

Heute muss ich funktionieren, und wenn das bedeutet, vor einer Fashion Week die Arbeit eines Monats in wenige Tage zu quetschen oder mich Aurelios Vorstellungen und Erwartungen zu fügen, dann ist das so. Es ist der Preis, den ich dafür zahle, dass ich Ian glücklich machen wollte, und trotzdem weiß ich nicht, wie ich die nächsten Jahre, die wir an Aurelio gebunden sind, überstehen soll.

Und ich weiß auch nicht, ob es nur Aurelio ist, der mich so abfuckt, denn Ian hat sich seit seiner Erkrankung so krass verändert, dass ich ihn nur schwer ertrage. Mir ist klar, dass so ein Schicksalsschlag nicht spurlos an einem vorbeigeht, doch mir fehlt der alte, lustige Ian nun einmal. In unserer Freundschaft war immer ich der Ehrgeizige. Ruhm und Anerkennung waren mir wahnsinnig wichtig. Ich habe sie förmlich inhaliert, sie haben mich mit Leben gefüllt. Ich wollte erfolgreich sein, wollte allen beweisen, was in mir steckt. *Ruhm oder Geld?*, hat mich Libby damals gefragt, und ich habe Ruhm gesagt. Heute will ich nur eins: meine Freiheit.

Ian hingegen ist süchtig nach dem Erfolg. Für den verdammten Ruhm ist er bereit, über Leichen zu gehen. Der Krebs hat ihn selbstsüchtig und rücksichtslos gemacht. Einerseits verstehe ich es, denn er hätte sterben können, andererseits haben wir uns verdammt weit von dem entfernt, was uns immer wichtig war.

On Fleek sollte ursprünglich sein wie wir: kompromisslos, authentisch, provokativ und nachhaltig. Wir wollten etwas Revolutionäres erschaffen, wollten die ganze Branche mit unseren abgedrehten Visionen aufmischen. Und was ist daraus geworden? Todlangweiliger Einheitsbrei. Austauschbar! Und solange uns Aurelio an der Kandare hat, wird es auch nie anders sein, denn meine Entwürfe müssen markttauglich und – mein persönliches Unwort – *tragbar* sein. Mode für irgendwelche Rich Kids und Hypebeasts.

Doch möglicherweise bin ich nicht so. Vielleicht ist das, was in mir steckt, und das, was ich schließlich hervorbringe, nichts, was diese Leute wollen.

Wer bin ich denn schon? Ich bin bloß der Sohn eines einfachen Fischers, der aus einem Dorf mit nicht einmal tausend Einwohnern stammt. Manchmal fürchte ich, dass ich mich auf irgendwelchen Londoner It-Partys nie wohlfühlen werde. Ich gehöre einfach nicht dazu. Ian hatte nie ein Problem damit, neue Bekanntschaften zu schließen. Er ist wie ein Chamäleon. Egal, wo wir sind, egal, auf wen wir treffen, es wirkt, als würde er perfekt dazu passen. Niemandem würde auffallen, dass er nicht Teil der Gruppe ist. Nahtlos gliedert er sich in das bestehende Gefüge ein. Ich weiß nie, ob ich ihn für diese Fähigkeit bewundern oder verabscheuen soll.

Mein Handy klingelt, unterbricht »Somebody told me« von The Killers und meine düsteren Gedanken. Alicia. Allein ihren Namen auf dem Display zu lesen, hebt meine Stimmung.

»Guten Morgen«, begrüße ich sie.

»Ist er denn gut? Dein Notruf klang nicht so. Was ist los?«

Alicia King, wie sie leibt und lebt. Zeit ist Geld, daher redet sie nie lang um den heißen Brei herum, sondern kommt direkt auf den Punkt. Ich handhabe es ebenso und setze sie kurz ins Bild.

»Um zu sehen, ob deine Zweifel begründet sind, müsste ich mir mal die komplette Kollektion anschauen. Wenn du magst, kann ich morgen vorbeikommen und mir einen Überblick verschaffen.«

Ich zögere, denn wenn ich Alicias großzügiges Angebot annehme, ist Zoff mit Ian vorprogrammiert. »Ian wird das nicht gefallen.«

»Wir könnten ja zusammen abendessen gehen, und ich hole dich ab«, schlägt Alicia vor.

Ich wende mich vom Meer ab und gehe den Weg zurück Richtung Festland. »Und ganz zufällig zeige ich dir dann die Kollektion?«

»Vielleicht zeigst du mir einfach bloß, wie du mit deiner Masterarbeit vorangekommen bist, und wenn ich dann schon mal im Atelier stehe, dann …«

»Geschickt eingefädelt!«

»Die Mit-dem-Kopf-durch-die-Wand-Taktik ist nicht immer die erfolgversprechendste. Manchmal kommt man mit etwas Diplomatie und Fingerspitzengefühl viel weiter.«

»Ich werde es mir merken.« Als mir bewusst wird, dass ich mich auf dem Rückweg befinde, entfährt mir ein leiser Seufzer.

»So schlimm wird es schon nicht sein, Jasper.«

Einen Moment lang bin ich versucht, ihr zu sagen, was mir wirklich auf dem Herzen liegt, doch Ian und sie sind sich ohnehin nicht grün, daher erwidere ich bloß: »Du wirst es ja dann morgen sehen.«

»Ja, und ich freue mich schon sehr. Passt dir 18:30 Uhr?«

»Klingt perfekt. Wo wollen wir essen gehen?«

»Ich kümmere mich drum. Bis morgen Abend dann.«

Ein Lichtblick in all dem Chaos. Einer, an den ich mich den ganzen Tag über klammere. Im Atelier geht es zu wie im Taubenschlag. Ians größte Angst war es, dass wir hier keine geeigneten Näherinnen und Zuschneider finden würden. Seine Angst war jedoch unbegründet, da ein Teil unseres Londoner Stammteams beschlossen hat, uns nach Plymouth zu begleiten – schließlich geht es bloß um ein knappes Jahr. Und obwohl wir jede helfende Hand gebrauchen können, stelle ich fest, dass die Räumlichkeiten nicht für so viel Personal ausgelegt sind. Inklusive Ian, den beiden Praktikanten und mir besteht das momentane Team aus zwölf Leuten, und jetzt, da wir uns im Endspurt befinden, steht mir ständig irgendwer im Weg rum. Schließlich verziehe ich mich nach unten ins Wohnzimmer, um dort an den letzten Entwürfen zu arbeiten.

Als Ian sich zu mir aufs Sofa gesellt, bin ich genervt und kurz davor, mich in mein Zimmer zu verdrücken und die Tür hinter mir zuzuschließen. Hat man denn hier gar keinen Freiraum mehr?

Doch da ich keinen Streit provozieren will, bleibe ich sitzen und zeichne weiter. Das Kleid, an dem ich gerade arbeite, ist ein lässiges Tageskleid, das man nahezu zu allen Anlässen tragen kann. Dreiviertelärmel, leichte Ballonform, seitliche Eingrifftaschen. Ich bin fast fertig, als ich bemerke, dass Ian mich unentwegt anstarrt. Ich blicke von meinem Blatt auf und ihn an.

»Was?«

Es dauert einen Moment, dann sagt er: »Du solltest da einen Taillengürtel draufsetzen. Das könnte sonst auch meine Oma tragen.«

»Du hast gar keine Oma, und ich kann mich nicht erinnern, dich nach deiner Meinung gefragt zu haben. Aber zu deiner Info: Das hatte ich noch vor. Mich hat bloß gestört, dass du mich so seltsam angeglotzt hast.«

»Habe ich überhaupt nicht!« Er steht auf und geht in die Küche.

»Klar! Ich habe mir das vermutlich nur eingebildet«, sage ich zu seinem Rücken, woraufhin er nichts erwidert.

Mit schnellen Strichen skizziere ich den Gürtel. Breit, asymmetrisch, locker sitzend … kein enger Obigürtel. Der würde mir bloß den kompletten Schnitt versauen.

Ian kommt wenig später mit zwei Tassen Kaffee zurück und stellt eine vor mir auf dem Couchtisch ab.

»Ein Versöhnungsgeschenk?«, frage ich argwöhnisch.

»Hatten wir denn Streit?«

»Wann haben wir denn keinen Streit?«

Er zuckt mit den Schultern. Ich lege das Klemmbrett mit dem Zeichenblock zur Seite, schnappe mir meine Tasse und lehne mich zurück. Schweigend gönnen wir uns eine Pause. Waffenstillstand … zumindest, bis die Tassen geleert sind. Ich schließe die Augen, versuche mich zu entspannen und ein wenig zu erholen. Öffne sie jedoch kurz darauf wieder, weil ich merke, dass Ians Blick erneut auf mir ruht.

»Was ist? Habe ich was im Bart, oder warum siehst du mich dauernd an?«

»Du bist halt so maßlos attraktiv, da kann ich nicht anders«, scherzt er. Er zwinkert mir zu und fragt dann mit einem Nicken Richtung der Tasse in meiner Hand: »Bist du endlich fertig?«

Darum ging es ihm also. »Sklaventreiber!«, murre ich, leere den Rest des Kaffees in einem Zug und reiche ihm die Tasse.

Er ignoriert meinen Vorwurf. »Brauchst du noch einen?«

Ich denke kurz nach und sage dann: »Ja, bitte!«

In der letzten Woche vor einer Fashion Week ist Kaffee quasi ein Grundnahrungsmittel. Während er die Kaffeemaschine bedient, gehe ich mit der Entwurfsskizze hoch ins Atelier und schnappe mir die leitende Näherin und den Stoff, den ich für Kleid und Gürtel angedacht habe.

Nachdem ich ihr erklärt habe, was genau ich mir vorstelle, gehe ich wieder nach unten.

»Alter Junkie!«, sagt Ian, als er sieht, wie ich mich auf den Kaffee, der inzwischen beinahe kalt ist, stürze. »Kein Wunder, dass du nicht schlafen kannst.«

Das Koffein ist nicht das Problem. Der Druck und die Unzufriedenheit sind es, die mich um die Nachtruhe bringen.

»Dein Handy hat übrigens gepiept«, informiert Ian mich.

Ich werfe einen Blick drauf. Die Nachricht stammt von Alicia. Sie hat einen Tisch für 20 Uhr im The Corinthian reserviert. Das Restaurant gehört zum Royal Plymouth Corinthian Yacht Club, weshalb ich mich wohl oder übel in Schale schmeißen muss.

»Eine deiner vielen Verehrerinnen?«, fragt Ian, als ich Alicia zurückschreibe.

»Nur Alicia. Wir sind morgen zum Essen verabredet.«

»Muss das sein? Reicht es nicht, dass du deiner Ersatzmami nach Plymouth hinterhergerannt bist?« Aus seinem Mund klingt es, als sei Plymouth eine Krankheit. »Musst du jetzt auch noch in der heißen Phase alles stehen und liegen lassen, um sie zum Essen auszuführen?«

Er mustert mich aus zu Schlitzen verengten Augen, und ich kenne ihn lange genug, um zu wissen, dass er wirklich angefressen ist.

»Was ist dein Problem, Ian?«

»Mein Problem ist, dass du nicht voll involviert bist. Du setzt die falschen Prioritäten, du …«

»Ian, du wusstest, dass ich meinen Master machen will.«

In einer Geste der Verzweiflung rauft er sich die Haare. »Ja. Ja, das wusste ich, aber ich begreife nach wie vor nicht, warum du diesen dämlichen Abschluss unbedingt durchziehen willst.«

»Weil du mir nicht zuhörst. Oder vielleicht auch, weil es dich einen Scheiß interessiert, was ich will, solange du bekommst, was du willst. Aber ich brauche dieses Experimentieren. Ich muss mich einfach ausprobieren und …«

»Komm schon, Jazz«, unterbricht Ian mich genervt. »Du weißt doch inzwischen selbst, dass das Studium nur ganz wenig mit der Wirklichkeit gemein hat. Was wir da gemacht haben, waren bloß irgendwelche abgedrehten Spielereien ohne Substanz.«

Ich gebe ein freudloses Schnauben von mir: »Eben! Nur am College habe ich schier grenzenlose Möglichkeiten und kann meiner Kreativität freien Lauf lassen. Wenn mich On Fleek eines gelehrt hat, dann, dass ich mich nie wieder so werde entfalten können wie während des Studiums. Danach bin ich wirtschaftlichen Zwängen und Trends unterworfen.«

Seufzend gibt er sich geschlagen … Zumindest denke ich das einen Moment lang, eher er eine neue Runde einläutet: »Aber warum zur Hölle konnten wir nicht in London bleiben? Warum musstest du Alicia in dieses Kaff hinterherdackeln? Ich meine, bist du völlig wahnsinnig? Du verzichtest auf deinen Abschluss an einer der renommiertesten Modeschulen der Welt und schreibst dich in diesem Provinzcollege ein, nur um weiter von deiner Ally betreut zu werden.«

Da ich nicht weiß, was ich darauf erwidern soll, schweige ich. Wären die Umstände anders, wäre ich nicht Jasper Chase und bereits erfolgreich in dem, was ich tue, wäre ich mit Sicherheit in London geblieben. Mir geht es jedoch nicht darum, meinen Master in der Tasche zu haben. Mir ist egal, wo ich den Abschluss mache. Das ist in meinem Fall völlig irrelevant. Alles, was für mich zählt, ist, dass ich noch immer studiere. Das bedeutet nämlich, dass es zumindest einen Bereich meines Lebens gibt, den Ian nicht kontrolliert und in dem ich tun und lassen kann, was auch immer ich will.

»Fickst du sie?«

Ich brauche zwei oder drei Herzschläge, bis ich realisiert habe, was Ian da gesagt hat. »Was?«, frage ich völlig perplex. Entgeistert starre ich ihn an.

Ian beugt sich dichter an mich heran. »Du hast mich schon richtig verstanden, Jazz. Ich will wissen, ob du Alicia King fickst.«

»Nein!«, erwidere ich empört. Ich kann nicht fassen, dass er das wirklich glaubt.

»Wäre ja nicht das erste Mal, dass du im Bett einer älteren Frau landest.«

»Echt? Die Leier schon wieder? Weißt du was, Ian? Du kannst gerne wieder nach London ziehen.« Ich stehe auf, weil ich es in seiner Nähe nicht länger aushalte.

»Ach ja, und wie stellst du dir das vor, du Genie? Wie sollen wir zusammenarbeiten, wenn du hier bist und ich dort?«

Ich presse meine Kiefer aufeinander und schweige, denn ehrlich gesagt, habe ich darauf keine Antwort. Schließlich sage ich: »Ich weiß es nicht, aber ich glaube, dass es besser für uns gewesen wäre. Ich glaube, etwas Abstand würde uns guttun.«

Mit diesen Worten verschwinde ich in mein Zimmer, wo mir binnen der nächsten zwei Stunden so gar nichts mehr gelingen will. Immer wieder drängt sich Libby in meine Gedanken. Die Begegnung mit ihr vor dem Mayflower Museum hat mich völlig aus der Bahn geworfen. Unzählige Male habe ich mich seither dafür verflucht, gegangen zu sein. Habe mich gefragt, ob sie wirklich da war oder ob ich sie mir vielleicht nicht doch bloß eingebildet habe. Möglich wäre es. Sie könnte ein Trugbild meines maroden Verstands gewesen sein. Eine Fata Morgana gleich dem fliegenden Holländer – Libby Stevenson, mein Phantomschiff. Ich war so krass verkatert. Gerade erst war ich aus dem Bett dieses Mädchens gekrochen und befand mich auf dem Weg zurück nach Hause.

Dass Libby mich nicht eindeutig erkannt hat, kann ich ihr nicht verübeln… Fuck, selbst ich erkenne mich kaum wieder. Ich habe keine Ahnung, wer mich da aus dem Spiegel anstarrt. Das Gesicht ist mir fremd, und es liegt nicht nur an den dunklen Haaren und dem Bart, hinter dem ich mich verstecke.

Doch nach ihrem Zögern und der tiefen Enttäuschung in ihrem Blick, da konnte ich mich nicht überwinden, mit ihr zu reden. Und was hätte ich schon sagen sollen? Dass ich sie einfach nicht vergessen kann und auch nach all der Zeit noch ständig an sie denke? Dass sich jede Frau, der ich seitdem begegnet bin, an ihr messen musste und keine auch nur ansatzweise mit ihr mithalten konnte?

Ian hat mich mal gefragt, was das Beste an Libby sei, und ich habe erwidert, dass das Beste an Libby Libby ist. Ich kann es nicht an einer oder an zwei Eigenschaften festmachen, und ich weiß, dass das, was in New York passiert ist, vor allem deshalb so besonders war, weil wir keine Erwartungen aneinander hatten. Da gab es keine Anforderungen zu erfüllen, und ich konnte einfach nur ich sein, ohne Angst haben zu müssen, eine Zumutung zu sein. Denn mein ganzes Leben lang habe ich alle um mich herum mit meiner Art überfordert. Den meisten Leuten bin ich auf Dauer zu kompliziert. Doch Libby hat mich in jener Nacht so genommen, wie ich bin. Mit allen Ängsten, aller Verzweiflung, aller Leidenschaft…

Aber es war bloß eine einzige Nacht. Eine Momentaufnahme. Zwischen meinem Leben damals und meinem Leben heute liegen ganze Universen. Irgendwo auf der Strecke habe ich mich verloren, und wenn ich mich jetzt anschaue, dann kommt es mir manchmal vor, als stünde eine x-beliebige Person vor mir. Jemand, der mir nichts bedeutet und dessen Schicksal mir völlig egal ist. Dieses taube Gefühl frisst die Energie, die mich antreibt, es frisst meine Kreativität und jedes Quäntchen Glück.

Ich wünsche mir die Leichtigkeit jener Nacht zurück. Unwillkürlich frage ich mich, ob ich mich jemals wieder so lebendig fühlen werde wie damals mit Libby in New York, und auch, ob sie inzwischen wieder dort ist. Ich weiß, dass sie an der Parsons angenommen wurde. Ian nannte mich einen liebeskranken Stalker, als er mitbekam, dass ich meine Kontakte nutzte, um mich zu informieren, was sie dort so trieb. Doch dass sie einen Platz bekommen hat, bedeutet, dass sie es echt draufhat, und obwohl es dafür keinen rationalen Grund gibt, erfüllt mich das mit Stolz.

Ihr erstes Studienjahr liegt nun hinter ihr, und ich hoffe, sie nutzt die Zeit, um sich auszutoben … natürlich nur in künstlerischer Hinsicht, alles andere … Ich schlucke gegen die plötzliche Enge in meinem Hals an, doch die schmerzhaften Bilder von ihr in den Armen eines anderen wollen nicht verschwinden. Unter Garantie gab es Männer nach mir. Wieso auch nicht? Libby ist süß, witzig und klug. Hübsch nicht zu vergessen. Ehrlich, ich hatte ganz vergessen, wie unglaublich hübsch sie ist. Das Schlimmste ist jedoch ihr verdammter Duft. Kein Wunder, dass ich so durch den Wind bin. Ihr Geruch ist noch immer Versuchung pur, und allein der Gedanke daran führt dazu, dass ich hart werde.

Fuck! Ich widerstehe dem Drang, dem Verlangen nachzugeben, warte fünf Minuten, ehe ich hoch ins Atelier gehe und meinen verdammten Job mache.

Am nächsten Tag wünsche ich mir das Chaos vom Vortag zurück, denn außer dem Team befinden sich noch fünf Models im Atelier. Die Geräuschkulisse ist auf das x-Fache angeschwollen, und Ian und ich diskutieren uns wegen jeder Änderung die Köpfe heiß. Als ich zur Schere greife und kurzen Prozess mit den Ärmeln eines Oberteils mache, ziehen alle im Raum scharf die Luft ein.

»So ist es besser«, befinde ich, nachdem ich etwa zwei Drittel von den Ärmeln abgeschnitten habe. Ich suche mir die Näherin aus, die am wenigsten geschockt aussieht, und sage: »Bitte säumen!«

Ian klatscht einmal in die Hände, sichert sich so die Aufmerksamkeit des Teams: »Freut mich, dass ihr alle die Jasper-Chase-Show genossen habt, doch nun, meine Lieben, zurück an die Arbeit.«

Die Jasper-Chase-Show … Idiot! Ich lasse ihn stehen und gehe hinunter. Er folgt mir. Ich höre seine Schritte hinter mir auf der Treppe.

»Wehe, du beschwerst dich noch einmal drüber, wenn dich irgendwer mit McQueen vergleicht«, sagt Ian hinter mir, kaum dass wir das Wohnzimmer betreten haben.

»Der hat ein Hosenbein abgeschnitten!«, brumme ich, als wäre das etwas völlig anderes. »Und er hat auch nur getan, was getan werden musste.«

»Was getan werden musste?«

»Ja! Sieht es nun besser aus oder nicht?«

Ian geht auf meine Frage nicht ein, sondern sagt stattdessen: »Lass so einen Scheiß in Zukunft gefälligst!«

»So einen Scheiß? Dieses Oberteil habe ich entworfen,

Ian. Wenn ich zu dem verdammten Schluss komme, dass ich die verfickten Ärmel hasse und sie abschneiden will, dann schneide ich sie ab.«

»Du hast dieses Oberteil für On Fleek entworfen«, erinnert er mich. Der Ausdruck in seinen grauen Augen ist hart. »Und ehe du irgendwas veränderst, sprichst du es mit Aurelio und mir ab.«

»Habt ihr eine verdammte Ahnung, was ihr da von mir verlangt? Weißt du, wie ich mir dabei vorkomme, wenn du solche Forderungen stellst? Kastriert! Ja, guck nicht so belämmert. Ich komme mir entmannt vor. Ihr beschneidet mich in meiner Kreativität und meinem künstlerischen Ausdruck!«

»Du bist eine verdammte Drama Queen«, schnaubt Ian verächtlich.

»Und du bist wie so ein handzahmes Äffchen!«, kontere ich, ehe ich frage: »Glaubst du denn echt, dass das so funktioniert? Du weißt doch ganz genau, was passiert, wenn man mir sagt, was ich zu tun oder zu lassen habe.«

»Kannst du dich einmal wie ein Erwachsener und nicht wie ein trotziges Kind benehmen?«

Einen Moment lang starren wir einander zornig an. Die Wut lodert heiß in mir, droht die Oberhand zu gewinnen.

»Weißt du was, Ian, dann mach deinen Scheiß doch einfach allein.«

Ich wende mich ab, gehe in mein Zimmer und packe mein Skizzenbuch und meine Stifte zusammen. Ian ist schlau genug, mich in Ruhe zu lassen – zumindest bis ich wieder hinausgehe.

»Wohin willst du?«

»Irgendwohin, wo du nicht bist!«

Er sieht aus, als hätte ich ihn in den Magen geboxt. »Es tut mir leid«, presst er hervor, aber ich weiß, dass er nur verhindern will, dass ich gehe, doch ich muss hier raus. Ich muss den Kopf freibekommen und endlich mal durchatmen.

»Ja, mir auch«, nuschle ich. »Aber ich brauche trotzdem eine Auszeit.«

Ich bin schon fast zur Tür hinaus, als er ruft: »Sag mir wenigstens, wohin du gehst.«

»Ich weiß es nicht«, lüge ich, dabei weiß ich genau, wo ich die kommenden Stunden bis zu meiner Verabredung mit Alicia verbringen werde. Wo sich mein geheimer Rückzugsort befindet, darf Ian jedoch nie erfahren, sonst hätte ich nicht einmal dort meine Ruhe.

Eilig trabe ich die Treppe hinunter – vor meinem schlechten Gewissen kann ich jedoch nicht fliehen. Ich weiß, ich benehme mich gerade wie das Oberarschloch schlechthin, und doch kann ich nicht anders.

Der Geruch des Meeres und der von Freiheit empfangen mich, als ich die Straße betrete. Sie ziehen mich in eine herzliche Umarmung, die mir auch der Sturm und der Regen nicht vermiesen können. Aus Angst, Ian könnte mir folgen, setze ich mich rasch in Bewegung. Ich muss einfach mal allein sein, und wenn es bloß für ein paar Stunden ist.

Damit ich Ian keinen Anhaltspunkt biete, wo er mich finden kann, nutze ich nicht den Weg entlang des Hafenbeckens, sondern schlage mich zwischen den Häusern hindurch, in Richtung Bretonside.

Nachdem ich mir eine Zigarette angezündet habe, setze ich meinen Weg eilig fort. Bald treffe ich auf die Exeter Street, der ich ein kurzes Stück folge, ehe ich auf die Sutton Road abbiege, die mich zum Aquarium führt.

Nachdem ich gezahlt habe, begebe ich mich ohne Umwege zum *Atlantic-Ocean*-Becken. Es ist das größte und tiefste Aquariumbecken im Vereinigten Königreich. Eine Weile bleibe ich einfach vor dem großen Fenster stehen und beobachte die Fische, die in dem Tank umherschwimmen. Ihr Treiben sieht so leicht und mühelos aus, während mein Leben im Moment ein einziger Kampf ist. Ian und ich hätten niemals diese verfluchte Firma gründen dürfen. Sie hat uns entzweit, hat uns zu erbitterten Gegnern gemacht.

Um mich von der aufwallenden Traurigkeit abzulenken, halte ich nach den Stars des Beckens Ausschau. Es beherbergt mehrere Haie, einen Stachelrochen, unzählige andere Meeresbewohner und mein persönliches Highlight: eine grüne Meeresschildkröte namens Friday. So steht es zumindest in der Broschüre.

Seit wir vor ein paar Wochen nach Plymouth gezogen sind, dient mir das Aquarium als geheimer Rückzugsort. Ich glaube, wenn es die ganze Nacht offen wäre, dann würde ich gar nicht in irgendwelchen Clubs landen, mich betrinken und mit Mädchen ins Bett gehen, mit denen ich eigentlich gar nicht ins Bett gehen will. Hier habe ich alles, was ich brauche. Ich kann nicht genug von der eigentümlichen Schönheit der Unterwasserwelt bekommen. Den Fischen zuzuschauen hat etwas Meditatives. Ich merke, wie ich ruhiger werde, wie ich beginne, mich zu entspannen und alles weniger verbissen zu sehen. Der Druck fällt nicht gänzlich von mir ab, doch er droht auch nicht mehr, mich zu zerquetschen.

Ich suche mir einen Sitzplatz am Rand, schließe die Augen, horche in mich hinein und überlege, wonach mir der Sinn steht. Meine Mundwinkel zucken, als prompt ein Bild von Libby in meinem Kopf auftaucht.

Du lässt mir keine Ruhe, was? Okay, dann bringen wir es einfach hinter uns.

Seufzend öffne ich die Augen, schlage mein Skizzenbuch auf, befestige die Klemme der Leselampe – anders ist das Zeichnen bei diesem Dämmerlicht nicht möglich – und mache mich auf die Suche nach einem Stift. Unzählige Libbys bevölkern die Blätter in meinem Buch. Manche von ihnen tragen meine abenteuerlichen Kreationen, manche sind eine Erinnerung an jene Nacht in New York. Comicstrips wechseln sich mit Entwurfsskizzen ab. Hin und wieder hat sich auch eine Landschaftszeichnung oder eine Szene aus dem Londoner Stadtleben dazwischen verirrt.

Ich nutze eine neue Seite, um die Geschichte unseres Wiedersehens zu erzählen. Die Szenen in den einzelnen Rahmen des Comics zeigen, wie Libby achtlos auf die Straße spaziert, während das Auto auf sie zurast, wie ich sie rette und schließlich wie ich sie küsse. Doch ich sehe nicht aus, wie ich jetzt aussehe. Ich sehe aus wie damals, und Libby trägt das Gleiche, was sie damals in New York trug: einen schwarzen hautengen Rollkragenpullover und den petrolfarbenen Rock mit den Kellerfalten, der im Moment noch nicht petrolfarben ist, weil ich lediglich einen Bleistift verwende.

Nachdem ich die drei Bildchen gezeichnet habe, ist Libby noch immer nicht bereit, aus meinem Kopf zu verschwinden, was ärgerlich ist, denn eigentlich müsste ich ein wenig an meiner Masterkollektion arbeiten. Leider blockiert Libby jede brauchbare Idee. Wie eine Dompteurin steht sie im Zentrum meines Hirns und drängt jede halbwegs brauchbare Eingebung peitscheschwingend zurück. Murrend und knurrend umkreisen sie sie, doch sie wagen sich nicht in die Mitte der Manege, um dort um meine Aufmerksamkeit zu kämpfen. Vielleicht wissen sie, dass sie gegen Libby nur verlieren können.

Ich gebe mich geschlagen und zeichne eine Figurine, die ihr bis ins kleinste Detail ähnelt. Oft skizziere ich die Figuren, die ich einkleide, nur grob. Sie sind gesichtslos, denn eigentlich sind sie nicht wichtig. Wichtig ist die Kleidung, die ich ihnen gebe. Doch Libby erkennt man genau: langes, wallendes Haar, ihr hübsches Gesicht, ihre großen Brüste…

Obwohl ich sie nackt sehr gerne mag, folge ich ihrem Wunsch, denn plötzlich verlangt sie nach einem Kleid. Es ist fast ein wenig so, als würde sie sich schämen, nackt vor mir zu stehen. Mit schnellen Strichen zeichne ich ein enges Oberteil mit weitausgestelltem Rock, der ein wenig dem ähnelt, den Libby in New York anhatte.

Den Fischschwarm auf dem Rock deute ich nur schemenhaft an, aber ich weiß, wie er aussehen wird. Silberne Fische mit gelben Augen, die sich bei jedem Schritt bewegen, weil der fließende Stoff hin und her schwingt. Davon sollte ich zwei Versionen machen. Ein Schwarm in den Tiefen des Ozeans und dann zappelnde Fische in einem Netz. Ich notiere es kurz.

Wirklich zufrieden bin ich mit dem, was ich tue, nicht… aber dazu ist es auch noch zu früh. Manchmal dauert es Wochen, bis ich genau weiß, was ich will. So war es schon bei der Bachelorarbeit und dem Ein-Millionen-Dollar-Noten-Kleid. An etwas Derartiges anzuknüpfen, ist schwer, doch es ist genau das, was alle erwarten. Alle, mich eingeschlossen. Ich atme einmal tief durch, konzentriere mich und stelle die Zeichnung fertig. Mir rennt die Zeit davon. Just in dem Moment, als der Gong ertönt, gefolgt von der Ansage, dass das Aquarium demnächst schließt, klappe ich das Skizzenbuch zu. Ich packe meine Sachen zusammen und begebe mich zum Ausgang.

Etwas ratlos bleibe ich vor dem Eingang stehen. Noch eineinhalb Stunden bis zum Treffen mit Alicia. Vielleicht weiß sie, wie ich diese Kollektion retten kann. Ich hoffe es zumindest.

Vor dem Aquarium lungern ein paar Kids mit Skateboards

rum. Sie demonstrieren den rausströmenden Besuchern ihre Tricks, einer von ihnen verteilt Flugblätter. Auch mir drückt er einen Flyer in die Hand: Werbung für einen Skatepark ganz hier in der Nähe.

»Hat der noch auf?«, frage ich ihn.

»Nee, hat auch eben zugemacht. Willst du fahren? Du kannst mein Board benutzen, solange ich die Dinger noch verteile.«

Einen Moment lang zögere ich. Es ist ewig her, seit ich zuletzt auf einem Board gestanden habe, und ich will mich vor den Jungs nicht blamieren, doch dann überwiegt die Neugier, und ich will wissen, ob ich es noch draufhabe.

Nach ein paar Startschwierigkeiten komme ich schnell wieder in den Flow. Das Ganze ist wie Fahrrad fahren, das verlernt man nicht. Wenn ich bedenke, wie viel Zeit Ian und ich in unserer Jugend im Skatepark verbracht haben. Ein melancholisches Gefühl breitet sich in mir aus. Er fehlt mir. Oder vielleicht fehlt mir auch einfach nur, wie es früher war. Vielleicht sind all die Schwierigkeiten, die wir miteinander haben, bloß Wachstumsschmerzen. Wir sind nicht mehr die Teenager von damals. Wir sind jetzt erwachsen, haben neue Aufgaben und mehr Verantwortung. Möglicherweise ist das alles bloß eine Phase. Ich weiß es nicht, und da ich nicht darüber nachdenken will, nutze ich die Gelegenheit, um mit den Jungs ins Gespräch zu kommen.

Sie sind cool. Wir reden über Skatetricks, Hip-Hop und meine Sneakers, die aus der Collabo zwischen Nike und On Fleek stammen.

»Deine Schuhe, Alter, sind so krass«, sagt einer der Typen. »Für die würde ich töten.«

»Na, ich hoffe nicht!«, meine ich und zwinkere ihm zu, woraufhin die anderen lachen.

Die Zeit vergeht wie im Flug, und als ich schließlich auf die Uhr sehe, stelle ich fest, dass ich mich beeilen muss. Wir verabschieden uns, und ich verspreche, bei Gelegenheit mal im Skatepark vorbeizuschauen.

Zu Hause angekommen hüpfe ich unter die Dusche und bin gerade dabei, mich anzuziehen, als es klingelt.

»Ich weiß nicht, ob Jazz schon wieder da ist, aber natürlich kannst du gern raufkommen und hier auf ihn warten«, höre ich Ian an der Gegensprechanlage im Flur sagen.

Keine drei Sekunden später klopft es an meiner Tür. »Jazz, bist du da? Alicia ist hier.«

»Bin fast fertig.« Meine Antwort richtet sich an die geschlossene Tür. Ich gehe hin, öffne sie und sehe mich Ian Auge in Auge gegenüber. »Du hättest ruhig reinkommen können.«

»Ist das so?«, fragt er zweifelnd. »Vorhin schienst du ganz wild darauf, möglichst viel Abstand zwischen uns zu bringen.«

»Ich habe mich bereits entschuldigt«, erinnere ich Ian.

Er nickt und gesteht mir dann: »Ich will mich nicht immerzu mit dir streiten.«

»Geht mir ähnlich«, sage ich und klopfe ihm auf die Schulter, ehe ich mich an ihm vorbeischiebe und Alicia die Tür öffne.

»Du bist ja doch da«, meint sie überrascht.

»Klar, wir waren schließlich verabredet.«

Ein Lächeln erhellt ihr Gesicht, sie schließt mich in die Arme und drückt mich herzlich. Das schwarze schulterlange Haar hat sie sorgfältig hochgesteckt. Sie trägt den Mantel, den ich ihr im vergangenen Jahr zum Geburtstag geschenkt habe. Ich weiß noch, dass ich furchtbar nervös war und Bedenken hatte, ob er ihr gefallen würde. Mode für jemanden zu entwerfen, den man kennt und der gleichzeitig so einen gegensätzlichen Stil verkörpert, ist schwierig, doch insgeheim wusste ich, dass sie ihn lieben würde. Der rote Kurzmantel aus Schurwolle ist genau nach ihrem Geschmack: klassisch, elegant und aufgewertet durch wohlüberlegte Details – in diesem Fall vier große aufgesetzte Taschen mit Samtpatten, zwei auf Brusthöhe, zwei unterhalb der Taille. Aus diesem Grund ist es auch ein Mantel, den nicht jede Frau tragen kann, doch Alicia ist zierlich genug dafür. Durch einen abnehmbaren Gürtel, der der Trägerin eine schöne Silhouette verleiht, wird das Ganze zusammengehalten.

»Du hast dich schick gemacht«, kommentiert sie meinen Dandylook und streicht eine Fluse von meiner Tweedweste. Sie nimmt meine Hände in ihre, mustert den schwarzen Nagellack mit hochgezogener Augenbraue, schweigt sich jedoch darüber aus und stellt stattdessen anerkennend fest: »Und du hast aufgehört, an den Nägeln zu kauen.«

»Dafür raucht er wieder«, wirft Ian von der Seite ein.

So viel zum Thema, er will sich nicht mit mir streiten. Ich werfe ihm einen bösen Blick zu, weil er mich vor Alicia bloßgestellt hat.

»Hey, das ist doch nur die Wahrheit!« Zu meiner Verärgerung zeigt er nicht mal den Anflug von schlechtem Gewissen.

»Hallo, Ian, schön, dich zu sehen«, begrüßt Alicia ihn.

»Gleichfalls. Ihr entschuldigt mich? Ich habe noch zu tun.« Ohne eine Antwort abzuwarten, verzieht Ian sich in sein Zimmer.

Alicia sieht ihm nach, bis er durch eine der drei Türen auf der linken Seite verschwunden ist. Erst dann schaut sie sich in Ruhe um. Nach rechts, Richtung Küche und Wohnzimmer, ist alles offen, weshalb sie bereits den Großteil der Wohnung betrachten kann. »Hübsch habt ihr es hier«, befindet sie. »Deutlich schöner als eure alte Wohnung in London.«

»Das war ja auch nicht sonderlich schwer«, bekenne ich.

Alicia knöpft den Mantel auf, ich helfe ihr hinaus und hänge ihn an die Garderobe, ehe ich mich wieder ihr zuwende.

»Du solltest erst mal das Atelier sehen«, meine ich und deute zum Treppenaufgang. »Man hat einen wunderbaren Ausblick über den ganzen Hafen.«

Während Alicia vor mir die Stufen erklimmt, betrachte ich sie. Ihren asiatischen Wurzeln verdankt sie ihre geringe Größe und den filigranen Körperbau. Obwohl ich sie um mehr als anderthalb Köpfe überrage, wohnt ihr eine Stärke inne, die ich nie besitzen werde. Von Anfang an hat mich die Entschlossenheit fasziniert, die sie ausstrahlt. Sie ist so unglaublich fokussiert und weiß genau, was sie will. Diese Klarheit spiegelt sich nicht nur in ihren strengen, eleganten Entwürfen wider, sondern in ihrem ganzen Verhalten. Wir sind wie Tag und Nacht. Sie ist ruhig, überlegt, geduldig. Ich hingegen bin impulsiv, rastlos, und nie kann mir etwas schnell genug gehen. Alicias Mode ist clean und strukturiert. Sie erinnert an einen japanischen Garten. Meine Entwürfe sind – wenn ich freie Hand habe – bunt und wild. Unzähmbar. Sie machen aus der biedersten Hausfrau einen Rockstar. Doch trotz aller Unterschiede könnte ich mir keinen besseren Mentor als Alicia wünschen, denn obwohl wir so gegensätzlich sind, gelingt es ihr, sich vorbehaltlos auf all meine Experimente und Visionen einzulassen – was sie jedoch nicht davon abhält, schonungslos kritisch zu sein.

»Du rauchst also wieder?«, fragt sie, als wir in dem großen Atelierraum stehen und sie sich neugierig umschaut. Ohne all die Angestellten wirkt er riesig. Nicht zu glauben, dass man sich heute Morgen kaum darin rühren konnte, ohne jemanden anzurempeln.

»Hier rauche ich natürlich nicht.« Ich kann es nicht leiden, wenn die Stoffe nach Rauch riechen. »Liegt am Stress.«

Alicia übergeht meine Rechtfertigung und wendet sich dem Moodboard zu, zu dem wir die fahrbare Gitterwand, die auch wunderbar als Raumtrenner fungieren kann, umfunktioniert haben.

»Wie verkraftet Sir Paul den Umzug?«, erkundige ich mich bei ihr, während sie unsere Inspirationsquelle betrachtet. Sir Paul ist nicht etwa ihr adeliger Ehemann, sondern ihr nicht minder hochgezüchteter Birma-Kater.

»Er liebt die Meeresluft«, erwidert sie gedankenversunken, während ihre Finger über die Stoffbeispiele, die am Moodboard hängen, gleiten. »Ich glaube, er überlegt, wie es ihm gelingen könnte, eine der dreisten Möwen zu erlegen, die regelmäßig auf meinem Balkon landen.«

»Ein Mann mit großen Zielen«, scherze ich.

Sie schmunzelt und fragt dann: »Und du? Was ist mit deinen Zielen? Bleibst du beim Thema Meer für deine Masterarbeit?«

Ich nicke. Noch habe ich keine genaue Vorstellung davon, was ich machen werde. Zu unterschiedlich sind all die Ideen, die hin und wieder an die Oberfläche gespült werden. Doch dass meine Abschlusskollektion sich um das Meer drehen soll, das zumindest weiß ich ganz sicher.

In London war das Erstaunen stets groß, wenn ich erzählte, woher ich komme und dass ich der Sohn eines Fischers bin. Mehr als einmal wurde mit ungläubigem Lachen reagiert. Niemand – nicht einmal Ian – konnte verstehen, wie schwer es für mich war, in einer Stadt fernab des Ozeans zu wohnen. Doch ohne London, keine Ausbildung am Saint Martins … egal, nun bin ich hier. Das Saint Martins brauche ich nicht mehr. Ich brauche bloß noch Alicia. Sie wird mich durch die

Unwegsamkeit der Masterkollektion führen, wird mir Einhalt gebieten, wenn ich zu weit gehe, mich verrenne oder die Botschaft aus den Augen verliere.

»Und? Wo genau drückt der Schuh?«, erkundigt Alicia sich, während ihr Blick zu den rollbaren Kleiderständern wandert.

»Ich habe echt Bauchweh wegen der Kollektion«, beginne ich. Und ich bin so nervös, was sie dazu sagt, dass ich nicht gleich zum Punkt kommen kann. »Ich bin verdammt froh, wenn das hier vorbei ist und das Semester anfängt.«

»Denkst du, dann wird es einfacher?«

»Zumindest werde ich mich, so gut es geht, aus On Fleek rausziehen. Ich will mich noch einmal ganz aufs Studium konzentrieren. Die letzten Semester lief das ja eher nebenher«, gebe ich zähneknirschend zu.

Alicia weiß das, aber sie hat mir nie einen Strick daraus gedreht, sondern mich sogar vor den anderen Professoren, die weniger verständnisvoll waren, in Schutz genommen.

»Hast du mit Ian darüber gesprochen?«

»Was denkst du denn, weshalb er so dagegen ist, dass ich meinen Master mache?« Ich wende mich nun auch den Kleiderständern zu. Alicia folgt mir. »Dann bringen wir es mal hinter uns«, brumme ich. Es fühlt sich an, als würde ich in eine Schlacht ziehen, deren katastrophaler Ausgang bereits feststeht.

Alicia besieht sich Stück für Stück. Hier und da bringt sie Vorschläge ein, die ich überdenke, annehme oder verwerfe.

Nachdem sie sich einen Überblick verschafft hat, frage ich: »Und? Weißt du, wo das Problem ist?«

»Es gibt kein Problem, Jazz. Zumindest nicht, was eure Kollektion betrifft. Die ist meiner Meinung nach wirklich gelungen.«

»Ich finde das Ganze nicht stimmig!«, beharre ich. »Mir fehlt etwas!«

»Ja, aber das hat nichts mit der Kollektion zu tun. Sie ist wirklich, wirklich gut.«

Ich schnaube abfällig und ernte einen ihrer strengen Blicke.

»Du hasst sie. Das ist mir schon klar, aber es gibt keinen Grund, unzufrieden und frustriert zu sein. Zumindest nicht, was diese Kollektion betrifft. Sie ist zielgruppenorientiert und modern.« Sie wirft einen Blick zurück auf die Kleidungsstücke. »Ihr solltet wirklich auf see-now-buy-now umstellen. Die Leute würden ausflippen, wenn sie diese Sachen direkt vom Runway shoppen könnten.«

»Nicht meine Entscheidung«, erwidere ich resigniert, denn so hatten Ian und ich es eigentlich ursprünglich angedacht. Wir wollten nach unserer ersten Kollektion darauf umstellen, doch Aurelio hat Vorbehalte und zögert den Prozess hinaus.

»Weißt du, was das Problem ist?«

Ich schüttle den Kopf.

»Du projizierst deine emotionale Verfassung auf die Kollektion. *Dir* fehlt etwas, weil du nicht ausgelastet bist, und du denkst, dass da etwas fehlen würde, aber – vertrau mir – das tut es nicht.« Während ich noch über ihre Worte nachdenke, fügt Alicia hinzu: »Oder vielleicht liegt deine Unzufriedenheit auch darin begründet, dass du so stark limitiert wirst und deine Ideen nicht so umsetzen kannst, wie du es möchtest.«

»Möglicherweise ist es beides«, räume ich ein.

»Du kannst mehr. Viel mehr. Und weil du diesem Teil von dir keinen Raum geben kannst, bist du so unglücklich.«

Ihr mitfühlender Blick ruht auf mir. Er treibt mir die Tränen in die Augen. Entschlossen schlucke ich gegen die Enge in meiner Kehle an, verbiete mir, meinen Gefühlen freien Lauf zu lassen.

»Ich weiß nicht, wie ich aus der Nummer wieder rauskomme«, gestehe ich Alicia im Flüsterton. »Ich halte das keine weiteren sechs Jahre durch. Das ist erst die dritte Kollektion für Aurelio, und ich … Fuck, keine Ahnung, es macht mich fertig. Ich fühle mich gefangen. Du hattest recht. Ich hätte mich nie von Ian dazu überreden lassen dürfen, On Fleek zu gründen.«

»Jasper«, sagt Alicia, greift nach meinen Händen und drückt sie. »Ich will nicht recht haben. Ich will bloß eins: Ich will, dass du glücklich bist. Und was das On-Fleek-Dilemma anbelangt, so habe ich ad hoc keine Lösung parat. Aber wir lassen uns etwas einfallen, okay?«

»Und was?«, frage ich beinahe verzweifelt.

»Zuerst einmal könnten wir die Verträge von einem auf Firmenrecht spezialisierten Anwalt prüfen lassen. Vielleicht findet sich ja ein Schlupfloch.« Sie lächelt mich aufmunternd an, und zum ersten Mal seit einer gefühlten Ewigkeit keimt ein Funken Hoffnung in mir auf. »So, und nun führ mich zum Essen aus, du Stardesigner. Ich bin am Verhungern.«

»Du bist immer am Verhungern.«

»Gar nicht wahr!«, protestiert sie schwach, weil sie weiß, dass ich recht habe.

»Oh doch! Du bist ständig am Futtern. Wissen die am College eigentlich, dass sie ab Semesterbeginn in der Kantine die doppelte Menge kochen müssen?«

Meine respektlose Bemerkung wird mit einem Knuff in die Rippen geahndet. »Manchmal frage ich mich wirklich, warum ich dir all deine Ungezogenheiten immer wieder verzeihe.«

»Weil du sie in Wahrheit wahnsinnig amüsant findest«, mutmaße ich und zwinkere ihr zu.

»Oder vielleicht mag ich dich auch einfach«, entgegnet sie und zwinkert zurück.

5

Libby

Nichts wird gut! Nie wieder! Ich bin in der Hölle, besser bekannt als England, gelandet. Stöhnend und ununterbrochen hustend, rolle ich mich auf die Seite. Nachdem der Hustenanfall abgeklungen ist, liege ich in der Dunkelheit und lausche meinem pfeifenden Atem und dem Gelächter, das von unten zu mir hinaufdringt.

Ein Blick auf die Uhr sagt mir, dass es mitten in der Nacht ist. Wir haben fast halb fünf. Einen Moment lang hadere ich, ob ich runtergehen soll. Nicht, dass meine Mitbewohnerinnen eine Party schmeißen, auf der ich mich in meinem Zustand zum Gespött mache. Schließlich ringe ich mich doch dazu durch aufzustehen. Ich brauche dringend einen heißen Tee und eine Wärmflasche, andernfalls werde ich ohnehin nicht zurück in den Schlaf finden.

Auf dem Weg zur Küche werfe ich einen kurzen Blick ins Wohnzimmer. Zu meiner Erleichterung ist keine wilde Party im Gange, stattdessen sind meine drei Mitbewohnerinnen fleißig am Arbeiten. Im Hintergrund läuft auf dem Fernseher die Dokumentation über Manolo Blahnik.

Emmanuelle, die von allen nur Ella genannt werden möchte, entdeckt mich. »Hi, Libby«, begrüßt sie mich. Sie ist eine der beiden neuen Mitbewohnerinnen, Französin und stets absolut en vogue gekleidet. Dass Ella weiß, was gerade Trend ist, ist nicht weiter verwunderlich. Ihren Eltern gehört das Modeimperium French Chic, und Ella ist das französische Stilbewusstsein in Fleisch und Blut übergegangen. Etwas, das ich in diesem Moment wirklich ätzend finde, denn mit der Wolldecke über meinen Schultern und dem strähnigen Haar sehe ich wie eine Obdachlose aus. Peinlich, dass sie mich generell noch nie in einem anderen Aufzug als mit Jogginghose und dickem Hoodie bekleidet gesehen hat. Allerdings sollte *Die Grippe des Todes* wohl Grund genug für meinen schäbigen Look sein.

»Komm doch rein«, sagt Val, steht auf und räumt einen der beiden mit zahlreichen Tüten überhäuften Sessel frei.

»Haben wir dich geweckt? Waren wir zu laut?«, fragt Oxana besorgt. Sie spricht, ebenso wie Ella, fließend Englisch, nur hin und wieder schlägt ihr russischer Akzent durch. Mit ihren Maßen und ihrem ausdrucksstarken Gesicht könnte Oxana glatt als Model durchgehen. Allerdings ist sie, wie Ella und ich, der Mode selbst verfallen und eine hervorragende Designerin. Sie hatte eine Ausbildung als Schneiderin abgeschlossen und danach für einen russischen Stardesigner, dessen Namen ich mir weder merken noch aussprechen kann, gearbeitet, ehe sie nach Paris ging, wo sie ein Praktikum bei Origami Oaring ergattern konnte. Nun ist sie ebenfalls wegen Alicia King hier.

Ich mache es mir auf dem alten Ohrensessel gemütlich und beantworte Oxanas Frage. »Nein. Ich habe bloß schlecht geträumt.«

Val reicht mir eine zusätzliche Wolldecke und quittiert mein heiseres Raunen mit einem: »Sexy Stimme, Libby«.

Dass sie überhaupt was verstanden hat, ist ein Wunder.

»Hast du noch Fieber?«, erkundigt sich Oxana.

»Ich glaube nicht. Ich friere nur so schrecklich.«

Schlotternd schlinge ich die Arme um mich. Seit dreieinhalb Wochen laboriere ich nun an dieser grässlichen Grippe herum, die so unanständig war, sich mit einem bakteriellen Infekt zu paaren. Was bin ich froh, dass Val mich direkt zu Beginn überredet hat, mich von ihr ins Walk-in-Center fahren zu lassen. Laut den Ärzten bin ich haarscharf an einer Pneumonie vorbeigeschrammt. Zum Glück konnte die Lungenentzündung dank des Antibiotikums, das man mir dort verordnet hat, abgewendet werden. Wirklich besser geht es mir allerdings nicht. Noch immer huste ich mir jede Nacht die Seele aus dem Leib, und noch immer sucht Jasper mich in meinen Träumen heim.

Über die Nummer am Hafen komme ich einfach nicht hinweg. Wie kann er mich nicht erkannt haben? Ich meine, ernsthaft, wie ist das möglich? Okay, er war damals in New York ziemlich betrunken, und sicherlich stand er wegen der Sache mit Ian total unter Schock, und natürlich war ich nur eines von unzähligen Mädchen, die mit ihm im Bett waren, während er für mich nun mal der Erste war, aber trotzdem … Wie kann mir diese eine Nacht alles bedeutet haben und ihm rein gar nichts?

Egal, ermahne ich mich und lenke mein Augenmerk auf das, was die Mädels im Wohnzimmer treiben. Dort herrscht das reinste Chaos: Stoffe, Perlen und Bastelzeug liegen verstreut auf dem niedrigen Couchtisch.

»Was macht ihr hier eigentlich?«

»Wir sind etwas spät dran mit der Wochenaufgabe für Alicia«, gesteht Ella mir. Ihr brünettes Haar, das sie in einem Long Bob trägt, hat sie zu einem Pferdeschwanz zusammengefasst, und selbst mit so einer Nullachtfünfzehn-Frisur strahlt sie eine gewisse Lässigkeit aus. Wenn man Ella kennenlernt, versteht man, was es mit dem Mythos, der sich um die Pariserinnen rankt, auf sich hat. Sie besitzt dieses gewisse Etwas, eine ungezwungene Sinnlichkeit, die besonders auf Männer unwiderstehlich wirken muss.

»Das sieht aber doch schon gut aus«, murmle ich und nicke in Richtung des türkisgrünen, mit Muscheln und Perlen besetzten Bralettes, an das sie gerade ein Fischernetz näht.

Inspiriert durch einen Kinderfilm lautet die Aufgabenstellung«, lässt Oxana mich wissen.

»*Die kleine Meerjungfrau*, ist klar«, meine ich, deute auf Ellas Kreation und frage mich, wie ich den Rückstand, den ich durch die Krankheit nun habe, jemals aufholen soll. Das Semester hat vor zweieinhalb Wochen begonnen, und ich war noch keinen Tag am College. Netterweise haben Ella und Oxana mich bei den Dozenten entschuldigt. Um die meisten Kurse mache ich mir wenig Sorgen. Vom Bett aus konnte ich mich um Schnittkonstruktion, Stoffkunde und die Computerkurse kümmern. Zum Glück habe ich von Photoshop und Illustrator bereits jede Menge Ahnung, sodass die bisherigen Aufgaben keine große Herausforderung waren. Doch wenn ich sehe, was Alicia King mit ihren Wochenaufgaben von ihren Kursteilnehmern verlangt, fürchte ich, dass ich nach meiner Zwangspause wohl einpacken kann.

Um mich von dem unbehaglichen Gefühl abzulenken, betrachte ich Oxanas Kreation näher: »Und was wird das bei dir?« Oxanas Arbeit erinnert an *Game of Thrones*, aber das ist nun mal definitiv nichts für Kinder. Wobei sie selbst eine großartige Daenerys abgeben würde. Ihre Haare sind vom gleichen Weißblond, nur der strenge, gerade Pony passt nicht wirklich ins Bild.

»Na, *Drachenzähmen leicht gemacht*, was denn sonst?«

»Okay, das erklärt wohl das Drachenei. Ich dachte schon, du würdest einen auf Khaleesi machen.«

»Ja, sie sieht echt so aus, nicht wahr?«, fragt Val und schüttelt amüsiert ihren rotgelockten Kopf. »Verrückt!«

»Definitiv«, mischt sich nun auch Ella ein.

»Aber *GOT* ist nun mal kein Kinderfilm«, erinnert Oxana uns, während sie einen weiteren Polsternagel in das Styroporei treibt. Himmel, was für eine Arbeit, aber es sind die kleinen Details, auf die es in unserer Branche ankommt.

»Wann müsst ihr abgeben?«

Ella schaut auf ihre schmale, goldene Armbanduhr, die so viel gekostet haben dürfte wie ein Kleinwagen. »In knapp fünf Stunden.«

»Macht ihr durch?«

»Was anderes bleibt uns wohl kaum übrig, wenn wir fertig werden wollen. Aber wir werden versuchen, leiser zu sein«, verspricht Ella.

»Wie gesagt, es lag nicht an euch. Ich mache mir mal eine neue Wärmflasche und einen Tee. Mögt ihr auch welchen?«

Val erhebt sich. »Ich mach das schon, Libby. Bleib sitzen! Wir brauchen ohnehin mehr Kaffee, oder, Mädels?«

Oxana und Ella nicken zustimmend und widmen sich wieder ihren Projekten, woraufhin ich Val ein paar Minuten später doch in die Küche folge.

Der Wasserkocher brodelt bereits, und der Kaffeevollautomat, den es bei meinem Einzug definitiv noch nicht gab, schäumt gerade Milch auf. Die Tür zum Hinterhof steht offen, und frische Nachtluft strömt in die kleine Küche. Val hockt im Türrahmen und spricht mit jemandem, den ich nicht sehen kann.

»Mit wem redest du?«, erkundige ich mich.

Sie zuckt ertappt zusammen, ehe sie sich erhebt und die Sicht auf eine große, getigerte Katze freigibt, die jedoch viel zu sehr mit Fressen beschäftigt ist, als dass sie mir Beachtung schenken könnte. Wie sie es schafft, beim Futtern lautstark zu schnurren, ist mir ein Rätsel. Das Tier klingt wie ein Dieselmotor, selbst auf die Entfernung höre ich das zufriedene Brummen.

»Wir haben eine Kaffeemaschine und eine Katze?«, frage ich verwundert, während Val die Katze noch einmal krault und dann die Tür schließt.

»Die Kaffeemaschine hat Ella gekauft, und Lucky ist eigentlich ein Streuner, weshalb Parker sagt, dass ich ihn nicht füttern soll, aber ich kann ihn ja schlecht verhungern lassen.«

Der Kater sah zwar nicht aus, als stünde er kurz vorm Hungertod, da der Befehl jedoch von meinem natürlichen Feind, unserem unhöflichen Vermieter, stammt, ist klar, dass ich mich auf die Seite von Val und ihrem vierbeinigen Freund schlage.

»Dieser miese Typ«, schnaube ich abfällig. »Das passt zu ihm. Der Mann ist echt herzlos.«

»Das ist er nicht«, widerspricht Val mir. »Parker ist wirklich gar nicht so übel. Er hat Oxy beispielsweise zu einem Nebenjob verholfen und ihr auch das Material für das Drachenreiterkostüm besorgt.«

Sie stellt eine neue Tasse unter die Kaffeemaschine und drückt auf ein paar Knöpfe, woraufhin das Gerät sich erneut an die Arbeit macht. Irgendwann muss eine meiner Mitbewohnerinnen mir mal erklären, wie dieses futuristische Ding funktioniert.

»Aber er hat dir auch dein Date mit Nick versaut«, erinnere ich Val. »Ich an deiner Stelle wäre deshalb echt sauer.«

»Es war kein Date!«, widerspricht Val mir und verstaut die Packung mit dem Katzenfutter unter der Spüle, während ich mir eine große Tasse aus dem Schrank hole. Bis ich fündig geworden bin, hat Val mir bereits meine Wärmflasche befüllt.

»Danke.«

»Keine Ursache«, meint sie und grinst mich gut gelaunt an. »Und um noch einmal auf Nick zurückzukommen: Ich habe mich lediglich mit einem Essen bei ihm für seine Hilfe bedankt.«

»Hat er sich denn noch mal gemeldet?«, erkundige ich mich und gieße mir eine Tasse Kamillentee auf.

Val schüttelt den Kopf. Wirklich traurig wirkt sie allerdings nicht.

»Nun ja, wenn er sich von ein bisschen Hämmern und Bohren gleich aus der Fassung bringen lässt, dann ist das vielleicht auch besser so«, befinde ich tröstend.

»Das sehe ich auch so, und hey, immerhin schließt deine Schranktür seitdem wieder problemlos.«

»Ja, aber hätte Mr. Gibson wirklich die Garderobe im Flur aufbauen müssen, während du nebenan dein Date hattest?«

Val sieht mich streng an. »Noch mal: Es war kein Date.«

»Kein Wunder, denn bei Mr. Gibsons Anfall von akutem Heimwerkereifer konnte ja auch definitiv keine Romantik aufkommen.«

Val seufzt leise. Offensichtlich habe ich mich geirrt, und die desaströse Verabredung mit Nick macht Val doch mehr zu schaffen.

»Vielleicht rufst du ihn einfach noch mal an«, schlage ich vor, weil sie mit einem Mal so traurig aussieht.

»Ja, vielleicht«, murmelt sie, »aber du solltest auf jeden Fall wieder ins Bett gehen, und vor allem musst du unbedingt deine Stimme schonen, wenn du nächste Woche ins College willst.«

Bei dem Gedanken daran macht sich ein mulmiges Gefühl in meinem Bauch breit, und ich presse die Lippen fest aufeinander. »Ich muss nächste Woche auf alle Fälle fit sein. Ich kann unmöglich noch eine Woche krank machen.«

»Du machst nicht krank, du *bist* krank.«

»Ja, aber das ändert nichts daran, dass ich mit jedem Tag weiter in Rückstand gerate. Ich meine, wie soll ich das alles je wieder aufholen?«

»Darum kümmern wir uns, wenn du wieder gesund genug bist, um am Unterricht teilzunehmen, okay? Und jetzt ab ins Bett! Ausreichend Schlaf und Ruhe sind schließlich das Wichtigste, damit du schnell wieder auf die Beine kommst.«

Als ich im Bett liege, die Kuscheldecke zwischen mir und der heißen Wärmflasche, quälen mich meine Ängste. Ich habe Schiss. Schiss davor, auch in diesem Jahr zu versagen und meine eigenen Erwartungen nicht erfüllen zu können. Ich will Designerin werden – doch was, wenn ich dazu einfach nicht das Zeug habe?

»Hören Sie, Liberty, dass Sie so lange krank waren, tut mir wirklich leid, aber Sie können keine Sonderbehandlung von mir erwarten.«

Alicia King wirkt sichtlich genervt, und ich kann es ihr nicht verdenken. Die Unterrichtseinheit, die wir heute bei ihr hatten, verlief katastrophal. Einer unserer Kommilitonen war total verkatert. Als er im Unterricht eingeschlafen ist und Alicia ihn nach Hause schicken wollte, hat er ihr eine üble Szene gemacht.

»Das tue ich auch nicht, ehrlich!«, krächze ich. Meine Stimme klingt leider immer noch, als hätte ich zum Frühstück kiloweise Streusplitt gegessen. »Ich erwarte keine Sonderbehandlung, sondern nur eine Chance.«

Seufzend sieht sie mich an. Ich weiß, dass ich einen jämmerlichen Anblick abgebe. Ich glaube, selbst mein Kommilitone mit dem Hangover hat mehr hergemacht als ich. Mit meiner bleichen Haut und den tiefen Augenringen sehe ich aus wie ein Junkie – dabei ist der Heroin Chic *so* Neunzigerjahre, und ob dieser Trend jemals wieder in Mode kommt, ist eher fraglich.

»Sie tun sich wirklich keinen Gefallen, wenn Sie jetzt noch in meinen Kurs einsteigen«, warnt Alicia King mich, und vermutlich müsste ich ihr dankbar sein. »Sie haben schließlich fast den kompletten ersten Monat verpasst.«

Als ob ich das nicht wüsste!

»Ich werde sukzessive alle Aufgaben nachholen«, verspreche ich und sehe mich aufgrund ihres unnachgiebigen Gesichtsausdrucks gezwungen hinzuzufügen: »Bitte! Ich bin extra wegen Ihnen nach Plymouth gekommen. Nachdem Sie vergangenes Jahr diesen Vortrag an der Parsons gehalten haben, wollte ich …«

»Sie waren an der Parsons?«

Ich nicke.

»Und wie hat es Ihnen gefallen?«

Bevor ich ihre Frage beantworten kann, klingelt ihr Handy.

»Entschuldigung, da muss ich rangehen.« Sie greift nach dem Telefon. »Sie, Liberty, schreiben bis morgen einen dreiseitigen Essay darüber, was Sie in Ihrer bisherigen Zeit an der Parsons gelernt haben und wie es Ihnen gefallen hat. Dann sehen wir weiter.« Sie nickt knapp Richtung Tür.

»Danke!«, wispere ich, froh darüber, dass sie mir doch noch eine Möglichkeit gibt, mich zu beweisen. Hastig schnappe ich mir meine Tasche und verschwinde so schnell wie möglich aus dem Büro.

»Und? Was hat sie gesagt?«, erkundigt sich Oxana, die netterweise im Flur auf mich gewartet hat. Sie hat sich bereiterklärt, mich in den Pausen herumzuführen und mir alles zu zeigen – schließlich habe ich sämtliche Einführungsveranstaltungen verpasst.

»Sie hat mir eine zusätzliche Hausaufgabe gegeben. Bis

morgen muss ich drei Seiten über mein erstes Jahr auf der Parsons schreiben.«

»Hey, das ist doch super.«

»Ja, schon. Ich bin mir bloß nicht sicher, was genau sie hören will.«

»Sag einfach, was du zu sagen hast.«

»Dass ich der Loser des Jahrgangs war? Ich schätze, das würde meine Chancen bei ihr nicht gerade steigern.«

Oxana verdreht die Augen. »Ich wette, das warst du nicht.«

»Wette mal lieber nicht zu hoch. Ich war echt völlig verloren. All die Aufgaben, die rein gar nichts mit Zeichnen oder Stoffkunde zu tun hatten, haben mich wahnsinnig gemacht.«

»Weißt du, wenn ich eines gelernt habe, dann, dass alles mit Mode zu tun hat. Nicht nur jede andere Form der Kunst, sondern jedes Ereignis, jede Problematik, jedes Thema kann inspirierend sein. Erinnerst du dich an *Highland Rape* von Alexander McQueen? Selbst historische Ereignisse wie die Besetzung Schottlands durch die Engländer und deren grausamen Verbrechen dort können Grundlage einer ganzen Kollektion sein. Mit ihren *Inspiriert-durch*-Aufgaben versucht Alicia, uns genau das näherzubringen.«

»Das sagst du bloß, weil du keinen Stuhl zimmern musstest.«

»Stimmt, das musste ich noch nie. Klingt aber sehr spannend. Vielleicht mache ich das demnächst mal.«

»Was machst du?«, frage ich irritiert, denn wirklich gut hören tue ich noch immer nicht. Ein weiteres Überbleibsel der Grippe.

»Na, einen Stuhl basteln!«, meint Oxana vergnügt.

»Meinst du das ernst?«

»Klar, das hört sich interessant an, und so was habe ich noch nie gemacht.«

Sie ist verrückt! Diese Frau ist wirklich und wahrhaftig verrückt. Nicht nur, dass sie jeden nur erdenklichen Kurs belegt, nein, sie hat sich auch noch einen Nebenjob als Kellnerin in einem Club gesucht.

»Du bist der reinste Workaholic!«, werfe ich ihr vor.

Oxana bleibt stehen. »Ich bin kein Workaholic, ich habe bloß keine Wahl, Libby«, verrät sie mir. »Ich habe keine Eltern, die mich unterstützen.« Ihre Miene hat einen traurigen Zug angenommen.

»Oh, das tut mir leid«, murmle ich zerknirscht. »Sorry, wenn ich da einen wunden Punkt getroffen habe.«

»Konntest du ja nicht ahnen. Abgesehen davon, ist es ihr Verlust und nicht meiner«, meint sie, strafft ihre Schultern und sagt: »Okay, ich zeige dir jetzt noch schnell das Atelier, und danach gehen wir in den Tutorenkurs. Außer du willst dich gleich an diesen Aufsatz für Alicia setzen, dann …«

»Nein, das mache ich einfach heute Abend«, unterbreche ich sie. Im Moment fehlt mir ohnehin ein vernünftiger Ansatz, und es ist noch nie etwas Gutes dabei rausgekommen, wenn ich verzweifelt ein leeres Blatt angestarrt habe. Abgesehen davon bin ich neugierig auf den Tutorenkurs, der abwechselnd von verschiedenen Studenten aus höheren Semestern geleitet wird. So etwas kenne ich nicht.

Mit Oxana Schritt zu halten, ist gar nicht so einfach, wie ich feststellen muss. Wenn sie mit ihren endlos langen Beinen einen macht, muss ich zwei machen. Sie fegt im gleichen Tempo durch die engen Gänge, wie sie durch ihr Leben rennt – wobei ihr die bewundernden Blicke zahlreicher Studenten entgehen.

»Nicht so schnell«, japse ich, nachdem wir über ein Treppenhaus den ersten Stock erreicht haben. »Ich bin gerade erst von den Toten auferstanden«, erinnere ich sie auf ihren vorwurfsvollen Blick hin.

»Ups, hatte ich fast vergessen. Sorry!«

»Normalerweise bin ich echt nicht so schlecht in Form«, rechtfertige ich mein atemloses Schnaufen. Obwohl Oxana langsamer macht, bin ich klatschnass geschwitzt, als wir schließlich im Atelier ankommen. Zahlreiche Studenten wuseln geschäftig in dem großen Raum herum, der vom Sirren der Nähmaschinen erfüllt ist. Das Getöse klingt, als wäre ein aufgebrachter Bienenschwarm unterwegs.

»Oxy! Libby!«, quietscht jemand. Ich schaue mich um und erblicke Ella, die von einem Arbeitsplatz aufsteht und auf uns zukommt. Sie hat die gertenschlanke, biegsame Figur einer Balletttänzerin und ist wie immer top gestylt. Unwillkürlich streiche ich mir eine Haarsträhne aus der Stirn und wische meine feuchten Hände an meiner Hose ab. Ella schließt zur Begrüßung erst Oxana und dann mich in die Arme.

»Hi, Libby, wie war dein erster Tag?«, fragt sie und lässt meinen desolaten Zustand unkommentiert.

»Frag nicht«, brumme ich, denn so habe ich mir meinen Einstand wirklich nicht vorgestellt.

»Alicia ist noch am Überlegen, ob Libby überhaupt in ihrem Kurs bleiben darf«, setzt Oxana unsere Mitbewohnerin ins Bild. »Apropos Kurs. Wir besuchen jetzt gleich den Tutorenkurs. Kommst du mit?« Emmanuelle verzieht lustlos das Gesicht. »Ach, komm schon, Ella! Das wird lustig.«

»Und wenn es wieder dieser Trottel von letzter Woche ist?«, fragt sie zweifelnd.

»Die wechseln doch jede Woche, und abgesehen davon, war das doch echt witzig«, behauptet Oxana und erklärt mir dann: »Der Typ stand sehr eindeutig auf Ella.«

»Ich aber nicht auf ihn. Und abgesehen davon stand er nicht auf mich, sondern bloß auf die French-Chic-Erbin in spe.«

»Das weißt du nicht. Du hast ihm ja gar keine Chance gegeben, Ella.«

»Das war auch gar nicht nötig. Typen wie ihn, die es nur auf das Geld meiner Familie abgesehen haben, wittere ich eine Meile gegen den Wind.«

»Komm schon, Libby geht auch mit!« Eines muss man Oxana lassen, sie gibt nicht auf, und ich unterstütze ihre Bemühungen, indem ich Ella aufmunternd angrinse.

»Nee, lasst mal. Nach all den Nachtschichten in letzter Zeit mache ich heute mal früher Schluss und ruhe mich etwas aus. Und du, Libby«, wendet sie sich an mich, »solltest auch lieber wieder ins Bett gehen. Beim Tutorenkurs verpasst du nichts. Das ist bloß wie Hausaufgabenbetreuung. Irgendwer aus einem höheren Semester schaut dir über die Schulter, gibt seinen Senf dazu, und das war's.«

»Ich wollte da eigentlich schon noch hin«, sage ich, nun unsicher geworden, ob es sich wirklich lohnt.

»Schau es dir einfach mal an«, spricht Oxy mir Mut zu. »Es ist ja auch keine Pflichtveranstaltung, sondern nur ein Angebot, und ich bin immer froh über den Input von anderen.«

»Okay, zumal ich so viel verpasst habe, dass ich jede Hilfe gebrauchen kann. Aber ich sollte mir vorher unbedingt ein anderes Shirt anziehen. Wo sind denn die Toiletten?«

»Direkt neben dem Kursraum sind welche«, informiert mich Oxana.

Wir verabschieden uns von Ella und machen uns auf den Weg. Zum Glück befindet dieser sich nicht allzu weit weg.

»Ich halte dir einen Platz frei«, sagt Oxy, während ich die Klos am Ende des Gangs ansteuere.

Mich trockenzulegen dauert einen Moment. Gerade als ich dabei bin, mir den Schweiß mit meinem Schal abzuwischen – Memo an mich: solange ich so unfit bin, brauche ich neben einem Ersatzshirt auch ein kleines Handtuch –, dringt Gekicher an mein Ohr. Die Tür der Nachbarkabine knallt gegen die Trennwand, und im nächsten Moment wird sie auch schon wieder energisch verriegelt.

Japsen. Knutschgeräusche. Stöhnen.

Oh, bitte nicht! Ein liebestolles Pärchen hat mir gerade noch gefehlt.

Leider wird mein stummes Flehen nicht erhört, denn Sekunden später fällt klirrend eine Gürtelschnalle auf den gefliesten Boden. Als Nächstes schiebt sich die Spitze eines Sneakers mit coolem Schachbrettmuster unter der Trennwand durch, und ein animalisches Knurren dringt an mein Ohr.

»Ist das gut? Magst du es, wie ich deinen Schwanz lutsche?«, säuselt sie. Kurz darauf stöhnt er heiser auf.

Klar mag er, was du tust, denke ich beinahe verzweifelt, das ist schließlich nicht zu überhören.

Unsicher, was ich tun soll, bleibe ich einfach erst einmal regungslos stehen und spiele meine Optionen im Kopf durch. Schließlich entscheide ich mich dagegen, die Spülung zu betätigen, um auf mich aufmerksam zu machen, sondern kleide mich, so schnell ich kann und möglichst leise, an. Beinahe stolpere ich in der Hektik über seine Schuhspitze, doch ich möchte keine Sekunde länger als unbedingt nötig Ohrenzeugin dieses Intermezzos werden.

Nach der geglückten Flucht aus der Toilette begebe ich mich zum Kursraum, wo ich mich zu Oxana setze und ihr von meinem Erlebnis berichte.

»Nicht auszudenken, wenn ich dem Typen echt auf den Fuß gelatscht wäre«, sage ich, woraufhin wir uns beide schlapplachen.

»Da wäre ich gern dabei gewesen. Stell dir das doch mal vor!«

Glucksend verberge ich das Gesicht in meinen Händen. »Aber ernsthaft, auf dem Klo?«, meine ich zweifelnd, nachdem ich mich wieder halbwegs eingekriegt habe. »Unromantischer geht es doch gar nicht!«

»Ich habe gehört, dass es in der Dunkelkammer heiß hergehen soll.«

»Die haben hier noch eine Dunkelkammer?«, frage ich überrascht. »Wer fotografiert denn heutzutage noch analog?«

»Vielleicht ist es gerade deshalb ein so guter Ort für eine schnelle Nummer«, gibt Oxana zu bedenken.

»Na ja, besser als das Mädchenklo ist es in jedem Fall«, räume ich kichernd ein.

Oxana schaut auf die Uhr. »Wollen wir einfach schon mal anfangen?«, fragt sie und kramt ein großes Skizzenbuch aus ihrem Rucksack hervor. Dieser hat definitiv schon bessere Zeiten gesehen, der Nylonstoff ist an einigen Stellen aufgeraut, und auch sonst zeigt das gute Stück deutliche Gebrauchsspuren. Ich erinnere mich daran, was Oxana über ihre Familie gesagt hat und darüber, dass es niemanden gibt, der sie unterstützt. Das muss hart sein. Neben einem derart anspruchsvollen Studium noch zu jobben, ist sicherlich nicht einfach. Dass Oxana alles hervorragend unter einen Hut bekommt, zeigt jedoch ihr prall gefülltes Skizzenbuch.

»Hast du die alle in den vergangenen Wochen gemacht?«, frage ich verblüfft und komme mir in dem Moment hochgradig unzulänglich vor.

»Was? Nein, keine Sorge, Libby! Da sind auch ältere Zeichnungen aus meiner Zeit in Paris dabei«, beruhigt sie mich.

Erleichtert atme ich aus.

»Mach dir nicht so einen Stress. Du schaffst das hier mit links. Ich meine, du warst an der Parsons.«

»Immerhin habe ich dank des Toiletten-Intermezzos eine

Idee für die Hausaufgabe, die Alicia uns heute gegeben hat«, verkünde ich zuversichtlich, ehe ich mich frage, ob es sich überhaupt lohnt, meine Energie da reinzustecken. Falls Alicia mich aus ihrem Kurs wirft, habe ich mir die Arbeit ganz umsonst gemacht. Wenn ich ihr jedoch morgen den Aufsatz und einen ersten Entwurf abgebe, kann ich sicherlich punkten.

»Na, dann war diese fragwürdige Begegnung doch für irgendwas gut«, scherzt Oxana.

»Ja, dieses Schachbrettmuster seiner Sneakers hat mich irgendwie inspiriert.«

Oxy neben mir reckt ihren Hals und sieht sich suchend im Unterrichtsraum um.

»Suchst du was?«

»Ich suche jemanden.«

»So? Wen denn?«

»Na, den Typ mit den Schachbrettsneakern. Aber er ist nicht da.« Sie klingt bedauernd.

»Mehr Inspiration brauche ich wirklich nicht!« Denn wenn ich ehrlich bin, will ich gar nicht wissen, wer das war.

Um mit der kruden Episode abzuschließen, krame ich entschlossen mein Skizzenbuch hervor und beginne mit dem Arbeiten. Da ich mich bei der enormen Geräuschkulisse schlecht konzentrieren kann, setze ich noch schnell meine Kopfhörer auf und lege los. Begleitet von Trinitys neuem Album gehen mir die ersten groben Skizzen leicht von der Hand. Musik wirkt auf meine Kreativität wie ein Katalysator. Die allerbesten Ideen habe ich entweder in der Badewanne oder beim Autofahren, wenn laute Musik aus der Anlage dröhnt und ich das Gefühl von grenzenloser Freiheit verspüre. Es ist allerdings ewig her, seit ich zuletzt am Steuer gesessen habe. Doch auch hier, im Kursraum sitzend, zusammen mit mehr als einem Dutzend anderer Studenten, entfaltet die Musik ihre magische Wirkung und reißt mich mit sich. Nach wenigen Minuten bin ich so in mein Tun vertieft, dass die Welt um mich herum aufhört zu existieren.

Daher erschrecke ich heftig, als ein Schatten auf mein Blatt fällt. Jemand legt mir eine Hand auf die Schulter. Ich drehe mich rasch herum, ziehe die Ohrstöpsel raus und sehe mich völlig unerwartet Jasper gegenüber.

Unfähig, irgendetwas zu sagen, starre ich ihn lediglich an. Er seinerseits starrt fassungslos zurück.

Ob er sich dieses Mal an mich erinnert? Erkennt er mich? Welche andere Erklärung gäbe es für seinen entsetzten Gesichtsausdruck? Ich für meinen Teil tue mich erneut schwer damit, den Jasper aus New York in der Person mir gegenüber wiederzufinden. Das dunkle Haar und der dichte Bart sind nur eine der Veränderungen, die es mir schwer machen, den Mann zu entdecken, mit dem ich eine so wundervolle Nacht verbracht habe. Er ist dünner als bei unserer letzten Begegnung, und tiefe Schatten unter seinen Augen zeugen von schlaflosen Nächten. Statt seines wunderbaren Geruchs steigt mir kalter Zigarettenrauch in die Nase. Am schlimmsten ist jedoch der Ausdruck in seinen Augen. Sie wirken glanzlos und stumpf. Wo bei unserer ersten Begegnung das Leben tobte und Funken sprühten, erkenne ich nun bloß noch eine grenzenlose Müdigkeit. Geschockt zieht sich mein Herz zusammen, denn eins ist sicher: Jazz geht es nicht gut.

Ihm gelingt es dennoch zuerst, sich aus seiner Erstarrung zu lösen. »Hi«, sagt er schlicht.

»Hi«, hauche ich, noch immer erschüttert von seinem Zustand. Ich frage mich, was sein Problem ist. Nimmt er Drogen? Oder …

»Hast du dich inzwischen an den Linksverkehr gewöhnt?«, erkundigt er sich leichthin. Es klingt echt. Wenn dieser verlorene Ausdruck in seinen Augen nicht wäre, würde ich mich von dem beschwingten Tonfall seiner Worte einlullen und täuschen lassen.

»Ja, habe ich«, erwidere ich tapfer. Ich weiß nicht, was mehr schmerzt. Der Umstand, dass er sich scheinbar nach wie vor nicht an New York und unsere gemeinsame Nacht erinnern kann oder will, oder dass es ihm offensichtlich so schlecht geht.

»Ich bin diese Woche euer Tutor. Hast du was, das du mir zeigen willst?«

Wortlos rücke ich mit dem Stuhl so weit beiseite, dass er sich über mein Skizzenheft beugen und meine Entwürfe begutachten kann. Mein Herz klopft wie verrückt, und mir bricht schon wieder der Schweiß aus. Ich weiß nicht, wie ich mit seiner Nähe umgehen soll.

»Ah, das sieht ganz nach Alicias Hausaufgaben aus, oder?«

»Ja, wir sollen uns diese Woche von einem Spiel inspirieren lassen. Es ist egal, ob Brett-, Karten oder Computerspiel«, plappere ich, um irgendetwas zu sagen.

»Und du hast dich eindeutig für Schach entschieden«, stellt er fest und fragt dann überraschend: »Was hörst du?« Er nickt knapp in Richtung meiner Kopfhörer, aus denen vereinzelte Töne klingen.

»Trinity.«

Er lächelt. »Das neue Album?« Ich nicke. »Und? Wie findest du es?«

Ist das sein Ernst? Offensichtlich schon, denn er sieht mich abwartend an. Himmel, ich weiß wirklich nicht, was ich von diesem Small Talk halten soll. Entweder er erinnert sich nicht an mich, oder er macht auf cool und will über unseren One-Night-Stand hinwegsehen.

Macht man das so? Bin ich einfach nur zu spießig? Eins ist

mir klar: Falls dem so ist, werde ich mir nicht die Blöße geben und ihn darauf ansprechen. Ich habe mich schon mal zum Affen gemacht, als ich ihm die Sprachnachricht auf Instagram geschickt habe, die er eiskalt ignoriert hat. Also reiße ich mich zusammen und kehre die coole Libby raus. Was er kann, kann ich schon lange!

Ich plustere die Wangen auf und lasse die Luft mit einem Schnauben wieder entweichen. Das Album! Er wollte wissen, wie ich das Album finde.

»Puh, du fragst Sachen«, meine ich achselzuckend. »Es ist viel zu komplex, um diese Frage mit einem eindeutigen Ja oder Nein zu beantworten. Aber wenn es dir hilft: Ich schreibe bei Gelegenheit mal eine Abhandlung drüber, okay?«

Damit lässt Jazz sich jedoch nicht abspeisen. »Es soll sehr anders sein als ihre bisherigen Alben.«

»Ja, das auf jeden Fall«, gebe ich ihm recht. »Ich habe es jetzt bestimmt ein Dutzend Mal gehört, und ich weiß noch immer nicht genau, was ich davon halten soll.«

»Klingt spannend. Da werde ich wohl selbst mal reinhören müssen.« Er wendet sich wieder meinen beiden Skizzen zu. »Womit hast du angefangen?«

»Mit diesem hier.« Ich deute auf eine Zeichnung, die ein pompöses Kleid im Rokokostil zeigt.

»Denk dran, dass du das auch alles umsetzen musst«, ermahnt er mich.

Denkt er etwa, ich könnte das nicht? Ich presse die Lippen aufeinander und nicke. »Das ist einer der Gründe, weshalb ich letztendlich davon abgekommen bin«, gebe ich zu. »Ich meine, ich kann das umsetzen, so ist es nicht, aber ich war die letzten Wochen krank, und es ist ohnehin nicht klar, ob ich in dem Kurs bleiben kann. Ich habe Mrs. King versprochen …«

»Miss«, korrigiert Jasper mich.

»Okay, also ich habe Miss King versprochen, dass ich alle bisherigen Aufgaben nachholen werde, daher ist dieses Kleid vermutlich zu zeitintensiv. Aber das ist nicht der eigentliche Grund, weshalb ich mich dagegen entschieden habe«, merke ich rasch an, als ich sehe, dass sich sein Gesichtsausdruck verfinstert.

»Sondern?«

»Der Hauptgrund, weshalb ich die Idee wieder verworfen habe, ist, dass mich der Entwurf zu sehr an *Alice im Wunderland* erinnert, und das wäre an sich ja auch nicht schlecht, wenn das Thema *Alice im Wunderland* wäre, aber so ist es irreführend, und ich fürchte, dass so etwas eher negativ bewertet werden würde.«

»Ja, es sollte auf alle Fälle klar ersichtlich sein, was das Thema ist«, stimmt er mir zu. Er besieht sich die andere Entwurfsskizze näher. »Das da hat Potenzial«, befindet er. »Kapuzenkleider sind der Inbegriff von Streetwear, wenn du mich fragst. Allerdings ist dein Entwurf ziemlich banal.«

»Okay«, nuschle ich etwas eingeschüchtert von seiner deutlichen Kritik.

»Du willst in Alicias Kurs bleiben?« Er sieht mich fragend an.

»Ja, klar!«

»Dann musst du dich mehr anstrengen.«

»Das ist ja auch erst der Rohentwurf«, rechtfertige ich mich.

Jasper sieht mich streng an. »Den hättest du direkt in Gedanken verwerfen können. Das …« Er deutet auf die Skizze. »… ist Papierverschwendung.«

Ich wünschte, ich könnte in diesem Moment etwas Schlagfertiges erwidern. Beispielsweise, dass jeder mal klein angefangen hat, doch leider habe ich seinen harschen Worten nichts entgegenzusetzen. Sie treffen mich unvermittelt hart.

»Was du brauchst«, fährt er fort und sieht mich dabei direkt an, »ist ein cooler, moderner Schnitt, und wenn du Alicias Geschmack treffen willst, dann sollte dein Entwurf außerdem elegant sein. Pepp das Ganze mit besonderen Formelementen oder Besätzen auf. Eine Eingrifftasche – und da musst du bei der Umsetzung wirklich sauber arbeiten – wäre beispielsweise eine Idee.«

Einen Moment habe ich das Gefühl, sein Blick frisst sich in meinen. Mit einem Mal wiegt seine schonungslose Kritik gar nicht mehr so schwer, stattdessen gewinnen die alten Gefühle die Oberhand. Es fällt mir schwer zu denken, ja, es fällt mir sogar schwer zu atmen. Wie kann er nach alldem, was er sich geleistet hat, noch immer so eine Wirkung auf mich haben? Ich sollte ihm sagen, wie mies es war, dass er sich in New York einfach aus dem Staub gemacht und sich nie auf meine Nachricht hin gemeldet hat. Und definitiv sollte ich ihm klarmachen, wie scheiße es ist, dass er mich nicht erkannt hat. Aber ihm eine Szene zu machen wäre albern, oder? Wie würde ich dann dastehen? Wie die naive Südstaatlerin, die nicht über ihn hinwegkommt. Möglicherweise würde er sogar denken, dass ich wegen ihm hier bin. Was völlig absurd ist, denn schließlich hatte ich keine Ahnung davon, dass er hier studiert. Ich dachte, wenn überhaupt, wäre er noch immer am Saint Martins. Und was ist mit dieser Firma, die er und Ian gegründet haben? On Fleek? Die sitzt doch auch in London.

Während ich verzweifelt versuche, mit der Situation klarzukommen, weiß Jasper eindeutig, was zu tun ist. Er nimmt mir den Bleistift aus der Hand und skizziert mit schnellen Strichen ein weiteres Kleid auf dem Klemmbrett, das er mit sich führt. Im Nu entsteht auf dem leeren Blatt sein Entwurf. Gebannt beobachte ich sein Tun – zumindest, nachdem ich es geschafft habe, meinen Blick von all den Lederbändern, die um sein Handgelenk gewickelt sind, abzuwenden. Er wandert weiter bis zu seinen Fingern, die nun den Stift halten, die ich aber in meinen Träumen immer noch auf meinem Körper spüren kann. Finger, die andererseits, mit einem Stift bewaffnet, die Fähigkeit besitzen, Träume zu erschaffen. Es ist beeindruckend, ihm dabei zuzusehen, wie es ihm mit wenigen Strichen gelingt, seiner Idee Gestalt zu verleihen. Der Rock ist eng anliegend, während das Oberteil wie ein Pullover wirkt.

Während ich ihn dabei beobachte, kommt mir selbst eine Idee. Als er fertig ist, greife ich nach dem Stift. Jasper schaut mich einen Moment lang an, ehe er ihn loslässt. Ich wünschte, das Staunen in seinem Blick würde daher kommen, dass er sich an mich und das, was zwischen uns war, erinnert, doch ehe ich mich in dieser Fantasie verliere, beginne ich meine Version des Kleides zu Papier zu bringen. Ich schlage eine neue Seite in meinem Skizzenbuch auf und kehre bei meinem Entwurf im Prinzip die Proportionen um. Während das Oberteil eng anliegt, sorgt der Ballonrock für Volumen.

»Niedlich«, befindet Jasper. »Du solltest das Schachbrettmuster aber nicht vollflächig einsetzen, sondern akzentuiert.«

»Ich würde nur den Rock daraus nähen, da es rund ums Gesicht sonst zu unruhig wirkt, wenn ich es beim Oberteil verwende.«

»Guter Punkt, oder du machst nur die Arme oder nur den Rücken.«

»Und vielleicht macht man dann doch keine Kapuze, sondern eher einen weiten Schalkragen.«

»Zu der Variante passt das auf jeden Fall besser«, stimmt er mir zu. »Nimmst du den Entwurf?«

»Was, meinst du, wird Miss King davon halten? Du kennst

meine Situation. Ich brauche etwas, das sie wirklich überzeugt.«

»Mach auch hier Taschen in den Rock, sie liebt Taschen«, rät Jasper mir nach einem Moment.

»Meinst du, dass ich damit bei ihr punkten kann?«

»Ja, auf alle Fälle. Alicia steht auf raffinierte, liebevolle Akzente und Details.«

»Gut zu wissen. Vielen Dank. Okay, dann wird es das Ballonrockkleid, obwohl dein Entwurf natürlich wirklich sehr schön ist.«

Meine Entscheidung fühlt sich gut an, denn so wunderbar Jaspers Version des Kleides auch ist, es ist seine Arbeit und nicht meine.

»Super, dann nutze ich meinen selbst für unsere kommende On-Fleek-Kollektion«, meint er grinsend. In dem Moment, in dem er lächelt, geht eine gewaltige Veränderung in ihm vor. Seine Augen blitzen auf, als hätte jemand in ihnen drin ein Licht entflammt. Plötzlich erkenne ich den Jasper, an den ich mein Herz verloren habe, wieder. Gänsehaut blüht auf meinen Armen auf, und mich nicht unter seinem Blick zu winden, kostet mich alle Willenskraft.

»Jasper!«, ertönt eine Stimme von der Tür her. Alicia King. »Hast du einen Moment?«

»Bin gleich wieder da«, sagt er, lässt sein Klemmbrett auf meinem Tisch liegen und geht zu unserer Dozentin. Ich kann nicht anders, als ihm mit meinem Blick einmal quer durch den Raum zu folgen. Er kommt vor Alicia zum Stehen. Ich beobachte, wie sich die beiden unterhalten, und dann fällt mein Blick auf Jaspers Schuhe.

Es dauert ein, zwei Sekunden, bis mein Hirn begreift, was meine Augen entdeckt haben: Sneakers mit Schachbrettmuster.

Die Erkenntnis trifft mich so unvermittelt und hart, dass ich nicht dazu imstande bin, auch nur einen Ton hervorzubringen. Er war der Typ, der gerade eine schnelle Nummer auf dem Klo geschoben hat.

Plötzlich sehe ich Bilder vor mir, die ich nie sehen wollte. Geschliffen klar und von einer Intensität, die mich dazu zwingt, meine Augen zu schließen. Stoppen lassen sie sich nicht, und die Vorstellung von Jasper mit einer anderen walzt schmerzhaft über mich drüber. Übelkeiterregende Eifersucht ergreift von mir Besitz, ätzt sich durch meine Eingeweide und sorgt dafür, dass ich scharf nach Luft schnappen muss. Einen Moment lang ist der Schmerz so omnipräsent, dass die Welt stillzustehen scheint.

»Alles okay?«, fragt Oxy.

»Ja, ich …«, stammle ich.

»Geht es dir nicht gut?«,

»Nein, nicht wirklich.«

»Du wirst doch keinen Rückfall bekommen.« Ihre Hand legt sich auf meine Stirn. »Oh weh, du bist ja ganz kalt.«

»Es geht schon«, behaupte ich und versuche, mich auf meinen Entwurf zu konzentrieren. Doch ich bin fahrig und unkonzentriert. Etwas, das auch Jasper nicht entgeht, als er zurück an meinen Tisch kommt.

»Alles in Ordnung?«, erkundigt er sich. Sein sorgenvoller Blick ruht auf mir, und zu gerne würde ich mir einreden, dass das etwas zu bedeuten hat, doch der Schock darüber, dass er eben noch mit irgendwem auf der Toilette Sex hatte, sitzt zu tief.

»Libby geht es nicht gut«, sagt Oxana.

»Vielleicht solltest du lieber heimgehen«, schlägt Jasper vor. »Nicht, dass du dich heute übernommen hast und einen Rückfall erleidest.«

»Das habe ich auch schon gesagt. Ist es okay, wenn ich Libby begleite? Wir wohnen zusammen«, erklärt Oxy ihm, während ich wie benommen mit zitternden Händen meine Sachen zusammenpacke.

»Ja, das ist natürlich in Ordnung. Gute Besserung, Libby.«

»Danke«, wispere ich und verlasse dann, begleitet von Oxana, den Raum.

»Das kam aber plötzlich«, bemerkt Oxy, nachdem wir den Unterrichtsraum verlassen haben und uns auf dem Weg Richtung Ausgang befinden.

Vor dem Collegegebäude angekommen bleibe ich stehen und sehe mich orientierungslos um.

»Hier geht es lang«, sagt Oxy und deutet nach rechts.

»Stimmt!«

»Du stehst ja völlig neben dir«, stellt sie bedauernd fest. »Geht es wirklich?«

»Ja, schon. Die frische Luft tut schon mal gut«, behaupte ich, auch wenn sie rein gar nichts an meinem Zustand zu verändern mag. Das Wissen um Jaspers Quickie auf dem Klo und die Tatsache, dass ich quasi hautnah dabei war, macht mir nach wie vor zu schaffen. Ob das Mädchen, mit dem er zugange war, seine Freundin ist?

Als wir den Drake's Place, einen kleinen Park, der direkt hinter einer alten Kirche liegt, durchqueren, bin ich ganz schön aus der Puste.

»Magst du dich kurz hinsetzen, um dich zu erholen?«, fragt sie und deutet auf die Arkaden, die eine Seite des Parks schmücken. Dort stehen mehrere Bänke, und eine ist sogar frei. Ich nicke, und wir steuern die Sitzgelegenheit an.

Kaum haben wir Platz genommen, holt mein schlechtes Gewissen mich ein. »Jetzt konntest du dir gar nichts von unserem Tutor zeigen lassen.«

Oxy zuckt mit den Schultern. »Dann werde ich das morgen einfach nachholen. Aber Ella hat wirklich etwas verpasst. Ich meine, wow, wer hätte gedacht, dass man auch Jasper Chase als Tutor bekommen kann.«

Ja, wer hätte das gedacht, denke ich und versuche, den bitteren Beigeschmack, den sein Name mit sich bringt, zu ignorieren.

Oxy interpretiert meine mangelnde Begeisterung fehl und fragt: »Du weißt schon, wer das ist, oder?«

Ich zucke mit den Schultern, da ich nicht genau weiß, was ich erwidern soll. Von New York will ich ihr nicht erzählen, belügen möchte ich sie aber auch nicht.

»Alle sagen, er sei der neue Alexander McQueen. Die komplette britische Modeszene ist verrückt nach ihm und seinem Geschäftspartner Ian Corbin. Er ist wirklich unglaublich talentiert«, schwärmt sie, weswegen ich gleich noch etwas mehr gerührt bin, dass sie lieber mich begleitet hat, als sich von ihm coachen zu lassen. »Und sieht er nicht einfach hammermäßig gut aus?«

Ja, auch das – wobei er mir mit blonden Haaren besser gefallen hat. Unwillkürlich frage ich mich, was seine echte Haarfarbe ist. Hatte er sie damals blondiert, oder sind sie heute dunkel gefärbt?

»Aber du musst dich etwas vor ihm in Acht nehmen. Er hat einen gewissen Ruf.«

»Lass mich raten? Er bricht reihenweise die Herzen der Studentinnen.«

»Ja, ständig ist irgendeine wegen ihm am Heulen.«

Ich gebe ein freudloses Schnauben von mir, denn wie schmerzhaft ein von Jasper Chase gebrochenes Herz ist, weiß ich nur zu gut.

»Wirklich, da gibt es quasi täglich Dramen. Dabei hat sich

längst rumgesprochen, dass er nie zweimal mit der Gleichen ins Bett geht. Trotzdem denken alle, sie könnten den Bad Boy zähmen. Unfassbar, oder?«

»Mmh«, brumme ich unverbindlich.

»Ehrlich, ich weiß wirklich nicht, warum manche Frauen scharf auf diese Art von Mann sind. Mit einem wie dem hat man doch nichts als Ärger. Als ob das Leben nicht so schon schwer genug ist.«

»Ja, wirklich unverständlich«, stimme ich ihr zu, und das ist nicht gelogen, denn ich begreife es wirklich nicht. »Wollen wir?«

»Klar, geht es dir denn besser?«

»Ich denke schon.«

Bis zu dem Haus in der Kingsley Road sind es bloß zehn Minuten. Trotzdem bin ich erneut ziemlich atemlos, als wir endlich ankommen.

Nach einem Bad – es ist definitiv nicht das erste in dieser Woche – hole ich mir meine Portion Realität, indem ich Eden per Facetime anrufe. Auf der Bettkante sitzend, warte ich darauf, dass sie das Gespräch annimmt.

»Hey, wie war dein erster Tag am College?«

Mein gepresstes »Beschissen!« zieht die besorgte Frage »Was ist passiert?« nach sich.

Die nächsten zehn Minuten erzähle ich ihr alles. Angefangen von Alicia King und ihren Bedenken bezüglich meiner Teilnahme an ihrem Kurs bis hin zu der Nummer auf dem Klo, meinem Wiedersehen mit Jasper und der unschönen Erkenntnis, dass er der ominöse Lokus-Lover, wie Eden ihn direkt getauft hat, war.

»Oh!«, murmelt sie betreten, nur um im nächsten Moment zu sagen: »Du musst dir diesen Typen ein für alle Mal aus dem Kopf schlagen, Libby.«

Dass dieser Rat kommen musste, war klar. Ich habe ihn in den vergangenen zwanzig Monaten schließlich nicht zum ersten Mal gehört.

»Ich weiß! Aber ich habe keine Ahnung, wie ich das machen soll.«

»Erst einmal wirst du diesen Tutorenkurs den Rest der Woche meiden.«

»Das hätte ich sowieso getan.«

Eden schnaubt abfällig.

»Wirklich!«

»Ach, bei dir weiß man das nie so genau. Ich erinnere mich daran, wie du dich stundenlang auf Jaspers Instagram-Account rumgetrieben und jedes Mal einen halben Nervenzusammenbruch erlitten hast, wenn er mal wieder mit einer Tussi im Arm aufgetaucht ist. Dazu gehört eine ungesunde Portion Masochismus.«

»Ich bin keine Masochistin«, verwehre ich mich.

»Wunderbar, dann gibt es ja auch kein Problem.«

»Doch, das gibt es sehr wohl, Eden! Ich konnte ihn mir schon nicht aus dem Kopf schlagen, als er Hunderte von Kilometern entfernt war. Wie, bitte schön, soll das jetzt funktionieren, wo wir uns plötzlich in der gleichen Stadt befinden?« Verzweifelt lasse ich mich rücklings aufs Bett plumpsen und starre die Decke an.

»Libby, ich weiß, du willst das nicht hören, aber am sinnvollsten ist es, wenn du dich wieder in den Sattel schwingst. Such dir deinen eigenen Latrinen-Ladykiller und vergiss Jasper Chase endlich.«

Gedanklich seufzend stimme ich ihr zu. Sie hat in beiden Punkten recht. Ich muss endlich über Jazz hinwegkommen, und mich in den Sattel zu schwingen, könnte durchaus hilfreich sein. Abgesehen davon, hätte Jasper mich wohl kaum so leicht abgeschrieben, wenn ich nicht so unerfahren und schlecht im Bett gewesen wäre. Ein wenig Nachhilfe in diesem Bereich könnte also durchaus nützlich sein. Ich wette, die Nummer mit dem Blowjob-Bunny auf dem Orkus wird ihm ewig im Gedächtnis bleiben.

Bloß noch mit einem Ohr lausche ich Edens Vortrag darüber, dass auch andere Mütter schöne Söhne haben. Viel wichtiger ist schließlich, dass ich meine Defizite ausbügle. Was hat Oxana vorhin gesagt? Nur Übung macht den Meister? Und warum sollte die Liebe da eine Ausnahme bilden?

»Du hast recht«, unterbreche ich sie.

»Wirklich?«, entfährt es ihr verdutzt. »Ich hatte irgendwie mit Widerspruch gerechnet.«

»Tja, ich bin eben immer für eine Überraschung gut.«

»Pah, du bist absolut berechenbar.«

»Fortan nicht mehr. Das hier ist mein neues Ich.«

»Dein neues Ich«, echot Eden. »Und wie sieht das genau aus?«

»Keine Ahnung. Vielleicht versuche ich einfach mal, etwas mehr wie du zu sein.«

»Ich liebe diese neue Libby jetzt schon!«, gluckst Eden. »Das bedeutet, du weißt, was du zu tun hast?«

»Yep!«

»Du wirst dir also einen hübschen Kerl suchen und dir das Hirn von ihm aus dem Kopf vögeln lassen? Ja?«

Sie klingt bei der Vorstellung so begierig, dass ich lachen muss. »Vielleicht fange ich erst mal mit einem Date an.«

»Ich schätze, man darf einfach keine Wunder erwarten«, meint sie theatralisch seufzend. »Und wen willst du daten?«

»Keine Ahnung. Ich war ewig krank und heute das erste Mal am College«, erinnere ich sie. »Aber«, verspreche ich im nächsten Atemzug, »ich werde die Augen offen halten.«

»Das reicht aber nicht! Du musst ihn dann auch ansprechen.«

»Das ist mir schon klar, Eden!«

»Super! Dann wünsche ich dir viel Spaß mit deinem neuen Ich und deinem *Date*.« So wie sie »Date« sagt, klingt es verdammt unanständig.

»Danke dir. Ich muss mich aber jetzt echt hinter diesen Aufsatz klemmen. Wir hören uns!«

»Das tun wir, und dann will ich bitte alle schmutzigen Details über dein *Date* erfahren.«

»Du bist unverbesserlich!«

»Ja, und du magst mich trotzdem«, meint sie vergnügt.

»Das tue ich«, gebe ich ihr recht, ehe ich unser Telefonat beende und mich dem Aufsatz für Alicia widme, den ich am nächsten Tag abgeben soll.

Nach einer kurzen, aber arbeitsintensiven Nacht stehe ich am nächsten Tag zur Sprechstunde vor Alicias Büro und versuche, mein wild pochendes Herz unter Kontrolle zu bekommen.

Der Morgen verlief hektisch, denn ich hatte keine Ahnung, wo ich den Aufsatz und meinen Entwurf für die Hausaufgabe ausdrucken konnte. Zum Glück hat Val mein Dilemma mitbekommen und mir den collegeeigenen Copyshop gezeigt. Überhaupt ist sie meine große Retterin, denn sie hat mich gestern ihren Scanner benutzen lassen, damit ich meine Ballonkleid-Skizze anschließend mit Photoshop aufpeppen konnte.

Die Tür geht auf, und der Typ, der gestern so verkatert zum Unterricht erschienen ist, verlässt Alicias Büro. Seiner Miene nach zu urteilen, ist das Gespräch nicht sonderlich gut gelaufen.

Alicia erscheint im Türrahmen. »Der Nächste, bitte!«

Ich erhebe mich, spreche mir im Stillen Mut zu und betrete einen Augenblick später die Höhle der Löwin. Ordentlich ist sie. Beinahe schon steril, wie ich beim Hereinkommen feststelle.

»Liberty, richtig?«

»Ja.«

»Setzen Sie sich.« Sie deutet auf einen der beiden Stühle vor ihrem Schreibtisch.

Ich folge ihrer Anweisung, entnehme meiner Arbeitsmappe den dreiseitigen Aufsatz und reiche ihn ihr. Alicia King greift zu einem Brillenetui, holt eine schnörkellose Brille mit schwarzem Rand daraus hervor und schiebt sie sich auf die Nase. Sie nimmt Platz und beginnt schweigend zu lesen. Die wenigen Minuten, die sie dafür braucht, erscheinen mir wie Stunden, und nachdem sie geendet hat, atme ich hörbar aus, da ich unbewusst die Luft angehalten habe.

»Gut«, befindet sie schlicht. »Klingt, als würde ein spannendes, lehrreiches Jahr hinter Ihnen liegen. Allerdings bin ich mir nicht sicher, inwiefern Sie das auf meinen Kurs vorbereitet hat.« Sie sieht mich fragend an.

»Oh, also ich …«, stammle ich und hole eilig meine Entwurfsskizze hervor. Ich stehe auf, trete um den Tisch herum und lege das Blatt vor Alicia ab.

Sie beugt sich darüber und betrachtet meine Arbeit eingehend.

»Das ist nur ein erster Entwurf«, platzt es unsicher aus mir heraus, als sie eine gefühlte Ewigkeit lang nichts sagt.

Langsam wendet sie mir ihren Kopf zu. »Sagen Sie nie, dass das *nur* der erste Entwurf ist oder *nur* irgendetwas anderes. Schmälern Sie Ihre Arbeit nicht. In diesem Fall besonders deshalb nicht, weil es dafür überhaupt keinen Grund gibt.« Sie tippt auf das Blatt. »Erzählen Sie mir etwas darüber.«

Puh! Was soll ich denn groß darüber erzählen? Ich kann ja schlecht sagen, dass es Jaspers Schuhe und sein Quickie auf dem Klo waren, die mich dazu inspiriert haben.

»Also, die Idee kam mir gestern Mittag während des Tutorenkurses, und gestern Abend, nachdem ich mit dem Aufsatz fertig war, habe ich meine Mitbewohnerin gefragt, ob ich die Skizze einscannen kann …«

»Haben Sie die auch dabei?«

Ich nicke eifrig.

»Die würde ich ebenfalls gerne sehen.«

»Ja, klar … Natürlich!«

Eilig greife ich nach der Tasche, die neben meinem Stuhl steht, und hole mein Skizzenbuch hervor. Ich reiche es Alicia, die es aufschlägt und beginnt, darin zu blättern.

Erneut halte ich den Atem an, gehe in Gedanken all die Bilder und Skizzen durch, die nicht so gelungen sind und die sie nun alle zu Gesicht bekommt, und auch die, die private Momente festhalten. Mein Skizzenbuch ist wie ein Tagebuch. Mist, hätte ich es doch bloß an der relevanten Stelle aufgeschlagen, dann …

»Entspannen Sie sich, Liberty!«, meint Alicia King beinahe genervt. »Es geht doch nicht darum, dass alles perfekt ist.«

Ach nein?

Als hätte sie meinen unausgesprochenen Zweifel gehört, fügt sie hinzu: »Es geht darum, wie Ihre Gedankenwelt ausschaut, was Sie bewegt, wo Ihre Interessen liegen … Diese Doppelseite hier ist sehr interessant.« Sie zeigt einen Tag auf Coney Island. Eden hatte mich besucht, und wir waren zusammen im Luna Park und am Strand. Es war insgesamt ein tolles Wochenende. Himmel, wie ich Eden trotz all ihrer Verrücktheiten vermisse!

Alicia blättert auch die letzten Seiten bis zu meiner Ballonkleid-Skizze aufmerksam durch. »Mmmh«, macht sie, als sie das Buch zuklappt.

Sie gibt es mir zurück und deutet auf den Stuhl. Ich setze mich wieder und warte auf ihr Urteil.

»Also, da Sie in einigen Bereichen Ihren Kommilitonen bereits weit voraus sind, dürfen Sie vorerst auf Probe in meinem Kurs bleiben.«

Mein Mund öffnet sich, und ehe ich die Worte zurückhalten kann, purzeln sie auch schon heraus. »Auf Probe?«, frage ich und kann nicht verhindern, enttäuscht zu klingen.

»Ja.«

»Und wie lange?«

Alicia sieht mich über den Rand ihrer Brille hinweg streng an. »So lange, bis ich etwas anderes entscheide.« Sie räuspert sich. »Bis wann gedenken Sie denn die bisherigen Hausaufgaben nachzuholen?«

»Bis zu den Weihnachtsferien?«, piepse ich unsicher. Ist das zu lange? Aber es ist viel, was ich nachholen muss, und bis dahin sind es nur noch knapp drei Wochen, also … Ich sehe Alicia King abwartend an.

»Lassen Sie sich bis nach den Ferien Zeit«, meint sie, und mir fällt ein Stein vom Herzen. »Kann ich das hier behalten?« Sie hält den Ausdruck meines Entwurfs hoch.

»Natürlich!«

»Wunderbar, dann sehen wir uns nachher in meinem Kurs.«

Mit diesen Worten bin ich allem Anschein nach entlassen. Hastig bedanke ich mich und raffe meine Sachen zusammen.

Die kommende Woche gestaltet sich derart turbulent, dass ich mein Vorhaben, irgendjemanden zu daten, erst einmal auf Eis lege. Dafür habe ich schlicht und ergreifend keine Zeit, denn neben der Umsetzung des Ballonkleides, gilt es auch noch, ein Halloweenkostüm für die große On-Fleek-Halloweenparty zu kreieren, die Ian und Jasper in Kooperation mit dem College zu Imagezwecken veranstalten. Da Alicia verkündet hat, dass es für die Teilnahme am Wettbewerb Extrapunkte gibt, ist sie für mich nicht optional. Leider geht es mir wie Ella und Oxana, und mir fehlt bisher die zündende Idee für ein Kostüm mit Gewinnerpotenzial. Insgeheim frage ich mich, ob meine kreative Krise daher rührt, dass Jasper einer der Juroren des Wettbewerbs ist.

Mach dir lieber Sorgen darüber, dass auch Alicia als Jurorin auftritt, ermahne ich mich in Gedanken. *Sie musst du schließlich überzeugen, dass du in ihrem Kurs bleiben darfst!*

In der Hoffnung, im Stoffgeschäft würde uns die Muse küssen, haben wir die vergangenen Stunden die örtlichen Läden abgeklappert. Das Gute war, dass ich so immerhin mal ein wenig die Stadt gesehen habe, allerdings war es, was das Projekt angeht, die reinste Zeitverschwendung. Die Auswahl war klein, und die Einzige, die etwas gekauft hat, war Ella, denn neben einem der Kurzwarengeschäfte gab es auch einen hübschen Klamottenladen, und da hat sie zugeschlagen, als hätte sich in der vergangenen Nacht ein Geschwader Motten über den Inhalt ihres Kleiderschranks hergemacht und alles vernichtet.

»So ein Mist«, flucht Ella resigniert, als wir an der Bushaltestelle ankommen. »Ich kann nicht fassen, dass wir in keinem der beiden Läden fündig geworden sind.«

Ich schaue auf dem Busfahrplan nach, checke die Uhrzeit auf meinem Handy und setze mich dann seufzend neben Oxana auf die Sitzbank. »In zwölf Minuten kommt der Bus«, verkünde ich.

Von dem Stadtteil in Plymouth, in dem wir uns gerade befinden, dauert es mehr als zwanzig Minuten bis nach Mutley, wo wir wohnen. Ach, was freue ich mich darauf, nach Hause zu kommen und nach der vielen Rennerei ein Bad zu nehmen. *Nach Hause* … lustig, dass ich es inzwischen als solches bezeichne. Vielleicht lebe ich mich nach dem denkbar bescheuerten Einstieg ja doch noch ein. Sicherlich liegt es auch daran, dass Val es geschafft hat, unseren Vermieter dazu zu überreden, die Heizung vorzeitig anzuschalten, und es in dem kleinen Häuschen kuschelig warm ist. Der Oktober, auch wenn es zwischendurch ein paar Sonnentage gab, ist spürbar kälter als der September, und geben wir uns keiner Illusion hin: Auch dieser Monat ist schon fast vorbei.

»Und was machen wir jetzt?«, frage ich frustriert.

»Vielleicht könnten wir Val fragen, ob sie mit uns nach Bristol fährt«, kommt es von Oxana. Sie hält uns ihr Handy hin, und auf dem winzigen verkratzten Display sehe ich das Schlaraffenland. Kein kleines Stofflädchen wie hier, sondern ein richtig großes Geschäft.

»Über zweitausend Stoffe haben sie dort«, informiert Oxy uns und deutet auf ein Bild, das das Lager zeigt.

»Wenn wir da nicht fündig werden, dann weiß ich auch nicht«, meint Ella, die Oxy über die Schulter schaut.

»Und was, wenn Val keine Lust hat?«

Sie ist leider die Einzige von uns, die mit dem Auto hier ist. Oxana besitzt keins, und Ella fühlt sich dem Linksverkehr nicht gewachsen.

»Dann, Libby, fahren wir eben mit dem Zug«, erwidert Oxana bestimmt.

»Das ist vielleicht ohnehin besser«, sage ich, denn Vals altersschwachem roten Corsa traue ich nicht wirklich über den Weg. Ein paarmal waren wir schon damit unterwegs. Die Karre ist nicht nur klein, sondern auch extrem langsam.

»Habt ihr eigentlich schon dieses Formular ausgefüllt, das Alicia uns heute mitgegeben hat?«, frage ich meine Mitbewohnerinnen.

»Du meinst diese Einverständniserklärung, dass die Bilder von uns und unseren Kostümen auf der Webseite von On Fleek, dem Club, dem College und deren Social-Media-Kanälen genutzt werden dürfen?«, erkundigt Oxy sich und steckt ihr Handy weg.

»Ja, genau das meine ich. Geben wir das bei Alicia ab, oder wie läuft das?«

»Das geben wir unterschrieben am Abend im Tarantula ab, und erst dann bekommen wir unsere Startnummer«, erklärt Oxana, die glücklicherweise in dem Club, in dem die Halloweenparty stattfindet, jobbt und daher den Überblick hat. Bisher war ich noch nicht da, aber das Tarantula ist in aller Munde und gilt als der angesagteste Club der Stadt.

»Der Bus kommt!«, ruft Ella.

Oxy und ich helfen ihr mit all ihren Einkaufstüten, und als wir kurz darauf Platz genommen haben, fragt Oxana: »Sag mal, was hast du denn alles gekauft?«

Ella zuckt mit den Schultern. »Ach, nur das Nötigste. Der Laden ist echt süß. Schade, dass ihr nicht mit reingekommen seid.«

»Ich hatte ja noch die wilde Hoffnung, dass ich bei den Restposten etwas finde«, meint Oxy seufzend.

»In Bristol werden wir bestimmt fündig!«, spreche ich ihr Mut zu.

Rund eine Stunde später erzählen wir Val beim gemeinsamen Abendessen von unseren Plänen, und sie ist hellauf begeistert von der Idee, für uns den Chauffeur zu spielen.

»Verrückt! Den ganzen Tag über grüble ich nämlich bereits, was ich zum Thema Halloween machen könnte. Wir sollen nämlich eine Reportage dazu machen, und es wäre doch total cool, euch dabei zu begleiten, wie ihr eure Kostüme kreiert. Ich wette, die meisten anderen gehen nämlich auf eine Halloweenparty, lassen es dort ordentlich krachen und knipsen bloß zwischendurch eine Handvoll Fotos. Da würde so eine Kostümentstehungsgeschichte bestimmt positiv aus dem Rahmen fallen.« Vals Enthusiasmus lässt ihre Augen funkeln und wirkt sich ansteckend auf Ella, Oxy und mich aus.

»Und? Wann wollen wir nach Bristol fahren?«, fragt Ella in die Runde und sieht uns abwartend an.

»Wie wäre es mit Samstag? Dann hätten wir einen ganzen Tag und müssten uns nicht so hetzen.«

Einstimmig wird Vals Vorschlag angenommen, und zwei Tage später sitze ich auf der mehr als zweistündigen Hinfahrt vorne. Aus dem Lautsprecher dringt Deutschrap, während Oxana und Ella auf den Rücksitzen tuscheln und lachen. Sie unterhalten sich unentwegt über Paris. Man könnte meinen, Oxana vermisst die Stadt der Liebe mehr als Ella, die inzwischen eine sehr genaue Vorstellung von ihrem Kostüm hat. Gestern Nacht am Küchentisch hat sie ihren Entwurf gezeichnet. Die Glückliche weiß nun, wo es für sie hingeht, und auch, was sie einkaufen muss.

»Weißt du inzwischen, was du planst, Oxy?«, frage ich, als sich die Gelegenheit ergibt. Ich drehe mich in meinem Sitz nach hinten und schaue meine Mitbewohnerinnen interessiert an.

»Ich lasse mich vor Ort inspirieren«, sagt sie leichthin.

»Hast du denn so gar keine Idee?«, hake ich nach, denn ich habe Bammel, gleich im Laden zu stehen und noch immer nicht zu wissen, was ich brauche. Nach wie vor herrscht totale Leere in meinem Kopf.

Seufzend erwidert Oxana: »Doch ein paar Ideen habe ich mittlerweile, nur bringen die mir nichts, wenn ich nicht das Geld habe, sie umzusetzen. Ich muss erst mal schauen, was ich mir leisten kann. Und du? Hat dich inzwischen die Muse geküsst?«

»Wenn es so weitergeht, werde ich auf der Halloweenparty als Streichholz aufkreuzen.«

Val lacht, während Ella mich verständnislos anschaut.

»Nackt, und weil es so peinlich ist, mit hochrotem Kopf.«

Nun lachen alle, wobei Ella es nicht unterlassen kann, ein »Amerikaner!« einzuwerfen und hinzuzufügen: »Am Nacktsein ist weiß Gott nichts peinlich.«

»Ich glaube, einige der Kerle würde das freuen«, behauptet Val.

»Nee, die meisten von ihnen haben absolut kein Interesse an Frauen«, widerspreche ich ihr.

»Dafür würdest du aber vermutlich Extrapunkte bei mindestens einem der Juroren machen. Jasper Chase ist doch immer auf der Suche nach Frischfleisch.«

»Oh ja«, gibt Ella Oxana recht. »Davon habe ich auch schon gehört. Er soll ja angeblich ein ganz Wilder sein und seinen Starstatus so richtig ausnutzen. Allerdings behauptet man das auch über seinen Geschäftspartner, und den Eindruck hatte ich damals, als ich ihn getroffen habe, gar nicht.«

Ella kennt Ian? Nun ja, wundern sollte es mich nicht, dass die großen Fische in der Modeszene miteinander bekannt sind.

»Oh, nur noch fünfzehn Meilen!«, sage ich, um das Thema zu wechseln. Jeder Gedanke an Jasper ist pure Folter, und ich will definitiv nicht noch mehr Details über sein ausschweifendes Liebesleben erfahren. Am liebsten würde ich gar nicht bei dieser blöden Party aufkreuzen, denn ihn zu sehen, tut mir einfach nicht gut. Dumm nur, dass ich keine andere Wahl habe.

»Wann müssen wir denn abfahren?«, erkundigt Val sich. Als Beifahrerin ist es meine Aufgabe, sie zu unserem Ziel zu dirigieren. Den Großteil der Fahrt war das auch gar kein Problem, denn wir mussten bloß der M5 Richtung Norden folgen.

Erst jetzt, wo wir Bristol erreichen, wird es etwas kniffliger. Eine Straße, die wir laut meiner App nehmen müssen, ist nämlich gesperrt, und erst nach einem kleinen Umweg gelangen wir schließlich doch noch ans Ziel.

»Puh, das war abenteuerlich!«, sagt Val, nachdem sie den Corsa auf dem Kundenparkplatz abgestellt hat.

»Na ja, gegen ein kleines Abenteuer hin und wieder ist doch nichts einzuwenden«, meine ich lachend, woraufhin Ella zustimmend nickt.

Bewaffnet mit zwei Einkaufswagen stürmen wir den Laden. Kaum dass ich die Türschwelle übertreten habe, zieht er mich auch schon in seinen Bann. Einen Moment lang bleibe ich mitten im Gang stehen und lasse die Eindrücke auf mich wirken. Erst das Geräusch, als Val ihre Kamera auslöst und ein Foto schießt, holt mich zurück ins Hier und Jetzt.

»Sorry«, meint sie und lächelt mich entschuldigend an. Verlegen streicht sie sich eine Strähne ihrer roten Locken hinters Ohr. »Ich wollte dich nicht beim Denken stören.«

»Beim Denken? Wohl eher beim Träumen«, sagt Ella und stupst mich im Vorbeigehen an.

»Blödsinn!«, widerspreche ich halbherzig. »Ich versuche nur, mir einen Überblick zu verschaffen.«

Die Auswahl hier ist sogar mit den Stoffgeschäften, die ich aus New York kenne, vergleichbar. Im Eingangsbereich gibt es drei lange Reihen, bestehend aus Schneidertischen, die über und über mit unzähligen Stoffballen bedeckt sind. Mindestens einer davon ist ausschließlich mit bunt bedruckten Jerseystoffen bestückt, die das Herz jeder Hobbynäherin höherschlagen lassen.

»Kyle würde durchdrehen«, sagt Oxana, als sie meinem Blick folgt.

»Wer war noch mal Kyle?«, hake ich nach, da ich gerade so gar kein Gesicht zu dem Namen vor Augen habe.

»Der, der später Kindermode machen will.«

Einen Moment lang stehe ich noch immer auf dem Schlauch, dann erinnere ich mich an seine letzte Arbeit. »Ach, der mit der Twister-Krabbeldecke und diesem niedlichen, dazu passenden Strampler.«

»Genau der!«

»Ohhhh, schaut mal!«, jauchzt Val unvermittelt, legt die Kamera beiseite und sagt: »Ist das nicht süß?« Sie deutet auf einen Stoff mit niedlichem Fuchsprint.

Ella kommt zu uns zurück. »Mon Dieu!« Sie verzieht angewidert das Gesicht. »Hast du deinen Eisprung?«

Val sieht sie etwas belämmert an, bis es klick macht und sie zu lachen beginnt. »Was? Nein! Aber ich liebe Füchse! Und die hier sind einfach bezaubernd, oder? Vielleicht lasse ich mir von euch zeigen, wie man so einen Schlauchschal näht.«

Oder, denke ich, als sie den Stoff zurücklegt, *wir nähen dir einen.* Das ist ja nun wirklich keine Herausforderung. Oxanas und mein Blick kreuzen sich, und ich weiß, dass sie genau das Gleiche denkt.

»Lenk Val mal ab«, raune ich ihr zu.

Sie grinst wissend, schnappt sich einen der beiden Wagen und stößt ein »Ohhhh, schaut mal da!« aus. Sie deutet einmal quer in die hinterste Ecke des Ladens und prescht davon.

»Was ist denn da?«, fragt Ella ahnungslos.

»Oh. Mein. Gott!«, jauchzt Oxy so begeistert, dass selbst ich – obwohl ich weiß, dass alles nur Show ist – den Drang verspüre, ihr zu folgen.

Val schnappt sich ihre Kamera – es könnte ja was zu sehen geben – und eilt mit Ella im Schlepptau Oxy hinterher. Nur mit Mühe kann ich mir ein Lachen verkneifen.

»Oh, und hier!«, höre ich Oxana noch ausrufen, bevor sie zwischen den hohen Regalen, die diesen Teil des Ladens einnehmen, verschwindet.

Ich winke eine der Mitarbeiterinnen zu mir, instruiere sie kurz und frage sie dann nach den Toiletten.

»Wo hast du denn gesteckt?«, erkundigt sich Oxy gespielt vorwurfsvoll, als ich mich der Truppe wieder anschließe.

»Man wird doch wohl noch mal aufs Klo gehen dürfen«, meine ich und zwinkere ihr hinter Vals Rücken verschwörerisch zu. »Oder muss ich mich jetzt bei euch abmelden, wenn ich mal pinkeln muss?«

Ella legt mir den Arm um die Schultern. »Klar, wir wollen ja nicht, dass du verloren gehst! Das kann in diesem großen Laden schon passieren – vor allem, wenn man bedenkt, was für einen entsetzlichen Orientierungssinn du hast.«

»Hey!«, protestiere ich gespielt schmollend. »Was kann ich denn dafür, dass da diese Baustelle war? Und auch dass die Einbahnstraße mir nicht angezeigt wurde, ist nun wirklich nicht meine Schuld. Abgesehen davon, habe ich bisher schließlich immer nach Hause gefunden!«

»Eine Meisterleistung!« Ella hebt ihre Rechte für ein High Five, und ich klatsche sie trotz des Spotts in ihrer Stimme ab.

Wir gehen den Gang entlang und besehen uns die verschiedenen Stoffe. Hier im hinteren Teil lagert die Art, aus denen Träume sind. Ich für meinen Teil komme aus dem Staunen nicht mehr raus. Eine Idee jagt die nächste, während meine Fingerkuppen unablässig das Material betasten – nur leider hat keine etwas mit einem Halloweenkostüm zu tun.

»Halt mal meine Kamera«, sagt Val zu Ella. Sie schnappt sich einen der Wagen, schaut sich noch einmal verstohlen um, schiebt ihn – als sie sieht, dass die Luft rein ist – an, springt auf und rollt den Gang entlang. Ihr entfährt ein kleines, glückseliges Juchzen.

Als sie zurückkommt, hält Ella ihre Ankunft mit der Kamera fest. »Das müsst ihr auch mal machen!«, meint Val freudestrahlend.

Irgendwie bin ich schon in Versuchung. Oxy sieht es mir an der Nase an. »Komm schon, Libby, ich schiebe dich auch.«

»Na, das Angebot kann ich ja schlecht ablehnen.«

Ich stelle mich auf die Querstrebe und halte mich am Griff fest. Oxy packt ihn ebenfalls und läuft los. Mit einem Ruck setzt sich der Wagen in Bewegung, woraufhin mir ein überraschter Laut entschlüpft. Mit so einer heftigen Beschleunigung habe ich nicht gerechnet.

»Das macht echt Spaß!«, quietsche ich, während das Klackern von Oxanas Absätzen hinter mir ertönt. Auf dem Weg zurück schiebe ich sie und gebe ordentlich Gas.

»Libby ist wie Flash«, beschwert Ella sich. »Das Bild ist total unscharf.« Noch immer hält sie Vals Kamera in den Händen.

»Ja, klar. Die Belichtungszeit ist nicht kurz genug«, erklärt Val. »Gib mal her.« Sie stellt irgendwas an der Kamera um. Zwar erklärt sie Ella genau, was sie da macht, doch ich verstehe kein Wort von dem Fachchinesisch, das aus Vals Mund kommt.

»Probier es mit dieser Einstellung noch mal! Das sollte halbwegs hinhauen.« Sie gibt Ella die Kamera zurück, die sich das gute Stück um den Hals hängt.

»Ihr habt es gehört, Mädels, auf eure Plätze!«, befiehlt Ella und klatscht auffordernd in die Hände.

»Na, wenn du so lieb Bitte sagst, dann machen wir das doch gerne«, erwidert Oxy augenzwinkernd, während ich bereits den Wagen wende.

»Bist du bereit?«, frage ich sie. Als sie die Kamera hebt und nickt, schiebe ich den Wagen an.

Dieses Mal lege ich mich noch mehr ins Zeug. Oxys überraschtes Kreischen erfüllt den Gang, was die Aufmerksamkeit der Mitarbeiterinnen auf uns zieht. Eine erscheint am Ende des Gangs und hebt tadelnd den Zeigefinger.

»Benehmt euch, Mädchen! Das hier ist kein Spielplatz.«

Schuldbewusst senke ich den Blick, und auch Oxy zeigt sich reuig, indem sie kapitulierend die Hände hebt und »Sorry!« haucht.

»Das Bild ist der Knaller!«, befindet Val hinter uns. Als ich den Wagen, von dem Oxy inzwischen abgestiegen ist, erneut wende, sehe ich, wie sie und Ella über dem Display der Kamera hängen. Sie haben die Köpfe zusammengesteckt, und eigentlich wäre dieser Anblick auch ein Foto wert. »Mensch, ich wünschte, ich hätte das geschossen. Das ist so cool! Schau dir mal Libbys irren Blick und diese geile Lache an.«

Sie prusten beide los. Neugierig gesellen Oxy und ich uns zu ihnen. Das Foto zeigt Oxy, die sich weit über die Lenkstange lehnt und aus vollem Hals lacht. Ihre Augen sind beinahe ebenso weit aufgerissen wie ihr Mund. Ihr langes blondes Haar flattert im Fahrtwind, genau wie meines.

»Wow!«, entfährt es mir, als ich einen Blick auf den kleinen Monitor werfen kann. »Ich sehe echt völlig durchgeknallt aus.«

»Ach, was«, mischt Oxy sich ein. »Du schaust bloß wie jemand aus, der jede Menge Spaß hat.«

»Du aber auch!«

»Habe ich ja nicht bestritten«, meint sie vergnügt.

»Das musst du mir bitte unbedingt schicken«, sage ich zu Ella, die lediglich auf Val deutet.

»Klar«, meint diese und fragt in strengem Tonfall: »Und? Habt ihr jetzt genug Quatsch gemacht? Können wir dann endlich anfangen? Die Sache ist schließlich ernst.«

Mit aufgeklapptem Mund starre ich sie einen Moment lang an. Meine offensichtliche Sprachlosigkeit bringt den Rest der Truppe zum Lachen.

»Hey, du hast schließlich mit dem Blödsinn angefangen«, protestiere ich.

»Ich? So was würde ich nie tun!«

»Nein! Nie!«, meine ich ironisch.

»Hast du dafür Beweise?«

Ich deute auf die Kamera. Schließlich hat Ella auch von ihr ein Foto gemacht. »Keine Beweise«, sagt Val, blättert zurück zu dem ersten Bild, das Ella geschossen hat, und zeigt mir einen bis zur Unkenntlichkeit verschwommenen Fleck. Nur schemenhaft kann man einen Menschen überhaupt erahnen. Einzig Vals leuchtend rote Locken, die natürlich auch nicht als solche zu erkennen sind, geben einen Hinweis darauf, um wen es sich bei der Person handeln könnte.

Sie sieht mich vielsagend an.

»Na, da hast du ja noch mal Glück gehabt.«

»Sieht so aus.«

Die kommende Stunde toben wir ausgelassen und staunend durch die Gänge. Ella schreitet zwischen den Regalen hindurch, als würde der Laden ihr gehören. Keine Ahnung, ob sie einen Plan verfolgt oder einfach nur alles einpackt, von dem sie glaubt, es könnte für ihr Königin-der-Nacht-Kostüm nützlich sein. Unmengen von mitternachtsschwarzem Seidenorganza und Dupionseide, die beide ein Vermögen kosten, landen im Einkaufswagen. Kichernd und schwatzend streunen wir vorbei an Stoffballen, während Val das Geschehen mit ihrer Kamera festhält. Ella ist völlig in ihrem Element und total überdreht. Spitze, Federn, Bänder, Nadeln, Nähgarn … alles, was sie in die Finger bekommt, wird in den Wagen gepackt.

»Schluss jetzt!«, befindet Val irgendwann. »Das passt niemals alles in mein Auto, wenn ihr so weitermacht.«

»Wir?«, frage ich zweifelnd, denn bisher liegt nichts von mir im Wagen. Ich sehe mich nach Oxana um und entdecke sie in der Ecke mit den Restposten.

Ella jedoch ist so im Shoppingfieber, dass sie Vals Einwand einfach beiseitewischt. »Ich wollte mir sowieso noch eine Schneiderbüste kaufen, die ich mir liefern lasse, da packe ich dann auch noch die Dinge dazu, die ich die nächsten Tage noch nicht brauche.«

»Du bist völlig außer Kontrolle«, wirft Val ihr vor.

Ella verdreht die Augen. »Bin ich gar nicht! Ich bin bloß Feuer und Flamme. Ich brenne für meine Ideen …«

Feuer. Flamme. Und da war doch dieser tolle orangene Tüll und … In meinem Hirn legt sich ein Schalter um. Dinge purzeln an ihren Platz, während ich auf dem Absatz kehrtmache und den Gang, aus dem wir gerade gekommen sind, zurückhaste.

»Libby, wo willst du denn so eilig hin?«, höre ich Ella mir nachrufen.

»Mich hat die Muse geküsst«, erwidere ich.

Keine zwanzig Minuten später schließe ich mich den anderen wieder an.

»Habt ihr alle, was ihr wolltet?«, erkundigt sich Val und erntet ein nahezu synchrones Nicken. »Cool, dann können wir ja an die Kasse gehen.«

»Gehst du als Gespenst?«, frage ich Oxy, denn sie hat – soweit ich gesehen habe – bloß weißen Stoff und ein paar Knöpfe in ihrem Einkaufswagen.

»Lass dich überraschen!«, flötet sie.

»Das ist gemein. Du weißt doch, wie neugierig Libby ist«, kommt es von Ella.

Ich lache auf. »Ich bin kein Stück neugieriger als du!«

»Menno, ich will es auch wissen«, sagt Val.

»Egal, ihr werdet euch alle drei gedulden müssen.«

»Mensch, habe ich einen Durst«, sage ich, nachdem Oxana gezahlt hat. »Könntet ihr uns vielleicht aus dem Lebensmittelgeschäft gegenüber was zu trinken besorgen, während Ellas Ausbeute abkassiert wird? Es kann sich schließlich nur noch um Stunden handeln.«

»Ja, klar!«, meint Val lachend.

Ich zücke mein Portemonnaie und reiche ihr eine Zwanzig-Pfund-Note. Oxana und sie verlassen den Laden.

»Du erlaubst?«, frage ich und drängle mich vor. »Hier müsste schon etwas für mich bereitliegen.«

»Dieser Jerseystoff mit dem Fuchsprint?«, fragt die Kassiererin.

»Genau der!«

Ella sieht mich erstaunt an. »Was willst du denn mit dem?«

»Na ja, Val fand den so cool, und Oxy und ich dachten, wir nähen ihr diesen Schal. Schließlich hat sie uns hergefahren und …« Weiter komme ich nicht, denn da umarmt Ella mich überraschend und drückt mir einen dicken Schmatzer auf die Wange.

»Du bist so süß! Da freut sie sich bestimmt!« Sie löst sich und hält mich auf Armlänge von sich entfernt fest. »Außerdem muss an dieser Stelle mal gesagt sein: Du bist ein wirklich raffiniertes, kleines Biest.«

»Wieso?«

»Oh, ich arme, kleine, schwache Libby, ich verdurste«, meint sie und legt theatralisch den Rücken ihrer linken Hand an die Stirn.

»Ach, das … Ja, irgendwie musste ich Val doch aus dem Laden bekommen, damit sie es nicht mitkriegt.«

»Starke Nummer! Du hast es echt faustdick hinter den Ohren, dabei wirkst du auf den ersten Blick so niedlich und unschuldig.«

»Das macht dann einhundertsiebenundvierzig Pfund und neununddreißig Cent«, unterbricht die Kassiererin meinen Widerspruch, zu dem ich bereits den Mund geöffnet habe.

Artig zahle ich und falle dann fast vom Hocker, als ich die Summe sehe, die sie keine zehn Minuten später Ella nennt.

»Da muss ein Irrtum vorliegen«, schalte ich mich ein, als Ella ihre Karte in das Gerät stecken will. »Sie müssen sich vertippt haben.«

»Nee, das stimmt schon«, sagt Ella beschwichtigend.

»Was? Nein, das kann unmöglich stimmen.«

»Doch, doch … Ich habe mir die hier gekauft.« Sie deutet auf einen großen Karton, in dem sich augenscheinlich eine Nähmaschine befindet. »Die kostet knapp elftausend, also …« Ella zuckt mit den Schultern, zahlt, und erst als wir uns auf den Weg nach draußen begeben, finde ich meine Stimme wieder.

»Okay, und wer zahlt das alles?«

»Henri.«

»Henri? Ist das dein Freund?«

Ella beginnt zu kichern. »Nein, Henri ist mein älterer Bruder. Nächste Woche lernst du ihn kennen. Er kommt für ein paar Tage nach Plymouth.«

»Du hast einen Bruder?«

»Offensichtlich! Und ebenso offensichtlich hast du mich nicht gegoogelt.«

»Himmel! Nein!«

»Gerade«, sagt Ella und wirft mir einen bedeutungsschweren Blick zu, »mag ich dich noch ein Stück mehr als ohnehin schon. Und daher möchte ich dich auch vor meinem Bruder warnen: So lieb ich ihn habe, er ist ein wirklich übler Casanova, also lass dich nicht von seinem französischen Charme einlullen.«

»Mich? Warum ausgerechnet mich?«, quieke ich erschrocken.

»Na ja, hast du eben auf dem Parkplatz nicht noch gesagt, dass du gegen ein kleines Abenteuer nichts einzuwenden hättest?«

»Ja, aber das bezog sich doch nicht auf Männer, sondern bloß auf Vals Kommentar wegen der abenteuerlichen Herfahrt.«

»Oh«, meint Ella lachend. »Und ich dachte, du wärst auf der Suche nach einem Kerl.«

»Nein, ich bin nicht auf der Suche«, sage ich hastig.

Vermutlich zu schnell, denn Ella horcht auf. »Schon fündig geworden?«

»Was? Nein!« Allerdings erröte ich so heftig, dass mein eilig hervorgebrachter Widerspruch vermutlich nicht wirklich glaubhaft wirkt. Daher schiebe ich ein »Es ist kompliziert!« hinterher und hoffe, dass Ella sich damit zufriedengibt.

Allem Anschein nach stoße ich auf Verständnis, denn sie nickt wissend und sagt: »Männer! Man kann nicht mit ihnen, aber auch nicht ohne sie.«

Mit einem Stoßseufzer stimme ich ihr zu.

»Das war das Paradies«, befindet Ella mit leuchtenden Augen, als wir kurz darauf unsere Einkäufe im Kofferraum untergebracht haben und Richtung Plymouth fahren.

»Ja, das war es, bis du es leer geräumt hast!«, scherzt Oxana kopfschüttelnd.

»Eine von uns musste ja für Umsatz sorgen«, kontert Ella. »Die Mitarbeiterinnen wollen schließlich bezahlt werden.«

Lachend erwidert Oxy: »Weißt du was? So habe ich das noch nie gesehen.«

»Sagt mal, habt ihr auch Hunger?«, fragt Ella.

»Ja! Ganz schrecklich!«, sage ich mit meiner besten Kleinmädchenstimme. Ich sehe Ella aus unschuldigen, großen Augen an. Ihre Mundwinkel zucken, doch es gelingt ihr, nicht zu lachen. »Und ihr?«, wendet sie sich an unsere anderen beiden Mitbewohnerinnen.

»Ach, ich könnte schon was vertragen«, sagt Val, und auch Oxana nickt zögerlich.

»Super! Dann betrachtet euch als eingeladen!«

»Wow! Danke!«, sage ich überrascht.

»Ja, vielen Dank! Ich kenne übrigens ein cooles Restaurant in der Nähe von Exeter, wenn ihr wollt, können wir dorthin fahren«, schlägt Val vor.

»Wunderbar, dann nichts wie hin! Ich sterbe, wenn ich nicht bald etwas zu essen bekomme!«

»So schnell verhungert man nicht«, meint Oxana und tätschelt ihr tröstend den Arm. »Danke übrigens auch von mir für die Einladung zum Essen. Nachher nicht kochen zu müssen ist echter Luxus.«

»Der echte Luxus«, sagt Ella und spricht mir aus der Seele, »der seid ihr. Ich bin wirklich froh, dass wir uns kennengelernt haben, und ich hatte schon lange nicht mehr so viel Spaß wie heute.«

6

Jasper

»Tick Tick Boom« von The Hives dröhnt aus den Boxen des Clubs und hebt meine angeschlagene Stimmung etwas. Seit knapp eineinhalb Wochen habe ich Libby nicht zu Gesicht bekommen.

»Lass uns da rübergehen!«, sagt Ian, der sich neben mir den Weg durchs Getümmel bahnt und sich dabei fleißig Notizen auf seinem Klemmbrett macht.

Von mir aus, denke ich und ergebe mich in mein Schicksal. Dieser Abend kann unmöglich schlimmer werden, als er ohnehin schon ist. Eigentlich kann die ganze verfluchte Woche nicht schlimmer werden. Seit Tagen habe ich Libby nicht im College gesehen. Einen Rückfall hatte sie nicht, denn von Alicia weiß ich, dass sie Libby die Probezeit gewährt hat, zu der ich ihr geraten habe, und auch, dass Libby sich bisher wacker schlägt. Zumindest fand Alicia die Umsetzung des Kleides, das Libby im Tutorenkurs skizziert hat, handwerklich gut. Begeisterter war sie jedoch von Libbys Überarbeitung ihrer ursprünglichen Skizze. Was Bildbearbeitung und den Umgang mit den entsprechenden Programmen angeht, ist sie den meisten ihrer Kommilitonen deutlich voraus. Vermutlich, weil sie sich in ihrer Zeit als Fashionbloggerin eingehend damit beschäftigt hat.

Sosehr ich mich auch für Libby freue, dass sie bei Alicia einen guten Eindruck hinterlassen hat, so sehr ärgere ich mich darüber, dass sie mir gezielt aus dem Weg geht. Das zumindest ist der Schluss, zu dem ich irgendwann gekommen bin und der mir so gar nicht gefällt. Ich muss mich mit ihr aussprechen. Seit ich weiß, dass sie noch immer hier ist, steht meine Welt kopf, und ich bin zu keinem klaren Gedanken fähig. Es ist frustrierend.

Ein gequälter Seufzer kommt über meine Lippen.

»Stell dich nicht so an, Jazz!«, rügt Ian mich. Er muss beinahe brüllen, damit ich ihn verstehe. »Dafür gibt es keinen Grund.«

Ich werfe ihm einen übellaunigen Blick zu, der sehr deutlich besagt, dass er mich mal kann. Ich will heute nicht hier sein. Die Halloweenparty zu sponsern, war schließlich nicht meine Idee, sondern seine. Alicia wollte mich bloß als Juror, doch als Ian es mitbekommen hat, musste er sich natürlich einmischen und das Ganze zu seinem Ding machen. Er nennt es »Nachwuchsförderung«, aber eigentlich geht es ihm bloß ums Image.

Vermutlich sollte ich stolz auf ihn sein, weil er diese bombastische Party auf die Beine gestellt hat und alles so gut läuft, aber ich werde das nagende Gefühl der Unzufriedenheit einfach nicht los.

Wenigstens, tröste ich mich, *ist die Musik super.* Ich habe eine Schwäche für Old School Rock. Allerdings macht der das ganze unsinnige Theater hier auch nur bedingt besser, wie ich finde.

Im nächsten Moment taucht wie aus dem Nichts ein Mädchen vor mir auf und wirft sich in meine Arme.

»Jasper!«, quietscht sie euphorisch. »Wie findest du mein Kostüm?«

Mein Blick wandert über ihre langen, schlanken Beine, über den engen Bleistiftrock, hinauf zu der weißen, weit aufgeknöpften Bluse, zu der sie ein rotes Halstuch trägt, das perfekt zu ihrem knallroten Lippenstift passt.

»Der Rock steht dir gut, Rachel.«

»Rochelle«, verbessert sie mich.

Man könnte meinen, dass sie angesichts der Namensverwechslung ernsthaft sauer wäre – schließlich lief da zu Beginn des Semesters mal was zwischen uns –, doch sie nimmt meinen Fauxpas gelassen hin. Genau genommen scheint es ihr sogar völlig gleichgültig zu sein, dass ich ihren Namen vergessen habe.

Sie lehnt sich an mich und wispert mir ins Ohr: »Ich bin eine wirklich, wirklich unartige Stewardess.«

»Du bist eine Stewardess?«, frage ich mit hochgezogener Augenbraue, denn das ist nicht klar ersichtlich. Sie könnte auch eine Sekretärin sein.

»Natürlich bin ich das. Hast du denn nicht meine Flugzeugbrosche gesehen?« Sie deutet auf das Schmuckstück, das sich oberhalb ihrer linken Brust befindet.

»Okay, du bist also eine Stewardess«, murmle ich und mache mir eine Notiz auf dem Klemmbrett. »Willst du gar nicht mitschreiben?«, frage ich Ian, woraufhin er mir bloß einen vielsagenden Blick zuwirft.

Mit Rochelles Gewinnchancen steht es allem Anschein nach nicht zum Besten.

»Unartige Stewardess«, korrigiert sie mich, ohne Ian auch nur eines Blicks zu würdigen. »Ich trage nämlich rein gar nichts drunter. Vielleicht magst du ja dieses Mal einen Blick auf meine Landebahn werfen.«

»Ist das ein Bestechungsversuch des Jurors?«, hake ich nach und zwinkere ihr zu.

»Was? Nein, natürlich nicht! Außer du willst es.« Ihre Hand wandert in Richtung meines Hosenbundes. Ich lege meine darauf, verhindere, dass sie an ihrem Ziel angelangt. Im Moment habe ich wirklich keinen Bedarf.

»Wirklich sehr, sehr unartig«, bescheinige ich ihr, was ihr ein breites Grinsen entlockt.

Ian räuspert sich. »Komm schon, Jazz, wir sind nicht zum Vergnügen hier. Es gibt noch viel zu tun.«

Die Stewardess verzieht ihre Lippen schmollend zu einer Schnute.

»Sorry«, meine ich bedauernd. »Die Arbeit ruft.«

»Fuck, Jazz«, rügt Ian mich, als Rochelle hüftschwingend Richtung Bar davonstolziert. »Kannst du den Scheiß mal lassen? Du bist heute als Juror hier. Wenn du mit einer der Teilnehmerinnen schläfst, dann …«

»Ich habe nicht mit ihr geschlafen. Ich gebe zu, dass ich es vorhatte, aber mehr als ein wenig Knutschen und Fummeln war da letztendlich nicht.«

Wir setzen uns in Bewegung.

»Warum nicht? Sie schien ja eben ganz scharf darauf, dir ihre ›Landebahn‹ …« Er untermalt das Wort, indem er es mit den Fingern in Anführungszeichen setzt. »… zu zeigen.«

»Das mit dem Flüstern muss sie wohl noch üben, was?«

»Kannst du ihr ja sagen, wenn du nachher auf ihr Angebot zurückkommst«, meint er grimmig.

»Ehrlich gesagt, habe ich das nicht vor.«

»Küsst sie so schlecht?«

»Nein! Es … ach, keine Ahnung.«

Ian bleibt stehen. »Vergiss Libby endlich. Ich weiß, dass du seit dieser Begegnung mit ihr total neben der Spur bist, aber …«

Ich presse meine Kiefer aufeinander. Das schlechte Gewissen nagt an mir, weil ich Ian verschwiegen habe, dass ich Libby erneut gesehen habe und sie nun hier studiert.

»Mit ihr hat das nichts zu tun«, behaupte ich und laufe wieder los. »Ich hatte bloß eine Inspiration, während ich mit Rochelle rumgemacht habe.«

»Sprichwörtlich von der Muse geküsst worden?«

Ich nicke, auch wenn Rochelle keineswegs eine inspirierende Wirkung auf mich hatte. Sie aufzureißen war eher ein Akt der Verzweiflung. Mir ging es darum, Libby aus meinem System zu bekommen. Etwas mehr als drei Wochen waren damals seit unserem Wiedersehen am Hafen vergangen, und ich dachte, dass Rochelle mich vielleicht auf andere Gedanken bringen könnte. Mein Plan scheiterte kläglich, denn unverschämterweise schlich sich Libby dauernd in meinen Kopf. Anfangs fand ich das nicht tragisch. Es wäre nicht das erste Mal gewesen, dass ich Sex habe und dabei an sie denke. Wenn ich ehrlich bin, ist das sogar die Regel und nicht die Ausnahme, aber in jener Nacht war es anders. Ich konnte mir nicht vorstellen, dass Rochelles Lippen Libbys Lippen sind, dass sie es ist, die mich küsst und berührt. Denn Libby verwandelte meinen Kopf in ihren ganz persönlichen Arbeitsbereich. Ständig turnte sie mit irgendwelchen aufregenden Kreationen durch meine Gedanken – eine aufwendiger und eindrucksvoller als die andere –, um meine Aufmerksamkeit zu erlangen. Und was soll ich sagen? Es funktionierte wunderbar. Sosehr ich mich auch bemühte, mich auf Rochelle zu konzentrieren, es wollte mir nicht gelingen, und daher warf ich nach einer Weile das Handtuch, fuhr nach Hause und arbeitete die halbe Nacht durch. Immer Libby, ihre Stimme und ihren Geruch im Hinterkopf. Sie ist für mich die pure Inspiration, und das Kleid, das ich in dieser Nacht entworfen habe, ist eines der besten, die ich jemals designt habe.

»Der Club ist echt cool!«, befindet Ian.

»Absolut!«

Riesige dunkelbraune Chesterfieldsofas aus Leder, vor denen niedrige Tische im Industriallook stehen, laden zum Sitzen ein. Allerdings eignen sich die wenigsten Kostüme dafür, sodass das Ganze eher eine Stehparty ist. Ungefähr die Hälfte der Wettbewerbsteilnehmer haben wir uns inzwischen angesehen und bewertet. Die Studenten brennen darauf zu erfahren, wer der Sieger dieser Veranstaltung wird. Bisher habe ich allerdings noch keinen Favoriten. Bei vielen Kreationen wurde das Potenzial nicht komplett ausgeschöpft, andere sind einfach bloß ein Griff ins Klo. Nichts, das ich bisher begutachtet habe, haut mich vom Hocker. Dass die Teilnehmer sich stellenweise so wenig Mühe gegeben haben, nervt mich. Was meine Stimmung jedoch wirklich runterzieht, ist der Umstand, dass ich Libby bisher nicht in der Menge entdecken konnte.

»Hier, die da drüben, die Schwarze Königin und ihre Entourage, haben wir uns noch nicht angesehen«, sagt Ian und deutet auf eine Gruppe Kostümierter, die es sich gerade auf einem der XXL-Ledersofas gemütlich machen.

Seite an Seite bahnen Ian und ich uns den Weg durch die Menge. Direkt neben der Schwarzen Königin mit ihren gigantischen Dämonenhörnern sitzt eine Zombiebraut, die in der Tat furchterregend aussieht, und … ich stocke in der Bewegung … Libby.

Mein Herzschlag schnellt in die Höhe, bewirkt, dass eine nervöse Unruhe von mir Besitz ergreift und ich kaum noch dazu in der Lage bin, einen klaren Gedanken zu fassen. Sie beugt sich zu der Rothaarigen, die neben ihr sitzt, und sagt etwas zu ihr.

Der Rotschopf ist unverkleidet. Zumindest hoffe ich das

für sie, denn eine Kamera und ein T-Shirt mit dem Aufdruck *Paparazzo* sind nicht gerade preisverdächtig. Libbys Outfit hingegen ist allein durch seine auffälligen Farben ein Eyecatcher. Es ist ein Kleid mit einem Rock, der aus Unmengen rotem, gelbem und orangenem Tüll zu bestehen scheint, während Libby obenrum verdammt viel Haut zeigt. Dort bedecken schmale Stoffbahnen nur das Nötigste.

Ehe ich erkennen kann, was genau ihr Kostüm darstellen soll, erhebt sie sich und verschwindet in Richtung Bar. Der Drang, ihr nachzulaufen und mit ihr zu sprechen, wird übermächtig. Gerade will ich ihr folgen, als Ians Finger sich plötzlich um mein Handgelenk schließen. Er hält mich zurück. Verärgert drehe ich mich zu ihm herum.

»Fuck, weißt du, wer das ist?« Er nickt in Richtung der Truppe, die wir zuvor angesteuert haben. Seine Stimme überschlägt sich fast vor Aufregung. »Emmanuelle Chevallier!«

»Emmanuelle Chevallier? Sicher?« Soviel ich weiß, studiert sie Modedesign an der École de la Chambre Syndicale de la Couture in Paris, um danach als Juniorchefin bei French Chic einzusteigen. Das zumindest stand erst kürzlich in einem Artikel über sie.

»Hundertprozentig. Ich habe mich mal lange mit ihr auf einer der After-Show-Partys unterhalten. Eine wirklich interessante Frau.«

»Na, dann steht die Siegerin ja fest«, murre ich – anscheinend jedoch nicht laut genug, denn Ian fragt: »Hast du was gesagt?«

»Nein«, brumme ich gedankenverloren, da inzwischen »Sweet Emotion« von Aerosmith aus den Lautsprechern ertönt. Ich liebe diese Nummer in diesem Moment noch einen Tick mehr als ohnehin schon. Sie passt so verdammt gut zu Ians und meiner Situation. All diese Spannungen zwischen uns, diese ewigen Streitereien und was aus uns geworden ist… Der Song spiegelt exakt die Stimmung wider, in der ich mich seit einem guten halben Jahr befinde.

»Gut! Es wäre nämlich schön, wenn du es schaffst, dich in der Gegenwart von Emmanuelle Chevallier zu benehmen. Bekommst du das hin?«

»Ich werde mir Mühe geben!«, knurre ich mit zu Schlitzen verengten Augen. Wenn man ihn so reden hört, könnte man meinen, ich sei nicht gesellschaftsfähig.

Vielleicht bin ich das auch wirklich nicht, denn als wir endlich bei der Gruppe ankommen, haut das detailverliebte Kostüm der Französin mich so um, dass ich völlig neben mir stehe. Ich weiß gar nicht, wo ich zuerst hinschauen soll. Bei unserer Ankunft haben sich die drei Frauen erhoben, und ich kann es besser begutachten. Die Robe besteht aus einem Rock mit zahlreichen Volants – ein gutes Dutzend dürften es sein – sowie einer Korsage, die für eine sanduhrförmige Silhouette sorgt und ihre Brüste beeindruckend gut zur Geltung bringt.

»Mademoiselle Chevallier«, begrüßt Ian sie. »Wie schön, Sie wiederzusehen. Ian Corbin, vielleicht erinnern Sie sich an mich. Wir haben uns…«

»Natürlich erinnere ich mich an Sie, Ian!«, meint die Schwarze Königin und lächelt erfreut.

So also kann eine Halloweenverkleidung aussehen, wenn man nahezu unbegrenzte Mittel zur Verfügung hat, denke ich, während ich das hochwertige Kostüm der French-Chic-Erbin näher inspiziere. Ein aus Federn und Spitze bestehender elisabethanischer Stehkragen zieht mein Augenmerk auf sich, allerdings kann er mich nicht fesseln, denn der opulente Kopfschmuck schreit nach Beachtung. Schon von Weitem haben mich diese gewaltigen gewundenen Hörner fasziniert, doch aus der Nähe…

»Es tut mir leid, euch an dieser Stelle zu unterbrechen, aber ich muss diese Frage einfach stellen. Die sind ja riesig! Sind die echt?«, platzt es aus mir heraus.

Für einen Moment ist es, als wäre es trotz der lauten Musik totenstill. Ian sieht mich fassungslos an, während die Französin verwirrt blinzelt.

Was zur Hölle?, denke ich, als sie schallend anfängt zu lachen. Wie auf Kommando fallen die anderen in ihr Gelächter mit ein, während ich mich frage, was so verdammt lustig ist, und mich kurz in beide Richtungen umdrehe, was bloß noch zu mehr Heiterkeitsausbrüchen führt.

»Was ist hier los?«, erkundigt sich plötzlich ein Typ mit blonden Locken, der nur ein paar Jahre älter sein dürfte als Ian und ich.

Das ist eine gute Frage!

»Er …«, japst die Französin wild kichernd und deutet auf mich. »… hat mich gefragt, ob …« Der Satz geht in einem erneuten Lachanfall unter.

Ihre beiden Begleiterinnen krümmen sich vor Lachen, während Ian kopfschüttelnd das Gesicht in der rechten Hand verbirgt.

Ratlos sehen der Neuankömmling und ich uns an. Es dauert fast noch eine geschlagene Minute, bevor sich die Französin so weit beruhigt hat, dass sie wieder dazu in der Lage ist zu sprechen.

»Also er hat gefragt, ob meine Riesendinger echt sind.« Sofort fängt sie wieder an zu giggeln, während ihr Freund sich ruckartig zu mir umdreht und die rechte Faust ballt.

Es dauert ein, zwei Herzschläge lang, bis ich realisiere, was genau ich da gesagt habe. Fuck! Kein Wunder, dass der Typ aussieht, als würde er mich am liebsten in Stücke reißen.

Abwehrend hebe ich die Hände und würge ein »Die Hörner!« hervor. »Ich wollte wissen, ob die verdammten Hörner echt sind. Ich meine, wenn die echt sind, dann sind die doch irre schwer … also nicht, dass ich glaube, dass du Hörner hättest, das wäre ja verrückt. Es geht ums Material«, stammle ich und komme mir wie der weltgrößte Trottel vor.

Ian neben mir räuspert sich vernehmlich und unterdrückt mit Mühe und Not ein Kichern, als er mich der Gruppe vorstellt. »Und das hier ist mein Geschäftspartner Jasper Chase. Er weiß, wie man einen unvergesslichen ersten Eindruck hinterlässt.«

Ich presse die Lippen aufeinander und schlucke kommentarlos seine Spitze. Das habe ich mir wohl verdient.

»Ich bin die Königin der Nacht«, stellt die Französin sich vor und reicht mir die Hand. »Aber du darfst mich Ella nennen.« Sie zwinkert mir zu.

»Jazz.« Ich ergreife die ausgestreckte Hand. »Schön, dass du dich auf meine Kosten so prächtig amüsieren konntest. Dieses Missverständnis tut mir wahnsinnig leid.«

Noch immer habe ich an meinem Fauxpas zu knabbern. Zum Glück scheint Ian eher belustigt, als sauer auf mich zu sein. Zwischenzeitlich sah er ja echt aus, als wollte er mich nach Sibirien verbannen oder sonst wohin, wo ich keinen Schaden anrichten kann.

»Das hier«, Ella deutet auf ihren Begleiter, »ist mein Bruder Henri, und die beiden sind meine großartigen Mitbewohnerinnen Oxana und Valerie.«

»Schön, euch kennenzulernen«, sagt Ian. Ich nicke zustimmend. »So, dann wollen wir mal eure Kostüme begutachten.« Er hebt sein Klemmbrett. »Emmanuelle Chevallier, Nummer …« Sie hält eine Plakette mit der Zahl 17 hoch. »Siebzehn«, notiert er, und ich tue es ihm gleich. »Königin der Nacht«, murmelt er, hebt den Blick und mustert das Kostüm eingehend. »Wirklich sehr beeindruckend, und damit meine ich nicht bloß die Hörner.«

Ella lächelt selig.

»Um auf die noch mal zurückzukommen ...«, beginne ich.

»Ja, Riesendinger, ich weiß«, unterbricht sie mich mit einem frechen Zwinkern und erntet prompt erneut allgemeines Gelächter. »Du kannst sie gerne anfassen.«

Das wiederum lasse ich mir nicht zweimal sagen, denn meine Faszination ist – auch wenn diese Dinger mir fast zum Verhängnis geworden wären – noch immer ungebrochen.

Ich trete an Ella heran, hebe die Hand und berühre die Spitze, woraufhin sie ein »Au!« ausstößt, meinen Blick sucht und sagt: »Vorsicht! Diese Riesendinger sind echt empfindlich.«

»So witzig«, meine ich lakonisch und versuche, mich damit abzufinden, dass ich den Mist nie wieder loswerde.

»Es ist eine ultraleichte Modelliermasse«, klärt sie mich auf, als ich das Horn erneut betaste.

»Wirklich cool! Es sieht ziemlich echt aus.«

Ian und ich begutachten den Rest des Kostüms und widmen uns dann der Zombiebraut. Krass auffällig sind ihr superblondes Haar und der gerade Pony. Sie ist sicherlich ein Exmodel oder so: groß, schlank, perfekte Haltung und ein wirklich schönes Gesicht. Sehr klassisch. An ihrer Schönheit können auch das Kunstblut und die dunklen Augenringe, die den Untotenlook perfekt machen, nichts ändern. Das Make-up ist beeindruckend. Richtig aufwendig.

»Oxana Petrowa«, sagt sie. »Nummer sechzehn.«

»Wir kennen uns aus dem Tutorenkurs, richtig?« Ich betrachte sie eingehender. Das Make-up ist klasse. »Hast du dich selbst geschminkt?«

»Nein«, erwidert Oxana, »dank Ella hatten wir eine Visagistin, die uns das Make-up und die Haare gemacht hat.«

»Das sieht echt verdammt gut aus.« Ich begutachte die Platzwunde an ihrer Stirn genauer. »Ziemlich realistisch. Wirklich fantastisch!«

Mein Blick schweift über das Brautkleid. A-Linie, ärmellos ... Das Oberteil mit dem Bootausschnitt sitzt perfekt. Es ist schlicht, klassisch, elegant ... Der komplette Gegensatz zu Ellas Robe, die an Opulenz kaum zu überbieten ist. Ich besehe mir die Schleppe, entdecke die eingesetzte Spitze am Rücken, wo sich auch unzählige kleine Knöpfe befinden. Es ist ein Meisterwerk.

»Ist das Kleid nicht großartig?«, staunt Ian.

Ja, großartig, und im Unterschied zum Kostüm ihrer Freundin, bei dem das Material ein Vermögen gekostet haben muss, zeigt sich hier, dass man auch mit wenigen Mitteln etwas Extravagantes kreieren kann.

»Du hast recht, Ian, handwerklich ist es top«, murmle ich. Absolut ausgereift. Da versteht jemand etwas vom Schneidern. Oxana macht das Ganze nicht erst seit gestern. So eine anspruchsvolle Kreation kann nur jemand mit viel praktischer Erfahrung umsetzen. Sie ist definitiv keine Studienanfängerin. »Wo hast du das gelernt?«, will ich von ihr wissen.

Ian ist scheinbar weniger an diesen Hintergrundinfos interessiert. Er verabschiedet sich kurz und wendet sich der Rothaarigen zu.

Oxana legt mir ihren beruflichen Werdegang dar, und ich ziehe den Hut vor ihr. Wenn man es weiß, dann sieht man die Einflüsse der unterschiedlichen Lehrer, die sie bisher hatte. Aus dem, was man lernt, etwas Eigenes, etwas Unverkennbares zu machen, ist allerdings die wahre Kunst.

»Tat es weh?«, frage ich Oxana.

»Was genau?«

»Das Kleid für die Zombiebraut zu zerstören, tat das weh? Ich meine, es war wirklich perfekt.«

Ein wehmütiges Lächeln legt sich auf ihre Lippen. »Sehr sogar.«

»Ja, das denke ich mir.« Selbst mein Herz blutet bei diesem Anblick. Etwas so Schönes zu vernichten, muss geschmerzt haben. Ich weiß nicht, ob ich dazu im Stande gewesen wäre.

Ella räuspert sich. *Die Bienenkönigin giert nach Aufmerksamkeit*, denke ich, sehe jedoch dann, dass ich ihr unrecht tue. Sie macht Oxana lediglich auf eine Szene aufmerksam, die sich an der Bar abspielt.

Der Typ hinter dem Tresen bandelt mit Libby an. Seinem Zahnpastalächeln nach zu urteilen, amüsiert er sich prächtig. Die Eifersucht brandet heftig durch mich hindurch, droht meine Eingeweide wegzuätzen… Libby mit einem anderen Kerl flirten zu sehen, ist entsetzlich.

Ich schüttle das Gefühl ab, geselle mich zu Ian und Miss Paparazzo.

»Ich nehme nicht am Wettbewerb teil«, höre ich sie sagen. Sie zuckt mit den Schultern, ehe sie sich eine ihrer roten Locken hinters Ohr streicht.

»Verrätst du mir trotzdem deinen vollen Namen?«

Ich beobachte das Schauspiel interessiert. Früher war Ian ein Aufreißer sondergleichen. Er war so wie ich jetzt. Ich hingegen war damals immer auf der Suche nach etwas Festem. Und nun… Wenn überhaupt, lief seit der Gründung von On Fleek nicht mehr viel. Ian arbeitet wie besessen, versucht, die Firma voranzutreiben, noch erfolgreicher zu werden… Er sagt immer, dass da kein Platz für eine Frau ist. Irgendwie kommt mir das verdächtig bekannt vor, und doch frage ich mich, ob er den Rotschopf nicht gerade anbaggert.

Freuen würde es mich ja für ihn. Vielleicht würde eine Frau den alten Ian wieder zum Vorschein bringen, den ich so vermisse.

»Valerie Zimmermann.«

»Aus Deutschland?«

»Hört man das?«

Ian hält Daumen und Zeigefinger ein Stück auseinander. »Ein wenig. Und du bist Journalistin?« Er deutet auf ihr Paparazzo-T-Shirt.

Valerie schüttelt den Kopf. »Ich will Modefotografin werden und bin für ein Auslandssemester hier.«

»Hast du ein paar Bilder geschossen?«

»Ja, klar. Deshalb bin ich ja hergekommen«, meint sie.

Er zückt seine Karte und reicht sie ihr. »Schick mir mal eine Übersicht. Vielleicht ist ja was dabei, das wir für die Webseite gebrauchen können. Wir bezahlen natürlich auch.« Er grinst sie an und wendet sich dann überraschend mir zu. Mir war gar nicht bewusst, dass er bemerkt hat, wie ich näher gekommen bin. »Und? Hast du genug mit Miss Petrowa geflirtet?«

Auch wenn ich nicht geflirtet habe, nicke ich lediglich, denn meine Aufmerksamkeit gilt Libby, die immer noch auf einem Barhocker sitzt und nach wie vor von dem Kerl angegraben wird.

»Ich brauche einen Drink«, behaupte ich Ian gegenüber, denn das Schauspiel will ich mir keine Sekunde länger mit ansehen. »Soll ich dir was mitbringen?«

»Noch bin ich im Dienst, aber später stoßen wir an«, meint er und lässt mich ziehen.

Ohne Rücksicht auf Verluste bahne ich mir den Weg durch die Menge. »Hey!«, quatsche ich, kaum an der Bar angekommen, den Barkeeper an. Er ist ein blonder hochgewachsener

Schönling in meinem Alter. »Sorry, wenn ich kurz unterbreche. Mein Partner …« Ich deute einmal quer durch den Raum zu Ian, der inzwischen mit Alicia zusammensteht. »… und Miss King bräuchten etwas zu trinken. Wasser wäre toll. Wir sind schließlich noch im Dienst.«

»Du bist einer der Juroren, richtig? Dieser berühmte Modedesigner aus London.«

Ich strecke ihm die Hand hin. »Jasper Chase.«

Er ergreift sie, droht, sie zu zerquetschen. Er ist einer dieser Alpha-Typen, bei denen der freundschaftliche Händedruck in einen Ringkampf ausartet.

Ich drücke zurück, denn so bin ich auch.

Er grinst. »Phoenix Manning. Der Club gehört meinem Bruder Everett und mir.«

»Perfekt, dann kannst du ja sicherlich dafür sorgen, dass Miss King nicht verdurstet.« Ohne eine Antwort abzuwarten und voller Elan drehe ich mich zu Libby um. »Und dich …« Ich werfe einen Blick auf mein Klemmbrett. »… hatte ich noch nicht.« Ich blicke auf und sehe sie an.

»Sicher?«, fragt sie mit hochgezogener Augenbraue. »Vielleicht kannst du dich auch bloß nicht daran erinnern.« Sie sieht mich abwartend an.

Noch einmal schaue ich auf mein Klemmbrett. »Nein, für deine Nummer …« Ich deute auf die Plakette, die sie gut sichtbar an ihrem Handgelenk angebracht hat. »… habe ich noch keine Eintragung. Können wir wohin gehen, wo das Licht besser ist?«

»Klar«, meint sie und gleitet vom Barhocker, ehe ich ihr die Hand reichen kann, um ihr hinunterzuhelfen. »Wo willst du hin?«

Da der Clubbesitzer nicht mehr hinter dem Tresen steht und dort das Licht am besten ist, sage ich: »Komm mit!« Ich greife nach Libbys Hand, ziehe sie ein Stück mit mir, doch ich bin noch keine zwei Meter weit gekommen, da bleibt sie abrupt stehen und reißt sich los.

»Behalt deine Finger bei dir!«, knurrt sie, als ich mich zu ihr umdrehe. Ihre Augen sprühen Funken. »Nur weil du Juror bist, gibt dir das nicht das Recht, mich zu betatschen, Jasper!« Sie spricht meinen Namen auf die gleiche Art aus wie Ian den dieser Stadt. In ihrer Stimme schwingt Abscheu mit, gepaart mit Verachtung. Ihre offensichtlich zur Schau gestellte Feindseligkeit trifft mich hart.

Was zur Hölle ist plötzlich in sie gefahren?, denke ich perplex. In einem Moment zeichnen wir noch Kapuzenkleider und ich gebe ihr Tipps, wie sie mit Alicia fertigwird, und im nächsten behandelt sie mich, als sei ich der größte Mistkerl, der ihr jemals untergekommen ist.

»Hey«, sage ich, trete einen Schritt zurück und hebe abwehrend die Hände, »ich muss es mir nicht anschauen!«

Möglicherweise klinge ich gekränkt, aber scheiß drauf. Dann ist das so. Ich kann nicht permanent so tun, als würde Libby mir nicht unter die Haut gehen, als würde ihr abweisendes Verhalten mich nicht verletzen.

Sie schließt die Augen, atmet einmal tief durch, und als sie mich wieder anschaut, ist die Wut verpufft, und stattdessen sieht Libby einfach nur unendlich müde und traurig aus. Mit einem Mal ist mein Hals wie zugeschnürt. Ich bin dazu gezwungen, den Kloß, der sich bei ihrem mitgenommenen Anblick gebildet hat, hinunterzuwürgen oder daran zu ersticken. Unsere Blicke verhaken sich ineinander, und der unglückliche Ausdruck in Libbys Augen reißt an meiner Fassade. Er berührt mich auf eine Weise, die es mir unmöglich macht, noch länger zu warten. Ich muss mit ihr reden. Jetzt. Ich will ihr von all den widersprüchlichen Gefühlen, die in mir toben, erzählen und … Nein, eigentlich will ich sie einfach nur küssen – wieder und wieder und wieder.

»Entschuldige! Ich wollte nicht unhöflich sein. Es wäre toll, wenn du dir mein Kostüm anschaust. Keine Ahnung, ob du dich erinnerst. Ich war in deinem Tutorenkurs und habe dir erzählt, dass ich wegen der Grippe, die ich mir eingefangen hatte, so viel von Miss Kings Kurs verpasst habe …«

»Ja, und auch, dass du sie davon überzeugen musst, dass du im Kurs bleiben darfst. Natürlich erinnere ich mich. Soviel ich weiß, ist dir das auch gelungen.«

»Na ja, nicht wirklich. Ich bin bloß auf Bewährung dabei.« Sie seufzt enttäuscht. Ich widerstehe der Versuchung, ihr zu sagen, dass diese Probezeit überhaupt nur dank meiner Fürsprache zustande kam und sie somit eigentlich einen Sieg errungen hat. »Es wäre also wirklich toll, wenn du dir mein Kostüm ansehen würdest.« Sie sieht flehend zu mir auf.

»Wie könnte ich da Nein sagen? Komm mit!«

Hinter dem breiten hölzernen Tresen angekommen, drehe ich mich zu Libby um und frage: »Darf ich?«

Als sie nickt, gehe ich in die Hocke und ziehe die vielen Tüllbahnen, aus denen der Rock besteht, auseinander. Vorne ist der Rock kurz. Er geht Libby bloß bis zur Mitte ihrer Oberschenkel. Ob diese sich noch immer so weich und seidig unter meinen Fingerkuppen anfühlen würden? Ich widerstehe dem Drang, es herauszufinden, konzentriere mich auf meine Arbeit.

»Muss das hier sein?«, unterbricht mich der Inhaber dabei. Verdammt, der hat mir gerade noch gefehlt.

»Ja, das muss sein. Hier ist das Licht nun mal am besten«, erwidere ich, doch der blonde Sonnyboy hört mir gar nicht mehr zu. Seine ganze Aufmerksamkeit gilt Libby. Er stößt einen schrillen, anerkennenden Pfiff aus.

»Noch ein Phönix im Raum. Was für eine nette Überraschung!«

Ich blicke auf und sehe, dass Libby gerade dabei ist, sich eine Halbmaske mit Vogelschnabel aufzusetzen.

»Brauchst du Hilfe?« Sie nickt, woraufhin er hinter sie tritt und die Bänder der Maske miteinander verknotet. »Gut so?«

»Perfekt!«, befindet sie.

»Kann ich sonst noch was für dich tun? Irgendwas?« Seine Frage, die kaum zweideutiger klingen könnte, bringt sie zum Lächeln.

»Danke, im Moment nicht, Phoenix.«

»Nenn mich ruhig Fawkes, das machen alle.«

»Fawkes? Wie der Phönix aus *Harry Potter*?«, hakt sie nach. Als er nickt, lächelt sie ihn an, als hätte er die Zuckerwatte, auf die sie so steht, höchstpersönlich erfunden.

»Vielleicht hast du später Lust auf eine kleine private Führung durch den Club? Wenn das Schicksal zwei Feuervögel zusammenführt, dann …«

»Mach mal langsam, Casanova«, bremse ich ihn aus. »Ich bin noch längst nicht fertig mit ihr.«

Dieser unverschämte Phoenix besitzt die Frechheit zu lachen. Kopfschüttelnd sagt er zu Libby: »Gib einfach Bescheid, wenn *er* mit dir fertig ist. Okay, Babe?«

Babe? Hat er sie gerade echt *Babe* genannt? Was bildet sich dieser blöde Wichtigtuer überhaupt ein? Das darf doch echt nicht wahr sein! Was denkt er, wer er ist? Libby scheint es nicht zu stören, denn was tut sie? Sie beißt sich grinsend auf die Unterlippe, schenkt ihm einen regelrecht devoten Augenaufschlag und haucht ein »In Ordnung«.

Ist das zu fassen?

»Gratulation, Bro!«, murre ich. »Nun steht sie so richtig in Flammen, aber vielleicht wartest du, bis ich meinen Job gemacht habe, bevor du ihr an die Wäsche gehst.« Den ätzenden Kommentar kann ich mir beim besten Willen nicht verkneifen. In meinen Eingeweiden rumort und brodelt es. Ich bereue jedoch augenblicklich, nicht meinen Mund gehalten zu haben, denn Libby wirft mir einen mörderischen Blick zu. Sie sieht aus, als würde sie mich am liebsten anzünden und zusehen, wie ich zu Asche verbrenne – natürlich ohne dann daraus wiedergeboren zu werden.

»Schon gut, Bro. Lass dir ruhig Zeit.« An Libby gewandt sagt er: »Ich bin den ganzen Abend hier, und ich laufe dir auch nicht weg.«

Zum Glück verdrückt der Clubbesitzer sich nach dieser Ansage, um zu tun, was er nun mal so tut: Drinks ausschenken und Frauen anbaggern, die viel zu gut für einen wie ihn sind. Und Libby schaut ihm auch noch mit geröteten Wangen schmachtend nach. Pah!

»Hey, Konzentration, kleiner Feuervogel! Flirten kannst du später immer noch. Drehst du dich bitte mal, damit ich mir die Schleppe anschauen kann?«

Obwohl es spannend ist zu sehen, wie es Libby gelungen ist, dieses Volumen an den richtigen Stellen aufzubauen, und wie sie es andererseits geschafft hat, dass der Feuerschweif dennoch weich und kaskadenartig fällt, habe ich Schwierigkeiten, mich zu konzentrieren. Dauernd muss ich daran denken, dass dieser Phoenix Libby eine Privatführung durch seinen Club angeboten hat. Ob Libby weiß, worauf sie sich einlässt? Ich presse die Kiefer aufeinander und versuche, der sengenden Eifersucht standzuhalten, indem ich mein Augenmerk auf den Übergang zwischen dem Oberteil und der eindrucksvollen Schleppe lenke. Was für eine Arbeit! Ich will nicht wissen, wie lange Libby an der Herstellung dieses Kostüms gesessen hat.

Die Schleppe besteht aus unzähligen kleinen Flammenzungen. Sie leuchten in allen Farben des Feuers, und manche leuchten sogar buchstäblich, denn Libby hat ein filigranes Netz aus kleinen LED-Lichtern eingebaut. Wenn sie sich bewegt, sieht es wirklich so aus, als würden Flammen züngeln.

»Ach, hier steckst du«, höre ich Ian sagen, und dann: »Wow, hübsches Kostüm. Die Maske ist toll. Hast du das Oberteil gesehen, Jazz?«

Ich richte mich auf. Natürlich habe ich es gesehen, doch ich habe auch bewusst versucht, ihm keine Beachtung zu schenken, denn in dem Moment, in dem ich es tue, wird es plötzlich verdammt eng in meiner Hose.

Einzelne Stoffstreifen bilden die Form eines V und wirken wie züngelnde Flammen, die von Libbys Schambein über ihren Bauch und die Brüste hinweglecken. Sie sind auf hautfarbenen Netzstoff aufgebracht und bedecken gerade so das Nötigste.

»Wollt ihr das Allerbeste sehen?«, fragt Libby uns.

»Unbedingt.« Das Wort, das über meine Lippen kommt, ist eher ein Keuchen als sonst was, und nur mit Mühe gelingt es mir, meine Augen von dem sexy Oberteil abzuwenden.

Umso überraschter bin ich, als Libby im nächsten Moment die Arme ausbreitet. Ein Rauschen, das an einen heftigen Windstoß erinnert, begleitet die Geste. Flügel! Das Kostüm hat mit einem Mal Flügel. Libby dreht sich langsam. Sie gibt Ian und mir die Gelegenheit, die Veränderung auf uns wirken zu lassen. Sie zu verdauen. Ich zumindest muss sie verdauen. Außerdem möchte ich verstehen, was genau Libby da überhaupt gemacht hat. Wie funktioniert dieser Mechanismus? Wo kamen die Flügel her, und warum sind sie mir nicht vorher aufgefallen?

Bevor ich mit all meinen Fragen über Libby herfallen kann,

entdecke ich in der Nähe Alicia. »Wartet hier«, sage ich zu Libby, schiebe mich an ihr und Ian vorbei und steuere meine Mentorin an. »Hey, hast du einen Moment? Hast du dir schon die Nummer 18 angesehen?«

Alicia wirft einen Blick auf ihr Klemmbrett und schüttelt den Kopf.

»Das musst du dir anschauen!«

Gemeinsam gehen wir zurück zur Bar, wo Ian und Libby sich angeregt unterhalten.

»Alle Achtung«, sagt Alicia und beginnt, sich Notizen zu machen.

»Kann ich dich kurz sprechen, Jasper?«

Ich sehe Ian an, blicke zurück zu Libby, deren ganze Aufmerksamkeit nun jedoch Alicia gilt.

»Unter vier Augen!«, schiebt er nachdrücklich hinterher. Sein Blick taxiert mich, und mir schwant Übles.

»Klar«, nuschle ich und folge ihm in den Lagerraum, der an die Bar angrenzt und in dem wir unsere Sachen, einschließlich der Preise für den Wettbewerb, lagern dürfen.

»Liberty Stevenson!«, bricht es aus Ian hervor, kaum dass die Tür hinter uns ins Schloss gefallen ist.

»Ja, ich wollte es dir eigentlich sagen …«

»Klar!«, spottet Ian. »Und wann genau?«

»Wenn ich mit ihr geredet und alles geklärt habe.«

»Du willst mit ihr reden? Was willst du ihr denn sagen, Jazz?« Er sieht mich einen Moment abwartend an, doch als ich nichts erwidere, fährt er mit ironischem Tonfall fort: »›Tut mir leid, dass ich nach deinem Beinaheunfall einfach weggerannt bin und dich stehen gelassen habe, aber ich bin, was Beziehungen angeht, völlig gestört und habe ein krasses Problem mit echter Intimität und Nähe?‹«

Obwohl es der Wahrheit entspricht, schmerzen mich seine

Worte – oder vielleicht tun sie auch einfach weh, *weil* sie der Wahrheit entsprechen. Ich weiß es nicht, und ich weiß auch nicht, was ich Libby sagen soll oder wie ich ihr verständlich machen kann, was in mir vorgeht. Ich weiß bloß, dass ich es versuchen muss.

»Tu ihr das nicht an, Jasper. Wenn du sie magst … wenn du sie so sehr magst, wie du behauptest, dann hältst du dich zurück und lässt deine Finger von ihr.«

»Was meinst du?«

»Ich meine, dass sie ein nettes Mädchen ist, und du …« Er wedelt mit der Hand in meine Richtung, schnaubt und sagt dann: »Darf ich ehrlich sein?« Noch ehe ich mich zu einem knappen Nicken durchringen kann, sagt Ian: »Es war nie einfach mit dir. Nie! Du bist, so genial du auch sein magst, echt anstrengend – oder möglicherweise auch gerade deshalb, wer weiß? Und jede deiner Beziehungen ging in die Brüche, weil du diese Phasen hast, in denen du – entschuldige, wenn ich das jetzt so knallhart sage – eine verdammte Zumutung bist. Ich meine, ich liebe dich, aber du bist … Nun ja, du bist einfach du, und du nimmst so viel Raum ein. Du würdest ihr Leben dominieren, Jazz. Sie hätte keinen Platz zu wachsen und sich zu entfalten. Sie würde immer in deinem Schatten stehen. Willst du das für sie? Willst du, dass es ihr geht wie mir?«

»So ist es doch gar nicht«, widerspreche ich und höre mich viel bestimmter an, als ich mich fühle. Ian beschwert sich nicht zum ersten Mal darüber, dass er das Gefühl hat, neben mir zu verblassen.

»Wann begreifst du es endlich, Jasper? Mmh? Du bist ein Genie! Du hast in der Fingerkuppe deines linken kleinen Fingers mehr Talent als alle Teilnehmer dieses Wettbewerbs zusammen. Du, ob es dir gefällt oder nicht, bist etwas ganz Besonderes, und diese Genialität hat ihren Preis.«

»Was für ein Schwachsinn!« Kopfschüttelnd wende ich mich ab. Nein, so ist es nicht. Ian irrt sich. Zum einen bin ich kein verdammtes Genie, und selbst wenn, würde das nicht bedeuten, dass ich Libby irgendetwas verbaue. Ich werde mit ihr reden, und zwar auf der Stelle. Ich drehe mich um, ziehe die Tür auf und trete hinaus.

Von Libby fehlt allerdings jede Spur. Gerade will ich den Barbereich verlassen und mich auf die Suche nach ihr begeben, da entdecke ich Alicia, die am Tresen sitzt und etwas schreibt.

»Hey, Alicia, sag mal, weißt du, wo die Kleine von eben ist?«

Sie schaut von ihrem Block auf. »Der Phönix?«

»Ja, genau die.«

Sie schaut sich überrascht um. »Nein, eben war sie noch hier. Aber du hattest recht, Jasper. Das ist ein wirklich tolles Kostüm. Und weißt du, was das Beste ist? Sie ist die Studentin, die so lange krank war. Ich bin heilfroh, dass ich auf deinen Rat gehört und ihr eine Chance gegeben habe, sich zu bewähren. Sie gehört definitiv zu meinen Favoritinnen für den Wettbewerb.«

Ich spüre Ians Anwesenheit in meinem Rücken, noch bevor er sagt: »Meine Nummer eins ist die Zombiebraut.«

»Ja«, stimmt Alicia ihm zu. »Das Kostüm war auch wirklich stark. Genau wie das von der Königin der Nacht.«

Ian, der sich inzwischen neben mich gestellt hat, nickt zustimmend. »Und wer ist deine Favoritin?«, fragt er, und man muss schon sehr genau hinhören, um den provozierenden Unterton in seinen Worten zu bemerken.

»Mir gefällt das Phönix-Kostüm auch sehr. Die Flügel haben mich überrascht, und auch die Sache mit den LED-Lichtern ist eine tolle Idee«, entgegne ich möglichst neutral.

»Du stehst auf sie, oder?«, fragt Ian scheinheilig.

»Tue ich nicht! Ich …«

Alicia geht dazwischen: »Hört auf zu streiten, ihr zwei!«

»Handwerklich sind die Kostüme der Zombiebraut und von Ella Chevallier aber deutlich besser«, wendet Ian ein. »Das müsst ihr doch zugeben.«

»Sie haben eben mehr Erfahrung bei der Umsetzung«, mischt Alicia sich in die Debatte ein. »Fantasievoller ist in jedem Fall die Nummer 18.«

»Also, ich bleibe bei meiner Wahl«, meint Ian. »Für mich ist die Zombiebraut die Siegerin.«

Nun liegt es an mir. Ich bin das Zünglein an der Waage. Noch einmal besehe ich mir meine Notizen und versuche, zu einem Schluss zu kommen. Echt schwierig, denn auf seine Weise war jede der drei Kreationen einzigartig und faszinierend. Ich sehe von meinem Blatt auf, lasse meinen Blick durch den Raum schweifen und suche nach Libby. Wo steckt sie nur?

Egal, sie ist es. Ihr Kostüm ist einfach der Hammer. Zombies habe ich hier schließlich heute reichlich gesehen, wobei Oxanas Outfit die der anderen um Längen schlägt. Trotzdem ist das Thema nicht wirklich originell.

Gerade als ich meine Entscheidung mitteilen will, entdecke ich Libby doch noch. Der Clubbesitzer hält ihre Hand, während er sie durch die Menge geleitet, und zu erraten, was die beiden vorhaben, ist anhand ihres Blicks wirklich nicht schwer. Sie lacht über etwas, das er sagt, als er eine Tür aufschließt und sie in einen Nebenraum führt. Sie sieht glücklich aus, und in dem Moment frage ich mich, ob Ian nicht vielleicht recht hatte mit dem, was er mir eben an den Kopf geworfen hat. Allerdings ändert das nichts an dem Gefühl, das von mir Besitz ergreift. Ein unterdrücktes Stöhnen verlässt meinen Mund, als der Schmerz mich überrollt.

»Ich stimme auch für die Zombiebraut!«, presse ich hervor, denn meine Reaktion zeigt mir eine Sache ganz, ganz sicher: Ich bin absolut nicht objektiv, was Libby anbelangt.

Die nächste Viertelstunde ist die reinste Qual. Die dämliche Preisverleihung zieht sich gefühlt ewig in die Länge … Nicht zuletzt, weil Libby nicht sofort auffindbar war. Ich überreiche ihr und Emmanuelle Chevallier die Preise für den zweiten und dritten Platz, während Ian Oxana zur Siegerin kürt.

Die Mädchen umarmen sich freudestrahlend, posieren für ein gemeinsames Foto und bekommen dann von Libbys neuem Lover Sekt zum Anstoßen gereicht.

Ich hingegen halte das ganze Theater keine Sekunde länger aus und steure die Bar an. Es gibt genau zwei Dinge, die ich jetzt brauche: einen Drink und eine unanständige Stewardess, die mich auf andere Gedanken bringt.

7

Libby

»Ich kann nicht fassen, dass ich gewonnen habe.« Oxana ist total aufgedreht und überglücklich, als wir uns mit dem Taxi auf dem Nachhauseweg befinden. In einem wie diesem bin ich vor heute Abend noch nie gefahren: Ich sitze mit dem Rücken in Fahrtrichtung und sehe in Oxanas strahlendes Gesicht, das durch das Display von Ellas Handy erhellt wird. »Ich habe noch nie irgendetwas gewonnen. Noch nie.«

»Du hast den ersten Preis aber auch wirklich verdient«, versichere ich ihr.

Ich gönne ihr den Sieg von ganzem Herzen, auch wenn ich natürlich selbst gerne gewonnen hätte – vor allem, weil der erste Preis ihr einen Blick hinter die Kulissen von Jaspers Modelabel On Fleek gewährt. Wie ich von Oxy erfahren habe, hat er zusammen mit Ian ein Atelier am Sutton Harbour, das sie sich anschauen darf.

Andererseits bin ich nicht sicher, ob ich das wirklich wollen würde. Aus beruflicher Neugier natürlich schon, aber sonst …

Ich betrachte die Blumen auf meinem Schoß und zupfe an einer der Blüten. Jasper hat den Club Arm in Arm mit diesem Mädchen aus unserem Kurs verlassen. Ihn mit ihr heimgehen zu sehen, war entsetzlich. Wenn ich beschreiben müsste, wie ich mich in dem Moment gefühlt habe, dann würde ich sagen, so als würde mich jemand bei lebendigem Leib ausweiden. Mir ist richtig schlecht geworden. Gerne würde ich mir einreden, dass ich bloß zu viel Sekt getrunken habe, doch dem ist leider nicht so.

Ich muss ihn einfach vergessen und mich auf die positiven Dinge konzentrieren. Ich habe mit meinem Kostüm den zweiten Platz belegt, und – viel wichtiger – ich konnte Alicia von meinen Fähigkeiten überzeugen. Meine Probezeit ist damit offiziell überstanden.

»Ist alles okay?«, frage ich Ella, die sich gar nicht für Oxy zu freuen scheint, sondern bloß ärgerlich auf dem Display ihres Handys rumtippt.

Allem Anschein nach nicht, denn sie wirft es im nächsten Moment in ihre Tasche, und als sie aufblickt, schimmern Tränen in ihren Augen.

»Henri ist so ein Arsch!«, keucht sie. »Das ist jetzt meine dritte Nachricht an ihn, und er reagiert überhaupt nicht. Ich habe ihm gesagt, dass er die Finger von euch lassen soll … Tja, und nun …« Sie atmet einmal tief durch. »… sind er und, was für ein Zufall, auch Val unauffindbar.«

»Vielleicht ist es ja wirklich ein Zufall«, gebe ich zu bedenken.

»Sicherlich nicht! Ich kenne meinen Bruder, und ich habe gesehen, wie er sich vorhin angeregt mit Val unterhalten hat. Ich bin aber auch so dämlich. Ich hätte gleich dazwischengehen müssen, als er sie angebaggert hat. Ich weiß schließlich, wie er drauf ist und dass er alles bespringt, was nicht bei drei auf den Bäumen ist.«

Theatralisch wirft sie die Hände in die Höhe. Ella hat sich – typisch für sie – in Rage geredet und ist nicht aufzuhalten. Sie ist wie Dynamit. Die reinste Ein-Frau-Armee. Den Charme, den man den Franzosen nachsagt, hat allem

Anschein nach ihr großer Bruder abbekommen. In Henris Haut möchte ich – aufgebracht, wie Ella ist – nicht stecken.

»Na ja, nicht alles«, wirft Oxy ein. »Also nicht, dass ich da Wert drauf legen würde, aber …«

»Warum? Was war los?«, fragt Ella, hellhörig geworden. »Was hat er sich jetzt schon wieder geleistet?«

Oxy winkt ab. »Ich glaube, er hat sich einfach erschrocken, als ich ihm in diesem Outfit die Tür geöffnet habe.«

»Er war total unfreundlich zu ihr«, werfe ich ein, weil ich nicht verstehen kann, warum Oxy den Vorfall kleinredet. Zwar kam ich erst später hinzu und habe nicht alles mitbekommen, aber er war echt ziemlich gemein zu Oxy.

»So schlimm war es gar nicht«, behauptet sie. »Abgesehen davon möchte ich viel lieber meinen Sieg genießen, wenn das okay für euch ist. Erzähl lieber mal, was du mit meinem Chef getrieben hast, Libby.«

Sie sagt es so zweideutig, dass ich prompt erröte.

»Gar nichts habe ich mit ihm getrieben«, verwehre ich mich gegen die Unterstellung. »Er hat mir bloß den Club gezeigt.«

»Und …?« Oxy sieht mich abwartend an.

»Nichts und … Nun ja, vielleicht hat er mir auch noch seine Nummer gegeben und mich gefragt, ob ich mal mit ihm essen gehen mag, aber mehr lief da wirklich nicht.«

Meine Mitbewohnerinnen jauchzen unvermittelt auf und geben sich ein High Five, woraufhin ich die Augen verdrehe. Himmel, man könnte meinen, ich hätte gerade meine Verlobung verkündet, dabei haben wir bloß ein wenig geflirtet.

»Kommt mal runter, ihr zwei! Es war total harmlos.«

»Aber es hat geknistert, oder?«, fragt Ella, nachdem sie und Oxy sich wieder eingekriegt haben.

Ich wünschte, die Funken wären geflogen, dann wäre mir Jaspers Abgang mit diesem Mädchen vermutlich egal gewesen. »Er ist nett«, erwidere ich daher bloß. Da Oxy prompt ziemlich enttäuscht aussieht, erkläre ich: »Ich verliebe mich nicht so schnell.«

»Er ist ohnehin mehr der Typ für ein Abenteuer. Also wenn es das ist, was du suchst, dann bist du bei ihm genau richtig.«

Keine Ahnung, was genau ich suche. *Den Jasper, den ich vor eineinhalb Jahren in New York kennengelernt habe*, schießt es mir durch den Kopf. Der Gedanke an ihn schnürt mir die Kehle zu.

»Sprichst du aus Erfahrung?«, hake ich vorsichtig nach.

»Was? Nein! Er ist mein Chef«, erinnert sie mich.

»Aber er ist schon ziemlich heiß«, mischt Ella sich ein.

»Klar«, räumt Oxy ein, »aber er besitzt einen Nachtclub.«

»Und das ist schlecht, weil …?«

»… er spätestens ab Mitte dreißig taub ist!«, beantwortet Ella meine Frage ernsthaft, was Oxy und mich dazu bringt loszulachen.

»Nein, du Scherzkeks«, rügt Oxy sie, »weil ich nicht bloß auf der Suche nach einem Abenteuer bin. Da käme Everett schon eher infrage.«

»Wer ist Everett?«, will Ella wissen.

»Oh, er ist der Zwillingsbruder von Phoenix«, werfe ich ein.

»Eineiige Zwillinge?«

Oxy und ich nicken. »Ja, aber man kann sie ganz leicht auseinanderhalten«, sagt Oxy. »Rhett ist viel ruhiger und viel verschlossener. Abgesehen davon, hat er eine Vorliebe für teure Maßanzüge. Er schmeißt den Laden im Hintergrund, kümmert sich um Bestellungen und den ganzen Papierkram. Fawkes wirst du nie im Anzug sehen, und meistens hat er einen Drink in der Hand und ein Mädchen im Arm.«

Ella legt den Kopf schief. »Ach«, sinniert sie, »so ein kleines

Abenteuer wäre vielleicht wirklich nicht das Schlechteste, und für mehr fehlt dir doch sowieso die Zeit.«

Damit dürfte Ella nicht ganz unrecht haben. Manchmal frage ich mich, wann genau Oxy schläft.

Als das Taxi hält, zahlt Ella, und als ich ihr, im Haus angekommen, das Geld geben will, winkt sie großzügig ab.

»Ein anderes Mal«, meint sie lapidar.

»Das sagst du immer, wenn du das Bezahlen übernimmst«, werfe ich ihr vor. Sie lädt uns ständig ein. Langsam komme ich mir wie ein Schmarotzer vor. »Dann tausend Dank, aber das nächste Mal zahle ich, okay?«, sage ich und umarme sie.

Oxy, die gerade ihren Mantel an unsere schöne neue Garderobe gehängt hat, schließt Ella ebenfalls in die Arme. »Du musst uns wirklich nicht ständig einladen. Wir mögen dich auch so.«

»Weiß ich doch, sonst würde ich es auch überhaupt nicht machen. Und nun lasst uns eine Vase für die hier …«, sie hebt ihren Strauß, »… suchen.«

Kaum hat sie die Worte ausgesprochen, lässt uns ein gewaltiger Krach aus der Küche zusammenzucken.

»Was war das?«, wispere ich.

Ellas Miene hat einen verkniffenen Zug angenommen. »Keine Ahnung, aber wir werden es gleich herausfinden.« Sie schnappt sich Vals Stativ, das im zur Garderobe gehörigen Schirmständer steckt, und setzt sich entschlossen in Bewegung.

Oxy zückt ihr Handy. »Nur für den Notfall«, erklärt sie mir auf meinen fragenden Blick hin im Flüsterton.

»Bereit?«, fragt Ella und stößt die Küchentür auf. Mit erhobenem Stativ und einem Kampfschrei, der jeden Einbrecher in die Flucht schlagen würde, stürmt sie in die Küche.

Ein lauter Rums und noch mehr Geschepper, gefolgt von

einem schmerzerfüllten Aufjaulen, sind zu hören. Ich recke den Kopf und entdecke Val, die umringt von einem guten Dutzend Töpfen und Pfannen auf den schwarz-weißen Küchenfliesen sitzt und sich eine Hand auf den Kopf presst.

»Hast du sie etwa geschlagen?«, frage ich entsetzt, schiebe Ella aus dem Weg und haste zu Val. Ich knie mich neben sie und versuche herauszufinden, wie schwer sie verletzt ist.

»Natürlich nicht!«, behauptet Ella. »Sie hat bloß mit dem halben Oberkörper in diesem Schrank gesteckt und sich den Kopf gestoßen, als wir reingekommen sind.«

»Reingekommen?«, fragte Val sichtlich um Fassung bemüht. Obwohl sie sich den Schädel reibt, scheint sie die Situation amüsant zu finden. »Na, so kann man diesen Sturmangriff vermutlich auch nennen. Sag mal, Ella, hättest du was dagegen, mein Stativ zurückzustellen?«

»Wir dachten, es wäre ein Einbrecher«, erklärt Oxana, während Ella in den Flur zurückgeht und das Stativ an seinen angestammten Ort bringt.

»Einbrecher?« Val schüttelt den Kopf. »Verrückt! Ihr seid wirklich und wahrhaftig verrückt. Da ruft man doch – zu seiner eigenen Sicherheit – die Polizei!« Sie sieht uns vorwurfsvoll an. »Muss ich euch echt alles beibringen?«

Lachend drücke ich sie an mich. »Geht es, oder magst du ein Kühlpack haben?«

»Frag das lieber den Schrank. Der hat beim Zusammenstoß mit meinem Dickkopf eindeutig den Kürzeren gezogen. Ich habe den Regalboden rausgebrochen.«

»Ups! Das wird unserem Vermieter gar nicht gefallen.«

»Ach, der ist von seinen anderen Mietern weitaus Schlimmeres gewohnt«, winkt sie ab. »Helft mir mal.«

Gemeinsam stapeln wir die Töpfe und Pfannen ineinander und stellen sie zurück in den Schrank.

»Nach was hast du eigentlich gesucht?«, erkundigt Ella sich.

»Ich habe die Rührmaschine gesucht.«

»Wir haben eine Rührmaschine?«, hake ich zweifelnd nach, denn hier gibt es nur das Nötigste.

»Was willst du um zwei Uhr nachts mit einer Rührmaschine?«, setzt Ella ihr Verhör fort.

»Kuchen backen.«

»Warum willst du Kuchen backen?«, fragt Oxy.

»Weil… weil…«, beginnt Val und sieht mit einem Mal aus, als würde sie jeden Augenblick in Tränen ausbrechen. »Weil ich Geburtstag habe.«

»Jetzt?« Das Wort kommt unisono über unsere Lippen.

Val nickt, und im nächsten Moment schließen wir sie, eine nach der anderen, in die Arme.

»Warum hast du denn nichts gesagt?«, frage ich, während Ella ihr ein Taschentuch reicht, da die Tränen nun doch fließen.

»Ich wollte euch den Abend nicht verderben«, schnieft Val.

»Was?«

»Nein!«

Wir plappern durcheinander, versichern ihr, dass das nicht der Fall gewesen wäre und ihr Geburtstag viel wichtiger sei als die blöde Halloweenparty und der Kostümwettbewerb.

»Ach, kommt schon«, schnieft sie. »Was hätte ich denn sagen sollen? Tada, ich habe übrigens gleich Geburtstag? Das ist doch doof.«

»Doof ist es, in einem fremden Land alleine in deinen Geburtstag reinzufeiern«, befindet Ella und hakt dann nach: »Du hast doch alleine reingefeiert, oder?« Misstrauisch äugt sie zu Vals Zimmer, dessen Tür geschlossen ist.

Auf Vals irritierten Blick hin sage ich: »Henri ist ihr abhandengekommen, und sie war in Sorge, dass du seinem französischen Charme erlegen sein könntest.«

»Oh! Nein, keine Sorge. Ich bin immun gegen Bad Boys, und Henri geht es gut! Den habe ich gesehen, als er mit zwei Mädels den Club verlassen hat. Er sah alles andere als unglücklich aus, um es mal so zu sagen.«

Ella hebt Einhalt gebietend die Hand. »Oh, bitte! Verschone mich mit Details! Mehr will ich gar nicht wissen. Sag mal, eine Vase oder im Idealfall drei hast du nicht zufällig beim Durchforsten der Schränke gefunden?«

Bedauernd schüttelt Val den Kopf. »Aber …«, meint sie mit erhobenem Zeigefinger, als ihr etwas einfällt, »… wir haben im Hof einen Eimer.«

Während Val und Ella sich um den Eimer, die Blumen und Lucky, dem es irgendwie gelingt, ins Innere des Hauses zu huschen, kümmern, gehe ich Oxana zur Hand, die ganz pragmatisch damit begonnen hat, eine spontane Geburtstagsfeier für Val auszurichten. Während ich Kaffee koche und Teewasser aufsetze, zaubert sie eine Packung Kekse aus einem der Vorratsfächer hervor und stellt sie auf den bereits von ihr gedeckten Tisch.

Kurz darauf knallt ein Sektkorken, und wir stoßen auf Vals Geburtstag, Oxys Sieg und unsere Platzierungen beim Kostümwettbewerb an. Prickelnd rauscht der Schaumwein durch meine Adern, und nach einem halben Glas bin ich bereits reichlich beschwipst, wodurch der ganze Abend doch noch ziemlich lustig wird.

Da wir heute Nacht beschlossen haben, Vals neues Lebensjahr noch einmal gebührend in Ruhe zu feiern, stürmen Ella, Oxy und ich in einer freien Stunde zwischen den Kursen die Mall, die praktischerweise direkt gegenüber vom Campus liegt.

Während wir uns nach einem passenden Geschenk umsehen, denke ich an die lustigen Stunden der letzten Nacht zurück. Wir saßen noch ewig beisammen, unterhielten uns über die bevorstehenden Winterferien, unsere Pläne und auch darüber, wann der Rest von uns Geburtstag hat. Dabei fanden wir heraus, dass mein Geburtstag als Nächstes dran ist, aber auch, dass ich das Nesthäkchen der Truppe bin.

»Oh, schaut mal!«, sagt Ella, als wir in der Buchhandlung stehen. Sie hält einen Bildband von Annie Leibovitz hoch. »Das wird Val gefallen. Annie Leibovitz ist ihr großes Vorbild.«

Später finden wir passend zum Bildband noch einen Coffee-to-go-Becher in Form eines Objektivs und niedliche Plüschhausschuhe, die aussehen wie Füchse.

Als wir am Nachmittag nach Hause kommen, ist Mr. Gibson gerade da und repariert den Küchenschrank. Val ist bei ihm und leistet ihm Gesellschaft, sodass sie abgelenkt ist und wir unbemerkt ihre Geschenke verpacken können. Wir finden sogar noch die Zeit, den Schlauchschal für sie zu nähen.

»So, und jetzt noch mal richtig!«, sagt Ella, als Mr. Gibson fort ist und wir schließlich alle zu Kaffee und Kuchen im Wohnzimmer sitzen, und hebt ihr Glas. »Auf das Geburtstagskind!«

Gemeinsam singen wir die schaurig-schiefste Version von »Happy Birthday«, die jemals in der Geschichte der Menschheit gesungen wurde. Val pustet freudestrahlend die Kerzen aus, um im Anschluss unsere Geschenke auszupacken.

»Oh, ihr seid doch verrückt!«, befindet sie und wischt sich verstohlen eine Träne aus dem Augenwinkel. »Das wäre echt nicht nötig gewesen.«

»Doch, und wir haben noch eine Kleinigkeit für dich, weil du mit uns nach Bristol in den Stoffladen gefahren bist. Das ist also kein Geburtstagsgeschenk, sondern unser Dankeschön an dich.«

Oxy reicht ihr das kleine Päckchen, und als Val es öffnet, erfüllt ein ohrenbetäubendes Quietschen den Raum. »Ohhhhhh, das ist so cool! Ich danke, danke, danke euch.« Sie umarmt uns alle drei stürmisch und sagt dann: »Ich habe aber auch etwas für euch.«

Sie steht auf, verschwindet kurz in ihrem Zimmer und kommt mit einem großen Bilderrahmen zurück, von dem sie uns jedoch nur die braune Rückenplatte präsentiert.

»Bereit?«, fragt sie.

»Mach es nicht so spannend«, mault Ella, woraufhin ich sage: »Wer ist hier jetzt neugierig?«

Val erlöst uns, indem sie das Bild umdreht. Das Foto, das sich im Rahmen befindet, zeigt die Aufnahme, die Ella von Oxy und mir im Stoffgeschäft gemacht hat. Val hat das Bild offenbar nachbearbeitet, denn nun ist es schwarz-weiß und an den Rändern dunkler. Monochrom sieht es noch besser aus als vorher.

»Wahnsinn!«, entfährt es mir.

»Und wo hängen wir das hin?«, fragt Oxy.

Val gibt uns einen Wink, ihr zu folgen. »Parker war so lieb und hat vorhin einen Nagel angebracht«, sagt sie und deutet auf die freie Wand im Flur. »Wir haben es auch schon mal probeweise hingehängt, aber ich dachte …« Sie wendet sich Ella zu. »… die Ehre, es final aufzuhängen, überlasse ich dir.«

Ella segelt Val um den Hals und drückt sie so fest, dass ich fürchte, ihr bleibt die Luft weg.

Kurz darauf hängt das Foto im Treppenaufgang.

»Das sieht ganz schön leer aus«, spricht Oxy aus, was wir vermutlich alle denken.

»Tja«, meint Ella mit in die Hüfte gestemmten Händen, »dann müssen wir das wohl ändern.«

Wie ernst es ihr mit diesem Vorsatz ist, erkenne ich binnen der nächsten Woche, denn fortan hält sie unser turbulentes WG-Leben mit dem Handy fest.

Der November hält Einzug und zeigt sich freundlicher als der Vormonat. Die meiste Zeit verbringen wir zusammen im Wohnzimmer-Schrägstrich-Atelier. Val hat zum Glück nichts dagegen, dass wir uns dort breitmachen. Am dritten Samstag im November fährt sie sogar mit Ella zu IKEA nach Exeter, um dort einen Arbeitstisch zu kaufen, den wir am nächsten Tag gemeinsam im Wohnzimmer aufbauen und an die fensterlose Seite stellen.

»Voll professionell«, befindet Ella, nachdem wir fertig sind und ihre sündhaft teure Nähmaschine auf der Arbeitsplatte thront.

»Finde ich auch«, stimmt Oxy ihr zu.

»Super, dann können wir ja morgen mit der neuen Wochenaufgabe von Alicia loslegen. Ich bin gespannt, was sie sich dieses Mal ausgedacht hat.«

Zwischenzeitlich haben wir uns von unserem Lieblingssong, einer Farbe und dem Abenteuerroman *Die Schatzinsel* inspirieren lassen.

Meine Idee. An allen anderen Vorschlägen, die zuvor gemacht wurden, hatte Alicia etwas auszusetzen. »Piraten« fand sie als Thema jedoch gut, zumal bereits Stardesigner wie Jean Paul Gaultier und John Galliano die Laufstege mit von Freibeutern inspirierten Kollektionen unsicher gemacht haben.

Später an diesem Abend telefoniere ich noch mit Eden. »Gott, ich kann es kaum erwarten, dich wiederzusehen. Ich weiß gar nicht mehr, wie du aussiehst«, sagt Eden.

»Nur noch zwanzig Tage, dann hast du mich ja wieder«, tröste ich sie. Direkt am Samstag nach Ferienanfang geht es los, die Zeit in den Staaten soll sich schließlich lohnen.

»Und? Warst du denn jetzt endlich mal in dieser Bar?«, erkundigt Eden sich am Telefon. Seit ich ihr von Phoenix und seinen Avancen während des Kostümwettbewerbs erzählt habe, liegt sie mir damit in den Ohren, dass ich mich auf ein Date mit ihm einlassen soll. »Ich schwöre, wenn du bis zu unserem Wiedersehen kein Date hattest, dann schreie ich.«

»Du weißt schon, dass das Gewaltandrohung ist, ja? Ich meine, das läuft unter Nötigung. Du nötigst mich quasi dazu, einen wildfremden Typen zu daten.«

»Oh, bitte, Libby! Er ist sooo scharf. Ich war auf der Webseite des Clubs und habe ihn mir angesehen.«

Natürlich hat sie das.

»Ja, er sieht nicht schlecht aus.«

»Nicht schlecht? Scheiße! Das ist ja wohl mal die Untertreibung des Jahrhunderts. Ich meine, das ist, als würde man behaupten, Noah Centineo sei irgendwie süß. Der Typ *ist* süß. Punkt.«

»Fawkes oder Noah Centineo?«, hake ich nach, denn irgendwie kann ich ihrem wirren Gebrabbel gerade nicht folgen.

»Beide. Punkt! Verabrede dich mit ihm.«

»Würde ich ja gerne, aber er ist ein angesagter Schauspieler. An die kommt man nur schwer ran. Zumindest habe ich das gehört.«

»Haha, ich lache morgen drüber. Libby, was kann denn im schlimmsten Fall passieren?«

Ich drehe mich einmal mit meinem Schreibtischstuhl herum. »Lass mich überlegen, denn irgendwie habe ich gerade ein Déjà-vu.«

»Ich habe keine Ahnung, wovon genau du sprichst«, schnaubt Eden.

»Genau das hast du mir damals auch gesagt, als ich dich an dem Abend mit Jasper angerufen habe, und du weißt, wie das geendet hat.«

»Geendet? Entschuldige, Süße, aber hätte es geendet, dann würden wir nicht ständig über deinen WC-Weiberheld reden.«

Seufzend erkläre ich: »Eben! Was, wenn es wieder so ist? Ich verliebe mich Hals über Kopf, und er hat an mehr kein Interesse. Laut Oxy ist er ein ziemlicher Aufreißer.«

»Fuck Boy heißt das. Aufreißer sagt man heutzutage nicht mehr!«, korrigiert Eden mich amüsiert.

»Und Weiberheld geht?«

»WC-Weiberheld schon, aber wenn dir WC-Womanizer lieber ist, dann …«

»Schwach, Eden. Ganz schwach! Überzeugt mich beides nicht wirklich. Auf dieser Sache rumzureiten, macht dir echt Spaß, was?« Ich drehe noch eine Runde auf meinem Bürostuhl.

»Oh ja, und ich habe noch zwei andere. Willst du sie hören?«

»Habe ich eine Wahl?«

Wenigstens ist sie ehrlich, als sie antwortet: »Nein, hast du nicht. Also zum einen wäre da noch der Scheißhaus-Schürzenjäger.«

Gegen meinen Willen muss ich grinsen. »Besser.«

»Ja, finde ich auch, aber du hast meinen Favoriten noch nicht gehört.«

»Okay, hau raus!«

Eden am anderen Ende fängt schallend an zu lachen.

»Ich meine es ernst, Eden. Lass es endlich krachen! Ich will auch mitlachen.«

Nun lacht sie so heftig, dass ich fürchte, dass sie erstickt.

»Donnerbalken-Don-Juan«, japst sie schließlich, und dann: »Hau raus! Lass es krachen! Ich kann nicht mehr! Ich kann einfach nicht mehr!«

Nun lache ich ebenfalls wie verrückt. Ich lache so sehr, dass ich fast vom Stuhl falle. Es dauert Ewigkeiten, bis wir uns beruhigt haben.

»Ich muss Schluss machen, Eden. Hier ist schon Schlafenszeit«, stelle ich bekümmert fest. »Ich hab dich lieb, du durchgeknalltes Huhn!«

»Ich dich auch. Dann träum was Süßes. Im Idealfall von diesem heißen Clubbesitzer, den du in Kürze daten wirst.«

»Wird gemacht!«, erwidere ich zackig, ganz so, als hätte ich mein Unterbewusstsein voll im Griff und könnte träumen, was auch immer ich will. »Wir hören uns.«

Natürlich träume ich auch in dieser Nacht nicht von Fawkes, sondern wie immer von Jasper. Seine tiefgrünen Augen, die durch ihre goldenen Sprenkel aussehen, als wäre in ihnen ein Stern explodiert, verfolgen mich bis in meine Träume.

Die letzte Novemberwoche beginnt mit einer spannenden Wochenaufgabe. Dieses Mal sollen wir uns von unserem Lieblingsland inspirieren lassen. Nach Alicias Kurs sitzen Oxana, Ella und ich in der Mensa und machen das, was wir meistens tun, nachdem wir eine neue Wochenaufgabe erhalten haben. Wir brainstormen.

Während Ella sich bereits für Afrika und Oxana sich für Frankreich entschieden hat, hänge ich noch in den Seilen.

»Ich habe gar kein Lieblingsland«, maule ich.

»Du bist Amerikanerin! Natürlich hast du ein Lieblingsland.«

»Ach ja, und welches, wenn ich fragen darf?« Neugierig sehe ich Ella an.

»Na, das großartigste Land der Welt natürlich! Die USA!«

»Scheinbar verhindern meine englischen Wurzeln, dass ich das so sehe«, meine ich und zwinkere ihr zu.

»Du hast englische Wurzeln?«, fragt Oxy überrascht und sieht mich aus ihren eisblauen Augen erstaunt an. »Das wusste ich ja noch gar nicht.«

»Ja, aber die reichen etliche Generationen zurück. Meine Familie stammt von den Pilgervätern ab.«

Ein Aufruhr am anderen Ende der Kantine zieht meine Aufmerksamkeit auf sich. Jasper samt seiner Gefolgschaft. Ihm aus dem Weg zu gehen, ist nicht sonderlich schwer, da er meistens von einer ganzen Gruppe Fans eingekesselt ist.

Auch jetzt umringt ihn ein Pulk williger Studentinnen, die es nicht erwarten können, dem großen Jasper Chase jeden Wunsch von den Lippen abzulesen.

Sein Erscheinen ist der ideale Zeitpunkt für meinen Abgang. »Mädels, ihr findet mich in der Bibliothek, wo ich mir überlege, was mein Lieblingsland ist. Bis später dann!«

Mit dem festen Vorsatz, nicht ein einziges Mal in Jaspers Richtung zu schauen, durchquere ich den Raum. Leider ist es mit meinen festen Vorsätzen nie weit her, und so huscht mein Blick schließlich doch zu ihm und trifft prompt auf seinen.

Mir stockt der Atem, einen Augenblick lang vergesse ich, wie man einen Fuß vor den anderen setzt, und bleibe wie paralysiert stehen. Ein Reh im Scheinwerferlicht.

Wenn überhaupt möglich, sieht Jasper in diesem Moment noch erschöpfter und trauriger aus als damals in dem Tutorenkurs.

Nicht mein Problem, ermahne ich mich, reiße mich von seinem Anblick los und verlasse die Cafeteria. Es geht mich nichts an, was bei ihm los ist. Zumindest sage ich mir das wieder und wieder, während ich wenig später durch die mit Büchern bestückten Regalreihen schlendere. Ich bete es wie eines von Moms Yoga-Mantren vor mich hin: *Jasper Chase ist nicht mein Problem. Es ist egal, was mit ihm ist. Es betrifft mich nicht.*

Leider blockieren die Gedanken an ihn meine Kreativität. Warum kann ich keine Musikerin sein, die durch ihren Liebeskummer einen melancholischen Hit nach dem anderen produziert? Frustriert setze ich mich in einen hellgrünen Ohrensessel und schließe die Augen.

Wo wäre ich am liebsten, wenn ich überall sein könnte?

In Jaspers Armen.

Das ist kein Land!, rügt mich der vernünftige Teil in mir.

Im Kopf gehe ich die Liste der Länder durch, die ich bereits bereist habe. Keines davon würde ich als mein Lieblingsland bezeichnen wollen. Ich mochte alle. Jede Reise hatte ihre Höhen und Tiefen. Von jeder habe ich unvergessliche Erinnerungen mit nach Hause gebracht.

Ich träume mich an all die weit entfernten Orte. Erinnere mich, wie es war, als ich die Ruinenstadt Machu Picchu besucht habe oder meine Eltern und ich mit dem Boot nach Key West gefahren sind. Gedanklich gehe ich all die Highlights durch. River Rafting auf dem Grand Canyon, mit den wilden Schweinen schwimmen auf den Bahamas, der Helikopterflug in Alaska auf den Mendenhall-Gletscher, Sonnenbaden am Waikiki Beach mit Blick auf den Diamond Head.

Seufz!

Ich könnte ewig hier sitzen und träumen, nur leider…

Ruckartig richte ich mich auf. Das ist es. Mein Lieblingsreiseland ist das Land der Träume. Keine Ahnung, was Alicia dazu sagen wird. Vermutlich wird sie meine Idee total absurd finden. Möglicherweise auch bescheuert. Wer weiß, aber ich wette, außer mir wählt niemand dieses Land. Dabei ist es perfekt, denn dort ist alles möglich. Man kann sein, wer oder was man will. Man kann machen, was auch immer man möchte, und zusammen sein, mit wem man will.

Zufrieden packe ich meine Sachen und begebe mich in meinen Computerkurs, in dem ich genug Zeit habe, weiter über mein Projekt für Alicia zu grübeln, denn was mir jetzt noch fehlt, ist ein passender Entwurf.

Leider ist das Outfit, mit dem man diese Reise antritt, eher unsexy. Wobei … Vielleicht sind auch bloß meine Schlafanzüge unsexy. Es gibt ja auch schicke Nachtwäsche, und die kombiniert mit etwas anderem, etwas, das so gar nicht dazu passt … Biker Boots und ein Satinnachthemd … Nein, das ist so Neunziger, aber irgendwas in diese Richtung. Vielleicht ein Pyjamaoberteil, das man zu einem Rock umfunktioniert oder anderweitig neu zusammensetzt?

Die Idee lässt mich nicht mehr los. Ich zeichne und zeichne. Ein Entwurf jagt den anderen, und am Abend steht eine Mini-Kollektion.

»Verrückt!«, befindet Val, als ich beim gemeinsamen Abendessen davon erzähle. Am liebsten würde ich direkt loslegen, doch ich kann mich einfach nicht entscheiden, welcher Entwurf der beste ist. Irgendwie mag ich sie alle.

»Und wie heißt deine Kollektion?«, erkundigt Oxy sich, und auch Ella findet, dass sie einen Namen braucht, und plötzlich ist da Jaspers Stimme in meinem Ohr …

Träum groß! Träum groß und schmutzig, Libby!

»Dream big and dirty!«, sage ich, woraufhin Ella mir ihre Rechte zu einem High Five hinstreckt. Ich klatsche sie ab und lache, weil ich so glücklich und so von meiner Idee überzeugt

bin. Ich hoffe bloß, dass Alicia ähnlich über meinen außergewöhnlichen Ansatz denkt.

Bei strahlendem Sonnenschein sitze ich im Außenbereich eines Cafés, das direkt gegenüber des Colleges liegt, und versuche, die Stunde bis zu meinem Termin mit Alicia zu überbrücken. Schokokuchen und Milchkaffee versüßen mir die Wartezeit, können allerdings mein Heimweh, das heute – an Thanksgiving – besonders schlimm ist, nicht lindern.

Um mich abzulenken, widme ich mich meiner *Dream-big-and-dirty*-Kollektion. Gerade bin ich dabei, eine neue Idee zu skizieren, als eine Stimme über mir ertönt.

»Ist hier noch frei?«

Ich schaue von meinem Entwurf auf und Phoenix ins Gesicht.

»Hi«, presse ich überrascht von seinem Anblick hervor und hieve bereits meine Tasche vom Stuhl.

»Hi, Libby. Ich schätze…«, meint er und nickt in Richtung der freigeräumten Sitzfläche, »…das bedeutet Ja.« Er schenkt mir ein Lächeln, bei dem die Knie der meisten Mädchen weich werden würden, das mich jedoch nicht wirklich berührt.

»Ja, klar kannst du dich zu mir setzen.«

»Na ja, so klar auch wieder nicht.« Auf meinen fragenden Blick hin fügt er hinzu: »Du hast dich schließlich nach der Halloweenparty nicht gemeldet.«

Peinlich berührt, weil er es so direkt anspricht, streiche ich mir eine Haarsträhne aus der Stirn. »Tut mir leid. Es war echt viel zu tun und…« Ich verstumme, weil es wie eine doofe Ausrede klingt, aber ich kann ja schlecht sagen, dass mein Herz an einem anderen hängt.

»Schon okay. Du schuldest mir keine Erklärung. Du hattest deine Gründe, und das ist völlig in Ordnung, aber nur fürs Protokoll: Ich hätte mich gefreut, wenn du dich gemeldet hättest. Wie sehr, wurde mir erst klar, als ich dich eben hier habe sitzen sehen.«

Himmel! »Jetzt weiß ich erst recht nicht, was ich sagen soll«, gestehe ich.

»Ich erwarte nicht, dass du was sagst«, entgegnet er und lächelt mich an. »Aber ich wollte, dass du das weißt. Eigentlich bin ich auf dem Weg zum Sport, und wenn du willst, dass ich gehe, dann musst du es nur sagen.«

Noch immer überfahren von seiner direkten Art, schüttle ich den Kopf. »Nein, ich freue mich über Gesellschaft. Heute ist irgendwie ein doofer Tag.«

»Wegen Thanksgiving? Hast du Heimweh?«

»Ja, aber woher …? Ich meine, wie kannst du das wissen?« Mein verwirrtes Blinzeln lässt ihn schmunzeln.

»Der beste Freund meines ältesten Bruders ist Amerikaner. Er lebt schon eine ganze Weile hier, aber Thanksgiving ist ihm heilig. Heute Abend sind wir dort alle zum Essen. Wenn du magst, kannst du mitkommen.«

Sein Angebot rührt mich zu Tränen. Ich senke den Blick, versuche zu verbergen, wie aufgewühlt ich gerade bin.

»Sag nicht Nein, wenn du eigentlich Ja sagen willst, Libby.« Seine Hand legt sich auf meine. »Das ist ein wichtiger Feiertag. Es ist klar, dass du deine Freunde und deine Familie heute schrecklich vermisst.«

Beklommen schlucke ich gegen die Enge in meinem Hals an. Nein, ich werde jetzt nicht weinen – ganz egal, wie nett und verständnisvoll Phoenix ist. Himmel, ich bin heute wirklich nah am Wasser gebaut!

»Es ist verrückt«, schniefe ich. »Du scheinst genau zu wissen, was in mir vorgeht.«

»Wie gesagt, Parker geht es da ähnlich.«

»Parker Gibson?«

Fawkes nickt. »Ja, genau der. Woher …?« Er verstummt seufzend. »Na klar kennt ihr euch. Er ist ja dein Vermieter.«

»Und woher weißt du das schon wieder?«

»Oh, das liegt an meiner schnellen Auffassungsgabe. Er ist Oxanas Vermieter, und wenn du ihre Mitbewohnerin bist, dann ist er folglich auch dein Vermieter.« Er zwinkert mir zu. Seine blauen Augen leuchten vergnügt. Mein Blick verfängt sich an dem markanten Kinngrübchen, das mir zuvor gar nicht aufgefallen ist. »Egal wie, auf alle Fälle hat er mal gesagt, dass wir uns das so vorstellen sollen, als wäre man an Weihnachten nicht zu Hause.«

Zustimmend nicke ich. Kein schlechter Vergleich.

Trotzdem, will ich wirklich einen Abend an einem Tisch mit Parker Gibson verbringen? Klar, er ist nicht so schlimm, wie ich ursprünglich gedacht habe, aber er ist mein Vermieter und …

»Es wird Süßkartoffeln mit Marshmallows geben«, lockt Fawkes mich.

»Dein Angebot ist wirklich sehr großzügig, aber ich kann es nicht annehmen. Ohne Voranmeldung einfach so dazuzustoßen …«

»… wäre sehr amerikanisch, oder?«, unterbricht er mich lächelnd.

»Ja schon, und trotzdem möchte ich mich nicht aufdrängen und ungelegen kommen.«

»Libby, mach dir nicht so viele Gedanken. Ich bin mir sicher, dass Parker kein Problem damit hat, wenn ich dich mitbringe. Essen gibt es genug. Normalerweise werden wir noch drei Tage lang von den Resten satt. Gib dir einen Ruck!«

Einen Moment lang ringe ich mit mir, doch ich kann mir

nichts Schöneres vorstellen, als heute an einem reichgedeckten Tisch zu sitzen und Thanksgiving zu feiern.

»Okay, du hast mich überzeugt. Ich komme mit.«

»Dann hole ich dich um achtzehn Uhr ab, in Ordnung?«

»Klingt großartig. Ich freue mich.«

»Ich freue mich auch.«

Eine verlegene Stille entsteht, in der ich nervös mit dem Stift, einem schwarzen Fineliner, herumspiele.

»Dann lasse ich dich einfach mal weitermachen, gehe ins Training, und wir sehen uns heute Abend.«

Als er aufsteht, stehe ich auch auf, und dann umarme ich ihn, weil er mir den Tag gerettet hat, und zu meiner Überraschung fühlt es sich gar nicht so schlecht an. Sein Dreitagebart kratzt an meiner Wange. Im nächsten Moment küsst er sie zum Abschied vorsichtig.

»Bis später dann!«

»Ja, bis dann!«

Mein Blick folgt Fawkes, als er in Richtung Tavistock Place davongeht, und bleibt an Jasper hängen, der auf dem Vorplatz des Colleges neben einem Motorrad steht und zu mir schaut. Auf die Distanz kann ich seinen Blick nicht deuten, und dennoch brennt er auf meiner Haut. Mit einem Mal ist es vorbei mit meiner guten Stimmung, und ich fühle mich genauso einsam und verloren wie vor Fawkes' Auftauchen.

Dieses Mal gelingt es mir unglücklicherweise nicht, die Tränen zurückzuhalten. Als ich hastig den Blick von Jasper abwende, tropft eine von meiner Wange auf die Skizze. Mist! Hastig krame ich in meiner Tasche nach einem Taschentuch und versuche durch behutsames Tupfen zu retten, was zu retten ist. Leider verschmiert die Tinte trotzdem. Mein frustriertes Schnauben geht im Klingeln meines Weckers unter. Ich packe meine Sachen zusammen, während ich mich innerlich verfluche. Phoenix ist toll. Er ist nett und fürsorglich. Er sieht – da hat Eden recht – verdammt gut aus … ein wenig wie Jasper früher. Groß, blond, sportlich. Ich mag sein testosterongeladenes Gesicht, den breiten Kiefer, die lange – wie gemeißelte – Nase, und dennoch regt sich nichts in mir, wenn ich an ihn denke. Kein Verlangen, keine Schmetterlinge … wenn ich ehrlich bin, nicht mal eine Raupe … Mist!

Als ich auf dem Vorplatz ankomme, fehlt von Jasper zum Glück jede Spur.

Mit einem mulmigen Gefühl im Bauch mache ich mich auf den Weg zu Alicias Büro. Ich hasse die Nervosität, die ich jedes Mal verspüre, wenn ich einen Termin bei ihr habe. Sie ist mit ihrer Kritik knallhart. Das kenne ich so gar nicht. Meine Lehrer und später auch meine Dozenten an der Parsons haben immer erst mal das Positive erwähnt, ehe sie irgendetwas kritisiert haben. Alicia redet jedoch nie lange um den heißen Brei herum. Sie kommt immer gleich zur Sache und deckt die Schwachstellen auf – selbst die, von denen man nicht einmal geahnt hat, dass es sie gibt. Mein Herz schlägt mir bis zum Hals, als ich die Hand hebe und an ihre Tür klopfe.

Ich erwarte ein schnittiges »Herein!«, doch es bleibt aus. Auch auf mein neuerliches Klopfen folgt keine Antwort, weshalb ich schließlich versuche, die Tür zu öffnen.

Abgeschlossen.

Während ich in meiner Tasche nach dem Handy krame, um zu checken, ob ich mich nicht in der Zeit vertan habe, sagt plötzlich eine nur allzu vertraute Stimme hinter mir: »Alicia kommt nicht.«

Ruhig bleiben, befehle ich mir, doch das ist leichter gesagt als getan. Jasper bringt mich schon an guten Tagen aus der Fassung, doch heute ist kein guter Tag … *Mist*, denke ich, als mein Blickfeld erneut verschwimmt. Mit aller Willenskraft blinzle ich gegen die Tränen an, dränge sie zurück.

»Es gab einen privaten Notfall. Sie lässt sich entschuldigen.«

Ich drehe mich zu Jasper um. »Okay. Dann vielen Dank fürs Bescheidgeben.« Meine Stimme zittert.

Ein harter Ausdruck stiehlt sich in Jaspers Augen. »Was ist los?«, fragt er barsch.

»Nichts!«

»Du hast geweint, also sag nicht, dass nichts los ist.«

»Es ist nichts«, behaupte ich noch einmal nachdrücklich. »Ich muss los. Ich habe noch einen Termin.«

Ich gehe an ihm vorbei, verfluche mich für meine dumme Lüge, denn natürlich wissen wir beide, dass ich keinen Termin habe – er hat meinen schließlich gerade abgesagt. Eilig flüchte ich ins nahegelegene Treppenhaus. Mit einem dumpfen Rums knallt die Feuertür hinter mir ins Schloss. Der Laut dröhnt in die Abgeschiedenheit des Schachts, erschüttert ihn, erschüttert mich, und die Tränen beginnen von selbst zu fließen. Ich hasse es, dass unsere Begegnungen immer auf diese Weise enden. Ich hasse, dass ich jedes Mal so down bin, hasse, dass ich nicht damit aufhören kann, an ihn zu denken. Warum fühle ich mich bloß so schrecklich zu ihm hingezogen? Warum musste ich mich Hals über Kopf in ihn verlieben, und warum kann ich mich nicht einfach entlieben? Das würde alles so viel simpler machen.

Ich hocke mich auf die Treppe, gewähre dem Schmerz Raum. Ich weiß, wenn ich es nicht jetzt tue, schlägt er irgendwann anders zu. Davonlaufen kann ich nicht. Jasper Chase holt mich immer wieder ein.

Wortwörtlich, wie ich im nächsten Moment feststellen muss, denn die Tür öffnet sich, und er betritt das Treppenhaus. Sein Blick fällt auf mich. Er sieht wütend aus. Warum ist er wütend?

»Geh!«, sage ich, als er sich neben mich setzt und seine unmittelbare Nähe die ganze Situation nur noch unerträglicher macht. Sie zerreißt mich. Alles in diesem Moment ist zu viel.

»Sag mir bitte, weshalb du weinst«, stößt er zwischen zusammengepressten Zähnen hervor.

»Warum interessiert dich das, Jazz?«

»Wie könnte es mich nicht interessieren? Ich bin schließlich dein Lebensretter. Schon vergessen?«

Mein Schnauben, ein bitterer Laut, erfüllt das Treppenhaus. Wenn es nicht so verdammt wehtun würde, wäre es ja fast witzig. Einen Moment lang weiß ich nicht, wie ich reagieren soll. Am liebsten würde ich ihn an New York erinnern, würde ihm sagen, dass ich – anders als er mich – *ihn* nie vergessen könnte.

Doch da ich mich ihm, dünnhäutig, wie ich gerade bin, nicht gewachsen fühle, sage ich nur: »Ich habe Heimweh. Heute ist Thanksgiving.«

»Verstehe. Und in den Ferien … fliegst du da in die Staaten?«

»Ja.«

»Du freust dich sicherlich.«

Ich nicke bloß.

»Worauf freust du dich am meisten?«

»Auf meine durchgeknallte Freundin Eden und meine Schildkröte.«

»Du hast eine Schildkröte?«

»Yep. Crush. Eigentlich Mad Crush, aber er hört bloß auf Crush«, erwidere ich schniefend und wische mir die Tränen von den Wangen.

»Du weißt schon, dass das absoluter Unsinn ist. Schildkröten …«

»Ja, Jasper, ich weiß«, unterbreche ich ihn kopfschüttelnd. »Es war ein Witz. Crush ist eine Schildkröte. Natürlich hört er nicht auf seinen Namen.«

Meine Erklärung bringt Jasper zum Grinsen, und ihn so zu sehen, ist ein unglaubliches Erlebnis. Es ist, als würden tausend Sonnen am Himmel stehen. Tausend Sonnen, die sich in seinen Augen spiegeln und dort mit seiner Lebensfreude um die Wette tanzen. Ich liebe diesen seltenen Ausdruck in seinen Augen.

»Und deine Freundin Eden, die ist also völlig durchgeknallt, ja?«

»Ja, sie hat bloß Unsinn im Kopf. Die ganze Zeit über.«

»Machst du dir Sorgen um sie?«

Nicht so sehr wie um dich, denke ich und presse meine Lippen fest zusammen, damit ich die verhängnisvollen Worte nicht sage.

Kopfschüttelnd stehe ich auf und strauchle prompt, als ich nach meiner Tasche greife. Ob es an der schnellen Bewegung liegt oder daran, dass ich aufgrund von Jaspers Anwesenheit weiche Knie habe, weiß ich nicht. Er ist sofort zur Stelle, umfasst meinen Ellbogen, hält mich. Ich sehe zu ihm auf. Seine Kiefer mahlen wieder, während er auf mich herabstarrt.

Bitte erkenne mich. Bitte erinnere dich an mich. An uns. Bitte küss mich. Bitte …

Es nicht zu sagen, kostet mich all meine Selbstbeherrschung. Der Drang, meine Arme um seinen Hals zu schlingen und meine Lippen auf seine zu pressen, droht übermächtig zu werden. Wie dumm, wie erbärmlich, wie lächerlich, wie …

»Ich fahre dich heim.«

»Was?«, frage ich wenig eloquent.

»Es scheint dir nicht gutzugehen. Du solltest nach Hause,

nicht dass du einen Rückfall bekommst und erneut krank wirst.«

»Keine Sorge, ich bin längst wieder gesund, mir geht es gut.«

Er sieht mich streng an. »Dir geht es gut?«, fragt er zweifelnd.

»Ja, wirklich! Ich …«, stammle ich und suche händeringend nach einem guten Grund, sein Angebot abzulehnen. Nun sind es nicht mehr bloß meine Knie, die in seiner Gegenwart weich werden, sondern scheinbar auch mein Hirn. Na, danke! Das hat mir gerade noch gefehlt.

»Ich bestehe darauf!«

Instinktiv weiß ich, dass ich ihm das nicht ausreden kann. Ich höre es an seinem Tonfall.

»Okay«, gebe ich mich geschlagen. »Aber ich kann auch ein Taxi nehmen«, starte ich einen letzten Versuch, das Unvermeidliche abzuwenden, doch Jasper beharrt darauf, mich zu fahren, weshalb ich mich kurz darauf auf dem Vorplatz des Colleges wiederfinde, wo er auf ein Motorrad zugeht.

Das Motorrad, neben dem er vorhin stand, als ich im Café saß.

»Was ist das?«, quieke ich erschrocken, obwohl mir durchaus klar ist, was das ist.

»Mein Motorrad. Ich sagte doch, ich fahre dich heim.« Lächelnd hält er mir einen Helm hin, den er aus seinem Rucksack gezaubert hat.

»Das ist nicht dein Ernst!«

»Doch, durchaus.«

»Meine Mutter würde mich umbringen, wenn ich damit fahre!«

»Du fährst ja auch nicht.« Er grinst schief. »Es fühlt sich toll an«, sagt er in schwärmerischem Tonfall. »Pure Freiheit. Du wirst es lieben.«

Ich betrachte das Motorrad. Es ist schön. Eine *Kawasaki W800*, wie ich auf dem mattschwarzen Tank nachlesen kann. Der Feuerstuhl erklärt wohl auch die Lederjacke im Perfectostil und die Biker-Boots, die Jasper trägt. Jasper. Mist, habe ich ihn nicht eben im Treppenhaus dauernd Jazz genannt? Zum Glück scheint ihm das gar nicht aufgefallen zu sein.

»Komm schon«, lockt er mich. »Ich weiß, dass es dich reizt.«

»Woher, bitte schön, willst du das wissen? Wir kennen uns schließlich kaum.« Doch in der Tat schwanke ich zwischen Angst und Neugier.

Achselzuckend meint er: »Vielleicht sehe ich es dir einfach an der Nasenspitze an.«

Ich gebe mir einen Ruck, greife nach dem Helm und setze ihn auf.

Jasper tritt dichter an mich heran und hilft mir, den Kinnriemen festzuschnallen. »Oder möglicherweise kenne ich dich doch, auch ohne dich richtig zu kennen.«

Ich wünschte, es wäre so. Trocken schlucke ich gegen den neuerlich aufflammenden Schmerz an. Etwas, das Jasper – da seine Finger meinen Hals berühren – nicht entgangen sein kann. Zum Glück interpretiert er es jedoch falsch.

»Sitzt der Helm zu eng?«

»Nein, alles gut, und du? Trägst du keinen?«

Offensichtlich nicht, denn er zuckt gleichgültig mit den Schultern und sitzt auf. Ich atme einmal tief durch und schwinge mich hinter ihm auf den Sattel. *Das war einfach*, denke ich noch, bis mir auffällt, dass ich keine Ahnung habe, wo ich mich festhalten soll. Jazz löst das auf seine Weise. Er greift nach hinten, umfasst meine Handgelenke und platziert meine Hände um seine Mitte, weshalb ich mich unvermittelt an ihn gekuschelt wiederfinde.

Gott, wie er duftet! Ich liebe diesen Duft. Mir ist egal, dass er von kaltem Zigarettenqualm umwölkt ist. Mir ist egal, dass er nicht mehr so pur und rein wie in New York riecht. Es ist immer noch besser als alles andere, so verdammt viel besser.

»Umfass mit der Rechten dein linkes Handgelenk«, instruiert er mich. Ich folge seiner Anweisung, und schon im nächsten Augenblick erwacht die Maschine unter mir dröhnend zum Leben. »Tief durchatmen.« Kein dummer Rat – das hatte ich vor lauter Aufregung doch wirklich vergessen. »Und keine Angst. Ich fahre ganz vorsichtig.«

»Okay«, hauche ich.

Ruckelnd setzt sich die Maschine in Bewegung. Jazz lenkt sie vom Campus auf die Straße und fährt dann Richtung Mutley.

»Woher weißt du, wo ich wohne?«, erkundige ich mich, als wir an einer Ampel stehen.

»Oxy hat es mir bei der Führung durchs Atelier gesagt.«

Mein Herz macht einen Satz in meiner Brust. Hat er sich tatsächlich nach mir erkundigt?

Als würde er es spüren und mir einen Dämpfer verpassen wollen, fügt er hinzu: »Also, na ja, sie sagte mir, wo sie wohnt, und da du ihre Mitbewohnerin bist …«

Er lässt den Satz unvollendet und fährt mich das kurze Stück zur Kingsley Road. Zu Fuß sind es bloß fünfzehn Minuten bis zum College. Auf Jaspers Maschine brauchen wir trotz des dichten Verkehrsaufkommens keine fünf Minuten. Die meiste Zeit stehen wir an Ampeln, und ich hoffe, dass wir keinen Ärger mit der Polizei bekommen, weil Jasper keinen Helm trägt. Meine Sorge ist jedoch unbegründet, und als ich schließlich vor der Haustür absteige und mich bei ihm fürs Heimbringen bedanke, sagt er: »Du hast das übrigens toll gemacht. Du bist eine sehr angenehme Sozia. Und du bist wirklich noch nie gefahren?«

»Noch nie. Also, danke noch mal.«

»Hey!«, ruft er mir hinterher, als ich schon fast an der Haustür bin. Ich drehe mich um. »Hast du nicht was vergessen?«

Ich blinzle verwirrt. Vergessen? Was denn?

»Der Helm«, hilft Jazz mir auf die Sprünge, weil ich das Offensichtliche einfach übersehe. Dabei hat er mich zu Beginn unserer kleinen Spritztour noch total irritiert.

»Oh!«, sage ich, stelle meine Tasche ab und laufe zu ihm zurück.

Er hilft mir, den Kinnriemen zu lösen. Unsere Finger kommen sich ins Gehege, als seine den meinen zu Hilfe eilen. Es prickelt wie verrückt, als sie sich berühren.

»Tut mir leid«, nuschle ich betreten.

»Alles gut. Du bist eben die geborene Motorradfahrerin.«

»Das glaube ich nicht. Ich würde tausend Tode sterben, wenn ich dieses Ungeheuer fahren müsste.«

»Hey!«, protestiert er. »Das tut ihr auch weh.«

Ich verdrehe die Augen. »Männer und ihr Spielzeug«, murmle ich, woraufhin ein Lächeln an seinen Mundwinkeln zupft. »Sie ist wunderschön!«, gebe ich zu, denn das ist sie wirklich. Klassisch und modern zugleich, ein echter Hingucker.

»Ja, das ist sie in der Tat«, stimmt Jasper mir zu, doch sein Blick, der auf mir ruht, lässt mich daran zweifeln, ob er von seinem Bike spricht.

»Ich gehe dann mal. Dir einen schönen Abend und danke noch mal.«

»Jederzeit gerne.« Er hebt zum Abschied die Hand, und ich tue es ihm gleich.

Während ich zum Haus gehe, erklingt hinter mir der

Sound von Jaspers Maschine. Ich widerstehe dem Bedürfnis, mich umzudrehen und ihm hinterherzuschauen, als er davonfährt. Was ich gerade fühle, diese Verbindung und diese Nähe, die gibt es in Wirklichkeit nicht.

»Überraschung!«, ruft ein Chor von Stimmen, als ich in Gedanken versunken die Tür öffne.

Meine Mitbewohnerinnen stehen im Flur und haben mich ganz offensichtlich erwartet.

»Was ist denn hier los?«, frage ich perplex, dabei verrät die Girlande über ihren Köpfen mir alles. *Happy Thanksgiving* steht darauf.

»Ein frohes Thanksgiving«, sagt Val und schließt mich in die Arme. Auch Oxy und Ella knuddeln mich, und ich kann nicht anders, ich fange wieder an zu heulen, wenn auch dieses Mal vor Rührung.

»Ihr seid verrückt«, schniefe ich.

»Val ist verrückt! Das war alles ihre Idee. Oxy und ich sind bloß ihre Handlanger«, redet Ella sich raus.

»Danke, danke, danke«, sage ich und schlinge meine Arme um alle drei.

»Bedank dich erst, wenn du weißt, wie der Truthahn schmeckt. Das ist nämlich mein erster.«

Ich folge den Mädels in die Küche, wo es köstlich duftet. Val hat an alles gedacht: Es gibt Karotten, Süßkartoffeln, Kürbis, Äpfel, Nüsse, Cranberrys. Ich bin überwältigt und kann gar nicht glauben, welche Mühe sich Oxy, Ella und Val meinetwegen gemacht haben. Das ist der beste Tag seit meiner Ankunft in Plymouth, und ich bin unendlich dankbar für die tollen Frauen, mit denen ich zusammenlebe.

Ich fotografiere den reich gedeckten Tisch und schicke eine Nachricht an meine Eltern und Eden. Als ich bereits sitze, fällt mir ein, dass ich Phoenix unbedingt noch absagen muss. Unter einem Vorwand verschwinde ich noch mal auf meinem Zimmer, um ihn anzurufen. Zum Glück hängt seine Nummer noch an meiner Pinnwand.

»Hey«, sage ich, als er den Anruf annimmt. »Ich bin's, Libby.«

»Hey. Du sagst ab?«

»Ja«, gebe ich zu und erzähle ihm von der Überraschung der Mädels.

»Wow! Du hast coole Mitbewohnerinnen. Ich meine, von Oxy wusste ich das ja bereits, aber auch die anderen beiden scheinen ziemlich klasse zu sein.«

»Sind sie«, stimme ich ihm zu. »Es tut mir aber trotzdem leid, dass es heute Abend nicht klappt.«

»Nicht schlimm. Vielleicht ein anderes Mal. Meine Nummer hast du ja.«

»Danke, Fawkes.«

»Schon okay.«

»Sag mal, was hältst du davon, wenn wir nächste Woche mal ins Kino gehen?«

»Fände ich gut«, meint er überrascht. »Ich muss nur schauen, wie es mit meinen Schichten hinhaut.«

»Mach das.«

»Okay, dann melde ich mich, sobald ich weiß, wie ich kommende Woche arbeiten muss. Dir noch einen schönen Abend.«

»Dir auch.«

Ich lege das Handy beiseite, ziehe mir rasch Kuschelsocken an und gehe wieder hinunter in die Küche, wo die Mädels bereits auf mich warten.

Seit meiner Ankunft gab es immer wieder Momente, in denen ich nicht sicher war, ob ich nach den Winterferien zurückkomme. Alles hat sich so schrecklich angefühlt, so als wäre ich am falschen Platz, doch nun – in der kleinen Küche mit dem liebevoll gedeckten Tisch – schwinden meine Bedenken und das Heimweh.

Auch wenn hier nicht immer alles eitel Sonnenschein ist, so habe ich bisher unglaublich viel von Alicia lernen dürfen. Das sollte ich mir auch in Zukunft nicht nehmen lassen, nur weil ich am liebsten ganze Weltmeere zwischen Jasper und mich bringen würde.

Abgesehen davon, sind meine Mitbewohnerinnen einfach die besten, daher erhebe ich mein Glas und spreche einen Toast aus.

»Mädels, ich weiß gar nicht, was ich sagen soll. Ich bin total überwältigt und gerührt, weil ihr das alles für mich auf die Beine gestellt habt. Ihr seid wirklich großartig. Ich könnte mir keine besseren Mitbewohnerinnen wünschen als euch.«

Wir stoßen an, drehen die Musik auf und rocken das Thanksgiving-Essen mit viel Wein, tollen Gesprächen und dem Zusammenhalt, den ich in New York immer vermisst habe.

8

Jasper

»Bis später, Dad!«

Ich schlüpfe in meinen warmen Wintermantel und bin bereits im nächsten Moment zur Tür hinaus. Wäre ich nicht mit Ian auf ein Bier im The Ship Inn verabredet, würde ich mich einfach ins Bett hauen und schlafen. Ich bin echt groggy, doch ich glaube, dass unsere Freundschaft diesen Heimaturlaub dringend nötig hat. Wir brauchen etwas Zeit für uns abseits der Arbeit, denn die gestaltet sich immer schwieriger. Unsere Beziehung leidet unter On Fleek, aber zugegeben auch darunter, dass ich nach wie vor Libby hinterhertrauere. Ein Umstand, der mich reizbar und aggressiv macht. Mehr als einmal hat Ian in den letzten Wochen meine miese Laune zu spüren bekommen. Ich weiß, dass das nicht fair ist, doch irgendwie kann ich nicht anders. Es macht mich einfach total fertig, dass sie da ist und ich sie trotzdem nicht haben kann.

Der eisige Dezemberwind und das Rumoren der See empfangen mich. Einen Moment lang bleibe ich mit geschlossenen Augen im kleinen Vorgarten unseres Cottages stehen, lege den Kopf in den Nacken und sauge das Gefühl von Heimat tief in meine Lunge. Feiner Sprühregen, frostig und belebend, tanzt in der windgepeitschten Luft, küsst mein Gesicht und fegt die Müdigkeit davon.

Die Weihnachtstage hier in Mousehole zu verbringen, war eine gute Idee, befinde ich in diesem Moment. Natürlich ist es mit Dad nicht immer einfach. Wir sind so grundverschieden, dass ein reibungsloses Zusammenleben einfach unmöglich ist. Doch auf seine sehr eigene, etwas verschrobene Art liebt er mich – da bin ich mir sicher. Er liebt mich, auch wenn er mit dem, was ich mache und was mich ausmacht, nichts anfangen kann. Als ich ein Teenager war, war das ein echtes Problem. Inzwischen habe ich jedoch akzeptiert, dass die meisten Leute nicht nachvollziehen können, wie ich ticke. Mittlerweile ist es mir nicht mehr wichtig, dass man mich versteht. Früher empfand ich es jedoch als extrem verletzend, dass nicht einmal mein eigener Vater mich verstand.

Unweigerlich springen meine Gedanken erneut zu Libby. Obwohl wir uns kaum kennen, scheint sie zu erfassen, wer ich bin. Ich weiß nicht, ob es an ihrem Einfühlungsvermögen liegt oder ob wir uns vielleicht einfach ähnlicher sind, als man auf den ersten Blick meint. Anders, aber doch irgendwie gleich. Tatsache ist, dass ich mich ihr verbundener fühle als jedem anderen Menschen. Warum sonst ist jede einzelne Sekunde mit Libby perfekter als meine komplette übrige Lebenszeit? Warum sonst fühle ich mich nur in ihrer Gegenwart wirklich lebendig?

Und was zur Hölle mache ich, wenn sie sich entscheidet, nach den dämlichen Winterferien nicht wiederzukommen? Denn dass sie in England unglücklich ist, obwohl sie sich in ihren Kursen wacker schlägt, ist offensichtlich. Um das zu erkennen, hätte ich gar nicht Zeuge ihres Zusammenbruchs an Thanksgiving sein müssen.

Wieder ist sie da, diese alles verzehrende Wut. In der Manteltasche krame ich nach dem Zigarettenpäckchen. Nachdem ich den ersten Zug genommen habe, glätten sich die Wogen etwas, und ich verspüre nicht mehr den Drang, nach Plymouth zurückzufahren, diesen beschissenen Club zu stürmen und Phoenix Manning eine reinzuhauen, weil er Libby zum Weinen gebracht hat.

Ihre Behauptung, sie hätte lediglich Heimweh, habe ich keine Sekunde lang geschluckt.

Ich verfluche mich dafür, dass ich mich von Ian an der Halloweenparty habe verunsichern lassen. Ich hätte auf mein Bauchgefühl hören und mit Libby sprechen müssen. Sie verdient eine Erklärung, weshalb ich mich bei unserem unverhofften Wiedersehen am Hafen wie ein Vollidiot benommen habe. Doch wie soll ich ihr meine kopflose Flucht erklären? Wie soll ich ihr begreiflich machen, wie ich mich gefühlt habe, als ich die grenzenlose Enttäuschung in ihren Augen sah?

Ich wünschte, ich könnte zu diesem Zeitpunkt zurückkehren. Ganz sicher würde ich mich dann nicht so selten dämlich verhalten.

Oder?

Die Erinnerung an die Szene ist mit einem Mal wieder sehr präsent. Hektisch ziehe ich an meiner Zigarette. Selbst in der Erinnerung ist die Situation für mich kaum zu ertragen, und ich will mich ihr entziehen.

Ich, völlig verkatert, mit so viel Restalkohol im Blut, dass es ein Wunder ist, dass ich überhaupt stehen kann. Und dann sie … Sie sieht noch immer aus wie damals. Spurlos sind die vergangenen eineinhalb Jahre an ihr vorbeigegangen, und in dem Moment, nachdem ich sie gerettet habe und sie sich zu mir umdreht, ist es, als würde sie mir einen Spiegel vorhalten.

Ich führe die Zigarette erneut an die Lippen, inhaliere tief und versuche mir vorzustellen, wie diese Begegnung für sie gewesen sein muss.

Ian hat recht, natürlich war sie angewidert und enttäuscht von diesem kaputten Typen, dem sie mit einem Mal gegenüberstand. Aber so kaputt und verkorkst ich auch sein mag, ich hätte sie ganz sicher nicht zum Weinen gebracht. Niemals!

Die Frage, was zwischen Libby und diesem Phoenix geschehen ist, quält mich. Als sie ihn zum Abschied umarmt hat, sah alles noch gut aus – so gut, dass ich rasend vor Eifersucht war. Am liebsten wäre ich hingegangen, hätte ihn von ihr weggezerrt und ihm gesagt, dass er sich auch in Zukunft von ihr fernhalten soll. Doch ich hatte mich im Griff, habe mich beherrscht und kein Desaster heraufbeschworen. Es war Ians Stimme in meinem Kopf, die eine Schlägerei verhindert hat, denn ich wollte diesen Typ schlagen. Aber ich habe mir wieder und wieder gesagt, dass ich das Richtige tue. Richtig, weil es besser für Libby ist. Doch wie kann dieser Phoenix besser für sie sein, wenn er sie unglücklich macht? Kaum hatte er das Café verlassen, hat Libby zu weinen begonnen.

Und seit diesem Tag frage ich mich unablässig, was da zwischen ihnen vorgefallen ist. Hat Phoenix sie abserviert? Oder sich eine Beziehungspause erbeten, weil er sich seiner Gefühle nicht sicher ist? Oder ist Libby für ihn bloß eine Bettgeschichte? Ein Mädchen, das er immer dann anruft, wenn er mal Druck ablassen muss?

Der Gedanke allein macht mich erneut so schrecklich wütend, dass ich auf etwas einschlagen möchte. Stattdessen sauge ich noch einmal an der Zigarette und entsorge die Kippe dann in dem Einmachglas, das ich zum Aschenbecher umfunktioniert habe und das auf dem schmalen Fenstersims steht.

Die Hände tief in den Jackentaschen vergraben, marschiere ich mit gesenktem Kopf durch die schmalen Gassen zum The Ship Inn. In den Sommermonaten, wenn Horden von Touristen unser kleines Dörfchen unsicher machen, kommt es regelmäßig zu chaotischen Verkehrsverhältnissen. Doch jetzt sind die engen Gässchen menschenleer. Links und rechts in den Fenstern der Häuser hängen Lichterketten und verbreiten eine heimelige Atmosphäre. Der Geruch nach Torf, der aus den Schornsteinen emporsteigt, paart sich mit der frostigen Winterluft.

»Riechst du den Schnee?«, hat mein Vater mich vorhin gefragt. »Ich wette, wir bekommen noch weiße Weihnachten.«

Ich habe erwidert, er solle nicht erwarten, dass ich dagegenhalte. Die Lektion habe ich schon früh gelernt. Dad ist zuverlässiger als jeder Wetterbericht. Mehr als zwanzig Jahre an Bord eines Fischerboots haben ihn gelehrt, die Zeichen richtig zu deuten, und wenn er sagt, dass es schneien wird, dann wird es schneien.

Saukalt ist es zumindest schon mal, sodass ich froh bin, als ich im Hafen, wo sich der Pub befindet, ankomme. Wärme und Lärm schlagen mir beim Öffnen der Tür entgegen. Es ist voll, aber das ist um diese Jahreszeit normal. Hier findet sich das halbe Dorf zusammen, was sicherlich cool ist, wenn man der gesellige Typ ist. Ian liebt es. Ich grüße kurz in die Runde und schnappe mir dann einen Hocker an der Bar. Während ich darauf warte, bedient zu werden, lasse ich meinen Blick über die Auswahl schweifen und entscheide mich dann doch für das Übliche, ein Pint Bier.

Aus Ians Viertelstunde wird eine Dreiviertelstunde, aber auch das bin ich von ihm gewohnt. Als er endlich eintrifft und sich auf den Hocker neben mir setzt, sehe ich, dass er sich ordentlich in Schale geschmissen hat. Überflüssig. Wir sind schließlich nicht in London.

»Für wen zum Teufel hast du dich denn so schick gemacht?«, will ich wissen.

Er wirft mir einen unwirschen Blick zu, ordert ebenfalls

ein Pint und erwidert: »Kann ja nicht jeder rumlaufen wie ein Obdachloser.« Er mustert mich von der Seite. »Du musst echt dringend mal zum Friseur, mein Freund. Dieser blonde Ansatz, der da rauswächst…« Missbilligend schüttelt er den Kopf. »… so nehme ich dich nicht mit nach New York. Das kannst du vergessen.«

»Hey«, meine ich und heb die Hände in einer Geste der Kapitulation. »Dann bekomme ich endlich die Auszeit, die ich so dringend nötig habe, um mal runterzukommen und abzuschalten.«

»Vergiss es! Du hast jetzt gerade deine Auszeit, also genieß sie lieber in vollen Zügen.«

Derek, der Barkeeper, stellt ein Pint vor Ian auf den Tresen.

»Hey, Mann, gut siehst du aus«, befindet er. »Ihr lebt jetzt in Plymouth, habe ich gehört?«

Ian winkt ab. »Nur vorübergehend, bis Jasper seinen Abschluss gemacht hat.«

»Und dann geht es zurück in die Stadt?«

»Worauf du dich verlassen kannst, mein Freund«, meint Ian breit grinsend. Während er diesen Zeitpunkt offensichtlich kaum erwarten kann, wird mir bei dem Gedanken, zurück nach London zu gehen, schwer ums Herz.

»Ihr seid solche Glückspilze!«, befindet Derek. Er ist drei Jahre älter als wir. Da er frühzeitig seine große Liebe gefunden hat, hat er es nie aus dem Dorf rausgeschafft. Nun fragt er sich, ob er nicht doch was verpasst hat. In der Wartezeit auf Ian hat er mich über unser vermeintlich glamouröses Leben in der Großstadt gelöchert.

»Das musst du ihm sagen!« Ian deutet auf mich.

»Warum? Was ist los bei dir, Mann?«, fragt Derek und ignoriert den stinkigen Blick, den ich Ian zuwerfe. Muss er mit unseren Differenzen hausieren gehen?

»Ist bloß alles etwas viel«, behaupte ich und schiebe, auf seinen fragenden Blick hin, hinterher: »Viel zu tun, wenig Schlaf!«

»Na ja, jetzt seid ihr ja hier. Wie lange bleibt ihr?«

»Am Fünfundzwanzigsten geht es zurück«, informiert Ian ihn und klingt, als könne er es kaum erwarten, sich wieder ins Auto zu setzen und nach Plymouth zu fahren.

»Na, dann habt ihr ja ein paar Tage, um euch zu erholen.« Derek trommelt zweimal kurz auf den Tresen. »Sorry, Leute. Ich muss …« Er nickt in Richtung einiger Männer, die ihre Gläser aufgefüllt bekommen wollen. »War nett, mit euch zu plaudern.« Er begibt sich ans andere Ende der Theke und lässt Ian und mich zurück.

Ians Stoßseufzer veranlasst mich nachzuhaken, was los ist.

»Ach, ich denke schon den ganzen Tag über diesen Scheißrock nach«, murmelt er.

Mit dem Ellbogen verpasse ich ihm einen freundschaftlichen Stoß in die Rippen. »Hör auf damit! Wir sind hier, um mal abzuschalten und runterzukommen. Und wie es aussieht, bin ich nicht der Einzige, der das dringend nötig hat.«

Ian von diesem Trip zu überzeugen, war ein hartes Stück Arbeit, denn am liebsten hätte er ununterbrochen an der neuen Kollektion gewerkelt.

Seitdem Aurelio verkündet hat, dass er uns auf der New Yorker Fashion Week dabeihaben will, ist Ian total durch den Wind. Aurelio hat eine gigantische Location gemietet, in der im Anschluss auch die After-Show-Party stattfindet.

On Fleek & Aurelio … eine gemeinsame Modenschau, die laut Aurelio ein Riesending werden wird. Er setzt auf den Synergieeffekt beider Marken, und bei den Unsummen, die er in das Event buttert, wird die Veranstaltung bestimmt großartig.

Für völlig verrückt halte ich jedoch, dass Aurelio das Gleiche eine Woche später in London noch mal abziehen will. Wo liegt da, bitte schön, der Mehrwert? Die Welt hat unsere neue Kollektion dann schließlich bereits gesehen. Doch Aurelio ist der Meinung, dass Ian und ich mit unserem britischen Background unbedingt in London präsent sein müssen. Schließlich sei das unsere Stadt.

Die Londoner Fashion Week erstreckt sich bis ins neue Semester. Wieder einmal muss ich mich zwischen Studium und Job zerreißen, und im Moment leidet das Studium einfach spürbar unter all der Arbeit, die bei On Fleek anfällt. Ian habe ich bereits gesagt, dass das auf keinen Fall so weitergeht und er nach London weitestgehend ohne mich auskommen muss. Ich habe schließlich eine Abschlusskollektion zu entwerfen.

»Ja«, räumt er ein. »Ist vielleicht wirklich nicht schlecht, dass wir mal ein paar Tage frei haben. Meine Mutter zumindest hast du mit der Aktion sehr glücklich gemacht. Sie lädt dich übrigens für Freitag zum Abendessen ein, war aber enttäuscht, dass du noch nicht vorbeigeschaut und ihr Hallo gesagt hast. Was hast du denn heute den ganzen Tag über getrieben?«

»Gelesen, geschlafen, gezeichnet und ein wenig mit Dad geredet. Wir haben uns schließlich eine ganze Weile nicht gesehen.«

»Du hättest echt mal vorbeikommen können«, meint Ian vorwurfsvoll.

Schuldbewusst kratze ich etwas an dem abgeblätterten Nagellack herum. Hübsch ist anders, doch immerhin hat er seinen Zweck erfüllt, und ich habe seit Monaten nicht an den Nägeln herumgekaut.

»Wir hängen ständig aufeinander, ich brauchte einfach mal

etwas Zeit für mich, Ian.« Obwohl mir unser Zusammenleben die Luft zum Atmen raubt und wir uns ständig streiten, bereue ich meine Worte, als ich den verletzten Ausdruck auf seinem Gesicht sehe. »Hey, Bro, jetzt sitzen wir doch hier, und klar komme ich am Freitag gerne zum Essen. Die halbe Welt hat übrigens nach dir gefragt, während ich hier gehockt und auf dich gewartet habe. Alle wollten wissen, wo du steckst und wie es dir geht.«

Besorgt haben sich die Leute nach ihm und seinem Gesundheitszustand erkundigt. Jeder im Dorf war damals geschockt, als Ian die Diagnose bekam. Seine Mum ist in jedem Verein, den es in unserem Ort gibt – Ausnahme: der Männerchor –, und sie macht die beste Stargazy Pie der Welt. Diese regionale Spezialität ist natürlich nicht der Grund dafür, dass die Anteilnahme so groß war. Das ist bloß Ediths kulinarisches Special Feature. Einhörner pupsen Glitzer, Edith backt die beste Fischpastete. Beides sind universelle Gesetze.

Nach der zweiten Runde Bier wird einer der Tische frei. Kaum haben wir uns gesetzt, steht plötzlich meine Ex samt ihrer besten Freundin davor.

»Dürfen Lindsay und ich uns zu euch setzen?«

Da ich dafür absolut keinen Nerv habe, erwidere ich: »Entschuldigt, aber wir sind gerade noch dabei, einige geschäftliche Dinge zu besprechen.«

June versteht die Abfuhr nicht, streicht über meinen Kopf und wirft mir einen verführerischen Blick zu. »Ach, Jazz, du kannst doch nicht immerzu an die Arbeit denken. Manchmal muss man sich auch amüsieren.«

»Mag sein, aber wir haben wirklich noch zu tun.«

Ian und ich wechseln einen Blick, denken vermutlich das Gleiche, nämlich, dass June noch genauso anhänglich ist wie früher.

»Aber wir hatten doch immer so viel Spaß miteinander«, meint sie mit zum Schmollmund verzogenen Lippen.

Sie krault nun meinen Nacken. Ihre Berührung zu ertragen, fällt mir schwer. Gerade will ich nach ihrer Hand greifen, als Ian sagt: »June, meine Liebe, wenn Jazz Bedarf hat, diese alte Sache zwischen euch aufzuwärmen, dann wird er es dich wissen lassen. So lange setzt euch doch an die Bar, da sind schließlich gerade zwei Stühle frei geworden.« Er deutet zu unseren ehemaligen Sitzplätzen und wendet sich dann an mich. »Wo waren wir stehen geblieben?«

»Bei dem Scheißrock, der dir nicht aus dem Kopf geht«, erwidere ich und hoffe, dass June endlich begriffen hat, dass wir keinen Wert auf ihre Gesellschaft legen.

Leider ist es mit Hoffen nicht getan, denn sie stemmt die Hände in die Hüfte und funkelt Ian wütend an. »Du, Ian Corbin, bist ein arroganter, von Eifersucht zerfressener Mistkerl. Und du, Jasper …« Ich halte den Atem an, frage mich, warum sie es uns so schwer machen muss, und erwarte eine ähnliche Beleidigung, doch zu meiner Überraschung sagt June lediglich: »… lernst es einfach nicht.«

Sie wirft mir einen bedauernden Blick zu, dreht sich um und geht mit ihrer Freundin davon.

»Weiber!«, brummt Ian.

»Apropos Weiber … Was ist denn mit der kleinen Rothaarigen, mit der du dich neulich getroffen hast?«

Ian sieht mich verständnislos an.

»Diese Deutsche, die du auf der Halloweenparty angemacht hast …«

Ian hebt abwehrend die Hände. »Wow! Angemacht? Ich habe sie nicht angemacht. Sie studiert Fotografie und scheint was auf dem Kasten zu haben. Die Bilder von der Party waren jedenfalls nicht schlecht.«

»Ja, von denen hast du dir ja auch die Nutzungsrechte gesichert.«

»Richtig, und dann habe ich mir letzte Woche ihr Portfolio zeigen lassen.«

»Ihr Portfolio zeigen lassen«, meine ich betont zweideutig und wackle mit den Augenbrauen.

Ian lacht kopfschüttelnd in sich hinein. »Mensch, Jazz, mehr war da wirklich nicht. Ich habe kein Interesse an der Kleinen. Ich meine, ja, sie ist süß, aber sie ist nicht das, was ich will.«

»Was willst du denn?«

Er wirft mir einen langen Blick zu, ehe er sagt: »Ich will, dass On Fleek in New York so richtig durch die Decke geht und jedes It-Girl, jeder angesagte Sänger und Schauspieler unsere Sachen trägt. Ich will, dass On Fleek Marktführer wird, und ich glaube echt, dass 2020 unser Jahr wird, Jazz. Ich kann mir keine Ablenkung leisten, vor allem nicht, wenn du nicht an Bord bist und ich alles alleine stemmen muss.«

Sofort verspanne ich mich, fühle mich in die Ecke gedrängt.

»Hey, das war kein Vorwurf, Jazz. Aber es wird halt hart ohne dich – alles andere wäre gelogen.«

»Du schaffst das schon!«

»Klar«, meint er, hebt sein Glas und wartet darauf, dass ich mit ihm anstoße. Wir stürzen den Rest hinunter. »Ich hole uns noch eine Runde.«

»Mach das. Das Bier schmeckt schließlich nirgendwo so gut wie zu Hause.«

Während er davongeht, schaue ich mich an diesem Ort um, der mir so vertraut und fremd zugleich ist. Lustig geht es in dem vollen Schankraum zu. Die Stimmung ist ausgelassen und heiter. Die Leute haben sich zu kleinen Grüppchen zusammengefunden, spielen Karten, unterhalten sich oder lassen sich das gute Bier schmecken.

Zu meiner Überraschung stelle ich fest, dass ich all den Trubel überhaupt nicht unangenehm finde. Vielleicht liegt es daran, dass ich hier nicht im Mittelpunkt stehe – im Gegenteil, kaum einer schenkt mir Beachtung. Auf den Londoner Partys, auf denen jeder meiner Schritte beobachtet und kommentiert wurde, kam ich mir mehr als einmal wie ein exotisches Tierchen unter dem Mikroskop vor.

Ian kehrt an unseren Tisch zurück. Er schenkt mir ein verschmitztes Grinsen, und für einen Moment ist alles wie früher.

»Wir dürfen nicht vergessen, wo wir herkommen«, sage ich viel später zu ihm, als wir ziemlich angetrunken aus dem Pub wanken. Ich drehe mich um die eigene Achse, deute auf die sich schließende Tür und sage: »Das hier sind unsere Wurzeln, Ian. Unsere Wurzeln! Das dürfen wir nicht vergessen.«

Ian zieht mich am Kragen meines Mantels, ich stolpere rückwärts, torkle gegen ihn und bringe ihn beinahe aus dem Gleichgewicht. Haltsuchend und lachend klammern wir uns aneinander.

»Du bist so betrunken!«, wirft er mir vor.

»Aber du!«, kontere ich und versuche vergeblich, mir eine Zigarette anzuzünden.

Ian tritt an mich heran, schirmt die zitternde Flamme gegen den Wind ab, und endlich gelingt es mir.

»Mmh!«, seufze ich wohlig, als der erste Zug in meine Lunge sickert. Der Alkohol hat die vorwurfsvolle Stimme in meinem Kopf mundtot gemacht, weshalb ich die Kippe ohne schlechtes Gewissen genießen kann. »Kommst du noch mit?«, frage ich und nicke knapp zum gegenüberliegenden Kai, der das Hafenbecken vom Meer trennt. Es hat aufgehört zu regnen, und hier und da kann man durch die Wolkendecke den Sternenhimmel sehen.

Ian hakt sich bei mir unter. »Klar, ich muss ja aufpassen, dass du nicht wieder reinfällst.«

»Das war bloß ein einziges Mal, und damals war ich vierzehn oder so«, verteidige ich mich halbherzig. »Und abgesehen davon, so betrunken bin ich gerade auch wieder nicht.«

»Wenn du es sagst, Jezabel.«

Ich ignoriere den verhassten Spitznamen und marschiere mit Ian an meiner Seite nach rechts. Wir nehmen den Weg direkt am Hafenbecken entlang, überqueren einen der wenigen öffentlichen Parkplätze und betreten schließlich die dicke Kaimauer, an deren Ende wir gezwungen sind, stehen zu bleiben oder umzukehren.

Dafür bin ich allerdings noch nicht bereit. Also lehne ich mich an das schmiedeeiserne Geländer und zünde mir eine weitere Zigarette an.

»Du und deine Scheißnikotinabhängigkeit! Diese blöde Raucherei musst du echt wieder in den Griff bekommen. Wusstest du, dass dich jede Zigarette im Schnitt elf Minuten deiner Lebenszeit kostet?«

»Ich dachte, es wären fünf bis acht Minuten.« Ehe er zu einer Erwiderung ansetzen kann, sage ich: »Aber wusstest du, dass jedes sexuelle Erlebnis deine Lebenszeit um fünfzehn Minuten verlängert?«

»Das erklärt natürlich, warum du alles bespringst, was nicht bei drei auf den Bäumen ist. Bei deinem Zigarettenkonsum musst du ficken wie ein Weltmeister«, murrt er. »Nein, ohne Scheiß, du solltest das Rauchen echt sein lassen.«

»Wem sagst du das, aber gerade …« Ich verstumme, denn zurzeit fehlt mir einfach die Kraft dafür. Laut Ian mangelt es mir bloß an Disziplin. Doch dass meine komplette Willenskraft für etwas anderes draufgeht, sieht er nicht. Ich atme aus.

»Du musst dich halt einfach zusammenreißen«, kommt es prompt von ihm, was mich wütend macht, denn ich reiße mich zusammen. Ich tue es jeden verdammten Tag, indem ich ihn dabei unterstütze, seinen Träumen hinterherzujagen.

Er hält mich für schwach? Er hat ja keine Ahnung, wie viel Kraft mich die letzten zwei Jahre gekostet haben. Ihn bewundern alle, weil er den Krebs besiegt hat, weil er nicht aufgegeben hat, weil er ein Kämpfer ist. Ihm gestehen sie Todesangst zu – aber ich hatte auch Angst. Die Vorstellung, meinen besten Freund zu verlieren, war entsetzlich. Ich habe mit Ian gelitten, mit ihm geweint, war immer für ihn da. Jede Menge Leute, die behauptet hatten, seine Freunde zu sein, kamen nicht mit der Situation klar und kehrten ihm den Rücken, aber ich war da. Ich war immer da, und ich habe keine Sekunde darüber nachgedacht, ihn im Stich zu lassen. Es war selbstverständlich für mich, an seiner Seite zu bleiben, und genauso selbstverständlich war es für ihn, dass ich es tat, und das ist okay. Das ist Freundschaft. Aber es ist nicht okay, dass er nicht sieht, was es mich gekostet hat. Ich erwarte keine Dankbarkeit, aber Verständnis dafür, dass auch ich nach dieser Zeit ausgelaugt und erschöpft bin.

Eine Weile stehen wir schweigend nebeneinander an der Spitze des Kais. Ich, darum bemüht, meine Frustration in den Griff zu bekommen, und er, selbstgefällig wie eh und je. Am meisten macht mir in diesem Moment zu schaffen, dass ich gerade eben noch den Eindruck hatte, dass es um unsere Freundschaft vielleicht doch nicht so schlecht bestellt ist, wie ich dachte.

Aber machen wir uns nichts vor. Sie hängt am seidenen Faden.

»Es tut mir leid«, sagt Ian unvermittelt.

Ich starre auf die Hafenzufahrt, die sich, um das Dorf vor gefährlichen Winterstürmen zu schützen, mit dicken Holzbalken verschließen lässt. Wenn die toben, versinkt der steinerne Wellenbrecher, der heute scheinbar unantastbar über dem Meer thront, regelrecht in den Fluten. Die Gischt der daran zersprengenden Wellen wird haushoch in die Luft geschleudert… Es ist ein beeindruckendes und beängstigendes Schauspiel zugleich.

Doch heute Nacht ist alles trügerisch friedlich. Ich schaue zum Dorf hinüber. Der Anblick, der sich mir bietet, ist der, den ich am meisten liebe. Die Christmas Lights, für die unser kleiner Ort berühmt ist, haben mich von jeher fasziniert, und ich versuche, das farbenprächtige Spektakel zu genießen.

»Schade, dass wir den Switch On verpasst haben«, sage ich, weil ich nicht weiß, was ich sonst sagen soll.

Zum Switch On, dem traditionellen Fest, an dem die Weihnachtslichter unter großem Oh und Ah angeschaltet werden, haben wir es leider nicht geschafft. Ian liebt dieses Fest. Für ihn war es immer das Highlight des Jahres.

Ian winkt ab. »Was soll's«, meint er achselzuckend.

»Früher war das für dich die Party schlechthin«, erinnere ich ihn.

»Komm schon, Jazz, damals waren wir Kinder.«

Es sollte mich vermutlich nicht wundern, dass Ian es so sieht. Mit den Londoner Partys, auf denen Ian sich so wohlfühlt, können vermutlich die wenigsten Events mithalten. Natürlich fließt auch während des Switch On der Alkohol in Strömen und es geht recht lustig zu, aber heiße Frauen in hautengen Minikleidern sucht man hier vergebens. Stattdessen sind die zahlreichen Besucher in dicke Jacken, Mützen und Schals eingemummelt, und nicht wenige tragen dazu gefütterte Gummistiefel, um später noch einmal die Treppen zum Strand hinabsteigen zu können. Der Männerchor singt, die Blaskapelle spielt, und Reden werden gehalten. Es ist urig und gemütlich, und statt überteuerter Cocktails gibt es Bier vom Fass.

Nachdenklich betrachte ich die funkelnden Weihnachtslichter. Ihr Anblick erweckt ein Gefühl der Nostalgie in mir, oder vielleicht ist es auch bloß die Distanz zwischen Ian und mir, die gerade so überdeutlich spürbar ist.

Ich vermisse ihn.

Ich vermisse den alten Ian in diesem Moment so sehr, dass es mir die Tränen in die Augen treibt.

Der Plan, uns eine Atempause zu verschaffen, damit wir uns wieder annähern können, ist kläglich gescheitert. Wenn überhaupt, zeigt unser Ausflug einmal mehr, wie sehr wir uns voneinander entfremdet haben.

»Weißt du noch, wie dein Drache hieß?«, frage ich.

Auch heute noch ist meine Lieblingskonstruktion der Wal, der blau leuchtend aus der Mitte des Hafenbeckens auftaucht. Zusammen mit Schiffen, Tannenbäumen, übergroßen Christbaumkugeln und Rentieren färben »unsere« Tiere das Wasser bunt. Ians Favorit war der Seedrache. Jörmungandr hat er ihn getauft. Das ist zwar nicht sein offizieller Name, doch das war Ian egal.

»Nee, keinen Plan mehr. Weißt du es noch?«

Ich schüttle den Kopf, wanke, weil ein plötzlicher Schwindel mich erfasst. Ian legt den Arm um mich.

»Komm, lass uns nach Hause gehen. Scheinbar war das letzte Pint doch schlecht, mmh?«

Während wir über die schützende Kaimauer zurück zum Dorf laufen, beginnt es zu schneien.

Als ich am nächsten Tag aufwache, muss ich Ian widerstrebend recht geben: Das letzte Bier war definitiv schlecht. Dem Kater wirke ich, nachdem ich es geschafft habe, gegen Mittag aus dem Bett zu kriechen, mit einer Portion Bacon Butty entgegen – oder zumindest versuche ich es. Doch auch getoastetes Weißbrot, fetttriefender Speck und braune Soße schaffen es nicht, den Hangover in die Knie zu zwingen.

Wenigstens ist Dad nicht da, um meinen Zustand zu kommentieren. Nicht, dass er nie über die Stränge schlagen würde, er vertritt bloß die Meinung: Wer trinken kann, der kann auch arbeiten.

Mehr als einmal musste ich mir diesen dummen Spruch anhören und kann dazu bloß sagen: Wer trinken und dann noch arbeiten kann, hat keinen Schimmer davon, wie man wirklich trinkt.

Auf dem Küchentisch hat er mir netterweise einen Zettel hinterlassen, auf dem steht, dass er bei seinem Kumpel Pete ist und es spät werden kann.

Was auch immer das heißt, denke ich und werfe einen Blick aus dem Fenster, von dem aus man den Hafen sehen kann. Die See ist so ruhig wie am Tag zuvor. Keine Wellenberge, die sich angriffslustig über die Kaimauer werfen. Allerdings sieht das ganze Dorf doch ein wenig anders aus als gestern Abend, denn eine dünne Schneeschicht bedeckt Straßen und Dächer. Ein Anblick, der mich frösteln lässt und wieder ins Bett treibt, wo ich schlafe, etwas lese und schließlich *Sense8* auf Netflix schaue, bis der Hunger mich gegen neunzehn Uhr erneut runter in die Küche treibt, wo ich mich als Erstes um den Ofen kümmere und Torf nachlege.

Das flaue Gefühl im Magen hat nachgelassen, weshalb ich mich an Nudeln mit Tomatensoße heranwage. Weil ich nicht weiß, wann Dad zurückkommt, koche ich für ihn mit. Zwar handelt es sich bei Pasta nicht gerade um sein Lieblingsgericht, aber er wird es überleben.

Das Ticken der Uhr über der Tür und die Geräusche, die ich beim Essen von mir gebe, erfüllen den kleinen Wohnraum. Als der Zeiger sich der vollen Stunde nähert, räume ich den Tisch ab, trete ans Küchenfenster und blicke hinaus.

Obwohl ich weiß, was gleich geschehen wird, gelingt es mir nicht, mich gegen die damit verbundenen Gefühle zu wappnen.

Der neunzehnte Dezember ist ein schwarzer Tag in der Geschichte unseres Dorfes. Er geht jedem hier an die Nieren – warum also sollte ich eine Ausnahme bilden? Ich schäme mich nicht dafür, Teil des kollektiven Schmerzes zu sein.

Sechzehn Männer haben damals ihr Leben verloren, acht davon waren freiwillige Retter aus unserem Dorf. Sie waren Helden, denn wer einmal einen der heftigen Winterstürme erlebt hat, weiß, wie viel Mut es diese Männer gekostet haben muss, trotz einer wahnwitzigen Windstärke von 160 Kilometern pro Stunde und achtzehn Meter hohen Wellenbergen auszurücken.

Punkt 20:00 Uhr gehen die bunten Lichter aus. Eine Stunde lang wird der Hafen nun im Dunkeln daliegen und uns an die Männer erinnern, die vor achtunddreißig Jahren ihre letzte Ruhe in einem nassen Grab fanden.

Einen Moment lang nehme ich mir die Zeit, ihrer zu gedenken, ihren Heldenmut zu honorieren und ihr Ableben zu bedauern, und je länger ich darüber nachdenke, was sie geopfert haben, desto schäbiger komme ich mir mit meinen Luxusproblemen vor.

Ich wende mich vom Fenster ab und gehe hoch auf mein Zimmer. Mit jeder Stufe, die ich hinaufsteige, realisiere ich, dass alles ganz einfach sein könnte, denn die Ursache für meine Unzufriedenheit und mein persönliches Unglück lässt sich in zwei einfachen Sätzen zusammenfassen: Ich tue Dinge, die ich nicht tun will. Und die Dinge, die ich tun will, tue ich nicht.

Leider habe ich keine Ahnung, wie ich das ändern soll, denn der Anwalt, den ich auf Alicias Anraten konsultiert habe, hat mir versichert, dass Aurelios Vertrag absolut wasserdicht sei. Da komme ich einfach nicht raus, also bin ich auch weiterhin gezwungen, das zu machen, was ich nicht machen will.

Und was den anderen Punkt betrifft, bin ich völlig ratlos. Ich will Libby. Ich will sie so sehr, dass es wehtut, aber was, wenn Ian recht hat? Was, wenn sie neben mir nicht den Raum hätte, sich zu entfalten? Was, wenn ihre Träume wegen mir auf der Strecke bleiben und sie mich deswegen irgendwann zu hassen anfangen würde?

Und dann ist da noch meine Angst, dass nicht nur mein Erfolg zu viel für sie sein könnte, sondern dass auch ich selbst sie mit all meinen Macken überfordern könnte. Was, wenn es ihr ginge wie meiner Mutter? Was, wenn Libby mich auf Dauer ebenfalls nicht ertragen könnte?

Ich versuche, die schmerzhaften Gedanken an die Frau, die mich geboren hat, abzuschütteln, indem ich meine Serie auf Netflix weiterschaue, doch mit einem Mal kann sie mich nicht mehr fesseln. Meine aufgewühlten Gefühle sind der ideale Nährboden für die Sorte quälender Gedanken, die man mit jedem Mittel zum Verstummen bringen möchte. Da mir auf Anhieb nur eine Lösung einfällt, wie es mir gelingen kann, mich aus diesen mahlstromartigen Vorstellungen zu lösen, schnappe ich mir mein Zeichenzeug und gehe wieder nach unten, wo ich erneut Torf nachlege und mich dann an den Küchentisch setze.

Sobald ich das Skizzenbuch aufschlage und zum Stift greife, überkommt mich eine seltsame Ruhe. So war es schon immer.

Als Kind war ich nicht dazu in der Lage, mich länger als drei Sekunden zu konzentrieren. Meine Lehrerin sagte immer, ich hätte die Aufmerksamkeitsspanne einer Stubenfliege. Dabei fing ich bloß immer an zu träumen, wenn mir langweilig war – und mir war eben oft langweilig.

Früher habe ich mir all die Spiele, die meine Freunde und ich spielten, ausgedacht. Mal waren wir Piraten, mal Außerirdische, deren Raumschiff im Hafen von Mousehole abgestürzt war. Noch heute sagen die Jungs, dass ich schon damals die coolsten Kostüme gebastelt hätte. Wenn wir nicht draußen am Rumtoben waren oder unsere Zeit bei Edith im Laden verbrachten, las ich viel. Die Bilder zu zeichnen, die dabei in meinem Kopf entstanden, war der nächste Schritt.

Ich weiß noch, wie überrascht ich selbst davon war, wie zufrieden es mich machte, diese Szenen zu Papier zu bringen. Eine ganze Weile lang zeichnete ich fast ausschließlich Fantasybilder. Ich huldigte damit dem *Herrn der Ringe*, *Eragon*, *Harry Potter* und all den anderen Büchern, in die ich ständig meine Nase steckte. Drachen, Elfen, Zwerge, Seeungeheuer und natürlich Superhelden waren meine Lieblingsmotive. Bevor ich anfing, mich für Mädchen zu interessieren, war ich ein ziemlicher Nerd.

Heute geht meine Fantasie ihre eigenen Wege, ich erschaffe meine eigenen Welten, und nicht selten findet Libby sich darin wieder. Zwar füllen die Bilder von ihr etliche Seiten meines Skizzenbuchs, doch heute möchte ich sie nicht zeichnen. Es würde die Sehnsucht nach ihr bloß vergrößern, und dennoch stellt sich mein Vorsatz als unhaltbar heraus. Wie von selbst nimmt die Figurine Libbys Züge an, bekommt Libbys wallendes Haar und ihre weiblichen Rundungen.

Das Kleid, das ich für sie entwerfe, eine pompöse Robe, erinnert an schäumende Wassermassen und daran, wie gefährlich das Meer, das ich so liebe, sein kann.

Wie ich all die wellenartigen Falten und das Volumen im untersten Teil des Rocks bei der Umsetzung aufbauen soll, weiß ich noch nicht. Das wird auf keinen Fall leicht, doch wenn es leicht wäre, dann würde es jeder machen. Ich lege den Bleistift beiseite, suche mir meinen aktuellen Lieblingsfineliner heraus und zeichne den Entwurf nach. Wie so oft, wenn ich meinen Fingern und meinem Hirn etwas zu tun gebe, vergesse ich Zeit und Raum um mich herum, und als ich das Bild fertig koloriert habe, ist es fast Mitternacht.

Wäre heute nicht dieser besondere Tag im Jahr, würde ich langsam einen Suchtrupp nach Dad losschicken, doch vermutlich wird er noch ewig mit seinen Kumpels im Pub sitzen. Mich zieht es ins Bett. Damit die Seite ordentlich durchtrocknen kann, lasse ich das Skizzenbuch aufgeschlagen liegen, packe die Reste des Abendessens in den Kühlschrank und begebe mich nach oben.

Als ich wenig später im Bett liege und bereits dabei bin wegzudösen, stiehlt Libby sich wieder in meine Gedanken. Das tut sie gerne, wenn ich gerade dabei bin einzuschlafen. Vermutlich ahnt sie, dass ich in diesem Zustand nicht die nötige Kraft habe, um sie fortzuschicken.

Schicksalsergeben schließe ich die Augen und stelle mir vor, dass sie mit mir zusammen in dem engen Bett liegt. Ich beuge mich zu ihr, küsse ihre nackte Schulter, knabbere an ihrem Hals, verrate ihr, wie verrückt sie mich macht, und hauche ihr unanständige Dinge ins Ohr. Sie errötet kichernd, rügt mich für meine Unverschämtheiten, doch ich nehme ihr nicht ab, dass sie schockiert ist. Stattdessen sieht es so aus, als würde sie nur zu gerne herausfinden, ob ich wirklich dazu in der Lage bin, all die Dinge mit ihr anzustellen, die ich ihr eben versprochen habe.

Während ich mir vorstelle, wie sie meinen Schwanz umfasst, nehme ich ihn in die Hand, spüre, wie er pulsiert.

Meine Libby-Fantasien bestanden nie aus irgendwelchen Rein-Raus-Close-Ups, sie waren immer mehr, brauchten immer eine Geschichte drum herum, und weil dem so ist, sagt Libby: »Erinnerst du dich noch daran, als du mir an Thanksgiving ins Treppenhaus gefolgt bist?«

»Natürlich. Ich wollte unbedingt wissen, warum du geweint hast.« Es gelingt mir nicht, die Wut aus meiner Stimme herauszuhalten.

»Das ist jetzt nicht mehr wichtig. Das mit Phoenix ist schließlich vorbei, und nun …«

»Nun liegen wir hier«, murmle ich.

»Ja«, seufzt sie. Ihre Finger umfassen meinen Ständer jetzt fester, fahren an ihm auf und ab. »Weißt du, was ich mir damals vorgestellt habe?«

»Nein!«

»Dass du mich nimmst. Dort. Ich wollte, dass du mich hochhebst und mich im Stehen an die Wand vögelst.«

»Ich kann das tun, wenn du willst«, stoße ich schwer atmend hervor. »Soll ich es tun?«

Und als sie nickt, verändert sich die Szenerie. Wir liegen nicht länger in meinem Bett, sondern sind zurück am College. Wir stehen vor Alicias Büro.

»Ich habe noch einen Termin«, behauptet Libby, dreht sich um und hastet in Richtung Treppenhaus davon, doch ich kann nicht zulassen, dass sie vor mir davonläuft. Rasch setze ich ihr nach, schlüpfe durch die sich schließende Feuertür und bekomme Libbys Hand zu fassen, ehe sie aschenputtelgleich die Treppe hinuntereilen kann.

Ich wirble sie herum, drücke sie an die Wand und küsse sie. Als sie den Mund protestierend öffnet, schiebe ich meine Zunge hinein und ernte ein lustvolles Stöhnen.

Libby schlingt ihre Arme um meinen Hals und vergräbt ihre Finger in meinen Haaren – blond sind sie, wie damals, als wir uns kennengelernt haben.

»Ich liebe dich!«, seufzt sie zwischen zwei Küssen. Ihre Worte sind wie Öl ins Feuer. Ich küsse sie hitziger, packe ihren Hintern fest mit beiden Händen und hebe sie hoch. Ihre Beine schlingen sich wie von selbst um meine Hüfte. Sie krallt sich an meinen Schultern fest, als ich sie gegen die Wand presse und nur noch mit einem Arm halte, während ich mit der rechten Hand meinen Schwanz aus der Hose hole, ihr nasses Höschen zur Seite zu schiebe und sie in Besitz nehme.

Mit geweiteten Augen und halb geöffneten Lippen sieht sie mich an. Unglaube und Überraschung spiegeln sich in ihrem Gesicht.

Es fühlt sich perfekt an. So verdammt perfekt.

Während ich sie gegen die Wand bumse, erhöhe ich den Druck um meine Latte, steigere das Tempo, sowohl in meiner Fantasie als auch in der Realität.

Libby ist ganz angetan von meinem Schwanz, der tief in ihr steckt. Ich labe mich an ihrem Stöhnen und Keuchen. Die Laute, die sie von sich gibt, bringen mich um den Verstand, und als sie schließlich kommt, komme auch ich.

Ohne Libby im Arm aufzuwachen, ist ernüchternd – dort lag sie gestern Nacht noch, als ich eingeschlafen bin. Manchmal ist es auch ein Fluch, eine so ausgeprägte Vorstellungskraft zu haben. Gestern Nacht habe ich es als Segen betrachtet, sie so nah bei mir zu spüren, doch nun den Verlust zu ertragen, fällt mir schwer.

Spinn nicht rum!, herrsche ich mich an, quäle mich aus dem Bett und schleppe mich unter die Dusche, wo wieder Leben in mich kommt.

»Heute Abend bin ich bei Edith zum Essen eingeladen«, sage ich zu Dad, als ich kurz darauf in der Küche sitze und die Tasse Kaffee in Händen halte, die er mir gereicht hat.

Dad ist dabei, den Tisch frei zu räumen, damit wir gemeinsam frühstücken können. »Was ist das denn?«, fragt er, als ihm mein Skizzenbuch in die Hände fällt.

Das ist privat, will ich sagen, doch da hat er sich die Zeichnung bereits angeschaut.

»Das sind ja Wellen«, stellt er erstaunt fest. Er blickt von dem Blatt auf und sieht mich an. »Darf ich es mir mal anschauen?« Die Neugier steht ihm ins Gesicht geschrieben, und ich bringe es nicht über mich, Nein zu sagen, auch wenn mein Skizzenbuch mir heilig ist.

»Du zeichnest dieses Mädchen oft. Ist sie deine Freundin?«

Er besieht sich den Comicstrip, den ich nach Thanksgiving gezeichnet habe. Die Bilder erzählen unsere Begegnung im Treppenhaus in abgewandelter Form – ganz ohne Sex.

Libby weint, und ich sage ihr, dass sie Phoenix vergessen soll. Sie erwidert, dass es ohnehin vorbei ist. Ich will wissen, warum, und sie sagt, dass ich der Grund für ihre Trennung bin – weil sie mich und unsere Nacht in New York nicht vergessen kann. Woraufhin ich ihr sage, dass ich sie liebe und sie mir ebenfalls ihre Liebe gesteht. Das letzte Bild zeigt uns von hinten auf meinem Motorrad. Wir fahren bei Sonnenuntergang eine Küstenstraße entlang. Es ist klischeehaft und kitschig und irgendwie doch perfekt. Mich jedenfalls bringt die Und-gemeinsam-reiten-wir-in-den-Sonnenuntergang-Anspielung zum Schmunzeln.

»Nein, Libby, so heißt sie, ist nicht meine Freundin.«

Er deutet auf mein Skizzenbuch. »Aber du hättest gerne, dass sie das wäre, oder?«

»Schon, aber … nun ja, es ist kompliziert.«

»Inwiefern?« Dad betrachtet mich aufmerksam.

»Sie kommt aus Amerika. Ehrlich gesagt, bin ich mir nicht sicher, ob sie nach den Ferien überhaupt nach England zurückkommt. Sie hat Probleme, sich einzugewöhnen.«

Schweigen breitet sich zwischen uns aus. Nach einer Weile, es kommt mir vor, als hätte Dad die Zeit gebraucht, um die passenden Worte zu finden, sagt er: »Sie ist sehr hübsch.«

Ich lächle. »Ja, das ist sie, aber sie ist auch unglaublich klug und sehr talentiert.«

»Wenn sie wirklich so klug ist, dann wird sie wiederkommen.«

Ich seufze, denn einerseits will ich, dass sie zurückkommt, doch andererseits fürchte ich, dass ich es nicht schaffe, ihr auf Dauer zu widerstehen. Ich will sie so sehr. Mich die vergangenen Wochen von ihr fernzuhalten, hat mich wahnsinnig viel Kraft gekostet.

»Weiß sie denn, was du empfindest?«

Ich schüttle den Kopf und bin froh, als er mich nicht fragt, warum ich es ihr nicht einfach sage.

»Weißt du, es gibt nicht viel, was ich bedaure, aber ich hätte deiner Mutter sagen müssen, dass ich sie liebe. Ich dachte, wenn ich es ihr zeige, reicht das, aber das hat es nicht. Mach nicht den gleichen Fehler, Jasper.« Er sieht mich eindringlich an, doch ich weiche seinem Blick aus. »Du bist ihr so verdammt ähnlich. Manchmal ist das schwer zu ertragen«, gesteht er mir.

»Nein, Dad, ich bin kein Stück wie sie.« Meine Stimme zu kontrollieren, fällt mir schwer. Wut, Trauer und Schmerz vereinen sich zu einer Mischung, die mich zu ersticken droht.

»Dein Talent, deine Leidenschaft, dein Temperament, dein Sinn fürs Schöne, all das und noch viel mehr hast du von ihr.«

Ich schüttle den Kopf, versuche, Herr über meine Gefühle zu werden, doch es tut so weh, dass ich glaube, ich muss den Verstand verlieren. Wie kann er behaupten, ich sei ihr ähnlich? Ich würde nie die Menschen, die ich liebe und die mir etwas bedeuten, im Stich lassen.

»Ich will nicht über sie sprechen!«, brause ich auf. »Für mich ist sie gestorben. Das weißt du!«

»Sie fragt oft nach dir.«

»Ist mir egal!«

Denn jahrelang hat es sie gar nicht interessiert, was mit mir los ist. Sie hatte eine neue Familie, einen neuen Mann, ein neues Baby, und nachdem ihr Leben perfekt war, war für mich, der es nicht ist, darin kein Platz mehr.

»Ich weiß, wie schwer das damals alles für dich war, als du aus London zurückgekommen bist, aber …«

Meine Kiefer mahlen, und ich schlucke gegen den alles verzehrenden Schmerz an. »Als ich zurückgekommen bin? Nette Umschreibung, Dad.«

»Du weißt doch, was ich meine.«

Ich lache bitter auf. »Ja, du meinst, als Mom beschlossen hat, dass ich ihr zu anstrengend bin und sie mich nicht länger um sich haben will. Aber das war ja auch gar nicht nötig. Sie hatte schließlich eine neue Familie. Da konnte sie mich ruhig zu dir zurückschicken.«

»Jasper, so war das doch gar nicht …«, beginnt mein Vater, doch ich halte es nicht mehr aus. Ich muss hier weg.

»Ich brauche frische Luft«, stoße ich hervor, verlasse die Küche, reiße meinen Mantel von der Garderobe und fliehe aus dem kleinen Häuschen, das meiner Mutter nicht gut genug war. Genau genommen war ihr ohnehin nichts gut genug. Weder Mousehole, denn es war nun einmal nicht London, noch mein Vater, den sie durch einen Galeristen ersetzte, der sie und ihre Bilder anbetungswürdig fand, noch ich, der gegen eine niedliche kleine Schwester ausgetauscht wurde.

Die Tür fällt krachend hinter mir ins Schloss, den Mantel streife ich im Gehen über, mein erster Check gilt dem Zigarettenpäckchen … Ich glaube, in meinem ganzen Leben habe ich noch nie dringender eine Zigarette gebraucht. Mit zitternden Fingern zünde ich mir eine Kippe an, während ich durch die verwinkelten Gassen marschiere, als wäre der Teufel höchstpersönlich hinter mir her.

Es geht nicht darum, dass meine Mutter mich nicht mehr wollte, nachdem sie erkannt hatte, dass ich ihrem perfekten Familienglück im Weg stand. Es geht um den Tag, bevor sie mich nach Mousehole zurückschickte, und den heftigen Streit, den wir damals hatten – sofern es überhaupt möglich ist, sich ernsthaft mit einem Achtjährigen zu streiten.

Der Auslöser war ein Missgeschick. Beim Spielen mit dem Ball – natürlich durfte ich im Haus eigentlich nicht mit dem Ball spielen – ging eine Vase zu Bruch. Überall waren Scherben, und natürlich schnitt ich mich, als ich das Chaos rasch wegräumen wollte, um keinen Ärger zu bekommen.

Dass dieser ins Haus stand, wusste ich, denn meine Mutter hatte mich ermahnt, leise zu sein, weil sie sich mit dem Baby hinlegen wollte. Der Schnitt am Handballen, von dem ich immer noch eine Narbe habe, war tief und tat weh, weshalb ich zu weinen begann. Mein Geheul rief meine Mutter auf den Plan.

Sie tauchte im Türrahmen auf. In ihrer Wut – mit den langen, strähnigen Haaren, den tiefen Schatten unter den Augen und der bleichen Haut – sah sie furchterregend aus. Wie ein gruseliges Monster. Und genau so führte sie sich auch auf. Sie tobte und schrie.

»Was stimmt mit dir bloß nicht? Ich habe doch gesagt, du sollst leise sein!«

Ich hielt meine blutende Hand umklammert, versuchte, den Teppich nicht vollzutropfen.

»Warum kannst du nicht ein Mal machen, was ich dir sage? Warum kannst du nicht normal sein?«

Gegenstände flogen durch die Luft, verfehlten mich nur knapp, woraufhin ich mich unter dem Sofa verkroch. Es dauerte ewig, bis sie sich beruhigte. Meine Schwester war inzwischen wach und schrie ebenfalls.

Irgendwann brach meine Mutter weinend zusammen. Vorsichtig kam ich aus meinem Versteck, um sie zu trösten, doch als ich sie streicheln wollte, schlug sie meine Hand beiseite.

»Lass mich! Lass mich einfach nur in Ruhe.«

Und als ich nicht ging, da schrie sie mich so laut an, dass ich dann doch Hals über Kopf die Flucht ergriff und in mein Zimmer rannte.

»Du sollst verschwinden, habe ich gesagt! Verschwinde einfach! Siehst du nicht, was du mit mir machst? Du machst mich kaputt!«

Bei der Erinnerung an das Gebrüll, an die aufgeladene, bedrohliche Stimmung und all die Tränen, beginnt mein Herz zu rasen. Ich klammere mich an der Zigarette fest und versuche, mir zu sagen, dass das schon lange vorbei ist. Ich bin erwachsen und kein kleiner hilfloser Pimpf mehr, den man mit ein wenig Rumgekreische einschüchtern kann.

Bis heute frage ich mich jedoch, ob es stimmt, was sie gesagt hat. Habe ich sie wirklich kaputt gemacht? War ich so anstrengend, und habe ich sie mit meiner Art so überfordert, dass sie schließlich diesen Zusammenbruch hatte? Ich könnte sie fragen. Ich weiß, sie sucht den Kontakt. Das tut sie, seit ich fünfzehn bin … Da tauchte sie irgendwann auf und wollte mit mir über alles sprechen, doch da hatte ich keinen Redebedarf mehr.

Ich wünschte, Dad hätte diesen Versuch eben, zwischen uns zu vermitteln, unterlassen. Mir ist unbegreiflich, wie er sich nach allem, was sie getan hat, noch immer für sie starkmachen kann. *Vermutlich geht es ihm wie mir mit Libby, und er kann sie einfach nicht vergessen*, sinniere ich, während ich den letzten Zug nehme und die Kippe dann in meinem Taschenaschenbecher entsorge.

Eine Weile laufe ich ziellos durch die Gegend, doch irgendwann ist mir so kalt, dass ich gezwungen bin, wieder nach Hause zu gehen. Ich hoffe, Dad lässt das Thema nun auf sich beruhen, doch kaum habe ich die Tür geöffnet, sagt er etwas, das mir den Boden unter den Füßen wegzieht und mein Weltbild auf den Kopf stellt.

»Sie war depressiv!«

Während ich meinen Mantel an die Garderobe hänge, versuche ich, diese Information zu verarbeiten.

»Mom?«, frage ich schließlich, denn obwohl mir klar ist, von wem er spricht, fällt es mir schwer, es zu begreifen.

»Ja.« Dad deutet auf die Treppe. »Setz dich und hör mir einfach einen Moment lang zu. Ich wusste nicht, dass du das nicht weißt. Ich dachte, dir wäre klar, dass sie krank ist.«

»Ich war acht Jahre alt, Dad! Alles, was ich wusste, war, dass meine bis dahin wundervolle, lustige Mutter sich binnen kürzester Zeit in diese Furie verwandelt hat, der ich einfach nichts recht machen konnte und die mich ständig angeschrien hat.« Mit Zeige- und Mittelfinger massiere ich meine Schläfen. »Sie hat mich also weggegeben, weil sie krank war, ja?« Mein Vater nickt. »Ging es ihr danach besser?«

Traurig schüttelt er den Kopf. »Nein, und wie könnte es das auch? Ihr Zustand hatte nichts mit dir zu tun.«

»Sie hat gesagt, dass …«

»Vergiss, was auch immer sie gesagt hat, Jasper. Sie war nicht sie selbst. Sie war sehr krank. Aber sie hat dich immer geliebt.«

»Das zu glauben, fällt mir, ehrlich gesagt, schwer. Sie hat mich zu dir zurückgeschickt. Sie hat mich von ihrem neuen Macker herbringen lassen, hat mich nicht einmal selbst begleitet und sich nie gemeldet, Dad«, erinnere ich ihn. Ja, wie ein verdammtes Paket, das man reklamiert, weil einem der Inhalt nicht zusagt, hat sie mich von meinem Stiefvater Cliff nach Mousehole zurückverfrachten lassen.

»Was das anbelangt …«, murmelt mein Vater betreten und sieht zu Boden. Er betrachtet einen Moment lang seine Fußspitzen, und ich sehe, wie er mit sich ringt. Instinktiv weiß ich, was er mir sagen will.

»Du hast ihr den Kontakt verboten?«

Er nickt erneut – dieses Mal kaum wahrnehmbar. »Damals dachte ich, dass es das Richtige sei«, sagt er beschwörend. Er sieht mich nun direkt an. »Du warst so verstört, als du hier ankamst. Es verging fast ein halbes Jahr, bis sie sich zum ersten Mal meldete. Da hattest du dich aber gerade erst wieder gefangen. Ich sagte, dass der Zeitpunkt schlecht sei. Danach dauerte es wieder monatelang, bis sie mich kontaktierte. Als ich dann ihre Stimme am Telefon hörte, war ich wütend, weil sie die Dinge so hatte schleifen lassen. Für mich hatte es den Anschein, als glaubte sie, sie könne in deinem Leben ein und aus gehen, wie es ihr gerade gefiel. Also sagte ich ihr, dass das so nicht funktioniert. Ich sagte ihr, dass sie dich nur sehen darf, wenn sie sich an meine Regeln hält. Vor allem war mir wichtig, dass sie zuverlässig ist. Ich wollte nicht noch mehr Unruhe in deinem Leben.« Er schluckt beklommen und sieht mich um Entschuldigung heischend an, aber es braucht ihm nicht leidzutun. Mir ist klar, dass er mich nur schützen wollte. »Wir haben es probiert, aber es hat nicht geklappt. Schon beim ersten Mal musste sie das Treffen kurzfristig absagen. Daraufhin habe ich sie angeschrien und ihr gesagt, dass sie sich erst wieder bei mir melden soll, wenn sie dazu in der Lage ist, dir eine gute Mutter zu sein, und habe aufgelegt.« Er leckt sich nervös über die Lippen. »Ich weiß nicht, ob es ihr die ganze Zeit über so schlechtging«, räumt er zweifelnd ein. »Vielleicht habe ich sie auch bloß derart eingeschüchtert, dass sie sich schlicht und ergreifend nicht getraut hat, hier anzurufen.«

»Fünf oder sechs Jahre lang?«, frage ich und schaffe es nicht, die Bitterkeit in meiner Stimme zu unterdrücken.

»Was du begreifen musst, Jasper, ist, dass sie dich geliebt und sich gerade deshalb von dir ferngehalten hat. Sie wollte dir nicht schaden. Sie wollte nicht, dass du erfährst, dass du eine psychisch gestörte Mutter hast.«

Ich atme tief durch, ehe ich mich erhebe. »Das, Dad, macht es aber nur bedingt besser.«

Niedergeschlagen drehe ich mich um, steige die Treppe hinauf und verkrieche mich in meinem Zimmer, um über alles nachzudenken.

Am Tag unserer Abreise, es ist der Fünfundzwanzigste, nimmt Dad mich, nachdem ich meine Tasche in den Kofferraum des Mietwagens gepackt habe, beiseite.

Nervös schaue ich auf die Uhr. Ian hasst Unpünktlichkeit. Er selbst kommt zwar ständig zu spät, doch wehe, er muss einmal drei Sekunden warten. »Dad, ich muss los. Ian wartet, und du weißt doch, wie er ist.«

Meinen Dad beeindruckt das wenig. »Dann muss er eben mal warten«, brummt er. »Es wird ihn schon nicht umbringen. Also, es geht um deine Amerikanerin. Die Sache ist…«

»Dad, sie ist nicht *meine* Amerikanerin«, unterbreche ich ihn.

»Ich weiß! Darum geht es ja. Du bist doch sonst nicht aufzuhalten, wenn du dir etwas in den Kopf gesetzt hast, und offensichtlich magst du sie ja sehr.«

Seufzend nicke ich, denn was soll ich dazu sagen, außer dass er recht hat.

»Was ich eigentlich sagen will, ist, dass du bereits verloren hast, wenn du gar nichts unternimmst, und auch, dass man meistens nicht die Sachen bereut, die man getan hat, sondern bloß die, die man nicht getan hat.« Er sieht mich eindringlich an, und es kommt mir vor, als würde er wissen, wovon er spricht. »Und da wäre noch etwas.« Er greift in seine Hosentasche und zieht einen Zettel hervor. »Im Moment denkst du, dass das, was du erfahren hast, nichts ändert, aber das stimmt nicht. Alles, was du geglaubt hast, über deine Mutter zu wissen, ist falsch. Sie hat dich nicht einfach weggegeben oder ausgetauscht. Und du warst ihr nicht egal! Also vielleicht magst du dich doch irgendwann bei ihr melden.«

Er hält mir das gefaltete Papier hin. Sprachlos starre ich es an und ringe mich schließlich dazu durch, danach zu greifen.

Um die Beklommenheit abzuschütteln, scherze ich: »Du hättest Philosoph und kein Fischer werden sollen.«

»Vielleicht…«, erwidert er und schiebt beide Hände in die Taschen seiner Jacke, wodurch sich sein Rücken etwas krümmt, »… bin ich gerade aus diesem Grund Fischer geworden.«

Einen Moment lang betrachte ich ihn, sehe die Jahre, die seit meinem Auszug an ihm genagt haben. Der Wind und das

Salz haben tiefe Furchen in seine gebräunte Haut gegraben, und er hat mehr Sorgen- als Lachfalten im Gesicht.

»Danke, Dad!«, erwidere ich, mache einen Schritt auf ihn zu und schließe ihn in die Arme. Ich spüre, wie er die Hände aus den Taschen nimmt, sie auf meinen Rücken legt und diesen unbeholfen tätschelt.

»Schon gut, und nun lass Ian nicht länger warten, nicht dass der Junge einen Herzinfarkt bekommt.« Er wartet noch, bis ich eingestiegen bin, hebt dann die Hand und ist im nächsten Moment auch schon im Haus verschwunden.

Seine Worte, von denen ich schon jetzt überzeugt bin, dass sie wahr sind, hallen jedoch noch lange in meinem Kopf nach. Sie begleiten mich ins neue Jahr hinein und lassen einen Entschluss in mir reifen, der möglicherweise mein ganzes Leben verändern wird.

9

Libby

»Happy Birthday!«, kreischt Ella und fällt mir um den Hals, während Oxy im Hintergrund fachmännisch den Sekt entkorkt. Zwar hat sie ihren Job als Kellnerin schon vor zwei Wochen aufgegeben, um bei On Fleek als Schneiderin anzufangen, doch das hindert sie nicht daran, unsere Becher zu füllen und jeder von uns einen zu reichen.

Da man im Atelier aus gutem Grund nicht essen und trinken darf – nicht auszudenken, wenn jemand seinen grünen Smoothie über elfenbeinfarbene Rohseide kippen würde –, haben wir uns in einen angrenzenden Raum verdrückt, um mit den Kommilitonen anzustoßen.

Es ist bloß eine improvisierte Geburtstagsfeier, für mehr fehlt uns die Zeit. Das Semesterende naht, und uns allen steht das Wasser bis zur Nasenspitze. Nächste Woche ist bereits die Deadline für unsere Semesterprojekte. *Der perfekte Sommerlook – eine Mini-Kollektion aus drei Outfits* ist das Thema für den Alicia-King-Kurs. Ich versuche, Jaspers Rat im Bezug auf Alicias Vorlieben zu beherzigen und eines meiner Outfits, bestehend aus Rock, Top und Jacke, mit raffinierten Details aufzupeppen, doch zufrieden bin ich noch lange nicht. Oxy hat versucht, mich mit den Worten »Das sind wir Kreativen nie« zu trösten, aber wirklich geholfen hat es nicht. Vielleicht auch, weil ich lieber an meiner *Dream-big-and-dirty*-Kollektion arbeiten würde, als diese Aufgabe zu erledigen.

Da ich seit meiner Rückkehr aus den Staaten kurz nach Silvester fast nur gearbeitet habe, kommt mir die Mini-Party gelegen. Wenigstens mal eine halbe Stunde abschalten. Die Stimmung ist ausgelassen, der Raum erfüllt von Gelächter und dem Rauschen zahlreicher Unterhaltungen. Ich nippe an meinem Sekt, schließe die Augen und versuche, mich einen Moment lang zu entspannen. Das neue Jahr ist noch jung, erst einundzwanzig Tage alt, und dennoch fühlen sich die vergangenen zwei Wochen seit Unterrichtsbeginn an wie eine Ewigkeit.

Obwohl ich in den Winterferien eine wunderschöne Zeit mit Eden und meinen Eltern hatte, war es großartig, wieder herzukommen und die Mädels zu sehen. Mir war gar nicht klar, wie sehr sie mir im letzten halben Jahr ans Herz gewachsen sind, doch mittlerweile sind wir viel mehr als bloß Mitbewohnerinnen. Wir sind richtig gute Freundinnen und fast so etwas wie eine verschworene Gemeinschaft.

Nachdem auch Oxy und Ella aus Paris zurückgekehrt waren, haben wir die halbe Nacht beisammengesessen, gequatscht und einander von den Highlights unserer Ferien berichtet. Zwar hatten wir uns währenddessen über WhatsApp in unserem Gruppenchat auf dem Laufenden gehalten, doch in gemütlicher Runde beisammenzusitzen, war doch noch mal etwas ganz anderes. Wir haben uns unsere Neujahrsvorsätze verraten und – sofern das noch nicht geschehen war – Weihnachtsgeschenke ausgetauscht. Ella hat Val ihre neue Kamera, ein Präsent ihres Bruders, gezeigt und gleich wild drauflosgeknipst. Nicht, dass sie das Profigerät bereits beherrschen würde, doch Val hat ein Auge drauf, und unter ihrer Anleitung sind bereits einige vorzeigbare Bilder entstanden.

Das kurze Vibrieren meines Smartphones reißt mich aus der Erinnerung an unser schönes Wiedersehen. Ich schaue aufs Display und sehe, dass es sich um eine Nachricht von Phoenix handelt. Seit unserem Kinoabend schreiben wir regelmäßig miteinander. Gefunkt hat es leider nach wie vor nicht, und das, obwohl wir echt viel Spaß bei unserem Date hatten. Der Abschiedskuss war jedoch ein Reinfall. Kein Kribbeln, keine Spannung … Ich verstehe es beim besten Willen nicht! Irgendwas kann mit mir nicht stimmen, denn Phoenix ist, rein objektiv betrachtet, ein totaler Traumtyp. Eden meinte, dass ich vermutlich einfach bloß mehr Zeit bräuchte, und vielleicht hat sie recht, aber es wäre Phoenix gegenüber nicht fair, ihn hinzuhalten, wenn ich doch eigentlich genau weiß, wo mein Problem liegt oder, seien wir ehrlich, *wer* mein Problem ist.

Happy Birthday, Geburtstagskind, hat Phoenix geschrieben.

Danke. Wie geht es dir?

Die Frage ist nicht, wie es mir geht, sondern wie es dir geht. Feierst du schön?

Mir geht es gut. Danke der Nachfrage, und ja, wir stoßen gerade mit Sekt an, aber für eine richtige Party fehlt uns im Moment die Zeit. Ich füge ein trauriges Smiley ein und tippe dann: **In knapp einer Woche müssen wir unsere Kollektion präsentieren.**

Klingt stressig.

Ja, schreibe ich. **Aber wir feiern nach den Abgaben nach. Wäre schön, wenn du dann auch dabei wärst.**

Klar bin ich dabei! Wann genau?

Am Freitag, den 31.01. Ab 20 Uhr bei uns in der WG.

Cool! Bin dabei!

Super! Ich freue mich. Und wie geht es dir? Wie läuft es im Club?

Die neue Aushilfe bringt mich um den Verstand. Ich will

Oxana zurück! Kannst du sie nicht überzeugen, ihren Job bei On Fleek zu schmeißen?

Ich fürchte nein. Sie scheint dort sehr glücklich zu sein.

Bittttttteeeeee!

So schlimm kann die Neue doch gar nicht sein.

Du hast keine Ahnung! Oh, verdammt … da kommt sie. Ich melde mich später noch mal. Bis dahin viel Spaß.

Grinsend stecke ich das Handy weg.

»Schaut mal, wie selig Libby plötzlich lächelt«, meint Val und stupst Ella, die sich gerade mit Oxy unterhält, an.

Prompt fragt diese: »Zeigt der Sekt schon Wirkung, oder hat es mit der Person zu tun, mit der du eben so hingebungsvoll geschrieben hast?« Die Neugier steht Ella ins Gesicht geschrieben.

»Das war nur Phoenix«, erwidere ich. Weil alle drei mich erwartungsvoll ansehen, füge ich hinzu: »Er hat mir bloß zum Geburtstag gratuliert und mich angefleht, dass ich Oxy überreden soll, wieder zurückzukommen.«

»Vielleicht mache ich das sogar«, meint diese grinsend.

Erstaunt hebe ich eine Augenbraue. Sie verdient wirklich gut bei On Fleek, und die Arbeit dort macht sich natürlich im Lebenslauf auch viel besser als ein Job als Kellnerin.

»Mach Phoenix keine falschen Hoffnungen«, ermahne ich sie. »Ich glaube, er will dich wirklich, wirklich gerne wieder im Team haben.«

»Noch halte ich es ja aus.«

»Was hältst du aus?«, will Ella wissen.

»Sie meint vermutlich die ewigen Streitereien«, erklärt Val. »Ian und Jasper sind wie Hund und Katz. Furchtbar!«

Vor ein paar Tagen hat sie Porträtfotos von Ian gemacht. Eigentlich hätte sie auch welche von Jasper machen sollen, doch der hat sich schlicht geweigert, vor ihre Linse zu treten.

Oxy nickt ernst.

»Sind sie wirklich so schlimm?«, hake ich nach, denn das kann ich mir einfach nicht vorstellen. Damals in New York waren sie schließlich die besten Freunde. *Aber das*, erinnere ich mich nachdrücklich, *ist bereits fast zwei Jahre her, und Jasper hat sich seit damals radikal verändert.*

»Seien wir ehrlich: Sie sind noch schlimmer«, sagt Oxy mit gedämpfter Stimme, damit die übrigen Kommilitonen es nicht mitbekommen. Die sind jedoch allesamt viel zu sehr in Gespräche vertieft, um uns großartig Beachtung zu schenken. »Wenn ich es mir recht überlege, erinnern mich die beiden ein wenig an meine Eltern.«

Mit einem Mal sieht Oxy so traurig aus, dass ich nachhaken möchte, doch Val sagt: »Ja, die beiden haben wirklich etwas von einem alten, unglücklichen Ehepaar.«

»Bist du immer noch sauer auf sie?«, erkundigt Ella sich.

»Klar bin ich angefressen wegen dieser Sache.« Val pustet sich mürrisch eine Locke aus der Stirn. »Die lassen mich da antanzen mit dem Auftrag, zwei Porträts zu shooten, und kaum bin ich da und habe mein Set aufgebaut, bricht die Hölle los. Ich war viel länger da, als ich eingeplant hatte, weil die beiden sich nicht einig werden konnten, aber letztendlich konnte ich ihnen nur das Shooting mit Ian und die Anfahrt in Rechnung stellen.« Val nimmt einen großen Schluck von ihrem Sekt, um den Ärger hinunterzuspülen. »Und das alles bloß, weil Jasper so ein eitler Gockel ist.«

»Ich finde, du tust Jazz unrecht«, meint Oxy. »Ian wusste schließlich, dass er keine Fotos mit dieser Frisur haben will.«

»Oh, bitte, er sieht doch auch so blendend aus.«

»Na ja, ich persönlich finde, dass er mit diesen ultrakurzen Haaren wie ein Hooligan aussieht«, mischt Ella sich ein.

»Seine Frisur muss aber doch nicht dir gefallen, sondern

ihm, Val. Er ist kein Model, das sich den Wünschen seines Auftraggebers anpassen muss«, nimmt Oxy Jasper in Schutz. »Wenn er sich auf der Firmenwebseite nicht so präsentieren will, kann ihn keiner dazu zwingen. Abgesehen davon, wachsen die Haare ja schnell nach. In spätestens einem halben Jahr wäre das Foto also überhaupt nicht mehr aktuell.«

Val verzieht schmollend den Mund, woraufhin Oxy den Arm um sie legt.

»Ich verstehe deinen Frust total, und mich würde das, was da gelaufen ist, auch ankotzen, aber ich finde einfach nicht, dass der Fehler bei Jazz liegt.«

»Bei mir aber auch nicht!«, begehrt Val auf. »Trotzdem bin ich die Leidtragende, denn ich habe viel Zeit investiert, und finanziell ist dabei letztendlich wenig rumgekommen.«

»Unternehmerisches Risiko«, meint Ella und zuckt mit den Schultern. »Was?«, fragt sie, als sie realisiert, dass wir sie alle drei böse anschauen. Sie räuspert sich unbehaglich. »Tut mir leid. Das war gerade vermutlich etwas gedankenlos.«

»Nein, du hast ja recht«, stimmt Val ihr kleinlaut zu. »So was wird es vermutlich öfter geben.«

»Ja, erfahrungsgemäß schon«, sagt Ella und fügt hinzu: »Lass dich das nächste Mal nach Stunden bezahlen, dann kannst du jede Sekunde vor Ort abrechnen, und wenn es ein größerer Job ist, dann vereinbarst du eben einen Tagessatz.«

Val blickt für ein paar Sekunden nachdenklich ins Leere. »Weißt du was? Genau das werde ich machen. Danke!«

Ella winkt ab. »Ach, dafür doch nicht.«

Oxy knufft sie in die Seite. »Manchmal, meine Liebe, bist du so französisch, dass es wehtut.«

»Ebenfalls danke!«, entgegnet Ella völlig ernst.

Was nicht nur Oxy, sondern auch Val und mich zum Lachen bringt. »Das war kein Kompliment, Ella.«

»Nicht? Klang aber so.« Sie zwinkert Oxy zu und trinkt einen Schluck vom Sekt.

»Der ist toll«, schwärme ich, nachdem ich ebenfalls erneut davon getrunken habe. Inzwischen ist mein Glas fast leer.

»Bedank dich bei Ella, sie hat den organisiert. Willst du mehr?«, fragt Oxy.

Ich schüttle den Kopf. »Nee, sonst kriege ich Ärger mit Alicia wegen meiner schiefen Nähte.«

»Behaupte doch einfach, schief sei das neue Schwarz«, kommt es von Val.

»Du hast echt immer die besten Sprüche auf Lager«, meine ich kopfschüttelnd, aber grinsend.

Sie seufzt und starrt in Richtung Tür. »Dem müssen wohl die Ohren geklingelt haben, als ich sagte, er sei ein eitler Gockel.«

»Was will der denn hier?«, fragt Ella, als sie Jasper sieht, der im Türrahmen steht und sich suchend umschaut.

»Sei nett, er ist schließlich mein Chef«, fleht Oxy.

»Ich bin immer nett. Ich wundere mich bloß, wen er hier sucht. Hast du auf der Arbeit was angestellt?«

»Ich? Nein! Vielleicht will er sich bei Val für die Umstände entschuldigen. Oder …«

Ich höre nicht mehr zu, denn während meine Freundinnen noch rätseln, weshalb Jasper sich auf meiner improvisierten Geburtstagsfeier sehen lässt, weiß ich, nach wem er gesucht hat. Sein Blick ruht auf mir, er pinnt mich an Ort und Stelle fest und raubt mir die Luft zum Atmen. Mein Herz hämmert wie verrückt, als er näher kommt, und dass es mir nicht aus der Brust hüpft, als er mich schließlich anspricht, ist ein Wunder.

»Alles Gute zum Geburtstag, Libby.« Er reicht mir eine große, quadratische Schachtel, die er in Händen hält. Zögernd greife ich danach.

»Danke?!« Ich bin so perplex, dass das Wort zweifelnd klingt. Val hat recht … auch mit den raspelkurzen Haaren ist Jazz noch immer unfassbar attraktiv. Beklommen schlucke ich gegen all die Gefühle an, die durch seine Nähe wieder zum Leben erwacht sind.

Den Mädels habe ich gesagt, mein Neujahrsvorsatz wäre es, mehr zu zeichnen und regelmäßig Sport zu treiben, doch die Wahrheit ist, dass es meine feste Absicht ist, Jasper endgültig zu vergessen. Nur wie soll das möglich sein, wenn er mich so ansieht, wie er es gerade tut? Sein Blick huscht zu meinem Mund. Nervös trete ich von einem Fuß auf den anderen und frage mich, was das ganze Theater soll.

Statt die Schachtel an mich zu pressen wie ein Neugeborenes, sollte ich eine Erklärung verlangen. Die schuldet Jasper mir nämlich. Hat er inzwischen beschlossen, sich doch wieder an mich zu erinnern? Und wenn ja, warum? Ist es wegen der sonderbaren Anziehungskraft, die zwischen uns herrscht? Ist sie vielleicht doch keine Einbildung? Beruht sie womöglich sogar auf Gegenseitigkeit? So wie er mich ansieht, könnte man das glatt meinen.

Ich öffne den Mund, will fragen, wieso er mir ein Geschenk macht, doch ehe die Worte über meine Lippen kommen, ertönt ein beinahe panischer Ruf.

»Alicia ist auf dem Weg!«

Das Gemurmel um uns herum verstummt schlagartig. Einen winzigen Augenblick lang ist es totenstill im Raum, dann kommt Bewegung in die Feiernden. Hektisch stürzt der Großteil unserer Kommilitonen Richtung Atelier davon. Niemand will von Alicia beim Rumstehen erwischt werden und sich anhören, dass er faul ist. Auch wir nicht. Ella, Oxy und ich schauen uns verzweifelt an.

»Geht!«, zischt Val.

Jasper nickt zustimmend, doch in seinem Blick liegt Bedauern. »Seht zu, dass ihr hier verschwindet. Valerie und ich kümmern uns um das Chaos hier.«

Gerade will ich ihn doch noch nach dem Geschenk und seinen Beweggründen fragen, als er sich abwendet und hektisch mit dem Aufräumen beginnt.

»Komm schon, Libby!«, sagt Oxy, fasst mich am Arm und schleift mich hinter sich her.

Alicia steht am Ende des Gangs und unterhält sich mit Kyle, der sich ihr todesmutig in den Weg gestellt hat. Mein Held!

Die Schachtel, die Jasper mir geschenkt hat, an die Brust gedrückt, betrete ich das Atelier. Die meisten sitzen bereits wieder an den Nähmaschinen und arbeiten an ihrem Semesterendprojekt.

»Puh, das war knapp!«

Ich bin erleichtert, dass Kyle uns gewarnt und uns dann noch die nötige Zeit zur Flucht verschafft hat. Ein wenig nagt das schlechte Gewissen an mir, weil Jasper und Val nun unseren Kram wegräumen müssen, doch zumindest von Val weiß ich, dass ihr das nichts ausmacht, und vielleicht bietet sich ihr auf die Weise ja sogar die Gelegenheit, sich mit Jasper auszusprechen.

Ella und Oxy blicken einander an und nehmen dann mich ins Visier.

»Was ist das?«, will Oxy wissen.

»Und warum schenkt Jasper Chase dir etwas zum Geburtstag?«

»Das müsst ihr ihn schon selbst fragen«, erwidere ich und bin überrascht von meiner eigenen Souveränität. »Ich habe nämlich nicht die geringste Ahnung.«

Im nächsten Moment ist es mit meiner Fassung jedoch vorbei, denn Ella ist meine Ausflüchte scheinbar leid. Mit ihrem Lügendetektor-Laserblick sieht sie mich abschätzend an.

»Treibst du es etwa mit unserem Stardesigner, Libby?«

»Was?« So wie meine Wangen glühen, müssen sie feuerrot sein. »Nein!«

Ella und Oxy tauschen einen argwöhnischen Blick aus, und ich bin kurz davor, ihnen die ganze Geschichte aus New York zu erzählen, als ich bemerke, dass wir Gesellschaft von einer unserer Mitstudentinnen kriegen.

»Willst du es nicht auspacken?«, schlägt Oxy vor, die mit dem Rücken zu Rochelle steht und daher nicht mitbekommt, dass diese sich uns nähert.

Da ich nicht bloß von meinen beiden Freundinnen neugierig beobachtet werde, schüttle ich den Kopf. Einige Kommilitonen haben die Köpfe zusammengesteckt und tuscheln miteinander, während sie in meine Richtung schauen.

»Ihr wollt wissen, was hier los ist?«, klinkt Rochelle sich in unser Gespräch ein. »Das da«, sie deutet auf die Schachtel, die ich immer noch wie ein Neugeborenes an mich gedrückt halte, »ist mit ziemlicher Sicherheit ein Kleid.«

»Warum sollte Jasper dir ein Kleid schenken?« Oxy sieht mich zweifelnd an, woraufhin ich ratlos mit den Schultern zucke.

»Weil das seine Masche ist«, verkündet Rochelle. Sie klingt bitter. Ein Gefühl, das ihre Worte auch in mir auslösen.

»Seine Masche?«, frage ich arglos, denn irgendwie ergibt das, was sie sagt, keinen Sinn.

Rochelle sieht mich an, als wäre ich beschränkt. »Er will mit dir ins Bett! Und das da …«, erneut deutet sie auf mein Geschenk, »… ist seine Art, sein Interesse zu bekunden. Mach dir keine Hoffnungen, dass es etwas zu bedeuten hätte, denn das hat es nicht.«

»Sprichst du aus Erfahrung?«, geht Ella dazwischen. Sie taxiert Rochelle mit in die Hüften gestemmten Händen und eisigem Blick. Mich würde ihr Verhalten einschüchtern, doch Rochelle ist aus anderem Holz geschnitzt.

»Ja, und?« Sie schnickt ihre schwarzen langen Haare zurück. Sie schimmern wie Seide. Die Information, dass Jasper etwas mit ihr hatte, ist nicht neu. Sie ist das Mädchen, das gemeinsam mit ihm von der Halloweenparty verschwunden ist, und dennoch fällt es mir angesichts des quälenden Gefühls in meinem Inneren schwer, keine Miene zu verziehen. »Hör zu, ich hätte deine Freundin nicht warnen müssen, aber nach allem, was Jasper Chase mit mir abgezogen hat, wollte ich nicht, dass ihr das Gleiche widerfährt.«

»Nein, natürlich nicht«, spottet Ella mit zuckersüßer Stimme, die vor Ironie nur so trieft. »Du hast ein so gutes Herz.« Rochelles katzenhafte grüne Augen verengen sich zu schmalen Schlitzen. »Weißt du, was ich glaube?«, fragt Ella.

»Nein, und es interessiert mich auch nicht.«

»Ich glaube, dass du bloß eifersüchtig und verbittert bist.«

»Von wegen! So weit kommt es noch! Abgesehen davon, rede ich gar nicht mit dir, sondern mit ihr!« Sie deutet auf mich, strafft die Schultern und wendet sich mir zu: »Ich wollte bloß nett sein und dir Kummer ersparen, doch wie heißt es so schön: Keine gute Tat bleibt ungestraft. Du musst wissen, was du tust, aber ich an deiner Stelle würde die Finger von Jasper Chase lassen und das Kleid verkaufen. Das habe ich mit meinem auch gemacht.« Damit dreht sie sich um und schreitet davon. Nachdenklich blicke ich ihr hinterher.

»Vergiss, was sie gesagt hat«, meint Ella, und Oxy nickt zustimmend. »Ach, nun guck nicht so!«

»Wie gucke ich denn?«

»So, als hätte sie dir mit ihren Worten das Herz gebrochen.«

Was ziemlich dicht an der Wahrheit dran ist, wie ich zugeben muss.

»Oder wie Lucky, wenn wir ihn nicht reinlassen und es draußen dunkel wird«, meint Ella.

»So gucke ich auf keinen Fall!«, behaupte ich, doch die Hand dafür ins Feuer legen würde ich nicht. Nach unserer Rückkehr ist Lucky dank seines katzenuntypischen Dackelblicks auch prompt bei uns eingezogen. Wir alle waren uns einig, dass wir ihn unmöglich nachts draußen lassen können. Hilfesuchend wende ich mich an Oxy. »Oder? Sag, dass ich so nicht gucke«, flehe ich und setze die beste Imitation eines Lucky-Blicks auf, die ich zu bieten habe.

Oxy beginnt zu lachen, und Ella zieht mich an sich und drückt mir einen Kuss auf die Wange. »So gefällst du mir schon viel besser. Lass dir von Leuten wie der nicht den Tag verderben.«

Das wiederum kann ich nicht versprechen, doch immerhin kann ich verhindern, dass man mir anmerkt, dass meine ausgelassene Stimmung dahin ist. Ich atme einmal tief durch, recke das Kinn und gehe zu meinem Arbeitsplatz, wo ich Jaspers Geschenk in meine Tragetasche packe und mich wieder an die Arbeit mache. Es gibt schließlich viel zu tun.

Erst am späten Abend, nach einem langen Bad, fällt mir die geheimnisvolle Schachtel in meiner Tasche wieder ein. Ich schleiche die Treppe hinunter – leider nicht, ohne ihr all die grässlichen Knarzlaute zu entlocken – und gehe Richtung Wohnzimmer, wo wir vorhin sämtliche Sachen einfach nur haben fallen lassen. Wir waren so verdammt groggy.

Der Kater blinzelt träge gegen die Helligkeit an, als ich das Licht anschalte. Skeptisch beobachtet er vom Sofa aus mein Treiben. Ich komme mir ertappt vor. Falls Jazz tatsächlich die dumme Angewohnheit besitzt, seine Gespielinnen reihenweise mit seinen Kreationen gefügig zu machen, sollte ich ihm das Päckchen ungeöffnet in sein blödes Atelier zurückschicken. Aber ich kann nicht anders. Ich will wissen, was für ein Kleid er für mich entworfen hat. Nicht, dass das jemals etwas an meinem Entschluss, ihn mir aus dem Kopf zu schlagen, ändern würde.

Ich hole das Paket aus der Tasche, löse die Bänder und öffne den Deckel. Eine Karte liegt auf dem weißen Seidenpapier. *Happy Birthday*, steht darauf. Mehr nicht.

Hätte er keine Erklärung für das hier liefern können?, frage ich mich und erinnere mich dann an Rochelle und ihren Kommentar über seine Masche. *Bitte*, denke ich traurig, *du weißt doch Bescheid über seine Gründe.*

Die Erinnerung daran lässt mich zögern, doch die Neugier ist letztendlich größer, und so schlage ich das raschelnde Papier beiseite. Zum Vorschein kommt ein Kleidersack aus dünnem Material, und ich verfluche Jazz ein wenig dafür, dass er es so spannend macht. Ich hänge den Sack an den Haken an der geöffneten Tür und ziehe den Reißverschluss runter.

Aufregung pulsiert durch meinen Körper. Dabei ist es ja nicht so, als würde ich etwas Verbotenes tun. Dennoch zucke ich ertappt zusammen, als ein Knarzen von der Treppe her erklingt.

Oxana und ich sehen einander an. Sie huscht eilig die letzten Stufen hinunter, verschwindet kurz aus meinem Blickfeld und kommt dann neben mir zum Stehen. »Ich habe gehört, dass du nach unten gegangen bist, und dachte mir schon, dass du es dir ansehen willst«, wispert sie. »Wenn du lieber alleine …«

Ich winke ab. »Nein, schon okay. Du bist doch auch neugierig.«

»Und wie«, sagt sie und reibt sich erwartungsfroh die Hände.

Ich nehme das Kleid aus der Verpackung. Es ist ein schwarzes Minikleid in Wickeloptik. Eine mit Strasssteinen verzierte Pilger-Schnalle an der linken Seite dient als Eyecatcher. Trompetenärmel, die knapp die Ellbogen bedecken, Reißverschluss hinten. Der Drang, den Stoff zu berühren, wird übermächtig. Ich lasse die feine schwarze Seide durch meine Finger gleiten. Bestaune die kunstvolle Drapierung.

Es ist so gut! Ich liebe es.

»Zieh es an!«, drängt Oxy mich.

Finen Moment zögere ich, dann entledige ich mich des Schlafanzugs. Inzwischen habe ich mich daran gewöhnt, vor den anderen in Unterwäsche herumzuhüpfen. Schließlich stehen wir uns gegenseitig ständig Modell. Ich kenne Ellas und Oxys Maße besser als meine eigenen. Nun ja, dafür weiß Jazz sie, wie ich feststelle, als ich in das Kleid schlüpfe. Es sitzt wie angegossen.

»Wow, du sieht heiß aus«, flüstert Oxy. Ich kichere leise und beiße mir auf die Lippen. »Fehlen nur noch die richtigen Schuhe. Vielleicht kannst du Ella ihre neuen Jimmy Choos stibitzen.«

Ich seufze sehnsüchtig. »Ja, die sind toll, und die würden sooo gut zu diesem Kleid passen.«

»Das Schlimmste ist, dass Ella das bei all dem Zeug, das sie ständig kauft, vermutlich gar nicht weiter auffallen würde.«

»Vielleicht sollten wir mal intervenieren. Ich meine, ihre Shoppingexzesse waren in letzter Zeit ganz schön heftig.«

»Dafür ist es wohl zu spät. Ihr Vater hat vorhin angerufen, und sie hatten einen üblen Streit.«

»Wann?«

»Als du in der Wanne lagst und von Jasper geträumt hast.«

»Ich habe nicht von Jazz geträumt!«, widerspreche ich und erröte sogleich bei meiner Lüge.

Oxy schmunzelt amüsiert, hält Daumen und Zeigefinger im Zentimeterabstand auseinander und fragt: »Vielleicht bloß ein klitzekleines bisschen? Ich verrate es auch nicht weiter.«

»Vergiss es einfach, Oxy. Das versuche ich auch. Es hatte nichts zu bedeuten.«

»Es?«, fragt sie, hellhörig geworden. »Hatte Ella also doch recht!«

Mist! Da habe ich mich wohl verplappert! Ich ignoriere meinen Fauxpas und gehe hinaus in den Flur, wo ich mich im Ganzkörperspiegel, den Mr. Gibson während der Weihnachtsferien angebracht hat, betrachte.

Meine Beine sind zu kurz für dieses Kleid. Ich stelle mich auf die Zehenspitzen. Viel besser.

»Hohe Schuhe sind bei dem Outfit ein Muss«, spricht Oxy das aus, was ich denke, und dann stellt sie mir die Frage, die mir ebenfalls die ganze Zeit im Kopf herumschwirrt: »Warum, Libby, schenkt Jasper dir so ein Kleid, wenn *es* …«, sie betont das Wort überdeutlich, »… nichts zu bedeuten hatte, mmh?«

Ich zucke mit den Schultern. »Du hast doch auch gehört, was Rochelle gesagt hat: Dieses Theater ist bloß eine Masche von ihm.«

»Glaubst du das ernsthaft?«

»Ich weiß nicht, was ich glauben soll«, erwidere ich beinahe verzweifelt. »Ich weiß bloß, dass ich ihm das Kleid zurückgeben muss.« Meine Stimme klingt bestimmt, obwohl mir bei der Vorstellung das Herz blutet.

Oxy seufzt erneut. »Du musst wissen, was du tust, aber …«

»Kein Aber, Oxy, ich muss ihn einfach endlich aus dem Kopf bekommen, und allein deshalb kann ich das Kleid unmöglich behalten.«

»Was hat er denn getan?«, fragt sie sanft.

»Du verrätst es wirklich nicht weiter?«

Sie schüttelt den Kopf.

»Gut, denn ich will auf keinen Fall, dass alle wissen, dass ich ebenfalls bloß ein weiterer Eintrag in Jasper Chase' kleinem schwarzen Buch bin.«

Wir gehen zurück ins Wohnzimmer, wo ich aus dem Kleid steige, es wieder sicher verstaue und in meinen lila Schlafanzug mit den rosa Teddybärchen schlüpfe, den Eden mir zu Weihnachten geschenkt hat. Ich weiß noch, wie sie sich kaputtgelacht hat, als ich dieses grauenhafte Ensemble ausgepackt habe. »Willst du mich verarschen?«, habe ich sie gefragt und, ja, das wollte sie in der Tat. Mein »echtes« Geschenk war ein Buch über Alexander McQueen, das bereits seit einer halben Ewigkeit auf meiner Wunschliste stand. Nun ja, immerhin ist dieses hässliche Kleidungsstück ziemlich kuschlig und warm. Trotzdem fröstle ich und schlüpfe daher unter eine der Wolldecken. Lucky zögert einen Moment, dann überbrückt er die Distanz zwischen uns und kringelt sich auf meinem Schoß zusammen.

»Schmusekater«, murmle ich, zupfe an seinem zerfledderten Ohr und ernte ein zufriedenes, tiefes Schnurren.

Oxana setzt sich uns gegenüber in den Sessel, nicht ohne sich zuvor ebenfalls eine der Decken zu schnappen. Die waren eine gute Investition. Es ist nach wie vor biestig kalt. Ich sehne das Semesterende und den Sommer herbei.

»Du hattest also Sex mit ihm, und das, obwohl ich dich ausdrücklich davor gewarnt habe?«, gibt sie mir einen verbalen Schubs.

»Nun ja, deine Warnung – danke für den Hinweis übrigens – kam etwas spät, denn zu dem Zeitpunkt hatte ich schon längst mit ihm geschlafen.«

»Hä? Aber du lagst doch die ganze erste Zeit krank im Bett. Wann …?« Ihre Miene spiegelt ihre völlige Verwirrung wider.

»Auf der Fashion Week vor fast zwei Jahren in New York, und es war auch bloß ein One-Night-Stand, aber … Ach, ist doch auch egal. Beziehungsweise ihm ist es egal. Er hat es vergessen, oder zumindest hat er bis heute so getan.«

»Wie? Er hat es vergessen? War er betrunken?«

Wieder einmal frage ich mich, ob es vielleicht doch an der ganzen Flasche Wein gelegen haben könnte, die er damals getrunken hat. Das wäre zumindest eine vernünftige Erklärung. »Nein, nicht wirklich, glaube ich. Er wirkte zumindest nicht so sturzbetrunken, als dass er einen Blackout gehabt haben könnte. Ich meine, immerhin hat er diese andere Sache auf die Reihe bekommen, falls du verstehst, was ich meine.«

Natürlich versteht Oxy, was ich meine, denn sie grinst schief. »Also denkst du, dass er bloß so getan hat, als würdet ihr euch nicht kennen, ja?«

Unschlüssig hebe ich die Schultern und lasse sie wieder sinken. »Keine Ahnung, aber ich bin ziemlich enttäuscht von seinem Verhalten«, gestehe ich mit zitternder Stimme. Laut auszusprechen, was mich seit Monaten zermürbt, tut gut. Oxy setzt sich neben mich, legt den Arm um mich und drückt mich tröstend an sich. »Ich dachte, es wäre etwas Besonderes. Es ist so albern, dass ich nicht über ihn hinwegkomme. Es war schließlich bloß eine einzige Nacht!«

»Manchmal, Libby, reicht auch ein einziges Wort.«

»Vielleicht liegt es daran, dass er der Erste war. Man sagt ja immer, dass man den nie vergisst.«

»Er war dein Erster? Ohhh, wie romantisch!«

»Na ja, wenn es romantisch sein soll, am nächsten Tag einen Zettel mit *Danke für alles* vorzufinden, dann war es superromantisch«, spotte ich.

»Was? Er entjungfert dich und zieht dann so eine Nummer ab? Was für ein elender Mistkerl! Dem werde ich morgen im Atelier was erzählen …«, ereifert sie sich, weshalb ich mich gezwungen sehe, umgehend einzugreifen.

»Nein, Oxy, er darf es nicht erfahren. Bitte, das ist so peinlich. Ich meine, wie blöd muss man denn sein, so einem Typen immer noch hinterherzuheulen.« Ich sehe sie flehend an. »Abgesehen davon, habe ich ihm nicht verraten, dass ich noch Jungfrau war. Was den Punkt anbelangt, ist er also unschuldig.«

»Aber so was sagt man dem anderen doch, damit er vorsichtig sein kann und …«

Ich schüttle den Kopf. »Nein, ich wollte da keine große Sache draus machen.« *Und du hast insgeheim befürchtet, dass er dann einen Rückzieher machen würde*, erinnert mich die vorlaute Stimme in meinem Kopf, die dazu neigt, alle unpassenden Gedanken auszusprechen. »Bitte, bitte, versprich mir, dass du ihn nicht zur Rede stellst.«

»Gut, aber vielleicht spucke ich ihm bei Gelegenheit mal in den Kaffee«, meint sie und bringt mich damit tatsächlich zum Lachen.

Einen Moment lang sitzen wir schweigend beisammen und kraulen den schnurrenden Lucky, der die ungewohnte Aufmerksamkeit sichtlich genießt.

»Aber egal scheinst du ihm nicht zu sein«, sinniert Oxy. »Sonst hätte er wohl kaum dieses Kleid für dich designt.«

»Vielleicht, aber das spielt keine Rolle mehr. Ich bin aus der Nummer ein für alle Mal raus. Das letzte halbe Jahr hier in England will ich in vollen Zügen genießen und nicht ständig bloß Jazz nachtrauern. Morgen gebe ich ihm das Kleid zurück, und das war's dann endgültig.«

Unglücklicherweise denkt mein Unterbewusstsein gar nicht daran, sich Jasper aus dem Kopf zu schlagen. Die halbe Nacht malträtiert es mich mit Jasper-Chase-Träumen, was der Grund dafür ist, dass ich am nächsten Tag alles andere als gut gelaunt bin.

Im Bestreben, es einfach bloß hinter mich zu bringen, steuere ich Jasper an, sobald ich ihn sehe. Das ist beim Mittagessen in der Kantine der Fall.

Er befindet sich gerade im Gespräch mit seiner Entourage. Ein ganzer Pulk hübscher Mädchen buhlt wieder einmal um sein Interesse. Der König hält Hof, und der Hofstaat feiert ihn gebührend – zumindest bis ich dazwischenplatze und sage: »Hey, ich wollte dir das hier bloß zurückgeben.« Mich widert sein Verhalten in diesem Moment so an. Er ist eine solche Aufmerksamkeitshure.

Nun ja, seine Beachtung habe ich immerhin, denn er taxiert mich eingehend. Sein Blick ist lauernd und hat etwas von einem Raubtier, das bereit ist, jederzeit zuzuschlagen.

»Passt es nicht?«, fragt er, als ich ihm die Schachtel in die Hände drücke.

»Nein, ich habe bloß kein Interesse daran«, entgegne ich und wende mich zum Gehen.

»Also, wenn sie es nicht will, dann …«, beginnt eines der mir unbekannten Mädchen.

»Libby! Warte!« Seine Stimme ertönt dicht hinter mir. Ich drehe mich um, sehe ihn an. Er wirkt verzweifelt. »Hey, warte mal, wieso …?«

»Weil ich keines von deinen kleinen Betthäschen bin«, zische ich und deute auf die Gruppe Mädchen, die ohne ihr Idol reichlich verloren wirkt. »Das war ich nie, und das werde ich auch nie sein. Kapiert?« Ich speie die Worte beinahe aus. »Zieh deine dämliche Masche bei einer anderen ab.«

»Meine Masche?« Seine Stirn liegt in Furchen. Verwirrung spiegelt sich auf seinem Gesicht.

»Rochelle meinte, dass diese Art von Geschenk wohl Methode hat.« Mein Blick schweift durch den Raum, findet sie.

»Rochelle? Dieses Miststück«, entfährt es ihm. Er dreht sich suchend um. Ein wütender Laut, eine Art Knurren, dringt über seine Lippen, als er sie ebenfalls entdeckt hat.

Bevor ich auch nur die Chance habe zu reagieren, stapft er bereits auf sie zu. Seine schweren Schritte lassen den Boden erzittern. Eilig folge ich ihm, nicht aus Neugier, sondern weil er kurz davor ist zu explodieren. Dass er auf hundertachtzig ist, ahnt auch Rochelle, als sie schnallt, dass er auf sie zugestürmt kommt. Ihre Augen weiten sich vor Schreck. Ich kann es ihr nicht verdenken – er sieht furchterregend aus.

»Was soll das? Warum erzählst du so einen Scheiß?«, herrscht er sie an.

Ihre Miene verschließt sich, die Augen verengen sich zu Schlitzen, als sie ihn biestig anfunkelt. »So einen Scheiß?«

»Spiel hier nicht das Unschuldslamm. Libby hat mir erzählt, was du behauptet hast.«

»Ich habe bloß die Wahrheit gesagt.«

»Ach ja, und die wäre?«

»Dass sich deine kleine Freundin nichts darauf einbilden soll, dass du ihr ein Kleid schenkst. Das hat schließlich nichts zu bedeuten. Mir hast du ja auch …«

»Was habe ich?«, fragt er scharf. Seine Stimme ist schneidend. Sie klingt bedrohlich. »Dir ein Kleid geschenkt, ja?« Er lacht höhnisch auf. »Das wüsste ich aber!«

Rochelle schrumpft unter seiner wütenden Attacke zusammen, weicht seinem Blick aus, und ich ahne, dass sie wirklich bloß Mist erzählt hat, um sich wichtigzumachen.

»Die Nummer mit dir hatte nichts zu bedeuten. Das war bloß ein kleiner Fick. Mehr nicht!«

Rochelles Augen füllen sich mit Tränen, und obwohl sie gelogen hat, tut sie mir in diesem Moment entsetzlich leid. Ruckartig schiebt sie ihren Stuhl nach hinten und flüchtet unter den Blicken aller aus der Kantine.

Jasper wendet sich kopfschüttelnd zu mir um. »Ich weiß nicht, warum sie so etwas behauptet hat, Libby, ich …«

»Du weißt nicht, warum sie so etwas behauptet hat?«, echoe ich ungläubig. Wie kann er so unempathisch sein? Dass sie sich in ihn verliebt hat und gekränkt ist, weil er nur Sex wollte, ist doch offensichtlich. »Ich kann dir das gerne sagen, Jazz! Den meisten von uns bedeutet Sex sehr wohl etwas. Wir benutzen andere nicht zu unserem Vergnügen. Scheinbar hat dir das noch nie jemand gesagt, aber keiner ist gerne ›bloß ein kleiner Fick‹, und das, was du hier gerade abgezogen hast, war einfach nur grausam. Du bist ein solches Arschloch!«

»Ich bin bloß sauer auf sie …«

»Weil sie dir die Tour mit mir vermasselt hat? Keine Sorge! Die Verantwortung dafür trägst ganz alleine du. Hast du wirklich gedacht, dass ich dir nach allem, was du dir geleistet hast, eine zweite Chance gebe?«

Ich ignoriere seine bestürzte Miene, schiebe mich an ihm vorbei und gehe Rochelle nach. Ich muss eine Weile suchen, doch dann finde ich sie im Treppenhaus. Sie hockt zusammengekauert auf den Stufen und heult. Ein Bild, das ein unangenehmes Déjà-vu in mir auslöst. Ich weiß genau, wie sie sich fühlen muss. Daher setze ich mich neben sie auf die Stufen, wühle in meiner Tasche nach Tempos und reiche ihr eins.

»Danke«, schnieft sie, nachdem sie sich geschnäuzt und die Tränen abgewischt hat. »Warum bist du so nett zu mir? Ich meine, ich habe gelogen und dir dein Geschenk madig gemacht.«

Schulterzuckend erwidere ich: »Ja, hast du, aber wie sagt meine Mutter immer? In einer Welt, in der du alles sein kannst, sei nett.«

Vielleicht wäre ich nicht so nett, wenn ich nicht genau wüsste, wie sich ein von Jasper Chase gebrochenes Herz anfühlt, oder wenn er sie nicht gerade eben vor allen bloßgestellt hätte. Das war gemein und völlig unnötig. Und außerdem echt daneben.

»Es tut mir leid. Ich war bloß so schrecklich eifersüchtig.«

»Es ist nur ein Kleid«, sage ich tröstend und schenke ihr ein aufmunterndes Lächeln. Wirklich glücken will mir das nach dem Desaster in der Cafeteria jedoch nicht.

Rochelle zumindest schüttelt den Kopf. »Es geht doch nicht um das Kleid, Libby, sondern darum, wie er dich immerzu ansieht, sobald du den Raum betrittst.«

»Wie sieht er mich denn an?«, frage ich beinahe ängstlich.

Ihre Antwort verschlägt mir die Sprache.

»Er schaut dich an, als wärst du der Inbegriff von allem, was er sich wünscht und je gewünscht hat.«

»Ich bin so wahnsinnig froh, dass ihr alle hier seid, um meinen Geburtstag mit mir nachzufeiern.«

»Und das Semesterende!«, wirft Ella ein und erntet allgemeines Gelächter.

Es ist Freitagabend und ziemlich voll in unserer kleinen Küche. Zahlreiche Mitstudenten aus Alicias Kurs, der uns wirklich zusammenschweißt, sind da. Ich habe auch Rochelle eingeladen, die auf der Sitzbank am Fenster einen Platz neben Kyle ergattern konnte. Phoenix hatte nicht so viel Glück. Er steht an die Küchenzeile gelehnt da und war bis zu meiner kleinen Ansprache in eine Unterhaltung mit Oxana vertieft. Vermutlich versucht er, sie zu bezirzen, damit sie ihren alten Job im Tarantula wieder annimmt. Die Chancen dafür stehen eher schlecht, denn obwohl sie von den ewigen Streitereien zwischen Jasper und Ian genervt ist, so wird sie doch schon morgen früh nach New York fliegen, um sie dort während der Fashion Week zu unterstützen.

Auch meine Koffer sind bereits so gut wie gepackt. Henri ist extra angereist, um übermorgen mit Ella und mir zum Flughafen zu fahren. Ich freue mich so sehr auf die Zeit in Kapstadt, die ich mit den beiden Geschwistern dort verbringen werde – zumal das gar nicht so geplant war. Eigentlich wollte Eden zu Besuch kommen. Da ihr Mitbewohner sich jedoch das Bein gebrochen hat und es sonst niemanden gibt, der sich um ihn kümmern könnte, hat sie mir vor ein paar Tagen abgesagt. Einerseits bin ich traurig, doch andererseits hat Afrika mich schon immer gereizt, und ich bin gespannt, was mich dort erwartet.

»Ja, und natürlich feiern wir auch das Semesterende«, gebe ich Ella lachend recht. »Denn, hey: Wir haben überlebt!«

Zustimmendes Grölen folgt auf diesen Satz und lässt keinen Zweifel daran, wie froh alle sind, die stressige Zeit nun hinter sich zu haben.

»Und damit, ihr Lieben, ist das Buffet eröffnet!«

Ich hebe mein Glas und ernte noch mehr Jubel. Während die ersten Gäste, kaum dass der Beifall abgeklungen ist, Richtung Wohnzimmer strömen, um sich über das Essen herzumachen, gesellt sich Phoenix zu mir.

»Sehr gelungene Rede«, meint er augenzwinkernd.

»Ja, mit dem Satz ›Das Buffet ist eröffnet‹ macht man nie was falsch.«

»Ich werde es mir merken.«

Er hält mir sein Glas hin, und wir stoßen an.

»Ich bin froh, dass das mit einem weiteren Treffen endlich mal geklappt hat«, gesteht er mir. »Auch wenn es kein Date, sondern nur eine Party ist.«

»Du gibst wohl nie auf«, meine ich zerknirscht.

»Die Hoffnung stirbt bekanntlich zuletzt«, meint er augenzwinkernd. »Hey, nun entspann dich mal, Libby. Ich flirte einfach gerne, und ich weiß, dass du dir nicht mehr als eine Freundschaft vorstellen kannst, und das ist auch völlig okay.«

Zweifelnd sehe ich ihn an, denn er hat kein Geheimnis daraus gemacht, dass er sich durchaus hätte mehr vorstellen können.

»So, ich gehe mir jetzt mal was zu essen holen. Soll ich dir was mitbringen?«, fragt er gentlemanlike.

»Nein, danke, ich schaue gleich selbst mal, was mich so anlacht.«

Kaum ist er weg, kommt Val auf mich zu. »Er ist süß«, meint sie und blickt Richtung Flur, wo Phoenix sich in die Essensschlange eingereiht hat.

»Könnt ihr mal aufhören, mich dauernd verkuppeln zu wollen?«, meine ich lachend. »Wirke ich so bedürftig?«

»Nein, Quatsch! Ihr seht nur echt gut zusammen aus. Das ist alles. Sag mal, hast du was dagegen, wenn nachher noch ein paar Leute von mir vorbeikommen?«

Kopfschüttelnd erwidere ich: »Nee, gar kein Problem. Ich freue mich, endlich mal ein paar von deinen Kommilitonen kennenzulernen.«

»Hey, Libby!«, ruft jemand meinen Namen aus dem Flur. Entschuldigend sehe ich Val an und setze mich in Bewegung. Kyle winkt mich zu sich. Mit ein paar anderen steht er vor unserer überdimensionalen »Pinnwand«. Val hatte die geniale Idee, statt stinknormale Bilderrahmen zu benutzen, Hosenkleiderbügel zu solchen umzufunktionieren. Das Schöne daran ist, dass wir so alles Mögliche aufhängen können. Neben Entwurfsskizzen und Fotoabzügen hängen daher auch Flyer und Speisekarten an der Wand. Außerdem lassen sich die Bilder schnell und unkompliziert austauschen.

»Was gibt's?«, frage ich Kyle.

»Von wem stammt denn die Skizze dort oben?«

»Welche?«

»Zweite Reihe, das dritte von rechts.«

Das Bild ist eine Porträtzeichnung von Val, die Oxy ihr zu Weihnachten geschenkt hat.

»Die ist von Oxana«, sage ich, woraufhin er ein triumphierendes »Ha!« ausstößt.

»Siehst du, ich hatte recht.« Er wippt mit erhobenen Händen auf und ab. »Ich hatte recht, ich hatte recht!«

Rochelle bedenkt ihn mit einem nachsichtigen Blick. »Zum einen, Kyle, ist das der armseligste Siegestanz, den ich je gesehen habe, was vermutlich an dem anderen Punkt liegt: Ja, Gratulation, du hattest *einmal* recht.«

Kyle hindert das nicht daran, auch weiterhin unrhythmische Posen zu vollführen, was so albern wirkt, dass man unweigerlich lachen muss.

Rochelle rollt mit den Augen, nimmt seine Hand und schleift ihn mit den Worten »Komm mit, ich zeig dir, wie man das richtig macht« ins Wohnzimmer.

Ich bleibe zurück und bewundere unsere außergewöhnliche Galerie. Es ist verrückt, was wir inzwischen alles erlebt haben.

»Libby«, reißt Oxanas Stimme mich aus den Gedanken. Sie klingt angespannt.

Besorgt drehe ich mich zu ihr um. »Ja?«

»Jasper ist am Telefon.« Sie sieht zu dem Handy in ihrer

Hand, und auch ich starre auf das Gerät. »Er will mit dir reden.« Bevor ich ihr sagen kann, dass allerdings ich nicht mit ihm reden möchte, fügt sie hinzu: »Ich weiß, meine Meinung tut hier nichts zur Sache, aber ich finde, ihr solltet euch mal in Ruhe aussprechen.«

Schicksalsergeben nehme ich Oxanas Telefon an mich. Mein Herz schlägt mir bis zum Hals. Es kostet mich alle Willenskraft, das Handy zu heben und an mein Ohr zu führen. »Ja?«

»Hi, Libby! Ich …« Es ist so laut, dass ich kaum ein Wort verstehe.

»Was hast du gesagt? Jasper? Moment! Es ist so laut hier …« Während ich es sage, schnappe ich mir meinen Mantel und meinen Schlüssel, öffne die Haustür und trete hinaus ins Freie. Die Tür fällt hinter mir ins Schloss. »… wir feiern eine Party«, lasse ich ihn wissen.

»Ist nicht zu überhören«, erwidert er, und dann: »Hübsch siehst du aus!«

Erstaunt blicke ich mich um und entdecke ihn an seine Maschine gelehnt auf dem Bürgersteig vor unserem Haus. Der Schatten des großen Baums droht ihn zu verschlucken, sodass ich ihn im ersten Moment gar nicht wahrgenommen habe.

Ich beende den Anruf, stecke das Handy in die Manteltasche und gehe zu ihm.

»Was tust du hier?«

»Mit dir reden.«

»Es gibt aber nichts zu reden!«

»Das sehe ich anders, Libby, wir haben verdammt viel zu besprechen, und ich konnte unmöglich morgen nach New York fliegen, ohne vorher zu versuchen, das zwischen uns ins Reine zu bringen. Die ganze letzte Woche musste ich daran denken, was du mir an den Kopf geworfen hast, und du hast recht: Ich war gemein zu Rochelle, und das tut mir leid.«

»Das musst du nicht mir sagen.«

»Das habe ich ihr schon gesagt.« Zweifelnd sehe ich ihn an. »Du kannst reingehen und sie fragen, oder ...« Er zückt sein Handy, tippt darauf herum und hält es mir unter die Nase.

»Steck das wieder weg. Ich will das nicht lesen, Jazz. Was du mit ihr schreibst, geht mich nichts an, und es ändert auch nichts zwischen uns, ob du dich entschuldigt hast oder nicht.«

Er berührt mit den Fingern der linken Hand seine Stirn und schließt die Augen. Die Geste wirkt verzweifelt.

»Jazz?«

»Ja?«, fragt er niedergeschlagen. Ich wünschte, ich könnte den gequälten Tonfall ignorieren, doch mein Herz zieht sich voller Mitgefühl zusammen. Wie passt so viel Hoffnungslosigkeit in ein so kleines Wort?

»Was denkst du?«

»Ich frage mich, was genau ich tun muss, damit sich etwas ändert.« Ein zitterndes Lachen, kaum mehr als ein verwirrtes Schnauben, entfährt ihm. »Es ist ja nicht so, als hätte ich es nicht versucht.« Er sieht mich eindringlich an. »Ich versuche es wirklich, Libby. Und wenn ich zurücknehmen könnte, was ich in der Kantine zu Rochelle gesagt habe, dann würde ich es tun. Aber in dem Moment war ich so sauer und so verzweifelt. Ja, ich wollte ihr in diesem Moment wehtun«, gibt er zu.

»Gratulation! Das ist dir gelungen!«

»Hey, das ist echt nichts, worauf ich stolz bin, okay? Ich hätte es anders lösen müssen, hätte mich nicht von meiner Wut kontrollieren lassen dürfen ... aber ich war panisch. Ich dachte, ich hätte dich aufgrund ihrer Behauptungen für immer verloren. Die Vorstellung war entsetzlich.«

Ich brauche einen Moment, um sein Geständnis zu verdauen. »Ich verstehe das nicht, Jazz. Warum willst du das mit uns jetzt auf einmal? Und wie …«

»Auf einmal?«, unterbricht er mich. »Seit New York wollte ich nie etwas anderes!« Er seufzt. »Ich habe Fehler gemacht, Libby, das streite ich gar nicht ab, aber lass es mich erklären. Bitte, lass es mich dir einfach erklären.«

Doch ich höre ihm schon gar nicht mehr richtig zu. Mein Verstand hängt sich an diesem einen Satz auf.

Seit New York wollte ich nie etwas anderes!

»Was … was hast du damit gemeint, als du sagtest, dass du seit New York nie etwas anderes gewollt hättest?«

Erneut schließt er einen Moment lang die Augen. »Okay«, meint er seufzend, als er sie wieder öffnet. »Natürlich stimmt das so nicht ganz. Ich wollte auch viele andere Dinge. Ich wollte, dass Ian gesund wird. Ich wollte studieren und erfolgreich sein. Aber mehr als alles andere wollte ich dich.«

»Aber du hast dich nicht gemeldet … Nie. Kein einziges Mal, Jazz! Ich meine, wenn das alles stimmt, was du eben behauptet hast, warum hast du mir das nicht schon viel früher gesagt? Und warum hast du am Hafen so getan, als könntest du dich nicht an mich erinnern? Das ergibt doch alles keinen Sinn!«

»Was? Ich habe nie so getan, als könnte ich mich nicht an dich erinnern!« Jaspers Miene spiegelt seine Fassungslosigkeit und aufrichtige Empörung wider.

»Hallo?! Ich habe deinen Namen gesagt, und du hast nicht darauf reagiert, und dann bist du einfach wortlos weggegangen.«

»Fuck!«, flucht er kopfschüttelnd. »Was für ein Chaos!« Er holt tief Luft. »Am Hafen, also das ist nicht so gewesen, wie du denkst. Ich war überglücklich, als ich dich gesehen habe … zumindest für einen Moment. Aber dann war da dieser schrecklich enttäuschte Ausdruck in deinen Augen, und ich konnte nicht anders … Ich musste weg. Ich habe diesen Blick einfach nicht ertragen.«

»Ich war nicht enttäuscht!«

Seine rechte Augenbraue schnellt in die Höhe. »Doch, Libby, das warst du. Du warst von dem, was du gesehen hast, enttäuscht. Versuch nicht, es schönzureden. Du …«

»Himmel, Jazz, ja, ich war enttäuscht. Ich hatte deine Stimme erkannt, und als ich mich umgedreht habe, stand da ein Fremder – zumindest dachte ich das. Es tut mir leid, dass ich dich nicht gleich erkannt habe, aber der Bart, die Haare, die Sonnenbrille … Ich war einfach enttäuscht, dass du es vermeintlich doch nicht warst.«

Jazz hat recht, was für ein Chaos. Ich gehe zu dem niedrigen Mäuerchen, das unseren Vorgarten zur Straße hin abgrenzt, und setze mich drauf. Jazz folgt mir und hockt sich neben mich.

»Jetzt hätte ich doch gerne eine Zigarette«, murmelt er.

»Du rauchst nicht mehr?«

Er reibt sich den Nacken und wirkt verlegen, als er sagt: »Ich habe zum Jahreswechsel aufgehört.«

»Cool!«

»Ja«, meint er, und dann ist es plötzlich da, ein breites, stolzes Grinsen. »Finde ich auch.«

In diesem Moment freue ich mich mit ihm über den Sieg, den er davongetragen hat, doch man sollte Jasper wirklich verbieten zu lächeln – mich zumindest bringt es um den Verstand.

Sein Handy klingelt. Er holt es aus der Jackentasche, wirft einen Blick drauf und verkündet: »Ian.« Es klingt wie ein Todesurteil. Das Handy schrillt noch einige Male, dann verstummt es.

Ich betrachte Jasper von der Seite. Er wirkt müde. Als er meinen Blick spürt, wendet er mir sein Gesicht zu und sieht mir tief in die Augen.

»Ich kann nicht fassen, dass du geglaubt hast, ich könnte mich nicht an dich erinnern. Fuck, Libby, ich könnte dich nie vergessen. Und glaub mir, ich habe es echt versucht.« Er greift nach meiner linken Hand, die sich an die Kante des Mäuerchens klammert, und legt seine drauf.

»Vermutlich hast du recht, und es gibt doch noch einiges an Redebedarf«, räume ich ein. Ich drehe meine Hand unter seiner.

»Eine ganze Menge, wie es aussieht«, sagt er, als er seine Finger mit meinen verschränkt. »Leider haben wir dieses Mal nicht mal eine Nacht, um alles zu klären. Unser Timing ist einfach echt beschissen.«

»Habt ihr noch viel vorzubereiten, bevor es morgen losgeht?«

»Mehr, als man in einer Nacht schaffen kann. Ian ist ausgeflippt, als ich ihm eröffnet habe, dass ich noch mal losmuss.«

»Soll ich mitkommen und helfen?«

Er schüttelt den Kopf. »Nein, das hier ist deine Party. Genieß sie!«

»Vielleicht fragst du Oxy«, schlage ich vor.

»Weißt du, mir ist gerade ziemlich egal, was mit On Fleek ist, und ich habe auch keinen Kopf dafür, bevor wir nicht unseren Scheiß auf die Reihe bekommen haben. Ich muss wissen, wie wir zueinander stehen.«

»Im Moment sitzen wir.«

Er sieht mich strafend an.

»Nebeneinander.«

Er blinzelt nicht ein einziges Mal, während er mich weiterhin anstarrt.

»Und halten Händchen. Ich glaube, es steht nicht *sooo* wahnsinnig schlecht um uns.«

Der letzte Satz entlockt ihm ein schwaches Lächeln. »Heißt das, du gibst mir eine zweite Chance?«

»Ich werde drüber nachdenken, okay?«

Er hebt seine Hand, berührt meine Wange, beugt sich dann zu mir und küsst mich. Zu Beginn ist die Berührung seiner Lippen ganz behutsam, doch Jazz wäre nicht er, wenn er es dabei belassen würde. Sehr schnell ist der Kuss weder sanft noch unschuldig, sondern durchdrungen von Jaspers roher Leidenschaft.

Himmel, ich hatte ganz vergessen, wie gut sich das anfühlt. Natürlich hätte ich immer das Gegenteil behauptet. Hätte immer gesagt, dass ich noch genau weiß, wie Jazz schmeckt und wie es ist, wenn seine Zunge mit meiner spielt, doch kein Kuss in meiner Erinnerung kann mit diesem mithalten. Mit geschlossenen Augen gebe ich mich dem Moment und seinen Liebkosungen hin.

»Wow«, murmle ich, als er seine Lippen schließlich von meinen löst. Ich öffne die Augen und blicke ihn an. »Ich hoffe, du hast nicht nur versucht, meine Entscheidung zu deinen Gunsten zu beeinflussen.«

Er presst kopfschüttelnd die Lippen aufeinander. »Nein. Aber ich dachte, wenn du dich doch gegen mich entscheidest, dann will ich dich zumindest noch einmal geküsst haben.« Sein Handy klingelt erneut. »Ian schon wieder. Ich sollte wirklich gehen.«

»Ja, nicht, dass er noch ein Kopfgeld auf dich aussetzt«, scherze ich.

»Ich weiß, du denkst, du hättest gerade einen Witz gemacht, aber ich glaube, dass das durchaus im Bereich des Möglichen liegt.«

Er gibt sich einen Ruck und steht auf. Ich tue es ihm einen Augenblick später gleich. Ich brauche den Moment, um mich auf den Abschied vorzubereiten.

»Gib mir deine Nummer!«, sagt Jasper.

Es ist keine Bitte.

Doch ich widersetze mich nicht, sondern speichere sie in sein Handy ein, erliege dann der Versuchung, ihn noch einmal zu küssen, und sehe ihm schließlich nach, wie er auf dem Motorrad davonfährt.

Mein ganzer Körper steht in Flammen, und ich habe keine Ahnung, wie ich es die kommenden Wochen ohne ihn aushalten soll.

Zu meiner Überraschung vergehen sie jedoch wie im Flug. Möglicherweise liegt es daran, dass die Zeit in Afrika einfach wunderbar ist. Meine Mutter schiebt zwar totale Panik, dass man mich überfallen könnte, doch ich fühle mich zu keiner Zeit unsicher.

Stattdessen schwelge ich im Duft und im Rhythmus dieses exotischen Landes. Trinke von den Farben, dem wundervollen Licht und natürlich dem köstlichen Wein. Für mich ist alles neu, aufregend und inspirierend.

Zu meinen Highlights gehört der Besuch auf dem Tafelberg. Als dieser einmal nicht in einem Wolkenmeer versinkt, entschließen wir uns zu einem spontanen Ausflug dorthin. Ella will die analoge Leica, die sie sich zugelegt hat, ausprobieren. Die halbe Nacht über hat sie sich vorbereitet und das gute Stück dann mit einem Schwarz-Weiß-Film bestückt.

Eine Gondel bringt uns hinauf auf das Plateau. Die Höhe bekommt mir während der Fahrt mit der Seilbahn nicht, und Henri fragt, ob er Händchen halten soll.

Ich kratze mein spärliches Französisch zusammen und sage

zu ihm: »Tu es terrible!« Er lacht über meine furchtbare Aussprache. »Ich meine es ernst! Meine Notlage ausnutzen, um auf Tuchfühlung zu gehen. Das ist wirklich armselig.«

»Hey, man muss seine Chancen zu nehmen wissen.« Er wackelt zweideutig mit den Augenbrauen.

»Träum weiter, Casanova!«

»Nimm meine Hand, Libby! Wer weiß, so nah kommen wir uns vermutlich nie wieder.«

Ich schlage die Hände über dem Kopf zusammen. »Du bist wirklich entsetzlich! Beinahe noch schlimmer als …«

»Als wer?«, erkundigt er sich interessiert.

Ella beobachtet mich ebenfalls gebannt. Die Geschwister erwarten eine Antwort, doch ich winke ab. »Egal.«

Doch danach hat Jasper mich wieder für eine Weile im Griff. Noch immer bin ich unschlüssig, ob ich ihm wirklich eine zweite Chance geben sollte. Einerseits möchte ich nichts lieber tun als das, andererseits habe ich schreckliche Angst, dass es schiefgehen könnte, denn ich weiß beim besten Willen nicht, wie ich das verkraften sollte.

Allerdings zeigt mir meine Reaktion auf seine regelmäßigen Nachrichten jedes Mal sehr deutlich, dass mein Widerstand bereits gebrochen ist. In freudiger Erwartung schlägt mein Herz dann schneller. Beim Schreiben meiner Antworten versuche ich, mir meine Euphorie nicht allzu sehr anmerken zu lassen, doch wirklich gelingen will es mir nicht immer.

Zwei Tage nach unserem Trip auf den Tafelberg überredet Henri mich zum Surfen. Ich bereue es bereits, als ich mich in den dicken Neoprenanzug quetschen muss. Weder der strahlende Sonnenschein noch das einladende türkisblaue Wasser können die erste halbe Stunde, in der Henri mir an Land zeigt, was ich zu tun habe, erträglich machen. Während meiner Trockenübungen scheuert der Sand meine Fußrücken auf und kriecht unter meine Fingernägel. Außerdem schwitze ich in dem dicken Anzug fürchterlich.

Etwas, das sich ganz schnell legt, als wir im Wasser sind. Es ist eisig! Ich hasse Henri und verfluche mich für meine Blödheit – vor allem, nachdem die ersten paar Versuche, eine der Weißwasserwellen, so nennt man die bereits gebrochenen Wellen, die für Anfänger wie mich bestimmt sind, zu nehmen, kläglich scheitern.

»Ich glaube, ich habe dafür kein Talent«, jammere ich. Ich bin sicher, dass Jasper all das wahnsinnig gefallen würde. Ob er schon mal surfen war? Ich würde fast darauf wetten, und auch, dass er eine verdammt gute Figur machen würde.

»Unsinn! Es ist noch kein Meister vom Himmel gefallen. Lass dir beim nächsten Mal ein wenig mehr Zeit«, instruiert Henri mich. »Und ich gebe dir außerdem auch einen kleinen Schubs. Dann ist es einfacher.«

»Oh, ich brauche keinen Schubs. Ich falle von ganz alleine rein«, brumme ich genervt.

Henri fährt sich durch seine nassen Locken, streicht sie aus der Stirn und sagt: »Nicht dir, sondern dem Board! Du wirst schon sehen. Beim nächsten Mal klappt es.«

Es klappt nicht beim nächsten Mal und auch nicht beim übernächsten Mal, doch als es mir schließlich gelingt, mich für den Bruchteil einer Sekunde auf dem Brett aufzustellen, ist es eine unglaubliche Erfahrung. Danach kann ich gar nicht genug bekommen. Wieder und wieder zerre ich das Board hinaus Richtung offenes Meer und versuche dann, eine der schäumenden Wellen zurück zum Strand zu reiten.

Als wir an Land zurückkehren, bin völlig kaputt, aber überglücklich. Begeistert berichte ich Jasper abends von meinem tollen Tag und bedauere, dass wir den nächsten nicht zusammen verbringen können, denn es ist Valentinstag.

Jasper, der mittlerweile auf der Londoner Fashion Week ist, überrascht mich mit einer Einladung zum Essen. Er hat für Ella und mich in einem schicken Restaurant am Meer einen Tisch reserviert. Da wir Henri nicht alleine lassen wollen, nehmen wir ihn ebenfalls mit.

Henri bestellt von der Karte, während Ella und mir ein fünfgängiges Menü serviert wird.

»Magst du mir endlich verraten, wem wir diesen wundervollen Abend zu verdanken haben?«, fragt Ella, als wir später zurück in der Villa ihrer Eltern sind und es uns mit einem Glas Wein auf der Terrasse gemütlich gemacht haben. Nebeneinander liegen wir auf dem XXL-Loungebett, das direkt neben dem Pool steht.

Ich reibe über meinen vollgefutterten Bauch, schaue hinauf in den Sternenhimmel und habe nicht vor, mein kleines Geheimnis zu lüften.

»Soll ich raten?«, fragt sie. Ich erwidere nichts. »Du konntest unserem Stardesigner nicht widerstehen.«

»Wenn du es sagst.«

»Hallo? Er hat ein Kleid für dich entworfen? Da wäre vermutlich jede Frau schwach geworden.«

»Ich bin nicht schwach geworden«, behaupte ich.

»Wenn du es sagst«, imitiert Ella mich ziemlich treffend.

Schmunzelnd entgegne ich: »Ja, das sage ich!«

»Okay, im Zweifel für die Angeklagte«, gibt sie sich großzügig, »aber wenn du bisher wirklich noch nicht schwach geworden bist, dann bist du zumindest auf dem besten Weg, es zu werden.«

Worauf ich nichts erwidern kann, weil sie mit ihrer Annahme komplett richtigliegt.

Danke für den schönen Abend, schreibe ich später, als ich im Bett liege, an Jasper und schicke ihm das Foto, das Henri von mir und Ella auf der Terrasse des Restaurants gemacht hat. Wir stehen an der Brüstung, im Hintergrund sieht man, wie die Sonne im Meer versinkt und den Himmel rot färbt.

Freut mich, dass ihr Spaß hattet. Erholt seht ihr aus.

Wie lief es heute?

Mitten in den Vorbereitungen. Morgen ist der große Tag. Und ich habe schlechte Nachrichten. Aurelio besteht darauf, dass wir im Anschluss mit nach Mailand kommen.

Aber da beginnt das neue Semester.

Ich weiß. Mit Alicia habe ich bereits alles geklärt.

Und wann wirst du dann zurück sein?

Erst am 25.02.

Ich schicke ihm ein trauriges Smiley.

Sorry.

Du musst dich nicht entschuldigen. Es ist, wie es ist, und ich kann auch noch zehn Tage länger warten.

Sicher?

Verdammt sicher!

Zwei Tage später sitzen Ella und ich im Flieger nach London, von wo aus es direkt weiter nach Plymouth geht. Alles, woran ich denken kann, während wir mit unseren Trolleys im Schlepptau quer durch den Flughafen rennen, ist, dass ich den blöden Zug nach Plymouth vielleicht gar nicht wirklich bekommen mag. Dann müssten wir nämlich die Nacht hier verbringen, und ich könnte versuchen, mich mit Jasper zu treffen.

»Beeil dich!«, hetzt Ella mich. Wie sie mit den hohen Absätzen schneller rennen kann als ich in meinen Ballerinas, ist mir ein absolutes Rätsel.

»Nicht zu fassen, dass morgen schon das College wieder losgeht«, seufze ich, als wir schließlich im Zug sitzen. Rund vier Stunden Fahrt liegen vor uns.

»Ja«, seufzt Ella schwermütig

»Aber es war wirklich wunderschön in Kapstadt. Tausend Dank noch mal für die Einladung.«

Ella grinst. »Jederzeit wieder. Ich finde echt, dass wir das irgendwann wiederholen sollten.«

10

Jasper

»Ach, hier treibst du dich rum.« Ian schaut mir über die Schulter und wirft einen Blick auf das Foto, das ich mir gerade ansehe. »Scheint, als würde sich *deine* Libby verdammt gut amüsieren.«

Eigentlich wollte ich nur das Visitenkartenetui aus meinem Jackett holen, doch dann beschloss ich, noch schnell Bilder des heutigen Abends bei Instagram hochzuladen, und nun starre ich seit einer geschlagenen Viertelstunde auf das Foto, das Libby zusammen mit Henri Chevallier zeigt.

»Oh, jetzt stalkst du schon nicht mehr bloß sie, sondern sogar ihr näheres Umfeld.«

»Ich stalke niemanden, sondern folge bloß Ellas Insta-Account«, erkläre ich in möglichst ruhigem Tonfall, doch in mir brodelt es. Das Foto, das Ella zuletzt hochgeladen hat, zeigt ihren Bruder und Libby, wie sie lachend die Köpfe zusammenstecken und sich offensichtlich blendend amüsieren.

Während Libbys Aufenthalt bei den Chevalliers in Kapstadt gab es immer mal wieder Bilder von den beiden zusammen. Mir war klar, dass sie sich gut verstehen. Doch es ist vor allem der Text, den Ella dazugeschrieben hat, der für gemischte Gefühle sorgt.

Endlich wieder vereint.

#soulmates #happytogether #partynight #plymouth #welove-fashion

Warum sagt Libby mir, dass sie wartet, wenn sie so verdammt glücklich mit Henri Chevallier ist? Ist sie möglicherweise sogar froh, dass ich hier in Mailand festsitze, während sie ihre Zeit mit diesem Schnösel genießt?

»Komm, Mann, du wusstest, dass sie früher oder später einen anderen finden würde.« Ian hebt abwehrend die Hände, als mein Blick ihn trifft. »Sieh mich nicht so böse an. Ich kann nun wirklich nichts dafür.«

Ich presse die Kiefer aufeinander und schweige, während ich überlege, was ich tun soll.

»Lass uns wieder auf die Party gehen. Dort findest du bestimmt etwas Zerstreuung.«

Aurelio hat einen Saal in einem großen Hotel gemietet und schmeißt eine seiner legendären Partys. Sämtliche Branchengrößen tummeln sich dort.

Ich blicke über die Schulter zu Ian. »Geh schon mal vor. Ich komme gleich nach.«

»Ja, aber hock hier jetzt nicht ewig rum und blas Trübsal, Mann. Aurelio will uns ein paar wichtigen Leuten vorstellen.«

»Nimm die schon mal mit!«, sage ich und drücke ihm die Visitenkarten in die Hand.

»Du machst aber keinen Unsinn, oder?«, fragt er misstrauisch. Ich schaue ihm nach, als er das Foyer verlässt, bevor ich versuche, Libby anzurufen.

Es klingelt ein paarmal, dann höre ich plötzlich das Besetztzeichen. Fuck, sie hat mich weggedrückt. Ich warte ein paar Minuten in der Hoffnung, dass sie mir schreibt. Falls sie gerade in einem Club sind, ist es vielleicht einfach zu laut, um zu telefonieren, doch sie meldet sich nicht.

Die nächsten Stunden mache ich gute Miene zum bösen

Spiel. Zähneknirschend feiere ich und widerstehe der Versuchung, alle fünf Minuten auf mein Handy zu sehen. Irgendwann, es ist bereits nach zwei Uhr morgens und ich befinde mich mit Ian im Aufzug nach oben, fälle ich eine Entscheidung. Die ganzen letzten Wochen hat mich nur eine Sache zusammengehalten: die Hoffnung darauf, dass sich zwischen mir und Libby alles wieder einrenken würde. Niemals hätte ich all die Fashion-Week-Strapazen überstanden, hätte alles geben können, wenn ich mich nicht immerzu an Libbys Versprechen geklammert hätte. Ich muss das klären. Jetzt und hier. Ich weiß, es wird Ian nicht gefallen und Aurelio natürlich erst recht nicht, aber scheiß drauf. Es ist mir egal, was sie denken. Dass ich hier bin, ist ein großes Zugeständnis meinerseits. Ich habe die erste Woche meines Abschlusssemesters verpasst, nur damit Aurelio mich hier rumführen und vorzeigen kann wie so einen verdammten preisgekrönten Zuchtpudel.

»Ich fliege morgen früh zurück nach Plymouth«, sage ich und dann: »Der Flug ist bereits gebucht, also erspar mir lange Diskussionen.«

Ian dreht sich ruckartig zu mir. Eine Ader pulsiert gut sichtbar an seinem Hals. »Fuck, Jazz, das ist doch nicht dein Ernst. Bist du jetzt völlig übergeschnappt? Was stimmt mit dir nicht?«

»Mit mir, Ian, ist verdammt noch mal alles in Ordnung«, stoße ich hervor.

»Ach ja?«, höhnt er. »Du setzt unsere Karriere wegen irgendeines dahergelaufenen Flittchens aufs Spiel. Merkst du eigentlich noch was?«

Bedrohlich baue ich mich vor ihm auf: »Sprich nicht so über sie.«

»Ja, Gott behüte, dass irgendwer etwas Schlechtes über

deine ach so perfekte, heilige kleine Lady Liberty sagt. Mach die Augen auf, Mann! Erst macht sie die Beine für dich breit, dann für diesen Clubbesitzer, und nun nimmt sie sich Henri Chevallier vor. Wer weiß, wie viele Typen es zwischenzeitlich noch gab, die in ihr Beuteschema passen. Die Frau ist eine Goldgräberin. Der geht es nicht um dich. Der geht es darum, sich einen erfolgreichen Typen mit dickem Bankkonto zu angeln. Die ist wie dieses Model, mit dem du mal was Laufen hattest. Wie hieß die doch gleich …?« Er schnippt mehrfach fordernd mit den Fingern, dann schnaubt er entnervt. »Diese Dingsda. Komm, Jazz, du weißt, wen ich meine. Die, die dann bei Skip gelandet ist.«

Ich schlucke hart gegen die Vorstellung von Libby mit einem anderen Typen an. Zwar ist mein Verstand kurz davor, sich komplett abzuschalten, doch wenn ich eine Sache weiß, dann, dass Libby auf keinen Fall diese Art von Frau ist.

Mit einem Ping öffnen sich die Aufzugtüren, und ich trete hinaus in den Flur, laufe über den rotbraunen Teppich zu meinem Zimmer. Ian folgt mir und redet weiter auf mich ein.

»Was verdammt noch mal sage ich Aurelio?«

»Sag ihm doch, dass ich unsere Karriere wegen einem dahergelaufenen Flittchen aufs Spiel setze«, fauche ich.

»Fuck, Jazz, du …«

»Nein, Ian. Du bist zu weit gegangen.«

Er legt seine Hand auf meine Schulter. »Es tut mir leid, okay?«

»Vergiss es!« Kopfschüttelnd schiebe ich die Schlüsselkarte ins Lesegerät.

»Komm schon, Jazz, tu mir das nicht an«, fleht er.

»Ich muss das jetzt durchziehen«, sage ich und drücke die Tür auf. Ehe ich eintrete, blicke ich noch einmal zurück: »Ich weiß, du checkst das nicht, aber ich liebe Libby. Ohne sie bin ich bloß ein halber Mensch. Alles in mir schreit nach ihr, und es ist mir so fucking egal, was mit Aurelio ist. Sag ihm von mir aus, dass es einen familiären Notfall gab. Oder erfinde irgendwas anderes, aber halt mir einmal den Rücken frei, damit ich tun kann, was ich tun muss.« Sein verzweifelter Blick rüttelt keine Sekunde an meinem Entschluss. »Ich muss jetzt packen und dann zum Flughafen.«

Ich schließe die Tür vor seiner Nase, buche meinen Flug und bestelle mir ein Taxi. Mit ein bisschen Glück bin ich um die Mittagszeit in Plymouth und habe die Gelegenheit, mit Libby zu sprechen.

Auf dem Weg zum Flughafen schreibe ich ihr. Ich will nicht, dass meine Ankunft sie völlig unvorbereitet trifft.

Bin auf dem Nachhauseweg. Kann ich dich sehen?

Während der nächsten Stunden kontrolliere ich immer wieder unseren Chat. Dass Libby meine Nachricht nicht einmal gelesen hat und daher nicht antwortet, beruhigt mich kein Stück, denn unablässig frage ich mich, was sie gerade treibt. Meine Fantasie läuft Amok und martert mich mit der Vorstellung von Libby und Henri Chevallier beim Vögeln. Fuck, ich bin in der Hölle gelandet.

Zwölf Stunden nach meinem Entschluss, den Aufenthalt in Mailand abzubrechen, stehe ich im Atelier am Fenster und blicke in den Hafen hinunter. Verzweifelt frage ich mich, was ich jetzt tun soll, denn nach wie vor fehlt von Libby jedes Lebenszeichen.

Die WG war meine erste Anlaufstelle. In der Hoffnung, alles klären zu können, bin ich direkt vom Bahnhof hingefahren. Abgesehen von der Katze, die ebenso gerne ins Haus wollte wie ich und die mir unablässig um die Beine strich, war dort allerdings niemand. Auch Oxy konnte ich bisher nicht erreichen. Noch zögere ich, Vals Nummer aus unseren Unterlagen rauszusuchen oder Ella über ihren Instagram-Account zu kontaktieren … Vermutlich ist es Ians Behauptung, ich würde mich wie ein Stalker aufführen, die mich zurückhält.

Führe ich mich auf wie ein Stalker? Bin ich wie so ein krankhaft eifersüchtiger Ex, der seiner Angebeteten nachstellt? Mache ich mich komplett zum Affen, weil ich alles stehen und liegen gelassen habe, um mit Libby zu reden?

Die Erschöpfung holt mich ein, lässt mich schwindeln. Ich sollte mich dringend hinhauen und schlafen, doch solange ich nicht weiß, was los ist, kriege ich ohnehin kein Auge zu. Vielleicht sollte ich eine Runde joggen gehen, ein wenig Druck ablassen und … Ich kneife die Augen zusammen. Ist das da auf dem Steg Val? Die Haare der Frau leuchten ebenso rot wie ihre. Neben ihr steht ein Kerl, mit dem sie sich unterhält, und der andere, der gerade von Bord einer luxuriösen Segeljacht auf den Schwimmsteg springt, könnte Henri sein. Dann entdecke ich auf der Jacht Oxy und bei ihr Libby mit Ella.

Erleichterung erfasst mich.

Ihr geht es gut. Gott sei Dank!

Das befreiende Gefühl währt nur kurz, denn Henri winkt den Frauen zu. Libby löst sich aus der Gruppe, geht zum Rand und lässt sich von ihm von Bord helfen. Kaum steht sie ebenfalls auf dem Steg, klammert sie sich lachend an ihn, und mir platzt der Kragen. Ich bin wegen ihr durch halb Europa gereist, habe mir die schlimmsten Sorgen gemacht, während sie es sich mit diesem Schnösel gutgehen lässt. Ohne lange drüber nachzudenken, stürme ich nach unten, um meinem Ärger Luft zu machen.

Als ich auf dem Kopfsteinpflaster stehe, sehe ich, wie Henri gerade noch mal an Bord geht und unter Deck verschwindet. Der Rest der Truppe wartet auf ihn. Libby zögert einen Moment, dann klettert sie ebenfalls wieder an Bord und geht ihm hinterher.

Die Wut flammt erneut auf, als ich mir vorstelle, wie er sie unter Deck in seine Arme zieht und küsst.

Ich setze mich in Bewegung, marschiere zum Eingangsbereich der Sutton Harbour Marina. Auf den West-Pier zu gelangen, ist deutlich einfacher, als ich gedacht hätte, denn der Zufall spielt mir in die Hände. Eine große Gruppe betritt gerade das Gelände, und ich mische mich einfach unters Volk. Es ist ein Kinderspiel. Doch vor lauter Sorge, dass mich jemand am Betreten der Marina hindern könnte, habe ich immer noch keine Ahnung, was ich Libby sagen soll. Viel Zeit habe ich nicht mehr, denn die Gruppe, die inzwischen wieder vollständig ist, kommt direkt auf mich zu.

Libby schwankt bedenklich, hakt sich lachend bei Henri unter, der die kleine Gruppe gemeinsam mit ihr anführt, und schmiegt ihren Kopf an seine Schulter.

Zu sehen, wie vertraut die beiden miteinander umgehen, macht mich wahnsinnig.

»Jazz!«, stößt sie überrascht aus, als sie mich entdeckt. Hastig löst sie sich von Henri, torkelt erneut.

»Bist du betrunken?« Die Frage platzt ungefiltert aus mir heraus. »Nicht, dass das eine gute Entschuldigung für das hier wäre.« Ich deute auf sie und Henri, was zu verwirrten Blicken führt. Meine Stimme bebt vor unterdrückter Wut und vor Schmerz. Ich weiß nicht, welche der beiden Emotionen überwiegt.

»Komm mal runter, Mann!«, mischt Henri sich ein und schiebt sich schützend vor Libby.

»Wenn du weißt, was gut für dich ist, hältst du dich da raus, Froschfresser!«

Drohend mache ich einen Schritt auf ihn zu, woraufhin er die Dreistigkeit besitzt, aufzulachen.

Mit dem Zeigefinger deute ich auf Libby, die erneut schwankt und sich an Henri festhält. »Du hast gesagt, du könntest noch warten. Dabei hast du dich offensichtlich prächtig mit ihm vergnügt. Warum erzählst du mir solche Lügen, wenn du kein Interesse hast? Warum …?«

»Jazz, es ist nicht so, wie du denkst«, unterbricht sie mich und geht auf mich zu.

»Ach ja? Du hast mich gestern Abend weggedrückt, als ich versucht habe, dich zu erreichen.«

»Habe ich nicht. Meinem Akku ist nur in dem Moment der Saft ausgegangen.«

»Klar!« Für wie blöd hält sie mich eigentlich?

»Hör auf, dich lächerlich zu machen, Mann, und krieg dich wieder ein«, kommt es von Henri Chevallier. Die Arroganz strahlt ihm in diesem Moment aus jeder Pore.

»Sag du mir nicht, was ich zu tun habe!«, brause ich auf und schiebe Libby aus dem Weg, um zu ihm zu gelangen.

Ein schwerer Fehler, wie sich im nächsten Moment herausstellt, denn sie verpasst mir einen Stoß, der mich aus dem Gleichgewicht bringt. Alles geschieht wahnsinnig schnell, und als Nächstes finde ich mich im eisigen Hafenbecken wieder. Einen Moment lang bleibt mir die Luft weg, so verdammt kalt ist es, dann durchbreche ich die Wasseroberfläche. Atme tief und schlotternd ein.

Auf dem Steg herrscht große Aufregung. Oxy kniet sich an den Rand, Val eilt zu ihr und sieht ebenfalls besorgt zu mir runter. Ella hingegen kann vor Lachen kaum stehen. Auch ihr Bruder und der andere Lackaffe an ihrer Seite, den ich nicht kenne, finden die ganze Situation allem Anschein nach extrem witzig.

Haha!

Und Libby? Ist offensichtlich von ihrem eigenen impulsiven Verhalten so erschrocken, dass sie in eine Art Schockstarre verfallen ist. Mit geweiteten Augen und vor den Mund geschlagener Hand starrt sie mich an.

Während ich zum Steg schwimme, verfluche ich meinen Entschluss von gestern Nacht. Ich bin so ein dämlicher Idiot! Wäre ich bloß nie hergekommen.

Die ersten beiden Versuche, mich aus dem Wasser auf den Steg zu hieven, scheitern kläglich. Erst beim dritten Anlauf gelingt es Oxy, Val und Libby, mich mit vereinten Kräften hochzuziehen.

Zähneklappernd liege ich auf den Holzplanken. Mein Kopf ruht in Libbys Schoß.

»Kannst du eine Decke vom Boot holen?«, fragt sie Val.

»Macht Ella bereits.«

»Brauch ich nicht!«, keuche ich schwer atmend und versuche, meine aufeinanderschlagenden Zähne unter Kontrolle zu bekommen.

»Jazz …«, fleht Libby, als ich Anstalten mache, mich hochzurappeln. Ich schaffe es, mich trotz der lähmenden Kälte, die sich immer weiter in mir ausbreitet, in eine sitzende Position zu stemmen.

»Was?«, blaffe ich sie an.

Sie streckt die Hand nach mir aus. »Mein Akku war wirklich kaputt, und mit Henri lief nichts.«

Keine Ahnung, ob ich ihr das glauben kann. Im Moment schweige ich vor allem, weil mir die Kraft fehlt, ihre Behauptung infrage zu stellen. Und dann, aus heiterem Himmel, beugt Libby sich vor und küsst mich. Auf einmal ist mir gar nicht mehr so kalt, und für Zweifel ist da auch kein Platz mehr.

»Lass mich dich heimbringen!«

Ich nicke knapp, stehe auf und setze mich, flankiert von Oxy und Libby, schlurfend in Bewegung. Irgendwer legt mir von hinten eine Decke um die Schultern, aber alles, was ich mich frage, ist, wie ich es in Ians und meine Wohnung hinaufschaffen soll. Doch mit jedem Schritt fällt mir das Gehen leichter, und keine Viertelstunde später stehe ich bereits in unserem Badezimmer und schäle mich aus meiner nassen Jeans, während heißes Wasser in die Badewanne strömt. Gerade bin ich dabei hineinzuklettern, als Libby das Badezimmer betritt.

»Sorry!«, meint sie, ist bereits im Begriff, sich wegzudrehen, als sie abrupt in der Bewegung innehält.

»Alles okay?«, frage ich, als ich ihre bestürzte Miene sehe. »Libby?«

»Das Tattoo ...«

Die Frage danach, welches sie meint, liegt mir auf der Zunge, doch dann wird es mir klar. Sie redet von dem, das sich auf meinem linken Schulterblatt befindet. Es ist ihr Gesicht, das ihr von dort entgegenprangt. Mund und Nase sind mit einem Sternenbanner bedeckt, auf dem Kopf trägt sie die Krone der Freiheitsstatue. *Lady Liberty* steht in geschwungener Schrift dort, wo das grüne Gewand auf Brusthöhe in einem weichen Übergang endet. Anstelle der Fackel reckt meine Lady Liberty Zuckerwatte in die Höhe.

»Du kannst es dir ruhig anschauen«, sage ich, während ich mich mit dem Rücken zu ihr in die Wanne setze.

Libby kommt näher, kniet sich auf den Boden davor. Ich spüre ihren Atem in meinem Nacken, woraufhin sich die Härchen dort aufstellen. Ein Schauer wandert meinen Rücken hinab.

»Ist dir noch immer so schrecklich kalt?«

»Es geht.«

Ihre Fingerspitzen berühren meine Schulter dort, wo sich ihr Gesicht befindet. Gänsehaut breitet sich auf meinem Körper aus, und ich ziehe scharf die Luft ein. Libby rutscht dichter an mich heran, umarmt mich von hinten. Ihre Hände gleiten über meine Brust, über meinen Bauch, berühren das Wasser und wandern wieder zurück. Sie benetzen meinen Körper mit dem warmen Nass.

»Du riechst so unglaublich gut«, murmelt sie und schmiegt ihr Gesicht von hinten gegen meins.

»Eau de Sutton Harbour«, scherze ich heiser.

»Na, das erklärt dann wohl die leichte Note nach Fisch.« Ihre Lippen berühren meinen Hals. Libby fährt mit ihrer Nasenspitze über meine Bartstoppeln, küsst mein Kinn, und ich schaffe es nicht, das verlangende Stöhnen zu unterdrücken.

»Komm rein. Ich meine mich zu erinnern, dass du das Baden liebst.«

Ich weiß, dass sie es will, aber ich spüre auch ihr Zögern.

»Da ist noch so viel, worüber wir reden müssen«, sagt sie nach einem Moment.

»Dann reden wir.«

Ich löse mich von ihr, drehe mich in der engen Wanne um und stütze meine Unterarme auf dem Rand auf. Mein Kinn bette ich auf dem rechten Handrücken und schaue Libby abwartend an.

»Ich weiß gar nicht, wo ich anfangen soll … Ich hatte nie etwas mit Henri.«

»Ich weiß.«

»Du glaubst mir?«

»Du kannst sehr überzeugend küssen.«

»Jazz«, tadelt sie mich.

»Ich glaube einfach nicht, dass du mich so geküsst hättest, wenn da etwas zwischen euch laufen würde.«

»Seit wann hast du dieses Tattoo?«

»Seit fast zwei Jahren.«

»Das ist verrückt!«, murmelt sie sichtlich überwältigt.

»Das hat Ian damals auch gesagt«, erinnere ich mich. »Aber unsere Begegnung in New York war etwas ganz Besonderes für mich, und auch wenn ich den festen Vorsatz hatte, meine Finger von dir zu lassen, so wollte ich dennoch eine dauerhafte Erinnerung daran.«

»Ich wünschte, du hättest mich damals zurückgerufen, Jazz.«

»Das wünschte ich auch. Wenn ich die Zeit zurückdrehen und alles anders machen könnte, dann würde ich es tun. Vermutlich würde ich dann nicht einmal dieses Hotelzimmer verlassen. Wir würden Arm in Arm aufwachen, und ich würde dir sagen, dass ich mich haltlos und unwiderruflich in dich verliebt habe.«

Libby steht auf und geht zur Tür.

»Libby! Warte! Das ist die Wahrheit. Ich liebe dich, verdammt noch mal!«, rufe ich ihr hinterher, als sie hinausgeht. Panik ergreift von mir Besitz.

Doch dann streckt Libby ihren Kopf durch den Türspalt. »Ich liebe dich auch, Jazz. Ich sag Oxy nur gerade, dass sie ruhig heimgehen kann, okay?«

Oh! Oxy! Die hatte ich glatt vergessen.

Ich höre Libby und Oxana vor der Tür reden. Was genau sie sagen, kann ich nicht verstehen, doch sie lachen, und dann ruft Oxy: »Tschüss, Jazz!«

»Ciao!«

Es dauert noch einen Moment, bevor ich höre, wie die Haustür ins Schloss fällt. Kurz darauf kommt Libby zurück ins Badezimmer.

Nackt!

Verdammt!

Ich sauge ihren Anblick in mich auf, bin unfähig, meinen Blick von ihr abzuwenden.

»Lässt du mich rein?«, fragt sie beinahe schüchtern, wobei sie jedoch keine Anstalten macht, ihren Körper vor mir zu verbergen.

Umgehend drehe ich mich so, dass sie zwischen meinen Beinen Platz nehmen kann. Ich reiche ihr die Hand, und sie steigt über den Rand hinweg in die Wanne, dreht sich um, und einen Moment lang kann ich die Sicht auf ihren birnenförmigen Hintern genießen. Das lange blonde Haar, das sich wasserfallartig über ihren Rücken ergießt, reicht fast bis zu ihrem Po. Fuck, sie ist so unbeschreiblich sexy.

Libby stützt sich am Badewannenrand ab und lässt sich ins warme Wasser sinken. Ein wohliges Seufzen verlässt ihren Mund, als ich einen Arm um sie schlinge und sie dichter an mich ziehe.

»Alles gut bei dir?«

»Perfekt!«

Noch perfekter ist es jedoch, als sie sich kurz darauf zu mir umdreht und sich der Länge nach auf mich legt. Ihr Körper bedeckt meinen. Meine Hände wandern über ihn, umfassen ihren scharfen Hintern, kneten ihn. Libby gibt ein verlangendes Keuchen von sich. Ihr Gesicht schwebt nur wenige Zentimeter über meinem. Ich recke mich, um sie zu küssen, als sie gerade ihren Kopf senkt, weil sie offenbar den gleichen Wunsch hat. Hart, beinahe schmerzhaft, prallen unsere Lippen aufeinander, doch nichts kann verhindern, dass wir uns wie entfesselt küssen. Mit beiden Händen umfasst Libby mein Gesicht. Ihre Zunge gleitet in meinen Mund. Ich keuche auf, als ihre Fingernägel sich in meinen Hinterkopf bohren.

»Wir müssen hier raus!«, stoße ich nach ein paar Minuten hervor. Meine Selbstbeherrschung hängt bereits am seidenen Faden. Fuck, ich will sie so sehr. Ich wünschte, ich könnte sie einfach hier und jetzt nehmen.

»Ja!«, gibt Libby mir recht und gleitet von mir runter. Ihre Augen sind glasig, die Wangen gerötet.

Ich steige zuerst aus der Wanne, reiche ihr die Hand, um ihr rauszuhelfen, und zerre dann zwei große, flauschige Badetücher aus dem Schrank unter dem Waschbecken.

Libby frottiert kurz ihr nass gewordenes Haar, bevor sie sich das Badetuch um den Körper schlingt und nach der Hand greift, die ich ihr erneut hinhalte.

Eilig führe ich sie in mein Zimmer. Die Distanz zwischen uns ist inzwischen unerträglich. Nervöse Unruhe macht sich in mir breit, verfliegt jedoch sogleich, als wir in meinem Bett liegen. Meine Hände erobern ihren Körper, streicheln ihn, massieren ihre Brüste, und das begleitet von unzähligen Küssen. Manche wild und hungrig, andere unendlich zärtlich. Libbys Finger fahren durch mein Haar, suchen dort Halt, doch dafür ist es noch zu kurz. Ihr hilfloses Rupfen entlockt mir ein »Autsch!«, woraufhin wir lachen müssen, nur um uns dann wieder und wieder zu küssen.

In ihren tiefblauen Augen tobt das Glück, und ich bade darin, bade in ihrer Nähe und dieser einzigartigen Intimität, die ich so schmerzlich vermisst habe. Ich küsse, lecke, streichle jede noch so kleine Stelle an ihrem Körper, der mir vertraut und doch so fremd zugleich ist. Libbys Seufzen, Stöhnen, Wimmern und Keuchen raubt mir die Sinne, und als sie mir das Kondom überstreift, bin ich kurz davor, in ihrer Hand zu explodieren.

»Ich brauche dich, jetzt!«

Wie um ihren Worten Nachdruck zu verleihen, klettert sie

auf meinen Schoß und nimmt mich in sich auf. Ein einstimmiges Stöhnen erfüllt den Raum.

»Nicht bewegen!«

»Jazz!«, fleht sie.

»Gib mir ein wenig Zeit, oder willst du, dass es vorbei ist, bevor es angefangen hat?«

Sie schüttelt den Kopf. Um den verzweifelten Ausdruck in ihren Augen zu vertreiben, überbrücke ich die Wartezeit, indem ich mich ihren Brüsten widme. Ich verwöhne die rechte mit meinem Mund, während ich mit meinem Daumen über den Nippel der linken reibe. Libby quittiert mein Saugen, Lecken, Zupfen und Zwirbeln mit einer Vielzahl sinnlicher Laute. Irgendwann wird ihre Lust übermächtig, und sie ignoriert meine Anordnung, sich nicht zu bewegen. Ihr Becken kreist über meinem. Sie holt sich, was sie braucht, und als sie kommt, klammert sie sich an meinen Schultern fest und presst ihr Gesicht in meine Halsbeuge. Ihre Pussy schließt sich wieder und wieder eng und noch enger um meinen Schwanz, lockt ihn, ködert ihn mit dem Versprechen auf Erlösung. Das rhythmische Zusammenziehen, Ausdruck ihrer rohen, weiblichen Energie, reißt mich mit sich, und als ich komme, heftig und lautstark, werfe ich den Kopf in den Nacken und mir entfährt ein Knurren.

Libby küsst meinen Hals, streichelt meinen Rücken, sagt mir, wie sehr sie mich liebt.

»Ich liebe dich auch.«

Mein Brustkorb hebt und senkt sich unter raschen Atemzügen. Mit geschlossenen Augen kippe ich rücklings auf die Matratze.

Libby über mir lacht, steigt von mir runter und schmiegt sich der Länge nach an mich.

»Das war doch gar nicht sooo schlecht fürs Erste«, befindet sie, legt ihre Hand an meine Wange und dreht mein Gesicht zu sich.

Irgendwie gelingt es mir, trotz der Erschöpfung, die meinen Körper nun endgültig eingeholt hat, die Augen zu öffnen. »Ich bin sicher, ich kann das besser … an einem Tag, an dem ich nicht bereits seit mehr als dreißig Stunden am Stück wach bin, fast ertrunken oder wahlweise den Kältetod gestorben wäre.«

Libbys goldblondes Haar fällt auf mein Gesicht, als sie sich lachend über mich beugt.

»Übrigens verbiete ich dir hiermit offiziell, mich jemals wieder vom Steg zu schubsen. Was hast du dir dabei eigentlich gedacht? Ich meine, ja, ich war kurz davor, Henri eine reinzuhauen, aber …«

»Süß, dass du glaubst, dass ich dich gestoßen hätte, um Henri zu retten«, meint sie und küsst mich.

»Natürlich hast du mich gestoßen«, maule ich.

»Nein, ich habe dich nur versehentlich angerempelt«, klärt sie mich hörbar amüsiert auf. »Weil mir, nachdem wir den ganzen Tag auf dem Boot waren, an Land plötzlich entsetzlich schwindlig war. Das war, als würde man auf rohen Eiern gehen. Verrückt!«

»Mein Vater sagt dazu ›Der Steg schwankt‹, was natürlich auf den Schwimmsteg auch zutrifft, aber der schwankt eben noch lange nicht so stark wie das Boot, weshalb …« Der letzte Teil meines Satzes geht in einem herzhaften Gähnen unter, das sich mit dem Knurren meines Magens zu einem sonderbaren Laut vereint.

»Was hältst du davon?«, sagt Libby. »Während du ins Bad gehst, organisiere ich etwas zu essen, und danach schlafen wir eine Runde.«

»Das klingt fantastisch.«

»Und wenn wir aufgewacht sind, dann beweist du mir, dass du eigentlich ein viel, viel besserer Liebhaber bist, als du es gerade ohnehin bereits warst.«

»Das klingt noch besser.«

Purer Willenskraft ist es zu verdanken, dass ich es jetzt, da ich bereits drin liege, noch einmal aus dem Bett schaffe. Libby bestellt Essen bei dem chinesischen Restaurant zwei Häuser weiter.

»Ich kann es in einer Viertelstunde abholen«, verkündet sie, als ich aus dem Badezimmer komme.

»Ich komme mit!«

»Das schaffe ich schon alleine.«

»Daran zweifle ich nicht. Nur wenn du jetzt gehst und mich alleine lässt, dann schlafe ich tief und fest, bis du wiederkommst.«

»Das sei dir, nach all der Anstrengung, gegönnt«, erwidert sie. Schlingt ihre Arme um meinen Hals, stellt sich auf die Zehenspitzen und küsst mich.

Den Sonntag über hole ich all den verpassten Schlaf nach – oder zumindest versuche ich es. Da es mir jedoch extrem schwerfällt, die Finger von meiner anbetungswürdigen Freundin zu lassen, bleibt die Erholung letztendlich doch etwas auf der Strecke. Ein Umstand, den ich allerdings unmöglich bereuen kann.

Am frühen Abend bringe ich Libby auf meiner Maschine zurück nach Hause. Sie muss noch etwas an der Wochenaufgabe für Alicia arbeiten und eine Skizze fertigstellen, weshalb wir beschlossen haben, bei ihr zu übernachten und am nächsten Tag von dort aus ins College zu gehen.

Kaum haben wir das Haus betreten, eilen Val und Ella aus der Küche herbei. Wir werden mit großem Hallo begrüßt.

Man könnte meinen, Libby und ihre Mitbewohnerinnen hätten sich wochenlang nicht gesehen.

»Wo steckt denn Oxy?«, erkundigt Libby sich.

»Sie ist im Club eingesprungen«, informiert Val sie. »Doppelschicht!«

»Verrückt!«, entfährt es Libby mit aufgerissenen Augen.

»Genau das habe ich auch gesagt!«

»Aber sie wollte es dieses Semester doch alles ruhiger angehen lassen und sich nicht so einen Stress machen.« Val zuckt lediglich mit den Schultern, doch zum ersten Mal realisiere ich, wie eng die vier inzwischen miteinander befreundet sind.

Ella hakt sich bei mir unter und führt mich in die Küche, wo ihr Bruder und der andere Kerl sitzen.

»Da es gestern unmöglich war, euch einander vorzustellen, dachte ich, wir sollten das dringend nachholen«, sagt Ella. »Étienne Dominique, ein alter Freund der Familie, und Jasper Chase, der Mann, der es nachweislich wirklich draufhat, einen unvergesslichen ersten Eindruck zu hinterlassen.« Sie blickt mich an. Ihre Augen funkeln vor Vergnügen.

»Touché!«, erwidere ich, reiche Étienne die Hand und behaupte, dass es mich freut, dass wir uns kennenlernen. Dann wende ich mich Henri zu. »Wegen gestern …«

Er winkt ab. »Schon gut, Mann.«

»Es tut mir leid. Ich war einfach ziemlich durch den Wind. Nachdem ich dieses Foto gesehen hatte und Libby nicht erreichbar war …«

»Dieses Foto?«

Ella verzieht ertappt das Gesicht zu einer Grimasse.

»Man sollte dir das Handy wirklich wegnehmen«, befindet ihr Bruder. »Also, nur noch mal fürs Protokoll: Da ist nichts zwischen Libby und mir, und …«, fügt er nachdrücklich hinzu, »… da war auch nie was.«

Obwohl ich es inzwischen weiß, tut es gut, es auch noch mal von ihm zu hören.

»Lust auf ein Bier, Mann?«, fragt er, und dankend nehme ich das universelle Friedensangebot an.

11

Libby

Der Vormittag im College zieht sich ewig hin. Mit meinen Gedanken bin ich permanent bei Jazz, was mir ein Dauergrinsen entlockt. Als er sich zum Mittagessen in der Cafeteria zu den Mädels und mir setzt und meine Hand nimmt, bin ich selig.

Heute Morgen in der Küche, als Jazz unter der Dusche war, haben die Mädels die Gelegenheit genutzt, um mich über alles auszuquetschen. Ella und Val wissen jetzt auch über unsere Vorgeschichte Bescheid. Alle drei haben mir versichert, dass es gar kein Problem für sie ist, wenn Jazz über Nacht bleibt, wann immer er will, und auch, dass sie ihn mögen.

Was Ella jedoch nicht davon abhält, ihm auf den Zahn zu fühlen. »Ich hoffe, deine Absichten sind ehrenhaft.« Der Satz klingt wie eine Warnung.

»Wie genau ist denn deine Definition von ›ehrenhaft‹?«

Jazz sieht sie fragend an, und Ella erwidert: »Na, dass du nicht die Absicht hast, ihr wehzutun, und nicht mit ihren Gefühlen spielst beispielsweise.«

»Okay, einfach, damit du beruhigt bist und keine schlaflosen Nächte hast: Ich liebe Libby, und natürlich habe ich nicht vor, ihr wehzutun. Im Gegenteil, ich würde alles tun, um sie zu beschützen. Ist das ehrenhaft genug?«

Während es bei Jaspers öffentlichem Bekenntnis außer mir auch noch Oxy und Val die Sprache verschlägt, meint Ella, lässig wie immer: »Ja, ich denke, für den Anfang sollte das genügen.« Sie zwinkert Jazz zu, woraufhin er amüsiert den Kopf schüttelt.

»Ich habe also deine Erlaubnis, Libby weiterhin zu treffen?«

»Vorläufig«, gibt sie sich großzügig.

»Du bist ja schlimmer als meine Mutter«, behaupte ich scherzhaft, da das schließlich ein Ding der Unmöglichkeit ist. Mit seinem grenzenlosen Charme kann Jazz vielleicht Ella um den Finger wickeln, doch meine Mutter ist ein ganz anderes Kaliber.

Ich weiß, sie würde durchdrehen, wenn sie wüsste, dass ich mit ihm zusammen bin. Seine zahlreichen Tattoos, sein Ruf als Enfant terrible der britischen Modeszene und Bad Boy würden sie um den Schlaf bringen, und mit einer Liebeserklärung wie eben würde er bei ihr auf Granit beißen. Er ist definitiv nicht die Art von Freund, die sie sich für mich vorstellt.

Dass ich ihm das jedoch unter keinen Umständen sagen darf, wird mir später, als wir wieder in seiner Wohnung sind, bewusst. Jazz hatte früher aus, und als ich nach meiner letzten Stunde eintreffe, ist er dabei zu telefonieren. Er öffnet mir die Tür, und ich sehe auf den ersten Blick, dass er tierisch sauer ist. Die Wut, die in ihm lodert, droht hervorzubrechen. Dennoch beugt er sich zu mir, küsst mich lautlos auf den Mundwinkel. Er deutet auf den Hörer und hebt dann den Zeigefinger an die Lippen. Ich setze mich im Wohnzimmer aufs Sofa, während er unruhig im Wohnzimmer umhertigert.

»Es ist mir egal, was du darüber denkst, Ian. Nein, du musst dich damit abfinden, dass ich mit ihr zusammen bin.«

Entschuldigend sieht er in meine Richtung. Ich versuche

wegzuhören, versuche zu ignorieren, dass Ian allem Anschein nach wenig begeistert von unserer Beziehung ist.

Jazz lacht bitter auf. »Unter keinen Umständen werde ich die Sache beenden. Vergiss es! Hast du mir denn neulich Nacht gar nicht zugehört? Ich habe mir den Arsch aufgerissen, damit Libby mir noch eine Chance gibt.« Ian sagt etwas, denn Jazz schweigt, zumindest für einen Moment, bevor er erwidert: »Nein! Ich mache jetzt Schluss. Libby ist gerade gekommen, und da ich nicht vorhabe, sie zu *vernachlässigen*, lege ich jetzt auf.« Er drückt Ian weg, wirft sein Handy auf den Sessel, verschränkt die Hände im Nacken und sieht zur Decke. Sein mattes Seufzen erfüllt den Raum.

Tausend Fragen schwirren mir im Kopf rum, doch ich weiß, dass ich Jazz noch etwas Zeit geben muss, um runterzukommen. Ich sehe es an seiner Haltung. Seine Hände sind zu Fäusten geballt, sein Atem geht schneller als gewöhnlich, und seine Kiefer sind so fest aufeinandergepresst, dass es mich nicht wundern würde, das Knirschen seiner Zähne zu hören. Was auch immer Ian gesagt hat, es hat Jazz schrecklich wütend gemacht.

Erst als er sich zu mir dreht und mich ansieht, frage ich: »Was ist los?«

Sein Blick ist unsicher, und auch wenn er Ian gegenüber beteuert hat, dass er keinen Rückzieher machen wird, regen sich Zweifel bei mir. Der Gedanke treibt mir die Tränen in die Augen. Hastig blinzle ich dagegen an, doch es ist zu spät. Jazz hat sie gesehen. Mit seinen langen Beinen braucht er bloß drei Schritte, bis er bei mir ist und mich in die Arme schließt.

»Scheiße!«, murmelt er, während er mich fest an sich drückt. »Vergiss diesen Idioten, okay?« Seine Hände gleiten über meinen Rücken. Sie streicheln und halten mich.

»Was hat Ian denn gesagt?«

»Ach, er hat jede Menge Bullshit gelabert. Von wegen, dass ich nicht gut für dich sei und dass das mit uns wie meine vorherigen Beziehungen in einer Katastrophe enden würde.« Er atmet einmal tief durch, sammelt sich und sagt dann: »Ja, vielleicht bin ich egoistisch, weil ich es nicht schaffe, meine Finger von dir zu lassen. Mir ist absolut klar, dass es Momente gibt, in denen du darunter leiden wirst, mit mir zusammen zu sein, aber ich brauche dich, Libby. Ich brauche dich so sehr.«

Sein Mund sucht meinen. Der Kuss, mit dem er ihn beglückt, ist eindringlich und voller Verlangen. Er ist atemberaubend intensiv – genau wie der Mann, der ihn mir gerade schenkt. Es dauert nicht lange, bis Jasper meine Hand ergreift und mich ins Schlafzimmer führt, wo wir uns gegenseitig mit fliehenden Fingern entkleiden.

Der anschließende Akt an sich ist nur anfänglich roh und ungestüm. Ihm haftet eine Verzweiflung an, von der ich lediglich ahnen kann, woher sie rührt… doch nach und nach wird Jazz ruhiger. Vielleicht, weil ich ihm unentwegt versichere, dass ich ihn liebe und ihn ebenfalls brauche.

Mit der Zeit verlieren seine Bewegungen an Wildheit, sie werden langsamer und schließlich so unendlich sanft, dass es mir die Kehle zuschnürt. In jedem sachten Stoß schwingt seine Liebe mit. Es ist paradiesisch. Bis wir Erlösung finden, dauert es eine gefühlte Ewigkeit. Jede einzelne Berührung, jeder einzelne Kuss, jedes einzelne Wort hat sich unauslöschlich in meinem Kopf festgesetzt. Noch nie habe ich mich so angenommen und so geliebt gefühlt, und dennoch muss ich Jasper später, als wir in der Küche stehen und uns etwas zu essen machen, fragen, was er gemeint hat, als er sagte, dass ich unter unserer Beziehung leiden würde.

»Ich bin nicht immer ganz einfach«, räumt er ein und reibt

sich verlegen mit der Rechten den Nacken. »Ich verliere mich manchmal völlig in meiner Arbeit, und dann vergesse ich alles um mich herum.«

»Ist das nicht normal, wenn man in dieser Branche arbeitet und eine Kollektion fertigstellen muss?«

»Ein Stück weit schon, aber Ian hat recht, wenn er sagt, dass ich es manchmal übertreibe. Ich bin niemand, der ein Mittelmaß findet«, gesteht er mir. »Bei mir heißt es immer ›alles oder nichts‹, und mir ist klar, dass das für mein Umfeld anstrengend und belastend sein kann. Ich ...«

»Hey«, sage ich, trete an ihn heran und schlinge meine Arme um seine Mitte. »Mir zerreißt es das Herz, dass du wirklich so zu denken scheinst. Jazz, ich liebe dich. Du bist toll, so wie du bist. Damals in New York, da habe ich direkt, nachdem ich dich auf der Bühne gesehen hatte, gedacht, dass du von allem etwas zu viel hast. Dass du zu gut aussiehst, zu charismatisch bist, zu viel Talent hast, zu groß bist und später dann, dass du sogar zu gut riechst ... Und ich fand es beängstigend, denn ich hatte gar keine Wahl, als dir jede Sekunde, die wir zusammen waren, mehr und mehr zu verfallen. Aber das alles macht dich aus. Das alles ist Teil deiner Anziehungskraft und Teil von dir. Ja, du bist nicht irgendein gewöhnlicher Kerl, und das ist gut so, denn mit gewöhnlichen Kerlen habe ich mich immer gelangweilt.«

Er beugt sich zu mir und küsst mich. »Du bist süß. Danke.«

»Es ist bloß die Wahrheit.«

»Hat es deshalb mit Phoenix und dir nicht geklappt?« Jasper sieht mich neugierig an. »Hat er dich gelangweilt?«

»Nein, Phoenix ist toll. Er ist unglaublich nett, sehr einfühlsam, und ich fand es wirklich schmeichelhaft, dass er Interesse an mir hatte, aber ... es konnte nicht klappen, denn er ist nun mal nicht du, und ich will keinen anderen. Ich wollte immer nur dich, und es hat mich wahnsinnig gemacht, dass du mich einfach so vergessen hast.«

Er seufzt niedergeschlagen.

»Ich weiß, das hast du nicht, aber das wusste ich ja damals nicht.«

»Es tut mir schrecklich leid, dass du das gedacht hast. Ich war einfach bloß mit der Situation überfordert. Und …«, gesteht er zögerlich, »… ich habe mich geschämt, was aus mir geworden ist.«

»Warum? Was ist denn aus dir geworden?«, frage ich ahnungslos.

»Ich war so neben der Spur und so unglücklich, als wir uns wiedergetroffen haben. Ich war ein Wrack, habe gesoffen, geraucht, mich von einer Affäre in die nächste gestürzt. Ich war völlig verloren. Du hingegen warst immer noch du. Perfekt und …«

»Ich bin ganz sicher nicht perfekt, Jazz«, unterbreche ich ihn.

»Doch, das bist du! Und gerade deshalb habe ich versucht, mich von dir fernzuhalten. Doch dann musste ich einsehen, dass das nicht klappt, und habe versucht, mich zu ändern, damit wir eine Chance haben.«

Fassungslos blinzle ich gegen seine Worte an. Hat er das gemeint, als er zu Ian sagte, er hätte sich den Arsch aufgerissen, damit ich ihm eine zweite Chance gebe? Warum glaubt er, er könne nicht einfach er selbst sein? Warum hält er es für unmöglich, dass ich ihn so liebe und annehme, wie er ist?

»Ich liebe dich, Jazz!«, sage ich eindringlich, nehme seine Hände in meine und halte sie. »Ich liebe dich, ganz gleich, welche Haarfarbe du hast. Ich liebe dich mit Bart oder ohne. Es spielt keine Rolle, ob du rauchst oder nicht – wobei ich es wahnsinnig toll finde, dass du es geschafft hast aufzuhören, denn das war bestimmt nicht leicht. Und weil es nicht leicht war, bin ich unglaublich stolz auf dich, aber an meiner Liebe zu dir ändert das nichts. Ich werde dich auch noch lieben, wenn du wieder damit anfangen solltest, genauso, wie ich dich lieben werde, wenn du mal neben der Spur oder unzufrieden bist. Das sind wir schließlich alle mal. Ich liebe dich genauso, wie du bist. Erfolgreich oder unerfolgreich. Fröhlich oder traurig. Es ist irrelevant, ob wir uns mal streiten oder anderer Meinung sind.«

Er sieht mich derart zweifelnd an, dass ich nicht weiß, was ich noch sagen soll, um meinen Standpunkt klarzumachen.

»Okay, es gibt eine einzige Sache, mit der ich nicht klarkommen würde«, räume ich einen Moment später ein.

»Und die wäre?«

»Wenn du etwas mit anderen Frauen hättest. Oder auch mit anderen Männern.«

Beim letzten Satz schmunzelt Jasper amüsiert. Dabei ist der Gedanke gerade in unserer Branche ja nicht völlig abwegig.

Jazz schaut mir tief in die Augen, als er sagt: »Ganz gewiss keine anderen Männer! Und warum sollte ich etwas mit einer anderen Frau haben wollen? Warum sollte ich eine andere auch nur anschauen oder überhaupt bloß an sie denken, wenn ich dich haben kann, meine wunderschöne Lady Liberty?«

Ich zucke mit den Schultern. »Keine Ahnung. Langeweile?«

»Mit dir wird mir bestimmt nicht langweilig«, schnaubt er. Er löst seine Hände aus meinen, umfasst mit ihnen mein Gesicht. »Vorher war mein Leben verdammt öde.«

»Das bezweifle ich«, murre ich. »Ich meine, ich muss da bloß an diese Nummer auf dem Klo denken, als wir uns im Tutorenkurs wiedergesehen haben.«

»Welche Nummer auf dem …«, beginnt er, hält dann jedoch mitten im Satz inne. »Fuck! Verdammt, ich wusste, dass da jemand war!«

»Ja, ich war da«, wispere ich. Bei der Erinnerung daran füllen sich meine Augen mit Tränen. Ich wende mich ab, gehe zum Fenster. »Ich habe dich später an deinen Schuhen erkannt!«

»Fuck!«, murmelt Jazz. Ich blicke über die Schulter zu ihm. Er hockt auf der Sofalehne und sieht so fertig aus, wie ich mich gerade fühle. »Das war ein totaler Schock, als du plötzlich in meinem Kurs warst. In dem Moment habe ich mir nichts sehnlicher gewünscht, als die halbe Stunde zuvor einfach streichen zu können.« Sein Blick sucht meinen. »Es tut mir leid. Es tut mir so wahnsinnig leid, Libby. Ich wusste nicht, dass du hier in Plymouth bist. Nie hätte ich …«

»Sex mit irgendeinem Mädchen auf dem Klo gehabt?«, unterbreche ich ihn zweifelnd.

»Ja!«, entgegnet er beschwörend. »Fuck, Libby, du hast keine Ahnung, wie das für mich war, nachdem wir uns am Hafen wiedergesehen hatten. Ich war so frustriert, so … Das Ganze war für mich ein Ventil. Mehr nicht. Was da zu Beginn des Semesters lief, hatte nichts zu bedeuten.«

»Falsch! *Dir* hat es nichts bedeutet!«

»Den meisten Frauen auch nicht!«, widerspricht er mir. »Denen geht es bloß um meinen Erfolg und nicht um mich. Für die bin ich austauschbar.« Ich öffne den Mund, will ihm widersprechen, denn so ist es bestimmt nicht, doch Jazz unterbricht mich: »Für dich, Libby, ist das unvorstellbar, aber du kannst mir glauben, dass sich außer dir keine einzige von ihnen wirklich für mich interessiert hat.«

Ich weiß nicht, ob es stimmt, was er sagt, doch zumindest ist es das, was er aus tiefstem Herzen glaubt – das verrät mir der traurige Ausdruck in seinen Augen.

»Vermutlich macht es das nicht besser, aber ich will, dass du weißt, dass ich nie jemanden bequatscht oder jemandem was vorgelogen habe. Ich spiele nicht mit den Gefühlen anderer Leute, und ich habe nie ein Geheimnis daraus gemacht, dass es mir bloß um Sex ging.«

»Und doch hast du reihenweise die Herzen irgendwelcher Mädchen gebrochen«, erinnere ich ihn.

»Reihenweise«, schnaubt er, als sei das völlig abwegig. »Wenn ich jemandem wehgetan habe, dann war das nicht meine Absicht!« Er steht auf und kommt zu mir rüber. Zögerlich greift er nach meiner Hand. »Und am allerwenigsten wollte ich dir wehtun, Libby. Was ich in der Kantine zu Ella gesagt habe, war mein Ernst.«

Er wirkt so beschämt, dass ich gar nicht anders kann, als mich auf die Zehenspitzen zu stellen und ihm einen Kuss zu geben.

»Okay.«

»Sicher?«, hakt er zweifelnd nach.

»Definitiv! Aber daran, dass dein Leben öde war, habe ich trotzdem meine Zweifel.«

»Wie viele neue Tattoos habe ich?«

Eins. Er hat genau ein neues Tattoo. Seine Lady Liberty.

»In den vergangenen zwei Jahren gab es keinen anderen Moment, den ich auf meiner Haut verewigen wollte.« Ich sehe, wie er schwer schluckt. »Ohne dich fehlte die Farbe in meinem Leben.«

Dass Jasper zu viel Energie hat, ist mir in den vergangenen vier Wochen, die wir nun ein Paar sind, mehrfach aufgefallen. Noch nie war es jedoch so deutlich wie heute. Er ist völlig überdreht, pendelt zwischen seinem Zimmer und dem Atelier hin und her, und ich habe beschlossen, ihm einfach aus dem

Weg zu gehen, indem ich mich ans Fenster setze und nach Val und ihrem roten kleinen Auto Ausschau halte.

Als ich höre, wie er die Treppe wieder hinaufgestürmt kommt, frage ich: »Was meintest du eben mit ›quasi ein Geheimauftrag‹? Du bist Modedesigner und kein Spion! Abgesehen davon, ist es doch verständlich, dass ich gerne eine Erklärung hätte, wenn du urplötzlich für ein paar Tage nach London musst und dafür all unsere Pläne über den Haufen wirfst.«

Jazz seufzt, kommt zu mir und fasst mich an den Oberarmen. Eindringlich sieht er mich an. »Ich wünschte, ich könnte es dir sagen, denn, Scheiße, das würde ich wirklich so verdammt gerne tun, aber es geht nun mal nicht. Ich habe eine Geheimhaltungserklärung unterzeichnet. Ich darf mit niemandem darüber sprechen. Sorry, Babe!«

»Auch nicht mit Ian?«

»Auch nicht mit Ian, und er war nicht sonderlich verständnisvoll.«

Stimmt, denn als ich ankam, hat er gerade wutschnaubend das Haus verlassen.

»Bitte, mach mir nicht auch noch das Leben schwer, indem du sauer wirst.«

Ich lege meine Hand auf seine Wange. »Habe ich nicht vor. Vielleicht sterbe ich vor Neugier, aber sauer werde ich nicht.« Ich grinse ihn schief an. »Aber vielleicht erwarte ich eine Wiedergutmachung.«

»Ich werde dir was Schönes aus London mitbringen.« Er ist gerade dabei, sich abzuwenden, als ich meine Finger in sein verwaschenes The Doors-T-Shirt kralle.

»Jazz, das meinte ich nicht.«

»Was meintest du …? Oh, ach so!« Er grinst breit.

Ich gebe ihm einen Kuss und lasse ihn ziehen. Gedankenversunken beobachte ich ihn dabei, wie er durch den Raum wirbelt und scheinbar wahllos Dinge in seine Reisetasche wirft.

»Es ist nur total unfair, dass du mit Oxy drüber gesprochen hast.«

»Oxy musste ebenfalls einen NDA unterschreiben. Meine bezaubernde Lady Liberty, ich darf wirklich kein Wort darüber verlieren, aber gratulier mir einfach.«

»Wozu, Jazz? Wozu soll ich dir gratulieren?«, frage ich frustriert. Eigentlich wollten wir uns mit den anderen im Tarantula treffen, doch leider hat irgendein megawichtiger Anruf unsere Pläne torpediert.

Während mich die Neugier beinahe umbringt, packt er sein Skizzenbuch und ein Maßband in die Reisetasche.

»Okay«, seufze ich, »fassen wir zusammen: Es geht um einen hochgeheimen Job, und du musst dafür nach London ...« Ich versuche, mein Hirn zu einer logischen Schlussfolgerung zu zwingen. »Du kleidest die Queen neu ein«, rate ich wild drauflos, woraufhin er lacht. »Aber es ist ein Promi, richtig?«

Er grinst, zuckt mit den Schultern und hat einen diebischen Spaß dabei, mich dumm sterben zu lassen.

»Ist es eine Schauspielerin?«

Keine Antwort.

»Ein Model? Geht es um eine Hochzeit?« Ich klatsche in die Hände, denke, ich bin auf der richtigen Spur. »Du entwirfst das Brautkleid für ...« In meinem Hirn mahlt es. Wer könnte denn heiraten? Die Prinzen sind bereits unter der Haube. »Geht es um die königliche Familie?«

Ein Hupen dringt von der Straße zu uns hinauf. Ich rutsche von der Fensterbank, öffne das Fenster und schaue hinaus. Unten auf der Straße entdecke ich Vals altersschwachen Corsa. Da wir auf die Schnelle keinen Mietwagen organisieren konnten, hat Val Jasper und Oxana ihr Auto zur Verfügung gestellt. Etwas, das mir gar nicht recht ist, denn auf mich wirkt der klapprige Wagen nach wie vor wie eine Todesfalle auf vier Rädern. Abgesehen davon, befindet sich das Lenkrad für Jasper auf der falschen Seite. Was, wenn er deshalb einen Unfall baut? Ich versuche, das Unbehagen abzuschütteln, indem ich einmal tief durchatme. Der Duft nach Frühling schlägt mir entgegen. Niemals hätte ich gedacht, dass England so schön sein kann. Wir haben Ende März. Überall blüht und grünt es. Es ist einfach malerisch. Ein Windstoß jagt durch den Raum, wirbelt ein paar lose Skizzenblätter auf einem der Arbeitstische auf, und ich schließe das Fenster hastig, ehe die stürmischen Böen noch mehr Chaos anrichten können.

»Val ist da«, informiere ich Jasper, der gerade damit beschäftigt ist, die Reisetasche zu verschließen. Er hält einen Moment inne, denkt nach, ob er nicht etwas vergessen hat. Erst in dem Moment sehe ich an seiner Haltung, wie angespannt er ist. Er ist nicht nur überdreht, sondern steht mächtig unter Strom. Was auch immer das für ein Auftrag ist, es ist eine ganz große Nummer. Mit der Queen lag ich möglicherweise gar nicht so unglaublich falsch, denn wenn Jazz kurz vorm Ausflippen ist, dann muss es sich um einen Star handeln. Er schultert seine Reisetasche und hält mir die Hand hin.

Ich ergreife sie und bin deprimiert, weil ich nach wie vor nicht die geringste Ahnung habe, um wen es sich handeln könnte. Abgesehen davon, weiß Jazz nicht einmal, wie lange er wegen seines Geheimauftrags weg sein wird. Er hofft, dass er bereits in zwei oder drei Tagen zurück ist. Ich trabe hinter Jazz die Treppe runter, auf der Straße angekommen werden wir von Val begrüßt.

Sie drückt Jazz die Autoschlüssel in die Hand und fragt: »Und? Weshalb nun das ganze Tamtam?«

Oxy bleibt, wohl wissend, dass wir noch einmal mit allen Mitteln versuchen werden, das Geheimnis um den mysteriösen Auftraggeber zu lüften, auf dem Beifahrersitz sitzen.

»Ich habe nichts aus ihm rausbekommen«, jammere ich.

»Ich war kurz davor, Oxy zu foltern, denn sie hat sich in geheimnisvolles Schweigen gehüllt und sich auf diese Geheimhaltungserklärung berufen.«

Wir sehen Jazz erwartungsvoll an, klimpern mit den Wimpern, versuchen, ihn zu bezirzen. Ich schmiege mich an ihn, in der Hoffnung, dass er darüber den Verstand verliert und sich seine Zunge lockert.

»Komm, Jazz, wir müssen los!«, ruft Oxy aus dem geöffneten Beifahrerfenster.

»Sorry, Mädels, aber mir sind die Hände gebunden. Ich darf nichts sagen.«

»Nicht schlimm, ich bin supergut in *Activity*. Zeichne es oder mach Pantomime, mir egal, aber …«

Jazz lacht über Vals Bemerkung, doch ich bin mir ziemlich sicher, dass sie es ernst meint. Einen Moment lang sieht sie aus, als würde sie ihm die Autoschlüssel gleich wieder wegnehmen wollen, dann sagt sie lediglich: »Dein Freund ist fies!«

»Wenn er so weitermacht, ist er nicht mehr lange mein Freund«, murre ich. »Komm schon, Jazz, ein Tipp, bloß ein winzig, winzig kleiner.«

Ich denke schon, dass er sich nicht erweichen lässt, doch dann sagt er: »Gib mir dein Handy, du neugierige Nervensäge.«

Nachdem ich es entsperrt habe, reiche ich es ihm. Er wendet sich ab, tippt irgendwas. Ich versuche, einen Blick darauf zu erhaschen, doch er dreht sich geschickt weg.

»Was hast du gemacht?«, frage ich ihn.

»Wirst du schon noch herausfinden.«

»Mensch, Jazz!« Ich stampfe mit dem Fuß auf.

»Wir müssen jetzt wirklich los. Seid artig!«

Er küsst mich. Es ist nicht genug. Der Kuss ist zu kurz. Er muss schließlich für die nächsten drei Tage oder so halten. Ich erbeute einen weiteren, ehe Jasper ins Auto steigt, den Motor anlässt und dann im Schritttempo über das Kopfsteinpflaster davonfährt.

»Na, das lief ja wunderbar«, meint Val. Ihr kleiner roter Opel Corsa verschwindet um die Ecke.

»Ich hatte echt gedacht, ich könnte ihm die Informationen entlocken«, brumme ich.

»Hast du es mit Bestechung versucht?«

»Bestechung? Mit was hätte ich ihn denn bestechen sollen?«

»Vielleicht mit Sex«, schlägt sie unverfroren vor.

Nachdenklich neige ich den Kopf. »Mmh, das hätte funktionieren können. Warum ist mir das nicht selbst eingefallen?«

Val verdreht die Augen, und just in dem Moment klingelt mein Telefon. Wobei klingeln nicht zutrifft, denn statt des normalen Klingeltons gibt es Trinitys »Dirty Secrets« zum Besten. Ich liebe diesen Song. Als ich auf das Display sehe, leuchten mir vier Buchstaben entgegen. *JAZZ.*

Hastig nehme ich den Anruf an. »OMG! OMG! OMG!«, kreische ich begeistert. »Sag, dass das nicht wahr ist.«

»Dann müsste ich lügen«, gibt er lachend zurück.

»Das ist völlig verrückt!«

»Ich weiß! Geht es dir nun besser?«

»Ja!«

»Perfekt, so soll es sein. Aber denk dran, Babe, das ist top secret. Zu keinem ein Wort.«

»Versprochen!«, versichere ich ihm. »Ich liebe dich.«

»Ich liebe dich auch!«

Ich lege auf, stecke das Handy zurück in meine Handtasche. Val sieht mich aus großen Augen an. »Magst du mir verraten, was da gerade passiert ist?«

»Nee«, erwidere ich. »Ich darf nicht drüber reden, aber wie findest du denn meinen neuen Klingelton?«

Ich spiele Val den Song vor, und da sie auf dem Schlauch zu stehen scheint, merke ich an: »Den hat Jazz mir eben einprogrammiert, als ich ihn um einen Hinweis gebeten habe.«

Vals Augen weiten sich. »Du verarschst mich!«

Ich schüttle lachend den Kopf.

»Dein Jasper entwirft ein Kleid für Trinity? *Die* Trinity?«

»Nicht so laut!«, ermahne ich sie kichernd. »Keine Ahnung, ob es ein Kleid wird, doch er arbeitet für sie.«

»Das ist der totale Wahnsinn!«

»Ich weiß!« Ich hake mich bei ihr unter, und gut gelaunt machen wir uns auf den Heimweg.

Val fängt immer wieder mit dem Thema an, und ich weiß genau, was gerade in ihrem Kopf vorgeht. Auch mir fällt es schwer zu glauben, dass Jazz mit Trinity zusammenarbeiten wird. Nun hat er ganz offiziell den Mode-Olymp erklommen.

Lachend und schwatzend stürme ich zusammen mit den anderen Studenten am nächsten Tag den Unterrichtsraum. Ich halte Ella einen Platz frei, bin mir aber nicht sicher, ob sie kommen wird. In letzter Zeit hat sie häufig in Alicias Unterricht gefehlt. Seit Semesterbeginn hat sie ihr Studium ziemlich schleifen lassen. Dafür vergeht kein Tag, an dem sie nicht die Kamera in der Hand hat. Sosehr ich mich für sie freue, dass sie eine neue Leidenschaft entdeckt hat, so glaube ich doch, dass ihr langsam, aber sicher Ärger ins Haus steht.

Dass meine Sorge nicht unbegründet ist, zeigt sich, als Alicia sagt: »Wo treibt sich eigentlich Miss Chevallier herum? Heute in der Cafeteria habe ich sie noch gesehen.« Alicias Blick ruht fragend auf mir.

»Sie arbeitet an einem Projekt.«

»Richten Sie ihr bitte aus, Liberty, dass ich dazu gerne Näheres von ihr persönlich hören würde.«

Ich nicke betreten.

Alicia klatscht in die Hände, um die Aufmerksamkeit der etwas redseligeren Kommilitonen zu erlangen. »Ich weiß, ich weiß, in Gedanken sind Sie bereits alle in den Osterferien, doch wie Sie richtig festgestellt haben, ist das hier ein anspruchsvoller Kurs, und natürlich wird es eine Aufgabe über die Ferien geben.«

Ein protestierendes Raunen geht durch die Menge.

»Das können Sie nicht machen!«, platzt es aus Kyle hervor.

»Oh, und ob ich das kann. Sie alle werden sich über die Ferien durch ein historisches Ereignis inspirieren lassen.« Das kollektive Stöhnen führt lediglich dazu, dass Alicias Augen ganz schmal werden. »Und eine Mini-Kollektion dazu erstellen. Ich wünsche Ihnen viel Spaß. Sie können die verbleibende Unterrichtszeit nutzen, um sich Anregungen zu holen. Gehen Sie in die Bibliothek, stöbern Sie im Internet, tauschen Sie sich aus. Wir treffen uns zehn Minuten vor Unterrichtsschluss wieder hier, und wer dann bereits erste Ergebnisse hat, darf sie gerne präsentieren. Und denken Sie immer dran, je mehr Sie jetzt arbeiten, desto weniger müssen Sie während der Ferien machen.«

Unter Maulen und Murren verlässt Alicia den Raum.

»Kannst du wenigstens so tun, als würde dich das auch nerven, Libby?«, meint Kyle.

Zerknirscht sehe ich zu ihm auf. »Sorry, mich hat direkt die Muse geküsst, als sie das Thema genannt hat.«

Kyle schlägt die Hände über dem Kopf zusammen. »Warum kannst du nicht einfach normal sein?«, fragt er in theatralischem Tonfall, und dann, damit es auch alle anderen mitbekommen, verkündet er: »Libby hat bereits eine Idee.«

»Danke, Kyle!«, brumme ich, als ich prompt von Tim als Streberin bezeichnet werde. Ich packe meine Sachen zusammen, denn dem Unmut, den Kyles Offenbarung auslöst, will ich mich nicht aussetzen.

»Wo gehst du hin?«, erkundigt sich Rochelle.

»Bibliothek. Magst du mitkommen?«

Sie schnappt sich ebenfalls ihre Tasche. Gemeinsam verlassen wir das Klassenzimmer.

»Ist ja echt nicht zum Aushalten. Muss ich mich schlecht fühlen, nur weil ich gleich wusste, was ich machen will?«

Ich weiß, dass Ella und Oxy sich nicht so wegen der Hausaufgaben anstellen würden wie der Rest unserer Kommilitonen.

Rochelle hakt sich bei mir unter. »Ach, vergiss Tim und seinen dummen Spruch. Dein Problem ist, dass du zu gut bist. Und wenn ich ehrlich bin, bin ich von Alicias Hausaufgaben auch nicht begeistert. Ferien sind schließlich Ferien. Wir sollten uns erholen können. Abgesehen davon bringen die blöden Hausaufgaben meine Pläne komplett durcheinander«, gesteht sie, als wir die Treppe hinuntergehen.

»Was hast du denn vor?«

»Kyle und ich wollen einen Städtetrip machen.«

Seit meiner verspäteten Geburtstagsparty sind die beiden ein Paar – zumindest den Großteil der Zeit. Ein halbes Dutzend Mal haben sie sich auch stunden- oder tageweise getrennt. Ich bin froh, dass Jaspers und meine Beziehung wesentlich harmonischer verläuft. Bisher gab es keinen einzigen Streit.

»Und wo soll es hingehen?«, erkundige ich mich.

Rochelle zuckt mit den Schultern. »Sein Favorit wäre Amsterdam. Ich fände Mailand oder Venedig toll. Paris könnte ich mir natürlich auch vorstellen. Und ihr? Habt ihr Pläne?«

Schwungvoll öffne ich die Tür zur Bibliothek. »Ja, wir werden mit Jaspers Maschine eine Tour entlang der Küste machen. Er will mir zeigen, wo er aufgewachsen ist, und mich seinem Vater vorstellen.«

»Wow! Krass!«, quietscht Rochelle euphorisch.

»Die Damen!« Mahnend hebt die Bibliothekarin ihren Zeigefinger an die Lippen.

Rochelle zieht mich hinter sich her in einen der Gänge. »Bist du aufgeregt?«

»Ein wenig«, gestehe ich ihr. Natürlich will ich, dass Jaspers Vater mich mag. Jazz ist zwar überzeugt davon, dass er mich lieben wird, allerdings habe ich dennoch Bedenken. Was, wenn wir uns gar nicht verstehen? Durch den Bester-Freund-TÜV bin ich schließlich auch gefallen. Ian kann mich überhaupt nicht leiden. Jedes Mal, wenn ich Jasper besuchen komme, wirkt er hochgradig genervt, weshalb wir meistens in der WG sind. Zum Glück lieben die Mädels Jazz und gewähren ihm gerne Asyl.

»Das ist ja auch ein großer Schritt. Jasper muss es wirklich ernst sein. Habt ihr schon darüber gesprochen, wie es nach diesem Semester mit euch weitergehen wird?«

Es ist nicht Rochelles eindringlicher Blick, der dafür sorgt, dass sich mein Magen verknotet, sondern ihre Frage.

Kopfschüttelnd erwidere ich: »Nein, keine Ahnung, wie wir das dann machen.«

»Bitte Ruhe in Gang drei!«

Ertappt verstummen wir und widmen uns unseren Recherchen. Ich finde ein spannendes Buch über die Geschichte der *Mayflower*, das ich mir ausleihe. Rochelle hingegen fehlt nach wie vor die zündende Idee. Auf dem Weg zurück in Alicias Kursraum brainstormen wir etwas.

»Ach, ich finde das ganze Thema doof. Geschichte interessiert mich einfach so gar nicht«, mault sie.

»Tja, das wird dir aber nicht weiterhelfen. Ich fürchte nämlich, dass das Alicia reichlich egal sein dürfte.«

In den letzten zehn Minuten der Unterrichtsstunde müssen dann alle, die bereits eine Idee hatten, ihren Ansatz vorstellen. Zum Glück haben zwischenzeitlich auch drei weitere Kommilitonen ein historisches Ereignis gefunden, dem sie sich widmen wollen.

»Selber Streber«, raune ich Tim zu, nachdem er seine Idee präsentiert hat.

»Ach, komm schon, du weißt, wie das gemeint war«, nuschelt er. »Selbst ohne den Rest der drei Musketiere rockst du den Kurs.«

Dass man uns so nennt, hat Oxy mir erst kürzlich verraten. Den Spitznamen haben wir wohl seit Halloween weg, als wir alle drei einen Preis erhalten haben.

»Wir werden sehen«, murmle ich, als Alicia mich nach vorne bittet. Bei ihr weiß man nie, was sie zu den Themen, die man sich ausdenkt, sagt.

Heute treffe ich einen Nerv, und sie ist begeistert von meinem Ansatz – erst recht, als ich erzähle, dass meine familiären Wurzeln sich bis zu den ersten Siedlern zurückverfolgen lassen.

»Ich bin sehr gespannt, was Sie zu diesem Thema zaubern werden.« Sie hebt die Hand, sieht auf die goldene Uhr an ihrem Handgelenk, und just in dem Moment ertönt der Gong. »Dann einen schönen Nachmittag!«

Der Rest prescht aus dem Raum, während ich noch meine Sachen packen muss.

Als es klopft, blicke ich auf. Ella steht im Türrahmen.

»Miss Chevallier, welch seltener Anblick«, grüßt Alicia, die ebenfalls noch dabei ist, ihre Tasche zu packen, sie. »Was verschafft mir die Ehre?«

»Dürfte ich Sie einen Moment sprechen, Miss King?«

»Geht es um das Projekt, an dem Sie arbeiten?«, fragt Alicia und sieht vielsagend in meine Richtung.

»Sozusagen«, meint Ella.

»Gut, dann kommen Sie doch rein.«

Ella betritt den Kursraum, während ich ihn eilig verlasse und die Tür hinter mir schließe. Ich setze mich im Schneidersitz auf einen Tisch im Flur und warte darauf, dass Ella rauskommt. Um die Wartezeit sinnvoll zu nutzen, schreibe ich stichwortartig Assoziationen zum Thema *Mayflower / Pilgerväter* auf und auch, welche markanten Merkmale die Kleidung der Puritaner aufwies.

Spannend wird es sein, die schlichten Kleidungsstücke in Szene zu setzen und aus etwas rein Funktionalem – etwas, das den Anspruch hat, nicht zu protzen und nicht die Aufmerksamkeit auf sich zu ziehen – etwas Außergewöhnliches zu machen. Dass das möglich ist, hat beispielsweise der berühmte Schuhdesigner Manolo Blahnik gezeigt. Seine Schuhe mit den Pilgerschnallen wurden weltberühmt. Die werde ich definitiv ebenfalls in meiner Kollektion verwenden, um Akzente zu setzen. Genau wie weiße Hauben und Kragen, und auch der typische kegelförmige Pilgerhut wird eine zentrale Rolle spielen – zumal dieser damals ausschließlich von Männern getragen wurde.

Gerade als ich mich entschlossen habe, im Anschluss an meine Kurse zu Recherchezwecken das Mayflower Museum zu besuchen, kommt Ella aus dem Raum.

»Du hättest nicht extra warten müssen«, meint sie.

»Na, ich wollte doch wissen, wie es lief. Alicia schien im

Kurs vorhin ziemlich angefressen zu sein, weil du inzwischen so oft gefehlt hast.«

»Ach, es lief ganz gut, denke ich.«

»Na, dann, also die Wochenaufgabe ist …«

»Ich bin nicht mehr im Kurs.«

Ellas Worte sind ein Schock. Ruckartig drehe ich meinen Kopf zu ihr. »Was? Aber du sagtest doch, dass es ganz gut gelaufen sei, wieso …?«, stammle ich entsetzt. Alicia kann sie doch nicht einfach aus dem Kurs schmeißen.

Ella bleibt stehen, umfasst dann meine Oberarme. »Beruhig dich, okay? Ich wollte aus dem Kurs raus.«

»Wieso? Ich verstehe das nicht.« Ella ist schließlich genauso wie Oxana und ich ebenfalls nur wegen Alicia nach Plymouth gekommen.

»Ich fürchte, ich habe mein Herz unwiderruflich an die Fotografie verloren, und hier habe ich so viele Möglichkeiten, mich auszutoben und Dinge zu probieren, die ich noch nie gemacht habe. Ich habe lange drüber nachgedacht und auch bereits mit dem Dozenten für Fotografie, den Val mir vorgestellt hat, gesprochen.«

»Ach, hier steckt ihr!«, sagt Val plötzlich hinter uns. Sie gesellt sich zu uns. »Und? Wie ist es gelaufen?« Sie sieht Ella abwartend an.

»Gut. Alicia ist einverstanden«, sagt Ella und lässt mich los.

Val schließt sie in die Arme. »Wie wunderbar, dann herzlich willkommen im Team Bildpoeten.«

»Ich kann nicht glauben, dass du nicht mehr in Alicias Kurs bist«, platze ich heraus.

»Ach, Libby, nun guck doch nicht so traurig. Ich kann einfach nicht anders, und ich bin ja nicht aus der Welt.«

»Ich bin bloß überrascht«, erwidere ich. »Das habe ich nicht kommen sehen. Was sagen denn deine Eltern dazu?«

»Als ich mit meinem Vater über meine Pläne gesprochen habe, war er alles andere als begeistert«, gesteht Ella seufzend. »Wir hatten einen ziemlichen Streit. Ich hoffe, er kriegt sich wieder ein.«

Einen Moment lang sieht sie so besorgt aus, dass ich gar nicht anders kann, als ihr den Arm um die Schultern zu legen. »Deine Eltern werden es mit Sicherheit verkraften. Ich meine, die wollen doch auch nur, dass du glücklich wirst, oder?«

Ella nickt. »Klar, aber sie denken eben, dass ich bei French Chic besser aufgehoben wäre, und es ist ja auch nicht so, als würde ich die Mode nicht lieben …«, räumt Ella ein.

»Nur die Fotografie liebst du eben mehr, und ich finde es toll, dass du für das kämpfst, was du liebst. Seit Henri dir die Kamera zu Weihnachten geschenkt hast, wirkst du viel, viel glücklicher und ausgeglichener.«

»Danke, Libby.« Ella drückt mich an sich.

»Ich finde, wir sollten deinen Entschluss irgendwo feiern«, kommt es von Val, woraufhin ich zustimmend nicke.

Eine Viertelstunde später sitzen wir in einem Café in der Mall und feiern Ellas Entscheidung mit Kaffee und Kuchen. Leider habe ich nicht sonderlich viel Zeit, denn für mich steht noch Textilkunde auf dem Plan, während Ella und Val beschließen, nach Rame zu fahren und dort einen Strandspaziergang zu machen.

»Ich wünschte, ich könnte mitkommen«, jammere ich, als wir am Eingang des Colleges stehen. Whitsand Bay ist traumhaft schön, und ich würde mir viel lieber dort den Wind um die Nase wehen lassen, als noch zwei Stunden Unterricht zu haben. Dennoch bleibe ich standhaft, lasse die beiden anderen ziehen und besuche brav meinen Kurs. Vielleicht bin ich doch eine Streberin, wie Tim vorhin behauptet hat.

Da mein Ruf allerdings bereits ruiniert ist, gehe ich im Anschluss auch noch in den Tutorenkurs. Dort war ich schon lange nicht mehr. Das Mädchen, das ihn diese Woche leitet, ist supernett und nimmt sich für jeden der Anwesenden ausgiebig Zeit. Viele sind wir ja auch nicht. Irgendwie ist in der Woche vor den Osterferien erstaunlich wenig los, und ich frage mich, ob der ein oder andere nicht bereits im Urlaub ist.

Mein Tag ist allerdings längst nicht zu Ende, denn der Besuch im Mayflower Museum steht noch auf dem Programm. Dieses befindet sich am Hafen unweit der Stelle, an der Jazz und ich uns wiedergesehen haben. Inzwischen habe ich mich an den Linksverkehr gewöhnt, weshalb ich nicht Gefahr laufe, angefahren zu werden, als ich die Straße überquere.

Während ich mir die Ausstellung, die sich über drei Stockwerke erstreckt und einen beeindruckenden Nachbau der *Mayflower* enthält, ansehe, mache ich mir immer wieder Notizen.

Um siebzehn Uhr werde ich dann mehr oder weniger vor die Tür gesetzt, dabei habe ich gefühlt gerade erst damit begonnen, die Ausstellung zu besichtigen. Noch längst habe ich nicht alles gesehen, was ich sehen wollte. Denn abseits der Mode fesselt mich inzwischen auch die Geschichte an sich, die mit meiner eigenen verwoben ist. Das ganze Thema übt eine eigentümliche Faszination auf mich aus. Vielleicht, weil es durch die Vorbereitungen für die Vierhundertjahrfeier im September in ganz Plymouth so allgegenwärtig ist.

Als ich zu Hause ankomme, sitzt zu meiner Überraschung Oxana in der Küche. Ihre Augen sind gerötet, und als ich eintrete, wischt sie sich verstohlen die letzten Tränen von der Wange.

»Hey, was ist los?«

»Nichts«, behauptet sie, sammelt den Berg Taschentücher ein und entsorgt sie im Mülleimer.

»Das sieht aber nicht aus wie nichts«, beharre ich und frage mich, ob sie und Jasper sich gestritten haben oder es Probleme bei dem Auftrag gab. »Du kannst mit mir über alles sprechen, das weißt du, oder?«, schiebe ich hinterher.

Ihre Unterlippe beginnt zu zittern, und weitere Tränen fließen. So habe ich sie noch nie gesehen. Sonst ist Oxy immer so gefasst, die Ruhe selbst. Sie ist unerschütterlich und weiß immer Rat – keine Ahnung, wie die Dinge zwischen mir und Jazz gelaufen wären, wenn sie sich nicht eingemischt und mich dazu überredet hätte, ihm zuzuhören. Was auch immer passiert ist, es muss schlimm sein. Ich zupfe ein Stück Krepppapier von der Küchenrolle und reiche es ihr.

»Danke«, schnieft sie. »Aber da gibt es nichts zu besprechen. Du weißt ja selbst, wie blöd Liebeskummer ist. Allerdings hat er mir nicht mal einen Zettel dagelassen, sondern ist einfach verschwunden.«

»Er? Wer er?«

»Das würde mich auch interessieren«, ertönt Ellas Stimme unvermittelt von der Tür her. Sie lehnt im Rahmen und beobachtet die Szene. Ich frage mich, wie lange sie schon dort steht.

»Vergiss es einfach, Ella«, sagt Oxy, schnäuzt sich einmal und fügt hinzu: »Ich bin bereits so gut wie über ihn hinweg.«

»Offensichtlich!« Die Ironie in ihrer Stimme ist nicht zu überhören.

Ich werfe ihr einen strengen Blick zu, denn ihr Verhalten ist wenig hilfreich.

Ella stößt sich seufzend vom Türrahmen ab, kommt rüber und setzt sich neben uns. »Wenn ich irgendwem wehtun soll, dann musst du es nur sagen!«, lässt sie Oxy wissen, und niemand, der sie näher kennt, würde an ihren Worten zweifeln. Sich Ella als Racheengel vorzustellen, fällt bei ihrem Temperament wahrlich nicht schwer.

»Schon gut. Ich bekomme das durchaus alleine hin«, erwidert Oxy und tätschelt Ella beruhigend den Arm. »Aber danke! Es tut gut zu wissen, dass ihr immer für mich da seid.«

Sie schenkt Ella und mir ein gequältes Lächeln. Ihre Augen sehen dabei so traurig aus, dass ich diesem Typen, wegen dem sie weint, am liebsten ebenfalls den Marsch blasen würde.

Da Oxy jedoch allem Anschein nach nicht darüber sprechen mag, wechsle ich das Thema und frage: »Wie war es denn in London? Und wann seid ihr zurückgekommen?«

Ein Lächeln, und dieses Mal ist es echt, breitet sich auf ihren Zügen aus. Es erreicht ihre Augen, lässt sie erstrahlen, und als Oxy beinahe ehrfürchtig sagt: »Es war der absolute Wahnsinn!«, habe ich gute Hoffnung, dass sie schon bald über den Mistkerl, der ihr das Herz gebrochen hat, hinweg sein wird.

»Was genau?«, hakt Ella, die noch völlig ahnungslos ist, nach. »Und wehe, ihr sagt jetzt wieder, dass ihr nicht darüber reden dürft. Dann schreie ich.«

»Ich weiß ja auch von nichts«, werfe ich beschwichtigend ein.

»Und ich sage nur so viel: Es war toll! Ein echtes Erlebnis. Sieht man mal davon ab, dass Jazz ständig – und damit meine ich wirklich pausenlos – von dir geredet hat, Libby. Er ist dir mit Haut und Haaren verfallen. Natürlich darf ich dir eigentlich nicht sagen, wie verrückt er nach dir ist, aber ich finde, du solltest es wissen.« Sie zwinkert mir verschwörerisch zu. »Er ist sogar so verliebt, dass er gar nicht erst in seine Wohnung gefahren ist, sondern sich in deinem Bett etwas hingelegt hat. Ich hoffe, das ist okay.«

»Und ob das okay ist«, entgegne ich freudestrahlend. Mein Herz tanzt erwartungsfroh in meiner Brust. »Könnt ihr auf mich verzichten?«

»Unter keinen Umständen«, erwidert Oxana. »Zumindest nicht dauerhaft.« Sie lächelt mich an, woraufhin ich sie in die Arme schließe und tröstend knuddle.

»Tut mir leid, dass es dir schlechtgeht.«

»Ich werde es überleben.«

Sie klingt so zuversichtlich, dass ich keine Sekunde daran zweifle, dass sie ihn schon bald vergessen haben wird.

»Und nun geh nach oben und lass Jazz nicht noch länger warten.«

Mit dem Vorschlag rennt sie bei mir offene Türen ein. Mein Herz ist ganz leicht, als ich die Treppen in den ersten Stock hochhaste, und als ich Jazz nackt und bäuchlings in meinem Bett liegen sehe, da überschlägt es sich beinahe vor Freude.

Ich schlüpfe aus meinen Klamotten, krieche zu ihm, kann nicht widerstehen, ihm in seinen knackigen Hintern zu beißen. Er sieht aber auch einfach anbetungswürdig aus, wie er dort liegt.

»Du Biest!«, seufzt er, dreht sich um, und statt seines knackigen Hinterns sehe ich mich unvermittelt seinem halb erigierten Penis gegenüber. »Komm her!«

Seiner Aufforderung folgend, krabble ich zu ihm hoch, schmiege mich in seine Umarmung und lausche seinem pochenden Herzschlag. Mein Kopf ruht auf seiner Brust. Jazz spielt mit meinen Haaren.

»Was, meine wunderschöne Lady Liberty, machst du eigentlich am ersten Montag im Mai?«, fragt er nach einer Weile beiläufig. Er klingt noch ganz verschlafen.

Ich bin so entspannt, dass es eine Weile dauert, ehe ich begreife, was genau er meint. Oh mein Gott! Der erste Montag im Mai. *DER* erste Montag im Mai? Das Adrenalin schießt so unvermittelt ein, dass mir schwindlig wird. In dem Bemühen, die Nachttischlampe anzuknipsen, denn im einsetzenden Licht der Dämmerung kann ich Jaspers Miene nicht richtig sehen, plumpse ich beinahe aus dem Bett. Jazz verhindert es, zieht mich zurück und lacht sich halb kaputt, während ich ihn einfach nur anstarre, als wäre er gerade vom Himmel gefallen.

»Meinst du *den* ersten Montag im Mai?«, hake ich noch einmal nach, denn das kann einfach nicht wahr sein.

Er grinst wie ein Bandit. »Trinity hat mir zwei Karten für die Met Gala gegeben«, bestätigt er meine Annahme.

»Zwei Karten? Hast du eine Ahnung, was die kosten?« Es kursieren Gerüchte, dass man für einen Tisch dort eine Viertelmillion Dollar hinblättern muss. Es ist die wichtigste Nacht in der Modebranche, und dass man Jasper dorthin eingeladen hat, ist der blanke Wahnsinn.

»Sie sind Teil meiner Bezahlung«, meint er schulterzuckend. Er wirkt völlig unbeeindruckt, und ich möchte nicht wissen, wie viel er für das Kleid, das er für Trinity entwirft, verlangt.

»Ist Trinitys Kleid … ist es für diesen Abend?«

Jasper nickt.

»Aber warum kümmert sie sich erst jetzt darum?«

»Eigentlich hatte sie bereits vor Monaten einen anderen Designer engagiert«, erklärt Jazz. »Sie hat nicht gesagt, wer es war, nur dass sie nicht sonderlich glücklich mit seinen Entwürfen gewesen sei.«

»Aber ihr kamt klar?«

»Ja, wir waren von Anfang an auf der gleichen Wellenlänge.

Sie war, ehrlich gesagt, ziemlich begeistert, daher auch die Karten, und ich könnte mir keine bessere Begleitung als dich vorstellen. Wenn du magst, kann ich das mit Alicia für dich regeln. Ich meine …«

»Wird sie nicht sauer sein?«

»Wieso?«

»Weil du nicht mit ihr dorthin gehst? Sie ist deine Mentorin, ohne sie wärst du nicht an dem Punkt, an dem du jetzt bist. Und was ist mit Ian?«

Jasper schüttelt in sich hineinlachend den Kopf. »Meine selbstlose Lady Liberty«, meint er, bevor er mich daran erinnert, welches Privileg er mir zuteilwerden lässt, indem er mich bittet, ihn zu begleiten. »Das ist eine einmalige Gelegenheit, und ich will dieses Erlebnis mit keinem anderen Menschen als mit dir teilen. Ich will mit dir dort sein, will mit dir über den roten Teppich gehen, will mich mit dir von all den Fotografen ablichten lassen, mich mit dir unter all die Hollywoodgrößen in ihren fantastischen Kleidern mischen und mit dir Trinitys Gastauftritt hören. Ich will, dass die *Vogue* und alle anderen Medien auch über das Kleid berichten, das ich dir schneidern werde.«

»Und was, wenn ich mein Kleid selbst entwerfen will?«

»Dann mach das, Babe. Hauptsache, du bist an diesem Tag an meiner Seite.«

Ich nicke, greife nach seinen Händen und kann nicht fassen, dass wir wirklich zur Met Gala gehen werden. Ich meine, das ist nicht irgendein Event, sondern die Met Gala. Was für mich jedoch viel, viel wichtiger ist: Jazz will mich dabeihaben. Mich und niemand anderen. Ich beuge mich zu ihm, küsse ihn.

»Ich kann das alles noch gar nicht glauben«, wispere ich.

»Glaub es ruhig! Ich bin übrigens wahnsinnig froh, dass

du zugesagt hast. Ich hätte mir nur sehr ungern mit Ian unser Hotelzimmer geteilt.«

»Du hast schon ein Zimmer gebucht?«

»Ich habe *unser* Zimmer gebucht. Unser Zimmer im The New Yorker. Von Freitag bis Dienstag. Vielleicht können wir Zuckerwatte essen und uns die Freiheitsstatue anschauen, und vielleicht, ich weiß nicht, aber vielleicht …«

»Vielleicht was?«, hake ich nach, weil er verstummt.

»Vielleicht könnten wir ja auch deine Eltern dort treffen, also nur, wenn du das willst.« Er sieht mich fragend an. Die Unsicherheit in seinem Blick sorgt dafür, dass ihm mein Herz zufliegt.

Binnen des Bruchteils einer Sekunde bin ich auf seinem Schoß, nehme ihn in mich auf, seufze seinen Namen, als das unglaubliche Gefühl, mit ihm vereint zu sein, mich überwältigt. Es breitet sich in mir aus, durchdringt jede Faser meines Seins, erfüllt jede Zelle und wächst mit jeder schaukelnden Bewegung, jedem Kuss, jeder Liebkosung weiter und weiter. Es ist das pure, vollkommene Glück, und als wir kommen, weiß ich nicht mehr, wo mein Körper endet und seiner beginnt.

Wenige Tage später stellt Jazz mich seinem Vater vor. Mousehole, er wollte es mir unbedingt zeigen, ist bloß ein Zwischenstopp auf unserer Reise. Wir sind mit leichtem Gepäck und seiner wunderschönen Maschine unterwegs. Die Motorradbekleidung, ich habe mir eine komplette Ausrüstung zugelegt, haben wir in seinem alten Kinderzimmer gegen ein sommerlicheres Outfit getauscht, um im Rock-Pool-Café zu Mittag zu essen.

Jaspers Vater, ich soll ihn Paul nennen, ist unglaublich nett und wahnsinnig um mich bemüht. Er heißt mich mit offenen

Armen willkommen. Paul ist ein gut aussehender Mann. Die Ähnlichkeit zwischen Vater und Sohn lässt sich nicht leugnen. Er ist stämmiger als Jasper, etwas größer und deutlich kerniger, aber ich bekomme einen Eindruck davon, wie Jazz einmal aussehen wird, wenn er im gleichen Alter wie sein Vater jetzt ist.

Während des Lunchs fragt Paul mich nach meinem Studium. Als das Gespräch jedoch auf meine Zukunftspläne zu sprechen kommt, weiß ich nicht, was ich sagen soll. Jazz und ich haben noch nicht darüber geredet, wie es mit uns weitergehen wird, wenn das Semester zu Ende ist. Alles in mir sträubt sich, auch nur daran zu denken, wieder in die Staaten zurückzukehren. Ich wünschte, ich könnte die Zeit anhalten, könnte machen, dass dieses Jahr nie endet. Ich will weder, dass Oxy, Val, Ella und ich unsere wunderbare Gemeinschaft aufgeben müssen, noch möchte ich von Jazz getrennt sein.

Als würde er meine Ängste spüren, greift er unter dem Tisch nach meiner Hand, drückt sie und antwortet an meiner Stelle: »Das werden wir dann sehen.«

Sein Vater gibt sich mit der Antwort zufrieden. Allerdings wechselt er nun zu einem Thema, das Jazz nicht geheuer ist. Ich merke es an der Art, wie er sich verspannt, als sein Vater sich erkundigt, ob er inzwischen Kontakt zu seiner Mutter aufgenommen hat. Mir gegenüber hat er mit keiner Silbe erwähnt, dass er darüber nachdenkt. Sie ist ebenfalls ein Thema, das wir, so gut es geht, umschiffen.

»Nein, ich … ich hatte keine Zeit.«

Nun bin ich es, die seine Hand drückt. Er lächelt mich dankbar an. Zum Glück wird in dem Moment unser Essen gebracht. Ich genieße meine Cornish Tapas, die Sonne, den Wind und auch die wunderbare Aussicht. Das kleine, gemütliche Lokal befindet sich oberhalb eines steinigen Küstenstreifens, in den ein Pool eingebettet ist. Zahlreiche Menschen, jung und alt, tummeln sich bei den sommerlichen Temperaturen dort. Für Anfang April ist es ziemlich warm, und auch ich bin versucht, hinunterzugehen und meine Füße, die den ganzen Vormittag in den schweren Motorradstiefeln gesteckt haben, hineinzuhängen.

»Bleibt doch über Nacht«, schlägt Paul vor, als wir später zurück zu dem kleinen, windschiefen Haus gehen, in dem Jasper aufgewachsen ist.

Jazz sieht mich fragend an. Eigentlich wollten wir in St Ives übernachten, doch ich würde gerne noch etwas bleiben und das malerische Dörfchen erkunden.

»Was hältst du davon?«, ergreift Jasper das Wort. »Wir fahren mit dem Bus nach Marazion, sehen uns den St Michael's Mount an, kommen wieder her, ich führe dich etwas rum, und wir lassen den Abend im Pub ausklingen. Morgen wäre dann St Ives eben bloß ein Zwischenstopp.«

»Das klingt gut für mich.«

Ich bereue unsere Planänderung keine Sekunde. Wir verbringen wunderschöne Stunden auf der Gezeiteninsel, besichtigen die Kapelle und das Schloss. Hand in Hand wandern wir durch die Räume, die Hunderte von Jahren alt sind. Etwas, das mich immer wieder in Staunen versetzt. Die Tea Time verbringen wir im Island Café, wo wir Scones mit Clotted Cream und Marmelade zu uns nehmen. Wir sitzen dicht nebeneinander an einem der zahlreichen Picknicktische. Die Leute sehen ständig zu uns rüber. Für Jazz scheint es normal zu sein, dass man ihn anstarrt. Keine Ahnung, ob es die Tattoos sind, die die Blicke auf sich ziehen, sein unverschämt attraktives Äußeres oder diese Wahnsinnsausstrahlung, die er hat. Vermutlich ist es ein wenig von allem, und ich frage mich, ob ich mich jemals daran gewöhnen werde, dass man ihn so unverhohlen ansieht. Andererseits kann ich es ihnen nicht verübeln, denn ich sehe ihn ebenfalls gerne an. Noch lieber fasse ich ihn allerdings an, etwas, zu dem ich in dieser Nacht viel Gelegenheit habe, denn das Bett in seinem Kinderzimmer ist wahnsinnig eng.

Am späten Nachmittag des nächsten Tages erreichen wir Perranporth. In St Ives haben wir ein halbes Duzend Galerien unsicher gemacht, unter anderem die Tate Gallery. Die beste Zeit war jedoch, als ich hinter Jazz auf seiner Maschine saß und uns der Fahrtwind um die Nase wehte. Keine Ahnung, woher er wusste, dass ich Motorradfahren lieben würde, doch er hat recht. Es ist fantastisch. Und diese Umgebung erst. Ich bin so verliebt in die zerklüftete Küstenlandschaft, die malerischen Fischerdörfer und die Menschen an sich. *My dear*… wie oft habe ich das in den vergangenen Stunden aus dem Mund wildfremder Leute aller Altersklassen gehört. All die Eindrücke schwirren mir im Kopf herum, als wir unser Domizil für die nächsten Tage beziehen.

Jasper hat uns ein Apartment oberhalb des kilometerlangen Sandstrands gebucht. In der Beschreibung steht, dass man des Anblicks nie überdrüssig würde, und als ich das erste Mal auf die Terrasse hinaustrete, weiß ich, dass das stimmt. Ich könnte ewig dort stehen und den anbrandenden Wellen zusehen.

Jazz tritt hinter mich, legt mir eine Jacke über die Schultern und schließt mich in die Arme. »Du musst aufpassen. Der Wind ist ganz schön kalt. Unterschätz das nicht«, warnt er mich.

»Falls ich krank werde, müssen wir wohl oder übel die ganze Zeit im Bett liegen bleiben«, gebe ich zu bedenken.

»Das könnte dir so passen, du kleiner Nimmersatt«, erwidert er lachend. »Weißt du, was ich jetzt erst mal mache?«

»Keine Ahnung, aber ich hoffe, es ist etwas Unanständiges!«, säusle ich, drehe mich in seinen Armen und nage an seiner Unterlippe. Jazz lässt sich darauf ein, küsst mich mit einer Gelassenheit, als hätten wir alle Zeit der Welt, und zum ersten Mal, seit wir zusammen sind, ist das tatsächlich der Fall. In den nächsten Tagen wird uns nichts und niemand stören, keine leidigen Wochenaufgaben kommen der Zweisamkeit in die Quere, keine On-Fleek-Notfälle fordern Jazz' Eingreifen. Es gibt einfach nur uns.

»Libby! Was würde deine Mutter dazu sagen?«, neckt er mich, nachdem er unseren Kuss beendet hat.

Ich knuffe ihn. »Das, Jazz, war gemein. Echt fies!«

Sie weiß inzwischen, dass ich einen Freund habe. Fotos hat sie auch schon gesehen. Begeistert ist sie nicht, denn natürlich hat sie seinen Namen als Erstes durch eine Suchmaschine laufen lassen. Zum Glück hat sie nicht geschnallt, dass sie seinen Namen schon einmal gehört und ihn schon einmal überprüft hat. Nicht auszudenken, was dann los gewesen wäre. Damals hat sie mir schließlich gesagt, dass ich meine Finger von ihm zu lassen habe. Ihre größte Sorge ist, dass mich »das neue Enfant terrible« der britischen Modeszene mit all seinen Tattoos und den skandalträchtigen Schlagzeilen schwängern könnte. Sie hat es zwar nicht gesagt, aber ich weiß, dass sie denkt, er sei nicht gut genug für mich. Doch mir ist das egal. Er muss schließlich mir gefallen und nicht ihr, und das tut er.

»Entschuldige«, murmelt er grinsend und senkt seine Lippen auf die empfindliche Stelle, die Schulter und Hals verbindet. Er saugt an meiner Haut, zwickt mit seinen Zähnen hinein und schiebt seine Hand unter mein Shirt. »So süß«, meint er schmunzelnd, als ich leise stöhne, weil er an meiner Brustwarze herumspielt. »Ich gehe dann mal joggen.«

Ich denke, er scherzt, doch er geht zurück in die Wohnung und lässt mich draußen stehen. Nachdem ich mich von dem Schock erholt habe, denn Jazz ist normalerweise ebenso besessen davon, mich in sein Bett zu bekommen wie ich ihn in meins, folge ich ihm. In den Türrahmen gelehnt, schaue ich ihm beim Umziehen zu.

»Du kannst unmöglich jetzt joggen gehen.«

»Ach ja, und warum nicht?«, fragte er amüsiert, zieht blank und wirft seine Kleidung aufs Bett, wo seine Laufklamotten bereitliegen. Er greift nach der Hose.

»Weil du in dieser Leggins aussiehst wie Robin Hood für Arme. Die steht dir echt gar nicht.«

»Netter Versuch, Babe. Ich weiß, dass ich in der einen unwiderstehlich knackigen Hintern habe.«

Stimmt. Hat er. Dumm, dass ihm das klar ist.

»Okay, dann weil du mein Leiden, wenn du diese Hose anhast, nur vergrößerst.«

Inzwischen ist er zu meinem Bedauern angezogen, sitzt auf dem Bett und schlüpft in seine Laufschuhe. Meinen flehenden Blick ignoriert er.

»Und wir müssen dieses Bett unbedingt einweihen. Hörst du nicht, wie es danach verlangt? Es ruft unsere Namen.«

Jazz erhebt sich lachend, kommt zu mir, nimmt mein Gesicht in beide Hände und küsst mich. »Ich schwöre, ich erlöse dich von deinem Leiden, wenn ich den Kopf freibekommen habe. Sobald ich nach dem Joggen diese Wohnung betreten habe, bist du fällig. Versprochen!«

Ich sehe ihm nach, wie er die Wohnung verlässt. Gerne wüsste ich, was in ihm vorgeht. Was meinte er mit »den Kopf freibekommen habe«?

Sein Versprechen im Ohr überlege ich, was ich in der Zeit anstelle, in der er unterwegs ist. Ich entscheide mich dafür, zum Strand runterzuspazieren und danach einkaufen zu gehen. Von Luft und Liebe kann man letztendlich nicht leben – zumindest nicht ausschließlich.

Als Jazz zurückkommt, steige ich gerade aus der Dusche. Er bleibt wie erstarrt mitten im Badezimmer stehen, hebt die Hand, und ich kann es sehen … Ich kann sehen, wie etwas in seinem Kopf entsteht. Ich weiß nicht, was der Auslöser war, aber irgendwas an mir hat ihn inspiriert.

»Halt! Bleib so!«

»Jazz«, jammere ich. »Du hast es versprochen, du …«

»Ich halte mein Versprechen auch«, versichert er, »aber nicht jetzt. Du darfst dich nicht bewegen.«

Es dauert einen Moment, bis er in wilden Aktionismus verfällt. Er macht auf dem Absatz kehrt, geht zum Bett und reißt das Laken herunter. Decken und Kissen purzeln zu allen Seiten auf den Boden.

»Halt das hier«, sagt er, als er zu mir zurückkommt. Er drückt mir einen Zipfel in die Hand. Er ist wie im Wahn, seine Finger arbeiten so schnell, dass ich ihnen nicht folgen kann. »Das Licht ist scheiße«, beschwert er sich. »Halt das alles gut fest und geh ins …« Ich laufe los, doch er hält mich zurück. »Kleine Schritte!«, knurrt er.

Brav tipple ich los, sehe im Spiegel, wie er sich durch das verschwitzte Haar fährt, nachdenkt.

»Zieh dir wenigstens was Trocknes an«, sage ich, ohne mich umzudrehen. »Nicht, dass du sonst krank wirst.« Das würde uns gerade noch fehlen. Er muss schließlich das Kleid für Trinity fertigstellen, doch da sie erst Mitte des Monats wieder in London sein wird, haben wir zum Glück etwas Zeit.

Ich habe alle Mühe, den vielen Stoff an Ort und Stelle zu halten, während ich vom Schlaf- ins Wohnzimmer wechsle.

So hatte ich mir den Rest des Tages zwar nicht vorgestellt, doch beschweren werde ich mich auch nicht. Ich bin viel zu gespannt, was er zaubern wird. Die aufwendige Drapierung, die ich nur notdürftig zusammenhalte, verrät noch nicht allzu viel.

»Ich brauche Nadeln und mehr Stoff«, sagt er, als er mir folgt. Er trägt bloß Jeans und T-Shirt. Ich wette, er hat sich nicht mal die Zeit genommen, um in eine Boxer-Brief zu schlüpfen. Für Socken hat es schließlich auch nicht gereicht.

»Ja, ja, geh schon!«, sage ich. »Ich werde brav hier stehen bleiben!«

Er verlässt die Wohnung. Ich höre, wie er die Treppe nimmt und dann bei den Vermietern, die über uns wohnen, klingelt. Das Gekläffe mehrerer kleiner Hunde folgt. Weiße West-Highland-Terrier, wie uns bei unserer Ankunft gesagt wurde. Drei Stück besitzt das Ehepaar. Sie sind in den Sechzigern und waren bei unserer Ankunft supernett. Ich hoffe sehr, dass wir wegen des Lakens keinen Ärger bekommen.

»Entschuldigen Sie die Störung!«

Mehr Gebelle, dann ein scharfes »Aus!« und der Hinweis »Die tun nix!« zu Jazz, bevor die Frage kommt: »Kann ich Ihnen helfen? Fehlt etwas?«

»Also ich … also, hätten Sie vielleicht noch zwei Bettlaken und Stecknadeln für mich? Möglichst viele, wenn es geht.«

»Ja, doch, natürlich.«

»Könnten Sie es runterbringen?«

»Äh, ja, also …«

»Danke!«

Ich höre, wie er die Stufen herunterbrettert und wie Mrs. Linton ihm hinterherruft: »Aber was haben Sie denn vor?«

»Ich mache ein Kleid!«, ruft er zurück und prescht auch schon in unsere Wohnung. Er kommt rund drei Meter vor mir zum Stehen, mustert mich mit einem Blick, der mein Herz zum Schmelzen bringt und mir die Seele auszieht. Himmel, ich liebe ihn so sehr! Der Ausdruck in seinen Augen ist leicht entrückt, was den Anschein erweckt, als wäre er gar nicht wirklich hier, und vermutlich ist es auch so. Vermutlich ist er gerade bei der fertigen Version dieses Rohentwurfs, den ich nach wie vor händeringend zusammenzuhalten versuche.

»Okay«, murmelt er. Sichtlich darum bemüht, sich zu sammeln, beginnt er, auf und ab zu tigern.

»Jazz, meinst du, du schaffst es, etwas runterzukommen?«, frage ich ihn.

»Warum?«

»Na ja, du wirkst ein wenig neben der Spur, fast so, als hättest du Drogen genommen. Du hast doch keine Drogen genommen, oder?«, scherze ich, denn natürlich tut er so etwas nicht.

»Witzig, Libby!«

»Ja, ja, ich weiß, *stoned by nature.*«

Er ignoriert meine Bemerkung, beginnt stattdessen, mich zu umkreisen, kniet sich dann hin, und als Mrs. Linton das Zimmer betritt, steckt sein Kopf unter dem Laken.

»Ohhhh!«, macht sie schockiert.

Da mir klar ist, wie das für sie ausschauen muss, sage ich hastig: »Es ist nicht so, wie es aussieht.« Dass ich dabei Mühe habe, ernst zu bleiben, macht es vermutlich nicht besser, aber ich klinge wie in einem dieser Filme, in dem die untreue Ehefrau in flagranti erwischt wird. Das reinste Klischee!

»Ahhh, die Nadeln! Gut, gut!«, meldet sich Jazz, ohne seinen Kopf unter dem, was mal ein Rock wird, hervorzuziehen. »Kommen Sie her. Könnten Sie mir ein paar geben? Ich kann das hier nicht loslassen.«

Zögerlich kommt sie näher. Ein wenig tut sie mir leid. Jazz

mit den zahllosen Tattoos, seinem wirren Haar und dem noch wirreren Ausdruck in den Augen würde vermutlich auf jeden, der ihn nicht kennt, verstörend wirken.

»Schon okay«, spreche ich ihr Mut zu. »Er tut auch nix.«

Sie schenkt mir ein zaghaftes Lächeln und tritt näher. Ich kann sehen, wie ihr Mienenspiel sich verändert. Der misstrauische Ausdruck weicht Erstaunen. Neugierig beugt sie sich vor, reicht Jazz die Nadeln, schaut, was er da unter dem Laken macht. Als sie zu mir sieht, glänzen ihre Augen vor Bewunderung.

»So etwas habe ich in meinem ganzen Leben noch nicht gesehen«, sagt sie ehrfürchtig. Jazz steckt rasch alles so weit fest, dass er die Hände wieder frei hat, dann macht er sich an dem oberen Teil, den ich noch immer halte, zu schaffen.

Mrs. Linton reicht ihm Nadel um Nadel. Es dauert, bis er alles halbwegs in Form gebracht hat. Die Nadeln neigen sich dem Ende zu.

»Ich habe oben noch mehr, und ich habe auch eine Schneiderpuppe dort.«

»Nähen Sie? Besitzen Sie eine Maschine?«

»Jasper, wir haben Urlaub«, erinnere ich ihn. »Wir wollten uns erholen!« Wir brauchen diese Auszeit beide, und wenn er jetzt loslegt, dann …

»Ach, lassen Sie den Jungen doch!«, fällt Mrs. Linton mir in den Rücken. »Er ist ein Genie. Ich bin Schneiderin, habe in London gearbeitet, und ich habe viele Talente gesehen, aber …« Sie schüttelt den Kopf, kann es nicht fassen.

Ich lächle sie an. Es ist ja nicht so, als würde es mir nicht genauso gehen. Seufzend gebe ich mich daher geschlagen. Ich werde Jazz ohnehin von nichts abbringen können, was er sich in den Kopf gesetzt hat, und gerade jetzt fordert sein kreativer Geist seinen Raum ein. »Danke für Ihre Hilfe!«

Sie huscht freudestrahlend davon und kommt wenig später mit ihrem Mann im Schlepptau, der ihr beim Tragen hilft, zurück.

»Wundervoll!«, sagt Jazz, als er die verstellbare Schneiderbüste erblickt. »Libby, du kannst jetzt vorsichtig aus dem Kleid steigen.«

»Jazz, ich bin nackt darunter!«, erinnere ich ihn und lächle entschuldigend in Richtung der Lintons.

»Oh, okay.« Er geht ins Schlafzimmer und kommt kurz darauf mit einem weiten Shirtkleid, das er mir in die Hand drückt, sowie einem Höschen zurück. Er kniet sich vor mich hin, zieht mir das Höschen an und hilft mir dann mit dem Kleid.

Minuten später sitze ich in eine Decke gekuschelt auf dem Sofa und sehe dabei zu, wie er Mrs. Linton seine Pläne darlegt, während sie gemeinsam das Kleid an der Schneiderpuppe drapieren.

Gegen zwanzig Uhr verabschiedet sie sich. Seit drei Stunden arbeitet Jazz nun ununterbrochen. Um einundzwanzig Uhr nötige ich ihn zum Essen. Ich bin sicher, würde ich es nicht im Blick behalten, er würde es vergessen. Zumindest ist er so für eine Viertelstunde halbwegs ansprechbar.

»Vorhin, bevor du losgelaufen bist, meintest du, dass du den Kopf freibekommen willst. Was war denn los?«

»Verschiedenes. Die Sache mit meiner Mom, der Streit mit Ian …«

»Ihr habt euch gestritten?«

»Ja, er wollte nicht, dass wir Urlaub machen. Er meinte, dafür wäre wegen der Trinity-Sache keine Zeit. Und er schmollt, weil ich mit dir zur Met Gala gehe.«

Jazz stochert in seinem Salat herum. Das Sandwich hat er ebenfalls kaum angerührt, in Gedanken ist er schon wieder bei dem Kleid. Ich bin mir nicht sicher, ob ich es einfach darauf beruhen lassen soll, schließlich möchte ich ihn nicht nerven, aber …

»Vielleicht solltest du mit ihm gehen, und vielleicht sollten wir den Urlaub abbrechen.«

»Vielleicht sollte Ian aber auch aufhören, seine Nase in Dinge zu stecken, die ihn nichts angehen. Dieser Job, die Sache mit Trinity, ist kein Auftrag, den On Fleek bekommen hat, sondern einer, den ich allein bekommen habe. Und ich will mit dir gehen!«, schiebt er nachdrücklich hinterher und greift nach meiner Hand.

Als unsere Finger sich berühren, erwacht das Verlangen in mir flatternd zum Leben, doch ich starte gar nicht erst den Versuch, ihn zu verführen. Keinesfalls möchte ich mir eine weitere Abfuhr einfangen, und ich bin mir ziemlich sicher, dass genau das passieren würde.

»Ich beeile mich«, verspricht er, beinahe so, als hätte er meine Gedanken erraten.

Die nächsten drei Stunden beschäftige ich mich, indem ich zeichne. Erst arbeite ich an der Mini-Kollektion für Alicia, dann zeichne ich noch etwas ausschließlich zum Spaß. Gegen ein Uhr beschließe ich, mich bettfertig zu machen und schlafen zu gehen. Jazz ist so in sein Treiben vertieft, dass er mich nicht einmal wahrnimmt, als ich ihn frage, ob er sich auch hinlegen will.

Als ich noch einmal aufwache, weil ich Durst habe, dämmert es bereits. Ich knipse das Licht an. Die andere Hälfte des Betts ist leer. Ich nehme einen Schluck aus dem Glas, das auf dem Nachttisch steht, ringe einen Moment lang mit mir. Müdigkeit und Faulheit drohen als Sieger aus dem Streit hervorzugehen, dann gewinnt jedoch die Sorge, und ich stehe auf, um nach dem Rechten zu sehen.

Jasper ist noch immer am Arbeiten. Ich weiß, er wird nicht eher ins Bett kommen, bis er fertig ist. Dennoch starte ich einen Versuch. Er muss mittlerweile todmüde sein.

»Hi, du!«, sage ich und setze mich auf den freien Stuhl am Fenster. Er hat die Jalousien geschlossen, um ungestört arbeiten zu können. »Wie wäre es mit einer Runde Schlaf?«

»Ich bin fast fertig«, behauptet er.

»Das hast du vor fünf Stunden auch schon gesagt.«

»Es dauert eben so lange, wie es dauert, Libby. Gerade du müsstest das doch verstehen«, entgegnet er gereizt.

»Du kannst doch morgen immer noch weitermachen. Es rennt dir doch nicht davon.«

»Nerv mich jetzt bitte nicht. Ich bin mitten ...«

»Ich nerve dich?«, frage ich. »Weißt du was? Du nervst mich, Jazz. Ich habe Verständnis. Seit rund zehn Stunden sitzt du nun an diesem Kleid. Ich habe versucht, dich nicht zu stören, habe versucht, dir aus dem Weg zu gehen, dir deinen Raum zu lassen, aber ...«

»Darin warst du nicht sehr erfolgreich. Ständig hast du mich bei meiner Arbeit unterbrochen.«

»Ständig? Wann habe ich dich ständig unterbrochen? Das ist das dritte Mal.«

Ich weiß, er ist übermüdet und aufgekratzt, doch als er sagt: »Ich hätte nicht gedacht, dass du eins dieser Mädchen bist, die sich nicht allein beschäftigen können und die sofort die Krise kriegen, wenn der Kerl ihnen nicht seine volle Aufmerksamkeit schenkt«, kriege ich wirklich die Krise.

Nachdem ich ein-, zweimal ungläubig geblinzelt habe, schleudere ich ihm ein »Weißt du was? Fick dich, Jazz!« entgegen. »Du denkst, mir sei langweilig und ich will bespaßt werden? Du bist ein Idiot! Ich hätte nicht aufstehen müssen, okay? Das Bett war schön warm und kuschlig, ich hätte einfach weiterschlafen können, aber ich bin trotzdem aufgestanden, und zwar, weil ich mir Sorgen um dich gemacht habe.«

»Du musst dir keine Sorgen machen«, protestiert er.

»Nein, muss ich nicht«, gebe ich ihm recht, »aber ich tue es, weil ich dich liebe, und unbegründet sind sie nicht. Wann hast du das letzte Mal was getrunken? Wann warst du zuletzt auf dem Klo? Du hast dich doch völlig in dem hier …«, ich deute auf das Kleid, »… verloren. Bist du nicht hundemüde? Du bist seit mehr als achtzehn Stunden wach. Wir hatten die lange anstrengende Fahrt, dann warst du laufen …«

Er greift nach meinem Stuhl, zieht ihn zu sich. Ich quietsche erschrocken auf. Der Laut geht in dem leidenschaftlichen Kuss, den er mir gibt, unter.

»Wofür war der?«, frage ich, nachdem er seine Lippen von meinen gelöst hat.

»Der war die Entschuldigung dafür, dass ich ein Idiot bin.« Er packt mich, und im nächsten Moment sitze ich auf seinem Schoß. Ein weiterer hitziger Kuss folgt.

»Und der?«

»Der ist das Dankeschön dafür, dass du dich um mich sorgst. Tut mir echt leid, dass ich das nicht geschnallt habe. Ich bin es nicht gewohnt, dass sich jemand um mich und meine Bedürfnisse kümmert.«

»Ich nehme an, das hat mit deiner Kindheit zu tun.«

Nickend gibt er mir recht.

»Dein Dad hat dich gefragt, ob du mit deiner Mutter Kontakt aufgenommen hast«, sage ich. »Wolltest du das denn?«

»Ja, aber nicht mehr in diesem Semester. Im Moment habe ich andere Prioritäten.«

»So? Und die wären?«

»Na ja, beispielsweise musste ich mir bis vor Kurzem überlegen, wie ich dich zurückerobere.«

Ich grinse, zerzause seine ohnehin schon wirre Frisur. »Da gab es nicht viel zu erobern. Ich war dir von Anfang an haltlos verfallen.« Er schmiegt sein Gesicht an meins, küsst die empfindliche Stelle hinter meinem Ohrläppchen, was mir ein Seufzen entlockt. »Benutz mich nicht als Ausrede, okay? Wenn du keinen Kontakt mit ihr willst, dann ist das völlig in Ordnung, und wenn doch, dann gilt das Gleiche, aber sag nicht, dass ich euch im Weg stehe.«

»Tust du nicht. Aber ich habe keine Kapazitäten, um mich mit meiner Mutter und dem ganzen Drama drum herum auseinanderzusetzen. Das mit uns ist für mich anstrengend genug.«

»Was ist daran so anstrengend?«, hake ich alarmiert nach.

»Es nicht zu versauen, ist eine Herausforderung, Libby. Du hast doch eben erst gesehen, was für ein Trottel ich sein kann.«

»Du bist bloß übermüdet. Das ist alles.«

Er schlingt seine Arme um mich und kuschelt sich an mich. Sein Kopf ruht auf meinen Brüsten. Meine Finger spielen mit seinen Haaren. Ich gebe ihm etwas Zeit, um runterzukommen, bevor ich seine Hand nehme und ihn hinter mir her ins Schlafzimmer führe.

Er ist so erschöpft … Ich glaube, er ist eingeschlafen, bevor sein Kopf das Kissen berührt hat.

12

Jasper

Als ich aufwache, fühle ich mich wie gerädert. Ganz so, als hätte ich nur knapp eine Partynacht, in der ich wirklich, wirklich übel abgestürzt bin, überlebt. Ich rekle mich etwas, taste auf der Bettseite neben mir nach Libby, doch sie liegt nicht dort.

Die Erinnerung an unseren Streit ereilt mich, zwingt mich dazu, die Augen zu schließen. Fuck! Ich war gemein zu ihr. Richtig fies.

Ich höre die Klospülung und kurz darauf das Plätschern der Dusche. Unter Schmerzen wälze ich mich auf die Seite. Mein Körper beschwert sich über all das, was ich ihm gestern zugemutet habe. Meine Schultern sind zum Zerreißen verspannt, meine Finger und Hände schmerzen. Einiges konnte ich nicht mit der Maschine nähen, musste es händisch machen. Libby hat recht. Ich habe nicht auf mich geachtet, habe meine Bedürfnisse komplett übergangen, was vermutlich auch der Grund ist, weshalb ich gerade verdammt dringend pinkeln muss. Der Druck auf meine Blase ist extrem, und Libby blockiert das Bad. Mist!

Egal, befinde ich nach ein paar Sekunden, stehe auf und erledige, was erledigt werden muss, ehe ich zu ihr unter die Dusche steige. Sie ist gerade dabei, sich einzuseifen.

»Brauchst du Hilfe?«, biete ich selbstlos an und trete näher. Dicke Tropfen prasseln auf mich herab.

»Klar, warum nicht, zu zweit geht es bestimmt schneller.«

»Das bezweifle ich zwar, aber wir können es natürlich versuchen.« Ich trete hinter sie, lasse mir von ihr Duschgel geben und verteile es sehr, sehr gründlich auf ihrem Körper. »Du bist fantastisch«, raune ich ihr ins Ohr und knabbere sanft daran.

»So? Ich dachte, ich sei nervig.« Sie klingt gekränkt, ist es vermutlich auch. Mir würde es jedenfalls so gehen.

»Ich war ein Ekel. Es tut mir leid. Lass es mich wiedergutmachen.«

»Ach ja, und wie?«

Ich entferne die letzten Reste der Seife, drehe sie in meinen Armen herum und hebe sie hoch. Libby landet mit dem Rücken an der gefliesten Wand. Sie schlingt ihre Beine um meine Hüfte, küsst mich hungrig. Haltsuchend packt sie das Steigrohr der Duschgarnitur, während ich zwischen uns greife und meine Schwanzspitze dort platziere, wo sie hingehört. Als ich mich in ihr versenke, keucht sie und ungehemmt auf. Das Prasseln des Wassers schluckt die Lustlaute, die sie von sich gibt, während ich sie vögle. Ich liebe alles an diesem Moment – ihre Nähe, ihre nasse Haut an meiner, die Enge ihrer Pussy, aber vor allem das sichere Gefühl, dass sie mich liebt. Sie liebt mich, obwohl ich sie gestern vernachlässigt und mich wie ein Arsch benommen habe.

»Lass uns ins Bett gehen!«, sagt sie, als sie merkt, dass es für mich auf Dauer verdammt anstrengend wird.

»Dann müssten wir aufhören, und ich will nicht aufhören«, protestiere ich, auch wenn meine Beine inzwischen zittern. »Ich bin schließlich ganz genau da, wo ich hingehöre.«

Sie senkt ihre Stirn gegen meine, küsst mein Gesicht. »Lass

mich runter, Jazz! Ich verspreche dir, dass du die drei Sekunden, die wir bis zum Bett brauchen, überleben wirst.«

»Sicher?«, hake ich nach und küsse sie erneut.

»Ganz, ganz sicher.«

Sie hat recht, und trotzdem bin ich froh, als ich wieder in sie gleite. Was folgt, ist ein stundenlanger Sexmarathon, nach dem wir gezwungen sind, erneut zu duschen.

Beim gemeinsamen Frühstück frage ich Libby, was sie gestern gemacht hat, während ich gearbeitet habe.

»Etwas gezeichnet.«

»Darf ich es sehen?«

»Mein Skizzenbuch?«, fragt sie ungläubig.

»Ja!« Sie zögert. »Komm schon, Babe. Gib dir einen Ruck.«

»Nur wenn du mir deins zeigst.« Nun bin ich es, der zögert. »Anders läuft das nicht!«

Zähneknirschend beiße ich in den sauren Apfel. »Okay, aber ich sollte dich vorwarnen. Möglicherweise habe ich dich ein-, zweimal gezeichnet.«

»Mich?« Sie sieht mich aus aufgerissenen Augen an.

»Yep! Und vielleicht hattest du nicht immer was an.«

»Jazz!«, empört sie sich und verpasst mir einen spielerischen Schlag auf den Oberarm.

»Hey!«, protestiere ich und kann nur mit Mühe und Not ein Desaster verhindern. »Hältst du das für eine kluge Idee, wenn ich gerade eine Tasse Kaffee in der Hand habe?«

»Vermutlich nicht«, gibt sie zu. »Nun zeig schon her! Jetzt bin ich echt neugierig!«

»Ein-, zweimal«, spottet sie wenig später. »Das ist ja wohl mal die Untertreibung des Jahrhunderts!«

»Was hätte ich denn sagen sollen?«

»Mir gestehen, dass du eine ungesunde Obsession entwickelt hast.« Als ich schmolle, tätschelt sie mir die Wange.

»Du solltest dich geschmeichelt fühlen, dass du mein Lieblingsmotiv bist.«

»Dein Lieblingsmotiv? Du meinst wohl das einzige Motiv«, zieht sie mich auf, denn obwohl es viele Zeichnungen von ihr gibt, ist es nun auch wieder nicht so schlimm.

»Gut, wenn du solche Vorbehalte hast, dann werde ich mich nach einer anderen Muse umschauen!«

»Das habe ich doch nie verlangt!«

»Ich will nicht, dass es dir unangenehm ist.«

»Es ist mir nicht unangenehm«, lenkt sie ein, nur um mir dann einen totalen Tiefschlag zu verpassen. »Eigentlich ist es sogar irgendwie süß.«

»Süß?«, echoe ich. »Bitte sag mir, dass ich mich verhört habe!«

»Megasüß!«, meint sie eiskalt und grinst mich frech an. »Ich weiß, ihr Kerle mögt nicht, wenn man das über euch sagt.«

»Ja! Richtig! Und zwar aus gutem Grund: Hundewelpen oder kleine Kätzchen sind süß. Zuckerwatte ist süß, wenn auch auf eine andere Art und Weise, aber du verstehst, was ich meine, oder?«

Libby schüttelt den Kopf. »Nicht so wirklich!« Ich schnaube frustriert. »Hey, ich kann nichts dafür, dass du auf mich wirklich unglaublich süß wirkst«, behauptet sie.

»Ich will aber nicht süß auf dich wirken«, brumme ich.

»Ach ja, und wie willst du dann auf mich wirken?«

»Unverschämt. Attraktiv. Heiß!«

»All das bist du!« Kaum atme ich erleichtert auf, fügt Libby hinzu: »Und süß eben auch. Das eine schließt das andere nämlich nicht aus.«

Nun ja, mal schauen, ob ich mich mit dem Prädikat »süß« doch noch anfreunden kann. Da diese Diskussion jedoch augenscheinlich zu nichts führt – und ich das Gefühl habe, dass ich nur verlieren kann –, sage ich mit einem Blick auf Libbys Skizzen: »Du hast seit Beginn des Buchs richtig krasse Fortschritte gemacht.«

»Danke.«

Wir blättern schweigend weiter.

»Ähhh, Jazz, was ist das?«, fragt sie ein paar Minuten später.

Ich recke meinen Hals und werfe einen Blick auf das Blatt. »Eine Zeichnung von uns beim Sex? Und bevor du mir jetzt wieder obsessives Verhalten vorwirfst, möchte ich zu meiner Verteidigung sagen: Du warst in Kapstadt, ich war betrunken, und irgendwie überkam es mich da.« Sie sieht ganz verzückt aus. »Und wenn du jetzt behauptest, das sei süß, dann reiß ich die Seite raus und schlucke sie runter!«

Libby tut so, als würde sie ihren Mund mit einem Reißverschluss verschließen, doch ihre Augen funkeln amüsiert, während sie weiterblättert.

Nach einer Weile sage ich: »Da gibt es übrigens etwas, das ich dich schon die ganze Zeit fragen wollte: Was ist denn eigentlich aus Libby's Little Dreams geworden?«

Libby blickt von meinem Skizzenbuch auf und schüttelt ungläubig den Kopf. »Dass du dich daran überhaupt noch erinnerst.«

»Wie könnte ich mich nicht daran erinnern? Ich habe immer gerne geguckt, was du so treibst. Das hat mir irgendwie ein gutes Gefühl gegeben.«

»Ich mochte nicht immer, was du so getrieben hast«, erwidert sie, schlägt die Seite um und betrachtet die Zeichnung. Ehe ich fragen kann, was genau sie meint, fügt sie erklärend hinzu: »Oder mit wem.« Oh! Oh, verdammt! »Aber um auf deine Frage zurückzukommen: Ich wollte mich aufs Studium konzentrieren. Der Blog hat wahnsinnig viel Zeit in Anspruch genommen, und die hatte ich durch die Parsons einfach nicht mehr. Manchmal muss man eben Prioritäten setzen.«

»Ja, vermutlich hast du recht.«

»Willst du gleich noch an dem Kleid arbeiten?«

»Mache ich heute Abend.«

»Sicher?«

»Ja, sicher. Wie du so schön gesagt hast: Wir haben Urlaub. Prioritäten setzen und so«, sage ich auf ihren skeptischen Blick hin.

»Gut, was hältst du dann von einem Strandspaziergang? Ich möchte dir nämlich gerne was zeigen.«

Da wir beide Durst haben, springen wir vorher noch in den kleinen Supermarkt rein, wo wir Sandwiches, Saft, Wasser und Kaffee in der Dose für Libby kaufen. Hand in Hand schlendern wir die Hauptstraße entlang Richtung Strand. Vor einem Schmuckgeschäft bleibt Libby stehen.

»Ich brauche noch ein Geschenk für Eden. Sie hat nächsten Monat Geburtstag.«

»Wenn du gucken willst, nur zu«, ermuntere ich sie.

Ich folge Libby hinein, die sich einige Ketten anschaut. Auch ich bewundere die Auslage. Jede Menge keltisch inspirierter Kollektionen sind zu sehen. Neben Ohrringen, Anhängern, Ketten und Broschen gibt es auch Bilderrahmen und Schmuckdöschen.

Libby tritt zu mir. »Was ist das? Das wollte ich dich schon die ganze Zeit fragen. Diese Dinger …«, sie deutet auf die Verzierung der Dose, »… sieht man hier ja überall.«

»Das sind Ruinen von den Maschinenhäusern der Zinn- und Kupferminen. Bergbau hat eine lange Tradition in Devon und Cornwall.« Ich drehe mich so, dass sie keinen Blick auf das erhaschen kann, was mein eigentliches Interesse geweckt hat. »Bist du fündig geworden?«

»Nein, irgendwie ist nicht das Richtige für Eden dabei«, meint sie bedauernd.

»Wie ist sie denn so?«

Während wir den Weg zum Strand entlanggehen, erzählt Libby mir von ihrer besten Freundin und kommt dann doch noch einmal auf das leidige Thema zu sprechen. Meine Mutter.

»Was ist denn damals überhaupt passiert?«, will sie wissen.

Libby die ganze Geschichte zu erzählen, fällt mir schwer. Nach wie vor hasse ich es, darüber zu sprechen. Doch Dad hatte recht. Mein Blick auf die Dinge ist inzwischen ein anderer. Den Kontakt will ich im Moment dennoch nicht.

»Das kapiere ich nicht«, sagt Libby, als ich ihr genau das gestehe.

»Es fühlt sich nun mal so an, als hätte sie mich nie gewollt. Mir kommt es vor wie eine lahme Ausrede, dass sie sich von mir ferngehalten hat, weil sie dachte, sie würde mir schaden.«

Libby bleibt stehen. Sie sucht meinen Blick. »Ähm, du weißt aber schon, dass du in unserer Beziehung im Prinzip das Gleiche gemacht hast?«

Ich öffne den Mund, will ihr widersprechen, doch dann starre ich sie einfach bloß ungläubig blinzelnd an.

Fuck! Sie hat recht!

»Tut mir leid!«, stammle ich angesichts der grenzenlosen Verwirrung, die von mir Besitz ergriffen hat.

Ich dachte wirklich, dass es zu Libbys Bestem sei, wenn ich meine Finger von ihr lasse. Kann es sein, dass meine Mutter in Bezug auf mich ebenso empfunden hat?

»Schon gut, Jazz.« Libby sieht mich aus ihren wunderschönen blauen Augen an. »Aber ich bin froh, dass ich dir eine Chance gegeben habe.«

»Trotz gestern Nacht?«

Sie stellt sich auf die Zehenspitzen, krallt sich am Revers meiner Lederjacke fest und küsst mich so leidenschaftlich, dass in meinem Kopf kein Raum mehr für Zweifel ist. »Immer!«

»Was wolltest du mir eigentlich zeigen?«, erkundige ich mich, als ich es endlich schaffe, meine Lippen von ihren zu lösen.

»Ich habe da gestern etwas beim Spazierengehen entdeckt …«

»Und was?«

»Geduld! Wir sind ja gleich da.« Sie nimmt meine Hand und marschiert los. »Weit kann es nicht mehr sein«, fügt sie hinzu, nachdem wir ein kleines Rinnsal, das von den Klippen ins Meer fließt, überquert haben.

Sie geht Richtung Wasser. Ich sehe nichts, was erwähnenswert wäre, außer den kilometerlangen Sandstrand natürlich. Doch dann … es beginnt ganz harmlos. Vereinzelt tauchen Steine zwischen den Abermillionen von Sandkörnern auf, und dann stehe ich auch schon unvermittelt in einem Steinfeld. Es ist ein schmaler Streifen, vielleicht zwei oder drei Meter breit, der sich vor uns erstreckt. Abseits dieses Gürtels ist kein einziger Stein zu sehen.

»Ist das nicht völlig bizarr? Und schau, wie sie daliegen.«

Libby hockt sich hin und deutet auf vereinzelte Steine. Beim Rückzug des Wassers ist eine Vertiefung entstanden, sodass sie in kleinen Kuhlen eingebettet sind.

»Und wie unterschiedlich sie sind!«, staune ich. Es gibt sie in allen möglichen Größen, Farben und Formen. Schwarze, weiße, rötliche, braune, graue. Manche von Schlieren durchzogen, irgendwelche Mineraleinschlüsse, andere ganz ebenmäßig. »Man müsste ja meinen, dass sie alle aus der gleichen Quelle stammen, aber sie sind so grundverschieden. Keiner gleicht dem anderen.«

Libby schmunzelt. Sie greift nach meiner Hand. »Es hätte mich auch nicht gewundert, wenn sie heute einfach weg gewesen wären.«

»Was hast du gedacht, als du das hier entdeckt hast?«

»Im ersten Moment war ich total irritiert. Es war einfach sehr surreal, plötzlich inmitten so einer Ansammlung aus Steinen zu stehen.«

Ich nicke, denn das Gefühl kann ich absolut unterschreiben.

»Und dann ging es mir wie dir. Ich habe mich gefragt, wo die herkommen. Wie sind sie hierhingelangt, und warum liegen sie alle nur in diesem Bereich? Warum sind sie so unterschiedlich? Und dann dachte ich, dass sie wie wir Menschen sind. Dass wir ja auch alle unterschiedlich sind. Nicht nur äußerlich, sondern auch vom Wesen her, und dass es schön wäre, wenn wir wie diese Steine so friedlich nebeneinanderher existieren könnten. Ich glaube nicht, dass ein Stein den anderen anschaut und denkt: ›Oh, der hat aber eine viel schönere Farbe als ich‹ oder: ›Der liegt da in so einer schönen Mulde, da will ich auch liegen‹.«

Ich grinse, weil ich ihre Gedankengänge, so versponnen sie auch sind, einfach bezaubernd finde. »Wenn wir zwei von den Steinen wären, welche wären wir denn dann?«, will ich von ihr wissen, denn manche Steine liegen zwar allein in den Vertiefungen, andere jedoch liegen zu zweit, zu dritt, zu viert oder in noch größeren Gruppen zusammen.

Libby macht sich auf die Suche, und auch ich halte Ausschau nach einem Pärchen.

»Hier, was hältst du von denen?«, frage ich.

Als sie die Augen verengt und ihre hübsche Stupsnase krauszieht, ahne ich, dass ich in Schwierigkeiten stecke.

»Auf keinen Fall! Er ist riesig, und sie ist so winzig klein.«

Ich ziehe Libby an mich. »Zum einen kommt es ja nicht auf die Größe allein an, wie wir wissen. Die Technik spielt schließlich auch eine Rolle«, erkläre ich und kassiere dafür einen Stupser in die Rippen. »Und zum anderen, wer sagt denn, dass ich der große Stein bin, mmh?«

Als sie zu mir aufschaut, wirkt sie milder gestimmt. »Na, da hast du dich ja gut gerettet.«

»Ja, nicht wahr?«

»Ich möchte allerdings schon, dass die Steine möglichst gleich groß sind.«

»Damit habe ich kein Problem«, versichere ich ihr.

Wir suchen weiter.

»Ich habe uns gefunden!«, ruft Libby nach einer Weile.

Ich gehe zu ihr, schaue ihr über die Schulter. Die beiden Steine liegen so dicht beieinander, dass der eine ein Stück weit unter den anderen geraten ist.

»Ja«, stimme ich ihr zu, »das sind definitiv wir.«

»Hey, ich habe die nicht ausgewählt, weil die gerade am Vögeln sind, sondern weil die so glücklich aussehen«, meint sie, woraufhin ich sie einfach küssen muss, denn ja, ich bin entsetzlich glücklich. Das Glück ist überall. In manchen Momenten, so wie in diesem, vervielfacht es sich urplötzlich. Dann ist das Gefühl so übermächtig, dass es mich innerlich zu zerreißen droht, weil es nicht genug Platz hat.

Ich war noch nie zuvor in meinem Leben so glücklich, dass es schmerzte, doch mit Libby ist es so, und ich habe entsetzliche Angst, dass dieser Zustand aus irgendwelchen Gründen nicht von Dauer sein könnte.

Mit gemischten Gefühlen beobachte ich, wie sie sich hinhockt und unsere Steine fotografiert. Als sie fertig ist, lässt sie sich von mir zu einer Stelle unterhalb der Klippen führen, wo einige Felsbrocken liegen. Dort setzen wir uns hin, essen unsere Sandwiches und genießen die frische Meeresluft, das Kreischen der Möwen und das Verliebtsein.

Viel, viel zu schnell ist die Woche rum. Libby hat Val überredet, vorbeizukommen und das Kleid – es wird das Masterpiece in meiner Abschlusskollektion – mit dem Auto abzuholen.

Val staunt ebenso über das gute Stück wie Mrs. Linton und ihre Freundinnen. Nachdem ich meine Arbeit daran beendet hatte, fragte sie mich, ob sie ihre Freundinnen einladen und es ihnen zeigen dürfte. Natürlich habe ich Ja gesagt. Nicht, weil ich den Rummel um meine Person brauche und die Aufmerksamkeit genieße, wie Libby mir scherzhaft vorgeworfen hat, sondern weil ich das Kleid ohne Mrs. Linton und ihre Hilfe nicht hätte fertigstellen können. Das wiederum fand Libby erneut sehr süß, woraufhin ich noch einmal betonen musste, dass ich alles, bloß nicht süß bin.

»Und wie war euer kleiner Liebesurlaub?«, erkundigt Val sich, während wir den Corsa beladen. Netterweise nimmt sie auch unser Gepäck mit, was die Rückfahrt für Libby und mich noch einmal angenehmer macht. Von Perranporth nach Plymouth ist es bloß etwas mehr als eine Stunde.

»Er war traumhaft«, erwidert Libby freudestrahlend. »Wie Flitterwochen.«

»Dann hoffen wir mal, dass du dir keine Honeymoon-Zystitis zugezogen hast.«

»Will ich wissen, was das ist?«, frage ich.

»Blasenentzündung durch übermäßigen Geschlechtsverkehr.«

»Oh, ich wusste nicht mal, dass es so was gibt.«

»Ich auch nicht«, meldet sich Libby zu Wort und verstaut die letzte Tasche im Auto.

»Vermutlich wüsste ich das unter normalen Umständen auch nicht, aber meine Mutter ist Krankenschwester«, klärt Val uns auf und schließt vorsichtig den Kofferraumdeckel. »Falls du Probleme bekommen solltest: ganz viel trinken.«

»Das soll allerdings nicht gut für die Leber sein«, werfe ich ein und zwinkere ihr zu.

Val verdreht gespielt genervt die Augen. »Dann sehen wir uns nachher in Plymouth.«

»Hey, warte noch mal«, sagt Libby, und dann an mich gerichtet: »Ich bin ziemlich müde. Ist es okay, wenn ich mit Val zurückfahre?«

Ein Gefühl des Bedauerns macht sich in mir breit. Ich hatte eigentlich noch Pläne. »Klar ist das okay. Wir treffen uns dann bei mir, ja?«

»Ja. Fahr vorsichtig!«, ermahnt sie mich, küsst mich flüchtig und steigt zu ihrer Freundin ins Auto.

Während der Rückfahrt nach Plymouth denke ich an den Ring, den ich bei mir trage. Es ist ein kornischer Liebesring, den ich vor zwei Tagen in dem kleinen Schmuckladen erstanden habe und in den die Worte *Ow kerensa vy pupprys* eingraviert sind. Ich wollte noch mal mit Libby zum Strand hinuntergehen und ihn ihr dort – zwischen unseren Steinen – geben. Leider wird das nun warten müssen. Vielleicht ist es auch ohnehin noch zu früh. Nicht für mich, ich bin mir sicher, sonst hätte ich ihn nicht gekauft, aber vielleicht ist es noch zu früh für sie.

»Britney, wie schön, dass du wieder zurück bist«, begrüßt Ian mich, als ich das Atelier betrete. Vals altersschwachen Corsa habe ich mit links abgehängt, sodass ich Plymouth deutlich vor den Mädels erreiche.

»Lass die blöden Britney-Sprüche. Das war lustig, als ich

noch eine Glatze hatte, aber inzwischen …« Ich fahre mir demonstrativ durch die Haare, die in den vergangenen viereinhalb Monaten ordentlich nachgewachsen sind.

»Okay, Jezabel. Ganz wie du willst!«

Ich stöhne bei der Erwähnung des verhassten Spitznamens auf. »Komm schon, Ian, du weißt, wie mir das auf den Sack geht.«

»Relax, Jazz. Man müsste meinen, dass deine Stimmung nach eurem kleinen Liebesurlaub besser wäre, oder gab es etwa Ärger im Paradies?«

»Was? Nein! Wie kommst du darauf?«

»Sonst bist du nur so zickig, wenn du untervögelt bist.«

»Ich bin nicht zickig, okay? Du warst bloß einfach schon mal lustiger.« Ich klopfe ihm auf die Schulter und verschwinde in meinem Zimmer.

Er folgt mir, beobachtet, wie ich mich aus der Lederkluft schäle und im Schrank nach Jeans und T-Shirt fische. Als ich die Motorradbekleidung darin verstaue, fällt mir der Ring ein. Ich hole ihn heraus, betrachte ihn einen Moment lang nachdenklich und versuche, die Enttäuschung darüber, dass Libby ihn noch nicht an ihrem Finger trägt, zu verschmerzen.

»Was hast du da?«

Ians Stimme reißt mich aus dem emotionalen Loch.

»Den wollte ich Libby eigentlich heute geben.«

Ich reiche ihm den Ring.

Er betrachtet ihn näher, runzelt die Stirn. »Besser, dass du das nicht getan hast.«

Was meint er? Und wie kommt er zu diesem Schluss?

»Du würdest es bereuen, wenn sie im Sommer geht und dich zurücklässt«, fügt er hinzu.

Der Gedanke daran sorgt dafür, dass mein Herz schwer wird. Ein beklemmendes Gefühl breitet sich in mir aus, behindert meine Atmung. Meine Eingeweide scheinen sich zu verknoten. Das Thema ist ein wunder Punkt. Libby und ich wollen nicht daran denken, weichen ihm, so gut es geht, aus, und dennoch schwebt das Semesterende und Libbys unweigerlicher Fortgang über unserem Glück wie ein Damoklesschwert.

Am liebsten würde ich mit ihr gehen. Nicht, dass New York mich reizen würde, aber ich will bei ihr sein, und bis sie mit dem Studium fertig ist, würde ich es dort schon aushalten, aber leider ist das wegen On Fleek völlig illusorisch.

»Abgesehen davon ist Libby eine, die bei dem Ring das Lachen anfängt.«

Finster starre ich ihn an.

»Wenn du ihr einen Ring schenkst, dann muss der schon ein paar Karat mehr haben und zwei oder drei Monatsgehälter kosten.«

»Ich habe dir schon mal gesagt, dass Libby so nicht ist!«, protestiere ich.

»Wie kommst du darauf? Weil sie dir in dieser einen Nacht damals die Stange gehalten hat?«

»Sie hat viel mehr getan, okay? Sie war für uns beide da, als es uns schlechtging«, erinnere ich ihn.

»Sie hat lediglich die Möglichkeit genutzt, sich an dich ranzumachen.«

»Du weißt doch gar nicht, wovon du redest!«

»Klar, sie ist natürlich ganz anders als all die anderen Frauen, die es bisher in deinem Leben gab, nicht wahr?«

Schnaubend frage ich: »Was zur Hölle ist dein verdammtes Problem, Ian?«

»Du bist es! Mit dir ist doch nichts mehr anzufangen, seit ihr ein Paar seid. Ständig hängt ihr zusammen rum, du vernachlässigst die Firma …«

»Ich habe dir bereits an Silvester gesagt, dass ich in diesem

Semester nichts mit der Firma zu tun haben will. Du wusstest, dass du ohne mich auskommen musst, und trotzdem war ich immer für dich da, wenn du mit mir über die neue Kollektion sprechen wolltest.«

Es klingelt an der Tür. Libby und Val.

»Das mit euch wird nicht gutgehen!«, sagt Ian und deutet mit dem Zeigefinger auf mich. »Denk an meine Worte!«

Genau das habe ich an jenem Morgen, als ich Libby in New York in ihrem Hotelzimmer zurückließ, auch gedacht, und wie sehr bereue ich es, dass ich uns die Chance auf dieses phänomenale Glück damals verwehrt habe.

»Es muss gutgehen, Ian. Ich weiß nicht, was ich machen soll, wenn es das nicht tut«, gestehe ich ihm. »Sie ist alles, was ich jemals wollte.«

Ian sagt nichts, sein Blick jedoch sagt alles. Er hält mich für den größten Idioten auf diesem Planeten, und vielleicht bin ich das auch. Kopfschüttelnd verschwindet er nach oben ins Atelier, während ich den Türöffner betätige und gegen das bange Gefühl anschlucke, das sich in meiner Kehle zu einem Kloß verdichtet hat.

Möglicherweise ist das hier – all meine Emotionen, all das, was ich mir zusammen mit Libby wünsche und erträume – der reinste Wahnsinn. Mit absoluter Sicherheit muss es auf jeden um uns herum so wirken. Aber ich weiß, was ich will, und ich will sie. Jetzt und hier und für alle Ewigkeit.

Libby mustert mich von oben bis unten. »Du siehst fantastisch aus.«

»Ja?« Meine Hände sind schweißnass. Ich bin so nervös. Die letzten Wochen waren der reinste Albtraum. Von der Erholung, die unser Liebesurlaub an der Küste mit sich gebracht hat, ist nichts geblieben.

Das Team und ich haben rund um die Uhr an dem Kleid für Trinity gearbeitet. Aufwendige Kleider wie die, die bei der Met Gala über den roten oder rosa Teppich laufen, entstehen nicht über Nacht. Abgesehen davon, hat Trinity einige Ansprüche. Ihr Noch-Ehemann wird ebenfalls auf der Veranstaltung sein – zusammen mit seiner neuen Freundin. Trinity möchte, dass ich mit meinem Kleid dafür sorge, dass ihrem Ex die Augen aus dem Kopf fallen. Das ist ihr großer Wunsch. Sie möchte, dass er bereut, sie betrogen und hintergangen zu haben. Sie möchte, dass er erkennt, was ihm entgeht, und am liebsten, dass er vor ihr zu Kreuze kriecht.

Seien wir ehrlich, kein Kleid der Welt würde einen skrupellosen Mistkerl dazu bringen, sich in den Staub zu werfen und um eine zweite Chance zu winseln, aber ich kann zumindest dafür sorgen, dass Trinity einen unvergesslichen Auftritt hinlegt und die Presse ihren Ex einen Idioten schimpft, der seine Chance aufs große Glück vertan hat. Möglicherweise fühlt er sich dann wie einer.

Doch der Montag bereitet mir keine Bauchschmerzen. Der heutige Abend ist es, der mir keine Ruhe lässt. Ich werfe einen Blick auf meine Uhr. Unter keinen Umständen will ich, dass wir zu spät kommen. Libby, die normalerweise nicht zum Trödeln neigt, macht heute allerdings eine Ausnahme, was mich noch nervöser macht.

»Keine Sorge. Sie werden dich mögen«, sagt sie, klingt jedoch alles andere als sicher.

Händchenhaltend fahren wir mit dem Aufzug nach unten, und das Herz schlägt mir bis zum Hals, als wir kurz darauf das Restaurant betreten, in dem Libby und ich damals in New York zu Abend gegessen haben. Ihre Eltern haben bereits Platz genommen, und die Angst, dass ich gleich zu Beginn einen schlechten Eindruck mache, nimmt zu. Ich will, dass sie mich mögen, weil ich weiß, dass sonst alles noch schwieriger werden wird. Wenn wir sie gegen uns haben, wenn sie gegen mich sind, dann wird Libby unweigerlich darunter leiden, und das darf auf keinen Fall passieren.

»Ach, wie schön, dass Sie es auch endlich einrichten konnten«, begrüßt Libbys Mutter mich auch prompt.

»Es ist meine Schuld, Mom. Ich habe mich noch umgezogen. Ich wollte dir das Kleid zeigen, das Jasper für mich entworfen hat. Ist es nicht traumhaft?«

Erst in dem Moment fällt mir auf, dass sie mein Geburtstagsgeschenk trägt.

»Jazz hat es mir zum Geburtstag geschenkt.« Sie dreht sich einmal, lässt sich bewundern – zumindest ihr Vater scheint angetan von dem zu sein, was er sieht.

»Es ist etwas kurz«, befindet ihre Mutter.

»Es ist perfekt«, sagt Libby.

»Und was denken Sie?«, fragt Jaspers Vater mich.

»Dass Libby perfekt ist«, erwidere ich, denn genau das denke ich in diesem Moment wirklich. Sie greift nach meiner Hand, und mit einem Mal fällt das Unbehagen von mir ab, denn als sie sie drückt, weiß ich, dass wir es auch so schaffen werden – mit dem Segen ihrer Eltern oder ohne ihn.

»Nun ja, dass Libby perfekt ist, finde ich auch«, sagt Libbys Mutter, »daher hoffe ich, dass sie auch den perfekten Mann findet.«

Ich atme einmal tief durch und schlucke die schmerzhafte Spitze. Es ist bloß die erste von vielen, und während des Dinners sterbe ich den Tod der tausend Stiche. Libbys Hand auf meinem Schenkel macht es mir zumindest etwas leichter, auch wenn die ganze Unterredung stellenweise einem inquisitorischen Verhör gleicht.

»Ihr Vater ist also Fischer«, sagt Libbys Mutter beispielsweise, als Libby von unserem Besuch in Mousehole erzählt und davon schwärmt, wie malerisch es dort ist. »Wie interessant. Wir kennen niemanden, der von Beruf Fischer ist, obwohl einige unserer Freunde begeisterte Angler sind. Die meisten spielen allerdings lieber Golf.«

»Paul ist sehr nett«, unterbricht Libby den Monolog ihrer Mutter.

»Und Jaspers Mutter? Was ist mit ihr?«

Der Schmerz blitzt auf. Er ist brachial und niederschmetternd, ein Tornado in meinem Herzen. Doch vor Libbys Mutter will und werde ich keine Schwäche zeigen. »Soviel ich weiß, ist sie eine erfolgreiche Künstlerin und lebt mit ihrem zweiten Mann und meinen Halbgeschwistern in der Nähe von London«, erwidere ich betont gleichmütig.

Ich hoffe, Libbys Mutter damit abspeisen zu können, doch sie hakt weiter nach: »Ihre Eltern sind also geschieden?«

»Ja.«

»Und Sie sind bei Ihrem Vater aufgewachsen? Wie ungewöhnlich. Und zu Ihrer Mutter haben Sie gar keinen Kontakt mehr?« Der Vorwurf, der in der Frage mitschwingt, ist nicht zu überhören.

»Ich muss auf die Toilette! Begleitest du mich bitte, Mom?«

»Aber wir unterhalten uns doch gerade!«

»Eben!«, knurrt Libby. »Kommst du jetzt?« Es ist keine höfliche Bitte, es ist nicht mal eine echte Frage, denn es gibt in Wahrheit keine Option. Libby ist bestimmt, und wortlos folgt ihre Mutter ihr in Richtung Damentoilette. Libbys Vater und ich bleiben am Tisch zurück.

»Bitte entschuldigen Sie das Verhalten meiner Frau«, sagt er, nachdem Mutter und Tochter außer Hörweite sind. »Karen kann… Sie kann etwas überbehütend sein. Libby ist ihr Ein und Alles. Wir hatten damals nicht mehr gedacht, dass uns das Glück, ein Kind zu bekommen, vergönnt sein würde. All unsere Bemühungen scheiterten.« Er räuspert sich. »Schwanger zu werden, war nicht unser Problem. Es zu bleiben hingegen schon. Wir verloren eines unserer Kinder nach dem anderen. Nach unzähligen Fehlgeburten folgte dann – wir hatten den Glauben bereits verloren – eine glückliche Schwangerschaft.«

»Das tut mir wahnsinnig leid. Das wusste ich nicht.«

»Nun ja, Libby weiß es auch nicht. Sie ist ein absolutes Wunschkind. Karen würde alles tun, um sie nicht zu verlieren.«

»Und Sie?«

»Ich würde alles dafür tun, damit sie glücklich ist. Selbst wenn das bedeutet, dass ich sie verliere. Also fragen Sie mich, was Sie mich fragen wollen, Mr. Chase.«

Ich nehme mir einen Moment, um mich zu sammeln. »Ich möchte Sie um die Erlaubnis bitten, um Libbys Hand anhalten zu dürfen, Mr. Stevenson.« Meine Stimme klingt hoffentlich nicht so zittrig, wie ich mich in diesem Moment fühle.

»Wenn Sie mich in einem Jahr noch einmal fragen, werde ich Ja sagen«, erwidert er. Mir gelingt es nicht, meinen enttäuschten Gesichtsausdruck zu verbergen. »Es ist zu früh, mein Junge. Sie kennen sich erst so kurz. Lassen Sie der Sache Zeit. Es gibt doch keinen Grund zur Eile.« Es vergehen ein paar Sekunden, bevor er ein unsicheres »Oder?« hinterherschiebt. Man muss kein Genie sein, um zu erkennen, dass er annimmt, ich hätte Libby geschwängert. Seine Sorge ist unberechtigt. Libby nimmt die Pille, aber das hat sie ihren Eltern vermutlich nicht verraten.

»Nein, Sir, den gibt es nicht!«

»Gut!«, befindet er, und die maßlose Erleichterung ist ihm deutlich anzusehen. »Sie ist noch zu jung. Sie soll erst das Studium beenden und heiraten und dann …«

Ich sehe das zwar anders, denn ich finde, dass das nicht seine, sondern ihre Entscheidung ist. Libby sollte tun und lassen können, was auch immer sie will, weil es ihr Leben ist, doch ich erwidere nichts.

»Wenn es nicht eilt, warum wollen Sie meine Tochter dann heiraten?«

Ich lache überrascht auf. Meint er das ernst? »Warum sollte ich Libby nicht heiraten wollen? Sie ist wundervoll. Das war mir bereits bei unserer ersten Begegnung klar.«

»Erzählen Sie mir davon.«

Das tue ich. Natürlich endet der Abend in der Version, die ich ihm erzähle, anders, als er in Wirklichkeit verlief. In der väterfreien Version, die sich im Prinzip gar nicht sonderlich von der jugendfreien Version unterscheidet, endet er damit, dass ich nach dem Abendessen ein Taxi nehme und außer einem Kuss nichts zwischen uns passiert.

»Und wie geht es Ihrem Freund heute?«

»Gut. Er ist mein Kompagnon. Wir haben eine gemeinsame Firma.«

»Und nebenbei studieren Sie noch? Beeindruckend.«

»Ich will meinen Master machen, und deshalb kann ich Ihren Wunsch verstehen, dass Libby erst das Studium beenden sollte, aber ich dachte ohnehin an eine lange Verlobungszeit.«

Ihr Vater sieht mich fragend an. Er ist ein Hüne und hat ungefähr meine Größe, allerdings ist er deutlich breiter. Ein Typ, mit dem man sich ungern anlegen würde. »Das heißt, einerseits wollen Sie Nägel mit Köpfen machen, aber andererseits … Nun ja, es wirkt, als wollten Sie sich ein Hintertürchen offen lassen. Einen Fluchtweg, nur für den Fall, dass es doch schiefgeht.«

Seine Unterstellung kränkt mich, doch ich mag, dass er so

direkt ist. Das sind mir die liebsten Menschen, denn da weiß ich wenigstens, woran ich bin.

»Es wird nicht schiefgehen«, entgegne ich mühsam beherrscht. »Und so, wie Sie denken, ist es nicht!«

»Wie ist es dann?«

»Es ist ein Versprechen. Ich will, dass Libby weiß, wie ernst es mir ist, und ich möchte, dass sie sich sicher fühlt. Sie soll wissen, dass das nicht bloß so eine Sache ist, die irgendwann endet, denn das wird es nicht. Ich liebe Libby, und ich liebe sie nicht erst seit gestern. Die Wahrheit ist, dass ich mir eine Zukunft ohne sie nicht vorstellen kann, und ich will, dass sie weiß, dass sie in meinen Plänen die Hauptrolle spielt – ganz egal, was drum herum passiert, und es wird viel passieren.«

»Ist das auch ein Versprechen?«

Ich zucke lächelnd mit den Schultern. »Manchmal kommt es mir eher wie eine Drohung vor«, gestehe ich. »Ich fürchte, nach Montag könnte es etwas verrückt werden. Ich habe ein Kleid für eine sehr berühmte Sängerin entworfen. Am Montag trägt sie es bei der Met Gala, und danach wird mein Name zumindest temporär in aller Munde sein.«

»Ist er das nicht ohnehin bereits?«

»Das wird noch mal anders«, warne ich ihn vor, denn sämtliche Medien, einschließlich internationaler Fernsehsender, werden über Trinitys Auftritt berichten. »Ich will ein verbindliches *Uns* in all dem Chaos, das auf uns zukommt. Libby soll keine Zweifel oder Ängste diesbezüglich haben müssen.«

Er sieht mich lange an, breitet die Arme aus und drückt mich an sich. »Ich bin an Bord, mein Junge!«

»Sie geben mir Ihren Segen?«, frage ich ungläubig.

Er nickt, und ich bin selig. Als Libby und ihre Mutter an den Tisch zurückkehren, habe ich Schwierigkeiten, das breite Grinsen, das von mir Besitz ergriffen hat, zu unterdrücken.

Zumal die Atmosphäre insgesamt viel besser ist als vor dem familiären Ausflug zu den Toiletten. Was auch immer Libby dort zu ihrer Mutter gesagt hat, zeigt Wirkung, denn Karen verhält sich absolut handzahm.

Den Rest des Abends überstehe ich daher spielend. Zum Abschied behauptet Karen sogar, dass es sie gefreut hat, mich kennenzulernen. Ich glaube ihr zwar kein Wort, aber Libby wirkt sehr selbstzufrieden, und wenn sie glücklich ist, bin ich es auch.

»Wie hast du deine Mutter in ihre Schranken gewiesen?«, frage ich, nachdem wir ihre Eltern ins Taxi gesetzt haben und die Lobby betreten.

Libby bleibt stehen, wendet sich mir zu, zupft einen imaginären Fussel von meinem Anzug und lässt ihre Hand dann auf meiner Brust oberhalb meines Herzens liegen.

Betont unschuldig sagt sie: »Möglicherweise habe ich sie an ihren Leitspruch erinnert.«

»Und der wäre?«

»In einer Welt, in der du alles sein kannst, sei einfach nett.«

Sie lächelt mich an, und ich lächle zurück. Die Blicke der Leute um uns herum prallen an uns ab.

»Und was hast du ihr wirklich gesagt, du kleiner Teufel?«

»Dass ich dich liebe und dass ich mit dir zusammen sein werde, ob es ihr passt oder nicht. Und auch, dass wir nicht hier sein müssten. Ich habe ihr erklärt, dass wir nur deshalb mit ihnen essen gegangen sind, weil du es wolltest, und auch, dass ich diesen Zirkus beenden werde, wenn sie sich nicht benimmt.«

»Das hättest du nicht tun müssen.«

»Aber ich wollte es tun, Jazz. Du bist …« Sie beißt sich auf die Lippe und verstummt.

»Was bin ich?«, hake ich nach, denn das interessiert mich

nun wirklich brennend. »Und bitte, bitte sag nicht schon wieder dieses unsägliche Wort.«

»Süß?« Ich nicke. »Nein, ich wollte sagen, verrückt und wundervoll. Deine Energie … Ich … so etwas habe ich noch nie erlebt. Du hast mich vom ersten Moment an in deinen Bann gezogen. Ich hatte keine Chance. Du hast mich in unzähligen Träumen verfolgt, hast meine Gedanken beherrscht. Du bist mein Schicksal, und ich liebe dich mehr, als Worte es je ausdrücken könnten. Daran kann auch meine Mutter nichts ändern.«

Libbys Liebeserklärung berührt jeden Winkel meiner Seele, und ich sinke vor ihr auf ein Knie, ehe ich auch nur darüber nachdenken kann, wie unangemessen dieser Platz ist.

»Was tust du da?«, fragt sie und starrt mit erschrockenen Augen auf mich herab.

»Na, das hier hat doch Tradition«, erwidere ich, und wie beim ersten Mal schauen sämtliche Leute in unsere Richtung.

»Jazz, steh auf!«, fleht sie, und ich habe ein Déjà-vu.

»Nicht, bevor ich dich nicht gefragt habe.«

»Ja, ja, ich mach ja schon das dämliche Selfie mit dir, wenn es dir dann besser geht.«

»Mit einem dämlichen Selfie gebe ich mich dieses Mal nicht zufrieden«, erwidere ich, hole den Ring aus meiner Hosentasche und zeige ihn ihr. »Liberty Miranda Stevenson, willst du mich, Jasper Chase, heiraten?«

Ihre Augen weiten sich erschrocken und beginnen dann feucht zu schimmern. Sie schlägt sich die Hand vor den Mund, nickt jedoch bereits.

»Ja!«, haucht sie und macht mein vollkommenes Glück unglaublicherweise mit einem einzigen Wort noch vollkommener.

Ich streife ihr den Ring über den Ringfinger ihrer linken

Hand. Sie begutachtet ihn, runzelt kurz die Stirn, und für einen schrecklichen Moment fürchte ich, dass Ian recht hatte.

Doch als Libby lachend fragt: »Was steht denn da? Ich kann das nicht lesen«, weiß ich, dass er sich geirrt hat.

»Das, meine bezaubernde Lady Liberty, ist ein kornischer Liebesring. Die Worte *Ow kerensa vy pupprys* bedeuten so viel wie: ›Meine Liebe auf ewig‹.«

Sie legt ihre rechte Hand aufs Herz und gibt ein leises und verzücktes »Oh!« von sich.

In der Nacht feiern wir unsere Verlobung wieder und wieder. Und wenn wir das nicht gerade tun, dann sprechen wir über die Zukunft. Libby teilt meine Ansichten über eine lange Verlobungszeit. Sie möchte definitiv erst ihr Studium beenden, bevor sie Mrs. Chase wird.

»Das wird deinen Vater freuen.«

»Meinen Vater?«, keucht sie verwirrt. »Hast du … hast du ihn etwa …?«

»… um deine Hand gebeten? Ja, das gehört sich schließlich so.«

»Oh Gott, Jazz, wann?«

»Als du deiner Mutter auf der Damentoilette die Leviten gelesen hast.«

»Was hat er gesagt? Was hast du zu ihm gesagt?«

»Anfangs war er nicht begeistert«, gestehe ich. »Er hat mir gesagt, dass wir uns schließlich erst so kurz kennen würden, und mich gefragt, was falsch daran wäre, sich Zeit zu lassen.«

»Und? Was hast du gesagt, um ihn zu überzeugen?«

»Dass wir uns bereits seit mehr als zwei Jahren kennen und ich dich nie vergessen konnte.«

»Du hast ihm aber nicht von unserer Nacht erzählt, oder?«, fragt sie beinahe panisch.

»Was? Nein! Wo denkst du hin? Ich bin doch nicht wahnsinnig. Was hätte ich darüber auch sagen sollen?«

Sie zuckt mit den Schultern. »Keine Ahnung, aber du hast recht. Es wäre vermutlich nicht gut bei ihm angekommen, wenn du ihm gesagt hättest, dass du mich entjungfert und anschließend mehr oder weniger abserviert hast.«

Ich brauche zwei, drei Sekunden, um zu begreifen, dass das kein Scherz ist.

»Wow!« Ein anderes Wort fällt mir gerade nicht ein. Es dauert einen weiteren Augenblick, bis ich frage: »Warum hast du damals nichts gesagt?«

»Ich fand nicht, dass es dich was angeht. Aber jetzt sind wir verlobt, und ich dachte, dass du es wissen solltest.«

»Verdammt, Libby, ich … ich hätte …«

»Was? Alles anders gemacht? Das befürchte ich auch. Ich befürchte sogar, dass du es gar nicht mit mir gemacht hättest, wenn du das gewusst hättest.«

»Mag sein«, nuschle ich und versuche herauszufinden, was ich dann in jener Nacht getan oder nicht getan hätte.

»Jazz!« Libbys Hand legt sich auf meine Brust. »Alles ist gut, wie es ist! Es ist perfekt!« Eine Weile liegen wir schweigend nebeneinander in der Dunkelheit, dann sagt sie: »Das mit meiner Mutter tut mir echt leid. Sie kann schrecklich sein.«

»Sie liebt dich bloß und will dich beschützen.«

»Tja, darauf stehe ich aber so gar nicht.« Sie seufzt. »Sie hat Panik, dass ich nicht zurückkommen könnte.«

»Natürlich kommst du zurück. Du wirst dein Studium an der Parsons beenden.«

»Werde ich das?«

»Ja. Du kannst nicht in Plymouth bleiben.«

»Aber was wird dann aus uns?«, fragt sie ängstlich.

»Du musst die beste Entscheidung für dich und deine Karriere treffen. Nirgendwo wirst du so viel lernen wie hier in New York. Und wir, das verspreche ich dir, finden schon eine Lösung.« Leider habe ich bloß absolut keine Ahnung, wie die aussehen soll.

Ein wunderschönes Wochenende vergeht, und der erste Montag im Mai beginnt. Der Tag ist stressig. Ich verbringe viel Zeit mit Trinity, der die Aufregung deutlich anzumerken ist. Wie im Rausch vergeht der Abend, der einen Meilenstein meiner Karriere darstellt. Ich bin hier. Ich stehe neben Trinity auf dem roten Teppich, habe für diesen Abend ein Kleid entworfen, das schon jetzt durchs Internet geistert und morgen in etlichen Zeitungen abgedruckt sein wird.

»Jasper!«

»Trinity!«

»Hier!«

»Links!«

»Rechts!«

Die unzähligen Fotografen, die entlang der Treppe aufgereiht sind, rufen unsere Namen durcheinander, geben uns Anweisungen, und ich posiere zusammen mit meiner Kundin für die blitzenden Kameras.

Schließlich ist der Affenzirkus vorbei, und ich kann mit Libby, die geduldig am Rand gewartet hat, bis sie zu mir kommen durfte, die Stufen hinaufgehen. Hand in Hand steigen wir die Treppe ins Museum hinauf.

»Jasper! Wer ist Ihre Begleitung?«

»Meine Verlobte«, erwidere ich grinsend. »Liberty Stevenson.«

»Tolles Kleid!«

»Das hat sie selbst entworfen! Schreiben Sie das! Das ist nicht von mir.«

Libby knufft mich. Ich weiß, etliche Zeitungen werden behaupten, ich hätte ihr Kleid designt, aber ich will keine Lorbeeren für etwas einheimsen, das ich nicht getan habe. Das zeitlos elegante schwarze Korsagenkleid, das sie für den Anlass kreiert hat, steht ihr fantastisch.

»Das hier«, raunt Libby mir zu, als wir die große Halle betreten, »ist wie im Märchen. Bevor wir den roten Teppich betreten haben, konnte ich nicht glauben, dass das wirklich geschehen wird, aber ...« Sie verstummt und blickt sich staunend um.

Auch ohne all die Promis wäre das Metropolitan Museum of Art an sich schon beeindruckend. Anders als für Libby, ist es für mich das erste Mal, dass ich das weltberühmte Museum besuche. Bisher hatte ich während meiner New-York-Aufenthalte nie die Zeit dafür gefunden. Einen Moment lang weiß ich gar nicht, wo ich zuerst hinschauen soll, doch da wir den anderen Besuchern der Gala – einer berühmter als der andere – folgen müssen, habe ich gar nicht die Gelegenheit, alle Eindrücke auf mich wirken zu lassen.

»Atmen, Jazz!«, wispert Libby an meiner Seite, als ich das tatsächlich angesichts der Schönheit dieses Bauwerks vergesse. Sie ergreift meine Hand, und Seite an Seite steigen wir weitere Stufen hinauf. Aus dem Augenwinkel betrachte ich die massiven Säulen, die den Treppenaufgang flankieren.

»Wow!«, flüstere ich ehrfürchtig.

Libby wispert etwas von »Neoklassizismus« und dass ich mir die opulente Verzierung der Kapitelle anschauen solle.

Ich habe keine Ahnung, wovon zum Teufel sie spricht.

Wir betreten den Trakt mit mittelalterlicher Kunst. Flanieren zwischen all den Statuen hindurch und besehen uns die fantastische Ausstellung. Es ist ein surreales Gefühl. Natürlich wusste ich, dass ich irgendwann hier auf der Met Gala sein würde – das war schließlich schon immer mein erklärtes

Ziel –, aber ich wusste nicht, wann beziehungsweise, dass es so früh sein würde. In den letzten Wochen überschlugen sich die Ereignisse förmlich, und die Zeit bis zum heutigen Tag verflog wie im Rausch. Doch so schnell sich die Dinge davor gefügt haben, so schnell geht auch der Abend inmitten all der Stars und Stardesigner vorbei.

Am Tag darauf fliegen Libby und ich zurück nach London. Am späten Mittag sind wir wieder in Plymouth, und es ist, als wären wir nie weg gewesen.

»Weißt du, wo der Ersatzschlüssel ist?«, frage ich Ian, als ich ihn nicht am gewohnten Platz finde.

Ian murrt etwas, dann bringt er ihn mir. »Wofür brauchst du den? Sag bloß, du hast deinen Schlüssel verloren.«

»Nein, hab ich nicht. Keine Sorge. Der ist für Libby.«

»Für Libby? Verdammt, Jazz, du kannst nicht irgendeinem x-beliebigen Mädchen den Schlüssel zu unserem Atelier geben. Bist du denn nun völlig …?«

»Sie ist nicht irgendein Mädchen, Ian, sondern meine Verlobte, und ich werde ihr diesen Schlüssel geben, damit sie sich hier immer willkommen fühlt.«

Ian öffnet den Mund und schließt ihn dann wieder. Einen Moment lang haben ihn die Neuigkeiten seiner spitzen Zunge beraubt, doch als er sich wieder fängt, bricht ein Sturm an Vorwürfen über mich herein. Na gut, das war abzusehen.

»Verlobt? Du hast dich verlobt, Jazz? Bist du denn nun endgültig von allen guten Geistern verlassen?« Er beginnt im Flur auf und ab zu gehen, rauft sich die Haare. »Es ist wie mit einem kleinen Kind. Ich sage, du darfst den Lolli nicht haben, und was machst du? Nimmst gleich fünf… Was an ›es kann nicht gutgehen‹ hast du nicht verstanden? Sie ist Amerikanerin, du lebst hier …«

»Noch.«

Sein Gesicht wird aschfahl, seine Miene spiegelt all das Grauen, das er empfindet, wider. »Noch?«, echot er. »Du bist echt verrückt! Völlig außer Kontrolle. Wie lange kennst du sie jetzt? Drei Minuten? Und wegen ihr willst du alles hinwerfen, was wir uns über die letzten Jahre aufgebaut haben? Du bist doch total bescheuert«, faucht er und nimmt die Treppe hinauf ins Atelier. Nach ein paar Stufen bleibt er stehen. »Und nur, damit du es weißt, willkommen ist sie hier nicht! Das hier ist schließlich auch meine Wohnung!«

Natürlich gebe ich ihr den Schlüssel am Abend trotzdem. Ich will, dass sie ihn hat. Will, dass sie weiß, wie ernst es mir ist.

Zur Verbesserung von Ians und meinem Verhältnis trägt das natürlich nicht bei. Ian ist die nächsten Tage einfach nur unausstehlich. Einerseits kann ich verstehen, dass er sich zurückgesetzt fühlt und gekränkt ist, weil ich nicht ihn gebeten habe, mich nach New York zu begleiten, andererseits nervt es mich, dass er nicht begreift, was Libby für mich bedeutet. Warum kann er unsere Beziehung nicht einfach akzeptieren?

Dennoch bin ich es, der den ersten Schritt in Richtung Versöhnung macht. Er besteht darin, dass ich ihm – kaum habe ich das Geld von Trinity auf dem Konto – *Copic*-Marker bestelle, und zwar die komplette Farbpalette. Dafür muss ich tief in die Tasche greifen und hoffe daher, dass er es auch zu würdigen weiß. Der Alukoffer mit den mehr als dreihundert verschiedenfarbigen Markern kostet nämlich knapp zweitausend Pfund.

»Sehr uneigennütziges Geschenk, Jazz«, meint er, als er den Koffer öffnet und den Inhalt erblickt.

»Nun ja, eigentlich heißt es einfach bloß ›Danke, Jazz!‹.«

»Wieso? Ich habe ja kein Problem damit, deine Marker zu benutzen«, murrt er und verzieht sich nach oben.

Fick dich doch, denke ich frustriert und habe das Gefühl, der Depp vom Dienst zu sein. Egal, was ich mache, egal, wie sehr ich mich reinhänge, es ist nie genug. Ian hat immer was zu beanstanden. Sein ewiges Gemecker geht mir gewaltig auf den Zeiger, und doch quält mich das schlechte Gewissen wegen der Met Gala. Aber ich hatte nun mal bloß zwei Karten, was hätte ich denn machen sollen? Ihn mitnehmen und Libby hierlassen? Nie im Leben!

13

Libby

Nach unserer Rückkehr aus New York werden wir vom Alltag in Beschlag genommen. Jazz hängt durch das Trinity-Kleid mit seiner Masterarbeit hinterher. Hinzu kommt, dass seine Kollektion ursprünglich bloß aus zwölf Einzelstücken bestehen sollte, es nun aber achtzehn geworden sind. Ich weiß nicht, woher er all die Ideen nimmt. Sie brodeln unter der Oberfläche und scheinen nur darauf zu warten hervorzubrechen. Mir fällt es deutlich schwerer, mich inspirieren zu lassen, und wenn ich dann eine Idee habe, hadere ich unentwegt mit ihr. Jazz pulvert seine wie am Fließband raus. Er verwirft sie ebenso schnell, wie er sie geboren hat. Manche seiner Visionen sterben in dem Moment, in dem sie für ihn greifbar geworden sind. Er ist immer auf der Suche nach neuen Herausforderungen und brennt mit einer Leidenschaft für die Mode und seinen Beruf, dass ich manchmal beinahe schon Angst habe, er könnte in Flammen aufgehen und verglühen.

Seine Getriebenheit ist unglaublich faszinierend, aber sie macht mich auch wahnsinnig. Es ist, als würde Jazz das Wort Pause gar nicht kennen. Er nimmt sich keine Auszeiten, weil irgendwas in ihm das gar nicht zulässt. Anfangs dachte ich, es ist sein Wunsch, es allen beweisen zu wollen, der ihn da zu verschlingen droht, doch das ist es nicht. Letztendlich sind wir alle ihm reichlich egal. Dieser unstillbare Hunger hat mit uns nichts zu tun. Er brennt in ihm, und sein ehrgeiziges Ziel ist es nicht, nur der Beste zu sein, sondern auch immer besser zu sein, als er es zuvor war.

Die rauschartigen Zustände, in denen er wie ein Besessener arbeitet, nehmen nun, da er unter Zeitdruck geraten ist, zu. Er schläft kaum noch. Steht nachts auf, um zu arbeiten, und ruht sich dann bloß ein paar Stunden am Tag noch mal aus. Da mir sein Rhythmus an die Substanz geht, sind wir dazu übergegangen, die Nächte wieder getrennt zu verbringen. Überhaupt sehen wir uns nun, da das Semesterende naht, extrem wenig. Wir stecken bis über beide Ohren in Arbeit und finden keine Zeit füreinander. Umso schöner sind all die kleinen Nachrichten, die wir uns zwischendurch schreiben, die spontanen Wir-gehen-Kaffee-trinken-Treffen oder unsere Auszeiten im Aquarium, das auf mich eine ebenso große Faszination ausübt wie auf ihn.

»Ich vermisse dich«, sagt er, als wir uns zum Frühstück in der Mall treffen. Er umarmt mich ganz fest. Ich schmiege mich an ihn, inhaliere seinen Geruch. Er hat frisch geduscht, die Haare sind noch nass, aber ich bin mir sicher, dass er schon ewig lang wach ist. Ich kenne ihn inzwischen eben.

Wir setzen uns an den kleinen Tisch am Fenster. Von dort aus können wir direkt auf das College blicken.

»Wie lange bist du schon wach?«

»Seit zwei.« Er wirkt erschöpft. Tiefe Schatten unter seinen Augen zeugen von den schlaflosen Nächten.

»Was?«, frage ich, als er mich seufzend betrachtet.

»Ich hatte vergessen, wie wunderschön du bist.« Er nimmt meine Hand und streicht über den Ring.

Unwillkürlich erinnere ich mich an das gestrige Telefonat mit meiner Mutter. »Das ist doch kein echter Verlobungsring.

Dieses Ding sieht aus, als stamme es aus einem Kaugummiautomaten«, stichelt sie. »Der Junge meint es nicht ernst mit dir. Das sieht man doch schon daran, dass er sich auf kein Datum festlegen will.«

»Das möchte ich auch nicht. Ich will erst das Studium beenden«, erwidere ich.

»Ja, das Studium, für das, solange du noch nicht verheiratet bist, wir zahlen. Hast du schon mal daran gedacht, dass dein *Verlobter*…« Ich hasse, wie verächtlich sie das Wort ausspricht. »… nur nicht gewillt ist, so einen Haufen Geld für dich auszugeben?«

Nun bin ich es, die seufzt, denn all diese Streitereien nerven mich nicht nur, sie belasten mich wirklich. Mir kommt es vor, als hätte sich die ganze Welt gegen uns verschworen. Auch Eden hat sich über den Ring aufgeregt, und in gewisser Weise verstehe ich es, denn er erfüllt keine amerikanischen Ansprüche. Und dennoch liebe ich diesen Ring. Er ist so eigensinnig und speziell wie der Mann, der ihn mir geschenkt hat. Ich erkenne Jasper in ihm wieder, ich erkenne dieses Land in ihm wieder, und ich erkenne sogar mich in ihm wieder. Ich verstehe nicht, warum weder meine Mutter noch Eden die Schönheit in seiner Einfachheit nicht erkennen. Warum sehen sie darin einen Makel? Ich kann es mir nur so erklären, dass es daran liegt, dass sie noch nie hier waren. Hätten sie die raue, zerklüftete Küste Cornwalls gesehen, hätten sie die Stufen der uralten Gebäude betreten, sich in ihren Mauern bewegt, hätten sie den Duft der Zeit geatmet, dann wüssten sie, dass diese Worte, die einer beinah ausgestorbenen Sprache entstammen, wertvoller sind als jeder Diamant. Sie sind pur und rein. Ein jahrhundertealtes Versprechen. *Ow kerensa vy pupprys.* Meine Liebe auf ewig.

Mein Blick fällt auf Jaspers Uhr. Es ist eine Sir Bouncer. Er hat sie sich von dem Geld, das er für Trinitys Kleid bekommen hat, geleistet.

»So spät schon«, stelle ich bedauernd fest. »Wir müssen uns beeilen.« Für mich steht ein Gespräch mit Alicia an. Ich muss ihr mein Konzept vorstellen, und Jazz wird zurück ins Atelier gehen und dort an seiner Masterkollektion feilen.

Seit der Met Gala hat er etliche Anfragen bekommen. Zwei große französische Modehäuser möchten ihn als Chefdesigner engagieren, und auch auf dem Radar der Hollywoodgrößen ist er aufgetaucht. Jazz hat sie alle vertröstet, indem er behauptete, er sei momentan ausgebucht. Normalerweise würde ich sagen, dass das der reinste Wahnsinn ist, dass er seine Chance nutzen soll, doch ich weiß, wie viel ihm seine Masterarbeit bedeutet. Es wäre für ihn schrecklich, jetzt so kurz vor dem Ziel aufzugeben. Auch mich haben zwei Anfragen ereilt, doch ich fühle mich noch nicht bereit, Aufträge anzunehmen. Das Kleid, das ich auf der Met Gala getragen habe, hatte Dutzende Fehler und Mängel. Man hat sie nicht gesehen, weil ich sie gut kaschiert habe, doch einer Kundin könnte man so etwas nicht verkaufen – niemals und unter keinen Umständen. Jazz hat mir Mut zugesprochen, hat gesagt, dass ich ja Schneiderinnen hätte, die das Nähen und die Fertigung für mich übernehmen, doch dafür fühle ich mich erst recht nicht bereit. Ich habe Angst, mich mit meinen Ideen vor Leuten lächerlich zu machen, die so viel mehr Ahnung von der ganzen Materie haben als ich.

»Ja, die Zeit rennt uns davon«, stimmt Jasper mir zu. »Wir müssen uns bald überlegen, was wir machen, Libby.«

Meine unglückliche Miene veranlasst Jasper, erneut meine Hand zu ergreifen und sie zu drücken. Er ahnt nichts von meinen Plänen, weiß nicht, dass ich bereits versucht habe, am Saint Martins College angenommen zu werden. Dann wäre ich in London, und uns würden bloß vier oder fünf Stunden voneinander trennen. Es wäre ein Kompromiss. Leider weiß ich bisher nicht, ob sie mich in Erwägung ziehen. Sie sind unglaublich anspruchsvoll. Dass ich keine Rückmeldung erhalten habe, scheint mir kein gutes Zeichen zu sein.

»Das ist unangenehm, keine Frage, aber wir müssen darüber sprechen. Wir haben es bereits viel zu lange vor uns hergeschoben.«

Ich muss schwer schlucken. Nicht nur, dass sich alle gegen uns verschworen zu haben scheinen, nein, es gibt auch schlicht und ergreifend keine Lösung. Nicht, wenn meine Bewerbung abgelehnt wird.

»Lass uns doch am Freitag essen gehen, mmh? Dann können wir in Ruhe über alles reden«, schlägt Jazz vor, als ich kurz darauf meine Sachen zusammensuche.

Die Zeit mit ihm war viel, viel zu kurz. Gestohlene Stunden aus vollgepfropften Tagen. Tage, die eigentlich nicht einmal ein paar Minuten hergeben. Tage, die lang, ermüdend und beschwerlich sind. Tage, in denen diese kurzen Treffen den einzigen Lichtblick darstellen. Es ist mir unmöglich, mich von Jazz zu trennen, und ihm geht es ebenso, daher begleitet er mich über die Straße und ins College hinein. Sein Arm liegt über meiner Schulter, ich inhaliere seine Wärme und das Gefühl der Geborgenheit, das er ausstrahlt.

Wir landen im menschenleeren Treppenhaus, wo wir uns verzweifelt küssen. Seine Hand stiehlt sich unter meinen Rock, verschafft mir in Windeseile Befriedigung.

»Ich würde mich ja revanchieren, aber …«, stoße ich atemlos hervor, nachdem die orgastische Erschütterung verklungen ist.

»Dein Termin mit Alicia. Geh schon! Sie hasst Unpünktlichkeit.«

Als ob ich das nicht wüsste! Das war mir bereits nach der ersten Unterrichtsstunde bei ihr klar. Dennoch küsse ich ihn hastig noch einmal und dann noch einmal, weil er mir in den vergangenen zwei Wochen wie verrückt gefehlt hat. Ich versichere ihm, wie leid es mir tut, dass er auf der Strecke bleibt, und eile dann davon.

Ein Blick auf mein Handy verrät mir, dass ich deutlich zu spät dran bin. Sieben Minuten. Sie wird mich töten.

Alicia ist gerade dabei, ihr Büro zu verlassen, als ich eintreffe. »Oh, da sind Sie ja, Liberty. Ich dachte schon, Sie hätten mich versetzt.«

»Es tut mir leid. Ich wurde aufgehalten«, versuche ich mich rauszureden.

Während sie wieder in ihr Zimmer geht, sagt sie: »Sie sollten nicht zulassen, dass Ihr Verlobter Ihren Ambitionen im Weg steht. Es ist nie gut, sich von einem Mann abhängig zu machen.« Sie nimmt hinter ihrem Schreibtisch Platz, während ich mich auf dem freien Stuhl davor niederlasse. Auf dem anderen stapeln sich unzählige Ausgaben der *Vogue*, Fachbücher und Bildbände. Man bräuchte ein Umzugsunternehmen, um ihn leer zu räumen. Dass er unter dem Gewicht der Papiermassen nicht zusammenbricht, grenzt an ein Wunder.

»Dass ich zu spät bin, hatte nichts mit Jasper zu tun«, behaupte ich und hoffe, dass ich nicht erröte. Lügen war noch nie meine Stärke. »Ich …«

»Liberty, Sie sollten eine Sache über mich wissen.« Alicia sieht mich scharf über den Rand ihrer Brille an. »Noch mehr als Unpünktlichkeit hasse ich es, belogen zu werden. Da reagiere ich hochgradig allergisch drauf! Ich habe gesehen, wie Sie gemeinsam das Gebäude betreten haben. Da waren Sie noch gut in der Zeit.«

Ich presse beschämt die Lippen aufeinander und murmle dann eine verlegene Entschuldigung.

»Hören Sie, Liberty, ich mag Sie. Ich mag Sie sogar sehr, und ich bin wirklich froh darüber, dass ich Sie für diesen Kurs zugelassen habe. Sie stellen eine echte Bereicherung dar. Dennoch müssen Sie aufpassen, dass Sie sich nicht verlieren. Jaspers Bedürfnisse dürfen Ihnen nicht wichtiger sein als Ihre eigenen. Das würden Sie später bereuen. Ich weiß, wie er sein kann. Weiß, dass man sich ihm nur wahnsinnig schwer entziehen kann. Er besitzt ein unglaubliches Charisma, und er ist nun mal ein Genie. Etwas, das immer faszinierend ist. Die Leute nennen ihn nicht umsonst den neuen Alexander McQueen.«

Ich kann meine Abneigung gegen die Bezeichnung, die Jazz so hasst, nicht verbergen. McQueen war einzigartig, und Jasper ist es auch. Ja, er ist ebenfalls ein Rebell, der gerne provoziert, aber das ist schließlich kein Alleinstellungsmerkmal von McQueen gewesen.

»Schauen Sie nicht so, Libby. Mir gefällt dieser Mist ebenso wenig wie Ihnen oder ihm.«

»Man sollte ihn nicht vergleichen«, begehre ich auf. Dass die Medien und die gesamte Modeindustrie nicht einfach *ihn* sehen können, schmerzt mich.

»Was die Medien über Jasper schreiben, können wir nicht beeinflussen, und Sie werden lernen müssen, damit zu leben, dass andere Menschen nicht immer begreifen, was Jasper tut und warum er es tut. Er wird missverstanden werden. Die Leute werden über ihn urteilen, und Ihre Aufgabe, Liberty, ist es nicht, ihn zu schützen. Verfolgen Sie Ihre eigenen Ziele. So, und nun zeigen Sie mir Ihre Entwürfe. Viel Zeit bleibt uns nicht. Ich habe gleich den nächsten Termin.«

Ich hole mein Skizzenbuch hervor und breite es vor Alicia aus. Sie besieht sich meine Entwürfe aufmerksam. Meine

Dream-big-and-dirty-Kollektion hat endlich eine Form angenommen, mit der ich zufrieden bin, doch Alicia schüttelt bloß bedächtig den Kopf.

»Meine Güte, ich weiß gar nicht, wo ich anfangen soll. Sie haben hier gleich mehrere Probleme. Erst einmal ganz grundsätzlich: Inwiefern hat Ihre Traumkollektion etwas mit der Aufgabenstellung zu tun? *Inspired by myself!* Sie erinnern sich? Ich weiß, dieses Traumthema fasziniert Sie, und ich finde es im Prinzip auch gar nicht schlecht, aber Sie sollten es sich aufsparen. Das ist etwas für Ihre Bachelorarbeit oder Ihren Master, denn Sie sind bei Weitem noch nicht so weit, dass Sie solche Entwürfe umsetzen könnten. Solche Kreationen …«, sie deutet auf ein pompöses Kleid aus unzähligen Bettfedern, das ich entworfen habe, »… sollten Sie sich dringend für später aufheben, denn bevor Sie anfangen zu rennen, sollten Sie erst einmal laufen lernen. Bei dem, was Sie da vorhaben, übernehmen Sie sich. Kommen wir zum zweiten Punkt, der meiner Meinung nach noch gravierender ist.«

Noch gravierender? Himmel!

»Das hier wirkt wie ein müder Abklatsch von dem, was Ihr Verlobter macht. Das sind nicht Sie. Versuchen Sie sich nicht an dem, was er beherrscht. Da werden Sie immer schlecht abschneiden.«

Ich presse meinen Lippen zusammen, habe das Gefühl, gleich in Tränen auszubrechen. Das klingt fast, als wäre Alicia der Meinung, ich hätte von Jasper abgekupfert. Was totaler Unsinn ist! So etwas würde ich nie tun. Ja, natürlich hat mich seine *Dream-big-and-dirty*-Bemerkung von damals inspiriert, und sicherlich sind auch Dinge, über die wir in den vergangenen Wochen gesprochen und die wir miteinander erlebt haben, in meine Entwürfe eingeflossen, aber das ist doch total normal.

»Liberty, Sie lassen sich – in allen Bereichen Ihres Lebens – zu stark von Jasper beeinflussen. Erinnern Sie sich an Ihren eigenen Stil. Ich mag die zurückhaltende Eleganz Ihrer früheren Entwürfe. Mag die Art, wie Sie Dinge kombinieren, wie Sie, ohne große Effekthascherei, mit Farben und Formen spielen. Unaufgeregt. Bodenständig. Machen Sie doch mit der Mayflower-Sache weiter. Das war großartig. Wenn Sie die ausbauen, dann haben Sie Ihr Thema.«

Es klopft an der Tür.

»Mein nächster Termin ist da! Gucken Sie nicht so, Liberty. Sie schaffen das schon. Im Prinzip ist es auch gar nicht viel, denn die Grundlagen sind ja bereits vorhanden.«

Sie schaffen das schon. Witzig! Ihre Worte klingen wie Hohn in meinen Ohren. Ich bin doch ohnehin schon zu spät dran. So eine Mini-Kollektion erstellt sich nun einmal nicht von jetzt auf gleich, und dann auch noch die zusätzlichen Vorgaben. Ich wette, Oxy hat sie nicht gesagt, dass opulente Kleider tabu sind. *Was soll ich denn jetzt machen?*, denke ich verzweifelt. Zum Glück habe ich den Stoff und das Material noch nicht gekauft. Das wollte ich eigentlich morgen erledigen.

Da ich nach dem Desaster sowieso zu keinem klaren Gedanken fähig bin, schwänze ich den Rest des Tages und suche Trost bei Jasper. Zumindest habe ich das vor, doch leider treffe ich im Atelier niemanden an. Ich könnte den Schlüssel benutzen und warten, aber das will ich nicht. Jazz hat mir von seinem Disput mit Ian erzählt, und Ian hat recht: Es ist auch seine Wohnung, und ich respektiere, dass er mich nicht permanent dort haben mag.

Daher laufe ich in Richtung des Mayflower Museums. Vielleicht finde ich dort die nötige Inspiration. Ich begreife nicht, warum Alicia ihren Narren an dem Thema gefressen hat. Ich für meinen Teil bin damit irgendwie durch. Schließlich habe ich bereits eine Mini-Kollektion dazu entwickelt. Ich weiß wirklich nicht, was sie noch von mir will.

Auf dem Weg entlang des Hafenbeckens versuche ich, die Panik abzuschütteln.

Sie schaffen das schon.

Himmel! Das sagt sich so einfach.

Ich bleibe bei einem Kaffeestand stehen und bestelle einen Cappuccino. Während ich auf den Kaffee warte, fällt mein Blick auf ein Plakat, auf dem verschiedene Termine und Events rund um die 400-Jahrfeier stehen. Was meinen Blick jedoch auf sich zieht, ist das Logo der Stadt, das unten rechts in die Ecke gedruckt wurde.

Plymouth – Britain's Ocean City

Gedankenverloren nehme ich meinen Kaffee entgegen. Irgendetwas kratzt an meinem Bewusstsein. Lautete der Slogan früher nicht mal anders? Irgendwo hatte ich das doch gelesen, oder hat Val mir das erzählt? War es nicht *The Spirit of Discovery?*

The Spirit of Discovery.

Ein Ruck geht durch mich hindurch, als mich die Muse küsst – ganz wild und mit Zunge. Bis meine Lippen geschwollen sind. Sie küsst mich, wie Jasper mich heute Morgen im Treppenhaus geküsst hat, und ich schmelze ebenso dahin. So etwas habe ich noch nie erlebt!

Plötzlich weiß ich genau, wie meine Kollektion aussehen wird. Es wird eine Hommage an die Entdeckerlust. Entdeckerlust, die auch in mir steckt. Mein Nacken prickelt vor Ekstase, als ich merke, dass ich gerade dabei bin, mich zu finden. Mit einem Mal bin ich gar nicht mehr deprimiert wegen Alicias harten Worten. Mit einem Mal ergeben sie Sinn, und mit einem Mal bin ich viel, viel näher bei mir selbst, als ich es zuvor war.

Um schneller zu Hause zu sein, nehme ich ein Taxi und verschanze mich den Rest des Tages in meinem Zimmer. Die ersten Entwürfe sind rasch skizziert. Ich beginne mit einem Duster, dessen Innenfutter aus einer Landkarte bestehen soll. Der Nächste ist ein Mantelkleid. Beide werden auf dem Rücken eine Windrose tragen. Es folgen ein Jumpsuit und ein Hemdblusenkleid. Mein rauschhaftes Treiben unterbreche ich erst, als ich merke, dass ich mich verrenne und mehr Struktur in die Sache reinbringen muss. Ich unterdrücke den Drang weiterzumachen und sortiere mich erst einmal. Wichtig ist, eine Linie in die Kollektion zu bringen. Das verbindende Element wird die Windrose sein – sie ist im wahrsten Sinne des Wortes richtungsweisend. Allerdings sollen auch die Kleidungsstücke an sich zum Thema Reise und Abenteuer passen. Sie müssen vor Wind und Wetter schützen, müssen bequem sein, pflegeleicht … moderne Expeditionskleidung, ohne jedoch in die Outdoor-Schiene abzurutschen. Farblich konzentriere ich mich auf Erdtöne, denn die sind in der kommenden Herbst-/Wintersaison zum Glück auch groß im Trend.

Wunderbar kombinieren lassen sie sich mit goldenem Schmuck, wobei mir einfällt, dass Jazz bei unserer Reise erwähnt hat, dass in Cornwall früher auch Kupfer und Bronze abgebaut wurden, was farblich natürlich auch großartig harmonieren würde.

Obwohl ich die halbe Nacht durcharbeite, bin ich nicht rechtzeitig fertig, um am nächsten Tag mit den anderen in das Stoffgeschäft nach Bristol zu fahren. Oxy wird von Val, die wieder als Fahrerin einspringt, und Ella, die sich als Beraterin zur Verfügung gestellt hat, begleitet. Ich wette, die drei haben einen Heidenspaß zusammen. Nur allzu gerne wäre ich dabei, doch wenn ich nicht einmal weiß, was genau ich brauche und wie viel davon, macht es einfach keinen Sinn mitzukommen.

Daher verkrieche ich mich erneut in meinem Zimmer und versuche, eine Kollektion auf die Beine zu stellen, die Alicia begeistern wird.

Am Freitag wache ich bereits mit Kopfschmerzen auf, nehme allerdings trotzdem den Zug nach Bristol. Mehr als drei Stunden dauert die einfache Strecke, doch was will ich machen? Ohne Stoff komme ich nicht weiter, und ihn im Internet zu bestellen, steht außer Frage. Das machen nur Amateure. Ich muss ihn sehen, muss ihn anfassen können, denn letztendlich steht und fällt alles mit der Qualität des Materials.

Leider gibt es irgendwelche technischen Komplikationen, und ich erreiche Bristol erst um die Mittagszeit. Kurzerhand nehme ich ein Taxi zum Stoffladen, denn ich habe inzwischen genug Zeit verloren. Obwohl ich eigentlich genau weiß, was ich will, werde ich nicht gleich fündig, oder vielleicht ist das genau das Problem. Inzwischen habe ich eine sehr exakte Vorstellung davon, was ich möchte. Einen Moment lang fühle ich mich verloren, dann schnappe ich mir eine Verkäuferin, die sich zwar nicht an mich, aber an Ella und ihren Monstereinkauf im Oktober erinnert und sich verpflichtet fühlt, mir zur Seite zu stehen. Gemeinsam suchen wir die passenden Stoffe, Knöpfe und Reißverschlüsse zusammen. Spontan verliebe ich mich noch in einen wunderschönen Stoff aus Dupionseide in der Pantone-Trendfarbe Biking Red. Obwohl er nicht auf der Liste steht, kann ich nicht anders. Ich muss ihn kaufen.

Die Rückfahrt nutze ich, um an einer Windrosen-Illustration zu arbeiten. Ich hoffe, ich kann Ella dazu überreden, mir ihre superteure Nähmaschine auszuleihen, damit ich die Stickfunktion nutzen kann. Andernfalls werde ich mich an Jasper wenden müssen. Im Atelier haben sie so etwas, doch da Jazz selbst bis zum Haaransatz in Arbeit steckt, möchte ich ihn ungern belästigen.

Während der Fahrt nehmen meine Kopfschmerzen so stark zu, dass ich eine Tablette brauche und, kaum in Plymouth angekommen, das Abendessen mit Jasper absagen muss. Ich schicke ihm eine kurze Nachricht aus dem Taxi und bin heilfroh, als ich kurz darauf zu Hause angekommen bin.

Da Oxy das Wohnzimmer in Beschlag genommen hat und dort auf Hochtouren arbeitet, nehme ich meinen Kram mit nach oben in mein Zimmer.

»Ich kann auch Platz machen«, sagt sie, als ich nur kurz den Kopf reinstecke, seufze und auf dem Absatz kehrtmache.

»Schon gut!«, winke ich ab. Im Gegensatz zu ihr habe ich in meinem Zimmer ja genug Luft, um mich auszubreiten.

»Alles okay, Libby?«

»Mörderische Kopfschmerzen.«

»Warte, ich helfe dir.«

Oxy lässt alles stehen und liegen, schnappt sich zwei der Tüten und trägt zusammen mit mir die Sachen nach oben.

»Danke dir.«

»Schon gut. Bist du denn fündig geworden?«

Vielsagend deute ich auf die vier großen Tüten, die nun neben meinem Bett stehen.

»Okay, dumme Frage«, meint Oxy und grinst mich schief an. »Aber bist du denn auch zufrieden? Hast du gefunden, was du gesucht hast, oder ist es eher ein fauler Kompromiss?«

»Es ist perfekt. Der ganze Aufwand, nach Bristol zu fahren, hat sich wirklich gelohnt.«

»Wenigstens etwas! Magst du vielleicht einen Tee?«

»Ich glaube, ich brauche erst mal ein heißes Bad.«

»Wann brauchst du das nicht?«, neckt sie mich. Zum Geburtstag haben die Mädels mir einen Jahresvorrat an Badezusätzen geschenkt – zumindest glaubten sie das. Inzwischen ist er jedoch fast aufgebraucht.

Während ich wenig später in der Wanne liege und versuche, mich zu entspannen, checke ich, ob Jazz sich inzwischen gemeldet hat. Keine Nachricht von ihm. Ob er sauer ist? Gesehen hat er sie schon. Mehr als schreiben, dass es mir leidtut, aber dass es mir schlechtgeht und das gemeinsame Abendessen ausfallen muss, kann ich schließlich nicht machen.

Nach dem Bad fühle ich mich etwas besser, und als ich aus dem Badezimmer in den Flur trete, steigt mir verführerischer Essensduft in die Nase. Ich ziehe den Gürtel meines Morgenmantels enger um mich und folge dem köstlichen Geruch. Durch den schmalen Gang kann ich einen Blick in die Küche werfen, in der hektisches Treiben herrscht.

»Du bist der Größte!«, höre ich Ella sagen. »Wenn Libby dich irgendwann nicht mehr will, dann nehme ich dich.«

»Lass sie das besser nicht hören!«, meint Val.

»Hey, das war nur ein Scherz. Ich bin bloß völlig ausgehungert, und Jasper füttert mich – natürlich finde ich ihn da gerade toll. Also nicht, dass du sonst nicht toll wärst, Jazz, aber …«

»Aber?«, hakt er nach.

»Du sagst jetzt besser nichts mehr zu dem Thema!«, befindet Oxy. »Glaub mir, ab jetzt, Ella, wird es nicht mehr besser.«

Val und Jasper lachen, während Ella grummelt: »Da mache ich einmal jemandem ein harmloses Kompliment und dann das.«

Mein Herz beginnt vor Freunde schneller zu schlagen, und obwohl ich quasi vorgewarnt bin, trifft Jaspers Anblick mich dennoch völlig unvorbereitet, als ich schließlich im Türrahmen zum Stehen komme. Groß, tätowiert und maßlos heiß sitzt er zwischen meinen Freundinnen, die sich über das Essen hermachen, das er offensichtlich mitgebracht hat. Unzählige kleine Schachteln, die – wie ich dem Aufdruck entnehme –

von dem Chinarestaurant stammen, das sich um die Ecke von Jaspers Wohnung befindet, stehen auf dem Küchentisch.

»Hi, Libby. Schau mal, dein Kerl hat Essen mitgebracht«, sagt Val, die mich als Erstes bemerkt.

Jazz steht auf, kommt zu mir und schließt mich in die Arme. »Hallo, du«, murmelt er an meinem Mund, bevor er mich küsst. »Ich dachte, wenn du zu krank bist, um essen zu gehen, dann bringe ich das Essen zu dir.«

Ich küsse ihn, schließe ihn in die Arme und lehne meine Stirn gegen seine Brust. »Wie lieb von dir.« Sein Duft lässt mich schwindeln.

Er zieht mich fester an sich. »Meine arme Lady Liberty. Dir geht es ja wirklich nicht gut. Deine Augen sind ganz glasig. Du solltest was essen. Vielleicht hilft das.«

Wir nehmen am Tisch Platz. Die anderen haben bereits mit dem Essen begonnen.

Während ich versuche, mir einen Überblick zu verschaffen, krault Jazz meinen Nacken. Da ich immer sehr empfindsam bin, wenn ich Kopfschmerzen habe, sorgt die hauchzarte Berührung seiner Fingerspitzen dafür, dass sich ein Netz aus Gänsehaut entspinnt. Unter seinen Kuppen entsteht es und breitet sich von da aus über meinen ganzen Körper aus. Seine Hände wandern tiefer, kneten meine Schultern. Ich seufze, als er Druck auf die verspannten Stellen ausübt. »Ist das gut? Soll ich mich nach dem Essen mal intensiver darum kümmern?«

»Das wäre super.«

»Ich habe übrigens extra was für dich geholt.« Er greift neben sich, holt eine bisher unangebrochene Schachtel hervor und reicht sie mir.

»Was ist das?«, fragt Val neugierig, als ich ein »Ohhhh!« von mir gebe und Jasper küsse.

»Szechuan-Hühnchen. Ihr Lieblingsessen«, klärt er meine

Mitbewohnerinnen auf. »Zumindest, wenn man Zuckerwatte nicht als Essen mitzählt.«

»Du magst Zuckerwatte?« Ella zieht angewidert die Nase kraus.

»Ja. Was magst du denn?«

»Bestimmt Froschschenkel oder Schnecken«, neckt Jasper sie.

»Eher Hummer, Austern …«, meint Ella.

Sie sieht auffordernd zu Val, die wie aus der Pistole geschossen erwidert: »Lasagne. Ich liebe Lasagne.«

»Ich liebe Vals Lasagne«, wirft Oxy ein. »Und du?« Die Frage ist an Jazz gerichtet. Ich schaue ihn neugierig an, denn ich kenne seine Essensvorlieben noch nicht.

»Stargazy Pie«, erwidert er und muss dann erst mal erklären, was genau das ist.

»Bäh!«, sagt Ella, als er ihr ein Foto zeigt. »Fischkuchen!« Sie rümpft die Nase. »Dein Verlobter hat widerliche Vorlieben.«

»Ach, so widerlich sind die meisten gar nicht«, erwidere ich lachend und werfe ihm einen zweideutigen Blick zu.

Kurz darauf haben wir alles aufgegessen. Ella, Val und Oxy beginnen damit, den Tisch abzuräumen, und als ich helfen will, befehlen sie mir, mich von Jazz ins Bett bringen zu lassen.

»Schön, dass du und die Mädels euch so gut versteht«, sagt Jazz, während wir nach oben gehen. Er bleibt abrupt stehen, weshalb ich erst eine Stufe über ihm anhalte. Jetzt bin ich so groß wie er – nun ja, fast zumindest, aber da mir die Perspektive fremd ist, nutze ich sie, um ihn auf Augenhöhe zu küssen.

»Mach das nicht«, seufzt er in meinen Mund.

»Warum nicht?«

»Weil ich dann scharf werde und …«

»Und?«

»Und du doch Kopfschmerzen hast.«

»Darf ich dir ein Geheimnis verraten, Jazz?«

»Ist es schmutzig?« Sein gieriger Unterton entlockt mir ein Lächeln.

»Kommt drauf an, was du mit dem Wissen anfängst, würde ich behaupten.« Meine gespreizten Finger gleiten über seine Brust.

»Okay.« Er schluckt schwer. Sein Adamsapfel bewegt sich unter der gebräunten Haut. »Nur raus damit. Deine Geheimnisse sind bei mir sicher.«

Ich beuge mich vor und hauche in sein Ohr: »Küss einfach gleich mal meinen Nacken, dann wirst du schon sehen, was passiert.«

Kaum sind wir in meinem Zimmer, löst er die Schleife meines Morgenmantels. Er streift ihn mir von den Schultern, und ich stehe nackt vor ihm. Inzwischen ist es dunkel geworden, und das Zimmer wird nur noch vom einfallenden Licht der Laterne erhellt.

Ich beobachte Jazz dabei, wie er aus seinen Klamotten schlüpft.

»Habe ich dir schon mal gesagt, wie unglaublich heiß ich dich finde?«, frage ich ihn und kann meine unverhohlene Bewunderung nicht verbergen.

Ich greife nach seiner Hand und ziehe ihn hinter mir her ins Bett, wo er meiner Aufforderung, meinen Nacken zu verwöhnen, nachkommt. Ich genieße seinen warmen Atem auf meiner Haut. Die Hitze seines Mundes verschafft mir Linderung, genauso wie die zärtlichen Streicheleinheiten, und als er irgendwann mein linkes Bein anhebt und von hinten in mich gleitet, ist von den quälenden Kopfschmerzen schon lange nichts mehr zu spüren.

Am Sonntagvormittag klingle ich bei Jasper und Ian. Ian öffnet mir die Tür.

»Hallo, Libby«, begrüßt er mich im Flüsterton. »Jazz schläft. Er hat die vergangenen sechsunddreißig Stunden wie ein Wahnsinniger geschuftet.«

»Mist!«, fluche ich leise. »Er sagte, dass ich eure Stickmaschine benutzen darf.«

Ian sieht nicht begeistert aus.

»Ist das okay?«

»Klar, wenn er das gesagt hat«, meint er schicksalsergeben.

»Ich weiß bloß nicht, wie sie funktioniert. Könntest du mir vielleicht helfen? Ich weiß, du hast selbst zu tun und …«

»Passt schon«, meint er überraschend freundlich und tritt beiseite, um mich einzulassen. »Aber ich habe nicht ewig Zeit«, lässt er mich wissen, während er die breite Treppe zum Atelier hinaufsteigt. Ich folge ihm eilig.

»Wow!«, entfährt es mir, als ich das Kleid sehe, an dem Jasper laut Ian wie ein Wahnsinniger gearbeitet hat. Mit dem Rohentwurf, den er während unserer Ferien in Perranporth begonnen hat, hat das Kleid nur noch wenig gemein.

»Das kannst du laut sagen.«

»Lieber nicht, seinen Schlaf hat er sich nach diesem Meisterwerk schließlich redlich verdient.«

»Außerdem wollen wir doch nicht, dass er noch eingebildeter wird, als er ohnehin schon ist, oder?«

Eingebildet? Jazz? Was soll das denn? Da mir nichts auf seine unpassende Bemerkung einfallen will, sehe ich Ian bloß irritiert an.

»Entspann dich, Libby, das war ein Scherz. Du weißt doch, ich bin der Witzige.« Er zwinkert mir zu und führt mich dann zu der Stickmaschine. »Hast du die Daten?«

Ich nicke und reiche ihm den USB-Stick.

»Wow«, murmelt er beeindruckt, als er meine Entwürfe auf dem Display sieht. Er dreht sich zu mir um und fragt: »Womit soll ich anfangen?«

»Mit dem da!« Ich habe verschiedene Versionen der Windrose gezeichnet und wähle die kleinste aus, um erst mal zu schauen, wie alles funktioniert.

»Und du willst es bloß einfarbig haben, ja?«

»Ja, ich denke, dass ist am besten. Ich wollte mich da eigentlich noch mit Jazz beraten, aber …« Ich zucke unschlüssig mit den Schultern. Oxy und Ella waren bei der Entscheidungsfindung auch keine große Hilfe, weil sie ausnahmsweise mal nicht einer Meinung waren.

»Magst du mir zeigen, was du vorhast?«, bietet Ian seine Hilfe an.

»Gerne, aber bist du nicht auch total im Stress?« Da Jasper so intensiv an seiner Masterarbeit feilt, muss Ian im Moment die Planung für die Frühlings-/Sommerkollektion 2021 alleine übernehmen.

»Wir Modedesigner sind doch immer im Stress. Na komm schon, nicht so schüchtern. Ich lache auch nicht.«

»Davor habe ich keine Angst«, erwidere ich, denn ich weiß, dass das, was ich entworfen habe, richtig gut ist. Einen Moment lang krame ich in meiner Handtasche nach meinem Skizzenbuch.

»Nice!«, meint Ian, als ich ihm zeige, was ich vorhabe, und stößt einen anerkennenden Pfiff aus.

»Und? Was denkst du?«

»Einfarbig, auf alle Fälle einfarbig!«

»Danke, Ian. Du hast mir wirklich sehr geholfen.«

Er zeigt mir noch, wie ich den Stoff in den Stickrahmen einspanne, und überlässt mich dann meinem Schicksal. Die nächsten zweieinhalb Stunden überwache ich das Treiben der

Maschine, die nach und nach meine digitalisierten Zeichnungen auf Stoff stickt.

»Kommst du klar? Magst du was trinken?«, erkundigt Ian sich, während die letzte Stickerei fertiggestellt wird.

»Nein, danke, nach der Grafik bin ich zum Glück auch fertig.« Ich lasse mich zu einem erleichterten Seufzer hinreißen.

»Wird eng, oder?«

»Yep, dadurch, dass Alicia mein ursprüngliches Thema nicht abgesegnet hat, bin ich total im Verzug.«

Ian wirft mir einen mitleidigen Blick zu. »Mach dir nichts draus. Das ist mir auch schon passiert.«

»Bestimmt nicht so!«, seufze ich bei der Erinnerung an unser Gespräch.

»Was hat sie gesagt?«

Ich erzähle ihm von ihrer schonungslosen Kritik. »Sie war knallhart. Ich war kurz davor, heulend die Flucht zu ergreifen«, gestehe ich ihm.

»Und? Hattest du dich denn zu sehr von Jazz inspirieren lassen?«

»Möglicherweise. Ich meine, wir waren viel zusammen, haben viel gemeinsam erlebt im Urlaub und in New York. Ist es da denn nicht natürlich, dass wir uns gegenseitig befruchtet haben?«

»Wenn du es geschafft hast, ihn zu befruchten, dann …« Er wackelt anzüglich mit den Augenbrauen, woraufhin ich ihm einen spielerischen Klaps auf den Oberarm verpasse, was ihn in schallendes Gelächter ausbrechen lässt.

Die entspannte Atmosphäre lässt mich hoffen. Vielleicht schaffen Ian und ich es ja doch noch, eine Basis zu finden.

»Aber jetzt mal im Ernst. Dass man sich von seiner Umgebung inspirieren lässt, ist doch nur normal, oder? Aber so wie Alicia es gesagt hat, klang es, als hätte ich mich an Jaspers

Ideen bedient. So als wäre ich selbst nicht talentiert genug, eigene Themen aufzubereiten und daraus etwas zu entwickeln.«

»Das hat dich ziemlich gekränkt, was?«

»Total! Würde es dir nicht auch so gehen?«

»Das geht mir seit Jahren so.« Er seufzt. »Alle sehen immer nur Jazz. Manchmal ist es ganz schön anstrengend, neben ihm bestehen zu müssen. Er ist so unglaublich begabt. Ein echtes Ausnahmetalent eben. Man kommt gegen sein Genie nicht an. Ich habe mich damit abgefunden, dass ich immer nur die Nummer zwei sein werde.«

»Das bist du nicht«, widerspreche ich aus purem Mitgefühl heraus.

Sein neuerliches Lachen klingt spöttisch. »Ach ja? Mach dir nichts vor, Libby, uns wird es nie gelingen, aus seinem Schatten herauszutreten. Besser, du gewöhnst dich schnell daran, dass wir ihm nicht das Wasser reichen können, denn glaub mir, Kleine, für dich und mich gibt es bloß den langen Schatten, den er in all dem Blitzlichtgewitter wirft.«

Ich schlucke beklommen. Mir gefällt nicht, was Ian sagt, doch ich ahne, dass er recht hat. Immer, wenn Leuten nicht gefällt, was ich tue, werden sie mich mit Jasper vergleichen, ganz so, wie Alicia es getan hat. Dann bin ich bloß Jaspers kleine Verlobte, die nichts geregelt bekommt. Schöne Aussichten!

Im nächsten Moment fühle ich mich furchtbar. Es ist schließlich nicht so, dass das von Jazz kommt. Er kann nichts dafür, was die Leute über ihn oder über uns denken und sagen. Und dann erinnere ich mich an New York, an unsere erste Begegnung und unser Gespräch in der Lobby. *»Es sollte dich nicht kümmern, was andere über dich denken. Das kannst du nicht beeinflussen. Kennst du diesen Spruch: Jeder Mensch* *hat drei Leben? Ein privates, ein öffentliches und eines, das sich andere Menschen für ihn ausdenken.«* Seine Worte hallen in meinem Kopf wider, und in diesem Moment legt sich dort ein Schalter um, und ich beschließe, dass es mir egal ist, was Menschen über mich denken und sagen. Sie wissen es nicht besser, und es steht ihnen nicht zu, über mich und meine Arbeit zu urteilen. Was interessiert es mich, wenn sie mich unterschätzen und mich bloß für Jaspers Anhängsel halten? Und was hätte ich davon, wenn sie glauben würden, ich sei die beste Designerin auf der ganzen Welt? Natürlich wäre ein wohlwollendes Urteil meiner Karriere förderlich, aber spielt es für mich und mein Glück eine Rolle? Nein, nicht wirklich, denn mein Glück hängt nicht von meinem Erfolg ab.

»Sorry, ich wollte dich nicht verschrecken. Es ist bloß manchmal wirklich kräftezehrend«, rudert Ian zurück.

»Hast du nicht«, entgegne ich lächelnd. »Und ich verstehe das, aber welche Wahl habe ich denn? Ich liebe ihn, und nicht mit ihm zusammen zu sein, ist keine Option.«

»Das ist wohl auch wieder wahr«, stimmt er mir zu und schenkt mir ein wehmütiges Lächeln.

Kurz darauf geleitet er mich zur Tür. Jasper ist offenbar noch immer nicht wach.

»Sagst du ihm, dass ich da war?«

»Klar«, meint Ian und fügt dann hinzu: »Ich werde ihm unter die Nase reiben, dass ich für ihn einspringen musste, weil er geschwächelt hat.« Er zwinkert mir zu.

»Könntest du es bitte ein bisschen weniger zweideutig klingen lassen?«, frage ich und halte Daumen- und Zeigefinger meiner rechten Hand im Abstand eines halben Zentimeters auseinander. »Nur ein klitzekleines bisschen?«

Ians jungenhaftes Lachen erhellt sein Gesicht und sorgt dafür, dass seine grauen Augen aufblitzen. »Wo bliebe dann das

Vergnügen?« Er nickt in Richtung meiner Tasche. »Viel Spaß dabei.«

»Den werde ich haben. Und tausend Dank noch mal für deine Hilfe.«

»War mir ein Vergnügen.«

Ja, vielleicht kommen Ian und ich in Zukunft doch noch miteinander klar.

Wenn man mich dazu auffordern würde, die letzte Woche vor der großen Semesterabschlusspräsentation zu beschreiben, würde ich vermutlich sagen, dass sie die Hölle war. Allerdings wäre das eine entsetzliche Untertreibung. Es war nicht nur unglaublich viel Arbeit, die Kollektion fertigzustellen, meine Mitbewohnerinnen haben zudem das ein oder andere Herzschmerzdrama überstehen müssen, was auch an mir nicht spurlos vorbeigegangen ist. Daher hatte ich so wenig Schlaf, dass ich mich kaum noch auf den Beinen halten kann. Das dürfte auch der Grund sein, dass sich meine Aufregung in Grenzen hält. Ich bin schlicht und ergreifend zu erschöpft, um mich verrückt zu machen.

Ich schaue mich in dem großen Raum um. Andere Kommilitonen wuseln aufgeregt hin und her und legen letzte Hand an. Meine Models stecken bereits in ihren Outfits. Für Haare und Make-up wurde dank Ellas Großzügigkeit auch gesorgt, denn sie hat für Oxana und mich Visagistinnen gebucht, die unseren Looks den letzten Schliff verliehen haben. Sowohl die fünf Models von Oxy als auch meine sieben Mannequins, darunter zwei Männer, sehen unglaublich aus. Ich werde Ella nie genug danken können, denn durch ihre Hilfe wird es nun ein perfekter Auftritt – zumindest solange niemand umknickt oder ausrutscht. Katastrophe! Ich hoffe, uns bleibt ein Laufstegdrama dieser Art trotz Hitze und Schweißfüßen erspart. Da allerdings die meisten meiner Mädels Stiefeletten, Boots oder Stiefel tragen, ist die Gefahr auf ein Minimum reduziert. Bei Oxy hingegen gehören schwindelerregend hohe High Heels zum Programm. Ich scheuche meine Models nach draußen zu einem schattigen Plätzchen und mache ein paar Fotos, um sie meinen Eltern und Eden zu schicken.

Die Tage werde ich mit allen reden müssen, denn seit gestern steht es fest: Ich habe tatsächlich einen Platz am Central Saint Martins bekommen! Einerseits tut mir der Gedanke, Plymouth zu verlassen weh, andererseits ist es ja kein Abschied für immer. Ich werde schließlich an so vielen Wochenenden wie möglich herkommen, um Jazz zu besuchen. Dad, meinen engsten Vertrauten und größten Unterstützer, habe ich bereits in meine Pläne eingeweiht. Er hält es für eine gute Idee, ist stolz darauf, dass ich an dem renommierten College angenommen wurde, und hat sich bereiterklärt, die anfallenden Kosten zu tragen.

Ich kann es kaum erwarten, Jazz von den Neuigkeiten zu berichten. Er wird Augen machen.

Meine Models posen professionell für mich, doch was das Fotografieren angeht, werde ich Ella oder Val nie das Wasser reichen können. Alles, was ich mit dem Handy knipse, sieht einfach nur doof aus.

Val, die eigentlich das Treiben hinter den Kulissen festhalten will, kann sich das Elend schließlich nicht mehr anschauen und fragt, ob sie mir etwas unter die Arme greifen kann. Bereitwillig mache ich der Fachfrau Platz und schaue ihr bei den Aufnahmen über die Schulter. Auf dem Display ihrer digitalen Spiegelreflexkamera leuchtet ein schönes Bild nach dem anderen auf.

»Das nächste Mal bitte ich dich gleich um Hilfe«, sage ich und bringe sie damit zum Lächeln.

»Es lohnt sich halt, einen Profi zu fragen«, meint sie keck, während wir hinter den Models zurück ins Innere gehen.

Ich wünschte, ich wäre so entspannt wie sie, doch da meine Präsentation noch bevorsteht, wird der Druck vermutlich erst danach von mir abfallen. *Nur noch ein paar Stunden*, spreche ich mir Mut zu. In Kürze haben wir das alles hinter uns, und dann gehört der Stress der letzten Wochen der Vergangenheit an.

Übers kommende Wochenende ist dann Party angesagt. Wir haben ein Haus in Croyde gemietet. Es ist groß genug für uns alle, und ich freue mich wahnsinnig auf diesen Kurztrip. Ich war bisher noch gar nicht in North Devon, aber Jasper hat davon geschwärmt, und surfen kann man dort angeblich auch ganz wunderbar. Ich bin sicher, es wird toll. Die Bilder sahen jedenfalls mehr als einladend aus, und umso größer ist die Vorfreude auf die gemeinsame Zeit.

Ich atme einmal tief durch, schaue mich suchend um und entdecke Jazz, der offenbar noch eines seiner Kleider etwas enger machen muss. Das Model vor ihm ist so umwerfend schön, dass ich kurz davor bin, Komplexe zu bekommen. *Blödsinn*, ermahne ich mich, *du hast die Met Gala überstanden, und da war die Crème de la Crème aus Hollywood anwesend.* Doch an diesem Abend war ich frisch verlobt, ausgeruht und hatte das Gefühl, die ganze Welt stünde mir offen. Im Moment hingegen sehne ich mich am meisten nach einer Mütze Schlaf, gefolgt von etwas Zweisamkeit mit Jazz.

Ein Gong ertönt. Oxy, die gerade dabei ist, ihre Sachen zusammenzupacken, und ich sehen uns an. Es geht los!, sagt ihr Blick, während meine Lippen ein lautloses Toi, Toi, Toi formen.

Und dann geht es kurz darauf wirklich los. Eine Kollektion nach der anderen wird dem Publikum vorgeführt. Oxy hat es gut. Sie ist schnell an der Reihe und hat es binnen weniger Minuten hinter sich. Tosender Applaus erklingt, als sie mit ihren Models den Laufsteg betritt. Aus Alicias Kurs bin ich die Letzte. Ich hoffe, dass das nichts zu sagen hat. Langsam werde ich richtig nervös, einschließlich Knoten im Magen und Übelkeit. Die Minuten ziehen sich wie geschmolzener Käse, wollen gar nicht vergehen, doch dann, endlich, ist es so weit.

»Es geht los!«

Meine Crew steht in den Startlöchern. Als »Born to be wild« von J2 feat. Blu Holliday aus den Lautsprechern dringt und das erste Mannequin den Catwalk betritt, durchströmt mich eine Welle puren Glücks. Ich verfolge die Show gebannt auf dem Monitor und entdecke Jazz und Ian, die sich die Zeit genommen haben, meinen Part zu verfolgen. Sie sitzen bei Henri und Val in der ersten Reihe. Kurz frage ich mich, wo Ella gerade steckt, doch ich habe keine Zeit, mir ausgiebig darüber Gedanken zu machen. Stattdessen sehe ich zu, wie meine Models über den Laufsteg schreiten.

»So gut, Libby! Wirklich… Ach, ich bin echt stolz auf dich«, raunt Oxy mir zu. Ihr Lob zerrt an meiner mühsam errichteten Fassade. Wie oft in den vergangenen Tagen habe ich geglaubt, dass ich es nicht schaffe. Es war so viel Arbeit. Ich habe bloß ein paar Stunden pro Nacht geschlafen, habe geackert wie ein Tier und trotzdem das Gefühl gehabt, dass alles umsonst sei, weil ich einfach nicht fertig wurde. Ich bin so drüber… Meine Unterlippe beginnt zu zittern. Oxy schlingt die Arme um mich, und ich komme mir dumm vor, weil ich so eine Heulsuse bin. Oxy hat in den letzten Wochen ebenfalls viel mitgemacht und trotzdem alles geregelt bekommen, während ich regelrecht zusammenbreche, weil ich in meinem übermüdeten Zustand nicht mit ihrer Anerkennung klarkomme.

Der Applaus des Publikums, als das letzte Model den Catwalk verlassen hat, ist frenetisch.

»Dein Stichwort«, sagt Oxy, klapst mir auf den Po und scheucht mich hinaus.

Meine Models erwarten mich und marschieren noch einmal geschlossen mit mir vor dem klatschenden Publikum auf und ab. Ich führe die Truppe an, komme am Ende des Laufstegs zum Stehen und verbeuge mich. Einige Leute sind aufgestanden. Ich blicke zum Platz von Jazz. Er ist wie Ians leer. Ich versuche, nicht allzu enttäuscht zu sein. Ich weiß ja, dass Jasper noch Vorbereitungen für seine eigene Show treffen muss. Dennoch bin ich für den Bruchteil einer Sekunde traurig. Dann jedoch entdecke ich Alicia, die begeistert applaudiert und mich anstrahlt. Sie lässt sich sogar dazu hinreißen, beide Daumen in die Höhe zu recken. Die Geste entlockt mir ein breites Grinsen. Die Freude darüber, dass ihr meine Entwürfe offensichtlich gefallen haben, gewinnt die Oberhand.

Geschafft, denke ich selig. *Ich habe es wirklich und wahrhaftig geschafft.*

14

Jasper

»Sie ist der Hammer!«, juble ich begeistert, als Ian und ich uns auf dem Weg hinter die Bühne befinden. Libby hat die verdammte Show gerockt. Oxy war großartig, gar keine Frage – handwerklich wieder einmal so unglaublich gut, dass einem die Worte fehlen –, aber Libbys Designs waren umwerfend. Sie waren neu, gewagt, etwas, das ich noch nie zuvor gesehen habe. Fuck, ich bin so unglaublich stolz auf sie.

Ian brummt etwas Unverständliches. Keine Ahnung, was er wieder hat, aber es ist mir auch egal.

»Ich hole rasch die Blumen«, lasse ich ihn wissen und setze mich ab.

»Jazz, warte mal, da gibt es etwas, das ich dir sagen muss …«

»Hey, Mann! Kann das nicht warten? Ich habe gerade echt keine Zeit dafür. Lass uns später reden.« Ich biege Richtung Treppenhaus ab. Eilig trabe ich die Treppe hoch und stürme dann die Dunkelkammer, wo ich Ella und irgendeinen Typen beim Rummachen überrasche. Die beiden fahren ertappt auseinander.

»Sorry!«, murmle ich und schnappe mir die beiden Sträuße, die im Wässerungsbecken stehen. »Was für ein Glück, dass ich nicht fünf Minuten später hier reingeplatzt bin, was?«

Im dämmrigen Rotlicht kann ich Ellas Gesichtsausdruck

nicht richtig deuten. »Na ja, immerhin wärst du dann deinem Ruf gerecht geworden.«

»Meinem Ruf?«

»Du bist doch der Typ, der berühmt dafür ist, einen unvergesslichen ersten Eindruck zu hinterlassen.«

In mich hineinlachend verschwinde ich rasch.

Unten, in dem Raum, in dem wir zusammen mit unseren Models warten, geht es nach wie vor hektisch zu. Ich hingegen habe die Ruhe weg, zumindest bis ich Ian entdecke, der sich in einer Ecke mit Alicia unterhält. Ihre Miene ist düster, und als sie zu mir blickt, überkommt mich ein ungutes Gefühl. Irgendetwas stimmt hier nicht, doch was auch immer da im Busch ist, wird warten müssen.

Eins nach dem anderen, ermahne ich mich. Ich entdecke Libby, überreiche ihr den Strauß roter Rosen und gratuliere ihr zu der spektakulären Kollektion.

»Sie ist fantastisch! Wirklich umwerfend! Ich bin …« Mir gehen die Worte aus, denn was sie da geleistet hat, hat mich geflasht. Ich meine, ich wusste, dass sie gut ist, aber … verdammt! Sie ist nicht nur ein bisschen gut. »Hammer! Ich bin so unfassbar stolz auf dich, meine supertalentierte Lady Liberty!«

Tränen schimmern in ihren Augen, und ich schließe sie in dic Arme.

»Ich freue mich, dass dir meine Kollektion gefällt, aber ich bin echt völlig fertig.«

»Ich weiß, Babe!«

»Ich dachte, ich schaffe es nicht.«

»Hast du letzte Nacht überhaupt geschlafen?«

»Zwei Stunden oder so.«

»Dann setz dich, ruh dich etwas aus, und sobald ich mit meinem Kram durch bin, gehen wir nach Hause und schlafen die nächsten vierundzwanzig Stunden durch.«

»Und die Feier?«, erinnert sie mich, denn natürlich wird an diesem Tag für gewöhnlich auch heftig gefeiert. »Die nehmen wir noch mit, oder?«

Oxy kommt zu uns. »Super Show!« Ich überreiche ihr einen nicht minder großen, aber knallbunten Strauß. »Die sind von Ian und mir.«

»Oh, das wäre doch nicht nötig gewesen.«

»Hey, wenn unsere beste Schneiderin ihre Abschlusskollektion präsentiert, dann sind Blumen das Mindeste. Aus dem Grund gehen Getränke und Essen nachher auch auf uns.«

Ich drücke sie kurz und höre dann, wie jemand meinen Namen sagt. *Oh, oh, Drama!* Die Studentin, die vor mir steht, macht ebenfalls ihren Master. Tränenreich erklärt sie mir, dass eins ihrer Models auf die Schleppe seines Kleides getreten ist und dieses nun einen Riss hat.

»Fuck!«, fluche ich und ahne bereits, was das mit mir zu tun haben könnte.

»Können wir tauschen? Ich weiß, du bist zum Schluss dran, weil du …« Sie verstummt, aber wir wissen alle, wie es ist. Ich bin zum Schluss dran, weil ich Jasper Chase bin.

»Klar geht das. Wann bist du dran?«

»Jetzt gleich! Ist das echt okay?«

Ich nicke und will loseilen.

Libby greift nach meinem Handgelenk, hält mich zurück. »Ich kümmere mich um die Musik«, lässt sie mich wissen, was bedeutet, dass ich schon mal eine Sorge weniger habe. Sie beglückt mich mit einem hastigen Kuss, ehe sie davonläuft.

»Ich helfe dir mit der Reparatur«, sagt Oxy zu meiner vom Pech heimgesuchten Mitstudentin, während ich mich nach meinen Models umschaue. Zum Glück stehen alle beisammen und plappern miteinander. Mit schnellen Schritten durchquere ich den Raum.

»Planänderung!«, informiere ich meine Leute. »Wir sind dran, und zwar jetzt.«

»Was, wieso?«

Fragen, die ich liebe. »Weil's so ist! Seid ihr bereit?«

Zustimmendes Nicken. »Dann kommt mit.« Ich schnappe mir die Enden der Schleppe meines Masterpieces – nicht dass sonst noch das nächste Unglück geschieht. Sie ist endlos lang. Ein Fischnetz, in dem jede Menge Plastikmüll hängt. Mit dem Prototyp, den ich damals während unseres kurzen Urlaubs in Perranporth entworfen habe, hat das fertige Kleid kaum noch Ähnlichkeit.

Statt aus weißen Bettlaken – mehr hatte ich ja nicht, und bekanntlich frisst der Teufel in der Not auch Fliegen – besteht es aus blauer Seide. Das aufwendig drapierte Oberteil simuliert anbrandende Wellen. Diese kommen in Sets und bilden, von oben und aus der Ferne betrachtet, regelmäßige Linien, die an die Küste rollen.

Während oben alles geordnet ist, geht es untenrum wilder zu, denn wenn eine Welle bricht, entsteht unter der Oberfläche eine gewaltige Wasserwalze. Daher hat mein Rock überdimensionale Falten, die zudem extrem gerundet sind.

»Hey, was ist los?«, erkundigt Ian sich.

»Das sollte ich wohl eher dich fragen. Was gab es denn mit Alicia zu besprechen?«

»Wir reden gleich, Jazz«, erwidert er, klopft mir auf die Schulter und verschwindet durch eine Tür, um im Zuschauerraum Platz zu nehmen.

Ich schließe die Augen, atme einmal tief durch und versuche runterzukommen. Jemand nimmt meine Hand. Ich weiß auch ohne dass ich die Augen öffne, dass es Libby ist.

»Es wird alles gutgehen!«, flüstert sie mir zu.

Sie schließt mich kurz in die Arme. Kaum hat sie mich

losgelassen, ist es auch schon Zeit, meine Mannequins loszuschicken. Jedes Model kontrolliere ich noch einmal eingehend, ehe ich ihnen sage, dass sie loslaufen können. Die Show an sich kann ich nicht wirklich genießen, meine Nerven sind zum Zerreißen gespannt, doch als ich im Anschluss unter tosendem Applaus die Bühne betrete und das Blitzlichtgewitter losbricht, durchströmt mich ein Gefühl der Erleichterung. Ein halbes Dutzend Fotografen hat sich an das kleine College verirrt, um meinen großen Moment einzufangen. Mich wundert, dass man überhaupt alle reingelassen hat. Andererseits ist es auch Werbung für die Institution. Sie werden sich sicherlich auf die Fahne schreiben, dass ich hier meinen Master gemacht habe. Mir soll das recht sein. Minuten vergehen, ehe ich den Catwalk wieder verlassen darf.

Als ich mich wieder hinter der Bühne befinde, schaue ich mich nach Libby um. Zu meinem Bedauern fehlt von ihr jede Spur. Oxy erwartet mich, fasst meinen Arm und führt mich an die Seite.

»Wo steckt Libby?«

»Es gibt Ärger, Jazz. Alicia hat sie in ihr Büro zitiert. Ich weiß nichts Genaues, aber irgendwer hat gesehen, dass Libby geweint hat, und es gibt das Gerücht, dass …«

Zu mehr kommt sie nicht, denn ich sprinte bereits los. Da ich keine Geduld habe, auf den Aufzug zu warten, nehme ich immer zwei Stufen auf einmal. Ohne zu klopfen, stürme ich in Alicias Büro. Jeden anderen würde sie dafür zusammenstauchen, mich trifft lediglich ihr erstaunter Blick.

»Jazz!«, japst Libby. Tränen laufen ihr übers Gesicht.

»Was hast du?« Ich gehe neben ihrem Stuhl in die Hocke. Ihr Anblick bricht mir das Herz. Sie ist völlig aufgelöst, und als Antwort auf meine Frage ernte ich bloß ein klägliches Schluchzen.

»Mach dir Tür zu, Ian!«, befiehlt Alicia, und erst in dem Moment registriere ich Ian, der sich ebenfalls im Zimmer befindet. Alicias Tonfall ist eisig. »Setzt euch.«

Aber ich will mich nicht setzen. Ich will Libbys Hand halten, sie trösten …

»Jasper! Setz dich verdammt noch mal hin und hör zu.«

»Nein!«, ruft Libby. Sie klingt panisch.

»Sie sind jetzt mal still, Miss Stevenson. Sonst sorge ich dafür, dass man Sie dieses Gebäudes verweist.« Ehe ich aufbrausen und Alicia wegen dieser unverhohlenen Drohung zur Rede stellen kann, sagt sie: »Das ist so schwer, und es tut mir so unendlich leid für dich, Jasper, aber Libby steht im Verdacht, ihre Ideen geklaut zu haben.«

»Was? Nein!«

Ian räuspert sich. »Doch, Kumpel. Tut mir leid, aber sie hat nicht irgendwen bestohlen, sondern uns. Sie hat sich an meinen Entwürfen für die neue Kollektion bedient.«

Ich höre seine Worte, doch sie ergeben keinen Sinn. Was er sagt, kann nicht wahr sein. Nein, es ist nicht wahr. So etwas würde Libby mir nicht antun. Niemals.

Niemals?

Eine Stimme in mir fragt, wie ich mir so sicher sein kann. Und zählt in Gedanken all die Menschen auf, die mich im Laufe der Zeit enttäuscht haben. Sie haben Dinge getan, von denen ich nie gedacht hätte, dass sie dazu in der Lage wären … allen voran meine eigene Mutter.

Kalte Finger strecken sich nach meinem Herz aus, umfassen es, quetschen es … Schweiß tritt mir auf die Stirn. Das darf nicht wahr sein. Ich sehe zu Libby. Stumm schüttelt sie den Kopf. Ihr beschwörender Blick frisst sich durch meine Urängste, lässt meine Zweifel schwinden. Libby würde mir das nicht antun. Punkt.

Bitte glaub mir, fleht sie stumm, und auch wenn es womöglich dumm ist, ich tue es. Ich glaube ihr.

Entschlossen greife ich nach ihrer Hand, nehme sie in meine, drücke sie sanft.

»Ich nehme an, dafür gibt es Beweise, oder?«

Alicia seufzt, nickt Ian zu, und er zückt sein Handy. Er reicht es mir. Zu sehen bekomme ich eine Skizze. Ians Stil ist unverkennbar, und der Entwurf gleicht dem Mantelkleid von Libby exakt. Fuck!

»Das ist nicht der einzige Entwurf, den sie geklaut hat. Es ist bloß der Einzige, den ich auf dem Handy abgespeichert habe, um ihn von Aurelio absegnen zu lassen.«

»Das muss Zufall sein. Ich meine … Nein, Libby würde so was nicht tun.«

Alicias mitfühlender Blick trifft mich, und ich komme mir vor wie ein Trottel. Trotzdem, ich kann nicht anders. Ich muss Libby glauben. Ich muss es, denn sonst war alles zwischen uns bloß eine verdammte Lüge – und wie ich damit klarkommen soll, weiß ich beim besten Willen nicht.

»Jasper, ich weiß, wie erschütternd das für dich sein muss, aber …«, beginnt Alicia.

»Nein! Das muss ein Missverständnis sein«, unterbreche ich sie.

»Ist es nicht, Mann!«, herrscht Ian mich an.

»Aber …«

»Liebe macht offensichtlich wirklich blind! Fuck, Alter, mir ist klar, wie heftig das ist, aber schau dir doch das verdammte Datum an.«

Er deutet auf das Handy, das ich noch immer in Händen halte. Ich zoome heran und entdecke die Signatur. Der Entwurf ist aus dem Februar.

»Sie ist bei uns ein und aus gegangen. Dank dir hatte sie

den verdammten Schlüssel. Ich wusste schon, warum ich nicht wollte, dass sie ihn bekommt …« Ein Schwall aus Vorhaltungen kommt aus seinem Mund, während ich versuche, einen klaren Gedanken zu fassen. Alles spricht gegen Libby. Alles. Ich weiß das, aber …

»Das Datum kann man überhaupt nicht richtig lesen«, unterbreche ich ihn, um Zeit zu schinden.

Ian schlägt mit der Faust auf den Tisch, steht auf und rauft sich die Haare. Ich hätte nie gedacht, dass Alicia mal für ihn Partei ergreifen würde, doch das tut sie in diesem Moment.

»Was genau willst du damit andeuten, Jasper? Dass es umgekehrt war? Dass Ian sich bei Libby bedient hat? Warum sollte er das tun?«

»Das«, meldet sich Libby zu Wort, »ist eine verdammt gute Frage, denn genau so war es!« Ihre Unterlippe bebt. Sie dreht sich um, sieht Ian an. »Warum tust du das? Warum ziehst du hier diese Show ab? Ist es, weil du eifersüchtig bist? Ist das deine Rache, weil Jazz mich gebeten hat, ihn zur Met Gala zu begleiten? Oder weshalb hasst du mich so?«

»Eifersüchtig! Auf dich? Das ist doch lächerlich!«

»Unser Urlaub, die Verlobung, die Sache mit dem Schlüssel … du warst immer dagegen. Ständig hast du versucht …«

»… Jazz zu schützen, weil ich gleich erkannt habe, wie du tickst. Dir geht es doch überhaupt nicht um ihn. Dir geht es bloß darum, von ihm zu profitieren. Ich wusste, dass du ihn nur benutzt.«

»Schluss jetzt!«, geht Alicia dazwischen. Sie wendet sich an mich. »Ich weiß, wie du dich fühlst, Jasper. Mir geht es nicht anders. Ich bin unglaublich enttäuscht, fühle mich hintergangen und verraten.« Sie sieht Libby an. »Ich habe wirklich große Stücke auf Sie gehalten, Liberty. Sie haben mich im Laufe der Zeit mehr als einmal beeindruckt, und umso bitterer ist es, dass Sie nun zu solchen Mitteln greifen. Dachten Sie wirklich, dass das nicht rauskommt?«

»Bitte, Miss King, Sie müssen mir glauben, ich habe das nicht getan«, fleht Libby.

»Die Beweise sprechen eine eindeutige Sprache. Ich …«

»Ich will die Originale sehen«, unterbreche ich Alicia.

»Was?«, fragt Ian perplex, als ich ihn ins Visier nehme.

»Ich will, dass wir gemeinsam ins Atelier fahren, und ich will die Entwürfe sehen.«

Er kann nicht fassen, was ich sage. Kann nicht begreifen, dass ich Libby und nicht ihm glaube. Ich sehe, wie meine Reaktion ihn trifft, wie sie eine tiefe Wunde schlägt, sehe, wie er dichtmacht. Er presst die Kiefer aufeinander, nickt. »Von mir aus!«

»Wie du meinst«, erwidert Alicia kopfschüttelnd.

Im Aufzug lege ich den Arm um Libbys Taille. Sie schaut zu mir auf. Sorge trübt ihren sonst so klaren Blick. Bis zu unserer Wohnung sind es keine zehn Minuten, und so stehen wir kurz darauf im Atelier unter dem Dach, und Ian breitet die Entwürfe auf dem Tisch aus. Sie alle sind im Februar oder März entstanden. Die Daten, die auf den Skizzenblättern stehen, sind deutlich zu erkennen.

»Jasper …«, meldet Alicia sich zu Wort.

Ich ahne, was sie sagen will, denn Ians Zeichnungen sind ein eindeutiger Beleg. Einmal ist Zufall, doch schrecklicherweise gibt es drei Übereinstimmungen. Nicht nur das Mantelkleid, auch der Duster und der Jumpsuit mit der raffinierten Schnürung scheinen Ians kreativem Hirn entsprungen zu sein. Obwohl die Beweislast erdrückend ist, halte ich Libby nach wie vor für unschuldig. Ein Teil von mir schiebt deshalb Panik. Er hat Angst, dass ich mich gerade zum größten Trottel aller Zeiten mache.

»Ich hatte Libbys ursprüngliche Kollektion nicht abgesegnet«, fährt Alicia fort. »Ich habe ihr gesagt, sie soll etwas Neues machen.«

»Wann war das?«, erkundige ich mich, denn das habe ich überhaupt nicht mitbekommen.

»An dem Morgen, an dem wir vorher in der Mall frühstücken waren«, sagt Libby. »Nach Alicias Kritik wollte ich zu dir, aber ihr wart nicht da. Ich habe ein Plakat von der 400-Jahrfeier gesehen, mich an den alten Slogan der Stadt erinnert und dann beschlossen, das *Mayflower*-Thema, von dem Alicia wollte, dass ich es bearbeite, allgemeiner zu fassen. Es sollte mehr Richtung Reiselust, Abenteuersuche und Entdeckergeist gehen. So kam mir die Idee zu *The Spirit of Discovery*.«

»Wann, wie, wo … das spielt doch gar keine Rolle!«, ereifert Ian sich.

»Doch, tut es. Libby muss ja die Gelegenheit gehabt haben, die Entwürfe zu sehen und zu klauen.«

»Bestimmt hat sie es getan, als sie hier war, um die Stickmaschine zu benutzen. Und ich Trottel helfe ihr auch noch dabei. Ich bin so ein Idiot!«

»Ja«, faucht Libby, »du bist ein Idiot! Das weiß ich inzwischen auch, aber zu deiner Info: Am Tag vorher habe ich den Stoff für meine Sachen in Bristol gekauft. Dort habe ich mich von einer Verkäuferin beraten lassen und habe ihr in dem Zusammenhang natürlich auch meine Entwürfe gezeigt. Ich bin sicher, sie erinnert sich an mich.«

Ian zuckt mit den Schultern. »Na, dann hast du sie eben davor gesehen und geklaut. Wie gesagt, diese Details spielen keine Rolle. Fakt ist …«

Details. Oh doch, Details spielen in unserem Business eine verdammt große Rolle. Noch einmal beuge ich mich über

Ians Skizze, besehe sie mir genauer. Betrachte die Linienführung, die Formen, die Farben … Moment mal! Die Farben! Da ist er. Da ist der Beweis. Ich schließe die Augen, hebe den Kopf zur Decke und atme auf. Trotz des Schmerzes über Ians Verrat bin ich erleichtert, dass ich herausgefunden habe, wie ich Libby entlasten kann.

»Warum, Ian?«

»Was weiß denn ich? Vielleicht war Libby in Zeitnot, vielleicht …«

»Nein!«, unterbreche ich ihn. »Ich will wissen, warum du so getan hast, als ob Libby deine Entwürfe gestohlen hätte.«

»Spinnst du jetzt total, Alter? Sie hat uns beklaut!«

»Hat sie nicht«, stelle ich mich schützend vor Libby.

»Und ob …«

»Welche Farbe ist das?« Ich deute auf einen Grünton, den Ian für den Hintergrund benutzt hat.

Er zuckt mit den Schultern. »Keine Ahnung!«

»Details, mein Freund, es kommt immer auf die verschissenen Details an, denn der Farbton, der ist bloß in deiner Kiste drin. Den habe ich nicht in meinem Set, und weißt du noch, wann ich dir die Marker geschenkt habe? Es war nach der Met Gala, und die ist, wie wir alle wissen, im Mai. Diese Marker habe ich von Trinitys Bezahlung gekauft, sie waren mein Friedensangebot …«

Ians Adamsapfel hüpft unter seiner Haut, als er beklommen schluckt. »Jazz, ich …«

»Wenn du jetzt sagst, dass es dir leidtut, dann haue ich dir eine rein«, warne ich ihn vor.

Sein Blick bricht, rutscht zu Boden, verfängt sich dort. Als er den Mut findet, wieder aufzusehen, habe ich Abstand zwischen uns gebracht. Im Moment traue ich mir nicht über den Weg. Das Adrenalin rauscht in meinen Ohren, und ich bin gerade so verdammt kurz davor, rüberzugehen und ihm ganz stumpf die Fresse zu polieren. Libby ist wegen ihm durch die Hölle gegangen. Sie hat geweint, hatte Angst, dass sie mich verliert, dass dieser Affenzirkus das Ende ihrer Karriere bedeutet… Grenzenlose Wut wallt in mir auf, und ich balle die Hände zu Fäusten. Doch da kommt Libby rüber, legt ihre Hand auf meinen Rücken, sorgt dafür, dass ich mich entspanne.

»Was ist hier los?«, mischt Alicia, die von der Wendung scheinbar völlig überrumpelt ist, sich ein.

»Ich weiß es nicht. Ich weiß nicht, warum Ian sich diese Intrige ausgedacht hat, um Libby zu diskreditieren.« Ich schaue ihn an. »Ich verstehe nicht, was du damit bezwecken wolltest. Warum hast du das getan?«

Ian sieht mich lange und traurig an, schweigt sich jedoch über sein Motiv aus.

»Sag es mir!«, schreie ich unvermittelt, weil sein Schweigen mich wahnsinnig macht. Alicia und Libby zucken kurz zusammen. Ian jedoch rührt sich nicht. Ich sehe den inneren Kampf, den er mit sich ausficht, sehe, wie er kapituliert, und doch habe ich mit allem gerechnet, nur nicht mit dem, was er dann sagt.

»Weil ich dich liebe, Jazz. Ich habe es getan, weil ich dich liebe.« Meine Überraschung lähmt mich, und so sehe ich stumm dabei zu, wie Ian bitter auflacht. »Scheiße, es tut so gut, das endlich laut auszusprechen.«

Mein Blick sucht den von Libby, doch sie hat bloß Augen für Ian.

»Ich … das wusste ich nicht«, stammle ich.

»Hätte doch auch keinen Unterschied gemacht, oder? Und so lange du bloß in der Gegend rumgevögelt hast, kam ich ja irgendwie klar …« An seiner Stimme höre ich jedoch, dass das nicht der Fall war. Er klingt verletzt.

»Fuck!«

»Ich wünschte, ich hätte es abstellen können, aber es ging nicht. Ich …«

»Seit wann?«, frage ich hilflos. Ich komme mit der Info gar nicht zurecht. Dass Ian schwul ist oder bi oder was auch immer, ist mir scheißegal, aber dass er mich liebt und ich es nicht gecheckt habe, trifft mich.

»Schon immer«, erwidert er.

»Schon immer?«, echoe ich ungläubig, denn das macht mich nun definitiv zum größten Ignoranten der Welt.

Ian lächelt mich traurig an. »Ja, so mit dreizehn, vierzehn war mir das klar, aber ich wollte es nicht wahrhaben. Ich habe versucht, es zu ignorieren, habe versucht, mich davon zu befreien, denn glaub mir, ich wollte dich nicht lieben. Ich wusste, dass es bedeutet, dass ich leiden würde. Aber dann wurde ich krank, und du warst da. Immer. Tag und Nacht hast du dich um mich gekümmert. Das hat mir den Rest gegeben. War ich vorher bloß haltlos verknallt in dich, war es danach …« Er unterbricht sich, schaut erneut zu Boden und dann wieder zu mir. »Es tut mir leid. Ich wollte dich einfach nicht verlieren. Du bist besessen von ihr. Du …«

»Jemand, der versucht, eine Intrige dieser Größenordnung durchzuziehen, um aus Eifersucht ein Paar auseinanderzubringen, sollte mit dem Begriff ›besessen‹ etwas vorsichtiger umgehen«, wirft Alicia ein, bevor sie Libby ins Visier nimmt: »Ich muss mich bei Ihnen entschuldigen, Liberty. Nachdem Ian die Anschuldigungen vorgebracht hatte und die Beweislast so erdrückend war …« Sie verstummt und schiebt dann hinterher: »Vermutlich war ich nicht ganz objektiv. Die Aufgabe eines Mentors ist es nun einmal, seinen Protegé zu schützen, und Jasper ist wie ein Sohn für mich.« Sie sieht mich verlegen an. Ich lächle zurück. Ihre Worte lösen ein Gefühl der

Zufriedenheit und Geborgenheit in mir aus, das sich warm in meinem Körper ausbreitet. »Der Gedanke, jemand könnte mit ihm spielen und ihm das Herz brechen, der… Nun ja, ich schätze, da bin ich spontan zur Löwenmutter mutiert.«

»Schon okay«, sagt Libby.

»Nein, das ist es nicht. Ich habe Ihre großartige Leistung geschmälert, sie Ihnen sogar abgesprochen, und das tut mir wahnsinnig leid. Sie sind so jung und diese Designs so gut. Wirklich kreativ, innovativ und…« Sie seufzt, und ich sehe, wie Libby bei Alicias überschwänglichem Lob errötet.

»Danke.«

»Dafür nicht, das ist bloß die Wahrheit.« Sie atmet einmal tief durch und wendet sich ein weiteres Mal an Ian. »Ich hasse es, belogen und manipuliert zu werden oder instrumentalisiert. Das heute, Ian, das war…« Sie zuckt mit den Achseln, atmet tief durch und sagt dann: »Mir fehlen die Worte. Ich verstehe, dass du verzweifelt warst und dir nicht zu helfen wusstest, aber die Liebe, Ian, entschuldigt nicht alles und auf keinen Fall eine solche Intrige. Das hätte Liberty ihre Karriere kosten können!«

Ian nickt bekümmert. Ein Teil von mir hat Mitleid mit ihm, aber der andere ist nach wie vor schrecklich wütend, weil er Libby so gequält hat.

»Ich werde jetzt gehen. Vielleicht, Liberty, haben Sie ja Lust, mit mir einen Kaffee zu trinken. Ich kenne ein nettes kleines Café um die Ecke.«

Libby wirft mir einen fragenden Blick zu. Ich nicke. Eine Aussprache unter vier Augen ist vielleicht genau das, was Ian und ich jetzt brauchen. Ich sehe Alicia und Libby, den wichtigsten Frauen in meinem Leben, nach, als sie das Atelier verlassen.

»Es tut mir leid«, beginnt Ian, kaum dass die beiden verschwunden sind. »Bitte verzeih mir. Ich habe einen beschissenen Fehler gemacht. Aber …«

Ich gebe ein freudloses Schnauben von mir. Ein beschissener Fehler. Klar!

»Was denkst du?«

»Du willst wirklich hören, was ich denke?«, echoe ich.

Er wirft mir einen unsicheren Blick zu. Scheinbar bereut er seine Frage bereits jetzt. Da es keinen Grund gibt, ihn länger zu schonen – schließlich kann ich unsere Beziehung kaum noch mehr schädigen –, werde ich einfach sagen, was ich denke.

»Fangen wir mal mit dem an, was im Moment überwiegt: Ich bin wahnsinnig sauer auf dich. Ehrlich, Ian, ich bin scheißwütend. Dein rücksichtsloses Verhalten kotzt mich an. Ich bin entsetzt von deinem Egoismus und maßlos enttäuscht. Das erste Mal seit einer Ewigkeit bin ich glücklich … angeblich liebst du mich, aber das gönnst du mir nicht? Ich habe dir immer den Rücken freigehalten, war immer für dich da, habe einen Haufen Zugeständnisse gemacht, weil ich dich ebenfalls liebe. Ich liebe dich wie einen Bruder, und deshalb ist es auch so verdammt schmerzhaft, was du hier abgezogen hast.«

»Ich sagte doch schon, dass ich einen Fehler gemacht habe und dass es mir leidtut.«

»Nein, dir tut bloß leid, dass du aufgeflogen bist!«, knurre ich. »Fuck! Wie konntest du uns das bloß antun?«

»Du hast keine Ahnung, wie sich das anfühlt!«, begehrt er auf, doch in diesem Punkt irrt er sich.

»Oh doch, ich weiß genau, wie das ist. Wenn du jemanden wirklich liebst, dann willst du bloß das Beste für ihn. Manchmal bedeutet das, dass man sich von dem anderen fernhalten muss, und manchmal bedeutet es, dass man selbstlos zurückstecken muss, damit der andere glücklich ist.«

»Es ist nicht so, als hätte ich es nicht versucht. Ich habe das jahrelang getan, Jazz. Habe jahrelang all deine Affären ertragen und mich insgeheim nach dir verzehrt«, gesteht er mir. Er blickt so verzweifelt und gequält drein, dass ich mich mit einem Mal unendlich schuldig fühle.

Beklommen schlucke ich gegen mein schlechtes Gewissen an. »Das wiederum tut mir leid«, erkläre ich. »Es war nie meine Absicht, dir wehzutun. Ich wünschte, du hättest etwas gesagt, denn ich schwöre, ich hatte nicht die geringste Ahnung. Fuck, ich wusste nicht mal, dass du auf Typen stehst.«

»Das tue ich auch nicht«, fährt er mich unvermittelt an. »Ich stehe auf dich. Mich hat noch nie ein anderer Kerl gereizt, aber du …« Einen Moment lang schwebt der unvollendete Satz im Raum, dann sagt Ian: »Wenn ich dir meine Gefühle gestanden hätte, dann hätte ich dich verloren!«

»Blödsinn! Denkst du echt, dass unsere Beziehung darunter gelitten hätte? Hältst du mich wirklich für einen homophoben Schwachkopf?«

»Aber es ändert doch gerade alles zwischen uns!« Er klingt völlig verzweifelt.

Da irrt er sich. Nicht sein Geständnis ist der Grund dafür.

»Nein«, erwidere ich nachdrücklich. »Es sind nicht deine Gefühle, die etwas zwischen uns geändert haben, sondern die Art, wie du mit ihnen umgegangen bist. Nicht dass du mich liebst, ist das Problem, sondern dass du versucht hast, einen Keil zwischen Libby und mich zu treiben. Du wusstest, wie verdammt unglücklich ich die ganze Zeit über mit On Fleek war, und ich wette, selbst du hast mitbekommen, wie viel besser es mir geht, seit ich mit Libby zusammen bin. Ich meine … fuck, das ist doch nicht zu übersehen. Aber es war dir scheißegal. Du wolltest das zwischen uns kaputt machen, und das, Ian, das ist das Problem. Und ja, vielleicht ist das auch der

Grund, weshalb du mich jetzt verlierst, denn ich weiß nicht, ob ich dir diesen Verrat verzeihen kann. Das Ganze war einfach eine echt miese Aktion.«

»Ich wollte nicht, dass es so weit kommt. Bitte, Jazz, du musst mir verzeihen, ich wollte dich nicht verletzen.«

Seine Beteuerung entlockt mir ein Kopfschütteln. »Ich muss dir verzeihen … Wow!«

»So habe ich das nicht gemeint«, rudert er hastig zurück. »Ich … Scheiße, ich weiß nur wirklich nicht, was ich ohne dich …« Er verstummte. Seine Augen füllen sich mit Tränen. Fuck! Was für ein beschissenes Desaster!

»Gib mir Zeit. Dann sehen wir weiter«, sage ich und verlasse das Atelier.

Ich gehe nach unten und packe ein paar Dinge zusammen, denn auf absehbare Zeit werde ich nicht hierher zurückkehren.

Als ich das Kopfsteinpflaster vor dem Haus betrete und mich die frische Seeluft in Empfang nimmt, kann ich den Neuanfang beinahe riechen.

Epilog

Libby

Unter Getöse setzt sich die Seilbahn in Bewegung, und ich verfluche Val, die unsere Urlaubsplanung übernommen und mich in dieses unheimliche Gefährt verfrachtet hat.

Aus den paar Tagen, die ursprünglich geplant waren, sind nun doch acht geworden. Ich bin froh darüber, denn nach all dem Stress können wir eine Auszeit gut gebrauchen. Allerdings trägt der heutige Ausflug nicht zu meiner Entspannung bei. Das Ruckeln der Bahn entlockt mir einen unterdrückten Aufschrei, und als ich sehe, wie hoch wir binnen weniger Sekunden schon sind, klammern sich meine Hände haltsuchend um das schmiedeeiserne Geländer.

»Oh Gott«, murmle ich zittrig, denn meine Höhenangst schlägt in diesem Moment wieder einmal zu.

Zwar schwebt die Bahn nicht frei in luftiger Höhe, doch sie wird auf schmalen Schienen die steile Klippe hinaufgezogen. Wagemutig, wie ich bin, riskiere ich einen Blick nach unten. Türkisblau liegt die malerische Bucht unter uns. Der Geruch des Bristol Channels hängt in der Luft, die vom Geschrei der immer hungrigen Möwen erfüllt ist.

»Ich finde es hier an der Küste *so* schön«, höre ich Oxana hinter mir schwärmen.

»Alles okay, Libby? Du bist ja ganz grün um die Nase.«

Ellas Augen funkeln belustigt, als ich den Kopf schüttle. »Hey, du bist doch die, die angeblich immer für ein kleines Abenteuer zu haben ist. Ich sage nur: *The Spirit of Discovery*. Sonderlich gut scheint es ja um deinen Entdeckergeist nicht bestellt zu sein.«

»Hast du eine Ahnung, was mit uns passiert, wenn bei diesem Gefälle die Bremsen versagen?«

»Ich nehme an, dass wir dann alle sterben«, meint sie gut gelaunt.

»Das ist nicht witzig«, jammere ich und wische meine schweißnassen Hände nacheinander an meiner Hose ab. »Und das hier hat auch nichts mit Abenteuer zu tun, sondern bloß mit Höhe, und Höhe bekommt mir einfach nicht.«

»Wie haben Jazz und du es bloß in die Krone der Freiheitsstatue geschafft, als ihr im Mai in New York wart?«

»Ganz einfach, Ella, indem wir uns vorher angemeldet haben.«

»Solange es noch für einen dummen Spruch reicht, kann es mit der Höhenangst nicht so schlimm sein«, neckt sie mich, hat dann jedoch Erbarmen und legt mir einen Arm um die Schultern.

»Wir sind gleich da«, tröstet Val mich und stellt sich auf die andere Seite. Flankiert von Ella und Val, geht es mir gleich ein wenig besser, und in der Tat geht die Fahrt von Lynmouth nach Lynton recht zügig vonstatten. »Abgesehen davon, ist diese Bahn bereits hundertdreißig Jahre alt …«

»Und das soll mich jetzt beruhigen?«

»Ihr Amerikaner!«, meint Val augenrollend. »In all der Zeit gab es nie ein Unglück. Dieses denkmalgeschützte Meisterstück viktorianischer Ingenieurskunst leistet seit einer halben Ewigkeit exzellente Dienste.«

»Mag sein, dass das in deinem Reiseführer steht, aber beruhigen tut mich das nicht. Schau doch mal, wie steil das ist.« Ich erschaudere.

»Gleich sind wir oben«, beruhigt Oxy mich – allerdings klingen die Worte eher bedauernd. Auch sie hat sich ans Geländer gestellt und schaut in die Tiefe. Links und rechts ragt die steile Böschung neben den Schienen auf. »Dieser Ort ist so bezaubernd«, seufzt sie.

Ich kann ihre Begeisterung nicht teilen.

»Muss ich dein Händchen halten?« Ella greift danach, doch ich ziehe sie demonstrativ weg.

»Mir muss niemand die Hand halten«, behaupte ich, dabei wäre es schon nicht schlecht, doch vor Ella mag ich mir keine Blöße geben.

»Ach, und was war dann in Kapstadt, als wir zum Tafelberg hochgefahren sind? Da hat Henri doch auch deine Hand nehmen müssen.«

Ich schaue zu ihr, und just in dem Moment betätigt sie den Auslöser ihrer Kamera. Ich ignoriere ihr Geknipse. Sie und die Kamera gibt es nur noch im Doppelpack.

Schnaubend erwidere ich: »Blödsinn! Das hat er bloß angeboten, weil er ritterlich sein wollte, und auch da habe ich – wenn ich dich erinnern darf – dankend abgelehnt.«

»Henri und ritterlich«, meint sie kopfschüttelnd. »Süß, dass du das wirklich denkst. Das kannst du ja dann gleich deinem Jasper erzählen.«

Die Erwähnung seines Namens reicht aus, um die Sehnsucht, die in mir geschlummert hat, zu wecken.

»Er würde das hier lieben«, sage ich, woraufhin Oxy zustimmend nickt.

Leider hat die Arbeit ihn davon abgehalten, uns bei unserem kleinen Ausflug an die Nordküste von Devon zu begleiten. Ich frage mich, wie sein Gespräch mit Aurelio ausgegangen ist, und kann nur hoffen, dass sich alles zu Jaspers Zufriedenheit klärt. Ich wünsche es mir so sehr für ihn.

Ehe ich mich in meinen Gedanken verlieren kann, sind wir oben angekommen und können die grüne Wasserballastbahn verlassen.

»Siehst du, so schlimm war es doch gar nicht«, meint Ella vergnügt, als wir aussteigen und auf die Plattform treten. Sie scheut keine Herausforderung. Manchmal glaube ich, dass Angst für sie ein Fremdwort ist. Auch Val und Oxy wirken ganz begeistert von unserem kleinen Abenteuer. Mit festem Boden unter den Füßen lässt sich die Aussicht aber auch gleich viel besser genießen, stelle ich fest, als ich noch mal einen Blick hinunter auf das Hafendorf Lynmouth werfe.

Auf dem Rückweg zuckeln wir mit Vals Corsa durch das Exmoor, sehen einige der wilden Ponys, die dort leben, und halten schließlich in Ilfracombe, um unsere Vorräte aufzustocken. Die Jungs vertilgen Unmengen an Lebensmitteln. Jasper hat gestern Abend drei gigantische Burger verputzt, und die anderen Kerle stehen ihm in nichts nach. Auf dem Weg zurück nach Croyde sehen wir überall die Plakate für das Gold-Coast-Ocean-Fest am nächsten Wochenende. Ich freue mich schon wahnsinnig darauf, denn es werden einige sehr coole DJs auflegen, und es soll eins der besten Festivals in der Gegend sein – zumindest behauptet Jazz das.

Dennoch genieße ich die Ruhe vor dem Sturm, wenn man so will. Dank Ians Intrige hatten wir genug Aufregung für die nächsten Monate. Jazz ist immer noch damit beschäftigt, sich um die Nachwehen zu kümmern. Henri hat ihn auf die Idee gebracht, seine On-Fleek-Anteile an Aurelio zu verkaufen, und wie es aussieht, lässt dieser sich wirklich und wahrhaftig darauf ein. Ich hoffe so sehr, dass das klappt und reibungslos über die Bühne geht, denn für Jazz ist klar, dass er nach dem massiven Vertrauensbruch definitiv nicht länger mit Ian zusammenarbeiten will. »Auch meine Loyalität hat ihre Grenzen«, hat er gesagt, und ich verstehe ihn. Er spricht nicht viel darüber, doch der Verrat durch seinen ehemals besten Freund setzt ihm wahnsinnig zu. Jasper war in den letzten Tagen schweigsam und verschlossen.

Umso überraschter bin ich, als ich ihn nach unserer Ankunft auf der Terrasse antreffe.

Er telefoniert und klingt euphorisch, als er sagt: »Wunderbar! Das ist unglaublich großzügig.« Seiner Mimik kann ich die Erleichterung ansehen. »Ja, so machen wir es. Dann telefonieren wir noch mal, sobald der Termin steht.«

»Aurelio?«, frage ich, nachdem er aufgelegt hat.

»Yep!«

»Und?«, frage ich mit einem Mal ganz aufgeregt. »Macht er es?«

»Ja!«, meint Jazz, und im nächsten Moment segle ich in seine Arme. Er wirbelt mich einmal herum, und schwankend kommen wir wieder zum Stehen.

»Ich freue mich so!«

»Was ist denn hier los? Gibt es was zu feiern?«, erkundigt Val sich. Oxy und Ella folgen ihr auf die Terrasse.

»Aurelio hat sich bereiterklärt, meine fünfzig Prozent von On Fleek zu kaufen, und das Angebot ist richtig, richtig gut.«

Allgemeiner Jubel bricht aus. Eine nach der anderen umarmen meine Freundinnen Jazz und versichern ihm, dass sie sich für ihn freuen, während mein Verlobter über das ganze Gesicht strahlt.

»Das ist so toll!«, findet Oxy.

»Ja, echt die besten Neuigkeiten des Tages«, bestätigt Val.

Ich räuspere mich. »Ich glaube, das kann ich noch toppen.«

»Ach ja?«

Vier Augenpaare richten sich auf mich. »Wir haben doch händeringend überlegt, wie wir auch räumlich zusammen sein können, und ich glaube, ich habe die perfekte Lösung gefunden.«

Ella unterbricht meine bewusst inszenierte dramatische Pause. »Mach es nicht so spannend! Raus damit!«

»Ich werde ans Central Saint Martins wechseln und mein Studium dort beenden. Ich denke, die Distanz zwischen London und Plymouth ist verkraftbar und …«

Weiter komme ich nicht, denn Jaspers stürmischer Kuss bringt mich zum Verstummen. Seine großen Hände umfassen meine Wangen, und er küsst mich so leidenschaftlich, dass sich meine Finger haltsuchend in den Stoff seines T-Shirts krallen. Meine Knie drohen unter mir nachzugeben.

»Dann sollten wir unbedingt damit anfangen, eine Wohnung in London zu suchen«, jauchzt er begeistert.

»Aber du liebst doch …«

»Dich! Ich liebe dich! Und du glaubst doch nicht allen Ernstes, dass ich allein in Plymouth zurückbleibe, während du in London wohnst. Vergiss es!«

Ein einstimmiges »Ohhh!« entfährt Val und Oxy, nur Ella, die nach wir vor nicht gerade die größte Romantikerin ist, fragt: »Und was, wenn Libby gar keinen Wert auf deine Gesellschaft legt?«

Unwissentlich kratzt sie dabei an alten Ängsten, weshalb ich hastig sage: »Keine Sorge, Babe, ich lege sogar verdammt großen Wert auf deine Gesellschaft. Lass dich von Ella nicht ärgern. Sie meint es nicht so. Ich wollte bloß, dass du glücklich bist, und ich weiß ja, wie sehr du das Meer liebst.«

Er drückt mir einen Kuss auf den Scheitel. »Ich bin glücklich!«, versichert er mir. »Wahnsinnig glücklich sogar, und das Meer können wir jedes Wochenende besuchen.«

»Ich störe euch ja nur ungern bei eurem Rumgeturtel, aber wo sind denn eigentlich unsere Kerle?«, erkundigt Ella sich.

»Die haben, kaum wart ihr fort, die Gunst der Stunde genutzt und sind geflüchtet«, meint Jasper, woraufhin Ella ein langes Gesicht zieht.

»Witzig, Jazz! Also, wo stecken sie?«

»Spontane Surf-Session.«

»Hätte ich mir ja denken können! Typisch mein Bruder. Sobald eine Welle am Horizont zu sehen ist, ist er im Wasser.«

Da Jazz genauso ist, frage ich: »Und da konntest du widerstehen?«

»Ich hatte ja keine Wahl«, mault er und nickt in Richtung seines Handys. Ich nehme es ihm aus der Hand und stecke es in meinen BH.

»Wo ist das Problem noch mal?«

Jazz kann seine Augen nicht von dem Ort, an dem sein Smartphone verschwunden ist, abwenden. »Ich sollte es mir ganz dringend zurückholen«, murmelt er, wobei er meine Brüste nicht aus den Augen lässt.

»Später, Romeo! Sieh zu, dass du ins Wasser kommst, und schnapp dir ein paar gute Wellen.«

»Und du?«

»Ich? Ich köpfe jetzt zur Feier des Tages mit meinen Mädels eine Flasche Sekt.«

Angewidert verzieht er das Gesicht, küsst mich kurz und ist Sekunden später verschwunden.

»Na, dann wollen wir uns mal über das Bier der Jungs hermachen«, meint Val und grinst breit.

»Ich habe auch noch eine Flasche Wodka«, lässt Oxy verlauten.

»Mir ist völlig egal, mit was wir anstoßen, aber wir sollten es dringend tun.«

Aus der Küche ertönt ein mittlerweile vertrautes Geräusch. Das Knallen des Sektkorkens und Ellas kurzer Fluch gehen Hand in Hand. Kurz darauf erscheint sie wieder auf der Veranda und schenkt jedem von uns ein Glas voll.

»Worauf trinken wir?«, will sie wissen.

»Darauf, dass wir die Fahrt mit dieser komischen Bahn überlebt haben!«, unke ich, wobei es nur halb scherzhaft gemeint ist. Ich bin echt froh, dass wir mit heiler Haut aus dieser skurrilen Maschine gestiegen sind.

»Darauf trinken wir nicht!«, sagt Val bestimmt. »Wie wäre es denn, wenn wir auf die Liebe anstoßen?«

»Und die Freundschaft!«, wirft Oxy ein.

»Und die Zukunft, was auch immer sie bringt.«

»Oder«, sage ich, »wir stoßen einfach nur auf uns an.«

»Klingt gut. Das macht man sowieso viel zu selten«, befindet Ella und hält ihr Glas in die Höhe.

»Auf uns!«, ertönt es unisono. Der Toast mündet in lautem Gelächter, als beim Anstoßen die Hälfte des Sekts aus den Gläsern schwappt und wir eine ziemliche Sauerei anrichten.

»Wir sind echt so eine Chaostruppe!«

»Da hast du recht, Libby«, stimmt Oxy mir zu. »Schade, dass unsere Wege sich bald trennen.«

»Ach«, winke ich ab, »ich glaube nicht, dass sie das tun. Echte Freundschaften und wahre Liebe sind sich in diesem Punkt sehr ähnlich: Beide halten ewig.«

Danksagung

Als ich damals mein Auslandssemester in Plymouth angetreten habe, hatte ich zwar den Wunsch, eines Tages einmal einen Roman zu veröffentlichen, doch nie hätte ich gedacht, dass genau dieses besondere Semester das Thema sein könnte. Diese Zeit im Ausland war für mich die schönste meines ganzen Studiums. Ich habe die Zeit in Devon geliebt und möchte meinem damaligen Verlobten und heutigen Mann Markus danken, dass er mich bereits damals so wunderbar unterstützt hat.

Mein Dank gilt auch dir, liebe Leserin/lieber Leser, dafür, dass du dieses Buch gelesen hast und auch diese Danksagung liest. Da »A single night« mein erster Roman bei einem großen Verlag ist, gibt es nämlich noch einen ganzen Haufen anderer Leute, denen ich danken möchte und die es wirklich, wirklich verdient haben.

Da wären zum einen meine wundervollen Leser, die mich während meiner Self-Publishing-Jahre begleitet, motiviert und supportet haben. Ich danke euch von Herzen. Ohne eure Unterstützung wäre ich niemals bis an diesen Punkt gelangt.

Tausend Dank auch an meine wundervolle Agentin Eva Semitzidou, die mich gefunden und nie den Glauben an mich verloren hat. Liebe Eva, du bist ein Schatz. Deine aufbauenden Worte, dein treffsicheres Feedback zu meinen verrückten Ideen und deine Zuversicht haben mir den Mut gegeben, das Abenteuer »Verlag« zu wagen.

Danke an dieser Stelle an das wundervolle Team von Blanvalet, das dieses Abenteuer zu einem Vergnügen gemacht hat. Ich habe mich jederzeit wertgeschätzt und unterstützt gefühlt.

Mein besonderer Dank gilt in diesem Zusammenhang meinen Lektorinnen Diana Neiczer und Ivana Marinović für ihre großartige Arbeit: Von der Rohfassung bis zu diesem Buch war es ein langer Weg, und euer Feedback hat diesen Roman erst zu dem gemacht, was er jetzt ist. Tausend Dank!

Mein Dank gilt außerdem meiner Familie, die mich seit meinem Debütroman nach bestem Wissen und Gewissen unterstützt hat. Ihr seid wundervoll. Danke, dass ihr mich und all diesen Schreibwahnsinn ertragt. Ich liebe euch.

Last, but not least möchte ich mich bei meinen wunderbaren Kolleginnen und Freundinnen bedanken. Danke an Kathrin Lichters, Carin Müller, Aurelia Velten, Rose Bloom, Sandra Neumann, Jil Aimée Bayer und Nicole Wellemin. Schreiben kann sehr einsam sein, daher schätze ich euren Support, euer Feedback und eure Ratschläge umso mehr. Ihr seid tolle Frauen, und ich möchte euch in meinem Leben nicht missen.

Eine einziges Wort kann dein Leben für immer verändern …

Ab Juli 2020 im Handel

Als Oxy den Bruder ihrer neuen Mitbewohnerin Ella kennenlernt, weiß sie sofort, dass Henri nichts als Ärger bedeutet. Denn der gut aussehende Erbe des Modeunternehmens »French Chic« steht nicht nur im Ruf ein notorischer Frauenheld zu sein, er verhält sich auch wie der weltgrößte Rüpel. Was Oxy nicht weiß: Henry hütet ein dunkles, traumatisches Geheimnis. Gefühle will er nicht zulassen, und dennoch weckt die schlagfertige Oxy etwas in ihm – etwas, dem sich Oxy all seiner Sabotageversuche zum Trotz ebenfalls nicht entziehen kann …

Lesen Sie mehr unter: **www.blanvalet.de**

Eine einzige Berührung kann dein Leben für immer verändern ...

Ab Oktober 2020 im Handel

Als Val ihr Auslandsjahr am renommierten Plymouth College of Art antritt, hofft sie ihrem gebrochenen Herzen endlich die nötige Ruhe verschaffen zu können. Sie will sich voll und ganz auf ihre Leidenschaft, die Mode-Fotografie, konzentrieren und das Leben in dem ihr fremden Land genießen – von Männern, Lügen und Geheimnissen hat sie erst mal genug. Doch dann steht plötzlich Parker Gibson vor ihr, der sich nicht nur als überaus charmant und fürsorglich entpuppt, sondern auch als ihr Vermieter! Schon bald teilen die beiden mehr als nur vier Wände, doch Val ist skeptisch, denn Parker scheint etwas vor ihr zu verbergen ...

Lesen Sie mehr unter: **www.blanvalet.de**

Ein einziger Kuss kann dein Leben für immer verändern …

Ab Dezember 2020 im Handel

Seit Ella denken kann, dreht sich alles um »French Chic«, das Modeunternehmen ihrer Familie. Während ihr Bruder Henri die Geschäftsleitung übernehmen wird, soll Ella eines Tages die Designabteilung der Firma leiten, etwas anderes stand nie zur Debatte. Dabei ist Mode in Wahrheit gar nicht Ellas Ding, das wird ihr während des Auslandsjahres in Plymouth nur allzu bewusst. Viel lieber würde sie mit einer Kamera bewaffnet durch die ungezähmte Landschaft Cornwalls streifen oder sich in der Dunkelkammer verschanzen. Doch dann läuft ihr Callum vor die Linse. Callum, der tätowierte Bad Boy, der ihr Herz in Aufruhr versetzt, der sie ermuntert, ihren Träumen zu folgen – der aber so ganz anders ist, als der Mann, den ihre Eltern an der Seite ihrer Tochter sehen … .

Lesen Sie mehr unter: **www.blanvalet.de**